U0136565

楊照

霧與畫

戰後台灣文學史散論

楊照作品集04

推薦序

文學史的逐夢與築夢

陳芳明（政治大學台灣文學研究所所長）

一、

豐沛的書寫能量與豐富的知識容量，建立了楊照鮮明的發言位置。進入一九九〇年代以後，他不僅在歷史、文學領域據有極大版圖，也在社會批評方面發出極具分量的聲音。他是台灣當代不可或缺的公共知識分子，撐起一支雄健的筆，既干涉政治現實，也指向文學世界。不同文體的經營，不同思維的建構，彰顯一個積極介入的騷動靈魂。他不甘沉默，是因爲價值混亂的家國不容許他沉默。不停書寫，不停發聲，使他更加熟悉這個海島所負載的歷史重量，並且也更加容易撥開歷史迷霧背後的文化流動。他對自己所面對的社會瞭若指掌，因此他投槍式的文字也從未虛發。

他的文學批評，頗受文壇與學院的注目。由於辛勤閱讀，他已被公認爲是一位雜食主義者。無論是詩、散文、小說或理論，都置放在他閱讀的行列。他的小說食量，更具龐大胃口；從現代小說到鄉土小說，從歷史小說到女性小說，絕對是飢不擇食。毫不間斷的閱讀，逐漸形成他個人特有的審美原則。他與學院派最大不同之處，便是從未誤用或是濫用文學理論。楊照的文字乾淨，思路清晰，不掉書袋，不帶夾槓，直指每位作家的思維核心。在這個講求速度與效率的時代，基礎的文本閱讀似乎漸漸遭到遺棄。在學院裡，往往可以看到一篇冗長的論文只集中探索一篇小說，只因其中加掛許多文學理論的車廂。但是，在楊照的筆下，閱讀大量小說之後，他只寫成一篇篇精練的評論。

二、

楊照的文學評論，最具特色之處便是帶有強烈的歷史意識，這自然與他的專業訓練有密切關係。不過，他並不耽溺於歷史考據，而是偏向於編年式的觀察。他採取的批評策略，無非是以貫通（Comprehensive）的方法切入文學作品。所謂貫通，是一種「懂」的範式；那種懂的層次，絕對不是停留於表面或是片面的理解（Understanding），而是對作品的全面掌握。對一位個別作家，楊照並不滿足於一篇小說或一冊專書。他要上下求索，既熟悉作家的早期風格，也明白作家的當下成就。讀他的書評可以化為享受，就在於他品評一冊專著時，往往情不自禁地旁徵博引，使讀者發現作家藝術成就的歷史根源。他還經常買一送一，甚至附贈二三。讀完一篇書評，讀者會忍不住去探尋作家的其他作品。

楊照的批評方法，必然是以大量閱讀為基礎。他的方法，接近我長年以來所提倡的「全集式閱讀」。也許都是學歷史出身，從事文學批評時，不免帶有鮮明的時間感。但是，楊照特別出色的地方，便是汲汲於尋找作家的時間座標。他不偏好特定的作家，對於作家的朋輩及其前後世代，總是不辭辛勞進行比較對照。由於從不偏廢，他對一個時代的思潮，一個世代的風格，常常較諸坊間書評家還更能掌握。

他的文評確實已具有史筆的意味，在台灣文學研究日漸興盛的現階段，經常受到學界的注意。他的評論往往比學術研究的速度還要快，新書出版未久，幾乎就可看到他的書評與介紹。他的評論長短不一，卻可作爲學界的索引或鑰匙，往往可以開啓廣闊的歷史視野。即使只是討論一個歷史事件或是一位作家作品，他具備足夠的能力牽動豐富的背景知識與藝術評價。他的觀察是那樣透徹，他的解釋是那樣周延，以致使氣勢非凡的雄辯充滿說服力。

三、

在這冊厚實的文學史論裡，幾乎每篇文字都可發展爲一篇碩士論文或博士論文。試舉書中的兩篇文章爲佐證，一是〈爲什麼會有「鄉土文學論戰」？——一個政治經濟史的解釋〉，另一是〈鄉土文學的宿命困境——兼論吳錦發的小說〉。其中的筆法精確表達楊照的敏捷思維，可能也是解釋鄉土文學及其論戰的相關文章中，最有見地的兩篇論文。由於近十餘年本土意識高漲，鄉土文學一直是被視爲極具政治正確的文類。多年來，許多即使不是鄉土作家，也都勇於自命爲鄉土文學的成員。最爲奇特的是，鄉土文學成爲一種審判尺碼：凡是扞格不合者，往往被定位爲脫離台灣現實。

在〈爲什麼會有「鄉土文學論戰」？〉一文中，楊照從一種縱深的歷史角度解釋爲什麼會發生「鄉土文學論戰」？他從二二八事件開始追溯，以及一九四九年以後台灣政經結構逐漸形成偏頗，造成農村的沒落與凋敝。直到一九六〇、七〇年代，台灣產業結構改變，經濟奇蹟浮現，農村破產的景象始終受到遮蔽。楊照最獨特的論點就在此處展現出來，他特別指出，鄉土文學論戰的核心價值與文學的關係並不密切，反而是「現實」與「農村」才是論戰中的兩個焦點。使論戰與鄉土文學結合起來的重要關鍵，絕不是文學上的藝術成就，而是對政治經濟結構的批判與揭弊。這些批判文字是由作家帶頭書寫，相關的爭論遂在報紙的文學副刊進行。政治經濟批判遂轉化成爲鄉土文學論戰。鄉土派的精神焦慮，重點不在文學，而是農村現實的日益貧困。

很少有文學史家樂於從政治經濟的層面進行回顧，一旦提到一九七〇年代作家，幾位樣板名字不斷被重複提起，而且總是不厭其煩地繞著「寫實主義」的特定名詞持續討論。楊照卻跳脫意識形態的羈絆，直指問題核心。他的提法恐怕不是當年的介入者所能夠接受，從獨派、統派到國民黨，也許無法認同他的剖析方式。然而，楊照的思維也正是必須這樣表現，獨樹一幟地建立他個人的風格。

〈鄉土文學的宿命困境〉一文，其實應該與前文合併閱讀，才能彰顯楊照的發言位置。歷史事實鋪陳得極爲明白，自一九八〇年代以後，所謂鄉土文學運動就開始式微。楊照嘗試從鄉土作家內部進行分析，他大膽指出，這場運動其實沒有產生優秀的作品。究其原因有二，亦即歷史知識的貧困，以及整體世界觀理論的欠缺。從鄉土文學論戰到鄉土文學作品，暴露許多作家對於台灣歷史與中國歷史都沒有深刻認識，這使得他們對自己所賴以生存的土地極端陌生。作家本身歷史意識匱乏，往往限制了對現實的理解。由於又受到意識形態的支配，對於社會主義以及對中國歷史也無法有所接觸並論述，除了眷戀於感性的「回歸鄉土」，台灣作家對於現實的掌握只能停留在行動未遂的層面。

四、

楊照文字的識見與魄力，足以勝任成爲一位台灣文學史家。由於他不擇細壤，終至兼容並蓄，對台灣文學中的各種流派、風格、思潮、事件都充分掌握，他已是公認上乘的文學批評家。在西方，文學史家總是被歸類於文學批評，原因無他，其主要工作就是熟悉每位作家的藝術特質，並且把作家安放在時代的恰當地位。對每個世代的作家都進行批評之後，總體並置在一起，自然而然就形成一個歷史行列。文學史家的工作，於此獲得完整。

本書從一九五〇年代橫跨到新世紀，氣魄非凡，格局深遠，已經拉出巨大的歷史布幕。在楊照的靈魂深處，住著一位文學史家實無可懷疑。如果他樂於投入，一部精彩的台灣文學史當可誕生。楊照不僅僅是逐夢者，也是築夢者；求其實現，必定成眞。

二〇一〇年八月一日

作者序

從文學史看見文學，從文學看見社會

一、

王爾德的名言：「在惠斯勒（J. M. Whistler）的畫之前，倫敦沒有霧。」倫敦自來一直有霧，先是有泰晤士河上飄起來的霧，後來又有了工業革命帶來的灰濛濛煙霧（smog），倫敦人早就生活在霧中，然而卻是透過惠斯勒的畫，大家才意識到霧的存在，才看見了霧。活在霧中，和意識到霧、看見霧，是兩回事，而且往往正因為活在霧中，所以意識不到霧、看不見霧。

在一個意義上，藝術，包括文學，最主要的功能，就是幫助我們看到生活中原本看不見的東西。好的文學不見得會創造出新的東西，但幾乎毫無例外，一定會讓讀者眼睛一亮，看見新的風景，那風景不見得是文學家、藝術家造出來的，他們只是用了對的方式，特別的方式，讓本來不被注意到的事物顯現出來，再也無法被忽略。

因而閱讀文學作品，無可避免需要將之放入其產生的時代與社會中來理解。知道那個時代那個社會的人如何生活，他們看到什麼、忽略什麼，我們才能更明確地察知文學作品的位置，那作品呼喚了什麼、提醒了什麼、凸顯了什麼，或許又掩藏了什麼。

這是文學和社會最基本的關係，也是文學史的第一層意義，文學史幫忙將文學作品放回歷史裡，還原文學作品所映照出的霧；同時回過頭來，讓那布滿霧色的現實景緻映照文學畫布的獨特之處。

文學史還有第二層意義，那就是前後產生的文學作品間，構成了一條時間之河，文學中的時間，創作上的時間，這條河道和現實的時間大河有著或平行或交錯或伏潛的關係，更重要的，它有自己的波浪、逆流、漩渦，自己的港灣與河灘，也有自己的風暴與災難，不完全只是現實的反應。

不論自覺或不自覺，所有的文學作品都在文學史裡，無法獨立於文學史外存在。所有作品都和先後的其他作品形成對話、互文，閱讀一部作品一定會引領我們認知同時代其他類似或相異的作品，也一定帶領我們接近它所承襲、模仿的前期作品，以及它所影響、呼喚出來的後期作品。

將作品放入這兩層文學史脈絡中，作品能夠展現的內容就變得豐富了，當時現實的肌理，其他作品的用心用意，全都成了這部作品的背景，在複雜的背景上浮凸出更鮮明的圖像來。

社會與文學間，有著「霧與畫」般的關係，文學彰示了社會；文學與文學史間，也同樣有著「霧與畫」般的關係，文學史可以呈示、提點文學作品。

二、

我是先從自己摸索，將讀到的眾多文學作品進行排比，獲得了巨大的樂趣，才開始產生了對於文學史的興趣，也因此我的文學史研究，自然和我的文學作品閱讀緊密配合。

那些謎樣的現代詩，那些或頹敗或熱情、或疏離或投入的現代小說，那些讓我徹夜耽讀的武俠和歷史小說，都是我成長過程中最重要的生命滋養。大量且快速閱讀的經驗，讓我發現：讀過的書不會輕易就消散，它們會直接、間接影響後面讀到的書，而且書讀得愈多，我就能從書裡讀到愈多內容，甚至可以因爲後來讀的書，回頭對前面讀過的書增加了理解。

不斷的排比整理，慢慢也就明白了，這些書籍作品間有一個最自然、無法擺脫的次序，那就是時間的次序，也就是歷史的次序。相當一大部分，歷史決定了它們之間的關係，因而整理它們的歷史關係，往往也就最容易有所收穫。

從自己閱讀作品的經驗出發，我陸陸續續形成了一些對於文學史的看法，尤其是對於文學與社會之間那種「霧與畫」關係的看法，也就開始了文學史的研究寫作。

從初步形成對於「鄉土文學」的意見，忽忽二十多年過去了，寫過的台灣戰後文學史看法竟然也累積了三、四十萬字，是可以、也應該有個階段性的整理了。

三、

收在這本書中的文章，有大約一半曾以《文學、社會與歷史想像——戰後文學史散論》和《夢與灰燼——戰後文學史散論二集》的書名出版，這兩本書今天都很難在市面上找到了。

新編文集略分五個部分。第一輯處理台灣五〇、六〇年代的文學環境與文學作品，尤其是與現代主義及存在主義美學技法有關者，論證其在台灣流行的因素，並附論後續的源流變化。

第二輯則處理另外一大支脈「鄉土文學」，以七〇年代「鄉土文學論戰」爲時間核心，向前追索其壓抑伏流身世，向後延展其散枝變形，同時推論鄉土文學與現代主義間的複雜辯證。

第三輯從「後鄉土」的脈絡觀照九〇年代的多元現象，尤其專注看待文學技法與美學上對於「寫實」的反動反抗，以及如此的反動反抗對於整體文學空間產生的衝擊。

第四輯另起蹊徑，嚴肅看待半世紀的台灣「大衆文學」，除了筆記式的鳥瞰紀錄外，選擇了幾個元素、文類、作者，進行了個案整理研究，讓文學與社會的互動關係可有更多的切入分析點。

第五輯則是一個文學批評研究者，對於自己這一門工作的史的整理，批評與文學史研究也不能自外於歷史，批評的歷史也是文學史的一部分。

四、

寫作時間橫跨二十多年，從二十四歲到四十六歲，我對於台灣戰後文學發展的骨幹看法，卻沒有太大的改變，編輯整理過程也就沒有做太多的修改，就連今天看來稍嫌不夠簡潔的年輕筆法，也都原樣保留了。因爲大多緊扣作品分析的關係，書中內容有明確的史的觀照，卻沒有嚴格的史的敘述形式，還是維持了「散論」的面貌。

校稿過程中，最強烈的感受是被提醒了許多未完的題目題材，曾經注目留心，卻遲遲沒有寫出來，例如原本措意要用「小史」筆記方式對小說、散文和詩做全面整理。還有一些作家的新近發展或出土作品，大有可以與原來觀點對照之處，像是張大春出入傳統筆記的小說、張愛玲的《小團圓》都大有可論，也都是舊論文來不及充分處理的。

當然，還有更晚近的作家作品，我也尚未給予嚴謹的文學史論列詮釋，史的時間之流持續前奔，不會停留等誰的。

只能俟諸來者。

二〇一〇年六月三十日

目次

第一輯

第二輯

第三輯

第四輯

第五輯

附錄

第一輯

本輯析論台灣五〇、六〇年代的文學環境與文學作品，特別是與現代主義及存在主義美學技法有關者，論證其在台灣流行的因素，並附論後續的源流變化。

台灣文學曾經擁有過的豐美場域

「軍中作家」輩出的五〇年代

五〇年代，戰後台灣文學開始發展，「軍中文藝」是核心大宗。出於對內戰失敗的檢討，國民黨認定：思想上的動搖，是造成大陸變色的主因，亡羊補牢，就特別強調學習共產黨運用文藝來鞏固思想的作法。一時之間，「軍中作家」人才輩出。

「軍中作家」的本業，是軍人。國家期待他們寫堅定反共立場的文學，協助軍隊、乃至整個社會凝聚國防力量，大部分「軍中作家」也的確都寫了具備反共立場的作品。然而，他們寫的不只是反共作品。一種逾越反共範圍的，是對於大陸家鄉的思念懷舊主題，表面上還是可以說在宣傳光復大陸政策的，然而實際上，懷舊回憶帶來的安慰，對作者與讀者來說，都超過了政策宣傳的意義。

還有一種特殊文學主題，是偏向超現實主義風格的現代詩，也在軍中作家間流行。超現實主義，看起來跟他們的流亡大兵身分如此乖離不相稱，不過細讀他們的詩，我們可以理解，那裡面真正暗藏的是流離逃難的倉皇痛苦，以及對於個人及家國命運的高度悲觀。這樣的情緒，不能明白用寫實的方式表現在隨時被監督檢查的文字裡，所以借用「橫的移植」，扭曲如翻譯文體的詩行，夢囈式的意象，拿最陌生的西化超現實語言來寫其實最切身最深刻的恐慌。

反共文學受到國家鼓勵，有各種獎項，還有官辦的文藝雜誌可供發表作品。荒蕪的現代詩就只能依靠同仁自辦的詩刊了。五〇年代中期後，「現代詩」、「創世紀」、「藍星」等詩社先後出現，一般彼此呼應，有時彼此爭執筆戰，交織出一片熱鬧的文學網絡來。這些結社集會的詩人，還常常承攬報紙副刊的版面，靠著他們的人脈與創作衝動，幫忙報社塡充版面，同時也擴大了自己的影響力。

五〇、六〇年代，台灣文學最有活力、寫出最佳成績的，首推現代詩。同時期現代小說相對沒有那麼精采的表現，小說情節內容一目了然，不像詩有許多藏匿暗語空間，因而也就受到較爲嚴密的看管。稍微偏離反共或懷舊主題碰觸現實面，就很可能觸犯禁忌，被戴上各種帽子。

六〇年代的「新小說」

小說的突破，要等到六〇年代，尤其是白先勇、王文興、王禎和、黃春明、陳映眞這一代作家的出現。在兩個意義上，他們寫出了不同於從前的小說。一個是他們大量吸收二十世紀西方現代小說的思想與技法，不只擺脫了中國舊小說的影響，也離開了「五四」的道路，明白地是以中文書寫西方式的小說。另一個意義則在於透過那樣的「小說之眼」，他們看到了很不一樣的台灣現實。順著當時流行的存在主義風氣，他們看到的是個人的苦悶、徬徨、迷疑，看到的是個人與外在世界的疏離與衝突，因而寫出了全然不同於前代的「新小說」。

如此展開了台灣短篇小說的黃金時代。差不多有四分之一個世紀之久，台灣文學上成就最高的，一直都是短篇小說。不只是短篇小說傑作層出不窮，不只是短篇小說作品一直維持在高水平上，更重要的，短篇小說成爲整個社會的閱讀重心。

是短篇小說而不是其他文類，有其清楚的道理。道理一，「新小說」的內容中，自省性遠強過故事性，沒有太多情節轉折變化的小說，不容易也不需要寫長，在短篇的規模中，反而比較容易凸顯其存在抉擇與衝突的強度。

道理二，雖然有夏濟安作為精神導師，「新小說」的實踐創作者，畢竟是一群二十歲出頭的年輕人，他們還沒有那麼豐富的人生經驗，也缺乏充分的寫作磨練來創作長篇小說，就算要向西方文學取經模仿，短篇小說也比長篇小說容易多了。靠著年輕的才情，他們可以一出手就寫了讓人眼睛為之一亮的短篇小說。

道理三，這群創作者，幾乎都不是專業作家。正因為他們擁有高學歷，在那個年代不太可能選擇收入極不穩定的寫作為其專業。白先勇一代是從同學們合辦的《現代文學》開始寫起的，最早的作品都在半同仁式的刊物上發表，當然不可能得到什麼物質回饋，更不可能抱持專業寫作的夢想了。

「明星咖啡屋」之所以有名，之所以在那個時代成為傳奇，其背景就在於這些年輕寒微的寫作者，缺乏可以避雨遮風、見面互動的其他基地。雖然有雜誌，卻沒有真正的雜誌社具體空間，藉著「明星」老闆的好意，那裡成了台灣文學真正的聚會中心。

除了「明星」，作家們還能去的，就剩下幾個不怕死辦雜誌的人家裡了。廈門街上有好幾個友人的住所，於是就成了「明星」所在的武昌街之外，另一條台北文學街了。

台灣文學作者的「業餘性」，深深影響了作品性質，也影響作家與作品的關係。大部分作家都另有「正職」，而且通常有家內妻小，只能利用下班時間，在狹小混亂的家居生活中掙扎寫作，必然不容易出產篇幅較大的作品，也不容易寫需要大量研究材料的作品。短篇、取材自近身生活經驗，頂多配上豐沛想像力予以輔佐，這樣的小說，成了如此環境中不得不然的主流。

由「業餘性」衍伸而來，還有作家創作時段受到的巨大限制。前前後後出現眾多彗星式的作家，突然寫出驚人亮眼的作品，卻又很快消失了。靠才氣，靠感受，可以寫出一篇兩篇的佳作，然而沒有朝專業方向進一步自我磨勵機會，就很難持續創作了。文學創作在台灣，因而帶著強烈的世代個性，許多人年輕時都曾憑一時浪漫衝動提筆寫作，又很快地在生活壓力與現實世故中「超越」了文學（outgrow literature），頭也不回地離開了文學的領域。

影響所及，不只文學創造，就連文學閱讀，都沾染了這種世代個性。文學的閱讀與年齡密切相關，進入中年之後，就理所當然可以不讀文學，不需要文學了。這種根深柢固的習慣，嚴重限縮了台灣的文學閱讀人口數量，及其組成結構。

「業餘」寫作，使得台灣作家的作品全幅相對狹小。第一流的好作家很少稱得上多產的，有的是早早中斷創作，有的則是久久才交出一篇作品，當然都無從「多產」起。相應地，台灣文學體制中一直存在著一種對「多產」的偏見，認定「多產」就代表倉卒成文，就代表品質低落，這也算是「業餘性」環境的連帶副作用吧！

報紙副刊大放異彩的七〇年代

進入七〇年代，台灣文學創作與流傳上，有了根本的改變，促成改變的主因，是報紙副刊的崛起。副刊本來是「報屁股」，是正經新聞之外的花絮調劑，然而七〇年代的特殊條件，卻讓副刊變成了整個社會上能見度最高、影響力最大的媒體形式。

那個年代，國民黨的管制還很嚴格，報社沒有太大的自由選擇登什麼新聞。政治新聞基本上都是官方消息，各家報紙不能有什麼差別。一度報社試圖靠炒作社會新聞，凶殺、搶劫、通姦什麼的，來爭取讀者，然而蔣經國接班後，格外忌諱這種彰顯「黑暗面」的消息，明白表示禁止，逼得報社老闆不得不另尋出路。政治新聞大家都一樣，社會新聞又不能張揚，看來看去就只剩下副刊可以編出不一樣的東西來吸引讀者了。

在這樣的策略考量下，《中國時報》和《聯合報》不約而同，對副刊進行了大投資大宣傳。一夕之間，副刊逆轉其地位，變成整份報紙中最好看最值得看的部分，而副刊刊登的內容大多屬文學，於是文學也就水漲船高，大受注意了。

《中國時報》的高信疆開啓其端，《聯合報》的瘂弦跟進較量，那一段時間，兩大報的副刊不斷創新，不斷開發內容，範圍超過了文學，然而文學畢竟還是副刊競爭中最大最重要的一塊。

高信疆轟轟烈烈辦了「當代中國小說大展」，連續三個月登了幾十篇新作，有名家有新手，都是短篇小說，讓短篇小說的成就再向上推高了一層。《聯合報》開辦「小說獎」，拿出超高獎金來徵集的，也還是短篇小說。不過接下來，《中國時報》馬上辦了規模更大的「時報文學獎」，除了有短篇小說外，還有散文、敘事詩及報導文學等獎項。其中規定要寫到兩百行以上的敘事詩和關懷社會的報導文學，都不是台灣文學界過去習有的類型，硬是靠著「時報文學獎」的強勢宣傳打造出來。

那一段時間，報社副刊是眞正的「文學界」所在之處。副刊主編、編輯扮演了串聯各處各種年齡各種身分作家的角色，「文學獎」則提供新人加入文學領域的基本入門管道，對文學有興趣的人不能不看兩大報副刊，透過兩大報副刊也就掌握了文壇其他人的創作動向。

那一段時間，文學出版跟著興旺，幾家專門出版文學書籍的出版社大發利市，印書像印鈔票一樣。文學書有利可圖，也還是跟副刊有關。一來是副刊閱讀率那麼高，在兩大報副刊出現的作者，立刻就有了基本名氣，等於先替出版做了普遍廣告。再者文章大多在副刊先登過，領過了報社還算不錯的獎金或稿費，所以出書時作者可以接受較低的版稅，不需只靠出版版稅求取文稿的酬勞，等於是報社變相以稿費補助了文學出版。

不過，副刊有副刊的限制。一層限制是副刊的篇幅，每天一整版就那麼多字，還要講究版面的美術效果，能容納的文章長不到哪裡去。除了武俠小說或言情小說外，讀者也沒有耐心天天追連載看，副刊就是不適合登大作品。嚴肅的長篇小說上不了副刊，賺不到稿費，光靠版稅不足以酬勞作者，當然就造成長篇小說的委靡不振了。

另一層限制，副刊具備強烈的大衆性格，必須廣納百川，呈現各種風格與觀點，不可能專偏哪一門哪一派。小衆、立場比較強烈的文學作品與文學主張，畢竟還是得在副刊之外，另尋自己的據點。

同仁性質的詩刊一直存在。七〇年代掀起了一波年輕人創詩刊詩社的新潮流。另外，台灣本省籍作家在吳濁流的號召下，齊聚在「台灣文藝」底下，發表作品，並探索「台灣精神」。「鄉土文學論戰」激化了文學立場的對峙，於是文學結社更爲盛行。

七〇年代末期，以馬華學生溫瑞安爲首誕生了「神州」，另外以朱西甯家爲據點有了「三三」，兩個社團都有自己的刊物，都有自己強烈明確的文學主張，都在大專及高中校園吸引了衆多熱情讀者，一時蔚爲風氣。

不過，鄉土文學論戰之後，文學立場高度政治化，引起國民黨當局的戒備，很快以政策力量介入打壓了這些文學社團，阻卻了「文學行動主義」的熱情。

八〇年代後，另一種新興的文學活動，是文藝營隊。每年夏天，當紅的文學作家與學院老師，在主辦單位邀請下齊聚一堂，輪番給報名的學員上課。這樣的形式，除了有表面上傳承文學創作與閱讀經驗的功能外，還提供了文學社群每年一次熱鬧相會的場合。課堂外作家老師們的私下把酒言歡和課堂上的正經八百講授，同等重要，許多文學的訊息交流，都在這種場合進行。

八〇年代、九〇年代，「聯合文學」的文藝營辦得最是有聲有色，這段時間副刊正逐漸沒落，原本由副刊承擔的文壇聯繫交流功能，還好有文藝營來部分接管，維持住了作家們彼此了解、彼此刺激的互動。

不過副刊沒落，還是有些東西是無法替代的，隨副刊一去不復返。最重要的是文學的社會地位。九〇年代後，解嚴後的台灣社會經歷了資訊爆炸的洗禮，突然之間，不只是文字的資訊大幅增加，還有影音形式的資訊也以排山倒海之勢灌了進來。

台灣文壇的瓦解

在暴漲的資訊洪流中，文學快速從原本占據社會中心的地位，滑落到弱勢邊緣。尤其是台灣本身的文學創作，面對各種資訊競爭，愈來愈吸引不到社會的注意眼光。

十幾年間，眞正最清楚的現象是台灣文壇的瓦解。副刊不再是報紙的核心，電視又取代了報紙成爲主要的新聞來源，在電視的環境中，文學作品與作者沒有任何地位。過去仰賴報社變相補助的文學出版，在太過薄弱的基礎上無法做出有效的調整。以前從來不需要眞正自己去培養作家，也沒有眞正努力自主建立跟讀者間的深厚關係，一旦副刊的舊條件不再，文學出版也跟隨快速進入低潮。

出版社發現，與其依賴產量與品質都不穩定的台灣作家，還不如用翻譯書籍來搶奪市場。尤其是面對網路的威脅，輕薄短小的文章，在網路上多得氾濫，誰還會要花錢買書來讀？書，文學書存在的理由，不得不朝厚重的長篇小說挪移，引人入勝、帶懸疑性的長篇小說最有機會讓讀者掏出錢來。可是偏偏在這方面，台灣文壇的基礎最弱、條件最差。都是業餘的作者，誰有時間有本事去寫這種大長篇呢？台灣作者不寫、寫不出來，出版社當然更是大量朝外國作品中去尋找可以吸引讀者的作品了。

這幾年，台灣文學界創作力大爲衰落。和翻譯書相比，文學書的出版聊備一格有氣無力。報份最多的《蘋果日報》從來沒有具文學意義的「副刊」，其他各報副刊也都朝不保夕，不知道還能存活多久。文學雜誌還在，文藝營也還辦，但也都沒有辦法如以前般整合文學江湖，帶領風潮了。至於曾經在半世紀中前仆後繼開路的詩刊，也幾乎在這兩年絕跡了，甚至找不出一本可以跟香港《字花》相提並論的詩刊或詩雜誌。

文學創作這幾年在台灣，愈來愈傾向於個人化。當然有優秀的作者繼續在寫，也有傑出的新秀冒出頭來，不過整體環境，培養文學作者的種種場域卻消失了。沒有團體，沒有中心，沒有基地，沒有活動，文學作者孤伶伶地面對自己的創作，聯繫遠方想像的同好，卻無法在近身周遭得到肯定、批評、鼓勵的溫暖。

回顧台灣文學曾經擁有過的豐美場域，不免爲今天的荒蕪唏噓感慨啊！

二〇〇九年七月

文學的神話・神話的文學

——論五〇、六〇年代的台灣文學

一、

時間是恆常向前的連續流動，然而卻總得切割開來才能爲意識所掌握。斷代的習慣裡，用西元數字切割是最武斷的，卻偏偏又是最普遍的。誰規定每十年、二十年該有個變動、變化供人寫入歷史，誰又規定了變化變動的起訖必須符合數字由零到九的循環？沒有辦法，這套紀年切割方式已經內化成爲我們生活的一部分，我們只能用當下的生活邏輯來趨近歷史、來掌握對過去的談論、整理。幾零幾零年代說法的流行，反映的是我們現下價値判斷對過去歷史的宰制。所以說「所有的歷史都是當代史」、「歷史是過去與現代間無窮的對話」。

兩個「事件座標」

看五〇、六〇年代的台灣文學，除了數字切點外，可以注意幾個「事件座標」，降低這種斷代法純粹數學性的武斷程度。第一是一九五〇年三月「中華文藝獎金委員會」成立，五月四日，該會公布第一次「五四獎金」的得獎名單。其中歌詞類前三名題目分別是〈反共進行曲〉、〈反共抗俄歌〉以及〈保衛我台灣〉。次月，韓戰爆發，國際局勢不變，隨後美軍第七艦隊正式巡航台灣海峽。

這一連串的發展代表了「轉進」來台的國民政府開始有意識地要控制文藝，建立「文藝即宣傳」的納粹式價值，而恰巧在這個時候被編入冷戰的集體安全結構中，解除了戰爭立即可見的威嚇。這兩大因素在相當程度上決定了日後二十年台灣文學的雙重性格。表面上當然是官方性非常強烈，透過獎金、刊物，這二十年內官方對文學的介入很深也頗全面，但是在冷戰的意識形態主導下，「文藝即宣傳」的路子卻沒有眞正走下去，戰爭的立即恐嚇消退遠去，又必須化上所謂「民主自由陣營」的底妝，所以官方倒也默許讓文藝在宣傳之外，走一些比較沒有威脅性的路，開放一點與反共、戰爭沒有直接關係的空間。

另一個重要座標就必須數一九七〇年八月，中國時報〈人間副刊〉開闢「海外專欄」。「海外專欄」是高信疆崛起的基地，而七〇年代文學文化的種種風雲，其中一條主軸正是高信疆引爆的「強勢副刊」。「強勢副刊」的出現開啓了文學與社會互動的新階段，文學的重心不再只在官方及作者這樣的集體與個體兩極間擺盪，一個模糊的「社會」領域緩緩浮現。

從「中華文藝獎金」到「海外專欄」，這中間夾著的正就是五〇、六〇年代的台灣文學。

二、

目前普遍流行的文學史說法是將五〇年代定位爲「反共文學」時代，六〇年代則是「現代主義文學」時代。這種講法當然有其道理，不過若是從台灣文學「典律化」（Canonization）的角度來看，「反共文學」和「現代文學」其實不能算是一對等階、平行的概念。

「反共文學」和「現代文學」最大的差異就在：前者領域中的作品，到後來都沒有進入公認的「典律」（Canon）範疇內，因而「反共文學」在文學史上是以概念的形式存在，而非確切的文學流派。

我們和反共文學間存在一道鴻溝

讓我們把話講得更清楚些。不管七〇年代以降的鄉土文學如何痛批現代文學，一直到今天，現代文學的作品還是廣泛地被奉爲學習台灣文學必讀的經典。《台北人》、《家變》、余光中、瘂弦、洛夫的詩等等作品，已經根深柢固地被視爲是「我們的」文學，而且在時代異變之後讀這些作品，仍然被認爲是有利、有益於文學習作的。現代文學的種種情緒、種種寫法，還是一再被仿襲、也一再成爲新典範出現所必須超越的對象。

反共文學就不是這樣。在我們和反共文學作品之間存在著一道鴻溝，先入爲主地認爲那不是「我們的」文學。我們當然不能否定反共文學存在過的歷史事實，然而概念在、歷史陳述在，作品卻消失不見了。一般的文學讀者、文學愛好者，不會覺得有一種趨力逼著他必須去接近反共文學作品、去熟悉它們的寫法、它們的腔調。

這絕對不是單純時代遠近所造成的。事實上因果可能正好倒過來。是因爲意識裡先入爲主認定反共文學與當下此刻文學的「斷裂」，相對照現代文學的「連續」，所以才傾向於把反共文學歸推給較久遠的五〇年代，而用現代文學來定位六〇年代。

認眞追究，反共文學與現代文學在這二十年間，幾乎一直並肩共存。高舉「橫的移植」大纛的《現代詩》季刊早在一九五三年就創刊，次年一九五四年則有覃子豪主編的《藍星週刊》在《公論報》

上出現。三個月後在高雄左營則有《創世紀》創刊，洛夫、張默、瘂弦正式嶄露頭角。這幾年中，覃子豪的《海洋詩抄》、方思的《時間》、鄭愁予的《夢土上》、楊喚的《風景》、夏菁的《靜靜的林間》等重要詩集紛紛出版，現代文學運動的詩階段，在五〇年代即已熱烈展開。

再看反共文學。五〇年代固然是在「中華文藝獎金」宣傳下蔚爲大宗，進入六〇年代也並未因此而銷聲匿跡。各種官方文藝獎、刊物依然以驚人數量製造出反共作品，其中尤其以「國軍文藝金像獎」規模最大、持續最久。

更重要的是：五〇、六〇年代不少作家是兼寫反共文學和現代文學的。從這些作家身上，我們可以最清楚地看出「典律化」如何偏向現代文學的現象。即使是現在常常被稱爲「反共文學作家」的朱西甯、司馬中原，其實他們在文壇建立地位的代表作都不能算是典型的反共文學。朱西甯最常被提及的〈鐵漿〉、〈冶金者〉、〈狼〉、〈破曉時分〉等作品，沒有一篇是「反共」的，其貢獻反而是在現代主義小說美學上的實驗、突破。他早年眞正的「反共」之作《大火炬的愛》，根本就沒有人再注意了。司馬中原的成名作是寫中國鄉野的《狂風沙》。有何反共意識可言？更早眞正「反共」的《春雷》一類作品又有誰有印象了？

五〇年代眞正熱心投入反共文學創作的作家如尼洛、尹雪曼、陳紀瀅等人的作品現在都已經很少再被提起了，五〇年代留下來的作品，除了現代派一脈相承的部分外，反而是《藍與黑》、《星星月亮太陽》及《未央歌》等幾本「抗戰愛情小說」，這些作品不是直接反共，雖然有強烈民族主義成分，更濃的卻是男女的浪漫曲折戀愛氣氛。

三、「現代派」、「現代文學」才是文學史建構的主流

說「現代派」、「現代文學」才是五〇、六〇年代文學史建構的主流，應不爲過。一九七一年，巨人出版社編選五〇年—七〇年的《中國現代文學大系》，在〈總序〉中余光中特別強調了「現代人在工業社會中的孤絕感」、「農業文化的價值面對工業文明的挑戰所呈的慌亂」、「農業社會進入工業社會的過渡時期之價值波動」，來說明這二十年來台灣現代文學出現的背景。

對這樣的說法，後來的鄉土文學提出了強烈的反駁。鄉土派認爲如果眞要誠實面對這些「孤絕」、「慌亂」和「波動」，唯一的方法當然是讓文學回到現實、反映現實、捕捉現實，以寫實的手法描繪孤絕、慌亂與波動；更重要的，應該刻畫最受孤絕、慌亂與波動衝擊的社會底層小人物。他們因此而認爲現代主義文學中那種以個人心理爲中心的扭曲耽溺，事實上是沒有現實生活基礎的，是完全模仿西方、抄襲西方的無病呻吟。

九〇年代脫離了論戰熱火情緒之後，我們也許可以比較冷靜地說：現代文學亦自有其社會、現實面的基礎，只不過這基礎絕對不是什麼工業化現代文明衝擊。對當時的現代派作家而言，更切身、更直接的「孤絕」、「慌亂」、「波動」恐怕還是政權更替所帶來的流離失所。這些現代派作家絕大多數出身大陸，經歷了一次移民換位，來到一個曾經經歷半世紀日本殖民統治的台灣島上，度過一段恓恓惶惶如臨末日的危機時刻，因此而感受到的陌生不安，在強度上當然不會遜於工業化、都市化帶來的「現代衝擊」。

所以追溯源頭，他們在心理上的確和西方現代主義有相通之處，倒也不能完全誣爲崇洋買辦。這共通的心理就是陌生的不確定性，從根本上懷疑過去的感官常識，衍生而爲對一切「熟悉」的事物的不信任。「熟悉」就代表老舊、代表安穩的假相、代表一套事實上無法用來處理變動陌生環境的常識。

西方的現代主義源起於工業化、都市化，台灣的現代主義則源起於逃難式的政治移民。陌生疑慮征服了熟悉安定。在陌生的恐慌中，一部分的人試圖藉同義反覆的頌念來安慰自己、說服自己，這就是意識形態教條宣傳的基本來源；另一部分人則自虐地讓自己淹沒在陌生裡，習慣陌生、適應陌生、甚至血淋淋解剖陌生的恐慌。歸根究柢，反共文學與現代文學其實是處理變動、陌生、恐慌的一體兩面。

四、

反共文學的美學評斷標準是「反覆」、是「高唱」、是「外放」。用最高亢的調子向外重複念愈多次反共的理由以及反共必勝的預言，就是愈好的文學。這基本上和過墓地時大聲念佛號的心理是同一原則。

揚棄熟悉、追求陌生

相對地，現代文學的美學標準卻是內斂的、自省的，而且更重要的，是不斷揚棄熟悉、追求陌生的過程。現代詩當然是這種美學最核心的代表。

從六〇年代開始，關於現代詩「晦澀」、「難懂」的攻訐、討論幾乎從來就沒有中斷過，然而反覆的討論似乎也沒有形成過輪廓清楚的共識。在回頭檢討這個議題之前，應該先指出反共文學對現代文學的一項滲透：那就是宣言、信條式的思考模式，以及塑立假想敵的戰鬥精神。現代主義文學從「現代派」的成立發軔，其理論、批評部分一直就是充滿了宣言的互相拋擲，而少有思想性的溝通、討論。二十年的現代詩歷史中，出現了數以百計的宣言，更多的是以宣言式不容辯駁語氣所寫的評論文章，這是使得詩壇老是看起來很熱鬧、很具爆炸性的重要原因之一。

其實這些宣言、理論一直講不清楚的是含藏在現代主義美學內部的一組矛盾。那就是最好的現代文學作品應該要傳達無以名狀的陌生暈眩，打破人對約定俗成種種慣習的依賴；然而如果說作品讓人陌生到一個程度，那卻又會失去閱讀、溝通的基本意義。如何既讓人家「看懂」，卻又要感到「陌生」，這才是現代主義美學在理論與實踐上最艱難的挑戰。

必須要在這個挑戰前提下，我們才能同情地理解、評價五〇、六〇年代「晦澀風」主導下的現代詩。從個人的流離經驗，到政治上的白色禁制，都逼使現代派作家身處陌生、無從尋找熟悉，進而害怕熟悉。政治上的思想鉗壓，產生的一個影響是作家很怕去碰觸思想警察一眼可以看懂、看穿的題材，這是所有的集權社會都曾經出現過的現象。在台灣，這種外在影響配合上作家本身的異位震撼，就使得「陌生美學」牢不可破了。

「橫的移植」基本上是要引進異文明、異社會的成分來製造陌生感。「排斥抒情」是害怕自己的感情眞象透過文學作品暴露，成爲把柄、成爲未來應付變動時的牽制。「純粹經驗」、「第三自然」等觀念，都是要在作品與現實間拉開距離，想盡辦法不讓作品被拖入可以掌握、可以熟認的環境裡。至於

「超現實主義」手法，更是要將平常不可能併列出現的東西，藉作品把它們放在一起，刺激出新的感覺，依此原則，可以一再、無窮地在熟悉的事物裡遊走，製造撞擊、製造陌生。

要「傳達」卻又要「陌生」，要專注於作者「純粹經驗」卻又要寫成詩與他人分享，面對這樣的矛盾，現代文學無可避免地朝向菁英主義發展。亦即是縮小「傳達」、「分享」一類概念的原始意涵範圍——「傳達」的責任不在作者，而在讀者。作者只能丟出陌生的訊息、自我的「純粹經驗」，讀者必須經歷許多努力、許多訓練來設法接近作品。這種「讀者責任論」當然是很菁英、很高傲的。

五、省籍作家的在地感

分析完了現代文學的美學原則後，我們就可以比較清楚地來看其他兩個現象。一個是五〇、六〇年代的本省籍作家，雖然無可避免地受到了反共、現代兩大流派的洗禮，其作品還是「比較屬於鄉土，呈地域性，而風格比較傾向樸拙」，而且他們的成就「偏在小說」，「出現得較晚的『笠』詩社，純以本省的作者組成，文字傾向口語化，題材和風格頗富地域性」（余光中語）。

造成這種差異，第一不是因爲什麼出身的本質性因素；第二不是因爲與西方資訊的遠近。現代派許多軍人作家出身背景、語文能力都和西方文化、文學主流相去甚遠，相對地本省籍作家中不乏轉手日文而對西方傳統知之甚詳者。眞正的根本原因，應該要往一九四九年大移民流離經驗的有無上去尋找。同樣在一個專制性政權統治下，外省籍作家基於自身的流離感，而和西方現代主義接上了頭，並由此找到一條逃避檢查、控制的新路；相形之下，本省籍作家還是回到土地上的現實安穩，來對照政治意識形態的荒謬做作。這兩條路都是台灣文學史上的事實，一樣都不容抹煞。

第二個現象是，「陌生美學」的感染度，隨不同的文類而有不同。詩最徹底，小說次之。在「陌生」的籠罩下，人心還是會有呼喊「熟悉」的需要時怎麼辦？五〇、六〇年代的文學把這種不刻意追求「陌生」的作品放逐到邊緣，將之定位為「陰性」、「柔性」、「女性」的文學。所以在「反共文學」、「現代文學」的大標題底下，其實有一個既不反共、也不怎麼現代的伏流，那就是以散文為大宗的女性作家作品。相對於「反共」、「現代」雙雙走離現實，反而是女作家作品還保留了一點現實的紀錄。孟瑤、潘人木、林海音乃至郭良蕙的小說；張秀亞、徐鍾珮、琦君、胡品清、羅蘭的散文，比較上是直接從一個「熟悉」的世界出來的「熟悉」作品。只是她們所刻畫的「熟悉」世界只是台灣社會的一小角，集中在都市的外省人圈圈裡，和本省籍男性作家所寫的農村鄉土形成強烈對比。不過在美學價值上，這兩者倒都是和追求陌生的現代主義主流格格不入的非主流。

六、

不管從中國史或台灣史的角度看，五〇、六〇年代都是個大變亂後初初穩定的時局，這種時代一般最容易出現記錄大悲劇、大翻覆的史詩式作品，從而引發對文學、歷史本質的深刻討論。

然而種種因緣湊泊，最宜於史詩的時代並沒有出現史詩。反共文學、現代文學基本上都是和史詩原則逆反的。反共文學因為要叫文學去塑建足以鼓舞人心的神話，所以出現不了史詩；現代文學則是爲了把文學抬上神的崇高地位，所以也不欣賞人人能感應、人人能欣賞的史詩。沒有史詩的史詩時代，留給我們的是神話的文學以及文學的神話。

一九九四年四月

末世情緒下的多重時間

——再論五〇、六〇年代的文學

一、

末世來臨的恐慌

五〇、六〇年代台灣文學的重要基調是末世來臨的恐慌。

一九四九年大陸政權易手，國府帶領一百多萬軍民倉皇東渡，隨後又經歷了中共大舉渡海的「金門戰役」，勉強靠「古寧頭大捷」才在台灣站穩腳步。開啓五〇年代序幕最重要的事件當然是韓戰爆發，冷戰結構中的陣營界限正式劃定，台灣終於能在美國的協助防衛下免除了被「血洗」、「解放」的立即危險。

政治、軍事上的直接威脅稍減，然而戰爭、死亡、喪權、雜亂在人心上所烙寫下的印象卻不是短時期內可以抹洗掉的。一九四九年之後，台灣正式進入「國語時代」，台籍作家即便未被「二二八」嚇破膽的，也不得不在語言轉換中被消音了，五〇年代台灣文學是由大陸初初移來的外省籍作家主導的，這是不爭的史實。

因此看五〇、甚至六〇年代的台灣文學，不應該忽略這些作家所經歷的戰亂，他們最大的共同點是被從一個傳統社會中抽離，來到一個已經具備現代化雛型的小島上，這個島上的一切對他們而言是如此陌生、不習慣；更重要的，這個島是他們一路潰退中的一站，中共那種排山倒海襲來的威脅，儘管隔了一道台灣海峽，看起來還是非常可怕。這個陌生的亞熱帶島嶼對他們而言是生命的時間意識上無從確定、掌握的一個瞬間。他們的過去與這個島無涉，而未來呢？未來最有可能發生的事是中共再度來襲，小島隨時可能陷落，再往東看，還有可以再退的地方嗎？而如果這悲觀的恐慌預想沒有成為事實，則意謂著有伺機反攻歸返故土故鄉的機會。不管從怎樣的角度設想，台灣都只有意識上的「立即性」、「當下性」，缺乏時間縱深。

在這種背景下產生的文學，無可避免地展現爲「末世情緒」的種種反映。末日終結的陰影存在於每一個作家、每一部作品後面、內裡，雖然政治上動員的考慮嚴格禁止明白描寫「打擊士氣」的「末世情緒」，然而意識氣氛的廣泛滲透，卻不是任何政治命令、規定所能阻擋的。

末世情緒的一體兩面

五〇年代平行發展的「反共文學」與「現代主義文學」，可以看作是「末世情緒」的兩面。「反共文學」意圖用最激奮的語言、最昂揚的精神、最肯定的預言來克服「末世恐懼」。之所以激奮，正是因爲心底有棄絕的打算；之所以昂揚，正是因爲看到最低抑、沮喪的景況；之所以肯定，正是因爲遍地都是否定的耳語。沒有末世的焦慮，就不需要把口號、信念叫得那麼漂亮、那麼劃一。每個人唯有把自己投身入集體的「堅振」儀式裡，忘掉個體眞實的無望、戰慄，才能努力活下去。

而「現代主義文學」則是希望把這種無望、戰慄的感覺，投射、轉化成抽象的存在危險，強調其普遍性、瞬時性，藉此來忘掉眞正造成無望、戰慄局面的世勢。普遍性是另一種集體原則的發揮，把自己丟進一個想像的「現代文明」潮流裡，把身上的種種苦悶、騷動都解釋、表達爲「現代文明」的共同現象，這樣來逃躲掉眞正逼在眼前的戰爭問題，以及特殊、特屬於台灣的末世末日威脅。至於瞬時性的強調，實在是因爲過去、未來兩頭落空後的不得已。未來當然是充滿危險的，而過去則充滿了挫敗與打擊。既然不可能從過去中萃取出可以用來征服未來的信心，那就只好強迫自己只看此時當下的感覺、感受了。

在「末世情緒」籠罩下的兩套美學價値，都不約而同地喜歡處理「死亡」的主題。五〇、六〇年代的台灣文學，到處都是「死亡」。「反共文學」裡免不了要有死亡。一則是藉著殺人的場面來鎖定共產黨作爲「殘暴兇手」的罪惡本質；二則是藉著烈士殉難的意志昇華象徵重生的可能。「現代文學」裡更是以死亡、頽敗作爲中心主題。T・S・艾略特（顏元叔譯爲「歐利德」）的《荒原》在六〇年代幾乎被捧爲現代詩壇的聖經，正就是因爲《荒原》那種沒有任何救贖希望的衰頽荒蕪情緒，正是許多台灣詩人眞實的感受，他們在這個島上、在與中共的對峙中找不到光明、看不到救贖，於是便假托「現代」的死亡主題，予以宣洩。

死亡不斷向生存、生活侵略

從九〇年代回頭看，五〇、六〇年代作品最被肯定的，幾乎毫無例外都在處理死亡主題上，有獨到、傑出的表現。現代詩方面，洛夫的《石室之死亡》絕對是個具突破性、又最具代表性的作品。「棺材以虎虎的步子踢翻了滿街燈火／這眞是一種奇怪的威風／猶如被女子們摺疊很好的綢質枕頭／我去遠方，爲自己找尋葬地／埋下一件疑案」這種死亡不斷向生存、生活侵略的意象，是那個時代的眞實寫照。

白先勇的《台北人》、王文興的《家變》眞正讓人觸目驚心的也都是那種無可挽救的衰老。他們各自嘗試用否認、憤怒、哀傷、自暴自棄等情緒來對待衰老敗亡，而得到的結論卻一定是絕望的。事實上更早的「反共文學」裡，到今天被認定還值得一讀的幾部作品，如張愛玲的《赤地之戀》、《秧歌》，姜貴的《旋風》、《重陽》，都是在描寫「死亡」上別出心裁，有特殊貢獻的。張愛玲與姜貴和其他「反共作家」最不一樣的地方就在他們都對死亡的荒涼、荒謬深深執迷。死亡在他們筆下不只是一個事件、一個階段，而是一整套意義叢結。死亡是人間一切歡慶墮落的總集合、總展現。借用王德威的用語，他們寫的其實是「血腥的嘉年華魅影」、「徜徉鬼域，極自毀也極自戀的姿勢」。

五〇、六〇年代文學描寫「死亡」者遍地皆是，不勝枚舉。總結果是不管「反共」的聲浪多激越高亢，五〇、六〇年代台灣文學的基調是悲觀、惶惑的，在這個調子底下是容不下喜劇、笑聲的，這也是造成戰後台灣文學傳統中「涕淚交零」的一個重要原因。

「涕淚交零」自有其戰後台灣社會的因由，不一定是承襲自「五四」或三〇年代文學，更不見得就和中國知識分子「感時憂國」集體心態縮合得那麼緊密。

二、

從九〇年代回頭看，五〇、六〇年代文學最大的成就，必定要數到其對中文的實驗、改造一事。現代詩、現代主義文學走出這樣一條道路，一個關鍵點就在早早揭櫫了「語言獨立性」的原則。「語言獨立性」當然是西方現代主義很重要的一個概念，在戰前三〇年代，中國台灣兩地都各自已有引進介紹。可是對照三〇年代的中國新詩與五〇年代以降的台灣現代詩，我們必須說，在「語言獨立性」原則的運用上，不可同日而語。

爲何這樣一個觀念，在三〇年代引進和五〇年代重揭，會產生非常不一樣的作品？其中一個重要原因恐怕是在：五〇、六〇年代台灣社會環境裡「生活文法」、「生活邏輯」被嚴重貶低，幾乎不具有任何權威。

系統對生活世界的殖民

哈伯瑪斯一再強調，現代資本主義秩序中最大的問題就在：系統對生活世界的殖民。意即是生活世界的眞實、流動經驗不具有主體性，必須由系統來定義、解釋，同時予以固定、改造。我們可以擴大來看：系統對生活世界的侵略其實不是資本主義獨有的現象。在不同的社會有不同的系統在改造生活意義。而系統對生活世界殖民的嚴重程度就看：「生活文法」、「生活邏輯」在整個意義範疇內的地位高低。以英美歷史經驗爲發源的民主原則，之所以被肯定爲「諸惡中之輕者」，一個理由就是它著重「常識」、「常民經驗」，政治與司法最終的依歸不是專業學問，而是一般人生活的常識判斷。這正保障了「生活邏輯」、「生活文法」不至於被若干固定、僵化的系統牽制。

五〇、六〇年代的台灣，卻是一個系統橫流，強要削生活之足來適系統之履的社會。政治、經濟領域以意識形態掛帥，政策制定上根本不考慮一般生活原則，而許多人眞正生活中的記憶更是被系統的歷史論述徹底打壓。「生活邏輯」、「生活文法」非但得不到尊重，甚至被視爲是對統治安定具顚覆、破壞效果的，被監視、打壓。

這樣的普遍氣氛，也就提供了「語言獨立性」概念大舉實驗的溫床。這二十年文學最大的影響就是把「語言」形塑成爲另一套系統。隱含在現代主義美學裡的預設是：文學可以向生活汲取材料，但卻必須把這些材料改寫成依「文學文法」、「文學邏輯」規則的作品。文學的語言和生活的語言是兩套不同的東西。

文學走到這一步，和「五四」的白話文運動當然斷裂了。事實上，連「白話文」這樣的概念都很難再找到清楚的指涉對象。「五四」時期，「白話文」對照於「古文」，而且同時即是生活的語言紀錄，所以才會有胡適「我手寫我口」的口號。到了台灣之後，「白話文」當然還是有相對於「古文」的這一層意義，可是文學用的語言，卻不再是生活的語言。

現代主義文學的語言絕對不是「我手寫我口」，其語言已自成一個與生活、尤其是大多數台灣社會生活脫節的系統。現代詩的宣言裡不只一次明說或暗示現代詩是「非五四」、甚至「非中國」的。「非五四」、「非中國」、又「非台灣」，現代主義文學斬斷了所有這些代表「生活文法」、「生活邏輯」的牽絆，當然可以很活力地去經營「語言獨立性」原則了。

「純文學」劃出的圈圈

其結果是在台灣把文學營造成一個 disipline。disipline 這個字有兩重意思：一重指的是學科、學問；另一重則是指紀律、規範。這兩重意思當然是互相聯結、扣搭的。必須有其內在的紀律、規範才能成爲學科、學問。在現代詩的帶領下，文學在台灣變成一種菁英少數的特權。文學的欣賞必須經過一套嚴格的訓練、陶養，而文學的寫作更是必須先通過了解門規、紀律才有可能被接受。未經訓練的人也能欣賞的不算是好作品，而且文學也不能單就是抒發自己直接的感情、感受。

文學變成discipline之後，所謂「純文學」的概念也就格外凸顯了。「純文學」就是這個discipline圈圍出來的空間，在此之外如果還有什麼以「文學」爲名的作品，那就「只是」「通俗文學」、「大衆文學」。這樣圈劃、對立起來之後，一個延續至今的影響就是以二元、兩極的眼光來看待「純文學」與「通俗文學」。「純文學」既然是講求創新、實驗的，「通俗文學」就一定是套襲、重複的。於是「純文學」圈內的人習慣用「類型」來看「通俗文學」，什麼樣類型的小說就應該有怎樣的類型面貌，難免滯阻了文學原創力向「通俗」、「大衆」領域的灌溉。

如果回到「生活邏輯」、「生活文法」上看的話，所謂的「大衆文學」，應該意謂著其「文學邏輯」、「文學文法」緊緊跟隨「生活邏輯」、「生活文法」。而「純文學」則是要以不同的「文學邏輯」、「文學文法」來與「生活邏輯」、「生活文法」對峙觀照。兩者雖互爲一道光譜的兩個極端，中間可以產生、容納的色彩卻有千千萬萬。

三、

文學語言自成一個系統，最大的缺點當然是：無法貼切地表達生活現實。從這點看，五〇、六〇年代的文學史內在的承傳個性很強，相對地和社會上其他領域、其他系統的交互影響也許不是那麼地明顯。

不過把文學語言關起來發展，倒也促成了語言實驗的大膽進行。五〇、六〇年代的現代詩人可能會自豪於他們詩中所蘊涵的深妙意理或精準傳達的某種感覺，然而三、四十年後回頭評價這些作品，眞正最震撼我們的倒是他們自創一種語言的野心與成就。

六〇年代《文星》雜誌所掀起的風潮，在一個意義上正是透過一本綜合雜誌、一些聳動的議題，把幾個早先根本不相往來的領域、系統抓在一起，提供了初步交流的機會。同樣作爲反抗、改革的象徵，之前的《自由中國》和之後的《大學雜誌》在深度上較之《文星》並不遜色，可是若要論起廣度來，就要落在《文星》後面一大截了。

「不純正」的語言反而能承載更多訊息

早期「文星叢刊」依恃著《文星》雜誌所匯聚的人氣出現，一時書店人頭攢動，蔚爲台北一景。這可以算作是台灣文學領域、文學系統向社會開放、擴散的一個重要契機。從那之後，原本只在極小衆間流傳的一套「現代式」語言開始化整爲零進入到學校、文化、政治等群體中，久而久之促使台灣的書寫語言不但脫離了中國古文傳統，甚至也向「國語」型的官方律定「白話文」告別，自創一格、自成一家。從六〇年代起，大約有二十年內，抱怨台灣社會上所使用的中文「被污染」、「不純粹」、「水準低落」的聲音此起彼落、不絕於耳；而幾乎毫無例外地，現代詩、現代文學都被指爲是「敗壞純正中文」的禍首之一。這樣的指控到了八〇年代大致就平息了，至少無法再成爲衆所矚目的文化議題，大概是因爲社會進一步向外界國際勢力開放，才發現這種「不純正」的語言反而能承載更多的訊息、擁有更高的彈性。我們的確是付出過因語言實驗扭曲而引起的溝通不良代價，然而在此同時卻也逼迫一般人的語言意識作出許多妥協、調整，讓出了容忍新符號、新訊息插入的空間，於是進入後期資本秩序中，當符號的創造、販賣變成市場上最具決定性的商品時，台灣展現了驚人的潛力，一舉而躍爲符號的再產生、再推廣者，在後期資本世界架構中獲得一席之地。

語言與生活隔離，因此而不受「生活文法」約束，「脫軌」實驗，然而再回頭滲透、改造生活語言、生活文法，這是五〇、六〇年代文學意想不到的社會性副產品。

四、

五〇、六〇年代的台灣除了種種系統各自爲政、恣意割裂生活實感之外，還有一項重要特色就是多重時間意識的並存。時間的絕對計算、衡量只有一個，可是對時間線性流程的安排、理解，卻可以有許許多多不同的樣貌。

多重時間並存

五〇、六〇年代台灣社會的時間意識空前複雜，值得作專書仔細研究。粗略地說，可以分前現代與現代式的時間感、進步型與循環型，還有以官方統治模式爲依歸的時間指涉，相對於用日本殖民紀年作標準以及用西方新「公元」權威作尺度的時間意義。再仔細分析下去的話，還可以牽涉到對過去、現在、未來認同的評價差異，有人肯定當下此刻的努力，卻也有更多人緬懷過往的「黃金時代」，而這種「黃金時代」還有大陸時代與日本殖民時期的區別。更別忘了，還有許多人不斷看向未來，以逃避現實裡的種種不愉快經驗。

在末世情緒的大原則下，五〇、六〇年代的文學相應地也就被多重時間穿錯切割。「反共文學」看過去、看未來，盡可能不看現實的挫敗。歷史被寫入文學時通常都是作為一種文明光輝的召魂，而失去了其與現實間呼應的意義。另外現代詩人們則根本不肖與當代為伍，他們抱持著濃厚的「超前」自信。覺得他們活在比現在更接近未來的點上，回頭看仍然在「現在」的點上努力掙扎的人，而露出睥睨自豪的神情。代表詩壇歷史建構野心的《六十年代詩選》、《七十年代詩選》、《八十年代詩選》把這種「未來心情」表現得最為淋漓盡致。當一般人的日曆月曆根本還未進入一九八〇年前，《八十年代詩選》就已經編選完成了！

時間感的多重並列錯亂，更表現在本省籍作家的作品裡。尤其以七等生最為重要。在他的小說中，一色地鋪陳一種難以辨別過去、現在、未來的空間序列，夢一般的節奏總是猶豫著走走停停。〈我愛黑眼珠〉裡的大洪水，代表「過去」的妻子在遠方屋頂上向李龍第拚命揮手，李龍第卻茫然無故地決定不理，抱緊剛剛才遇見的妓女。這樣的場景情節，加上七等生獨特非白非文的語言，其實正鮮活地象徵了五〇、六〇年代整個文學活動的困境、突破、荒涼、新生以及陷入溝通死巷的愛恨情仇，直可視之為一則時代的大寓言。

一九九四年五月

文學、政治、特務交織組構的奇妙江湖

——讀王鼎鈞的《文學江湖》

「人在江湖，身不由己」，因為江湖有江湖的行規、幫規，還有江湖上累積的複雜恩怨，如此種種，都不是個人可以決定，也不是個人可以處理的。更麻煩的是，一旦步入江湖，成為「江湖中人」，牽扯在這些行幫恩怨裡，就算有一天你疲憊了、厭倦了、害怕了，都沒辦法依照自己的意志想退出就退出。

台灣黨政權力營造的「江湖」

王鼎鈞將回憶錄的第四部，取名為《文學江湖》，用的應該就是這樣的「江湖」意味。特別的是，王鼎鈞回顧記錄的「江湖」，不是幫派武林的，不是黑道的，而是以文學寫作為其行當，而且造成「江湖」式複雜環境的，竟然是台灣的黨政權力。

這是一九五〇年代，台灣極為奇怪的一段歷史，由陰錯陽差的各種因素洎湊而成，對於台灣後來文化與社會發展，影響重大。然而，正由於這段過程充滿曲折意外，很少有人能把它看得清楚、講得明白，慢慢地，許多印象與簡化的說法，便取代了事實；有了這些印象與簡化說法，同時也就削弱了進一步追索事實的動機。

最普遍的印象，將這一段時間的文學活動，統稱爲「反共文學」；又將這段時間的文學力量，簡化爲國民黨政治上的提倡與利用。換句話說，那段時間台灣的文學，是由國民黨主控主導，指揮一群來台人士，尤其是軍中的青年，依照政策需要，大量寫作與「反共」有關的題材。目的呢？當然就是爲了強化大批流亡民衆的政治意識，堅定保衛台灣、進而反攻大陸的信念。

這樣的說法，好處是看來順理成章。新敗撤退的國民黨，用文學來對流亡民衆，乃至台灣人民進行洗腦，以便鞏固自己在台灣的根基，對抗中國共產黨。因爲是政治由上而下策動的，所以文學作品中處理的題材，充滿了「政治正確」，充滿了反共口號和宣傳。所以要等到官方對文藝的控制稍微放鬆，六〇年代才出現了「眞正的」文學創作，有了外於「反共」的「現代文學」潮流。

不過這樣的說法，太順理成章了，以至於忽略了幾項重要的史實無法解釋，幾個重要的問題無法回答。例如，台灣的現代詩運動，並不是六〇年代才開始的。紀弦、覃子豪在五〇年代就開始編報紙副刊、辦詩社，互別苗頭了。而且，參與詩社活動，開始嘗試學習寫超現實主義現代詩的年輕人，很多是投身軍中的流亡學生。他們是同時一邊接觸現代詩，一邊投效「反共文學」陣營的。這樣的二元性文學時代現象，無法放在簡單的「反共文學」說法下獲得解釋。

又例如，國民黨幹嘛選擇「文學」來作爲反共宣傳的重點？這是個應該被認眞探究的問題，不該是理所當然的前提。一九四九年倉皇敗退，退到小島上，內外交煎，外要擔心共軍渡海攻台，要擔心美國援助來不來；內要安排一百多萬流亡人士吃住，要安排原有六百萬台灣人的稅賦，國民黨怎麼會有空閒、有餘裕去管「文學」，還要拿資源去提倡「文學」？這難道不是件奇怪的事嗎？

要解釋「爲什麼是文學？」，先要說明，其實五〇年代眞正拿來大張旗鼓活動的，不是「文學」，而是「文藝」。「文藝」的範圍，比「文學」廣得多。正如王鼎鈞在《文學江湖》指出的：「反共文藝」中，最活躍的是戲劇，而不是文學。可是後來歷史論述中，文學受到的重視，遠超過戲劇。

戲劇包括傳統戲曲和話劇。傳統戲曲教忠教孝的曲目留下來，藉著軍中劇團的制度，一路保存重演。不過，那些曲目都非新創，所以一來不會直接與「反共」有關，二來不會跟台灣社會有什麼互動。話劇的部分，卻是隨著傳媒發展，幾經變化。從舞台劇變成廣播劇，電視開播後又轉型為電視劇。另外有電影事業也跟話劇關係密切。這些不同形式的戲劇，分散了對於戲劇的討論，也就使得戲劇不像文學可以留下清楚的脈絡，可以追索建構其傳承流變。

換句話說，今天多談「反共文學」，少談「反共文藝」、「反共戲」，是後來歷史發展發揮的效果。文學後來的影響力大，文學一路的變化獲得較多的注意，連帶地讓人在看五〇年代時，只見「文學」不見「文藝」了。

在黨政資源中滋長的「反共文藝」

理解國民黨五〇年代文藝政策，另外不能不放在心上的，是蔣介石個性中，強烈「意識論」、「意識至上」的傾向。尤其是內戰中一路敗退到台灣，各種客觀條件都處於絕對弱勢下，蔣介石當然更加依賴對於「心理因素」的強調。所以，退到台灣後，國民黨的大檢討大改造，在組織上最明顯的，是將大陸時期不可一世的孔、宋、陳三大家族勢力，排除在外，讓他們承擔起失掉大陸的責任；在策略上最明顯的，則是凸顯了政治作戰、心理作戰的核心角色。人力、火力都不敵共軍的情況下，要反攻，唯一能夠說服人，事實上是唯一能說服自己的說法，只剩下政治作戰與心理作戰。

這樣的前提下，黨的改造倒是認眞反省了內戰時期心理戰線上的大挫敗。學潮被視爲是失去大陸的重要因素，而之所以讓中共可以操控學生、發動學潮，來自於更前頭文化文藝政策的失敗。共產黨利用了左翼文人教授，一方面控制了校園，一方面對學生、青年進行洗腦宣傳，讓他們誤會政府、痛恨國民黨，終於導致國民黨政權全面瓦解。

這是初到台灣，國民黨前所未有痛切反省得到的結論，也從這個結論發展出五〇年代改造再造的策略辦法。是在這套思考下，才有了用黨政資源提倡「反共文藝」的作法，也才有了王鼎鈞回憶中的「文學江湖」。

用文學文藝來做反共宣傳，更重要的，用文學文藝來堅定大衆反共信念，這樣的政策，說來容易，眞正執行起來，一點都不容易。尤其是國民黨過去在文學文藝人才培育上，並無基礎，許多有功夫有成就的作家，要不選擇留在大陸或滯留海外，要不自恃身分沒那麼容易配合動員，到哪裡去找可以具體落實政策的人？

要做，就必須從頭建立一套系統，就必須重新培養訓練一批文藝人才，而且，必須用最快的速度進行，才有可能眞正應付反共事業上的需要。從軍隊內部做起，最快而且最容易看起來有效果。利用軍隊體系，強力提倡文藝，加上當時的國防預算占政府總預算一半以上，就從國防部挪出錢來辦各種文藝獎、辦雜誌、辦劇團、辦比賽，上行下效，一下子熱鬧起來。

提倡文學、文藝，還有另一層不容易，是當時急於改造的國民黨看不到、理解不來的。那就是文學文藝，就不是一般、直接的宣傳。文學文藝能夠深入人心，發揮潛移默化的功能，改變人的價值信仰，因爲這些作品不是用宣傳式的直接方式表達的。要深，先要懂得如何感動；要感動，先要懂得如何迂迴。如何迂迴、如何感動，不是提起筆來就會的，需要觀摩、需要學習、還需要演練。

從這裡，生出許多難以解決的麻煩。學寫文學，要看別人寫過的文學作品，不可能有那麼多「反共文學」可供參考，而各式各樣其他主題的文學觀摩、學習多了，自然就會產生一種普遍的文學標準，文學標準與反共標準，中間就有了矛盾的張力。

文學標準與反共標準間的矛盾張力

提倡文學，要學到文學的技巧與本事，當然就同時得提倡閱讀文學作品，那一顆顆接觸文學的心，不可能完全按照規畫規定，只看到政策上要他們看到的，他們會自主從文學中接收到自己特殊的感動，進而模仿寫出那種感動的文學。文學，本質上是一種擴張自我、開拓感官自由的工具，和政治上尋求的一致、控制，格格不入，對文學嚴重缺乏深刻了解的國民黨，卻想要用文學來進行更有效的控制。

他們只是看到了大陸時期，左翼文學和左翼政治運動之間的關係，誤以爲能夠主觀複製那樣的狀態。他們無從理解，左翼文學之所以吸引年輕人，因爲其中散發著強烈的解放精神，給予年輕人擺脫各種拘限的啓發。於是，他們也就想不到：如果在台灣的青年，也從文學中獲得這樣的啓發，對「反共」還會是件有利的事嗎？

還有一層麻煩、困擾，既然文學發揮力量的方式是間接迂迴的，那麼用來檢驗「反共文學」有效性的標準，該怎麼訂？迂迴到什麼程度是有效的，超過了哪條線，就不再「反共」只剩「文學」了？甚至，會不會迂迴得更曲折更遙遠，走到對面成了「反反共」了？

所有這些麻煩，那一二十年間，都具體存在於台灣文藝圈。因而使得那一二十年間，文藝，即使是擺明了爲政府做宣傳的文藝活動，或者該說，尤其是擺明了爲政府做宣傳的文藝活動，都受到情治單位的嚴密監控。這裡面，有太多曖昧迂迴的解釋空間，也就有太多情治密報可以發揮的空間，也就有太多各方勢力鬥爭作用的空間。

這段歷史如此錯綜複雜，所以難記難寫。幸而有經歷特殊卻又記憶力驚人的王鼎鈞，在《文學江湖》裡將之記寫出來了。王鼎鈞在台灣前後二十九年，參與了「中國文藝協會」，出身文協第一屆小說創作班，編過《掃蕩報》、《公論報》、《徵信新聞報》（中國時報）的副刊，任職於台灣廣播公司、中國廣播公司、中國電視公司，曾經和五〇、六〇年代文藝政策最高決策、執行的核心人物張道藩、魏景蒙等人近接共事……，這些豐富而難得的經驗，給了他特殊的歷史位置，可以看到、感受到那個時代文藝政策創造出來的種種怪現象，卻又不至於被直接牽扯在其間利益中，以至於見怪不怪。

王鼎鈞具備了局內、局外雙重身分，他可以局內觀察理解這些文藝政策執行者的眞實關懷與具體困擾，他也可以從局外洞悉各方勢力交錯產生的矛盾緊張，唯有同時提供局內局外視角，這段詭異卻現實的文藝歷史，才有機會明白彰顯。

更難得的，王鼎鈞對那個時代的許多荒謬現象，沒有誇大、沒有指控，而是運用了豐沛的幽默感，還其荒謬本分。例如談到五〇年代台灣廣播規定先寫文稿，才能照著文稿口播，結果造成念出來的語言很不自然，他輕描淡寫地舉例：

「『步下飛機的朴總統夫人穿的是蘋果（停頓換氣然後）綠的旗袍』。某太太聽到這裡，很納悶她爲什麼『不』下飛機，然後，是了，她還沒穿好衣服。」

「『美侖美奐的大會堂中間懸掛著總統（停頓換氣然後）的肖像。』節目未完，警備總部派人上門了，懸掛著總統？搞什麼鬼？」

對於飽受特務跟蹤騷擾的經驗，王鼎鈞的表達方式也是半正經半玩笑地說：「我覺得耶穌佈道那幾年，一定常和特務打交道。福音書記載，有人跑來問他是否應該納稅，那人一定是特務。耶穌告訴門徒：『那時兩個人在田裡，取去一個，撇下一個。兩個女人推磨，取去一個，撇下一個。』他是在描摹大逮捕的情況。他警告門徒：『你們在暗中所說的，將要在明處被人聽見，在內室附耳所說的，將要在房上被人宣揚。』翻譯成明碼，就是特務的小報告和公審的指控。最明顯的是，耶穌發現有人跟蹤他，他就回頭朝那些人走去，那些人『看不見他』，他就脫離了監視，看似『神蹟』，其實『盯稍』一旦曝光就失敗了，盯稍的人最怕『對象』突然回頭走，一旦彼此撞上，任務立即取消，那些小特務並非『看不見他』，而是裝做沒看見他。這是我的獨得之密，解經家沒有想到。」

王鼎鈞的「獨得之密」，豈只這一端，他寫出了許多未來解釋五〇、六〇台灣歷史不能不想到的細節內容。

二〇〇九年九月

壯麗而人性的戰爭生活

——重讀朱西甯的《八二三注》

一、

耗時十一年的巨著

《八二三注》是朱西甯寫作高峰期的代表性傑作。依照朱西甯自己在〈後記〉裡的說明，一九六四年，炮戰結束後六年，他立意要為「八二三」寫一本小說，那年他三十八歲。經過一年多蒐集材料與醞釀的過程，一九六六年春天，開始動筆，一寫寫了十一萬字（已經是一般一本長篇小說的分量了），卻因成果不理想而全部予以毀棄。然後重新再起爐灶，第二回寫更多更長，累積到二十七萬字，結果卻仍然是作者自己忍痛悉數銷毀不存。

一九七一年，朱西甯第三度啓程攀登顯然已經成為他寫作過程上奇萊大山的八二三炮戰，這次終於一步步踏實走穩，整整花了四年半的時間，才在一九七五年夏天，寫完了超過六十萬字的巨作，那年朱西甯四十九歲。

從三十八歲到四十九歲，識見最成熟、精力最充沛的壯年期間，朱西甯把自己投注在《八二三注》的寫作上，這是我們無法忽視的事實。

一九六八年，朱西甯可能還在跟《八二三注》的第二稿堅苦奮鬥時，柯慶明在一篇文章[1]中將朱西甯的小說歷程略分為兩期，「早期的主題都環繞在一個基本課題上：反共。或者是揭發中共欺騙下的暴行，或者是頌讚鐵蹄下抗暴的英勇，還有就是探究國難當前自由地區國民應有的生活方式與態度。」到了《狼》、《鐵漿》相繼出版，朱西甯脫離了早期的關懷，「漸漸地他把視域往前推展，發現作為一個中國人，他無法逃避不去面對那形成民族性格、生活方式、以及悲劇的生存空間，於是他把筆觸轉向鄉土中國的探究與批判。」

這樣的分期對於我們理解朱西甯大有幫助。事實上，朱西甯在文壇上開始受到重視、推崇，不是因為早期的反共作品，而是柯慶明所說的「鄉土中國的探究與批判」。這段時期朱西甯的小說裡，帶有非常濃厚的鄉野氣息，不管是場景的設定與描述，人物的性格與語言，都傳遞著明確的中國北方風味。在那個時期，朱西甯與司馬中原（可能還要加上段彩華）成了最顯眼最傑出的鄉野小說作家，帶給一部分北方長大流離的人，懷鄉念舊的溫暖，帶給另外一部分未曾親歷北方的人，特殊的異國陌生氣氛。

沉鬱幽黯的鄉野小說

不過認真探究，朱西甯和司馬中原其實有著很不一樣的生命視野。同樣是北方鄉野，司馬中原的鄉野裡到處有英雄，或者至少展現為一種對於英雄的熱切期待。相對地，朱西甯的鄉野則透著一股沉鬱幽黯，英雄已逝、典型不再的悵惘，只剩下小人物們掙扎過著小生活的悲情悲涼，是這些小說的主調，甚至是這些小說所以存在的前提。

朱西甯絕對不是個西化的人，雖然他有虔誠的基督教信仰，卻不曾明白接受、肯定西方式的現世價值。然而隱藏在他那些鄉野小說背後，卻有著一種幽微卻堅定的現代立場。他對鄉野中國，荒瘠的土地與畏葸的人民，充滿了同情，可是在同情中卻又總是如柯慶明所洞悉的，一直在進行「探究與批判」。

朱西甯在鄉野中國的小人物身上，看到很多惡德。絕大部分是躲在仁義道德表面下的小奸小惡。他用小說去描寫去挖掘這種小奸小惡時，是和五四新文學基本精神一脈相承的。然而不同於五四新青年的理直氣壯、嚴辭撻伐，朱西甯的態度毋寧比較溫和，甚至比較茫然，他似乎是在自己的小說旁邊攤攤手無奈地說：「你們看，就是這樣，我自己的民族，我自己的文化，怎麼辦呢？」

朱西甯的鄉野小說裡，偶爾也有英雄。可是英雄最了不起的性格成分要嘛是堅持己見的執拗，要嘛就是像〈狼〉裡的大轂轆那樣的豁達寬容。換句話說，這些英雄身上並不帶著傳奇性、虛幻的暗示，暗示他們可以眞正解決那些值得挖掘、值得批判的問題。他們只是挖掘問題、凸顯問題過程中的戲劇性力量。這樣的安排，使得朱西甯的鄉野小說遠比司馬中原的冷調悲觀，也給了朱西甯這時期的小說帶上了高度的悲劇性。

比對朱西甯這前後兩期作品，我們可以立刻察覺其中的矛盾緊張。反共的肯定樂觀與民族性探究中的質疑悲觀，兩者間的矛盾緊張。用最簡化的方式，可以這樣凸顯：「如果說鄉野中看到的民族性，是如此悲觀且具悲劇性的，那麼我們要從哪裡獲致反共的力量與信心呢？這樣民族性的人組合在一起，要沉淪頹敗毋寧是比較正常的，提升乃至超升的希望到底要從何而來呢？」

---

1 柯慶明，〈論朱西甯的鐵漿〉，原載《新潮》，收在「三三版」《鐵漿》書中。

如果朱西甯是個對於反共宣傳行禮如儀的人，那麼走向鄉野中國批判之後，他很可能就找到了新歸屬，放棄原有的舊方向，從此轉型為鄉野作家。不過朱西甯顯然不是這樣的人。他對民族性的探究與批判是認真的，他對反共一事也同等認真。這兩個主題遲早必須在他的小說作品裡交錯統合起來；兩個主題間先天具備的矛盾張力，遲早必須獲得如果不是思想上的，至少是藝術上的解決。

當柯慶明熱心於解析朱西甯第二期作品的核心精神時，朱西甯已經悄悄離開了那個充滿小奸小惡的北方鄉野，摸索著寫作與價值視野上另一個新的時期、新的階段。

二、

八二三砲戰給了朱西甯意外而特別的機會。

那是一場奇怪的戰爭。許多不尋常的歷史因素才塑造出這樣一場世界戰史上絕無僅有的戰爭。一項條件是兩岸的長期分立對峙，隔著海峽國共內戰實質停火，卻遲遲無法結束。兩方面都不接受分裂的事實，也就都抱持著強烈的敵意。第二項條件是國民政府退到台灣，福建沿海金門馬祖等幾個小島，因緣際會卻沒有被中共解放軍打下來。「古寧頭戰役」是一個關鍵的偶然，一輛拋錨的坦克在沙灘上意外提供了金門守軍最佳的反擊防守優勢，大批登陸共軍無功而退。「古寧頭」打完，毛澤東決定先處理新建國後的內政狀況，於是就延擱了對金門馬祖的進襲。

還有第三項條件是冷戰結構形成後，台灣立場明顯向美國傾斜，逼得毛澤東對於金門馬祖有了不一樣的想法。毛不再那麼急於打下金門，轉而形成了他的「兩手理論」。用毛自己的話說：「金門和馬祖是我們和台灣聯結起來的兩個點，沒有這兩個點，台灣可就同我們沒有聯繫了。一個人不都是有兩隻手嗎？金門、馬祖就是我們的兩隻手，用來拉住台灣，不讓它跑掉。」毛還得意地加了一句：「這兩個小島，又是個指揮棒，你看怪不怪，可以用它來指揮赫魯曉夫和艾森豪團團轉。」[2]

打破世界戰史紀錄的砲彈攻擊

所以一九五八年突然發動「八二三砲戰」，毛的用意從來就不是爲了要登陸拿下金門。對毛而言，拿下金門反而拉不住台灣，台灣說不定就會在美國扶持下獨立了。砲戰之所以起，一方面是毛澤東誤以爲當年「大躍進」糧食增產大成功，要找個方式發洩他自己的狂妄情緒；另一方面也是要把台灣跟金門拉得更近，同時測試美國艾森豪政府的反應。

這場戰爭就因此而充滿了狂人的任意性與荒誕性。毛集結了數量驚人的火砲，八月二十三日當天下午六點半，突然有超過五百門砲對金門小島同時轟擊，一夜之間發射了近六萬發砲彈。那種打法，沒有什麼戰爭的章法道理可言，毋寧比較接近單純追求「數大是美」的奇觀效果。

炮擊奇觀持續了四十四天，一共打了將近五十萬發砲彈。砲彈數量驚人，打破了世界戰史紀錄；但更值得驚異的應該是，四十幾天中除了砲彈，沒有其他任何軍事舉動。戰史上應該也再找不到這麼單調、這麼「專心一意」的戰役了吧！

當時在金門的守軍，不會知道毛澤東在想什麼。他們實質感受到的奇異與荒謬是：一場恐怖危險

2 見李志綏，《毛澤東私人醫生回憶錄》，台北：時報出版，一九九四年。

的戰爭，然而卻完全看不到敵人、更接觸不到敵人。一場在那個武器射程不遠、肉搏戰仍然非常普遍的時代，近乎超現實的戰役。仗打了，而且打得很激烈，可是敵人，有血有肉有形有影的敵人在哪裡？

看不到接觸不到敵人的戰爭，卻又是國民政府從大陸撤退之後，最激烈的一場戰爭。朱西甯自己並沒有親歷砲戰，不過不必等到一九六四年奉命去致送烈士慰問金，因而接觸到許多砲戰罹難者家屬，他在軍中應該早就聽聞感受到這場戰爭奇異奇特、謎一般的實存性格。人時時刻刻都活在生死交界之處，每一瞬間都有可能從天外發來一顆奪命砲彈，可是卻又無能爲力，什麼事都不能做，只能一直預期一直等待著，那想像中的登陸攻防大戰，卻始終沒有等到。本來應該是前奏曲的砲擊，徹底翻身成了自頭貫尾的主旋律。

朱西甯會寫《八二三注》，除了自訴的「爲……可敬的母親和他們無名英雄的兒子寫下值得紀念的東西」之外，應該也有無法抵禦這種超現實情境誘惑的動機吧。

三、

《八二三注》全書出現的角色近百，卻不需要複雜的人物關係表來輔助我們閱讀，一來因爲人物的關係就是軍隊井然有序的組織關係；二來因爲有清楚的兩個角色幫忙統理了其他人物，讓他們各自歸位、不亂不離。

這兩個中心角色是黃炎和邵家聖。他們能發揮統理、貫串的作用，應該緣由於他們都是作者朱西甯的另我化身。

個性兩極的雙主角

黃炎出身將軍世家，這背景當然和朱西甯不一樣，但黃炎凡事認眞而且不斷在生活光景中尋找嚴肅意義，這種性格特色很接近朱西甯；斯文溫和、不踰矩不僭越，這種形象也頗似朱西甯給人的一般感覺。

邵家聖則是全然相反的角色。這位「邵大尉」簡直是個軍隊秩序下不可思議的「過動兒」。他完全無法安靜下來，不管是哪種意義的「安靜」。不只是不能安靜坐在屋裡辦公，也不能安靜遵照部隊規章行事，甚至不能安靜讓自己有條有理地想想事情。邵家聖幾乎是全然外放外向的，他不斷在動不斷在耍寶，也不斷在聒噪耍嘴皮。

這樣的角色，會和作者朱西甯有什麼直接關係嗎？單看表面似乎沒有。不過全書六十萬字中幾乎一半篇幅都在記錄邵家聖永遠像對口相聲般的語言，或邵家聖奇特、跳躍的思考，要不然就是別人對邵家聖的評斷解釋，那我們就不能不從字面底下讀到某種作者深刻的同情，甚至渴望了。

永遠都斯斯文文、正正經經的黃炎多次羨慕，永遠佻達著、也幾乎永遠在闖著各式各樣禍端的邵家聖，虛實對照一看，朱西甯私心裡大概也恨不得自己能夠像邵家聖一樣吧！

斯斯文文、正正經經的黃炎與朱西甯，一個角色和一個作者，爲什麼要羨慕另外一個角色呢？因爲斯斯文文、正正經經的黃炎和斯斯文文、正正經經的朱西甯，無法進入無法刺探到軍隊中某個混沌錯亂、卻似乎自有道理——沒道理的道理——的龐大領域，一個大兵的無道德世界。只有藉著像邵家聖這樣的個性、這樣的舉止，才能闖進大兵的無道德世界，用無道德的概念、語彙，和構成軍隊眞實主體的大兵們廝混。

那個大兵世界，不是階級性的。誰是大兵誰不是，不靠肩章來決定。事實上，會有混沌錯亂、只遵從無道理的道理的大兵世界存在的需要，正起自於針對軍隊嚴格階級意義秩序而來的反動。嚴格階級意義秩序，不只是規範誰該聽誰命令、誰該向誰敬禮而已，那是個無所不在的軍中思考架構，一切都該排好上上下下前前後後，一個蘿蔔一個坑，而且只能是在那個位置的那個坑，推而廣之，一切事物都有其相應意義上，是非對錯的標準答案、單一答案，不許模稜兩可，也不許虛空留白。

大兵世界卻不是如此，完全不是如此。大兵世界將所有秩序與標準答案，拿來嘲弄。最正經最神聖的，正好可以刺激出最粗俗無文的笑話，逗得大家其樂無窮。大兵世界裡，道德被大翻轉大洗牌，洗到看不出任何脈絡線索，洗到甚至不成其爲「反道德」、「不道德」，只能是「無道德」。

斯斯文文、正正經經的人，頂眞地計較事物意義的人，無法接近那個大兵世界，往往大兵世界也不敢、不願來招惹他們。然而他們不可能不意識到那個世界的存在，以及那個世界特有的樂趣，外於是非對錯乃至超越是非對錯的樂趣。那種樂趣絕對是眞實的，然而其眞實性何來呢？

邵家聖是位使者，引領黃炎、引領朱西甯，進而引領《八二三注》讀者進入那個大兵世界、眞實樂趣世界的使者。有邵家聖，使得《八二三注》跳升到與其他「反共文學」非常不同的層次，邵家聖帶著大家從不正經的嘲諷進入戰爭，甚至嘲諷「反共文學」應該要宣傳的反共教條。

四、

《八二三注》以一九五八年七月十六日南下運兵列車爲場景拉開序幕，六十萬字之後，結尾收束在黃炎登上飛機暫別金門，返台探望母親病情，那是一九五八年的十月二十五日。換句話說，六十萬字巨著實則只記錄了三個月零十天間的事。這樣的敘述速度，保證了小說中有許多細節，尤其是大兵眞實生活的細節描述。

眞實的大兵生活

這些不看重不尊重井然秩序的大兵們，身上帶的正是濃厚的前現代式鄉野性。他們的生活自然也就充滿了朱西甯鄉野小說裡深挖過、批判過的小奸小惡。朱西甯沒有把他們寫成樣板、典型的「革命軍人」；朱西甯也抗拒了把他們寫成反共信念堅定、對反共口號朗朗上口的「黃埔英雄」的誘惑。他們就是大兵，一群各有所思各有所感，而且所思所感都遠離軍中標準答案的大兵。就連小說中出現的軍官們，也幾乎都彰顯透露了他們藏不住的「大兵」一面。

大兵世界是混亂的，如果單單只是記錄大兵的所思所感，那《八二三注》恐怕要淪爲臃腫雜沓的流水帳了。這就是爲什麼小說裡還是少不了斯斯文文、正正經經，永遠都在觀察都在思考的黃炎。黃炎是個局內的局外人，他當然在金門、在砲戰裡，不過他與大兵們的格格不入使他可以不時站開距離、探索釐測其中的意義。

因爲有黃炎觀察其中、思考其中，朱西甯得以把繁多的細節、片段的故事插曲，全都整理朝向兩個焦點。一個焦點是，所有不起眼的東西，包括草木不生的金門小島，也包括粗魯不學的士兵們，都蘊藏著懾人的莊嚴與力量，一旦被非常情境刺激出來時，你不可能忽視、更不可能輕視。

另外一個焦點是，戰爭。眞實的戰爭可以讓人超越自己、快速成長。戰爭中的超越效應非常神奇而神祕，你不會變成另外一個不一樣的人，卻將自身原本具備的質素，包括那最粗俗卑下的小奸小惡，放大轉型，變成了不可思議難以言說的美德。戰爭竟然可以有這種「不換骨卻脫胎」的效力。

所以朱西甯要抄瘂弦的詩放在小說前面，詩中有這樣的句子：

我們將錘打出另一種樣子的生活，壯麗而人性；
在緊握的手掌下面焊接力量與力量
當黎明的聖處女展現眼前
我們歌唱肌肉之擴張以及擁抱
和千萬帽徽下眼睛與眼睛之永久聯合

因爲戰爭，諸多畏葸的生命聚合而捶打出另一種壯麗且人性的生活，不同於平日的生活，質的飛躍的不同。

朱西甯於是相信了，蘊生在中國鄉野的文明奸惡，是能夠飛躍改造的。「八二三」的經驗說服了他。寫完《八二三注》，他或許還不是很清楚，除了戰爭，還有什麼其他具備同等轉化效應的力量，不過他顯然已經告別了挖掘與批判，立意尋覓。

二〇〇三年三月

幸福的不安
——重讀陳映真的小說

意象鮮明的思考者

林懷民形容初識陳映眞留下的印象：龐大的頭，先看見頭才看見人，一副巨人般的姿態。事實上不只林懷民有這種印象，多年來文壇友人都暱稱陳映眞爲「大頭」。

「大頭」應該不只稱呼那很難找到合適帽盔的具象特徵，同時也指涉了陳映眞腦袋格外發達的狀況。這個「大頭」，不是中文裡「大頭病」的那種「大頭」，毋寧比較接近英文中的cerebral。cerebral原意就是腦袋的，當我們形容一個人或一部作品的風格爲cerebral時，隱含著在「心與腦」的二元劃分裡，腦所代表的理智勝過了心所代表的情感。

陳映眞確實是個cerebral，腦袋發達的作家。他總是在他的小說裡放進了許多思考。關於公平正義的思考，關於經濟結構的思考，關於跨國企業正當性的思考，關於民族主義如何不被侵蝕消滅的思考……。多年以前，「人間版」「陳映眞作品集」的最後一冊，蒐羅了各方評家對陳映眞其人其作的詳述，書題就叫《文學的思考者》。詹宏志的文章這樣說：

> 在台灣文學界一片的思想荒蕪當中，他單獨地思索身處的時代與社會……陳映眞發掘問題、洞

察社會的慧眼，都可以從他早期的作品找到很多例證。譬如：

一、遠在六〇年代，陳映眞發表了〈將軍族〉；到了八〇年代，伴隨著「李師科案」寄居台灣的百萬老兵問題，才被公開、廣泛（雖然並不徹底）地討論。……

二、遠在六〇年代，陳映眞寫下有名的〈唐倩的喜劇〉；一直要到七〇年代後半的鄉土文學論戰，〈唐〉文中揭露的台北知識界蒼白、虛無、作僞的面貌，才被普遍的反省和了解。

三、遠在六〇年代，陳映眞在小說〈六月裡的玫瑰花〉，寫出一個參加越戰的黑人「軍曹巴尼」和一位台灣吧女的戀情，小說裡一面指出戰爭對人性的腐蝕與戕害，一面也寫出了下階層人士相濡以沫的眞情。這種充滿第三世界的自覺性的前瞻作品，即便到不久前，台灣因爲《越戰獵鹿人》、《現代啓示錄》等越戰電影的刺激曾有的零星討論，仍然沒有可與〈六〉文相擬的作品與見地。……

「大頭」、「思考者」陳映眞顯得如此特殊，因爲那個年代（恐怕延續到我們這個年代），台灣的文學沉陷在一種「重感情逃避理智」的習慣中。關於感情，尤其是個人感情的描述抒發，這段時期台灣文學累積了優秀而多元的作品，建構了繁複而動人的語彙及文法，也培養了眾多熱情的讀者，然而相對地，用文學來表達思想，討論社會集體議題方面，卻異常地荒蕪冷漠。如此普遍背景襯托下，陳映眞的小說，便以其明顯不同的「意念先行」姿態，怪物般地受到側目注意了。

重心輕腦的台灣文壇

台灣文壇「重心輕腦」的極端偏食傾向，怪亦不怪。

乍看很怪，因為在此之前，中國文學傳統的核心是「文以載道」，「載道」就是「意念先行」。不管是中國的「五四」白話文運動，或者台灣張我軍、賴和等人為先鋒所創發的新文學，最早問世的青澀作品，都有強烈的社會關懷。之所以放棄文言文、之所以攻訐「擊缽吟詩」，要求改用白話文、日常民眾語文寫作，其動機本來就是社會性的。所以三〇、四〇年代的中國文學與台灣文學，從魯迅、茅盾、巴金到楊逵、楊華、張文環、呂赫若，哪一個不是「意念先行」的思考者？從文學史發生的角度看，理性的、討論式的語言，比情緒性的、感受式的寫法，起得早長得快。有這樣的歷史前因，竟會逆轉而為戰後台灣文學「重情輕思」的後果，確實滿奇怪的。

不過將現實政治條件考慮進去之後，怪的也就變成不怪了。強烈社會性的文學作品，與二十世紀前半葉詭譎的政治變化，幾乎相終始。在大陸潰敗逃到台灣來的國民政府，因而視文學為必須仔細監管的領域，尤其視思考型、傳播理念型的文學為毒蛇猛獸。在那個威權籠罩的時代，文學被管束著，思考被窒息著，加上原本社會性思考性文學傳統被強行截斷了，於是後輩文學工作者只能在「思想荒蕪」中，去發揮施展其文學想像了。

幸或不幸，出生成長於台灣鶯歌小鎮的陳映眞，從地下管道接續了中國三〇年代左翼文學的傳統。魯迅的文學，從題材到情緒到腔調到文字語言使用的習慣，深深感染了陳映眞。「誤入禁區」的陳映眞，以他從「禁區」中祕密汲取來的養分，將自己也培養茁壯成另一塊靜靜存在卻開滿多彩繁花的禁區。

閱讀禁書，偷偷抄寫魯迅的陳映眞，一轉身，他自己的作品成了禁書，成了更年輕一輩文學青年輾轉傳抄的對象。一九六八年，國府當局將陳映眞逮捕入獄，罪名是閱讀左派書籍以及與少數友人形成了地下組織。歷史證明，威權者總是見小不見大，不管對於自己的利益或危險，他們從來無法準確判斷。他們只看到了陳映眞作爲吸收者傳播者乃至組織者的威脅，卻看不到陳映眞眞正最大能量的來源——作爲一個思考者，而且是以小說形式進行思考的作家。

「禁書世代」的核心象徵

陳映眞入獄，反而讓他藉由小說進行的思考，影響力更大。他的作品正式轉入地下，成了傳說。「傳說」意謂著，這些作品只有少數透過特別努力，承擔一定風險的人，才有機會接觸到。「傳說」也意謂著，這些少數人就算彼此不認識，他們透過陳映眞及其他禁抑的文本，摶合著一股特殊的感情。他們是偷偷在牆上鑿孔汲光的共犯者，而那光，就是他們不孤單的共同保證。「傳說」更意謂著，這群在荒蕪時代接觸陳映眞作品的人，必然懷抱著一種激動且虔敬的態度，啃讀陳映眞的作品，這種態度讓他們將作品讀進自我生命當中，鏤刻而爲人格的一部分，不會是可有可無的消閒經驗。

陳映眞成了那個「禁書世代」的核心象徵。他也清楚代表了那個世代信仰進步性的核心價值——被世俗視爲不適當的，往往就是最重要的（What is improper, must be important.）。

不過，「意念先行」的獨特風格，以及時代背景的推擁，不足以完整說明陳映眞的魅力。畢竟，那個時代還有其他進入「禁書」之列的文學作者，卻只有一個陳映眞。畢竟，早在陳映眞入獄「遠行」之前，他的小說就已經在發散一些無可取代的感染力。

例如說，早在一九六〇年，他二十三歲時寫的〈我的弟弟康雄〉，曾經讓多少讀者（包括林懷民、黃春明）爲之潸然淚下。是的，那是個遠比今天「軟心」的時代，那一代的青年如發瘟疫般彼此傳染著多愁善感的習慣，可是要讓他們爲小說虛構人物激動痛哭，那人物與情節，內在還是要有一種精神，一種一方面打中時代特殊狀態，另一方面敲擊了普遍生活經驗關節的精神。

一種「陳映眞精神」。如果有一種貫串在陳映眞小說中，不滅不變的「陳映眞精神」，那會是什麼？會是對於公平正義的追求？對於帝國主義的控訴？還是對於弱小無權者的哀憐？

「陳映真精神」的內涵

恐怕都不是。儘管上述主題都在陳映眞小說扮演過「先行意念」、「中心德目」的重要角色，也曾經輪番刺激出最炫目的靈光來，然而它們不足以界定陳映眞，更重要的，它們不足以解釋陳映眞小說與其他社會主義或民族主義口號宣傳文件之間的巨大差異。

在我看來，「陳映眞精神」的原型，存在於「我的弟弟康雄」那個敍述身分與敍述口氣裡。從某個角度看，二十歲到今天，陳映眞都是以「康雄的姐姐」的身分與口氣，寫作他的每篇小說，而被陳映眞小說感動的讀者，或多或少都在自己生命底蘊中，找到了屬於「康雄的姐姐」的那個部分。

「康雄的姐姐」，痛苦地訴說著弟弟康雄生命種種的，是怎樣的人？她自剖：「在我的弟弟康雄死後才四個月，我舉行了婚禮；一個非虔信者站在神壇和神父的祝福之前……這些都使我感到一種反叛的快感。固然這快感仍是伴著一種死滅的沉沉的悲哀——向處女時代，向我所沒有好好弄清楚過的那些社會思想和現代藝術的流派告別的悲哀。然而這最後的反叛，卻使我嘗到一絲革命的，破壞的，屠殺的和殉道者的亢奮。這對我這樣一個簡單的女子已經夠偉大的了。」

康雄的姐姐是個面對、認知了理想價值，卻被從理想旁邊拉開了的人。她還是個疼惜、崇敬理想主義者，卻對他們遭遇到現實腐蝕打擊時的痛苦，如此無奈的人。她也是個回到世俗認可的現實裡，過起世俗欣羨的「美好生活」，然而卻因不斷閃亮的理想主義記憶（或夢魘）深深自罪自咎著的人。

康雄的姐姐在小說結尾時說：「……我一心要爲他重修一座豪華的墓園。此願了後，我大約也就能安心地耽溺在膏粱的生活和丈夫的愛撫裡度過這一生了吧。」表面看了像是幸福的自滿自許，然而讀著這樣文字的我們，卻不禁悲從中來，因爲我們明瞭此般幸福其實是最大最殘酷的棄絕，讓自己和過去的理想，弟弟康雄所代表的眞實生命尊嚴，徹底隔離。

陳映眞小說訴求的讀者，對於這個世界懷抱著天眞理想，卻又感受到現實庸俗概念腐蝕理想的惘惘的威脅。陳映眞小說打動了所有曾經因不同際遇，在不同場景下，與高貴理想靈光交錯相見，卻又無力保守理想，使理想成爲生活現實的人。我們知道理想比現實美好，我們相信應該奉獻自己於理想的追求，或至少應該奉獻自己於支持協助那些理想主義者的掙扎，可是不管出於缺乏勇氣缺乏資源缺乏之識見……我們在理想之前退卻了，帶著慚惶的罪咎，我們由理想主義者退化（或進化？）成爲享受安適現成生活的「康雄的姐姐」。

逼迫讀者「為自己而哭」

陳映眞最擅長寫的，不是理想主義的烈士。如果要寫烈士，〈山路〉的主角就應該是黃貞柏與李國坤，而不會是蔡千惠。蔡千惠不是烈士，她是個幸或不幸，親身目睹了烈士與理想之美，卻無力實踐烈士理想的旁觀者。她孤伶伶地站在烈士展現的犧牲情懷前而自覺渺小，爲了克服渺小的感受，她選擇了用她的方式奉獻，將自己的青春獻祭於理想。

理想最大的敵人，陳映眞不憚其煩地反覆提醒，不是迫害不是磨難，而是現實庸俗的幸福。現實庸俗的幸福讓人們如〈兀自照耀著的太陽〉裡的小鎭醫生一樣，拉起窗簾放起留聲機，品賞好酒跳跳探戈，安心地不再感受到外面貧窮礦工們所體受的痛苦，同時也就讓自己與女兒小淳那少女眞純的心靈徹底脫開了。

透過小說，陳映眞不憚其煩反覆提醒，生命最大的激動，來自於體受別人的痛苦，願意爲別人的痛苦而獻身。中產階級的邪惡，不在他們做了什麼壞事，而在他們封閉了人原本的不忍人之心，用種種虛僞的藉口，假裝看不見，或看見卻假裝無所謂。

其實我們都看到了，其實我們都在乎。假裝沒看見假裝不在乎的同時，我們不是沒有罪惡感，陳映眞以及他的小說，溫柔卻不留情地挑動、張揚了這份罪惡感。讀著〈將軍族〉，我們哭了；讀著〈山路〉，我們又哭了，往往不是爲了小說角色的遭遇而哭，而是爲自己曾經參與在那虛僞的現實幸福中，讓自己與世間許多眞實苦難不相涉，因而羞恥地哭了。不爲他人，爲自己而哭。

逼迫讀者「爲自己而哭」，陳映眞的確是「海峽兩岸第一人」。用既狂烈而又細膩、細膩地狂烈著的性格，帶引讀者走向自我道德意識的幽黯海域，應該就是最獨特、無可取代的「陳映眞精神」吧。

二〇〇五年九月

林懷民的小說世界

一、

我到今天仍然能夠整首背誦瘂弦〈如歌的行板〉。「溫柔之必要／肯定之必要／一點點酒及木樨花之必要／正正經經看一名女子走過之必要／君非海明威此一起碼認識之必要……」

我一直記得年少時期讀到這首詩時，被詩中自由活潑、卻又流盪嚴整的聲音吸引的感覺，記得一邊帶點玩笑意味地念著詩句，一邊那繁複的，介於眞實與幻夢間、介於認眞與戲謔間、介於哲學領悟與隨筆塗鴉間的意象，爭先恐後排撻而來，叫人幾乎應接不暇，意象熱熱鬧鬧翻翻滾滾，捲起的煙塵還有半天高時，詩卻已經戛然終止在：「而被目爲一條河總得繼續流下去／世界老這樣總這樣／觀音在遠遠的山上／罌粟在罌粟的田裡」。

也總還記得，急切地把這整首詩吞噬在腦中，有那麼一個輕狂的瞬間，在奇特的浪漫衝動支使下，曾經對著一個女孩突如其來、莫名其妙地就這樣滔滔不絕地朗誦起來……

林懷民小說驚人的影響力

二十多年過去了，這些都記得，詩也還能一句不漏地背誦出來。然而就是忘了那個女孩是誰，那個輕狂瞬間到底是在怎樣的情境下構成的。

一直到重讀林懷民的小說，才恍然大悟——難怪不會記得那個女孩是誰，因爲對著女孩沒頭沒腦背起瘂弦的詩的，不是少年時期的我，而是林懷民筆下的莊世桓。那是〈蟬〉下部剛剛開始的地方，莊世桓和陶之青、小范、朱友白、劉渝苓一起到溪頭去玩，不知爲什麼莊世桓和劉渝苓落單在亭子裡聊天，劉渝苓念起Beatles的歌〈Blue Jay Way〉的一長串英文歌詞，大有感慨，〈Blue Jay Way〉感慨完了又讚歎〈A Day in the Life〉，劉渝苓念完，莊世桓「頭一溜，衝著劉渝苓沒頭沒腦地」念起瘂弦的詩……

劉渝苓不是〈蟬〉裡面最突出的角色。應該這樣說：跟洗Lux香皀的吳哲、每天呑無數顆藥丸的小范、還有在西門町大街上聽見蟬叫聲的陶之青相比，劉渝苓是最沒有個性、面目最模糊的了。顯然在記憶的運作中，我把劉渝苓遺棄了，然而溪頭霧中聽著「散步之必要／溜狗之必要／薄荷茶之必要……」奇妙聲音的經驗卻流連相隨，進而從紙頁上立體化，錯覺自己才是念詩的那個人了。

二、

這不過是個小小例證，見證著林懷民小說在那個年代，從六〇年代末期一直延續到七〇年代結束，驚人的感染力與影響力。

林懷民寫小說的時間並不長，約莫從十五歲持續到二十三歲，寫出來的小說作品結集成《變形虹》和《蟬》兩本書出版，總字數應該在三十萬字上下。我們不能用單純的數字來評量當作家的林懷民，在那個時代的分量與意義，有其他因素得一併納入理解。

繆斯鍾愛的年輕天才

一個因素是文壇對這位早熟作家的驚豔賞識。當時文壇與社會最重要的聯繫媒介——平鑫濤的《皇冠》雜誌，正在試驗「基本作家」制度。被網羅在內，透過《皇冠》大力推薦給社會大衆的重要作家中，最年輕的就是林懷民。藉著參與《皇冠》的作家活動，以及以「明星咖啡館」爲核心的非正式文友相聚，林懷民成了共認的繆斯鍾愛的年輕天才，大家對他有著高度期待，也讓他的作品幾乎每一篇都受到立即的關心注目。

而這段時間的林懷民也沒有讓文學界的叔叔伯伯阿姨姐姐失望。他不只是初試啼聲就展現了大將之風，並且在短短幾年間不斷自我蛻變，衍化出不同的技法與風格。

從《變形虹》到《蟬》，林懷民最大的變化在敘事聲音的建構。《變形虹》裡的敘事聲音，一直努力在趨近小說中所要記述的經驗。不管是〈變形虹〉裡發生在陰鬱潮穢的密醫診所中的血腥墮胎，或是〈安德烈・紀德的冬天〉裡高度壓抑的男性同性慾念，小說的經驗主調是痛苦的、折磨的，因而敘事聲音也就幾乎毫無例外總是悲劇的、沉重的、鬼魅的。

收在《變形虹》集子中的小說讓人訝異，傳遞了逼得人喘不過氣來的生命苦痛。那種苦痛，無論肇因爲何，總是帶著擺脫不掉的宿命意味，故事裡的人物都在「一步步走進無光的所在」，那種苦痛拒絕任何救贖，甚至拒絕任何救贖的可能，而宿命、悲劇的姿態不只是小說角色所執持的，也是小說敘事者的敘述出發基點。

這種情形，到了《蟬》卻有了很大的轉折變化。在敘事模式上，〈虹外虹〉最接近《變形虹》時期，然而〈穿紅襯衫的男孩〉、〈逝者〉、〈蟬〉卻有了截然不同的敘事策略。

對純粹、狂熱態度的追尋

這三篇小說都記述了一段或多段非常經驗。可是負責向讀者傳達非常經驗的敘事者，卻都是正常、平常，至少是自認正常、平常的人。在這裡，敘事者與小說核心經驗脫離分裂開來了。敘事者不再是經驗者，而是個旁觀者；不是中立忠實的旁觀者，而是不斷受到事件衝擊而被迫採取立場的旁觀者。

三個敘事者，〈穿紅襯衫的男孩〉裡的「我」、〈逝者〉裡的「喆生」、〈蟬〉裡的「莊世桓」，他們用或羨慕或不願置信或無奈的態度，觀望著一個他們不熟悉、無法真正介入、融入的世界在身邊展開。

〈穿紅襯衫的男孩〉的主角是一個不顧世俗價值與世俗眼光，一意依照自己的追求而活，為自己而活的年輕人。他「穿紅襯衫」，因為他所處的社會認定紅襯衫是不正經的、是危險挑釁的，但他就是喜歡紅襯衫。對他而言，生命的核心追求就是賺錢存錢買一輛摩托車。從周遭主流價值的眼光看去，這種追求多麼墮落、多麼不負責任、多麼幼稚。可是那些認同主流價值的人，又有誰曾經、有誰願意用「小黑」追求摩托車的純粹、狂熱態度追求過什麼嗎？

訴說「小黑」故事的「我」，淌游在主流價值的大河裡，意外地瞥見了小黑完全異質的生命情調，小黑是個徹徹底底的「異人」，他代表的是一種異質情調（exoticism），一種因為陌生突兀而產生的奇景效果（spectacle）。然而林懷民不只要寫異質情調與奇景效果，他寫出了主流價值裡的人，不管隔了多少層的陌生、多少層社會化訓練，仍然無法不對純粹、狂熱態度產生羨慕感動的心境。

「小黑」怎麼會在老教授家出現？「我」爲什麼忍不住跟「小黑」說：「我住二樓，沒事來玩」？因爲他們內心有個部分，像從岩盤裡曲折鑽冒出來的溫泉一樣，繞過躲過了主流價值的壓抑阻擋，與小黑產生了感應。他們不是小黑，他們永遠不可能變成小黑，大剌剌賭上生命用繩索吊掛著，就漆起大樓牆面廣告；他們也永遠不可能找到任何東西不顧一切地去愛去享受，然而他們感受到了在小黑面前，自己的虛幻與虛空，他們願意去面對去記錄被小黑激發出來的龐大心虛。

〈蟬〉裡面有更複雜的「局內／局外」關係。莊世桓提供了大部分的敘事觀點，觀察、感受了兩個他都進不去的世界。一個是吳哲的同性戀情世界，另一個是陶之青所代表的嬉皮世界。莊世桓對這兩個世界沒有那麼清楚的羨慕、感應關係，這兩個世界找上了他，他無處可逃。那兩個從世俗眼光看來不正常、荒誕且荒淫的世界，誘惑著莊世桓，同時也依賴著莊世桓提供他們一點「正常」世界的陽光。

是了，陽光。〈蟬〉裡的莊世桓就像是射進吸血鬼蒼白世界裡的一道陽光。他和吳哲和陶之青，是像光明與黑暗的對比差距，然而卻又彼此致命相吸引，蒼白世界裡的吳哲、陶之青，他們也需要一點陽光，但只能一點，多了就不行。

那一點點陽光，幫我們照亮看到男性同志情感的吉光片羽。有些段落令人如此驚異、如此心酸、如此感動。

例如莊世桓在圖書館裡眼前突然浮現出「吳哲倚在浴室門口那張蒼白的臉」，因而，「那句『我以爲你已經走了』陡然變成一幅求救的旗幟，鮮明得叫他無法漠視」，受不了心底折磨的莊世桓只好從圖書館出來，趕回和吳哲同住的地方。

腳踏車一路喀啦喀啦響，下一刻就要粉身碎骨似的，他不管，箭逆著風，死命踩踏板，像趕著去救火。進了巷口，拐了彎，上了小橋，整棟公寓只有他們那個房子是黑的。當然不在！果然不在！

莊世桓抽了七根菸，才等到吳哲回來。吳哲「頭髮無有光澤，像防空壕上的一叢野草。眉也是亂的，唯有雙眸焚亮，但也只有入門的那一刻，而後亮光便斂了。整個人猶如一座細緻的石像，無有表情，就是立著。突突然然，垮下來似地陷進一隻短沙發。蹺起右腳，低頭，脫鞋，才解了鞋帶，又放棄了。放下腳，坐在那兒，用那盲人般空滯的眼神凝視著莊。」

隔了兩天，爲了一個陌生男孩來找，莊世桓對吳哲發了一頓脾氣。

「好了！人家找上門來啦！」他怒氣沖沖衝進臥室，對吳哲嚷，想抓起他，給他一拳。而吳哲只是抱著吉他，僂著長腳，縮在床角，臉上一副「你罵我一句，我就死給你看！」的表情。莊世桓嘆口氣，雙臂抱胸，在門邊的床緣重重坐下。

許久許久，他們就是那樣坐著，兩個仇人似地凝視對方，像那夜吳哲回來時一樣，彷彿開天闢地以來，他們就這樣坐著，還得永遠這樣坐下去，在這座了無生氣的房子裡，永遠。

那一點陽光，更幫我們留下了六○年代台北苦悶青年獨特的發洩，藉美國文化澆灌自我塊壘、藉頹廢墮落逃避威權監控的文化刻畫。

〈蟬〉從「明星」拉開序幕，接著轉到新公園，再轉到圓山育樂中心，從溜冰場到保齡球館，場景再轉，轉到了「野人」那個「充溢著人聲、汗味、菸臭」的黑暗地下室，從「野人」出來是西門町的街道，上部就終結在陶之青和莊世桓先後聽見了鬧區深夜的蟬聲。

以符號帶出雙重認同

下部的故事帶我們到了溪頭，然後從溪頭去日月潭，然後又回到台北……這些地方，全都具備特殊的象徵意義。

林懷民敏銳地鋪排出了既不在國民黨反共革命史、也不在台灣經濟奇蹟發展史、更不在本土政治抗爭史中的一張地下地圖，更在這樣一張地圖上擺滿了那個時代的青年輕易便能辨認、感應的路標，聲與影、物質與品牌的路標。

這些路標包括了梵谷、電影《向日葵》、Lux香皀、牛油cheese、咖啡、king size的Paul Mall、福特跑車Mustang、Vitalis髮油、藍天、Rose Grill、諾曼底、牛尾湯、Bob Dylan、marijuana、Joan Baez、Beatles、Revolution No.1、越戰……。

林懷民小說中這些滿盈的六○年代符號，從一個角度看，多麼像後來在台灣大流行的村上春樹。林懷民跟村上春樹一樣，擅於利用這些高度象徵感染性的符號，讓閱讀者快速跌入那個特殊的氣氛裡。原本就在裡面的人從林懷民小說讀到了自己、讀到了自己原本混亂生活所無能整理的準確紀錄，目瞪口呆地發現自己最是繁麗炫熱的一部分，因爲被寫進林懷民小說裡，得到了永不褪色、永不隨記憶而消散的生命。至於那些原本只能在外圍，以或好奇或羨慕或鄙夷態度看待這些文化異質的人，則藉林懷民的筆，得到深探入「異人」靈魂的一條捷徑，如同步行一道神祕通道，通道出口是難以想像、不曾想像過的複雜人性掙扎。

換句話說，閱讀林懷民後來的這幾篇小說，讀者可以有雙重的認同可能。他可以認同「小黑」的直率執著、浪蕩冒險；他也可以認同「我」的驚異與欣羨。他可以認同陶之青、小范在「野人」裡自在揮灑的台北式嬉皮情調；他也可以認同莊世桓若即若離的淺嘗即止。

雙重認同不見得是二選一的。有時雙重認同還可以形成互相循環加強的效果。這裡藏著林懷民的體貼，也藏著林懷民小說之所以迷人、之所以影響廣泛、之所以令人難忘的祕訣。他讓不同價值、不同經驗的人，都能在他的小說裡找到安穩、親密的認同安慰。

三、

〈蟬〉的上部，莊世桓和陶之青、小范等人去了「野人」，陶之青戴隱形眼鏡（又一個當年台北的流行、嬉皮象徵！）戴得不舒服，要老楊把桌上的燈弄熄了，沒一會兒侍者來干預說：「拜託拜託，弄亮吧。……不然，等等警察來了，看到了，又要說話。」老楊只好又把燈插上，等侍者走了再拔掉插頭。不料侍者回頭又發現了，「眼睛瞪得像雷公」。

就在爲了亮燈還是熄燈的對峙衝突中，「莊世桓左掏右掏，掏出一條皺巴巴的手巾，罩在燈上。」

好了，燈還亮著，卻又不會照痛陶之青的眼睛。

協調對立的折衷路線

這是莊世桓的體貼，事實上，這也正是典型林懷民的體貼。林懷民和他的敘事者一樣，站在戲劇化事件的近旁，承受著事件的衝擊，然而卻能平心靜氣地把事件轉譯成與事件無干的人的語言，源源傳遞出來。林懷民總是能找到方式，把看上去無法協調的對立，加以中和柔化。

林懷民年輕時寫的小說，和他後來開創「中國人的現代舞」時所編所跳的舞蹈，到底有著怎樣的關係？我不知道有沒有人好好問過、研究過這個問題。我自己初步的一點想法是：從「小說家林懷民」到「舞者林懷民」，保留著沒有改變的，應該就是那份體貼、那份中和柔化、那份講給圍牆裡外的人都能聽懂的敘事故事吧。

林懷民去了美國，在愛荷華寫完他前期最後一篇小說作品〈辭鄉〉之後，也就一併告別了一直陪他到二十三歲的心靈故鄉——小說，把全副精力轉向現代舞蹈去了。林懷民雖然在紐約師承瑪莎・葛蘭姆，不過他自己創作的舞蹈，用著現代主義的舞蹈語彙，卻訴說了一個個故事，沒有緊隨現代主義標榜的高度抽象美學。

林懷民最早的成名作，是改編自介之推故事的《寒食》，是具備了「有頭有尾有中腰」戲劇結構的《白蛇傳》。林懷民稍後震驚台灣文化界、進而感動世界的作品，是史詩般壯闊、以卷軸結構展開的《薪傳》，以及充滿喜鬧活力的傳奇舞劇《廖添丁》。再後來引起許多反響的還有《我的鄉愁我的歌》、《家族相片》、《流浪者之歌》……這些作品，哪一件沒有一個隱隱然呼之欲出的敘事者，熱切地想要告訴我們：介之推的苦痛、白蛇的兩難抉擇、先民渡海的壯烈與希望……

轉成舞者之後的林懷民，始終沒有忘掉莊世桓那塊皺巴巴的手帕。他不堅持一定熄燈，他也不堅持一定要開燈，他的創意最了不起地發揮在找到解決問題的折衷路線上。

「中國人的現代舞」，這本來就是一個折衷，而且林懷民領導的「雲門舞集」，要的不是「由中國人來跳的現代舞」，而是「中國人（台灣人）可以理解可以感動的現代舞」。要追求這樣的目標，非折衷不可。

「雲門舞集」誕生在一個對藝術沒有什麼基本領受力的社會，幾乎沒有人相信高蹈的現代舞蹈有任何機會在台灣生根發展。現代藝術、現代舞蹈，和台灣社會庶民生活，是距離再遠不過的兩個世界。

除非有一個懂得如何中介、溝通這兩個世界的翻譯者、轉述者出現。而早年寫作小說的經驗，已經讓林懷民做好了翻譯、轉述不同價值、不同信念的準備。工具由筆換成了肢體舞動，然而林懷民做的，還是類似的事，小說裡他轉介台北嬉皮情調，在舞蹈中他轉介現代藝術的美學規範。

從這個角度看，「小說林懷民」與「舞蹈林懷民」應該是一路貫串的發展。「小說林懷民」是「舞蹈林懷民」的學徒前傳，通過小說的考驗，林懷民習得了熟練的敘事本領，也習得穿透來往不同世界的想像身手，當他毅然棄小說而入舞蹈時，他沒放棄也無法放棄的，是他的敘事本領與想像身手，他把這些小說當行本色帶進了舞蹈設計與宣傳中，才成就了別人無法成就的「中國人現代舞」，一種大眾藝術。

驚人的是，即使對林懷民生命歷程來說，屬於「前傳」、「學徒」階段的年少時光，他留下的作品

〈變形虹〉、〈蟬〉，卻絕不生澀、絕不粗劣，相反地，這些學徒前傳的遺留，至今仍在散發著不亞於雲門舞蹈的光芒，經時間篩汰而愈顯精粹的青紫寒光。

二〇〇三年八月

消逝的青春、消逝的青春時代

——重讀吳國棟小說集《解雇日》

于墨（就是吳國棟，我還是習慣稱他爲于墨）這本小說帶著濃厚的青春氣息。不只是作者自身生命的青春，還有那個時代那社會獨有、今日卻已消蝕逝去的一種青春意味。

寫於青春年華的小說

寫這些小說時的于墨，當然是很青春的。一九七五年舊版原名《靠在冷牆上》的書後附有簡短的「于墨寫作年表」，連那簡短形式，都是青春的，標誌著一個還不大有什麼經歷，也不大在意要人家知道他什麼經歷的態度。年表中記錄著：「民國五十六年，十九歲，在寫作領域中摸索。……民國五十九年，二十二歲在《純文學》發表〈紀安娜的世界〉後，進入寫作的狂熱，一連發表多篇短篇小說。民國六十一年，二十四歲，〈解雇日〉被收入年度小說選（五十九年短篇小說選），年底停止創作，進入新聞圈，擔任社會新聞採訪工作迄今。」

從二十二歲到二十四歲的青春年華中，于墨寫下了這本集子裡大部分的小說。而從一九七〇年到一九七二年，那也正是台灣的文學，尤其是台灣的小說，要從現代主義走向下一個階段的重要關鍵轉捩點。

當于墨陷入寫作狂熱，埋首於自己想像的小說世界時，他後來服務多年的東家——中國時報，醞釀著引領了整個七〇年代文化潮流的變化。在于墨後來進入中國時報過程裡扮演過重要角色的高信疆接編「人間副刊」，開闢了「海外專欄」，然後具備「海外」身分的關傑明、唐文標就以「人間副刊」爲主要舞台，對台灣的現代詩壇發動了猛烈的攻擊。

關傑明、唐文標的攻擊火力，有顯隱的兩個層次來源。明顯的批判，是針對現代詩的「舶來性」，咬定大部分的現代詩只是抄襲西方，缺乏自己的創意與生命，也就無法表達此時此地「中國人」的眞實感情。還有隱伏的一層，則是在文學的功能上向現代詩所代表的現代主義宣戰。在關、唐的眼中，現代主義的現代詩將文學視爲個人的表達工具，是一種自我自私的消閒消遣，關、唐他們要追求的，卻是文學應該負擔起集體社會責任，要爲特別的社會階層發言請命，不然就要傳遞什麼樣的價值訊息來幫忙啓蒙教育社會大衆。

關、唐首先發難的這波批判，有一支力量後來蔚爲了七〇年代中後期壯闊的「中華民族主義」運動；另一支則前導了「鄉土文學論戰」。這些都發生在于墨停筆之後，沒錯，不過這些相繼而來的大變化，摧毀了原本于墨寫作時的氣氛與文學前提，讓《靠在冷牆上》的于墨，就算不被工作拖累，就算有心重回小說行列，恐怕也很難再找回讓自己輕鬆、舒服表達的那種風格與形式了。

洋溢現代主義精神的作品

于墨的小說屬於那個「前民族主義」、「前鄉土文學論戰」的洋化現代主義時期。關、唐以降將近十年對現代主義的攻擊，不能說沒有道理。以現代主義精神寫出的文學的確沒有「中國」、也沒有台灣。看看于墨吧，他的小說裡的角色叫紀安娜、叫魯東安、叫費里、叫霍拉、叫裴露……；他的小說背景是廣場、是教堂、是鐘樓、是陽光下的街道灑水車……；他的小說裡人們交換著的是這樣的對話：「『妳像是在告訴我，我們是一群勞碌奔波的傢伙。而事實上我們確是如此，爲各種不同的慾望困惱。』『各種不同的慾望。』『只不過在證明自身的存在。不停地追求，爭奪……』」從這裏面我們找不到確切的現實對應，故事發生、進行於虛幻不明的時空中。

以現代主義精神寫的文學，也眞的不關心社會，表現爲一種個人的囈語。《靠在冷牆上》大部分篇章裏，角色們和外在環境是沒有什麼互動的。他們封閉在沒有來龍去脈的短暫時空中，苦惱著種種自我執迷。可能是對年輕男子執迷的愛（〈鷲〉），可能是對一份傷害經驗的執迷記憶（〈紀安娜的世界〉），也可能是執迷放不掉的過去榮光（〈圓形〉），或執迷到近乎獸性的暴力報復念頭（〈殺狗者〉）……，執迷既然成爲主調，那麼主角們當然無心無暇向外探望、關懷別人在想什麼在幹什麼了。

不過如果拋開了民族主義運動及鄉土文學論戰中所建構起的絕對道德標準，我們卻可以看出，這些日後被攻擊的特質，正是那個時代留給我們最重要的資產。是的，那個時代的文學是自我的，然而青春生命本來就是自我的；是的，那個時代的文學是不負責任的，然而哪個青春生命不是不負責任的呢？

于墨的青春作品留住了那個時代的精神，一種以文學探索自我、以文學表達自我的孤傲態度。于墨寫的都是短篇小說，事實上，台灣現代主義留下來的傑作幾乎都是短篇小說，那是詩與短篇小說形式的黃金年代。

爲什麼詩與短篇小說會格外發達？我們讀于墨的舊作，就會恍然大悟。因爲那個年代的文學，可以容忍、甚至熱情接納沒頭沒尾的片段靈光。文學不是爲了要闡述發揚什麼眞理，文學也沒打算要說服誰，文學的第一義、第一成功要件，是那份個人自我的「摸索」與「狂熱」，文學作品是獨特，且多半是孤寂的，心靈或光爍爍或陰鬱冷晦的展現。它不需要交代什麼、不需要說明什麼、不需要有頭有尾有中腰的結構規定。

那是一種青春的表現主義。整個社會處於壓抑的威權氛圍下，文學卻莫名其妙成爲可以讓人遊舞於表現中的祕密花園。難怪那個時代一批又一批的苦悶青年從各種不同的徑路，鑽進了祕密花園裏，並且流連忘返。他們沒有豐富的人生閱歷，沒有成熟的敘述技巧，可是他們有著最強烈亦最純粹的表現慾望。他們沒有能力也沒有耐心書寫長篇巨構，可是他們卻絕對能逼激靈感，燒亮一段讓人難以忘懷的表現瞬間。他們沒有充分掌握語言文字來趨近人間萬象的能力，可是他們卻樂於對語言文字進行各式各樣的試驗，正因爲作品是表現的、是自我的、是不負責任的，也就是不和現實一一對應的，所以他們也就樂於脫開現實語言的囿限，大膽地開發創造各式各樣的敘述或非敘述。他們沒有足夠的資源、足夠的資歷去創造出清晰穩定的風格，可是他們具備驚人的吸收模仿衝動，不受現實拘執地朝四面八方汲取養分。

詩與短篇小說，給他們最大的翺翔空間。表現、片段瞬間、高濃度的實驗字句以及一點突破式的模仿，都在詩與短篇小說中，得到了形式上的支持。

青春時期的于墨，顯然深受海明威，或「海明威式」的文學風格影響。〈殺狗者〉老是讓人想起六〇年代台灣文藝青年必定讀過的〈殺人者〉。〈夏，不是好季節〉中開頭百無聊賴的等待場面，也是典型海明威式的。另外烙上更深刻海明威印記的，還有推動小說主力的大段大段來回簡短對話。

除了海明威之外，當然還有佛洛伊德也在于墨的小說裏洶湧著。事實上，于墨大部分小說都像是某個似眞似幻的潛意識不可信賴的記憶中，人與人的影響互動。這是于墨的自我質疑，以及自我追尋。

冰冷現實的後青春年代

在這樣的整體風格與時代背景理解下，我們可以進一步討論于墨書中三篇傑作〈解雇日〉、〈失樂園〉和〈靠在冷牆上〉的突出成就。這三篇隱約相續的小說，是最具有現實性的。環繞著魯東安這個角色，觸及了解雇失業及都市異化工作環境對人的斲傷。不過于墨處理這個題材的方式，迥異於後來「鄉土文學論戰」中標舉出的典範。最重要的差別在，于墨完全沒有憤怒的火氣，也完完全全沒有一點抗議控訴。于墨依然用他那種自我表現主義的習慣，來處理應該是社會的、集體的主題。他甚至沒有嘲諷，有的只是最天眞最純樸的無奈與苦中作樂。魯東安誰都不怨，他甚至好像連如何去怨懟都不懂。他只是默默接受，用帶給別人快樂來紓解自己的痛苦：用短暫逃避不去想明天來度過今天。應該最陰鬱低迷的人生片刻，于墨卻反覆寫著陽光，寫著滿溢陽光的街道。

讀這幾篇小說，不管什麼時代讀，都讓人難忍心酸。因爲我們讀到的，不是一個人失業、也不是整個體系的無情，而是天眞青春碰觸到後青春年代的冰冷現實。于墨寫了天眞青春在現實之前，如何無力無奈地想要不讓步，又如何無力無奈地節節敗退，終至退到無可退的牆邊，「索性把背靠在牆上了。……這面牆怎麼如此冰冷……這面牆冷冰冰。魯東安想。……」這面牆冷冰冰，魯東安最後只能這樣想，也只剩下這樣一個念頭。

用個人表現主義寫社會現實，寫出一種青春失落前的無力與無奈，這曾是于墨給我們多麼鮮活的新的文學可能性。這也是于墨棄筆離開小說，轉投向專職社會記者領域時，我們的文學承受的最大損失。

台灣社會、台灣文學從青春時代走向新的憂患意識，于墨的缺席使我們少了一份青春與世故交接互動的記錄。于墨留在青春的那一端，吳國棟卻一步就跨進了世故。游離曖晦的中間地帶，那個特殊的魯東安的世界，就此消散不見了。

我在我的青春少年時期第一次讀到于墨，讀到這本當時還叫做《靠在冷牆上》的小說集，深深爲此中那股青春徬徨卻又勇敢表現的氣氛所吸引所感動了。今日，進入不得不世故的中年，活在空前世故的社會裡，再讀改名爲《解雇日》的吳國棟舊作，我很驚訝也很高興發現，其中那些一點都不世故的青春誘惑魅力竟然完全沒有褪色，至少仍或幽微或強烈地喚醒我對青春天眞的記憶與感懷。

通過《解雇日》，我們重訪，喔，不，也許只是窺探，那消逝的青春，消逝的青春時代。

二〇〇三年六月

浪漫主義者的強大生命力量
——讀張惠菁的《楊牧》

不折不扣的浪漫主義者

今年楊牧（王靖獻）第一次被提名候選中央研究院院士，據說在選舉前的院士會議中，有一位學術資歷豐富、並擔任重要官方文化職務的史界大老，公開發言反對楊牧。他的理由是楊牧搞的是些「風花雪月」的東西，主觀性太強，缺乏學術所需的客觀成就。

在張惠菁《楊牧》的新書發表會上，楊牧少年時期就認識，而且一生維持密切關係的好友葉步榮也出席了。葉步榮特別提到楊牧自傳性的散文巨著「奇萊三書」——《山風海雨》、《方向歸零》與《昔我往矣》——裡面所寫的許多往事，都和葉步榮自己的記憶不相符合。楊牧書寫的，是他自己想像中應該發生的，種種經由文學中介改造的成長歷程。

這兩件事、這兩項意見，其實同時指向楊牧最大的特色，以及最高的貢獻。楊牧擁有同一代人中僅見的強大主觀力量，他極度自我，而且毫不保留地放射自我、擴張自我，以自我主觀隨時隨地介入改造他所看到、他所感受到的世界。

這是他作爲詩人的本體力量。這是他在一個除魅、理性、科學時代裡，帶給我們的，無可懷疑無可錯認的浪漫主義視野。楊牧當然是個不折不扣的浪漫主義者。浪漫主義者不相信、甚至不能自覺地理解，人與外在世界的明確分野。他們不斷用自己的感性去包納、僭用（appropriate）周遭的現象，建構起一個獨特、自我的世界，與外在客觀世界相似卻絕不一致，不離卻也絕對不即。

年輕的時候，還使用著「葉珊」的筆名時，楊牧最心儀、崇拜的對象，是十九世紀的英國詩人濟慈（John Keats）。濟慈正是英國浪漫主義運動的大詩人。而浪漫主義信條，在華滋渥斯（Wordsworth）的作品*Lyric Ballad*裡講述得最爲明白。抒情詩人要尋找現實理性所到達不了的境域。抒情的意義在於將感官感情附加於現實事物之上，將之質變改造爲別的東西，現實裡並不存在著，完全由詩人心靈創造出來的東西。

華滋渥斯自己寫了許多身邊平凡、瑣碎的事物。他要把這些現實裡被忽略被刻板定位的東西，用浪漫的抒情力量賦予不一樣的面貌。另一位浪漫詩人，華滋渥斯的好友柯立芝（Coleridge）則反其道而行，刻意追求驚悚、奇險的經驗，甚至大量借助於鴉片等藥物的協助，來刺激詩的靈感。柯立芝的名詩《忽必烈汗》的副題是：「夢中之景。斷片。」直接指向吸食鴉片後在夢中恍惚浮顯的幻影，醒來後將幻影如實記述成詩，當夢的記憶戛然終止無處尋覓時，詩也就無以爲繼，因而成了「斷片」。詩所彰示的，不只和現實無涉，甚至不在詩人現實意志控制之中，一種神祕超越的直觀主觀下的產物。

濟慈的代表作之一〈夜鶯頌〉，被視爲是探索詩人與外在客觀世界出入對話的經典。詩人寧願飲下鴆酒取消自己的存在，以便隨夜鶯入林，體會夜鶯鳴聲裡傳遞的至高之美與樂，可是繼而又生懷疑，如果我已逝去不存，那不就再也聽不到夜鶯之聲了嗎？夜鶯囀唱是永恆的，我們的存在卻是暫時的，這兩者間必然存在的鴻溝該如何跨越？最後在疑惑中，夜鶯啼聲遠離，在飄渺若有聲似無聲的情境下，詩人恍惚無從確認：這一切，究竟是夢還是醒？

楊牧當然讀過〈夜鶯頌〉。他被濟慈的詩帶進了一個浪漫主義的獨特世界，因而寫了從〈綠湖的風暴〉開始的十幾封信，在信裡，藉由向一個死去了百餘年的英國詩人傾訴的形式，楊牧事實上是在練習如何用文字用意象用聲音，改造自己，改造粗糙的現實因素，找出幽微的另一層更高秩序。他從十五、六歲開始，摸索寫詩中感受到的那股衝突，這個時期踴躍地要轉而成爲自覺與自信的力量。

給濟慈的信最後一封標題爲〈作別〉，那時楊牧已經結束了在美國愛荷華大學的學業了。他說：「多少年來，朝山的香客已經疲倦，風塵在臉上印下許多深溝，雨雪磨損了趕路的豪情。我也曾經在盛唐的古松下迷戀過樹蔭，我也曾經在野地的寺院裡醫治了創傷；我在獵人的篝火前取暖，在野獸的足印裡辨識唯一的方向。只因爲遙遠的地方有肅穆的詩靈——而我已經疲倦，倦於行走，倦於歡唱。……」

感覺上，他之所以告別濟慈，是因爲對詩的失望，因爲詩是那樣難以捕捉。作別濟慈的同時，他擺出了一副荒蕪自棄的姿態：「不能把握的我們必須泰然地放棄，不論是詩，是自然，或是七彩斑爛的情意。……啊，舊夢而已！……那些都是我要放棄的：群山深谷中的蘭香，野波急湍上的水響，七月的三角洲，十月的小港口；就如同詩，如同音樂，厚厚的一冊闔起來了，長長的曲調停息了。讓我們把古典的幽香藏在心裡。」

然而寫完〈作別〉之後沒多久，從愛荷華去了柏克萊的楊牧，非但沒有停止寫詩，而且開始動筆寫長篇散文《年輪》。《年輪》比楊牧之前寫過的任何東西都更詭譎、更複雜，已自成一個系統，一個不輕易邀人進入、不肯隨便讓讀者進入的系統。

楊牧也許告別了濟慈式的固定浪漫主義主題與象徵，但浪漫主義最堅實的信念——人依照自己的情感與情緒介入改造現實，卻反而得到了更明確的肯定。從這一點看，楊牧不再需要濟慈作爲他與浪漫主義間的導引，他已然成熟爲一個性格明確的浪漫主義詩人。

楊牧生命最大的力量，正來自於他的主觀與自我。沒有這份令人無法逼視的主觀與自我，楊牧不可能創造出那片炫目燦麗的詩的風景，更不可能如此堅持而持續地寫作始終沉浸在浪漫主義傳統裡的豐饒作品。

創作史上的重要分水嶺

我傾向於視楊牧告別濟慈，到他在《年輪》裡找到新的自信聲音這段歷程，爲楊牧創作史上的重要分水嶺。不只是他把自己的筆名從葉珊改成楊牧，表面上的變化，而是內在一種創作傳統的轉折。浪漫主義很容易吸引少年的心靈，因爲年少時期，對於世界的認識還很有限，會有比較大的空間運用自己的想像去猜測外在環境的應然與實然。少年眼光中所看到的環境的應然與實然，其實都是他自己夢幻的投射，也就都是他以主觀、自我想像去構築的自足系統。

成長帶來的一項沉重代價，就是現實愈來愈無從逃避。一直逼到眼前來的現實，讓主觀想像愈來愈沒有轉圜揮舞的空間。於是有朝一日，少年與浪漫主義自然接近的那份自我與自信，陡然潰裂，告別年少，長成爲一個接受客觀前提、同時也就接受了現實利益訓練的「大人」。

楊牧告別濟慈時，隱約透顯著的，就是這種向現實投降的「轉大人」訊息。這份疲憊的心情，很可能大部分的少年詩人們都苦嘗過。發現自己再也沒有力氣用主觀去阻擋客觀、用浪漫去對抗現實了，於是油然生出自暴自棄的悲嘆。

大部分的少年詩人都在這個關口折磨下投降了，向現實投降，向浪漫告別。楊牧卻不然。依恃著不知是從何而來的增援，他告別了濟慈、告別了葉珊，卻找到了《年輪》，找到了「楊牧」，他終究沒有離開浪漫主義的夢土。

甚至我們回過頭來疑問：他眞的告別了濟慈嗎？張惠菁寫的《楊牧》裡，有一段非常感人的描述，描述她和詩人第一次見面，「……那天晚上，在台北一家餐館，靠窗的座位……他用手輕輕拍著桌面，數度重複（濟慈詩句中）……幾個文字所組成的節奏，與韻律。**A thing of beauty is a joy for ever**，重音時他的手心拍擊桌面，如是五次。」

多年以後，宣稱告別濟慈三十多年後，面對年輕的傳記作者，楊牧想到的還是濟慈，**A thing of beauty is a joy for ever**，如是五次。

傳記寫作的高度挑戰

這樣一位終身活在濃烈自我主觀世界裡的人，顯然不會是個容易的傳記題材、對象。要寫楊牧傳的人，不管是誰，第一個要克服的挑戰就是：如何區別楊牧的主觀與外在世界的客觀呢？我們可以依靠楊牧自己主觀的建構，來書寫楊牧這個人嗎？例如說，可不可以用「奇萊三書」中的童年記述，作爲理解楊牧成長經驗的材料呢？一個如此自我主觀的人，會對寫傳者開放多少客觀的生命歷程，會允許寫傳者的人帶進多少客觀事與物來質疑、甚至推翻他主觀塑建的浪漫景致呢？

換個方向回過頭來問：如果我們用一種客觀的、嚴謹的史學方法，「上窮碧落下黃泉，動手動腳找資料」（傅斯年語）的方法去呈現楊牧，那我們得到的那個楊牧的形影，會不會顯得荒謬而無聊？

如果只有客觀生活事件，而失去了內在主觀的創發，這樣的楊牧還是楊牧嗎？認識這樣的楊牧，對我們理解楊牧心靈中最美好的部分，對我們理解楊牧的作品，會有什麼幫助嗎？難道不會反而倒過來阻礙、甚至傷害了我們接近楊牧的路徑呢？

張惠菁受過正統史學訓練（台大歷史系、英國愛丁堡大學歷史研究所），而且她過去與文學的親近關係，主要是透過小說建立的。由她來撰寫楊牧的傳記，我們有充分的理由擔心，她將如何趨近、認知、保留楊牧那顆極度浪漫的詩心，同時又能跨越過前面提到的那份主客觀衝突緊張呢？

經過一年多的準備與努力，張惠菁的《楊牧》成品，應該可以讓所有關心的人都呼口大氣放下心來。張惠菁搜集了許多相關的客觀訊息，然而在排比敘述間，卻還是保留了對楊牧內在主觀的尊重。張惠菁的手法，比較接近是串連了不同階段楊牧浪漫自我開展出的視野，混成一幅相續且彼此呼應的捲軸長畫，那些客觀的資料則只在有助於我們欣賞、解讀畫意畫境時，才被小心且謙謹地放置在畫幅上。

張惠菁完成的，不是楊牧這個人的時間記述，而是楊牧內在心靈活動的展示。能夠完成這樣的展示，也就證明了張惠菁在歷史之外，多得到了可以進入詩的浪漫地域的高度領悟能力，《楊牧》完成出書，同時也完成了張惠菁的詩的感情教育（sentimental education），勢必將影響她未來寫作的方向與風格。

一個浪漫主義者強大的生命力量，感染、改造了另外一個藝術生命，這是我在《楊牧》書中讀到的最重要、最深刻意義。

二〇〇二年十二月

夢與灰燼

——讀《人生不值得活的——楊澤詩選》

一、

從一九七九年到一九九七年，相隔十八年，楊澤終於新出了一本詩集。

詩集的名稱叫做《人生不值得活的》，不過你不必擔心，裡面所收的詩，不論新舊，都沒有一點點頹廢厭世的味道。楊牧曾經說「詩為人而寫」，楊澤沒有他的老師那麼慷慨，楊澤的詩總讓人覺得是「為少年而寫」。為那些依然有氣有力、膽大狂妄敢愛熱愛的少年而寫。

對愛情不倦的開發、挖掘

詩集雖然叫作《人生不值得活的》，不過千萬不用擔心少年們讀了，會對自己人生的意義生出一絲一毫被動、消極的念頭；該擔心的畢竟還是他們會不會被楊澤那過度生猛，總也不倦的對愛情的開發、挖掘，而弄得鎮日惶惶不安。人生，只要有愛情，總是忙碌的。

畢竟，楊澤反覆訴說「人生不值得活的」，不是對所有普遍的對象而發的，他真正要說服「人生不值得活的」，其實只有那個「絕對」的情人，那個擁有

……野兔般
誠實勇敢底愛欲本能
還有那（在在讓人難以釋懷）
駁雜不純的氣質
傾向感傷，傾向速度
也傾向，因夢幻而來的
一點點耽溺與瘋狂

個性的情人，要教她知道，明明「人生不值得活的」，然而

只爲了維護
你最早和最終的感傷主義
我願意持柄爲鋒
作一名不懈的
千敗劍客
土撥鼠般，我將
努力去生活

這段才是告訴我們大家的。儘管本來人生是不值得活的，卻爲了情人，而可以在塵土裡呑嚥下一次又一次的挫敗。這最後流露出的，其實是戀愛中人的撒嬌與狡黠，人生沒有比這個更充滿活力興味的了。

二、

楊澤善於寫情詩。而且善於寫愛情每一個不同的階段。抒情詩傳統裡，多的是摹寫愛情初萌時的渴慕與欣讚的作品，在一般刻板印象裡，甚至把「情詩」簡化爲「如何讚美你的對象（通常是女性），從而贏得芳心」的單一功能。

讀過楊澤的情詩，你會驚異於感情的大小浪頭波折，如此深邃如此多樣。

近乎完美的情詩

楊澤曾經寫過幾首無論在結構、意象或音聲上，都近乎完美的情詩，値得反覆誦念，又禁得起琢磨分析。

例如像是收在這個集子裡的〈告別1〉。

第一段前四行就提示、整理了全詩的意圖。

在花間

我們常去散步的那條小徑
春天已頹然倒下了
泥濘的夏雨匆匆進行著什麼

我們相偕並行的春天日子已經結束了。而這結束一方面有時序進行（由春而夏）的不得不然，卻在另一方面又有某種突然驚異，甚至神祕陰謀的暗示。象徵愛情的春天爲何「頹然倒下」？愛情倒下後的夏天「匆匆進行著什麼？」這「什麼」正是詩裡要述說，不，要探索並努力捕捉的。

而我們的感官
不慣說謊的裸體也開始厭倦於
一襲過分精緻美好的衣服
（我們曾經激賞過那份表裡合一的奢華感覺）
我們甚至開始開始厭倦自己了
厭倦花之於花瓶中的一些什麼

激情與感官的悸動，畢竟還是要包裹在戀愛種種的外在形式裡。在春天，在愛情的昇華時刻，兩者是「表裡合一的奢華」，然而春天過了，表裡開始分裂。感官激情褪色之後，如何繼續維持外在的戀愛形式？這當然是變心的告白，然而第一段最後兩行，典型楊澤式的邏輯介入了，激情的不再使得

「不慣說謊」的自我感官都變質了，於是對愛情的懷疑厭倦，轉而變成對自己的懷疑厭倦。

因爲，愛情本來就是出自感官的眞實激動，愛的對象分不清到底是「你」，還是「我」內在的感官激動，所有的愛，其實都是自戀，這本來就是楊澤在許多詩裡反覆訴說的。

相對於我們的愛情
啊，我們顯得多麼有限

我們無從去完成愛情外在的堅持與要求。我們竟然就厭倦就懷疑了啊。

從第二段開始，轉成散文詩的形式。第二段開端接續前面平敘的「我們」，然而在連續七個「我們」，一聲比一聲急促之後，終於逼出了對「瑪麗安」的直接呼喚，詩也從描述變成了獨白傾訴了。

溽夏的夜晚，我們的一切正在焚燒：我們的髮，我們的眼，我們的衣飾與信札……

溽夏的夜晚，相對於我們，我們的戀情正在絕望的焚燒……我們的愛——瑪麗安，如何像群樹那般不斷生長，像星球一樣永恆運轉……

這是一個自尋煩惱的浪漫少年，清楚的苦痛告白。對愛情最高標準的要求，不能忍受愛情停滯，要愛情不只永恆，而且不斷生長。正因爲對愛情要得那麼多，反襯出自己的無能，相對那愛情的理想夢幻，現實的愛情難免使人厭倦，放眼看去竟都是焚燒毀壞，以及焚燒後的種種灰燼。

> 秋天已經來了，我看見樹與樹葉那種難忍的分離……
>
> 我在你遺落窗前的書上讀到這樣一句話：「春天曾經來過這裡，但不久就走了。」相對於春天，夏天，秋天；相對於所有的季節——我們的愛情顯得多麼有限……

在這裡我們看到楊澤謀篇的技巧。由春而夏，由夏而秋，一開頭的句子直接表現爲前段愛情夢幻的對反。「樹與樹葉那種難忍的分離」，揭穿了夢幻裡群樹將「不斷生長」的宣告，打破了自己前面建立起的「樹／生長」象徵譬喻。

春天消逝的事實，繼而被寫爲書上的一句話，而且與「你」有著曖昧的繫屬關係。「你」是不是應該接受你的書裡寫的，像我一樣接受，春天「不久就走了」的必然？在一切必然的定律面前，愛情是不是也在定律支配下，如是有限？秋天這段整理了前面出現過的所有主題、意象。於是下一段楊澤就不願如公式般接著寫冬天。異軍突起地，一組不論是視野或邏輯都非常不同的句子扮演了「轉折」的功能。

> 在山口隘角，今晨我親見一隊行色匆匆的旅人走過。遠方——我的心迅速攀過群山，已在山那方……

苦惱中，爲自己與愛情的有限而輾轉難寐的詩人，在刹那間找到了如何救贖愛情、超越有限的辦法，藉著「遠方」的暗示，藉著從「群樹」到「群山」的視界頓開。

怎麼辦呢？詩人說：

讓我們動身，離開自己……瑪麗安，讓我到遠方去完成我的思念吧！記憶，偉大的記憶與夢想將支持我，然後我將把自己完全地題獻給你……

離開自己。愛情對象與自己的反身關係下，離開自己，也就是離開瑪麗安，這正是〈告別〉的主題。不過離開，在楊澤多情、卻又難免有些狡詐的筆下，卻不是「厭倦」的自然、無聊結局，而是由離開才能成就記憶與夢想，離開現實裡的裝扮與謊言，到遠方，「不在的在」反而能保證愛情的「成長與智慧」。

我們已經感受到了楊澤利用重複類似字眼所塑造出的特殊音樂性。不可忽略的是他語氣裡的迫急性，以及緊接連結的祈使句。他的每句話都在命令、在要求、在索取，主觀任性卻又自以爲是的少年情懷，對瑪麗安、也對自己不斷命令、要求與索取。

在到遠方去的路上，我將告訴他們：我的名字也叫瑪麗安

在到遠方去的路上，因爲你，瑪麗安，我將擁有數倍的惆悵、喜悅與愛

在到遠方去的路上，因爲天空，我將擁有一種不曾眞正遠離的感覺……

拔除了眞實的牽絆，於是愛情的主體、客體與愛情本身，反而可以在「離開」的動作裡結合，那個自私的詩人，於是可以用記憶與夢想同時扮演愛與被愛的角色，在想像裡充足了雙倍的喜悅與愛。不過當然，沒有具體對象的愛的空洞與惆悵，也因而是雙倍的。「離開」之後，冬天有了新的意義了。

這樣困苦
守著冬日長夜
守著瑪麗安，哀傷而疲倦
一株夢裡帶淚的薔薇在
一旁醒來

我祇爲了重複
告訴鏡子的那句話
（這將成爲瑪莉安、鏡子和我三人信守的祕密）
這次離開她，就永遠不再
離開她了

這所有的話，其實都是對著鏡子說的，其實瑪麗安沒有醒來、沒有聽見。這一切，包括那一聲聲「瑪麗安」的呼喚，都是詩人對著鏡子試圖處理對既有愛情關係的不耐而編織的層層藉口。然而這藉口，多不負責任、卻又多美。在不負責任與美麗感傷的縫隙間，楊澤塡之以滔滔難以抵禦的雄辯。離開是爲了把有限愛情，用記憶與夢想予以永恆化，因離開而把自己變作瑪麗安，於是瑪麗安成了自戀的一部分，成了永恆的記憶與夢想，當然永遠不會再分開了。

三、

雄辯。這正是楊澤所有的詩的基礎。別的東西，你都可以找到來源。西方的浪漫主義。現代想像。或者是中國古典樂府詩裡的宕然釐然，杜甫式的悲懷沉重。這些都是楊澤和他那個世代的其他詩人們，共享的財產。唯獨雄辯，幾乎是楊澤獨有的。

總是不斷地在詩裡設下一個又一個問題，給了一個又一個答案，不過答案一定不是我們可以接受的問題對應，於是楊澤就用各種技巧，誘引強迫我們接受，不管原先的不能接受，要我們接受：他的答案竟是最好的答案，甚至是唯一的答案。

雄辯的精采表演

這種雄辯的表演，我們只在楊澤的詩裡看到。

在風中，在落日的風中
我思索：一個人如何免於焦慮或渺茫
他的愛，他的愛如何得到一種崇高的表達？
除了——通過陽光
比大理石更堅實的光輝，通過季節通過群星
啊，遠比命運更莊嚴的運行，他如何在
風中獨立、思索，當
落日在風中，蒼茫墜落無聲……

——〈在風中〉

問題裡已經預設了答案，然而答案卻又指涉回到問題的原點，更加重了「焦慮或渺茫」的氣氛。整組雄辯藉著這樣的循環結構，烘托起愛的聖潔與必然性。詩人之所以能在落日的風中思索，其實是已經認識到了他的愛所要通過的「莊嚴的運行」，實則他連「在風中獨立、思索」的資格都沒有。於是疑問不再是疑問，成了更不可動搖、不可質疑的眞理，崇高的愛的眞理，發問本身已經肯定了對這個眞理的確信不疑。

華美的宴席，原是古今
多少俗人的聚散與匆匆

浮生若夢，何曾
夢覺？卻如何解釋——
這夢中的醉醒與眞實（悲歡
離和，對酒還當歌）

——〈打虎〉

這是利用一連串的譬喩，各自間的齟齬不合，而營造起的雄辯。宴席的聚散與匆匆，被擴大爲「浮生」無根的感慨，這樣的「浮生」不是經常被比擬爲夢一般地虛幻短暫嗎？於是不只筵席與酒醉讓人不清不楚，整個生命本來就是「何曾夢覺」。然而這樣的全稱譬喩又立刻被拉到細部層次，故作認眞狀地追問：如果人生一直都在夢裡，那夢裡是醉是醒有什麼差別嗎？夢裡的眞實與夢裡的迷茫，該一視同仁，還是分別看待？

經過這樣的安排，夢與醉與醒之間，突然就有了複雜錯綜的關係，引出後面似眞似假的老虎般的「魔」，以及一段進出時空的古今對話。

又例如〈告別2〉裡這樣的詩句

……愛是一種苦難
我加諸於她，一如她欣然承受
因爲愛是一種宿命——先於愛

先於苦難，把我們的存在放在一起用永恆衡量
而永恆是我離開她，留給她的一片
無盡的黃昏與等待……

哲學式的詭辯。愛是苦難，卻同時又是一種先於愛又先於苦難的宿命。於是愛不只是苦難，而是用永恆衡量的苦難的宿命。無從逃脫。

楊澤善於營造這種種的雄辯。他的詩不是單純的浪漫情緒堆砌。他的愛情有許多唇舌的解釋，有無盡的道理。爲了鋪陳這些道理，爲了說服人家接受這些雄辯，他的詩裡有比別的詩人大量的哲學探索、炫人耳目的循環邏輯圈套，還有大量、快速的時空移轉、角色扮演，把你從台北帶到馬賽、帶到里奧、帶到格拉那達Café，爲了讓你相信：你感覺陌生的道理，其實是陌生遠方、陌生人們篤信不移的道理，沒什麼好驚訝、也沒什麼好懷疑的。

當然，也有些時候，再巧妙的問答，也無法讓我們順利嚥下楊澤所調製的雄辯。碰到這種時候，在我們開口質疑發問之前，楊澤改說爲唱，用吟誦出的豐富音符，錯亂了我們的理智判斷能力。

四、

……——音樂
何種音樂搖將起來

可安慰生者與死者的魂魄?何種
音樂可自由穿越陰陽
將生與死,天與地
緊緊地縫合在一起?

音樂,何種音樂
搖將起來,歌將起來
可拭生者臉上的淚痕?
音樂,何種音樂
搖將起來,舞將起來
可使時間不用過去
未來不必發生?

——〈有悼〉

這兩段詩本身就充滿了音樂性。更令人無法忘懷的是楊澤面對生死時的追問,詩人深深相信,音樂,而且唯有音樂,才「可使時間不用過去,未來不必發生」。

中年以後的楊澤曾經不無感嘆地說:「少年原不惕死,奈何以死懼之。」少年不怕死,並不表示少年在和朋友親人訣別的時候,不會沮喪不會懷疑。然而他們眞的是不怕的,因爲他們的生命還太飽滿，飽滿到讓他們感受不到永遠死滅的絕對，他們還是追問，而且相信，總有些什麼是「可使時間不用過去，未來不必發生」的。而且他們還有音樂。

詩依隨著音樂的邏輯

音樂對楊澤極端重要的，不只是他的詩擁有一種自然不造作的韻律。楊澤當然沒有研究過中國傳統音韻學，他當然不曾刻意安排過詩句的韻腳，然而像這樣的句子

我已歌唱過愛情——
如今我將保持沉默。
喜悅以及悲傷，我已經爲她
啊，浪費掉我的一生
（在旅人休息的樹下，我躺著
與我不再詠嘆的七弦琴）

——〈我已歌唱過愛情〉

「情」、「傷」、「生」、「琴」還有「她」、「啊」、「下」的交錯出現，製造了鏗鏘的音聲效果，而括號裡拉長的句式，破壞、同時又互補了前面典型的詠嘆風。這樣的句子，證明楊澤是現代詩人裡，最具有音樂感的前幾名。不過不只這樣，更重要的是，楊澤的詩，自始至終依隨著音樂，尤其是歌唱的

邏輯。

記不記得那句因被王禎和引用在〈嫁粧一牛車〉文前，而廣爲大家記誦的名言：「生命中總有一些即使是舒伯特也無言以對的時刻。」爲什麼是舒伯特？因爲舒伯特只活到三十一歲，僅有的短暫十八年創作生涯中，他竟然滔滔不竭地寫了超過一千首曲子。因爲舒伯特的音樂以善於摹寫、發抒人的種種情緒而聞名音樂史。因爲音樂被視爲是最能應付人類「非常時刻」（critical moments）的感官影響，幾乎每個文化在重大的生命階段——生老病死——儀式（rites of passage）中，都格外強調音樂的不可或缺。如果到了連舒伯特——及舒伯特的音樂——都無言以對時，那就當然是人生至極的尷尬了。

楊澤的詩，記錄了這樣的重大生命轉折，他對待這些經驗——尤其是愛情的追尋與失落——的態度，與其說是語言或文字的，毋寧更接近音樂。

音樂的態度就是保持和一般生活理智若即若離的關係，自成一種心情的語彙。而且不斷反覆誦唸。而且在反覆歌唱中，慢慢模糊了「人／我」、「個人／集體」的界線。詩裡表達的可以是個人一時的感受，卻也可以是大家共同大合唱的匯集。可以是對著某個確定對象的傾訴，卻也可以是星空下一遍又一遍獨自歌唱。可以如此熟悉通俗，卻又禁得起再次再三拿來印證每個戀愛中或失戀後的少年熱情，以及熱情燃燒過後，留有餘溫餘火的頹廢灰燼。

如今我將長久保持沉默。
喜悅以及悲傷——除非

大陸淪陷成海，海
淪陷成荒原，荒原
開出玫瑰而她向我走來——
我將，啊，永遠不再復活

——〈我已歌唱過愛情〉

五、

楊澤在詩壇出道甚早，成名也早。一九七七年，大學剛畢業，第一本詩集《薔薇學派的誕生》出版。不到兩年之後，又有第二本詩集《彷彿在君父的城邦》。一九八〇年，離台赴美念書，詩作遽減。

楊澤的詩的歷程，不是特例，幾乎是台灣詩壇的通則。年少早慧的詩人一個個冒出頭來，在三十歲、甚至更早之前，寫出令人驚訝驚艷的傑作，然後在大家正努力練習記得他的名字，以及一些必然拗口的詩句時，在我們都還沒回過神來之前，他們就停止寫詩了。有的是真正完全不寫，像瘂弦。有的是寫出味道完全不同、不再能讓人感動傳誦的詩，像鄭愁予。有的是產量少到不足以維持詩集的編輯出版，像楊澤。

詩與少年，或與少年心境緊密連結，這是台灣現代詩史上無可推翻的必然。或自願或被迫地離開了少年心境之後，便不再有詩。

台灣現代詩的浪漫特質

因爲台灣的現代詩，不管表面上用的是什麼名義，骨子裡其實都是浪漫詩。我們從來沒有史詩，儘管七〇年代高信疆挾「人間副刊」、「時報文學獎」的強勢威力，提倡「敘事詩」，然而成就相較卻極其有限。收在《人生不値得活的》集中，有一首長詩〈蔗田間的旅程〉，顯然就是對當時「敘事詩風」的響應之作。然而放在楊澤其他浪漫詩作間，〈蔗田間的旅程〉畢竟是鬆散、平淡了些。

我們也從來沒有聶魯達式的革命詩傳統。那種一方面發抒詩人一己情愛信念，一方面卻又激動、籲求群衆參與革命的詩。我們的詩裡，革命和戰爭一樣，總是在最內在的心裡腦裡內分泌裡進行，要不然就是在最遠最遠，天邊的遠方。

我們的詩人，善於操縱文字、玩弄意象，卻顯然對煽動人心、蠱惑情念，相對地束手束腳。任何與群衆有關的東西，要嘛就是可鄙的、要嘛就是危險的。依從社會集體性的需要，寫出的其實沒有群衆基礎的宣傳詩篇，是可鄙的；逸出政治意識領導範圍，直接而有效地對群衆喊話，則是危險的。被當權者視爲危險的，而且可能給詩人帶來實質的危險，這樣雙重意義的危險。

所以詩人，在如此環境下，注定是浪漫的。他質疑、不滿現存的秩序規範，他思索、呼喚這個社會不允許他輕易擁有的愛情、理想，他慕戀、誦美一個想像的、完美的國度。然而所有這些感情內容，只能表現爲一種個人、自我層次的烏托邦。詩人注定孤獨。他的質疑、不滿，不能和別人的質疑、不滿，匯集成爲革命或改革的力量。他的理想總是指向自我的挫折或逃避，不能翻轉過來以社會、組織爲實踐場域。他的想像國度裡，只能有他自己一個子民，而且永遠不能當作建立一個地上王國的藍圖。永遠在空中，永遠在他自己的想像裡。

楊澤承襲並發揚光大了這個個人浪漫傳統。至少有兩點，是他對這個個人浪漫傳統的突破性貢獻。第一是明白地抬高了詩人的絕對性優越地位，利用詩作本身，將詩與詩人塑造成為對抗滔滔俗世的救贖力量。他的詩有非常突出的對抗性。在情愛的詩裡，詩人無助而無奈地對抗著永遠縹渺難以捉摸的愛人，以及自己倏忽而生、倏忽而逝的愛情激情；然而在另外一批詩裡，詩人卻是篤定而驕傲地對抗著一切的毀滅、敗壞，以及比毀滅、敗壞更可怕更可惡的——庸俗。

在風中獨立的人都已化成風。

在風中，在落日的風中
我思索：一個詩人如何證實自己
依靠著風，他如何向大風歌唱？
除了——啊，通過愛
通過他的愛人，他的民族
他的年代，他如何在風中把握自己
有如琴弦在樂音中顫慄、發聲
與歌唱……

——〈在風中〉

因爲詩的沉痛允諾
因爲詩的沉痛允諾，這是可能的：
我再度追索我的耿耿不寐到達一黑暗之廣場
雨雪霏霏，在靈風死寂的旗下
雨雪霏霏，髣髴佛的千手遺忘的千手。而
我流淚獨坐，聽見黎明在城市的底部
在整個盆地的底部，那樣艱難遙遠地
喊我的名字……

——〈蜉蝣〉

不管是大風，或靈風沉寂，對外在環境的指涉、描述，一律都是壓抑、荒蕪的，鋪陳著一種「自我的不可能」（impossibility of ego），自我之所以不可能，因爲承載自我、解放自我的高蹈理想徑路，被封殺了，也被庸俗化了。詩是這種「不可能」中唯一的奇蹟，透過詩，本來不可能的，雖然艱難沉痛而且遙遠掙扎，畢竟變得可能了。詩人凸顯了自我，凸顯了窒息的一元化環境裡沒有辦法徹底清除的另一種聲音，在未來、在空間與時間的遠方，詩人的聲音終將征服這個城市、這座盆地幽微的底層。

在風中，在落日的風中

假如他大聲歌唱，他將喚回所有逝去的
歌者，站在他的四周，環繞
他像群星環繞宇宙的黑暗與空虛
歌唱光明，歌唱愛；
在風中，在落日的風中
假如他逆風流淚奔跑，大風
將與他並行，爲他悄悄拭去
所有的淚……

他甚至將征服大風，讓本來阻止他發聲唱歌的大風，轉而撫慰他所有的委屈。

這是楊澤特殊自信而迷人的詩人觀。他比其他詩人更辛勤於挖掘個人浪漫內在，與外界集體秩序格格不入的部分。並且招引著所有在成長過程中，被扭曲被壓抑的少年們，以詩來作最危險卻也是最安全的叛逆。

用詩建立起的自我王國

楊澤的詩是叛逆的，但卻絕不虛無頽廢，這是他對個人浪漫傳統的第二個重大貢獻，他和所有的少年詩人一樣，有濃濃「反世故」、「反人情」的傾向。反對虛僞、形式的人情關係，所以會格外專注於凝視、擁抱愛情裡沒有規律可循、沒有禮儀形式的一切欣悅、苦痛、狂喜、沉悲的細節。也正因爲反對世故裡「天底下沒有新鮮事」的態度，所以棄絕既有的文字與思想邏輯，用詩來建立自我王國。

所有那一代詩人自塑的想像王國裡，楊澤的王國與外在現實關係最緊張。楊澤不甘於只在自己的王國裡作想像的國王，他太驕傲，驕傲到他一定要把詩人對現實的不屑淋漓地表達出來。他對現實有一種敏感，他不會把現實簡化成為巨人或侏儒，他筆下的現實充滿種種轉折，而每一個轉折，都可以使詩人摔跤。

詩人一路跌跌撞撞，像酒醉夜歸的武松。可是他不會繞道的。他注定要遇上那隻凶殘無比的老虎，而且不管旁人怎樣預期猜測，他注定——楊澤的浪漫詩裡——要打虎歸來。

楊澤的詩，一次次重寫著少年大衛打倒巨人的故事。用對抗現實秩序過程中的挫敗、犧牲到終極勝利，書寫著一闋闋對青春對個人主義無保留的頌歌，難怪吸引了一代又一代被教育、被家庭壓得喘不過氣來的少年們。

六、

就對集體秩序的叛逆這一點看，楊澤和所有六〇年代成長的台灣詩人一樣，都流著現代主義的血液。不過和他的前輩相比，楊澤的現代主義姿態，有了進一步的都市性格。

五〇、六〇年代台灣現代詩，當然是現代主義的天下。那個時代許多信奉、服膺現代主義的詩人們，其實並不像後來鄉土文學論戰中「現實派」所刻畫的那樣崇洋、虛僞。「現實派」（或「鄉土派」）為了讓文學的價值回到對現實的反映反省上，很自然地把這些作品中嗅不出一絲一毫現實氣味的詩人們，一竿子打翻爲洋奴、漢奸，只知道抄襲西方美學、拾別人的餘唾，卻不願或無能去正視「什麼時代什麼地方什麼人」（唐文標語）的根本。

「現實派」舉證歷歷的指控裡，有一點的確不可移易。那就是五〇、六〇年台灣詩人的生活現實，並沒有眞正和西方現代主義產生的背景相合的地方。不管是都會、工業，不管是市民社會的騷動不滿，不管是宗教的崩落、秩序的不再，不管是存在哲學對既有意義的深刻挑戰……這些都不可能出現在「反共抗俄」威權獨霸的台灣。

不過「現實派」以此作理由，判定現代詩裡的荒涼忐忑情緒爲虛爲僞，卻是不公平的。五〇、六〇年代詩人們借用西方現代主義的形式與語彙拿來表達的其實是他們自己另一種的存在危機。戰亂流離、國族挫敗、等待末世更大毀壞的存在危機。這樣的危機，一樣會帶來對生命舊有安穩邏輯的徹底不信任；而且這樣的危機，在當時的環境下明明存在，卻不可說。詩人爲了要說這不可說卻又非說不可的困苦悲愴，於是轉用一種官方、大衆所不熟悉、無法辨認解讀的祕密符碼，書寫、交換他們的惶惶不安。

這是楊澤出現前的台灣現代主義。一種借題（或「借『符』」）發揮的現代主義。這現代主義的調調，自然是楊澤所熟悉的，不過前輩詩人的那份恓恓惶惶，卻不在楊澤的經驗裡。

嘉義市大街冒竄出來的少年

正如楊澤四十歲之後所告白的，他成長的背景是「典型的台灣市井」，一個現實感強烈到淹沒了任何抽象道理的環境。這樣一個從嘉義市大街冒竄出來的少年，雖然在表面上繼續著現代主義的既有把戲，不過實質裡他卻是遺落了前輩的流亡潛意識，代換上他自己新鮮的都會、市街經驗，弔詭地在那個現代主義飽受攻擊的年代，寫出了其實更接近波特萊爾或奧登的詩。

城市的夜是激烈的搖滾在遠處爆發
我在霓虹的紅雨下爲櫥窗的星星所射殺
世界在海變中向下沉淪
直到惡夜的中心
有人彎身撿起一支口紅
我發現你我的城市只是
被丟棄在路旁的
一截再也點不燃的菸蒂

——〈雨日，女人No.12與35〉

不過楊澤除了從六〇年代繼承了現代主義之外，還投身在七〇年代的民族主義「中國熱情」裡。他的詩一方面比五〇、六〇年代的前輩作品，更都會更現代；另一方面卻又比他們更中國。

收在「輯3：請衆同禱」裡的詩，最迷人的地方正在於楊澤不斷展現如何穿梭於現代都會與古代中國之間的恍惚身影。這種恍惚、這種時代錯亂，是七〇年代青年特殊的情懷，反映了他們特殊的抑鬱。

「聽哪！
啊，中國人！」
我以爲聽到了血泊中
那播音員臨死的迫切呼聲
但人車喧騰，那只是——
失落在市塵中的
山河含恨……

——〈我的祖國是一座神祕的電台〉

下午六點鐘的時候，在台北，在八億國人的重圍裡，瑪麗安，我們的散步已變成不可能。……我自認的無辜，讓我覺得我們已錯入最敏感的政治地帶：叛變、行刺、暴亂埋伏四周——以及最大量的生死最大量的流離，以及，革命與反革命的名下，一切都帶著血腥，血淋淋的，血的感覺……

但是瑪麗安，這祇是我一時的幻覺；我們並非在大陸的核心，而是在它邊緣的廣大海面。下午九點鐘的時候，假如我們像城裡其他的人從一場好萊塢的新片出來，愛與和平仍然占領西門町……

——〈在台北〉

通過都市，通過現實台北景象的嘈嘩混亂，楊澤成功地繞道現代主義，在七〇年代建立了屬於他自己的「中國連結」（China connections）。中國，一個抽象的存在，代表著超出詩人個人層次的集體與歷史悲劇，成了詩人擺脫現實庸俗、混亂的理想情境。詩人的混沌、無聊、不耐與憂煩，正來自於缺乏一個可以定位、辨識自我的超越性地圖。那個「中國」，交錯著對「瑪麗安」的親暱愛情，提供了詩人迫切需要的自我鳥瞰。因中國的大、廣袤、遼遠，保證了個人存在的超越性意義；又用瑪麗安的特定的愛，保證了自我的獨特唯一性，不至於被「八億國人」吞沒，成爲單純的數字、部分。這是楊澤以詩來與「自我的不可能」的抑鬱環境對抗的重要策略。

不論在時代迢遞錯換之後，楊澤自己如何逐步遠離了這種帶有濃厚民族主義的心態，我們都將無法否認楊澤曾經在前輩余光中、鄭愁予以外，寫出另一種「中國連結」的事實。

鄭愁予的「中國連結」專注在挪移許多傳統式的「情感結構」在現代詩裡，尤其是舊式男性中心式的浪子意象；至於余光中，則是直接繼承「五四」西化派，把中國刻畫成個人命運上最初亦是最終的宿命枷鎖，欲擺脫之而不可，於是只能反覆摹寫那種掙扎、徬徨、憤怒以至絕望的激動。

鄭派與余派的「中國連結」，在五〇、六〇年代都曾經有過強烈的影響力量，也大致是現代詩裡處理中國問題僅有的兩條路線。直到楊澤出現。

楊澤詩中用現代主義的冷眼，來檢驗、喟嘆他所看到的現實，他沒有隱瞞、沒有逃避，可是卻也完全沒沾染鄉土文學式「現實主義」的濫情、軟心，因爲他眞正熟悉的現實是市井裡的畏葸狹隘，以及窒息個人才華的無聊困頓。

相對地，遙遠的中國，不美好但卻恰好可以想像轉換爲烈火煉獄，就成了少年藉以鄙視現實、自市井中超拔出來的一塊磁鐵了。中國與愛情，正是楊澤開給當時所有「市井少年」的兩帖救贖藥方。

七、

時間是我們永遠的疑惑，也是最迷人的遊戲。因爲疑惑，所以迷人。永遠窮究不盡其中的機關，所以可以永遠地玩下去。在時間與記憶的迷宮裡，迷失、尋路，以爲找到熟悉的街路、卻又再度迷失。

允許我再重複一次：楊澤所有的詩，都是少年情懷的反映，都是用少年的心，爲少年而寫的。激動、困擾、任性、吶喊，這都是少年的自我，最不爲世故所欣賞所容許的。楊澤用詩的形式，把這些本來會隨時間、年齡而衰敗變質的東西，結晶存留。

作爲詩人的楊澤，總是不老。每一代的讀者都可以一再地透過詩，感受到那顆心的躍動。少年讀到色彩奇幻瑰麗的夢境，中年以後的人則從詩裡彷彿挖掘出一堆灰燼。因灰燼而想起曾經燃燒過的一切，火光與奢侈的毀滅。也因灰燼而忍不住伸手探尋冰冷的最深處，原來還藏有上一個世紀、上一段歷史遺留的殘溫。

時間是這一切的總主宰者。時間的弔詭。顏元叔曾用「向度龐大」來定性楊澤的詩，而這龐大的向度其實是靠最短暫與最永恆的交錯易位而撐持起來的。用最永恆的暗示，來寫最短暫最難捉摸的少年意念，這就是楊澤的詩。

少年時期，我曾經在楊澤的詩裡讀到夢。現在則重新讀到了夢焚燒過後的灰燼廢墟。夢的部分，大家都能自己領受，然而那灰燼廢墟，我卻忍不住爲之註記導遊一番。

一九九七年七月

傷心書寫

——讀林泠詩集《在植物與幽靈之間》

詩藝繆斯格外寵愛的少女

二十年前，楊牧爲洪範版的《林泠詩集》作序，超過萬言的長文耐心仔細地詮釋林泠詩中獨特的抒情詩，以及她「直指音韻和詩的本質」的「秉賦敏感」。文章最後一段，卻染上了一點滄桑意味，楊牧說：「回顧這些，想到林泠所加諸於現代詩三十年的神采，我們更有許多期待，……〈古老的山歌〉裡想望的聽衆在林泠打算『結束』甚麼故事的時候，曾經仰起頭來問道：『後來呢？』

「『後來呢？』」

那結尾的「後來呢？」是楊牧暗示的激勵，同時也含藏了楊牧深摯的憂心。會有「後來呢？」如此一問，實在因爲林泠在少女時代，從十四歲的一九五二年到二十歲的一九五八年曾經迸發展現過驚人的創造力，〈不繫之舟〉、〈叩關的人〉、〈星國〉、〈未竟之渡〉、〈斷流〉、〈「一九五六」序曲〉、〈潮來的時候〉等一首又一首讓當時詩壇驚豔、日後又反覆選入多種選集的詩，在林泠筆下彷彿不費吹灰之力源源流淌而出，可是一九五八年之後林泠與詩之間的關係突然變得疏離而任性了，像是吵架分手了的舊情人般的關係，只在一九六六年、六八、六九年各復燃過一段緊湊熱烈的互動火與光，另外就是長時間的寂靜冷淡。楊牧在一九八二年時問的，顯然就是那個被詩藝繆斯格外寵愛的少女，不應該也不可能就這樣完結了與詩之間的故事吧？後來呢？

會問「後來呢？」，可能也受到林泠詩裡散射出來的氣氛感染。林泠的詩本來就是流盪的，〈不繫之舟〉裡表達得如此強烈：

沒有甚麼使我停留
——除了目的
縱然岸旁有玫瑰，有綠蔭，有寧靜的港灣
我是不繫之舟

也許有一天
太空的遨遊使我疲倦
在一個五月燃著火焰的黃昏
我醒了
海也醒了
人間與我又重新有了關聯
我將悄悄自無涯返回有涯，然後
再悄悄離去

未完成的神祕旅程，漂泊過程中自我賦予的游移不定，似乎總該通向某個定點某個答案吧，這種氣氛，「未竟之渡」晃漾在川中的懸岩，讓人忍不住覺得林泠所有的詩都是一首大詩的片片段段，因而不能、不該相信就以此片片段段的形式終曲，必得問一聲：「後來呢？」

越過八〇年代，又越過九〇年代，這「後來」卻遲遲不來。到讓仰頭等待的人都已經要放棄了，「後來」突地以《在植物與幽靈之間》出現了。用林泠自己的話說，「長期的蟄伏」之後，而竟有「飄忽不定的偶出」。

二十年後「飄忽不定的偶出」

「飄忽不定」不只是林泠的詩的行止，「飄忽不定」是林泠的詩的本體精神。等了二十年才等到的「後來」，最讓我們訝異的第一印象其實是一股前後銜接、延續不滅的詩心精神。一九五二年林泠的第一首詩〈流浪人〉寫的是

我多嚮往於你
吉普賽的腳步
遲重的
卻伴著琴音……
走不完的路

搖曳著黝暗的身影
青春的花朵揉碎在路旁
熱情及愛恨
塞在背後的行囊中

這種流浪的主題，換了一個爵士式即興卻又有點刻意孤僻的調子，再現於一九九八年的〈移居，靈魂的〉：

靈魂——
呼籲移居：遷出
這心室的高寒
與巍峨；而設籍於肌膚
聚不癒的瘡痂
逐汗與血的水草而居

……像一首詩，萎滅
於自身觸發的激越；
讓輕音逃出

從每一層隱喻的浮屠
而細碎地，與初識的靈魂
在同一次水難中
消亡——

同樣的主題也登上了二〇〇一年寫作的〈逃亡列車〉，讓林泠堅決地吐露她的來處

是滄浪以南的水域
屬於野薺餵大的
善於遷徙的人家——善於
追逐和逃亡：我族類的箴言

回歸即是出發……

是的，林泠是善於追逐與逃亡的，多年前她的詩之所以迷人惑人，正因爲她不斷在詩裡閃現逃亡般倉促遠去或即將倉促遠去的背影，望著那如嵐浮現又如霧蒸滅的身影，才讓我們焦急追索：「後來呢？」後來，後來是更多的逃亡，更多的流浪，更遙遠更廣袤的逃亡與流浪。

《在植物與幽靈之間》有兩首詩，不經意地留下了兩條線索，讓我們循以追蹤目今的林泠的關懷

底蘊，同時又如同開了一扇時光之窗般讓我們窺視了過往的林泠的流離根源。

在動眼科手術之前寫的〈20/20之逝〉詩中，林泠以空前明澈的辭語與意象，清晰演繹了自己一九五五年時在〈紫色與紫色的〉裡留下的偈語般詩的告白：

那延伸於牆外的牽牛花
像我的詩篇一樣，野生而不羈

詩爲何、又要如何「野生而不羈」呢？林泠現在以理直氣壯的反詰給我們答案：

啊　大夫　你說甚麼
台北的街頭並無
筑色的光暈一如
莫内的巴黎？　你竟
悍然地斷定
我看到的　觸及的
夢見而寫入詩裡的只是
生命的異象　歲月的
垂垂——那朦朧

雲一般的障翳
有一串串長長的
拼不出的　鬱過地中海蒼藍的
拉丁的名字

你要還給我
20/20的視力：炯爍
而明晰　絕不妥協的
黑與白的對比
　　　　那豈不是
啊　大夫　我昔日的摒棄……

這些句子揭示了林泠詩學的核心價值——一種刻意的迷濛效果，一種對於清晰視野、明白答案想方設法的主觀規避。換句話說，一種對於秩序與條理，對於文明意義的挑釁。林泠的「野性」、「不羈」不是來自否定與拒絕既有的文字與文明教條，不是來自於對於某種想像的烏托邦的刻畫、追求，而是以慵懶不經意的姿態不斷設問騷擾：「是這樣嗎？」「可能這樣嗎？」「爲什麼這樣？」

創造刻意的迷濛

換到我們來問：爲什麼要創造刻意的迷濛？〈20/20之逝〉給的回應是：迷濛中才能看到台北街頭「筑色的光暈」、迷濛讓我們看到清晰裡所不具備的更多更美好的東西。迷濛又不僅止於想像，因爲在想像中，我們與想像之物隔著無法跨越的距離，被想像之物只存在於想像裡，無法眞實呈顯；但迷濛中所見的卻是可疑的眞實，可眞可假、亦眞亦假。

不過這只是答案的一隅。我們還要在別的詩裡尋找答案的其他拼圖版塊。我們找到〈墮馬的王子〉，可能是林泠創作過的詩中，敘事性最爲強烈的。這首詩有副題：「寫給三哥，以及所有被攫取了『平凡與無名的權利』底哥兒們」。詩中縷述了三哥生命的種種，在結束敘述之前，突然插了這麼一段：

僅只有一次，他要
讀我的詩——而後淡淡地
質疑：幹嘛總是寫這
傷心的事兒
這世界，有誰記得
又有誰會眞正的
在意？……

是了，「三哥」給我們閱讀林泠的另一條重要線索，林泠寫的是「傷心的事兒」。不是悲劇，是生命裡如波如濤不斷襲來又退去的傷心，那些大部分的人寧可遺忘、寧可不在乎的傷心、疑沮與低抑情緒。

不記得、不在意這些傷心、疑沮與低抑情緒，應該有演化上的道理吧。我們得不斷將傷心、疑沮與低抑情緒拋在腦後，才能打起精神來對付生活。要不然，不就被纏繞在其中，再也無法往前跨任何一步了嗎？

林泠卻捨不得這些傷心。迷濛爲了抗拒現實世界對「傷心的事兒」不斷的遺忘與忽略。清楚明白的狀況下，「傷心的事兒」就被晒乾蒸發了，只有靠著眼翳般的半遮半顯，我們才會一直看到，一直在意著那似眞似假、亦眞亦假的傷心之影。

林泠用迷濛之筆不只書寫傷心，而且留存傷心。少女時代寫起那些「傷心的事兒」多少帶著點撒嬌，傷心成了建構「私我神話」（楊牧語）的理由與結果；歲月逝流，再回到詩的領域裡的林泠，迷濛依舊、傷心依舊，然而在以迷濛留存傷心的主題上，她展現了新的策略、甚至新的向度。

《在植物與幽靈之間》沒有大開大闔、沒有氣勢磅礴，絕大部分的詩作維持著「小品」的風格，然而在「小品」中卻浮凸出令人無法直視、卻又逼至胸臆的廣袤意識。不只是林泠取設的場景無遠弗屆、採擷的典故輻射寬大，更重要的是，文句的流動似乎總是外擴的、散放的。

林泠這批新作裡有山石、有螳螂、有聖嬰、有人類始祖「露西」、有克拉坷（**Krakow**，波蘭地名）與安達路西亞、有老人木、有平頂頭（**The Platters**，五〇、六〇年代最著名的搖滾樂團之一）、有大混沌、有赫拉克利圖、有拉菲爾（即拉斐爾）的「雅典學派」、有遠在外蒙古的**Lake Hovsgol**，有盧安達與伯隆地（或譯蒲隆地）、有鈴鱘、還有古爾德（Stephen J. Gould）。似乎被林泠自由取用來的典故意象，讓詩裡有意無意透顯著對於詩篇主題——傷心，經歷了眞實流離告別後的傷心——的崇仰與禮讚。傷心不再是、不應該是，人生中的瑣碎、拘執，而該有更巨大的意義、宏偉的能量。傷心不該只是生命中片段、零碎、一閃即逝的句子，傷心可以是、也應該是，蕪雜中迸發出來的廣袤、巨大篇章整體力量。

在這裡，詩的內容、意念與其形式相會了，我們理解：林泠自述的「『篇章重於字句』底美學準則」、「設計過的蕪雜」、「樂意拋棄了僅剩的裝飾音，以及所謂的甜意，企求換取更高度的透明和可塑性」……都不只是對於詩的技藝的反思告白，而是她面對人生傷心事時的終極態度吧。

二〇〇四年七月

無法入夢的夢者
——閱讀陳玉慧的散文

流離的都會人

陳玉慧的散文裡，很少有大自然，很少有以大自然的感動、敬畏爲題材的篇章，甚至連僅止於悠遊、消閒於大自然中的都很少。

有機會將陳玉慧前後不同時期的散文，放在一起閱讀，我驀地想起《傅雷家書》中的一段話：

「……多親近大自然……是維持身心平衡最好的辦法。近代人的大病即在於損害了一種機能（或一切機能）去發展某一種機能，造成許多畸形與病態。我不斷勸你去郊外散步，也是此意。幸而你東西奔走的路上還能常常接觸高山峻嶺，海洋流水，日出日落，月色星光，無形中更新你的感覺，解除你的疲勞。……終日在瑣碎家務與世俗應對中過生活的人，也該時時刻刻到野外去洗掉一些塵俗氣，別讓這塵俗氣積累日久成爲舊垢。」

「家書」勸戒的對象，是當時（一九六一年）人在海外的鋼琴家傅聰。傅雷的苦口婆心讀來讓人感動，其中一個原因在：不管他如何反覆訴說，傅聰仍然鎮日關在家裡練鋼琴，從來不曾聽進爸爸的話去親近大自然；傅雷自我安慰認爲傅聰「東西奔走的路上」會有的大自然洗禮，也完全不是事實。

這中間，爸爸傅雷與兒子傅聰，存在著雙方可能都不願意承認的、無法跨越的鴻溝。傅聰是全新的二十世紀品種，不管是自願或被迫，他變成了一個流浪的都會人，穿梭流離在各個大都市間，不可能有心情、不可能有餘裕，依照傅雷要求的那樣，「到野外去洗掉一些塵俗氣」。

雖然年紀比傅聰小了一大輩，但卻幾乎和傅聰跑過一樣多地方的陳玉慧，顯然也是這種二十世紀才誕生的新品類。對她，對像她這樣的人而言，傅雷眼中的「塵俗氣」，絕對不可能「洗掉」，因爲那就是生命，甚至，那就是生命的根本、生命的全部。

陳玉慧的文學氣質，屬於「存在主義」那一代。受存在主義洗禮而在台灣產生的現代詩、現代畫，剛剛出現時，讓老一輩文人相當受不了，那個年代，最常被用來罵現代詩、現代畫的話是「無病呻吟」。

老一輩的人是無論如何仍然抓著根源，不管是傳統的或大自然的根源，作爲存在起點的人。他們不能體會，更無從理解失落了根源，甚至是拒絕了根源的人的痛苦。那種痛苦，和老一輩經歷的戰爭、逃難、死亡、具體的毀壞相比，多麼微不足道，又多麼虛幻飄渺！

傅雷信中還有這樣一段話：「便是目不識丁的農夫也有出神的經驗，雖時間不過一剎那，其實即是無我或物我兩忘的心境。藝術家表現出那種境界未必會使人意志頹廢。例如念了『寒波淡淡起，白鳥悠悠下』兩句詩，哪有一星半點不健全的感覺？」他相信，有一種本體，藏在大自然也藏在文化底層，可以讓人直覺地、即刻地安穩回歸，那是藝術的目的，也是藝術的手段。

所以他就無法理解沒有大自然和傳統文化可堪回歸的傅聰，眞正的痛苦。傅聰只有自己，他只能從個人存在中汲取資源。他不是不知道個人太貧乏，不是不知道這樣強迫榨取自己的過程是痛苦的，但他別無選擇。

許多人稱讚傅聰的音樂，最接近蕭邦作曲的原意。不是因爲他了解蕭邦，而是他活在蕭邦式的存在痛苦裡。傅聰彈奏蕭邦的馬祖卡舞曲，撇開了樂譜上的數學式節奏，追求完全個人式個性式的樂句，結果反而更接近眞正的、流離在巴黎都會中的蕭邦精神。

無法貼切表達的痛苦

存在主義衝擊下的一代，他們不是「無病」，而是他們的病，還沒有被命名，還沒有找到相應的描述語法，還沒有被承認。

他們的病，那種生命流離、不安、荒蕪、不連續的感受，是眞實的。問題在，這樣的病呻吟不出來。和老一輩的意見剛好相反，空洞的不是「病」本身，而是他們的「呻吟」。他們一直在尋找對的呻吟，能夠將病痛貼切表達出來的呻吟形式。

那一代人之所以大量向西方借來藝術的語彙，不完全是崇洋媚外，更不完全是趕時髦，比較深刻、內在的理由應該是，他們無法和「寒波淡淡起，白鳥悠悠下」的生命情調相呼應，他們需要一種現代的痛苦語言，來呻吟他們內在、實在的痛苦。他們，存在主義的一代，於是不得不陷入一個矛盾的陷阱裡，他們用借來的語言、用別人的呻吟來宣洩自己的痛苦，就算找到了對的呻吟，呻吟出來的痛苦，畢竟還是帶著強烈的疏離感。

處於文化邊境的人，比存在主義起源、發展的歐洲、美國的同代人，更艱難上千倍百倍。他們一直活在「別人」的世界裡。自己的生活環境，是上一代權威所安排的。現代性帶來的混亂，是轉手的，然而非但不會因爲轉手就不那麼混亂，反而在轉手之後，與既有威權秩序格格不入，變得更混亂。實際活在混亂中，明明感受著混亂帶來的痛苦，卻沒有任何港口可以返航定錨，只能在漂泊中反芻自己的暈眩與嘔吐。

無暇建構自己的語言，先借了別人存在主義的風格來用，因爲那風格，如此鮮明、如此醒目。存在主義風格讓原本的痛苦更深刻，同時卻也更膚淺。更深刻是因爲沙特、卡繆的痛苦，透過文學藝術中介，都成了陳玉慧的痛苦。膚淺是因爲，陳玉慧的痛苦，不管怎麼翻來覆去地寫，都像是沙特、卡繆早已有過的痛苦。

這裡面躲著巨大的曖昧，像怪獸般吞噬著眞實生命的曖昧。自我與別人之間，無從分判辨別的巨大曖昧。唯有穿過別人、別人的痛苦、別人的存在主義風格，那一代的「失落青年」才能找到自我，擺脫傳統庸俗秩序的自我，然而這新找的自己，卻又宿命地刻烙了許多別人存在思考的舊印痕、舊傷疤。

陳玉慧早期的散文，以獨特方式誌念了存在主義年代自我與別人之間的曖昧。這些篇章幾乎毫無例外，都非線性敘述。文章片片段段跳躍在不同人的不同情節間，而且每個出現在散文裡的人，都是孤獨的，被記錄下來的經驗，都是荒蕪清冷的。

從內容到形式，這批散文的核心是無家可歸或就算有家也不願歸的情緒。然而特殊的是：散文是陳玉慧寫的，故事與情緒卻都是別人的。

以旁觀者角度寫就的散文

此處陳玉慧顯得如此突出。比她早些或和她同時期的台灣存在主義文學，一貫有強烈的「切身性」，苦惱著吶喊著自己的失落，空虛與茫然。例如王尙義短短的年輕生命裡，幾乎沒有停止過對自己「失落」的反覆挖掘，他的文學與他的生命如此緊密相貼，以至於他英年早逝的悲劇，大大強化了作品裡的「實存感」。

陳玉慧這些文章，沒有什麼戲劇性，那種平淡冷靜的敘述，的確是散文性的，不是小說。可是寫散文的人，卻不願對她的散文情緒有任何投入投射，她以旁觀的眼光，看著聽著追蹤著，又很快厭煩地中止、移轉了她的眼光。

構成這些散文的主要力量，是這種慵懶的旁觀敘述態度。別人的生活、別人的熱情或冷漠，偶然地進入敘述者的關心中，接著又偶然且必然地和敘述者脫離關係，莫名地消失了。

陳玉慧只作爲一個旁觀者存在於這些散文中。存在的苦痛，原來就在我們和其他生命永遠只能有蜉蝣式方生方死、方死方生的接觸。現象之後只會是現象，不會是意義。我們的生活，去除掉了意義的假相裝扮，其實就只有無窮的片段的別人的生活，當然，我，也是別人的別人。

重讀這批有點熟悉又有點陌生的陳玉慧早期作品，我驀地理解了，青澀年代採取的那種觀望態度，對陳玉慧的文學生涯確實有著決定性影響。她選擇新聞作爲她的工作，因爲這工作要求的，正是「旁觀的智慧」。她可以對拉法葉艦案、獵雷艦案有過高度興趣，因爲那最是考驗一個觀察者觀察能力的絕佳試驗品；可是她長年當駐外記者，不跑台灣本地的新聞，若是人在台灣，替台灣的報紙跑台灣新聞，旁觀的角色無可避免要沾染上濃厚的自我意識，旁觀與事件之間有了太強的聯繫，那種足以創造偶然、荒蕪感受的存在距離，就被破壞了。

陳玉慧一直在試驗、發明、發現不同旁觀的角度與旁觀的態度，還有呈現旁觀結果的方式。她一度熱中於劇場，不過我相信，戲劇之於陳玉慧，比較接近普魯斯特筆下的世紀末巴黎劇院氣氛，而不是我們今天熟悉的電影形式。

世紀末的巴黎劇院，劇院裡的每個人都是觀看者，卻也都是被觀看的對象。紳士淑女們在包廂中看戲，但他們一舉一動，同時也是對底下池座觀衆的展示。池座裡的人仔細檢視，誰的包廂裡邀了誰、來了誰，誰和誰互動親密、誰和誰故示冷漠，那是社交的儀式，更是權力與財富的表演。就連台上的演員，一邊演戲也都一邊在觀察。哪個熟客今天來了嗎？哪個王公貴族連續兩晚出現嗎？應該向哪個包廂特別用眼神或嘴角獻媚嗎？池座裡這些中產階級們，究竟是中上中產還是中下中產呢？

即使在舞台上，陳玉慧都沒有離開過觀察者的位置，沒打算要眞正變成被觀察、被觀賞玩味的對象。她的重要劇作《徵婚啓事》，劇作背後的現實人生試驗，玩得淋漓盡致的，正是「觀察者」的遊戲。

一則「徵婚啓事」引來了各式各樣應徵的男人們，藉由愛情與婚姻（或肉體慾望）的暗示，徵婚情境叫喚出了應徵者種種或表演或眞實、或畏葸或狂妄的面目，只展現給這個觀察者看。這個觀察者既而縮短剪輯了生命流程，將那些觀察到的畏葸、狂妄、怯懦、醜陋、平庸面貌，串連起來，呈現在舞台上。

這些男人們彼此之間，完全是偶然，一連串沒有因果關係的生命，只有面對那個半認眞半惡戲的觀察者，他們才成爲一個群體、一個現象，偶然與必然間的辯證。

原來，這種辯證早就存在於陳玉慧早期的散文裡。而且她的文學風格一直沒有脫離這種辯證邏輯。

帶有濃烈超現實主義色彩的散文

范銘如在評論《巴伐利亞的藍光》時說：「（陳玉慧）切割上下文脈絡，書寫刹那感受，導向內心自體的指涉。最成功的時候，這般對生活片段式的任意描寫以及思索性靈、隱密世界的企圖，確能達成外在與內在的詩意性統合。但是紛雜的思緒、語絲，喃喃語流中時時插入的波瀾、暗湍，一再考驗讀者的耐性。」

這樣的閱讀經驗，來自於讀者要求「意義」，不能容忍文章停留在一連串的「現象」流淌；然而作者卻堅持就算對待自己的經驗、自己的情緒，都要疏離出來保留一個旁觀者的記錄位置，兩者落差所產生的吧。

觀察者的位置，對陳玉慧如此重要。似乎文學、藝術對她而言，最重要的功能，正就是讓我們可以不必去細究、訴說意義。在她的散文裡，多的是靈光乍現、浮光掠影的各式現象，現象本身如此有趣，以至於產生了對意義的抗拒。幹嘛用有限的、必然流於俗套的意義，來框圍那流盪的、變幻的、不變的現象呢？

「存在先於本質」，這句存在主義時代最響亮的口號，似乎從來不曾眞正離開過陳玉慧。現象也先於意義，陳玉慧的散文因而一直這樣在提醒讀者，拒絕讀者對於意義的要求。

很多時候，連語言本身都被陳玉慧還原爲現象。語言和語言所要描寫的對象物，被陳玉慧拉平了，失去第一序與第二序的存在差異，流盪在同一個空間、同一個平面上。

爲什麼堅持旁觀角度，爲什麼即使書寫自己，都帶著如同書寫別人般的淡漠，寧可讓熱情、救贖都和敘述脫勾？爲什麼在散文中充滿了封閉的過去（passé and impassé），卻少有現在，更少有未來？

爲什麼似乎老是「找不到那家叫『現在』的旅館」？

這些關涉陳玉慧文學本質最核心的問題，不容易回答，不過我們可以找到一些或許指向答案所在的線索。

一條線索是她的小說《海神家族》。小說中終於溯源地看待了她身世中的多種漂泊因素，非她所能控制的身世命運，逼著作爲台灣女性的陳玉慧，沒有自我定著的依據。一個永遠旁觀的分裂靈魂，提供了漂泊者一份不可靠、卻又非依靠不可的安全感。當身體、當另一個自我在漂泊中感受歡愉與悲愴時，另外那顆觀察的靈魂之眼，保持冷靜看守著、權衡著，也守候著、保護著。

不管陳玉慧表面生命有怎樣的絢麗風華，當她寫作時，她總是回歸到用那顆靈魂之眼來寫作，掏空了身體、掏空了慾望，也掏空了時代與周遭環境。

另一條線索應該是陳玉慧十七歲讀的《夢的解析》吧。在少女情懷中，陳玉慧沒有選擇什麼浪漫偶像，卻選了佛洛伊德當她的守護神，她的聖者。或許是因爲她早早就經歷了如夢般荒謬的現實，無法用現實分析來理解的現實，只有迂迴向夢、向夢的世界繞路，反而才能回到現實吧。

一直到今天，陳玉慧最好的散文，總還是帶著濃烈超現實主義的色彩。現實景致經過扭曲、移位、錯置、扮裝、掩飾，才出現在她的文學視野裡。她似乎依然呼應著當年安德烈・布列東的宣告：反而只有在夢中，我們才眞正掌握現實事物對我們的深刻衝擊。現實不在現實中，現實只在夢裡。

陳玉慧接近布列東的地方，還不只這樣。她和布列東一樣，都在佛洛伊德影響下，成了「自覺的夢者」，一邊做著夢，一邊扮著解夢分析者的角色。陳玉慧的散文，徹頭徹尾是一種「夜的書寫」，她的白天，也都像是夜夢中虛弱似幻的太陽。她一邊夢著，在夢中排列組合白日現實，卻又一邊記錄著分析著，寫出一個個非夢非非夢，與現實若即若離、趨近又遠颺的曖昧境域。一本無法入夢的夢者的曖昧存在紀錄簿。我如是閱讀陳玉慧的散文集。

二〇〇七年九月

第二輯

本輯以七〇年代「鄉土文學論戰」為時間核心，向前追索其壓抑伏流身世，向後延展其散枝變形，同時推論鄉土文學與現代主義間的複雜辯證。

歷史大河中的悲情

——論台灣的「大河小說」

一、

要談「大河小說」，不能不先提戰後台灣小說史上兩項嚴重的偏缺。第一是歷史、歷史意識、歷史敘事一直都未在純文學主流領域扮演重要角色。「自五〇年代的反共主題到六〇年代的現代主義，乃至進入七〇年代的鄉土寫實，……強烈的當即現實性是這段文學史的共同基調。」

「反共文學在意識形態掛帥領導下，必須訴諸於一些簡單的是非善惡概念，宣傳昂奮、樂觀的戰鬥精神，因而對於充滿複雜轉折、悲情挫敗的過去基本上是能躲則躲。現代主義表現為一種移植的苦悶、背叛，其文學寫作背後的動力乃是以個人存在的種種困局為主，標榜『現代』的同時亦代表宣告與『過去』的斷裂，歷史在這樣的作品中付諸闕如亦是可以自然推知的事實。鄉土寫實一方面固然對現代主義式的自我中心耽溺大加撻伐，然而其所提出的對治策略畢竟是以刻劃、呈現台灣當下社會現實為中心的，歷史來龍去脈的追索、歷史情境的重構捕捉，一直並未成為關懷重點。」[1]

第二項偏缺則是長篇小說一直都不能算是創作的重心所在。從六〇年代開始，一波波重要的文學概念推陳出新、美學評價翻攪革命，幾乎都是由短篇小說創作打先鋒，而且最為膾炙人口的重要作品也是以短篇居多。七〇年代中後期，兩大報先後創設小說獎、文學獎，更加強了這種趨勢。雖然獎項中也斷斷續續列入中、長篇項目，然而不可否認地，短篇始終是核心主角。一經文學獎提點便躍登文壇的戲劇性效果，也是在短篇部門最見顯著。

影響所及，甚至在文壇產生了一種「以篇幅論英雄」的價值觀。這套價值偏見非但不覺得長篇卷帙浩繁、難度較高，所以比較值得尊敬，反而是認定嚴肅文學的實驗、突破與短篇文類聯繫緊密，相形之下，長篇作品則比較接近通俗文學。所以我們現在能叫得出名字的長篇作家作品，除了極少數外，當時在文壇地位都不是頂高，反而是在商業市場上開拓出一片江山來。[2]

考慮台灣戰後小說史上的這兩項偏缺，我們可以更清楚看出所謂「大河小說」強烈的異數性格。

「大河小說」中濃厚的歷史意味

「大河小說」這個名詞直接的來源應該是法文的Roman-fleuve。Roman意指小說，Fleuve則是向大海奔流的河。而法文Roman-fleuve最早的意思只是用來形容長度滔滔不絕的故事，並沒有特定文類成規的概念。[3]到了十九世紀之後，Roman-fleuve才被拿來對應指稱英文中的Saga Novel或德文裡的Sagaroman。所以溯源來看，「大河小說」在性質上是比較接近Saga的。

Saga最原始指的是北歐中世紀的一種敘事文體。其主要內容處理傳奇或歷史英雄個人、家族的歷

1 見本書第四七三頁。

2 以寫長篇爲主，被納歸爲通俗作家的，例如：寫歷史小說的高陽、寫鄉野小說的司馬中原、寫愛情小說的瓊瑤，還有後來才正式引進台灣的金庸。

3 詳S. Flaub, *The Flowing Narrative: Representations of Time in Modern Fiction* (Toronto: Quebec University Press, 1991), pp. 5-8.

險經過。Saga流行的年代約莫是從十一到十四世紀，原先是以吟誦口傳形式存在，到了十二世紀之後才陸續被書寫記錄下來。[4]

由北歐文學傳統逐漸擴大，到了十八、十九世紀就出現了較廣義的Saga Novel。Saga Novel有時還是以Saga直稱，不過其內容已經受到近代Novel形式的衝擊洗禮，在題材上當然不再局限於中古北歐，在敘事手法上也揚棄了傳奇怪力亂神，逐步走向眞實理性，變成一種特定形式的歷史小說。[5]

Saga Novel與其他小說最大的不同點，第一是其中濃厚的歷史意味，故事發生的背景往往設定在某個變動劇烈的歷史大時代；第二是其敘述是以一位主角或一個家族爲中心主軸，利用一人或一家貫串連續的經歷來鋪陳、凸顯過去的社會風貌；因此第三，Saga Novel中會以較多的篇幅處理社會背景以及當時日常生活中的種種細節。綜合以上諸條件，要都能盡職達成的話，Saga Novel當然不可能是短篇小說，Saga Novel的第四個特色就是其敘事綿綿不斷，好像可以和時間一般永續不斷，一路講下去成就了的不只是長篇小說，更是特大號的超級長篇。[6]

欠缺歷史主題，又不重視長篇創作的環境裡，要產生「大河小說」當然是難之又難，也因此在台灣可以被劃歸入這個類別裡的小說，眞是可以用「屈指可數」來形容。

二、台灣文學史脈絡下的特殊意義

在進入作品討論之前，我們還必須注意「大河小說」這樣一個名詞，在台灣文學史脈絡下的特殊意義。前面雖然說「大河小說」大致可以對應於西洋文學分類中的Saga Novel，然而在台灣的情況下，符合於Saga Novel文類條件的，卻不一定都被歸納在「大河小說」的範疇裡。亦即是「大河小說」的定義比Saga Novel其實要來得狹窄些[5]，「大河小說」此一名詞除了其文體規範上的意義外，還負載了內容取材的目的性價值，這點下面還會詳細說明。

單就文體成規上看，司馬中原早年幾部上千頁的作品其實就頗接近Saga Novel的形式。最明顯的作品應數《狂風沙》，刻畫清末民初的中國鄉野，並且塑造了如關八這樣的中心角色，讓歷史視角隨著他的英雄式經歷而移轉、呈露。

另外一部也非常接近Saga Novel形式的超級長篇是馮馮的《微曦》。四巨冊、厚度幾達一千五百頁的《微曦》，從頭到尾都是在描述主人翁范小虎成長過程中所遭遇的波折、苦難，以迄最後靠勇氣、毅力克服一切，成爲精通數國語言的國際性重要作家。而伴隨著這段人生逆流上游故事的背景、襯底，則是由抗戰中國到「轉進」台灣的混沌、暗晦時代。不管從篇幅、從歷險落難到英勇脫困的主題，或從刻畫時代的歷史感來看，《微曦》都應該算是一部不折不扣的Saga Novel，然而就我所知，卻從來不曾有人以「大河小說」來定位、定性《微曦》。

---

4 參見Robert G. Forte, "Introduction," in Snorri Sturluson, *Heimskringla* (New York: Penguin, 1990), pp.iii-xxii.

5 關於Saga與Saga Novel兩種文類間的承傳及差異問題，感謝陳映眞先生的批評與提醒。

6 西方文學傳統中關於Saga的種種討論，可參見C. J. Betts, "Sagacious Saga: The Significance of Detail," in John Clive ed. *Writing History in Novel*（Oxford: Oxford University Press, 1991）, pp. 284-363.

更擴大來說，事實上台灣過去主流的文學論述裡，根本就很少出現「大河小說」這種說法。到目前，還有許多長期只關注主流論述的人完全無法理解「大河小說」究竟何指，所以這篇論文開頭才需要拿Saga和Novel來作一番解釋。「大河小說」這個名詞、說法，過去基本上是流傳於處於邊緣地位的本土文學論述裡，也因此在如Saga Novel般的文體、文類規定之外，「大河小說」還有一項沒有明說的內容標準：那就是「大河小說」要刻畫、建構的歷史敘述，是相對於中國史，外於中國史的台灣歷史。

文體規定加內容標準，「大河小說」這個門類中，一般公認最傑出、最具代表性的作品，大概就數鍾肇政的《台灣人三部曲》、李喬的《寒夜三部曲》以及東方白的《浪淘沙》。

三、

鍾肇政的《台灣人三部曲》可以算是台灣「大河小說」的奠基之作。在《台灣人三部曲》之前，鍾肇政先寫了一部總字數在七十萬左右的自傳性小說《濁流三部曲》。從字數上看，《台灣人三部曲》與《濁流三部曲》約莫相等，然而在意義上卻不完全一樣。《濁流三部曲》最大的成就乃在於鍾肇政十分誠實地面對了自己少年時代處於日據末期的經驗，一方面細膩建構、重現日本「皇民化運動」下意識統控的天羅地網，另一方面更是極其耐心地追索小說主人翁如何在這天羅地網中生出苦惱、疑惑，進而一步步尋找新認同、新信仰的過程。再者，在小說敘事者「我」思想變動的同時，他遇見各式各樣對「皇民化運動」、對「(日本)內地認同」抱持相異態度的人，大致地展現了當時台灣社會殖民化的光譜，是不可多得的歷史社會學素材。

從今天的角度回頭看《濁流三部曲》，我們不禁替當年鍾肇政的誠實捏一把冷汗，他自己恐怕並未意識到如此一部自傳直敘，對當時官方體制的歷史刻板印象，具有多大的顛覆潛能。在簡化的官方版本裡，日據時代每個台灣人都是中華民族主義者、祖國派，只是被日本殖民者以暴力脅迫、敢怒不敢言。也因此抗戰勝利後依照《開羅宣言》把台灣交給蔣介石領導的「國民政府」，對台灣同胞來說是順理成章的事。這種黑白分明的高反差圖像，背後一個未經明說的假設是：中國人就是中國人，本質是什麼，認同就是什麼，本質不可能改變，認同因而也不可能改變。台灣人從頭到尾就是中國人，只有極少數人爲了私人利益才改變認同，「假裝」自己是日本人。

《濁流三部曲》告訴我們的是：認同其實是流動可塑的。在日據後期，尤其是一九三七年「皇民化運動」展開後，年輕一輩台灣人中愈來愈多眞正相信自己是「日本人」；更重要的，日本敗象顯露之後，中國認同並不是自然而然就在台灣人心中被「喚醒」，中國認同其實是個歷經掙扎、選擇才建立起來的新認同。

本土小說家的歷史熱情

由於用太細膩的筆法摹寫那一時代中故事主人翁的個人思想、周遭人際，《濁流三部曲》對社會觀照的幅度不大，所處理的時間縱深更不能與《台灣人三部曲》相提並論。然而換個角度看，《台灣人三部曲》所試圖建立的歷史觀、歷史意識，在原創性、顚覆性上卻遠遜於《濁流三部曲》。

《台灣人三部曲》可以算是第一本用小說形式貫寫台灣史的「大河小說」。由於採取「三部曲」的形式，而且將第一部的重心放在清治台灣，很容易讓人聯想以為「三部曲」的三部會按台灣政治史上三次「改朝換代」來安排。事實上，「三部曲」全部寫完，台灣才光復，戰後的部分並未觸及。[7]《台灣人三部曲》雖然是第一部貫寫的「大河小說」，然而依照鍾肇政自己的講法，早年鍾理和也曾有過類似的構想，[8]而且隨後李喬也以《寒夜三部曲》跟進，[9]另外還有廖清秀未見發表出版的《第一代》，陳千武的《台灣志願兵回憶——獵女犯》，葉石濤希望從明鄭時代寫起的歷史小說，[10]顯見再現日據時代歷史風貌，是許多本土作家很早就共同具有的創作動機。造成本土小說家比一般主流小說家懷抱更強烈的歷史熱情，一個很重要的原因就在：台灣歷史長期被忽略，一般生活中不再能展現從日據時代以降的連續性。亦即是我們很難由對現實的描述、思考聯絡上過去那個時代的風華，然而對這些「身經二朝」的本土作家而言，那個時代卻是他們確確實實活過的童年、少年，他們必須依靠講敘歷史方才能護持、尋回自己生命的連續性，不至於被零落切割。

四、

儘管不少本土作家共同希望藉由小說來保留、連接戰前台灣經驗，不過眞正在作品上拿出成績來卻一直要等到七〇年代。七〇年代之前，除了鍾理和在林海音的鼎力支持下勉強算是例外，基本上台灣本土題材的作品在文學價值位階上，明顯是排列於外省懷舊大陸情緒以及新興都會知識分子「存在」強說愁之下的。以跨越淡水河以外的「下港」經驗為基礎的本土文學，一直無法獲得主流體制的充分認可，在寫作、發表上有著重重困難、阻卻。現實條件不利的情況下，即使再怎麼有心，要想完成「大河」規模、介於虛構與史跡之間的小說，談何容易。

《台灣人三部曲》完成時，正好是台灣政治新世代全面接班，「本土化」政策初露端倪，而到了《寒夜三部曲》發表時，台灣已然走過了「本土化」思潮對文學、文化的第一波衝擊，那便是「鄉土文學論戰」。「鄉土文學論戰」以文學爲名，骨子裡卻是對台灣戰後社會、政治、經濟走向的大清算、大辯論，[11]整體說來在文學上最重要的影響就是將文學作品中出現的本土鄉村題材、關於貧窮的多方描述，予以合法化，不再屈居價值系統下游、邊緣，而能夠與都會、「中國」經驗平起平坐，甚至凌而越之。

不過正如本論文一開始指出的，「鄉土文學」理念雖然標榜描寫農村、照顧低下階層觀點，然而理念要轉換爲作品，中間卻卡了很重要的一層打不開的關節。那就是大部分的作家其實並不具備有充分的寫實能力，更對農村、低下階層生活嚴重陌生，因而「鄉土文學」吵嚷半天，也大量生產了夾雜閩南語對話，以鄉村爲背景的小說，然而傳流至今、值得一再重讀的，卻仍只局限於黃春明、洪醒夫

---

7 葉石濤已先提出這點批評，參見其《台灣文學史綱》（高雄：文學界雜誌社，一九八七年），頁一五二。

8 見《台灣人三部曲》的〈後記〉（台北：遠景，一九九三年，二〇〇五年修訂重排）。

9《寒夜三部曲》的第一部《寒夜》初稿最早於一九七五年起稿。當時《台灣人三部曲》第二部《滄溟行》正在連載中。見《寒夜》（台北：遠景，一九八六再版本，頁一），《台灣人三部曲》頁一一一一。

10 彭瑞金，《台灣新文學運動四十年》（台北：自立晚報，一九九一年），頁一七二。

11 參見拙作，〈惡化的歷史失憶症——「鄉土」重訪〉，收於《流離觀點》（台北：自立晚報，一九九一年）。

等眞正身具「庄腳」經驗作家的作品。

「鄉土文學」論戰中暴露出的另一個問題，則是台灣知識分子型作家對本土的無知。「鄉土文學」要求知識分子放下身段、關懷周遭，好像理解台灣只是一個純粹的態度問題。走出都會就立刻能夠看到「鄉土」、看懂「鄉土」。當時風起雲湧出現的「鄉土小說」、「報導文學」證明：「鄉土」關懷如果只停留於表面的層次，其所造成的問題還遠超過所能提供的答案、解決。而要眞正深入「鄉土」、「呈現」（represent）「鄉土」，一個不可或缺的條件是豐富的歷史背景，撫今溯古式的脈絡思考。

「鄉土文學」先有概念再落實作品的一場熙攘實驗，如浮雕般凸顯了台灣本土歷史在長期忽視、壓抑後所具有的貧乏、蒼白色彩。我們想要用中國式的歷史思考，嫁接台灣的現實經驗，注定只能鬧出一堆不合邏輯的笑話。

《寒夜三部曲》中的激越情緒

在這樣的環境、氛圍底下寫作產生的《寒夜三部曲》，因此就含夾了《台灣人三部曲》中所沒有的一份激越情緒。《寒夜三部曲》不只是要用小說來貫串戰前戰後台灣人生活世界的圖像，這樣一部書更要扮演通俗台灣史教科書的角色。

讓我們再回頭拿西洋的Saga作參考，比對之下，更可以看出台灣「大河小說」的沉重包袱。人家的Saga通常表現爲對英雄的一闋頌歌，在前面盡力渲染逆境、危難的可怕，然而終局必定是英雄精神的徹底發揚，克服一切獲致成功。Sage中所編織的歷史質地（historical texture）帶有濃厚的神話傳奇樂觀色彩，因而在傳誦、閱讀的過程中，塑造了民族的認同與自信心。[12]

台灣的「大河小說」，主題是台灣人對統治者與周遭環境無窮無盡的反抗。不論是《台灣人三部曲》或是《寒夜三部曲》，都非常強調台灣人「三年一小反、五年一大反」的「反骨」精神，也都透過故事中的主角參與二〇年代中最重要的幾場反抗運動，從「議會設立請願」到「文化協會」到「農民組合」到「民衆黨」乃至到左翼台共活動。這樣無窮無盡地與支配者周旋，能說不英雄、英勇嗎？然而小說中不可能虛構改變的歷史事實卻是：這一連串的反抗波折終究都未能開花結果。才短短幾年，到一九三一年後，不管左、右翼溫和或激進的反抗活動，都在殖民政府的堅心鎮壓下，逐步銷聲匿跡；一九三七年「日華戰爭」開始，「皇民化運動」更是徹底解消了台灣人任何反抗的武裝。

處理日據時期台灣歷史，對台灣本身的集體認同非但不是一份足以昂奮人心的助力，相反地還是製造混亂的泉源。尤其是日據最後幾年，台灣被捲入太平洋戰爭中，成了日本帝國重要的南進中心，先有軍伕後有所謂「志願軍」被送到南洋參與戰役對抗同盟國，而且台灣本島也因其戰略地位之突出，而遭到美軍反覆空襲轟炸。沖繩島戰役前後還一度盛傳麥克阿瑟將軍將率大軍登陸台灣。[13]在這種情形下，台灣人事實上是在打一場只輸不贏的戰爭。日本不可能贏，台灣卻無法不幫日本；日本戰敗後，台灣必須立刻忘卻戰爭、空襲所造成的損害，視美國爲救主、認中國作依歸。

這種矛盾、低盪的情緒，是戰事末期台灣的歷史景況，可是卻不能見容於國民黨治下的大中國政治意識形態，對任何歷史的書寫者都是一個嚴重考驗。史家在面對這項挑戰考驗時，還可以用「一筆

12 參見 Robert G. Forte, "Introduction," in Snorri Sturluson, *Heimskringla* (New York: Penguin, 1990), pp. xvi-xvii.

13 吳相湘，《第二次中日戰爭史》（台北：婦女雜誌社，一九七七年）。

帶過」的方式，選擇性地以較抽象的語句宣告一番，[14]小說家卻沒有這種空隙、餘裕可供逃躲。他必須描述情節、刻畫細節。

《台灣人三部曲》的第三部《插天山之歌》寫作時台灣還是典型的集權宰制社會，依鍾肇政在〈後記〉中的告白，[15]這本《插天山之歌》竟然還是聽聞傳言有「奉命不得刊載……（鍾肇政）的文章之說」，連忙寫來投寄給當時最高言論權威《中央日報》，以作「澄清」用的。如此背景下，《插天山之歌》便選擇了描寫陸志驤在深山林內逃躲日本警部追捕的故事，一方面固然是翔實地重現了日據末期台灣最邊遠地區的生活實況，另一方面顯然也就刻意逃躲掉了被「皇民化」徹底洗禮的都市地區，勉強過關。

《寒夜三部曲》講到這段，也不約而同地把故事場景調離「皇民化」的主題，遠走到南洋的戰場上。對戰爭慘酷一面的描寫，使得這本《孤燈》成爲台灣軍事體制籠罩下，少數帶有明顯「反戰」訊息的小說，不過其中所反的除了戰爭本身之外，更重要的是日本帝國主義。利用人命的生死掙扎指控戰爭發動者，既合情合理也能照應到現實意識形態要求。

總而言之，這兩部「大河小說」都沒有能夠營造出一個Saga式的光榮、輝煌結局，不過那不是作家的問題，而是台灣歷史本身的尷尬、悲情。

五、

與西洋主要的Saga Novel比較，台灣的「大河小說」還背著兩項沉重的擔子。第一是官方所營造的歷史版本距離眞正事實太遠，然而又有充分的政治權力在背後，確保這個版本必須被視爲眞理，不得質疑、不得違逆。

小說想像的禁區

戒嚴時代官方正統歷史中，戰後這一段根本沒有台灣社會、台灣人民。終戰接收，台灣人是「歡欣鼓舞」地回到祖國懷抱的，所以「劫收」的醜劇沒有上演過，「二二八」屠殺沒有發生過。一九四九年國民政府遷台，然後歷史的全本內容就是大有爲政府的種種德政、復興基地日復一日的長足進步，這個戰後史框框架起來之後，根本就不容易有歷史小說想像置喙的餘地。這段歷史，隨便一寫一定會寫到官方沒有講的東西，官方沒有律定是好是壞，如果寫到一不小心就會觸犯無所不在的禁網。所以實際上，戰後史不只對小說、甚至對歷史學而言都是一個不容易涉足的禁地。

所以「大河小說」再怎麼「大河」，時間洪流再怎麼浩浩蕩蕩，到一九四五年就非中止不可。切近自身經驗的時代不能寫進小說裡，「大河小說」作家只能摸索檔案、童年記憶，神遊日據時代。

另一個沉重包袱是：社會上的閱讀大衆對台灣歷史的常識太過缺乏，小說家不能假設一般讀者對

---

14 即使是強烈反國民黨的史家史明，也選擇用「一筆帶過」來處理這段「皇民化」歷史。史明一千五百頁的巨著《台灣人四百年史》中，竟然只分配了三頁講這幾年內的世界戰局，完全不提「皇民化」。見《台灣人四百年史（漢文版）》（San Jose：蓬島文化）頁六九六—六九八。

15 見《台灣人三部曲》的〈後記〉（台北：遠景，一九九三年，二〇〇五年修訂重排）頁一一〇九—一一一〇。

某某史事應有基本認識。小說不只要講主軸的情節故事，還得概略介紹當時民情細節，更需解釋社會上大事的來龍去脈。尤其是把大事硬插擠在小說裡，常常把小說的敘述語氣切割得支離破碎，甚而小說角色變成了引出大事而設計的工具。

這種情形在《寒夜三部曲》中最嚴重，第二部寫「文化協會」抗日活動的《荒村》尤爲其甚。完全從美學觀點來衡量，這樣的小說寫法是充滿缺陷的，然而也正是因爲如此不統一、不完美，《寒夜三部曲》在戒嚴時代就不只是一部小說，還是一本教育了一整代新醒覺本土主義者的重要教科書。我們今天回頭評價《寒夜》，絕對不能忽略了這一點。

六、

《台灣人三部曲》、《寒夜三部曲》之外，八〇年代以後，又出現了兩部歷史野心雄厚的「大河小說」，那就是姚嘉文在獄中苦寫的《台灣七色記》以及東方白的《浪淘沙》。

《台灣七色記》與《浪淘沙》

《台灣七色記》隨姚嘉文出獄而問世，在當時確曾轟動一時，具有無可取代的重大政治象徵意義，而其高達三百餘萬字的篇幅，更是超級中的超級。然而這部書的特色也同時成了它的缺點。姚嘉文以律師、政治反對人物的身分，利用在獄「進修」時涉足文學、歷史，卻在尚未充分掌握文史寫作美學規範前便貿然嘗試難度最高的「大河小說」，因而嚴重缺乏建構、堆砌情節的技巧；更糟的是，也沒有推敲、揣測歷史的功夫。《台灣七色記》冗長的篇幅其實有一大半是情節無法有效推動製造出的浪費，而且文中到處可見粗拙、幼稚，明顯屬美學上「技術犯規」的段落，更在在地阻卻了讀者接近文本的企圖心。另外，姚嘉文不懂得如何營造異質時空的感覺，使得《七色記》中每一段歷史都有太強烈的「現代干擾」，古早人講現代話的情況頻密出現，未經詳細考證的場景破綻百出，其綜合結果是恐怕少有讀者能從頭到尾卒讀《七色記》，政治性的熱潮降溫後，《七色記》也就很少再被提起了。

東方白的《浪淘沙》是一部在台灣社會大變動環境下，意外崛起的作品。說「意外」並沒有貶抑這部作品價值的意思，而是要強調指出《浪淘沙》在不同文學典範中穿梭、跳躍的事實。

《浪淘沙》開頭寫時，正是「美麗島事件」餘波盪漾的一九八〇年，當時本土意識受到重挫，「鄉土」被體制收編。《浪淘沙》處於這種情況下，只能在台灣文學生態的邊緣地帶掙扎求活。《浪淘沙》第一部《浪》發表後獲「吳濁流文學獎」，更確立了其在「本土文學」論述中小衆流傳的性格，不到兩年，《浪淘沙》甚至連載中斷，被迫轉移陣地。

由這樣的環境裡開頭，歷經整整十年，才算寫完一百五十萬字。書出版時，台灣已經走完了解嚴的險象，進入「後蔣經國時代」，社運烈火正在街頭熱熱地燒，開放探親後重新調整的「台灣——中國」關係初露端倪。多重機緣泊湊衝擊，竟使得《浪淘沙》搖身一變進入主流媒體成爲熱門話題。這當中我們也不能忽略了東方白寫作過程中的幾度發病經驗，更增其作品的傳奇色彩，《浪淘沙》於是被讚譽爲執志寫作的典範，「大河小說」的極致。

撥開這些主流媒體製造的迷霧，平心而論，《浪淘沙》的文學成就其實不見得高於鍾肇政與李喬的作品。寫作時間拖得太長，使得《浪淘沙》中夾雜了太多與小說敘事不太相干的雜質，不時牽離敘事主軸只爲了抄捕一些台灣民俗史料。在八〇年代初期，我們還可以體諒東方白努力搶救、保留本土庶民細節史料的用心，然而後解嚴的九〇年代再看，這些「插曲」就顯得囉嗦累贅了。

更要緊的恐怕還有《浪淘沙》中缺乏如《台灣人》或《寒夜》中，那種與現實辯證呼應的張力。《浪淘沙》所用的敘事手法極其老舊、極其「前現代」，以描述表面現象爲已足，根本不曾深挖主角的心理層，而且現象間所聯絡出的意義也都太一元、單面，字數雖多，但其文本的解釋可能性卻奇少無比，與《寒夜三部曲》那種峰迴路轉的集體心理學建構取徑，差距不可以道里計。

《浪淘沙》最大的長處在於可以把小說一直往下寫，寫超過了終戰，寫進了「二二八」等戰後事件。這是前輩鍾肇政、李喬當時寫作環境所不許可的。因此就完整性來說，《浪淘沙》應該略勝一籌。不過時移事往，進入九〇年代之後，鍾肇政也交出了新的成績《怒濤》，這本再度以陸家人爲中心寫「二二八」的小說，應該視爲是《台灣人》後續的第四部。李喬亦不落人後，努力寫作同樣以「二二八」爲中心的《埋冤．一九四七．埋冤》，想必也是《寒夜》「大河」的下游續流。

台灣政治的連串改革，總算是袪除了大部分「書寫台灣史」的禁忌，近年台灣戰後史浮上檯面成爲爭議重點。「大河小說」這個文類若要保持活力，勢必得讓歷史之流向戰後貫串。走過「二二八」，進入五〇年代，如何處理台灣社會隨國府遷來而產生的複雜、異質面貌，將是未來「大河小說」創作較勁最重要的關鍵之處。

一九九三年十一月

半世紀磨難澆不熄的發言慾望

——記葉石濤的文學生涯

葉石濤與台灣文學史的典型

葉石濤是台灣文學史上的一個異數。所謂異數當然是相對於「典型」而言的。尋繹葉石濤之所以突出不群的「異數性」，除了可以讓我們一窺一顆騷動踴躍的文學心靈寬廣內在之外，更重要的，還可以襯照出台灣文學史「典型」的特性，及其與社會歷史脈絡的互依共生架構。

彭瑞金先生在一篇評論葉石濤文學成就的文章（〈在文學的荒地上拓墾〉）中，開宗明義申言：「翻開台灣新文學運動史，最令人悚然心驚的一頁，恐怕是我們將發現：諸如賴和、楊守愚、呂赫若、張文環、巫永福、楊逵、龍瑛宗……這些曾經光耀一代、留下不朽作品的新文學運動巨匠，實際上，鮮少人在文壇上活躍超過十年的，他們短暫得如流星般綻放的文學星芒，似乎凸顯了台灣文學草莽英雄的性格，乍起暴落……」

這是文學史上的典型。而葉石濤是對照典型的異數。他出生於一九二五年，十八歲便以「紅顏少年」俊美之姿用浪漫絢麗的日文贏得西川滿的青睞，藉由《台灣文藝》介入、參與日據最末期的台灣文壇。戰爭結束，「二二八」慘劇隨而發生，「台灣第一才子」呂赫若神祕失蹤，楊逵、張文環、龍瑛宗等人入獄的入獄、噤聲躲藏的噤聲躲藏，葉石濤卻似乎毫不受影響，繼續努力地用日文、中文雙管齊下，積極在戰後文學界發言、卡位。一九四八年到五〇年間，葉石濤以《新生報》、《中華日報》爲園地，發表了爲數可能達三、四十篇左右的小說、評論，算是當時創作企圖心最旺盛的台籍作家。

一九五一年，沒有被「二二八」箝口的葉石濤畢竟還是避不開白色恐怖的波掃。九月，他因閱讀左派書刊的罪名被捕，依《檢肅匪諜條例》第九條被判五年有期徒刑，到一九五四年才獲減刑出獄，前後坐牢三年。

這樣的打擊讓葉石濤沉默了十幾年。他似乎從文學界撤退、消失了。六〇年代中期，鍾肇政編纂《省籍作家作品集》，根本就沒有把葉石濤列入考慮範圍。沒想到，《省籍作家作品集》的出版卻刺激了葉石濤，一九六五年，他首先重拾小說創作之筆，在《文壇》發表了中篇小說〈青春〉，繼而又寫了評論文章〈台灣的鄉土文學〉，刊登在當年最具活力、影響力的《文星》雜誌上。

昔日的「紅顏少年」，以滄桑中年之姿復活。而且從一九六五年以來的數十年中，不曾再有須臾片刻遠離台灣文壇。

葉石濤的「異數性」表現在長久而堅韌的創作、發表決心。台灣戰後文學最大的特性之一正在於文學缺乏自足、自主性，文學與社會之間的關係一直處在飄搖不穩定的狀態下，而且還有政治的強大宰制力隨時在一旁虎視眈眈，準備進行中介干預。因此認眞說，戰後台灣文學沒有清楚的內在傳承、聯繫。文學課題的產生、發展、轉變，並不是由作者、作品、文學社群主導的，毋寧是政治體制與強勢媒體主觀的操弄。文學作者往往不是以作品、作家身分和社會扣連，他們通常都另外有一份職業，有這個職業所產生的另一種身分，文學只是附屬品、永遠的副業。各方面的條件都指向於把文學創作——或更深一層的說：以文學形式來探索問題的取徑——看作是朝生暮死的過渡現象，而不是人生、生命持續、永恆的執著。

葉石濤的文學生涯與「發言慾望」

葉石濤的文學生涯就是與層層斷裂干擾搏鬥奮戰的長遠歷程。從少年到中年，被捕前與復出後，葉石濤的文學信念、寫作風格容或有明顯的異動，然而底流不變的是不肯中輟停筆的耐力。早年他並沒有因爲「二二八事變」的恐嚇而覺得應該放棄文學，一直到肉體直接暴力的囚禁才使他不得不廢筆。同樣地，復出後他也經歷過了「鄉土文學論戰」的帽子亂飛、「老弱文學」的指控，更長期身處被譏爲「文化沙漠」的高雄，被歸類爲不受主流媒體寵愛的「本土作家」。然而不管政治風潮怎樣變，從戒嚴到解嚴，不管社會脈搏如何跳，從現代化到後現代，葉石濤堅持寫作、堅持參與，始終拒絕缺席。

我們在葉石濤的文學生涯裡看到一股素樸的發言慾望。「我有話要說」，而且不管外在環境怎麼樣都要說。從後現代衆聲喧譁的理論，或從「每個人成名十五分鐘」的現代資訊膨脹困境，甚至從第一世界歷史性的自由言論制度性保護背景下，我們很容易忽略「發言慾望」究竟是什麼。這些特定的社會論述產物中，都先入爲主地把「發言慾望」看作是必然有之的既定項（the given），毋須質疑討論，而把重點放在如何理解、安排衆多的發言上。

可是在一個具有集權傳統的社會，「發言慾望」根本不是每個人生活中的現實。社會眞正的禁抑、最徹底的控制，正在於取消「發言慾望」的合理性、合法性。「發言」雖然存在，可是只能以固定的形式進行，也就是說，「發言」（utterance）成了具有固定管道、固定程序的儀式，沒有什麼可供遲疑思索、騷動尋覓的空間。這樣的「發言」有行爲行動，卻沒有了背後慾望運作的那一層。

以「發言慾望」突擊「強控制」體系

從社會行動哲學（social activism）的角度看，對一個停滯的「強制性」體系，眞正最大、最原初的威脅，就是那股沒有既定形式、不馴的「發言慾望」。和其他「典型」台灣作家相比較，葉石濤的「發言慾望」格外強悍驚人。我們其實很難找到任何一位作家身處的環境比葉石濤更遠離文學、更不適合寫作。更何況在動態的流程中，這個社會不時地以物質性的挫折打擊作家的原創力，或用同樣物質性的誘惑收編作家的社會發言權。作家有無窮的理由、藉口可以隨時停筆。

然而葉石濤沒有。從現實條件上看，他應該會停筆的，可是他沒有。我們已經太習慣看他一路寫來，以至於忘記要問：「是什麼力量促使葉石濤一直寫一直寫？」這絕對是個合理、合法、値得一問的問題，甚至可以是個重要的文學史問題。他爲什麼要不斷變換表現策略，迂迴去講「民族文學」、「三民主義文學」以至於惹來「老弱」之譏？被宋澤萊痛詆痛批之後，葉石濤一度向友朋反覆表示要「退隱不寫」了，可是沒多久他卻交出《台灣文學史綱》、《紅鞋子》、《台灣男子簡阿淘》、《西拉雅族的末裔》一系列厚實的寫作成績。是什麼支持他面對種種不利而能在文學路上走下去？葉石濤喜歡說寫作是一種「天譴」，他更常在許多場合編揑各種唐突的理由來說明、甚至抱怨爲什麼必須繼續寫作，這一切加在一起其實只說明了一件事：葉石濤的「發言慾望」是他生命中眞正的核心、重心。

回頭看台灣文學史，葉石濤強旺的「發言慾望」也是我們共同的寶貴記憶。在荒敗的時代，文學被挾持成爲重複行禮如儀的僵化「發言」，像葉石濤這樣的「發言慾望」保證了歷史的湧動接續。

台灣作家的「失語震撼」與文學史的斷層現象

戰後台灣文學的典型是「斷裂」，多重的斷裂、惡化的斷裂。台籍作家們在三〇年代先經歷了一場足以令人意識錯亂的語言論戰，無法決定究竟中國話、台語還是日語才是「我們的」語言。由語言從而對於什麼是「我們」的「我群前提」產生強烈質疑。四〇年代，賴和等人一輩的「漢文派」逐漸凋零，新興起一批能夠用日語寫作、進入日本文化語彙中與殖民者對話的年輕文學者。誰料他們才剛要成熟時，文學典範、規則訂定權力轉而落入來接收的國民政府手裡。對所有的台籍文人而言，這都是一場可怕、嚴重的「失語震撼」。他們不但失去了自己嫻熟的語言表達環境，還失去了對語詞意識形態內涵的掌握。學著以中文表達已經夠不容易了，更難的是還要去揣摩、猜想這樣講出來的話，會被新的統治者用怎樣的邏輯道理賦予怎樣的意義，會不會因此而惹來立即而直接的暴力懲罰？這是所有發言最終必須被迫到達的戰慄考慮。

隨國府來台的外省籍文人圈，則經歷了另一種斷裂與遺忘。他們必須忘掉內戰中的血腥是非，他們必須與三〇年代以前的新文學傳統徹底決裂。戰後台灣文學因此而呈現為無穗無花無根的荒槁面目。中國與日據台灣兩大新文學傳統，至此必須硬生生截斷。而且從此以後，文學被納入政治體制的網罟裡，一波波的政治決策直接干預、逆折文學內部的連續性；文學從此必須隨時把眼睛向外看，向外界尋找參考座標，內在的活力嚴重萎縮。

斷裂時代中的連續聲音

在這個背景下，我們才能充分理解葉石濤作為一個異數的意義與價值。在斷裂的時代，他代表了僅有的戰前戰後聯絡，更重要的，他一直試圖摸索、尋找出斷裂碎片中的連續性、連貫性絲縷。在文學內部缺乏自主意識時，葉石濤同時試圖去建構一個可以繫綰各部門，讓作者作品轉身凝視的空間，這個空間他稱之爲「台灣文學」或「鄉土文學」。

早在一九四八年，葉石濤就在《新生報》上寫了〈一九四一年以後的台灣文學〉，這篇短文已經強烈預示了他日後的文學史立場。第一是以「台灣文學」作分析單位，認爲這塊土地上的文學活動應該在概念上被建構爲一個整體、一個氛圍。第二是將現時當下的文學活動放在一個清楚的時間架構裡來進行思考。文學作品必須被放進文學史來閱讀，而文學史需要一個社會作其範圍，更需要時間序列排比作其縱深。

一九六五年「復活」後的葉石濤，開始發表大量評論，尤其集中討論省籍作家的作品，他所使用的原則、方法一直都是文學史式的，或更進一步說：都是台灣文學史式的。在那個大家頻頻向外、向別人的文學傳統借取經典、標準，同儕作者鮮少互讀作品的年代，葉石濤可以說是最認眞在閱讀台灣文學的人。而且他不只閱讀，他還將這些閱讀經驗整理出歷史的序列。

葉石濤沒有忘記過去，沒有忘記時間之流。當存在主義、新批評接二連三打擊台灣文學界殘剩的一點點時間連續感時，只有葉石濤默默在拾撿台灣文學的時間碎片，耐心予以縫補成串、成片、成匹成幅。

他這種「連續」性的「異數」形象，豎立在一片「斷裂」的瓦礫中實在太突出了，以至於使我們一想起文學史就想起葉石濤。他不只是一位文學史的寫作者，他更是文學史賴以成立不可或缺的一部分。

一九九四年十月

「失語震撼」後的掙扎、尋覓

——論葉石濤的文學觀

一、

「失語症」（Aphasia或Dysphasia）是心理醫學上的專有名詞。顧名思義，「失語症」指的是一個人突然間喪失了語言表達能力的特殊現象。「失語症」的患者本來擁有正常的語言能力，卻因受到不意的變故而無法再像以前一樣用語言與別人溝通。

造成「失語症」的原因當中，最普遍的當然是腦溢血導致主管該語言的左腦受到傷害，不過另一方面，純粹心理性，過度強烈的情緒波動引發的「失語」症狀，也頗爲常見。我們把這種造成「失語」現象的刺激經驗稱之爲「失語震撼」。

「失語症」、「失語震撼」的概念，透過精神分析學的中介，可以超越個人、個體經驗的層次，被借用來分析、描述歷史、社會的集體現象。尤其貼切、具啓發意義的方向正就是用「失語」的概念來研究革命改朝換代或者殖民初期的歷史。

集體性的「失語症」、「失語震撼」

簡單地說，幾乎所有的殖民過程中都牽涉到語言的更替。大部分殖民者的語言異於被殖民者，殖民關係的建立中同時也就包括了語言位階的分劃。亦即是，殖民者帶來的語言成了「官方語言」，其合法性、社會強制性、乃至美學價值都被律定爲是高於被殖民者的舊母語的。使用殖民者的語言被視爲是高尚、有禮貌的象徵，而且在許多「公開」、「公共」場合裡規定只能聽到殖民者的語言，更進一步會有一套機制不斷灌輸衆人（不管是殖民者或被殖民者）：殖民者的語言是比較進步、比較完整、比較高級、比較美的語言。

在這種情況下，被殖民者就集體進入「失語」狀態。並不是說他就不能繼續使用母語、也不是說他會完全改用殖民者的語言，而是他的語言經驗從此就一剖爲二：用母語時，他會很清楚意識到自己在使用一種「不對」、「低劣」的語言，這種語言沒有充分、普遍的溝通地位。要不就是改用殖民者的語言，在別人的語言裡苦苦掙扎，找不到最貼切於自身經驗的字眼、語詞。在母語的世界裡，經驗與語言基本上是二而一的。我們透過經驗去學習語言，反過來我們也是藉由語言來統領整理經驗。然而在被迫使用殖民者語言時，這種二而一的整體性不見了，經驗與語言間拉開一段距離，必須靠一道翻譯的過程來予以彌補。

集體「失語」狀態中，最突出的表現就是「猶豫」與「焦慮」。不管用舊母語或新「官方語言」，被殖民者都感覺到不對勁，語言似乎永遠無法貼切地表達應有的意思。這種「猶豫」、「焦慮」和個人性「失語」症狀是一致的。個人性「失語症」中較常見的是「結巴型」（non-fluent）的，也就是說患者並沒有失去分辨、感知語言正確使用方式的能力，他隨時清楚知道自己講的東西有問題，他知道有一個正確的字眼，可是就是找不到。他會不斷回頭試圖修改、矯正自己剛剛說出的話，可是卻怎麼都改不成他眞正要的。這是「失語症」的核心現象，也是對患者最大的折磨。

當然，在殖民經驗裡，殖民者不同的政策作法，會產生嚴重程度不一的被殖民「失語症」。不一定所有的殖民地都會清楚意識到強烈的「失語痛楚」；反過來看，「失語症」也不只在殖民歷史中出現。

另外一種造成集體失語現象的原因可以在改朝換代的暴力震撼中找到。改朝換代意謂的不只是統治位子上換成別人坐，一定還會伴隨著價值是非的大顛倒。成王敗寇，本來的寇可以變成王，本來的王也就可能淪爲寇。價值是非的大顛倒如果是用兩套意識形態修辭來表現，而且中間還牽涉到實質血腥暴力整肅、報復的話，那麼我們可想而知會對在舊意識、舊修辭底下長大的人造成多大的衝擊。這是另一種「失語症」，它可以發生在同一個語言系統內部，不一定要牽涉到兩種文化兩種語言。改朝換代一樣可以在許多人心中撞擊出經驗與語言的鴻溝。舊修辭中的詞彙現在必須被放到新意識形態、新修辭裡去閱讀、評價，而一不小心，舊語言被讀出的新意義可能就帶來了國家暴力直接的人身侵犯。這種情形下，每一句發言都隱伏了面對血腥恐嚇的危險，造成說話的人永遠都在衡量語言與新價值、新修辭之間的關係，因而吞吞吐吐猶豫不決；而且不管怎樣衡量、調整，總是會有不能全然貼合的可能，因此焦慮不安、戰戰兢兢。語言、說話變成一個搜索「正確」字眼卻永遠無法肯定找到的緊張過程，和個人性的「失語症」感受完全符合。

二、

葉石濤在題名爲〈言論自由的代價〉的文章（收在《走向台灣文學》一書中）裡，曾經回顧戰後初期台灣文學媒體的變化，指出國府接收後各報紙的日文版只維持了十個月的時間，便一概取消，用日文寫作的作品頓時失去了發表的園地。與此相對照，葉石濤特別強調日本殖民政府一直到統治的最後十年內才正式下令禁絕漢語，日本人准許台灣民衆使用漢文、逐步適應的時間長遠四十年。

葉石濤生命中經歷的複雜語言世界

我們應該正視葉石濤這一代文學前輩，他們生命中經歷的複雜語言世界。從殖民歷史上來看，二〇年代左右出生那一輩，成長的時間已經進入了日本統治的穩固期，整個台灣社會籠罩在「內地延長主義」以迄「皇民化」的氣氛裡，不要說早年的武裝反抗活動已成杳渺黃花，就算「文化協會」以降的左翼抗爭也都以一九三一、三二年爲分水嶺，迅速沉寂。換句話說，他們這一代算是「內地化」經驗下成長的第一代，也是眞正克服語言障礙，嫻熟運用日語的第一代。

在這之前，語言是分辨殖民者與被殖民者的重要判準。他們都還可以親眼目睹自己的父祖輩前行代，飽受殖民者強勢語言壓抑以至於「失語」焦慮的實況。他們等於是被殖民者中第一批跨越語言障礙、進入殖民者語言世界，重新拾回語言表達能力的後生子弟。在一個意義上，他們是被殖民族群中新興崛起的天之驕子，他們介於殖民者與被殖民者間，取得一個曖昧的地位，雖然有著被殖民者的出身背景，同時卻擺脫了被殖民的「失語」困境窘境，可以靈活、隨心所欲地使用殖民者的語言，甚至進入殖民者的公共論壇上發言出聲。

楊逵、張文環、龍瑛宗、呂赫若等人與賴和最大的差異就在這裡。賴和的文學，是希望重建母語、被殖民語言的合法性，顚覆殖民者賦予的語言位階高下，來克服失語的猶豫與焦慮。然而楊逵等人卻是靠充分學習殖民者的語言來伸張自己在公共領域應得的認可。葉石濤可以說是這一輩中年紀最小的後來者，他以十八歲的「紅顏少年」，寫作的日文竟然能受日本大家西川滿賞識，這不但宣示了台灣「日語化」的新階段，對葉石濤本人來說顯然也是一樁值得驕傲自豪的事。可是這一輩的人剛克服父祖前行代的「失語」，沒多久後自己卻陷入了新的失語狀態中。那自然就是戰爭結果，國府接收台灣，帶來了新的「官方語言」所造成的。

從這個角度，我們可以體諒葉石濤對報紙日文版只維持短短十個月一事，耿耿於懷的心情。終戰前後那段時間，正是他創作力最旺盛，創作企圖心最純粹的時期。更重要的，也正是台灣殖民體制中長大的新生代要用日語在公共領域裡伸張自我的歷史階段，可是突然地，這個才乍乍向台灣人被殖民者開放的空間卻又急急關閉。

這種「失語」的痛，是那一輩人共同的痛，不過卻不是眞正不可克服的困難。因爲畢竟這次語言轉換不是在殖民架構裡進行的，新的「官方語言」並未被視爲是少數人的專利、特權，所以社會上有普遍的認知，願意揚棄舊的殖民者使用的日語，而且也有努力、儘快學習新語言的熱情氣氛。我們更不能忽略，台灣當時依然繼續在底層流傳著漢語系統的閩南語、客語，這些語言與新「官話」同源，有同樣的結構，大可以被拿來作爲學習新語言的基礎，更是閱讀、書寫新語言可以借道的捷徑。

如何寫出典雅而理想的白話文？

事實上我們也看到了終戰後台灣人短時期內學會運用新語言的例子。更明確的證明是：葉石濤自己在一九六五年「復出」時，所寫的白話文已經沒有什麼彆扭、難懂之處，他六〇年代寫的小說在文字上更是非常流暢且具新意，早已遠離了學習的笨拙階段。

這樣的事實逼我們檢討：葉石濤幾達二十年脫離文壇，噤聲不語，究竟學習新語言一事扮演了多重要的角色？他眞的需要花那麼長的時間來學習中國白話文嗎？更有進者，當我們讀到他後來告白的文字說：「在寫小說的過程中我發覺：除非我重新生爲一個道地的中國人，而不是屬被異民族侵占的這傷心地的台灣人，否則我永遠無法寫出典雅而理想的白話文來。」我們是不是眞應該相信，寫出「典雅而理想的白話文」對葉石濤會是這麼艱難的一件事？

上引葉石濤這段話其實含藏一個嚴重的矛盾。什麼叫做「道地的中國人」？他當然是把自己視爲「台灣人」，而把日本稱作「異民族」，生爲台灣人的葉石濤絕對不是「道地的日本人」，可是此一事實卻不妨礙他使用「典雅而理想」的日文，那麼爲什麼偏偏在中文白話文的寫作上，語言是和出身緊緊聯繫的呢？

有一個解釋當然是指出幼年時期及青年期語言學習能力的差異。不過我想使得葉石濤渾然不覺地講出這段矛盾的話的背後，有遠比這個深沉、複雜的理由。那就是他與中文白話文間的緊張關係，不是一個純然技術性學習的關係。技術上再怎麼嫻熟老練，都不可能跨越的一道鴻溝隱隱地在心靈邊際存在著，讓他總是覺得自己所使用的中文不夠「典雅」、不夠「理想」，總是不對勁。

這正是失語焦慮的一種表現，而且絕對不是單純「官方語言」、「公共語言」改變所能充分說明的。除了語言的技術層面之外，顯然還有另一個更大的「失語震撼」，才是眞正的解釋。

透過葉石濤晚近的自敘、自傳性的作品，如〈一個台灣老朽作家的五〇年代〉、《紅鞋子》等，我們現在已經可以很清楚地指出，這個影響更持久、更深遠的「失語震撼」是國府來台初期的政治恐怖氣氛，而葉石濤切身直接的經驗就是三年莫名、無妄的牢獄之災。與國家集體暴力的非理性，直面相覷，讓葉石濤意識到語言這種東西被夾擠、關鎖在一個充滿監禁、檢查眼色的系統裡，只有非常狹窄的空間留給「對的」、「可以的」語言，其他區域都是「不對的」、「不可以的」，而且誤入「不對的」、「不可以」的禁區，惹來的代價會相當慘重。

這種震撼的恐嚇效果，加上對中文的掌握上沒有把握，相加相乘，才是真正把葉石濤這一輩日文作家送進「失語」狀態長期不得復原的完整原因。他們就算再怎麼努力學習中文、「國語」，也不可能獲得可以同時應付文學美學要求及政治意識形態雙重標準的自信。

三、

八〇年代中期，宋澤萊在《台灣文藝》發表了他的「老弱文學」論，對本土文學界投下了一顆磅數奇重的炸彈，而其中被炸得最是令人意外的目標當然是葉石濤。

「三民主義文學論」？

從宋澤萊的文章發表後，許多人談論、評價葉石濤時，都不得不處理他在六〇、七〇年代所謂「三民主義文學」、「台灣文學是中國文學的一支」等等說法。那些原本就懷有惡意的評文不說，就算是相當推崇葉石濤的劉春城（〈長跑者不寂寞——論葉石濤〉）、彭瑞金（〈在文學的荒地上拓墾——葉石濤的文學世界〉）等人，都還是必須尷尬地承認葉石濤當年這些講法和後來的「台灣文學自主性」，立場是不一致的。彭瑞金甚至特別提及：一九七八年他訪問葉石濤時（訪問紀錄見葉石濤《文學回憶錄》中），葉石濤堅持應把「三民主義文學」的字眼擺在標題醒目地位。彭瑞金顯然將此舉視爲是爲了要和緩「反鄉土文學」陣營的敵意，然而卻徒勞無功，「反鄉土派」並未看到「三民主義」就減緩對「鄉土文學」的攻訐、打擊。

彭氏的解釋從論戰的策略面出發考慮，自有其道理。不過我們也可以擴大縱貫葉石濤的中文寫作生涯，尋找另一層的意義。

回到「失語症」及「失語震撼」。依研究「失語症」的宗師布洛卡（Pierre Paul Broca）的說法，「失語」之後要重新拾回語言表達能力，這整個過程基本上就是個人心靈與主流語言體制掙扎、折衝的煎熬。「布洛卡型失語症」——即是前面提過的「結巴型失語症」——與所謂「渥尼克型」（又稱「流利型」）失語症最大的差異就在，後種類型患者無法自覺到自己所說的語言失去了讓別人聽懂的溝通功能，他和主流語言網絡脫離，活在自己的語言世界裡，表現在外的就是他會連串流利地發出各種聲音、大量堆砌辭彙，可是這些音聲、字眼合在一起卻缺乏一般可理解的內容。從社會角度來看，「渥尼克失語症」代表的是一種疏離、自閉的情緒。（台灣五、六〇年代現代詩作品，大體可以視爲是某種「渥尼克型失語症候群」的表徵？）

「布洛卡型失語症」卻是清楚意識到通行的語言溝通中有一套既定的遊戲規則在。什麼地方應該用什麼字眼、句型結構應該如何組成都有不可踰越的原理原則。可是患者就是沒有辦法適時、自然、瞬間地找到「對的」說話方式。他不斷地找、不斷地尋覓，心思永遠投射在主流語言的龐大系統上，以至於無法專心講自己眞正要講的話。

「布洛卡型失語症」的克服、復原通常費時良久，而且會留下不可磨滅的後遺症。最嚴重的後遺症是這套重拾的語言不再是無意識的工具而已，而是有意識的設計。在自然學得的語言能力中，我們不會特別去留意語言的規則（所以許多人有共同的錯覺，以爲自己所使用的母語沒有文法可言，只有在學習他種語言時才研習文法），然而失語復原者的語言卻會對主流語言體系中任何細緻的規定都凝視注意，他的語言的「發出」變成一個三角結構：講出去的話不只要讓聽者聽懂、領會其意思，同時還要跟主流語言體系進行無窮互動，不斷接受主流語言體系的檢查。

失語復原後的語言

很多時候，我們必須把前行代台灣作家所寫的中文，看作是失語復原後的語言。這種語言不能用簡單的概念去追問其意思到底是什麼。「追問意思」的方式預設了「說者—聽者」二元結構，聽者想要確知說者透過語言「眞正」想表達的到底是什麼。可是失語復原後的語言從一開始就不是這種二元結構下的產物。在說出的當時就已經有了「說者—聽者—主流語言原則」三個端點。這三個端點可以產生多重複雜的關係。說者自覺地受到主流語言規則的影響，還要考慮其聽者與主流語言規則間的親疏，在層層限制穿透下，我們已經很難去追究區分：話中哪些部分是針對聽者、哪些是針對主流語體語規了。一切全都摶合融匯在一起，形成這種語言的特色。

失語復原的語言其實最清楚反映的是那個時代主流語言的意識形態傾向。說者、作者的「眞正本意」則被包藏在這個外在雲團中，注定是隱晦、不清楚的。

在個人性失語症的研究中發現，失語復原者初期的語言裡往往充滿了模稜兩可的陳俗字眼，而且在相當程度上說者本身的思想、態度也會被這些字眼所影響，因爲這種語言、以及這種語言所代表的生存模態，是經歷「失語震撼」後能夠找到的最安全的避風港。

四、

在「失語震撼」之前，少年葉石濤的文學觀其實相當自我。他雖然大量閱讀、吸收舊俄、法國十九世紀的寫實主義作品，但在精神上卻明顯地傾向浪漫主義，與西川滿式的「異國情調」風，也有應和相符之處。早在一九四三年，他便以一篇〈糞寫實主義〉明志，刊登在《興南新聞》上，痛貶寫實主義，高張個人浪漫主義的大纛。

這種早期的浪漫主義情調，其實是建立在發言權穩固的自信、自傲上的。作爲充分掌握日語表達的第一代，少年葉石濤渾然沒有察覺絕大部分其他人沒有能力、也沒有機會運用公共語言媒體的事實。他很自然地認定文學就是要發揮自己，而視寫實主義那種代其他被欺負、被凌辱的民眾發言的立場爲做作、荒謬、不值一顧的。

終戰匆匆十個月內，葉石濤自己嘗到了喪失充分發言權的痛處，沒有多久，被欺負、被凌辱的經驗降臨在他身上。短短幾年內，葉石濤從一個不虞衣食的富戶子弟、文壇的後起少年，變成飽受貧困威脅，還經歷牢獄之災的滄桑青年。這麼劇烈、對比的變化，徹底改變了他的文學觀、世界觀。

在噤聲沉默的年代裡，葉石濤看到了和自己一樣「失聲」、「失語」的群眾。他並沒有完全放棄文學的夢，然而這個夢現在必須透過一種新的語言來表達。終於初步克服了雙重的「失語」症狀之後，

「復出」的葉石濤，於是搖身一變，變成彰言「鄉土文學」、推崇寫實主義理想的小說家及評論家。

從語言的角度看，寫實主義原則更進一步複雜了台灣省籍作家的「失語」困窘。寫實主義要求如實描寫社會大衆的生活，尤其應該要替被欺負、被凌辱的人作喉舌代表，可是在主流的語系中，根本不存在這些被欺負、被凌辱人們的語言呀！一直到七〇年代鄉土文學中穿插方言對話取得合理合法性之前，任何想要依照寫實主義原則創作的人，都必須面對的兩難是：要如何找到一種語言表達既可以在主流語言系中被接受，又同時可以代表受辱者，替他們發言？如果使用主流語系中「典雅而理想」的語言，怎麼能夠描寫根本與這種語言格格不入的受辱大衆？如果眞要堅持受辱者的語言，就不可能被主流語系接受，那樣又怎麼盡到代言發聲的任務？

葉石濤嚴重的分裂性格

所以我們清楚看到：在這個時期內，葉石濤嚴重的分裂性格。他在不同的文類、不同的面向與主流語系進行不一定可以相互解釋、自圓其說的對話。在評論上，葉石濤一貫是以寫實主義爲終極歸結的。他最推崇的小說是《靜靜的頓河》，他再三致意最想寫的是統合總敘台灣歷史經驗的大部頭大河小說，他批評台灣最欠缺的是農民文學、鄉土文學。

然而他自己所寫的小說，卻一直帶有濃郁的小知識分子味道。不僅是小說裡的角色往往多愁善感，不斷在進行種種思辨，而且許多西洋小說、電影穿插在小說中出現，成爲與故事呼應的「次文」（sub-text）。他甚至沒有發表過任何一部可以被稱作「長篇」的小說作品，遑論「大河長篇」，他的小說裡沒有太多農民的影子，也其實沒有太強烈的歷史時間縱深。

如何解釋這種自相矛盾的現象？如何說明爲什麼提倡「鄉土文學」最力、最堅持的作家，他自己的小說裡「鄉土」的成分卻那麼淡薄？我想我們還是應該把這些問題轉回「失語」的集體脈絡底下來看，會清楚一些。葉石濤的矛盾其實是當時「失語者」的宿命。由於自己的「失語」經驗，而擴大到相信文學應該替所有沒有聲音、默默受苦的人代言；可是現實上可以發出聲音的語言系統裡就是沒有受苦者所使用的那種語言，於是「鄉土文學」只能存在論理、「應然」的層次上，卻無法落實爲創作的「實然」。

「失語」後復原的語言，道理與經驗無可避免地分裂，無法再是合一、自然的語言。

五、

個人性的「失語症」研究中發現，幫助失語者復原的一個方法，是讓患者回到「失語震撼」發生前的語言氣氛、脈絡裡，亦即是讓他暫時毋須焦慮地應付無窮的新溝通情境，回到「震撼」前那個語言還很自然的過去，讓他重新對自然、不經思索使用語言的方法產生信心。

這樣的概念，也可以幫助我們去發掘、了解葉石濤晚期作品的一些特色特點。

綜觀葉石濤的作品，不論是評論或小說，我們應該注意到一九四五年終戰前後這段時間，具有非常特殊的意義。

長期以來，葉石濤大量、反覆地寫過許多篇關於楊逵、張文環、龍瑛宗、吳濁流、呂赫若、楊雲萍等人的文章。尤其是楊逵，幾乎到了葉石濤的每一本文學評論集中必定有寫楊逵的專論文章的程度。而這些人主要的文學活動時期正是日據時代末期到戰後初期。

對於失語之前環境的回歸

不只如此，葉石濤常常明言或暗示他自己和「戰後第一代」作家的不同。尤其是他和鍾肇政同為一九二五年出生，可是鍾肇政卻是純粹戰後才投入文學活動的。意思就是說：葉石濤自己比鍾肇政、廖清秀、文心等「戰後第一代」其實更早上一輩，終戰前的文學經驗是他有，而「戰後第一代」沒有的重要資產。

再進一步看葉石濤早年寫的許多小說，也都不約而同地以終戰前後作故事背景。顯然帶有自傳色彩的「李淳」故事系列，幾乎毫無例外都是寫李淳在戰爭期間的種種經驗。有一些故事，像〈雛菊的回憶〉（收在《姻緣》中），其實並沒有什麼明顯的時代性，葉石濤卻也很自然地將其背景設定在一九四七年。為什麼總是那幾年？

到了晚近幾年，這種現象越發明顯。從《文學回憶錄》、《女朋友》開始，到《紅鞋子》。〈一個台灣老朽作家的五〇年代〉、〈一個台灣老朽作家的幼、少年時代〉等等，葉石濤非常認眞、努力地撰寫回憶錄性質的作品，然而値得注意的是：他回顧生命的眼光，好像總是特別專注在四、五〇年代。不管是與西川滿之間的文學姻緣或五〇年代初任教師時的戀情，他會不厭其煩的換過形式重複書寫（《紅鞋子》和〈一個台灣老朽作家的五〇年代〉內容多所重複），然而相對地，六〇年代以後的生活回憶卻是一片驚人的荒蕪、空白。

我們甚至還可以從葉石濤小說的風格看出一些端倪。如前所述，葉石濤雖然致力主張「鄉土文學」，然而他自己的小說卻一直不是很「鄉土」的。相反地，我們可以察覺他的創作美學裡非常濃厚的異國浪漫傾向。他對女性身體、情慾的挖掘、描寫在六〇年代就已經獨樹一幟；另外他的小說裡常常出現明確的異國風物作為推動情節的主力。例如〈福佑宮燒香記〉是寫中法戰爭當中的法國軍官、〈鸚鵡的豎琴〉故事發生在義大利領事館裡。〈卡爾薩斯之琴〉則巧妙地結合了西洋樂器與外省人的雙重異質性，至於〈鬼月〉、〈汲古夢〉中，考古知識成了異國情調的營塑力量。這類例子俯拾皆是、不勝枚舉。

這種異國情調的美學讓我們不得不想起西川滿。西川滿將台灣視為文學的寶地，因為它同時是日本的一部分又具備異國魅力，特別著重玩弄熟悉與陌生間的弔詭關係，來塑建文學浪漫風格。葉石濤「復出」後的文學理想和西川的這套想法、說法根本格格不入，幾乎沒什麼交集可言，然而在小說創作上卻保留了西川的強大影響痕跡。

葉石濤的代表作之一是《台灣文學史綱》，不過他不只一次表示他真正最想寫的是日據時代的台灣文學史。而且他晚年最關心的課題、寫過最多文章來呼籲、處理的，正就是四〇年代所謂「皇民文學」的定位問題。他念茲在茲地一再回到四〇年代，強調即使在「皇民化」的大帽子底下，台灣文學並沒有喪失其寫實性與抗議性。

將以上列舉的這些現象合併來看，我們實在不能否認：四〇年代對葉石濤具有強大、獨特的吸引力。這段時間是他認為最重要的「關鍵時期」，他提倡文學應該回到「生活性」、應該記錄生活細節，可是他自己真正進行的卻只是關於四〇、五〇年代的紀錄，其他年代的生活意象幾乎完全不曾出現在他筆下。

這應該就是回到「失語震撼」前的一種本能想望吧。深層潛意識中反映的，應該不只是要解釋自己的出處行止，而是要回到那個語言與經驗還沒有被分裂、壓抑的時代，回到那個可以自然地運用「典雅而理想」的語言的時代，也是對「失語」狀態下度過的這幾十年掙扎的一種厭惡與反感的表現吧。

一九九四年八月

「抱著愛與信念而枯萎的人」

——記鍾理和

鍾理和在台灣文學史上的地位，至少包括三個相關卻不完全相同的部分。

第一部分是原鄉的傳奇。他常常被視為是台灣人熱愛祖國的重要象徵。和其他同齡、走過日據時代的作家很不一樣，鍾理和一生不曾用日文創作，他也沒有經歷過戰後官方語言轉變所帶來的「失語震撼」。戰爭期間，鍾理和因為與鍾平妹的同姓婚姻不為鄉人所諒解，忿而遠走滿洲、北京，後來在北京出版了小說集《夾竹桃》。終戰返台之後，他又寫了一篇〈原鄉人〉，結尾的一句話說：「原鄉人的血，必須流返原鄉，才會停止沸騰！」這句名言，加上他自身的原鄉故事，經過了李行執導的電影「原鄉人」改編宣傳，於是在官方教育體制裡，將鍾理和定位、定義為一個民族主義者、愛國主義者。

原鄉傳奇的轉折與弔詭

然而諷刺的是，前面所引的那句話，其實並不完整，完整的段落是：「我不是愛國主義者，但是原鄉人的血，必須流返原鄉，才會停止沸騰！」鍾理和自認不是一個愛國主義者，而且他本來選擇遠走的目的地是日本人統治下的滿洲，後來轉往自「華北協定」之後便一直在日本人控制中的北京。在〈夾竹桃〉裡，他描寫北京四合院的醜陋，頻頻用「他們」來稱呼那個「八面玲瓏、無往不通的民族。」他痛譴「中國的後母！中國的後母！」之可怕可惡，他更在〈門〉裡直接地說中國是一個「失卻人性、羞恥、與神的民族喲！」

在大陸居停時期的作品中所顯現出的鍾理和，帶著濃厚的憤懣不滿與抗議情緒。他寫作的策略接近冷眼熱心的魯迅，也有點像深探社會畸形人際關係的茅盾，卻絕對與描繪鄉土厚實的沈從文大異其趣。在〈原鄉人〉中他寫道：「父親敘述中國的，那口吻就像一個人在敘述從前顯赫而今沒落的舅舅家，帶了二分嘲笑、三分尊敬、五分嘆息。」事實上在鍾理和的作品也讀出了那五分嘆息。他對大陸、對中華民族的印象是相當失望的，其程度大概和寫《波茨坦科長》、《亞細亞的孤兒》時的吳濁流不相上下。一度曾經幾近「迷戀」鍾理和後期鄉土作品的陳映眞，就覺得不能忍耐鍾理和的這份「中國態度」而數度爲文大加撻伐。

擺脫掉電影的造假，純粹就作品論思想，鍾理和眞的不是一個愛國主義者，也不是一個民族主義者。這一部分的傳奇其實是官方強勢媒體爲了自身意識形態宣傳所需而強加給他的。台灣新文學史家陳芳明曾經解釋鍾理和的「原鄉人血液說」，他認爲實際的意涵應該是在描述想要去見識、親歷原鄉的那股衝動，沒有去到前，血液會因渴望而沸騰，然而一旦眞的成行踏上原鄉的土地，血液就會因失望而冷卻，而停止沸騰。證諸鍾理和的作品，陳芳明的講法應爲確論，並且這種由沸騰而冷卻的過程，不是鍾理和個人的特例，而是日據時代許多北走原鄉的台灣人的共同記憶。中央研究院近代史研究所出版的《口述歷史》期刊，特別製作了一個老台灣人早年遠赴大陸經驗口述回憶的專輯，裡面收集了多少和鍾理和、吳濁流一樣的看法！

鍾理和執著的創作活力

鍾理和不是一個民族主義者，然而這並無害於他在台灣文學史上保持屹立不搖。他對台灣文學史貢獻的第二層意義是那股願爲文學捨命的精神。鍾理和創作的動機非常單純，而毅力卻強得驚人。終戰回到台灣後，家庭生活最基本的物質層面一直不曾獲得解決，身體又很快被結核菌侵蝕而孱弱不堪，更加上沒有找到發表的園地，這種種不利的條件都沒有讓鍾理和停筆。到一九五八、五九年，受當時聯副主編林海音的賞識得以在報端大量發表小說時，鍾理和已經默默地寫作了十幾年了。一九五五年獲得文藝獎的《笠山農場》都因爲外在環境不意的變動，莫名其妙地喪失了發表、出版的機會。連發表的慾望都可以被壓制、延後，不至於干擾他的創作活力，文學之於鍾理和，眞算是具有幾近宗教般的崇高、超越力量了。

而鍾理和眞的向文學獻出了他的生命。他吐血而死時，手上正在校改最後的一部中篇小說〈雨〉。這樣爲文學而耗竭生命之泉的故事，在台灣文學史上大概只有東方白寫《浪淘沙》十年間險些病死卻又掙扎活回來，完成百萬字龐巨篇幅的經驗，差可比擬。然而東方白畢竟還是領受到了這場折磨所換來的榮崇代價，《浪淘沙》因緣際會被抬高爲可以和鍾肇政的《台灣人三部曲》、李喬《寒夜三部曲》平起平坐的「大河巨著」。鍾理和卻默默的死去，生前幾乎不曾用文學換取過任何名利代價。沒有比這個更純粹的文學追求了。

見證文學中的自我救贖

鍾理和在文學史上的地位，也不完全是靠奉獻犧牲的態度贏來的。最重要的第三部分是他作品本身豐富的文本世界。鍾理和的文學寫作之所以能在沒有發表的情形下持續進行那麼久，顯見其作爲一種自我救贖的意義，要遠高於與他人溝通交流的需要。

熟悉西方文學傳統的讀者，應該可以從鍾理和較具自傳性的作品裡，讀出非常類似「救贖文學」的那份焦躁與沮喪。〈門〉是早期最具代表性的小說之一。小說本身沒有強烈的故事性，主要是追索一位父親在窮困異鄉等待妻子分娩的心情起伏。鍾理和在這裡展現了和後期很不一樣的語言雕飾能力，用繁複、幾近於詩的語言營造了彷彿隨時會有不幸、悲慘來襲的低沉氛圍。完全找不到生的喜悅。妻子臨盆那一段，「我」的驚恐、害怕，讓人想起海明威小說《在我們的時代裡》，那個受不了妻子生產慘叫而懦弱自殺的印第安人。小孩生下來後，鍾理和筆下的「我」非但沒有予以親吻懷抱的衝動，甚至提不起靠近探視的勇氣。

原本是最快樂的事，卻變成了一場災難。究其原因，正是因爲鍾理和爲了愛情干犯鄉俗禁忌，與同姓的鍾平妹私奔成親，他心頭長期存在著強大陰影，他深怕他們的婚姻是一場有罪的結合，成了一個受詛咒的家庭。終其一生，他都沒能徹底走出這個陰影，這個陰影化身各種形式一再重返出現在他的作品裡。他必須靠不斷的寫作，靠一個個故事裡的虛構，來減輕自己內心的罪咎恐懼。在這一點上和西方的「救贖故事」是非常類似的。

禁忌與救贖

不過不完全同於「救贖文學」的，是鍾理和時時還殘存著一份不願認罪和認錯的不甘心。在理智上他很清楚「同姓不婚」的社會桎梏是不合理的，是對個人戀愛選擇的橫加干擾。他當時決定遠走而拒絕服從，就是決心要反抗這股時間與傳統成規形塑的壓迫感。然而鄉人們用「畜生」來比喻，用「天不允許」來譴責，畢竟讓他耿耿於懷，於是他陷入了不斷想要尋找證明自己是對的理由的深淵中。如果沒有那種強烈的禁忌偏見，鍾理和所遭遇的一切，只會被視作是一生中難免的挫折不如意，可是關在同姓婚姻的牢籠裡，這些都成了絕對的是與非，成了「天所不容」的證據。

鍾理和的一生見證了社會偏見的可怕。他永遠在和這個偏見爭議爭辯，幾乎是永無休止的對錯之辯嚴重地扭曲了他的生活、他的個性。他壯年罹患結核病，無法用這個社會上一般的事業成就來證明自己的對，他只能更進一步地深深依賴還能繼續從事的文學。他在文學裡一次又一次逼迫自己面對禁忌婚姻，寫下了長篇《笠山農場》、中短篇〈貧賤夫妻〉、〈同姓之婚〉、〈錢的故事〉、〈復活〉、〈雨〉、〈野茫茫〉等等，不斷重返那個詛咒的原點，他沒有辦法和美濃鄉親組構成的那個世界辯論，不過他至少可以一再說服自己。

入世的社會文本

帶病的身體，使他失去了一般性的勞動力，只能作為勞動的旁觀者、記錄者。他記錄得最多的是妻子平妹的勞動，其次則是其他村里鄰居的勞動。在那個男女兩性意識還很少被探及的時代，鍾理和其實已經留給我們一批具有豐富性別意義的作品。在這些作品裡，他雖然是個男人，卻被剝脫了象徵男性能力的勞動經驗，轉由一個女性來完成這種勞動。〈錢的故事〉裡他更是仔細描寫了男人轉而居停室內作家事的經驗，在這中間「錢─勞動─性別」緊密結合互動，交織出一塊顏色絢麗錯雜的社會入世文本（worldly text），值得有心人認眞反覆翻挖解讀。

帶病的身體、旁觀的角度，讓他特別容易同情社會關係中的弱者，不過他的同情不是以哀憐、哭嚎的方式表達出來的，而是用他的筆努力去呈現他們不被生活屈服，能在最惡劣環境裡活出生命趣味的創造力。在〈門〉裡面，鍾理和一方面慨嘆：「世間用完自己的青春、力量、熱誠，而尚不能達到目的底事情很多很多。」一方面卻也忍不住樂觀地從不同的角度看：「幾個平凡的偶然碰在一起，往往會做出一個嚴肅的眞理。」在〈柳陰〉裡，他更是明白地說：「無論如何，能夠在像火的激烈的、惡劣的環境中，依然把做人的興趣保持得如此完美，這事情本身，便該是一種美德吧。」

所以在鍾理和的小說裡，我們讀到那些被命運擺布的悲苦的人，可是一點也不會覺得他們畏葸渺小微不足道。鍾理和總能捕捉到他們保持得完美的做人的興趣，因爲這種愛與信念，才是他自己眞正的救贖。他無法擺脫貧窮、無法擺脫病痛，甚至無法擺脫因爲婚姻帶來的病態的歧視。他不是沒有絕望過，在弔祭早殤次子的〈野茫茫〉裡，他提到了連平素堅強的平妹「的眼睛裡，已在漸漸浮起對生活的詛咒和絕望來了。」他自己也動搖了頻頻呼問：「眞是天不允許嗎？」他也曾試圖逃離，他小說中多有出走的情節，然而出走很少眞能解決問題，他自己遠走原鄉終究還是必須歸根台灣。最終最終，他只有在文學裡找到眞誠的自我、找到繼續面對生活的樂趣、找到內在於對錯痛苦，同時卻又超越了對錯痛苦的救贖。

鍾理和曾經形容自己是「抱著愛與信念而枯萎的人」，他的人也許眞的枯萎了，可是他的愛與信念卻透過文學傳流下來了。這才是比傳奇、神話更大更持久的力量，也是使得鍾理和在文學史上占有無可替代地位的眞實理由。

一九九四年十一月

「現代化」的多重邊緣經驗

——論王禎和的小說

一、

王禎和一向被視為台灣最重要的鄉土小說家。尤其是七〇年代文學本土化浪潮掀起之後，王禎和成了主要的宗師、大師。王禎和的小說帶有濃厚的鄉土氣氛，毫無疑義，不過被納歸入鄉土文學的系譜，卻常常使我們忽略幾項重要的事實。

兩項重要的事實

事實一，王禎和主要的「鄉土小說」，寫成於六〇年代。〈鬼．北風．人〉是一九六一年。〈來春姨悲秋〉一九六六年。〈嫁粧一牛車〉一九六七年。都早在「鄉土文學」受重視，成為一個主要流派之前。七〇年代，王禎和固然繼續寫出了〈素蘭要出嫁〉（一九七六）、〈香格里拉〉（一九七九）等名作，不過另一方面，他花了同等、甚至更多的力氣，發展著〈小林在台北〉、《美人圖》一直到《玫瑰玫瑰我愛妳》另一個系統、另一種不能用「鄉土」統納，也不算「寫實」的不同風格作品，一樣獲致了高度成就。

事實二，王禎和的寫作生涯，不但一大部分時間屬於「現代主義」當道的六〇年代，而且他隸屬於《現代文學》創刊的菁英群裡。台大外文系的身分，讓他和白先勇、王文興、李歐梵等人過從甚密，他主要的文學滋養，顯然也來自於西方現代主義的小說與戲劇大師、名著。這樣的「現代主義」背景，到底跟他的「鄉土」有著什麼樣的關係？

王德威很早就在《從劉鶚到王禎和》的書中，點出了王禎和作品和後來的典型鄉土文學很不一樣的地方，那就是其中強烈、佻達的戲謔成分。他當然跟許多鄉土作家一樣，觀察、呈現台灣鄉土在殘破過程中，彰顯的種種小人物悲苦故事。不過在敘述與鋪陳情節時，王禎和多了一點促狹惡作劇的態度，不時會捉弄一下他的角色人物，讓他們由悲劇中被傷害被欺侮的人，突然又同時擔任喜劇中的丑鬧任務，使讀者有時淚中帶笑、有時哭笑不得。

王德威的貢獻在於：提醒我們不要因爲後來鄉土文學的悲情刻板印象，而忽略了王禎和眞正最獨特的風格。王德威因而將王禎和劃歸入另一個「想像的傳統」，一個異於魯迅、異於「感時憂國」精神的「戲謔傳統」裡。王德威說明了王禎和戲謔的事實，也解釋了王禎和如何戲謔，可是卻沒有去碰觸「王禎和爲什麼戲謔？」以及「藉著戲謔，王禎和到底要表達什麼？」這一方向的問題。

這篇論文將試圖對王禎和與「現代主義」文學之間的關係，還有王禎和戲謔風格形成的社會運作，提出一些初步的分析看法。

二、

一九八〇年九月，王禎和爲洪範版的《香格里拉》寫了一篇〈自序〉。文中特別提及一九七三年去愛荷華時，看到小津安二郎電影所受到的感動。〈自序〉最後一句話說：「七、八年來，每當我提筆寫小說，心中就油然浮起小津他的一部部電影來。我知道自己仍離那樣的藝術境界既遙且遠；但我會永遠追求下去。」

在此一年前（一九七九年）發表的〈香格里拉〉，的確有頗為濃厚的「小津風」。不過耐人尋味的是，〈香格里拉〉發表當時，文壇議論的焦點之一，竟是〈香格里拉〉和王禎和前此其他作品大不相類。我們在王禎和其他作品裡，不曾看到另外一個像「小全」這樣的小孩，也不曾看到這樣集中處理親情的主題。許多人甚至因此猜測〈香格里拉〉應該具有高度的自傳性，可能比較接近回憶散文，以是會有這種獨特味道。王禎和為此還不得不在報端正式聲明，這篇小說純屬虛構，別無所指。

小津安二郎、張愛玲與詹姆斯

再查一下王禎和的創作年表。他在〈自序〉裡向小津安二郎致敬的同時，正在寫《美人圖》的第一章。小說裡特別安排了一段鄉下老爸爸北上跟小林討錢的情節，看得出受小津影響的地方。尤其是小林因為被公司上上下下苛待，遲遲無法脫身到車站履約接他父親，晚了三小時後才找到父親時，父親「臉上無有一點埋怨，反而因見了小林而顯得特別高興。」確實是寫出了類似小津電影裡的那種無奈中的寬厚沉穩。

不過，《美人圖》讓人印象最深的，畢竟還是王禎和對航空公司職員們各種嘴臉的嘲諷刻繪，以及從小郭嘴裡滔滔不絕吐出來的導遊奇聞。這兩方面連篇累牘的誇張敘述，固然和小林「父子會」構成提供小說閱讀樂趣的絕佳對比，然而其來源卻絕對不可能是小津安二郎。

另外一個例子是〈嫁粧一牛車〉。王禎和自己說是讀了張愛玲《怨女》和亨利・詹姆斯之後寫的。小說最前面也和其鄉土背景很不相稱地引用了一段詹姆斯的話。可是張愛玲的冷冽、詹姆斯的世故，都和王禎和在小說中塑建起的戲謔、嘲弄寫法，相去太遠了。

我們沒有理由懷疑王禎和自己給我們的「影響線索」。只是正因為如此，我們發現，王禎和寫小說有一股別的力量，非常重要的力量，會讓他一再偏離自己意欲想模仿的前輩宗師，一股不屬於張愛玲、詹姆斯或小津安二郎的力量。我們必須向王禎和的生命生活裡，摸索這股力量的輪廓，及探求其起源。

三、

現代主義是反映現代性的美學風格。有西方現代社會、現代意識的發展，相應而有現代主義。現代主義小說無論在形式、精神以及美學要求上，都和傳統小說截然不同。

從形式、精神上來看，王禎和的小說當然是「現代小說」。可是他的現代主義色彩，卻是不徹底的，表現出層層欲迎還拒的猶豫。猶豫一者來自其鄉土背景，畢竟現代主義的起源與都會有甚深的關係，現代主義裡傾向於描寫的人的疏離、片段、錯亂，也往往和都市經驗相表裡。

猶豫的另一個來源，則是王禎和特殊的身分，以及這種身分帶來的與現代、現代性之間的曖昧關係。

現代主義在西方作者經驗與美學風格間有著直接的互動呼應。因為作者在現代環境裡的經歷，而有了現代主義式的價值與表現手法。現代經驗如何改變，現代主義就會相應作出突破、調整，這兩者之間當然不是一對一的制式連鎖，也當然會有時間落差，不過其互動脈絡畢竟有跡可循。

現代主義向外傳播過程中的變異

現代主義向外傳播，到了現代化的邊緣地帶，就產生了許多複雜的糾結。這些邊緣地帶的藝術家，他們經歷的是不完整、也非自主自生的現代化過程。舶來的現代化力量，與傳統舊文化並置並列，甚至激烈衝突。現代與傳統互相推移，產生了一種既非西方式現代、亦非原有傳統的變形文化。變形文化幾乎毫無例外都是不穩定的，比西方工業化環境下的現代變化更不穩定，隨時在變異、隨時在混生、也隨時在扭曲。

藝術家們會很快地接受現代主義，因爲他們的傳統文化中，通常沒有什麼資源、工具可供利用來表達這種巨變中的不安全感。可是接受了現代主義，不會只接受現代主義作爲單純的代現工具。還要接受現代主義的一整套價值規約、規約背後的論述眞理，以至於現代主義作爲一種藝術美學傳統的一系列大師、名著示範。

於是弔詭的情況產生了。本來是爲了藉現代主義來表達自己的變動經驗，然而引介進來的現代主義進而取得了自主的生命，成爲舶來現代化力量的一部分，藝術家們愈進入現代主義的領域，就愈傾向於抄襲、複製西方式的「純粹」現代經驗，忘卻了自己的邊緣性，也就使得藝術與本土現代經驗脫節，現代主義的西方版本反而取得了無上權威，凌駕在眞實的雜混、「不純」現象之上。

這種現代主義外傳變異，在許多地區都出現過。台灣的五〇、六〇年代也搬演了一次。然而台灣又因爲當時特殊的局勢，而使得現代主義的發展，有著更加一層的曲折。

特殊局勢就是戰後台灣社會二元化的剖分。經濟上有官業和私業的二元化、社會上有本省外省的二元化、文化上有城鄉的二元化。與國民黨官方關係密切的外省族群、外省文化，陰錯陽差地與現代主義有了高度的親和性。親和性來源之一，是戰爭與離鄉背井的恐慌疑沮。生命被徹底與傳統可供依循的穩定基礎撕裂，異地異景與無常的等待，是日日必須面對的威脅。而且又跟隨著政權集中在幾個較爲都市化的區域，與土地相隔絕。

外省族群控有文化上的主流發言權，現代主義也就成了五〇、六〇年代的美學威權。尤其是現代主義中最爲強調個人、強調虛無、強調沉淪墮落的一支，讓外省族群的年輕人趨之若騖、風靡一時。

考進台大外文系的王禎和，無法不感染到這種現代主義的價值。然而如果其他人的現代主義，相對於「正統」西方現代主義，是一種「邊緣現象」的話，那王禎和除了和他們一同感受這種邊緣與中心的緊張拉鋸之外，他的出身、成長經驗，還有更多重的邊緣性，在試驗著他、挑戰著他。

四、王禎和的多重邊緣性

王禎和的邊緣性之一，是他強烈感受到花蓮在台灣的後山地位。花蓮之於台北，是明確的邊緣。正如台北在模仿西方，對西方產生愛憎交集的複雜情緒一樣，花蓮也在模仿台北、欣羡台北、拉攏台北，同時又拒斥台北。

台北，一方面是花蓮無論接受或反對，都無法逃避的標準，另一方面又是花蓮命運的主宰。不過和台灣其他地區不同的是，後山的阻隔，使得這種邊緣與中心關係，增加了許多傳遞上的延遲以及誤會。花蓮，因而比其他地區有對台北更大的想像空間，也有了更多轉手傳播的人物與故事。這就構成了王禎和小說很不一樣的揮灑機會。

王禎和的邊緣性之二，是小市鎮的出身經歷。現代化進行中的小市鎮，有一種曖昧尷尬的浮游特性。小市鎮已經脫離了傳統農業經濟網絡，舊的組織不再有力量約束、舊的集體救濟系統也不再能夠發揮功能，然而都會所能帶來的明確新奇方便，卻還無法確立其權威。而且和不斷貧窮下降的農村，及日益擴大的主要都市都不一樣的，小市鎮的命運朝夕皆不一樣。初萌芽而尚未穩定的商業結構，沒有完整規畫隨興開發的交通基礎建設，都使得小市鎮可以一夜暴發，更可能一夜沒落。王禎和最熟悉的花蓮市，正就是這樣一塊具有雙重邊緣性的浮游空間。

王禎和的邊緣性之三，是他和《現代文學》、現代主義間的關係。相對於白先勇、王文興等人，他的疏離感沒有那麼強。他並不是在戰亂後、原子化後的家庭長大的，他不可能寫像《家變》那樣無親無戚、社會關聯無所著落的作品。可是他所賴以建立生活意識的那個市街景致，卻沒有產生、沒有累積適當的現代形式。日據時代的社會寫實文學中斷了，龍瑛宗式用頹廢、濫情來模擬小鎮飄浮命運的特殊感官語言，也沒有流傳下來。王禎和只能借途現代主義，努力彎折現代主義、或彎折自己的邊緣市鎮經歷，讓文學的形式與內容盡量妥協一致。

王禎和的邊緣性之四，是他始終沒有真正進入當時現代主義經驗大本營的那個台北。也許是缺乏安全感、也許是缺乏自信心，王禎和從來不曾把台北當作是他「熟悉的地方」。他一再強調寫「自己熟悉的地方」，每強調一次，幾乎毫無例外，就回歸花蓮一次。即使是〈小林在台北〉、《美人圖》，他都是執持著「外地人」的眼光來記錄台北、寫作台北。他除了是現代主義的邊緣人外，還是台北現代化經驗的邊緣人。

不過無奈的是，受過現代主義訓練、薰陶的王禎和，回到自己熟悉的花蓮，卻就變成了「高級知識分子」。在林清玄寫的報導〈戲肉與戲骨頭——訪王禎和談他的小說《美人圖》〉裡，引用了王禎和講的一句話：「最難醫的兩種病人，一種是醫生，因爲他懂得太多；一種是知識分子，因爲他想得太多。」他還學他的主治醫師嘲諷地說：「哼哼，高級知識分子！」

王禎和想要不作高級知識分子都沒辦法。回到花蓮的高級知識分子，不管是實際上或精神上的歸返，都只能是另一種邊緣化。他不屬於、不能眞正參與大部分花蓮人的喜怒哀樂，他只能帶著自己高級知識分子的自覺，遠遠觀察。

與許多論者的意見相反，我認爲王禎和小說最獨特的地方，不在於他對故事裡小人物的同情認同，而在於他無論如何努力，都無法眞正同情認同。

多重的邊緣經驗，一個最深的烙印就是王禎和擅長書寫與他不同的人，他所不同意的人。他的戲謔嘲諷其實根源在此。

對於浮游空間裡的花蓮，王禎和懂得怎樣去挖掘出戰戰兢兢生活於其間、掙扎於其間的一般人一般故事。可是他擺脫不掉高級知識分子的眼光，忍不住就會露出揶揄的腔調出來。

無法遏阻的揶揄腔調

王禎和自己說：「我寫完〈嫁粧一牛車〉後，看了好幾遍，每次都是邊看邊掉淚，我覺得自己眞不應該如此嘲笑一個這麼可憐的人。但是後來想想，當一個人窮過了一個程度以後，他的窮也就只變得好笑了。」掉淚的時候是同情，可是「後來想想」，就變成「想太多的高級知識分子」，就心安理得揶揄起來了。

又例如〈五月十三節〉。表面上看起來就是在寫一個沒落的老人，如何被刺激被打擊的故事。百分之九十的內容依循的都是寫實的邏輯，鋪陳了一種讓人投射悲涼的氣氛，看起來像是任何鄉土小說家在描寫被犧牲的小人物時都會採取的筆法。然而王禎和就不是任何鄉土小說家，他對鄉土命運的認同總是不徹底。寫一寫、寫一寫，他又覺得這樣一個老人倒楣到一個程度之後，他的倒楣也就只變得好笑了，於是突然在小說裡冒出一段完全不寫實的東西，早上羅先生賣三輪車被辱的經驗，竟然下午在羅太太身上原封不動又發生了一次。只不過男客人變成了女客人！加進這段後，小說本來的傷懷與憤怒，全成了滑稽的鬧劇。羅先生羅太太，顯然被高級知識分子揶揄了一大下呢！

〈那一年冬天〉、〈兩隻老虎〉也都是這種情況，本來悲慘的失敗故事，然而王禎和卻老是忍不住在描寫失敗過程時，流露出取笑的態度。或許應該說，由於那種多重邊緣經驗，使他對人家在現代化過程中受到的折磨，很難眞正「入戲」。把入戲情緒抽離掉，單看那折磨過程的錯亂動作，就會難免有點好笑。

不過王禎和的這種不入戲，卻也不殘酷、不冒犯。因爲他本來就是多重邊緣人，並不是拿著什麼樣不同的價值來欺壓、藐視小說裡的角色。反而正由於這樣的邊緣疏離（detachment），使他的小說擺脫了一廂情願的感情說教，可以讓更多不同立場、不同意識形態陣營的人都接受。

六、

至於王禎和對待台北，則有強烈的「異國情調」（exoticism）取向。所謂「異國情調」，不只是指〈小林在台北〉、《美人圖》裡那些洋腔洋調的人，而是王禎和把台北整個當作像是一塊有待探險的蠻荒地方。

到「蠻荒地帶」去的殖民者，依循兩種原則來整理自己的異國經驗。第一條原則是優先記取那些和自己社會文化不同的內容。如果那裡的人和自己穿一樣的衣服，衣服就變成不重要的文化內容。可是如果那裡的人從來不穿鞋，鞋子就值得記錄。儘管人家根本不穿鞋，沒鞋好描述，也一定要對照自己社會作為參考的規範（norm），書寫其匱乏（absence）。

第二條原則是：從自己的文明標準衡量，愈是荒謬的現象，愈是會被視為是異文化的本質。現代英國人到印度，看到印度人絕大多數生活模仿英國，他們會覺得那不是「眞正的」印度。如果在億萬人中，終於看到一件寡婦投火殉死（satti），他們會滿足地指認：「這才是印度！」也像是我們試嚐印度菜，覺得那就是不一樣的食物。可是我們會覺得印度人用手抓食物的習慣，比他們的食物本身「更印度」。

台北的「異國情調」

王禎和也是用這兩個原則在看待台北。從某個角度看，小說內部的眞理權力與故事表面的現實權力，剛好被王禎和顚倒過來。可憐兮兮的小林，其實是王禎和派去探險的殖民者。小說的隱含主觀價值，是小林的價值。用小林的價值，去選取台北最不同、最荒謬的現象，來代表台北的「現代化墮落」。

就像是殖民者般，透過小林，王禎和不斷地套取、扭曲（appropriate）台北文化的景象，將之抽離脈絡（de-contextualize）、斷章取義，用自己的文化理解來附會、來取笑。當我們跟著王禎和一起嘲笑「倒垃圾」、「垃圾桶」、「踢屁股」時，我們其實也就自覺高於那種台北文化、藐視了那種台北文化的原本意義網絡。

王禎和這樣的作法，骨子裡雖然極端強權霸道，不過卻依然受到很高的肯定。一方面是因爲當時整體社會高漲的民族主義情緒，另一方面王禎和敏感地挑中了台北現代化經驗中最是洋化而且最是享有金錢及權力優勢的團體，他們那樣的強勢團體，被扭曲嘲笑一下，大部分人都跟著樂得很呢。

七、

王禎和似乎對自己這種無法全面同情、認同的邊緣性也感到苦惱與不忍。他既無法擁抱現代化、現代主義，又無法眞正將自己融入在現代化的負面悲劇裡。看市鎮小人物時，他的現代性與理性，就跳出來指出貧窮、屈辱內在的一種可笑。可是反過來正對都市現代化加西化氣氛時，他又跳回去變成一個阿Q式利用眼光、詮釋、利用嘴皮上占便宜的市鎮來的小林。

七〇年代，鄉土文學取得愈來愈高的正統性，進而也愈來愈變成一幅道德、使命旗幟時，我們看到王禎和曾經努力地相應作出調整來。他繼續寫市鎮人物的悲哀，而且試著讓他們眞的悲哀得很徹底。

〈素蘭要出嫁〉是這種努力留下來最重要的代表作。因爲素蘭突然莫名其妙地發了瘋，辛家瞬時陷入了困境。不幸的事接踵而來。他們只能一再地試圖翻身卻又一再地跌倒。而且小說中藉由當公務員的辛先生的口中，明白傳達了一種批判的訊息。辛家之所以落到這種地步，是因爲我們沒有一個像英國那樣的政府，「『他們有各種各樣的保險，各種各樣的法律來保障國民的生活和健康。你知不知道最令我羨慕的是他們的公醫制度。他們有了病痛，從看病吃藥打針到動手術住醫院，一切費用，全由國家負擔！全由國家負擔！』」

不過這樣中規中矩的現實小說，王禎和寫來顯得格外束手束腳。素蘭這個主角完全面目模糊。她怎麼瘋的、她發起瘋來的情況如何，小說中全無交代。那個娶她後來又拋棄她的丈夫「朱底」，連個明確的名字都沒有。他怎樣在浪漫的衝動裡愛上素蘭，後來又如何受不了素蘭而監禁她、酷待她，整個過程王禎和也沒寫。我們幾乎是看一個拚命扼制自己的王禎和，他明明設計了那樣熱鬧的瘋狂情節，卻無論如何不准自己去寫。因爲他知道、因爲他怕，一寫到這方面，他那種嘲弄揶揄的本能就會畢露現形，破壞掉整篇小說的道德正當立場。

至於〈香格里拉〉，則可以看作王禎和在這種壓抑困境裡找到的一條「返童」解決之道。儘管王禎和矢口否認其中的自傳性，我們卻不可能忽視小說把視點轉移到學童小全身上之後，所產生的巨大價值效果。那個受到現代化、現代主義影響後的「高級知識分子」王禎和不見了！他返童、退化回到台北之前的花蓮孩童眼光，從這樣的眼光去呈現一個母親，一個在鄉土與世界惘惘威脅（遠方美國總統候選人姓啥名啥變得如此切身要緊）夾縫中的母親。回到孩童時代，王禎和於是才可以徹底認同，於是可以徹底收拾起冷眼揶揄的高級知識分子困境。

八、

然而，王禎和畢竟不習慣一直「返童」採取天眞的觀點。他必須繼續尋找更適切的敘述形式，來配合生命內在無法改變的多重邊緣事實。《美人圖》中的小林，又是另一項嘗試。可是小林的那種純樸簡單，明明白白被欺負的形象，實在還是無法滿足王禎和「想得太多」的複雜衝動。特別值得我們注意的，反而是第一章裡面，那個當導遊的小郭。小郭保留了基本的正義是非衝動，然而他對現代都會的敗德，卻不像小林那樣不自由。他興味盎然地從述說敗德裡獲得過癮享受，他甚至習得一身工夫，進出敗德、利用敗德。

我們可以感覺到，小郭這種角色的出現，對王禎和是一項難得的解脫。透過小郭，他終於又能用一種既同情又揶揄的邊緣角度，來切入他的故事。雖然他後來還是不得不讓小郭以不斷洗澡的動作，來表示小郭與這些敗德墮落的劃清界線，不過之所以需要、之所以能擺出劃清界線的姿態，正說明了小郭穿梭於不同現代性道德界域的主要事實。而這種穿梭越界，也才更接近王禎和自己的身分與經驗。

董斯文與王禎和相同的文化位置

到了《玫瑰玫瑰我愛妳》，王禎和才眞正解決了他的邊緣困境。他終於找到一個故事、一個角色、一個敘述方式，可以充分地表達那種現代化多重邊緣的荒謬與無所謂。

董斯文這個角色，最接近王禎和自己。並不是說王禎和的個性、行事像董斯文，而是董斯文有著和王禎和一樣的「文化位置」。董斯文和王禎和一樣，都是個被錯置的知識分子。他們同時身具嘲弄別人的地位，以及被嘲弄的性質。甚至他們所嘲弄別人的東西，也都鮮活地展現在自己身上。他們和其他任何人都不一樣，所以他無法代表誰、無法同情誰。可是回過頭來看，他又缺乏一個與那個環境拉開距離的「異己」位置，他和他所嘲弄的環境緊密牽扯、互相穿透，於是所有的嘲弄，就統統成了自嘲。

《玫瑰玫瑰我愛妳》裡面三個重要角色：老師、醫生、議員，都是現代性的代表職位，然而董斯文、惲醫師、錢議員卻又是不純粹的現代化邊緣產物。於是現代化、現代性，在他們身上，一方面產生了種種有趣的「地區變形」，另一方面又被空洞化、形式化爲一套套行禮如儀的儀式。

小說最精采部分，正就在寫這些「假現代化人」如何利用儀式化象徵，建立權威，轉而睥睨捉弄比他們「現代化」程度低一點的人。可是他們的權威是假的權威，反而使他們的嘲弄變成眞實的嘲弄，嘲弄一切現代化邊緣經驗，不徹底轉化中所有的裝腔作勢，所有的虛僞錯亂。

找到安全可以發揮的新文學邊緣邊疆，王禎和終於能自由揮灑，在《玫瑰玫瑰我愛妳》中一股腦兒地發揮他獨特的「現代想像」。這套「現代想像」，在八〇年代冒犯了許多將現代化、現代性看作神聖不可侵犯的人；然而到了九〇年代，卻打開了很多我們能夠憑以自我檢視的新窗口。從「社會性別意識」（social sexuality）到「現代指令」（modern imperative）到「現代儀式」（modernity as a ritual）等等，一系列在西方文化研究中正被激烈討論的議題，王禎和在《玫瑰玫瑰我愛妳》裡，都已經有了淋漓盡致的發揮，值得我們再用另外的篇幅、另外的論文繼續深入探討。

一九九七年十二月

為什麼會有「鄉土文學論戰」？
——一個政治經濟史的解釋

一、

讓我們以歷史溯源的方式，試著話說從頭。

「二二八事件」帶來的深遠影響

得從戰後台灣史的關鍵，「二二八事件」說起。

先不追究「二二八」的責任，就目前已經整理出來的史料，其實可以清楚看出「二二八」的發展梗概，也可以分析理解事件對台灣社會紐帶產生的具體破壞作用。

「二二八」過程中爆發了台灣民眾對長官公署及「接收人員」的強烈不滿，然而衝突消息傳回國民政府中央，卻被定性定調爲「共產黨暴亂」。當時剛攻進中共老巢延安的國民政府，最不願見到的，就是中共可能取得新的據點。於是軍隊迅速動員，自然採取了過去處理「紅區」的收拾模式。軍隊上岸後，先一路展示火力壓制局面，等控制了秩序後，開始「清鄉」。

「二二八」的鎮壓造成兩類傷亡。一類是軍隊上岸之初逮捕屠殺的，具有高度任意性，死傷了許多莫名所以的無辜民眾。第二類則是「清鄉」過程中，按照情報名單搜捕行刑的。

「清鄉」中犧牲的，幾乎都是台灣士紳菁英，尤其多的是當年二十到四十歲的地方活躍人士。這些台灣士紳，在「清鄉」中被捕被殺的不少；更多的，還有因爲目睹「二二八」殘暴鎭壓手法，而被嚇破膽了的。

「二二八」造成的一項嚴重後果，正是消滅了一整代日據時期培養出來的台灣社會領袖。這群人「二二八」之後，死的死，逃的逃，沒死沒逃的，也都被嚇掉半條命了。

「二二八」造成另外一項嚴重後果，是讓台灣人抱持深深仇恨，看待從大陸來的中國人。仇恨沒那麼容易遺忘，只會因爲政府的管制壓抑，在無從發洩的情況下變得更加強烈。

國民政府主政者絕對沒有想到，然而後來歷史顯示了：「二二八」的兩項後遺症，決定了一九四九年之後，台灣發展的方向。

一九四九年發生了什麼事？國民政府在中國大陸潰敗，倉皇敗逃到台灣，帶了大約一百五十萬人一起渡過海峽大遷徙。

如此規模的遷徙很困難；要讓遷徙來台的人能夠活下去，是更困難十倍百倍的事。畢竟台灣自身原來的人口也不過六百萬左右，這樣規摸的經濟體，在戰爭結束後沒多久，突然要多承擔一百五十萬人的生計，談何容易！

困難還不只如此。雖經日本統治後期的投資經營，工業在台灣經濟系統中占的比率依舊不高。戰爭破壞，加上戰時重工業無法立即轉型爲民生生產，使得到一九四九年時，台灣基本上仍是以農業經濟爲主體的。農業生產，有可能用什麼方式，馬上提高四分之一產量，來供應新移民所需？

回頭看這段歷史，我們理解：初到台灣，驚魂未定的國民黨，除了要防止中共軍隊渡海之外，最大的課題，就是農業生產分配的大調整。

二、

一九五〇年六月韓戰爆發，美軍第七艦隊巡弋台灣海峽，同時原本對蔣介石政權抱持放棄態度的美國政府政策大轉彎，援助資源注入台灣，讓國民黨喘了一口氣。

國民黨在台推行土地改革

接下來連續幾年，國民政府開始大力推動台灣土地制度的改革。從「三七五減租」到「耕者有其田」一連串的作法，表面上的理由，是國民黨在大陸吃了大虧學到教訓，要從土地制度的根本，杜絕共產黨意識形態可以生根的環境。實質上，這些政策作法，直接提高了政府對於農業，尤其是對農業產品的控制。

在大陸被「土地改革者」中國共產黨打得落花流水的國民黨，爲什麼搬到台灣來，搖身一變，自己成了「土地改革者」？關鍵理由很簡單，在大陸，國民黨的利益與地主緊密相連，「土改」刨的是國民黨的利益根源；可是換到台灣，國民黨在這點上，是不折不扣的外來政權，他們和台灣地主沒有任何聯盟關係，自然能夠不受牽制地訂定直接剝奪地主利益的政策。

不過，訂定政策是一回事，要執行是另一回事。「土改」爲什麼在世界各地都難以推動？「土改」爲什麼往往都演成血腥暴力事件？因爲擁有大量集中經濟社會資源的地主階層，絕對不可能乖乖接受土地改革，放棄自己的龐大利益。他們會使出各種手段，杯葛阻擋土改政策。

地主抗拒「土改」最直接的手段，就是控制政府，組成保護地主利益，與地主利益一致的政府。如果無法控制政府，那麼地主還有另外的作法——他們可以聯合起來反對政府，甚至推翻政府。

國民黨當時處於艱苦的兩難。一方面，如果不進行土地改革，新到台灣的一百五十萬人無從取得必須的糧食供應；另一方面，貿然進行土地改革，等於直接向台灣地主宣戰，又有可能刺激台灣地主階層大反叛，反撲在台灣還來不及站穩腳跟的外來政府。

土地改革竟然能在國民黨剛敗逃到台灣時推動，依靠兩項條件。一項是冷戰結構形成，美國力量在台灣介入；不過更重要更關鍵的一項，顯然就是因爲當時的台灣地主階層，儘管對於自身的利益受傷大感憤怒，卻敢怒不敢言，更沒有條件公然向國民黨挑戰。

因爲「二二八」的慘痛經驗記憶猶新，也因爲「二二八」肅清了一整代台灣社會領導人士，地主們就算要反抗，也找不到可以帶頭組織行動的人了。

三、政府以土地改革控制農產

「三七五減租」、「公地放領」、「耕者有其田」，一連串的政策，都著眼於提高農業生產量，同時也都發揮了將農產集中在政府手中的效果。

這一連串政策，給了原本佃農自己土地所有權的滿足。不過如果細查生產成果分配的話，實際在土地上勞動的農民，自留農產比例，不見得有所提高。

田賦提高了，實物徵收增加了，同時還有全面「肥料換穀」的作法。台灣農業土地，很早就開始了商業性經營，也就是，不以生產勞動者自身食糧所需爲滿足。尤其是蓬萊米種引進台灣，開闢了台灣米銷向日本的管道，當然進一步鼓勵台灣農民努力提高農地單位產量。在這種情況下，台灣農業也就很早開始使用化學肥料，乃至依賴化學肥料。

以戰爭剛結束那兩年的生產狀況爲例吧！「二二八事件」中重要的導火線之一，就是產米產糖的台灣，竟然缺米缺糖。檢查較可信的史料，庫存糖遭到盜賣，應屬事實。然而，相對地，米呢？造成缺米的原因，比較可能是來自肥料缺乏導致歉收吧！

明白了這樣的背景，才能衡量「肥料換穀」政策的威力。「肥料換穀」，就是政府壟斷肥料生產和配銷，讓化學肥料完全沒有自由市場，農民要取得肥料，保障下一季作物收成，唯一的方法，就是用這季收成的食糧作物，到農會系統換取肥料。

換穀辦法中，當然是盡量高估肥料價格，壓低穀物價值。依照不同的國際市場原料與成品標準計算，「肥料換穀」過程中，農民付出的代價，比市場高出三到十倍。

「耕者有其田」的辦法，同樣反映了這種集中糧食的用意。佃農並非無償得到土地，而是以該土地年收成的二・五倍計算地價，需分十年以實物攤還地價。換句話說，十年當中，新取得土地的農民，除了原本的田賦、實物徵收及肥料換穀之外，還要交出四分之一的收成稻穀，支付地價。

交出土地的地主，從政府那裡領取了實物債券和「四大公司」股票作爲補償。許多人對股票極度陌生，對「四大公司」更沒有一點信心，誰知道明天「四大公司」會不會就成泡影，股票也隨而成爲廢紙？所以股票一發行，許多人就想方設法要將手上的股票賣掉，換實物債券比較有保障，於是股票對應實物債券的價差愈拉愈大。

手上擁有眾多實務債券的大地主，在那個節骨眼上，如果懂得適時買賣，就能用很少的代價取得大批「四大公司」股票。事實上，辜家正就是以這種方法，拿下來台灣水泥的經營權，才開啓了戰後辜家事業的另一番發展。

至於那些賣出了股票換實物債券的地主，仍然沒有辦法保有價值。因為隨後政府發動一連串的作法，嚴格控制市場上稻米價格，就算用實物債券換到稻穀，也完全無利可圖。難怪台灣地主在過程中大大受傷。

政府憑什麼能控制米價？憑著土地改革壓抑了地主勢力，政府可以直接凌駕在農業生產小農身上，對他們的生產收穫充分掌握。上面提到了十年攤還地價的條件，如此就使得十年內這些農地四分之一的收成，保證進到政府手中，扣除掉實物債券支付出去的，政府至少還有八分之一的保留額。再加上田賦、徵收和「肥料換穀」和農會系統進行的青苗借貸本息償還，保守估計，直接控制在政府手中的米糧生產，占農民總生產量至少四成。換句話說，小農生產過程中，可以自留的部份，不超過百分之六十，並沒有比原來付給地主的田租優厚多少。有些地方，土改後農民實質負擔還高過改革前。

當然，我們必須考慮農民自有土地而提高的生產動機。畢竟按「耕者有其田」辦法規定，取得土地後增加的生產量，不會再計入地價中，可以由農民自己保留；還有，農民可以想像十年地價攤還完後，每年就可以增加百分之二十五的生產收入，這些因素的確大大有助於整體農業生產的成長。

不過，一個事實不能被忽略，那就是，土地改革完成後，政府就是台灣最大的地主，所有主要糧食作物生產收穫，百分之四十都控制在政府手中。

有這麼大比例的糧食，才有辦法應付一百五十萬新移民所需。而這群以軍公教爲主的新移民，是國民政府統治的根本，他們也都必須依附於政府體制上，才有辦法在台灣存活下去。

四、

在這裡，「二二八事件」的另一項後遺症，發生了嚴重效果。台灣社會底層對外來中國人的深刻敵意，讓新移民與台灣既有社會，完全沒有融合的機會。

新移民與台灣既有社會的阻隔

一九四九年來到台灣的新移民，不只是絕大部分與「二二八」無涉，而且絕大部分根本無從知曉才不過兩三年前發生的事件。國民黨全面封殺和「二二八」有關的訊息，壓抑台灣人鮮明依舊的記憶，結果是使得新移民失去了了解台灣人敵意的機會，當然也就更消滅了他們去化解敵意的機會。

新移民們一方面被國民黨「反攻大陸」的幻夢拉住，另一方面又被與台灣社會明顯存在的差異隔閡推開，於是就產生了他們對黨國體制的高度依賴。除了少數例外，這些新移民事實上被關鎖在狹小的生存空間裡，長時間和台灣原有社會互動極其有限。

尤其是經濟上的互動。依賴黨國體制，明白點說就是經濟支撐來源是政府發放的薪水米糧，在此之外，並沒有以經濟勞動力的形式投入生產體系中。對於這種情況，國民黨並無意積極改變。作爲一個外來政權，國民黨對台灣本土環境有其陌生不安、不放心的焦慮，格外需要這一同渡海的一百五十萬人作爲政權不變不動的基礎。國民黨最不願看到的，一是台灣社會從新移民中找到組織領導資源，另一則是新移民和台灣民衆結合取得與政府抗衡的力量。讓這兩邊保持分離，對國民黨威權統治相對是比較安全的。

我們也可以從這個角度了解一九六〇年「自由中國事件」的背景條件。雷震、殷海光等人批評蔣介石、國民黨，並不是一天兩天的事。然而雷震後來卻選擇和台籍地方人士如李萬居等人結盟，成了「是可忍孰不可忍」的決定性因素，蔣介石寧願得罪美國，也得關了《自由中國》，斷絕雷震這方面的發展。

將外省人封鎖在台灣經濟體系之外，國民黨就必須承擔每年龐大的軍公教人事支出。在那個貧窮的年代，這份開支最主要的部分，正是食糧配給。

這解釋了爲什麼要用各種政策手段控制食糧作物，也就說明了台灣農村在那幾年其實是在沒有新勞動投入的情況下，藉由政府的強勢重分配，支應起多出來的人口壓力。地主固然傷痕累累，農民也被壓得喘不過氣來。

「以農業扶持工業」的政策

本來從控制食糧出發的做法，附帶產生了兩項國民政府可能也沒有料到的效果。一項是新取得農地的農民，因爲預期十年攤還期一過，就能完整獲得土地所有權，所以在這十年內，不可能輕易廢棄耕地離開農業。而且這些農民長期佃耕，也必然格外珍惜分配下來的土地，視土地為近乎神聖的財產形式。

另一項效果是綿密的食糧生產控制，加上徹底的貨幣金融管制，就使得政府對於農戶收入可以進行操縱，尤其是要壓低農戶收入，易如反掌。提高實物徵收成數，改變肥料換穀價錢計算方式，都可以立刻讓農戶就算保持原有的耕作努力，收入卻比原來減少許多。

六〇年代之後，台灣工業化的發展，就是建立在這兩項條件上，才有可能的。

後進國家工業化，最大的阻礙，是原始資本累積的困難。許多國家選擇以舉借外債的方式籌措資本，但是外債的利息壓力，以及債主國的干預，經常就扭曲了工業化的進程，使得長期計畫無法持續推動；更何況外債從舉借到運用，這中間創造了多少上下其手的空間，往往讓大筆利益掉進中介者與買辦階層的手裡，造成資本效率不彰。

台灣在五〇年代每年接受平均約一億美元的美國政府援助，不過美援在幫助台灣度過經濟最艱難的階段後，到一九六三就停止了。之後，台灣不曾對外國借取大量資金，而竟然能完成初始的工業化建設，的確是後進發展史上難見的「奇蹟」。

追究這項「奇蹟」，我們不能不注意到政府當年「以農業扶持工業」的政策。什麼是「以農業扶持工業」，用政府宣傳的語言，那是「用政策作為將農業剩餘（盈餘）投注於工業建設」。這個說法，有一個最大的盲點──看看上面整理的台灣農業生產狀況及其負擔，試問，在那麼短的時間內，農業部門哪來的「剩餘」可供利用？

解答這個問題，牽涉到「剩餘」的相對定義，是對於農家而言的「剩餘」，還是對於政府而言的

「剩餘」？真正發生的狀況，是政府藉由創造了農家的「不足」，因而獲得了投資工業建設所需的「剩餘」。

換句話說，台灣工業化初期的基礎，是靠政策性壓低農戶所得，拉開農戶生產價値與農戶實質收入間的差距，才有辦法取得的。在那幾年內，政府手段步步緊縮，保證儘管投入同樣的努力，農戶平均自留穀物收成不斷降低，而且保證，穀物的市場價格不斷壓低。總體而言，農家可支配食糧與收入，都一年比一年差。

不只是這中間的差額，進到政府國庫裡，成爲政府可以拿來使用的工業基金；而且農戶收入下降造成農家人口大幅外流，又爲新興工業提供了源源不絕的廉價勞動力。

五、產業結構的轉變

六〇、七〇年代，台灣人口大遷徙，根本理由並不是追求「社會向上流動機會」，而是因爲農戶收入低到無法留住原有的勞動力。本來五口之家耕種一小片土地，勉強可以維持五人生計。但在政府政策導引下，幾年內同樣一塊土地收成所得，降低到只能供應三個半人生存，那麼當然就造成農戶中兩份勞動人力必須離開土地，另尋出路的結果。原本由五個人負擔的勞動量，現在必須改由留下的三個人承擔付出，而兩個離家的人，因爲是在經濟無法支應的情況下離開的，流離到都市城鎮，他們也就不可能要求多高的工資，只要能夠養活自己得到基本溫飽，他們都會接受。

從發展工業的角度看，這是極有效的政策。而且也的確在短短幾年內，就幫台灣打下了初始資本的底基，還從農村擠榨出最低工資水準的勞動力，使得台灣加工出口產業得以享有勞動成本上的優勢，可以用低價策略在美國市場競爭。

但是台灣這種發展策略，絕對無法在別的國家別的地方複製；別的政府不可能擁有如此全面管控農業的條件。南美洲的巴西，七〇年代也曾試圖用類似壓低農業產值的方式，幫助工業。但是沒有幾年，許多農家就乾脆放棄農村土地，舉家遷到都市，廢耕潮造成食糧欠收，農產品供需失調大漲價，經濟連帶遭到重創。

台灣呢？農家珍惜土地不願離開不願廢耕，只好讓青壯人力離開去新興工業部門努力，農村人口結構慢慢朝「三老」（老祖父、老祖母、老媽媽）移動，老化的人口卻要承擔起比以前有青壯人力時更多的勞動量。靠著這樣的擠榨，才有產業結構上的轉變。

台灣加工出口導向經濟階段，二十年內，經濟規模與工業產能不斷提高，工業勞動需求也不斷增加。然而，近乎神奇地，台灣勞工工資水準，卻只有非常微幅的升高。

簡單的經濟學原則可以解釋：需求增加、價格卻不變，那必然供給要隨著增加。勞動力供給的增加從哪裡來？不會從軍公教部門來，也不可能只依賴人口的自然成長。農村，還是主要的來源。

台灣「經濟奇蹟」的真相

台灣「經濟奇蹟」靠的就是長期質量豐富的廉價勞力，和長期居高不下的儲蓄率。而這兩件事，都在政府對農業所得高度控制的背景下，才成為可能。工業發展一步，政府就相應將農戶所得壓低一分，保障勞動力繼續從農業部門擠榨出來，供工業部門廉價使用。農村慢慢無法依賴農業生產所得過活，只好轉而寄望離家到市鎮工業區賺錢的年輕子弟予以貼補。

到七〇年代中葉，依照政府統計，台灣農戶收入來源中，農業生產所得就已經跌破五成了。換句話說，表面上還住在農村，還在土地上耕種，可是農作生產所得，只夠這些農戶過半年日子。另外半年怎麼辦？農戶的「非農業所得」，高居第一位的，當然就是子弟們送回來補貼家用的錢嘍！

那二十年間，台灣有很清楚的「農工同源」現象。勞工階層大多數具備農村背景，相形之下，也是在國民黨政治的操弄下，新移民的軍公教階層，就很少有人直接參與在工業化過程裡。由軍公教轉成勞工的，少之又少。這樣的社會變化模式，也對後來的族群互動和勞工的社會地位，產生深刻的影響。

「農工同源」不是偶然現象，而是政府經濟政策必然的結果。事實上，工業部門一缺勞工，政府就會設計出新的方法，從農村擠榨新的勞動供給來。最聰明的作法，包括鼓勵工廠下鄉，設置在農村小鎮旁，而且鼓勵利用女性勞動力。

以新竹新埔鎮外的大型紡織工廠爲例，工業資本願意承擔較高的交通運輸成本，把工廠設到那裡去，理由何在？在於吸引周圍客家村中留在農事上的婦女勞動力。這些婦女早上餵過豬，準備好早餐和田間點心，就可以到工廠上工，黃昏之前下工，還來得及回家做晚飯煮豬食。如此一來，新的勞動來源就產生了。

更多的是環繞農村地帶叢生的小型工廠，主要著眼點，也是便宜的勞動力供應。不過，換從農村農業角度看，那就是農村婦女的勞動負擔增加了，必須依靠她們又農又工的雙重勞動收入，才能維持住農戶生活水準。

以女工爲主力的加工出口區，是另外一種勞動供給新形式。這裡最大的特色，是宿舍制度，以及嚴格的行動管制。女工工廠一般一週只提供半天自由時間，讓女工們離廠活動。這種安排有兩大好處：一是提高讓農村家長願意允許女兒離家工作的安全與管理誘因，二是留在宿舍裡的女工，隨時可以配合訂單，有償或無償加班。

女工工廠還有一種作法，不將工資交給勞動者，卻直接匯回其原生家庭。如此讓農戶家戶長更有理由違背習俗，讓未成年或剛成年的女性離開鄉村，參與工業勞動，同時也增加了「農工同源」情況下，由工業工資對農戶進行實質補貼的金額。

多管齊下，農村中的少女、已婚婦女的勞動力，都陸續被擠榨出來，投入工業生產。難怪工業發達了，工人工資卻漲不起來！也難怪台灣可以二十幾年，靠比人家低廉的勞動成本，搶占美國市場。

「農工同源」的經濟結構，加上政府刻意長期忽略社會福利支出，間接提高了這段時期台灣的儲蓄率。過去談到高儲蓄率現象，通常的解釋都指向文化上的勤勞節儉，但是不該被忽略的，是經濟活動內部造成的儲蓄壓力。簡單說，從農村遷移到都會的人口，有著高度的財務緊張。首先必須從收入中挪出部分送回日益窮困的農村老家，其次還要準備所有社會安全上的不時之需。

從農村到都市，沒有了原來的親族鄰里互助網絡，而且還增加了生活上的變數。沒有人敢保證明天不會失業、工廠不會倒閉、工資不會領不到，更沒有人敢保證不會在複雜的工廠環境及都市環境中發生意外。不論是什麼樣的損失傷害，都只能靠家戶本身來承擔，沒有其他現成可依賴的幫助。在這種情況下，大家節衣縮食，降低消費欲望，存下錢來提供保障，毋寧是合理、甚至是必然的行爲了。

高儲蓄率省下來的錢去了哪裡？一部分進入民間金融流通市場，尤其是以「標會」形式存在的金融互助組織。根據不完整的資料統計，六〇、七〇年代，台灣民間合會的平均利息，大約是同時其銀行利率的一・九倍。可是合會的高利率，建立在「倒會」的高風險上。政府長期不保障不處理民間合會糾紛，讓合會保持在高風險狀態，就產生了讓儲蓄資金不得不流向利率偏低的銀行系統的作用。明明完全由政府控制的銀行系統，長年提供遠低於市場水準的利率，但在考慮儲蓄金額安全性時，大部分人家還是不得不犧牲市場利息，將錢存進公營銀行，這些資金成為政府政策性扶植工業的重要槓桿。

連串的因素指向同一個結果，那就是對農村不公平的層層剝奪。到了七〇年代中期，農村經濟的下降惡化，進行了將近二十年，農村破產的景況，再悽慘不過。這二十年中，隨著這種農村破產過程成長的一代，當然不可能沒有感受，當然有許多想要表達的意見，想要發洩的情緒。

六、

「鄉土文學論戰」中有兩個最核心的價值，而「文學」並不在其中。一個核心價值是「現實」，另一個核心價值則是「農村」。如果我們暫時將「文學」的議題放在一邊，整理「鄉土文學」這邊陣營的意見，就會發現其真正的共同關懷，乃在於農村的現實。當他們說「鄉土」時，他們心裡想的、筆下描繪的，是台灣的農村。而且是台灣農村的「現實」。強調「現實」，為了要跟政府宣傳的「農業復興」、「農業發展」明確區隔。「鄉土派」不管在作品或評論上，表現得最強烈的熱情，是揭露當時農村的現實，進而檢討農村悲慘現實的成因。

藉「鄉土文學論戰」凸顯農村困境

放回到前面討論的台灣戰後政治經濟脈絡中，「鄉土派」的熱情與悲情就很容易理解了。那樣的政治經濟發展，犧牲了農業、犧牲了農村，讓農業農村以及從農村裡流離出來的人，承受了最大的勞動壓力，付出了最多，卻得不到公平的相應報償。

這公平標準不是來自於什麼抽象計算，而是日復一日在生活中的對照對比。看到其他行業，尤其是軍公教在同時期的政經待遇與地位，這些具備農村經驗的年輕人，怎麼可能說服自己相信其間的公平性與公平原則呢？

換句話說，「鄉土文學論戰」來自於政治經濟發展的背景，而且，至少從「鄉土派」這邊參與其中的許多人，眞正想表達想討論的，本來就是政治經濟議題，或說，從政治經濟衍生出的公平議題。

「鄉土」，是「農村」的代名詞。因爲在此之前，七〇年代掀起的中華民族主義浪潮，爲了對抗西方文化、美國文化，建立起了離開城市到鄉間去尋找「眞正的中國文化」的一種浪漫情緒。可是，「鄉土文學論戰」的鄉土，不再那麼浪漫，而是要逼視「鄉土」（農村）的現實。而那現實，並不會那麼美好。鄉土的現實裡，就算有高貴，那也是在貧窮敗破對比下逼激出來的人性高貴，愈高貴愈顯出那環境的不堪。

本來是政治經濟的討論，卻在那個時代背景下，轉而成了「文學論戰」。賦予這個論戰其「文學」性質的，一是台灣七〇年代獨特的媒體狀況。在政府高度管制下，報紙限張本來就刊登不了太多內容，而被緊密監視的新聞，更是不會有什麼多元新鮮的東西。六〇年代報業競爭，先以沒有政治疑慮的社會新聞爲主戰場，幾樁凶殺案都幫忙創造了報紙報份新高。然而七〇年代蔣經國接班後，格外重視社會道德，大作凶殺新聞、色情新聞的路，也被政治管制堵死了。不得已的情況下，報業競爭只好改以原來的「報屁股」——副刊，作爲重點了。

炒作副刊，也就同時炒作起文學。一時之間，文學成爲台灣能見度最高、最多人關心的領域。文學，也在那個時代，取得了極高的社會行動意義。

還有另外一個更關鍵的因素，那就是政治經濟的討論，在那個時代幾乎沒有任何空間，尤其是要討論政治經濟政策上的負面效果或錯誤的話，警總絕對不可能容忍任何政治經濟的「論戰」發生的。不是沒有人直接討論農村破產問題。但這樣談，一定很快就被言論禁網消音，不會發展成「論戰」的。我們不能忽略「鄉土文學論戰」之所以會成立，就是因爲管制機構眞的以爲這是個「文學」論戰，因而將案子轉給了國民黨文工會，而不是由警總或新聞局處理。

文工會發動的反擊，讓這個事件成了「論戰」，而不是另一樁文字獄。從這個角度看，值得慶幸。不過也因爲從文工會的立場介入，論戰就有了一波轉折。「文學」是否「包藏禍心」變成焦點，文學該寫什麼能寫什麼成了爭議中心，分散掉了原本要藉文學的描述與論述，凸顯農村現狀的焦慮用心。

三十年後回顧「鄉土文學論戰」，最可能被忽略被遺忘的，不是「文學」的部分，不是「文學如何與社會干涉互動」的部分，而是使得這些議題成爲議題，更根本的政治經濟變化帶來的感受。那一代的年輕人，面對自己生存的農村環境步步惡化，卻只能無奈以對的強烈感受。他們無奈以對，但卻不想無言以對。在因緣際會下，他們找到了文學作爲表達這種感受的載體，才引爆了「文學論戰」。

回到「鄉土」，回到農村與農村經濟，我們才能眞正與三十年前的「鄉土派」深刻的精神焦慮聯繫，我們也才有機會接上他們的感受，進而理解他們爲什麼會具有這麼深又這麼實存性的精神焦慮。

二〇〇七年八月

鄉土文學的宿命困境

——兼論吳錦發的小說

從一個比較嚴格的文學史眼光，回頭看七〇年代一度熱鬧嘈雜的鄉土文學及其後的發展，我們可以這樣說：鄉土文學的取徑，從其伊始之際，就隱伏了後來的分裂、敗壞的命運。在當時台灣整個社會環境情況下，鄉土文學的理想很難眞正落實，成爲足以帶領風氣的眞實文學作品。鄉土文學的發想是有歷史意義的，它要求復原長久以來生活在這塊土地上的人失去的對本土關愛的權利，它要求結束那些虛僞、曖昧的台灣與大陸的奇特心理糾結，它要求視穿大有爲政府口號宣傳，去正視人民、民衆眞正生活的實相。它甚至帶有長久以來被視爲毒蛇猛獸、被視爲罪惡深淵的素樸社會主義，或者準確點說，感傷、人道、理想化了的社會主義色彩。但是這個歷史性的理想卻只能朦朧地萌芽，沒能產生眞正優秀的作品。這裡埋藏著兩個不容易克服的障礙——歷史知識的障礙，與整體世界觀理論的障礙。

寫實文學的本質

鄉土文學自始便帶有抒怨與抗議的色彩，這種抒怨、抗議功能的講求，加上台灣當時略嫌狹隘的文學視野（拉丁美洲在六〇年代波瀾壯闊的文學潮流，要到八〇年代中期才陸續進入台灣），使得鄉土文學提倡者很自然地選擇歐洲十九世紀式的寫實主義風格，作爲無庸置疑的文學標的。然而七〇年代的台灣教育體制、社會結構，卻大大地限制了文學工作者寫實的能力。部分鄉土文學提倡者迷信作家「描寫」、「反映」現實，是與生俱來的能力，這種論調同時也反映了當時台灣在文化、社會知識水平上的低落。而且這種理論後來更成爲體制拿來反擊鄉土作家作品的一大利器。如果每個人描寫周圍的生活實情便是寫實、便是鄉土文學的話，那麼憑什麼我們能把那些歌頌政府農業政策、描寫「模範農家」的宣傳作品排斥在「鄉土文學」的陣營之外？更甚者，我們又將如何看待在七〇、八〇年代交接那幾年，在報上充斥，夾雜一些方言對白，不痛不癢地描繪這幾年農村迅速變化的一些片貌的作品？這些後來幾乎「顛覆」了原有的鄉土文學理想的作品，到頭來把那些緬懷過去農村秩序、急急想捉住些逝去的舊價值的老人們，當成了嘲諷、悲憐、玩弄的對象了。這眞的就是寫實文學嗎？

事實上，從歐洲十九世紀的寫實主義小說中，我們可以清楚地學習到，好的寫實主義作家必須先立定自己的立場，先對這個世界，至少對這個社會的苦難、悲劇，有一種全面因果性的理解、觀照。姑且不論這種理解、觀照是否「正確」，但正是這種理解、觀照深化了作家選取生活題材進入他的作品時的敏銳程度。十九世紀歐洲寫實主義小說的大放異彩，和當時到處風起雲湧的社會理論，各種解釋社會、探求社會未來出路的主義是密不可分的。這些理論、主義幫助作家去理解社會的病因，而不只是觀察社會的病相。任何一部好的寫實主義小說都隱約地指向一項社會歷史發展過程中最深痛、嚴重的病原，這才使得虛構的人物活過來、使得作品深刻。

本土歷史知識的貧瘠

七〇年代，甚至一直到今天，台灣社會沒有這種歷史知識，更沒有這種世界觀的水平。全世界大概再也找不到另一個像台灣這樣奇特的地方了，人民受教育的程度如此普及，文盲如此之少，但是，對自己本土的歷史如此無知。更可驚的是，絕大部分的人——甚至包括那些鄉土文學的先鋒健將們——對這樣的無知一無所知，將這樣的無知視爲當然，安然處之。台灣絕大部分的民衆只有一些零星的、死的歷史知識（我絕不反對教授中國歷史，亦無意說中國歷史是死的歷史，但台灣教育體制所教授的「那種」中國歷史卻是不折不扣、脫離時代，幾乎毫無用處且甚至有害的死的歷史知識），對於中國的過去，只記得些僵化、無味的人名、年代、地方，然而更荒謬的，對自己本土，最近的歷史卻連這樣最乾燥、乏味、最基本的人名、地名、年代亦一無所知！

這樣的歷史知識水準嚴重地限制了作家觀察現實的能力。在鄉土文學運動的全程中，我們發現一件十分悲哀的事實，那就是台灣過去的實景只留存在一些親身經歷過那個時代的上一代人的記憶裡，但是這些年紀較長的前輩們，在文學的參與上，卻一方面受限於無法靈活運用體制中共認的語文，另一方面受限於五〇年代以降白色恐怖、政治殘殺的駭人記憶，以致無法全心投入。至於那些在既有體制內受過完整教育，能夠靈活運用語文，能夠投合大衆傳播媒體的遊戲規則、價值標準的年輕一代，又對本土的過去、造成目前社會狀況的來龍去脈一無所知。

一場轟轟烈烈的「鄉土文學運動」過去了，我們今天檢視當年的作品，可以清楚地看到，在理論方面，論戰的兩方都在一些名詞的界定上大費功夫（例如「工農兵」、例如「寫實」等等），然而當理論需要一些歷史事實的支持時，我們卻只有一些民國現代史上的事件作爲例證，但這些民國史例證（如五四、如四〇年代學潮）與台灣本土現實的眞正關聯性、及其比對的有效程度，卻被雙方視爲先定、無庸置疑的。這個前提事實上就大有問題。另外，論戰當中，大致上站在反對鄉土文學一方的幾位體制大老，他們對中國近代歷史發展中的幾個重要環節，幾乎都有固定的解釋，在他們的眼裡，三〇年代文學就是在一種抗議的氣氛中被少數「別有用心」的「野心分子」加以「利用」，因而「敗壞」、「墮落」的。他們甚至將一些中國現代文學史上相當重要的作家，直接指爲萬惡不赦的罪人，祭起歷史或民族主義等集權主義的大帽子，而在整個論戰過程中，保持了一個頑執但卻能自圓其說的世界觀、歷史觀。反之，基本上衛護鄉土文學理想的這一方，其最重要的前提乃是在關懷本土、悲憫勞苦大衆，然而其理論根據、歷史佐證，卻要遠離本土，到歐美、到中國大陸的過去經驗裡去苦苦索求。不但如此，他們對中國歷史的看法（他們對台灣歷史幾乎談不上有什麼看法），在許多前提上卻又因著政治的陰影或心理的習慣，無法亦不敢突破多年來體制所塑建的層層禁忌，例如不敢將共產主義的理想性格如實揭示、例如不敢眞正去質疑台灣歷史附屬於中國歷史的欺瞞，這使得他們在論戰中縛手縛腳，不論是要將鄉土文學追溯承繼三〇年代左翼文學素樸社會主義、共產主義理想遠源，或踏實在台灣歷史發展階段的特性上自立門戶，都大成問題。也因此，對於少數文藝文化圈的人士來說，「鄉土文學論戰」也許是一件轟天動地的大事，値得在十年後開會座談來紀念檢討，但是基本上，這場論戰並沒有眞正提供更廣衆的台灣同胞什麼樣嶄新的視野，只是一個感性「回歸鄉土」的不著邊際的發想爆放，卻完全缺乏足以影響一般人民大衆的行動暗示。回歸鄉土之後，對滿目瘡痍的家園、本土，我們該怎麼辦？在鄉土文學論戰那樣薄弱的歷史眼光下，是絕對找不到答案的。

鄉土文學的局限

也因此，這十年來，在鄉土文學作品上的成績來說，我們可以發現，這些前仆後繼的鄉土作家們創造出來的最好的作品、最感人的情節、最足以流傳的人物，幾乎都是那些在社會變遷的痛苦軋壓下，茫然不知所措的小人物的故事。黃春明筆下的人物如此，王禎和筆下的人物亦復如是。他們面對台灣歷史空前未有的政經大變局，被各種看不見的巨大力量將生命的正常發展予以扭曲、斲折、壓擠、逼榨，可是他們完全不知道這樣巨大的無形力量在哪裡，他們也不知道要怎樣停止這些力量對他們的迫害。不僅是故事裡的人物不知道，創造他們的作者、評論他們的批評家們也不知道，當然，這種「不知道」毋寧是正常的，但不正常、可悲的是，這些人物、這些作者、這些批評家，他們卻從來沒有努力去透視這力量運作的不公、不義的起源，他們也沒有努力去了解自身在這樣變局中的意義。他們或是接受這樣的現實，用一種阿Q式的悲劇精神去激發自己忍受痛苦的無窮潛力；或者既過度樂觀且過度悲觀地把這些痛苦的肇因歸諸於一己的努力上，以爲痛苦源於自己不夠努力，而只要一旦幡然立定決心便可以改變這樣的惡劣情境；或是用一種巨觀的、歷史前定論的現代化調調，將這樣的扭曲、斲喪歸諸於落後國家追求現代化、工業化「無可避免」、「全世界共通」、「必須」要付出的代價。大家都十分悲憫在這樣時代巨輪前進中被牽拖得血肉模糊的角色，可是誰都無能爲力。我們不否認在這樣低調的色彩下，依然產生了許多優秀的小說，但是這樣的文學畢竟是缺乏根基的。鄉土文學家勢必只能捕捉一些極其戲劇性、悲涼蒼茫的片段，描繪最荒謬情境下的無可如何，卻無從處理較大的時空格局。專憑才氣去捕捉那些閃爍在不同角落的悲劇場面，能支持多少篇足以感人的作品呢？於是，我們看到沒有幾年的工夫，「鄉土文學」就陷入了模式僵化，不斷自我重複的困境裡了。

鄉土文學的墮落

從此，進入八〇年代之後，我們清楚地看到在高蹈的理想被狹仄的現實箝制無從發展的局面下，鄉土文學有了兩個不同的走向。若是從鄉土文學原始的發想面上來評斷，這兩個走向無疑的都該算做是在某種程度上的墮落。簡單地說，這兩個走向一個是「進入體制」、另一個則是「走出文學」。

「進入體制」這個走向指的是由於鄉土文學論戰本身無法在理論與歷史的層次提供新的視野、新的觀照，以至於「鄉土文學」這個名詞所承載的實際內容，難免隨著時間而逐步模糊。沒有多久，甚至論戰還在熱烈進行當中，我們已經可以預見「鄉土文學」這個名詞逐漸從一個理想的標舉中俗化，愈來愈多不同性質的作品被納入「鄉土文學」的範圍中，「鄉土文學」也就隨而漸被抽空了原來的實質指涉，只剩下一些形式意涵了。如前所說的，描寫模範農家的、夾雜幾句方言的、鄉下青年到台北來奮鬥成功的，甚至歌頌農家有了電視、冰箱的散文，掉弄些鄉村意象的現代詩，都一股腦兒地套上了「鄉土文學」的頭銜。如此沖淡、稀釋後的「鄉土文學」，便從對體制的反叛性格搖身一變成為一種體制認可的流行、時髦，更進而紛紛以最稀薄的鄉土形式來承載體制刻意宣傳的一些價值了！原本意圖撥散體制的迷霧，看清自己周遭現實的武器，一下子被體制加以顛覆，回過頭來製造了更多的迷霧。這樣的「鄉土文學」，在七〇、八〇年代之交（尤其是與美國斷交前後那幾年），幾乎成了台灣文壇的主角。

相應於體制的既定價值，透過保守而無遠弗屆的大眾傳播媒體全面地占領了原先的鄉土文學領域，部分懷抱舊有素樸理想的作家們開始遭到了種種的挫折。他們的作品紛紛從主流的都市媒體中撤退到邊陲的同仁性雜誌，他們感受到各種「黑手」在背後宰制著文學、文化的路線，他們親身經歷了許多方面天羅地網般籠罩而來，教人無暇喘息的「封殺」、誣蔑、恐嚇、孤獨與絕望。在這種情形下，多數這類作家轉向了，或者沉默了，留下極少幾位繼續努力奮鬥的，卻幾乎都不約而同地在環境情勢的逼壓下反激出更爲露骨、直接的控訴。文學在他們的筆下從原先描繪受辱者實況轉而從事於指責不義者。他們失去了耐心於較爲精緻、細密的技巧結構和文句修飾，傾向於明白淺顯的故事情節、善惡分明的人物造型，明白點說，他們漸漸因爲要求文學功能的無限擴大而走離了文學。

文學究竟能對社會產生怎樣直接而立即的影響？或說文學如何迅速承載、轉達原作者的信仰、理念來進行社會的改造？這已經是爭執甚久迄無定論，甚至可說不會有定論的課題。不過就我們目前的歷史知識與教訓告訴我們的，文學作品與讀者之間很難建立簡單的完全投射的關係。文學作品不可能立即在讀者心中投射所有原作者的意圖與意念，更不可能立即激發讀者怎樣熱切的行動。眞正的文學作品必須與其讀者時代的氛圍相配合，作品加上讀者閱讀行爲中所受的各種環境暗示，兩者相加才能眞正產生讀者所接受的信息。我們現在的思想史知識告訴我們，這樣的文學方能產生眞正持久、並且是結構性的社會變化。我們能夠體諒這些作家們在環境逼限下的急切心態，但是我們還是必須坦白地指出，他們的這個走向事實上是一種文學手段上的墮落，將文學驅向宣傳，不管他們所宣傳的理想如何高蹈，用這樣粗糙明顯的激情寫出來的宣傳式文學作品，在這樣時代氛圍的扭曲下，只會進一步斲傷了這理想的眞實精神，同時也扼斷了透過文學眞正深刻地在這個時代、這個社會建立起理想根源的途徑。

讓我們稍微誇張一點地說，七〇年代的鄉土文學運動在這兩條分裂路線以及一些政治情勢的變動（例如美麗島事件）影響之下，到八〇年代中期，運動十年之後，我們極其傷心發現，鄉土文學中歷史性的理想萌芽已經沒有殘留下多少眞正値得流傳的紀念品了，反而是其他衍生的墮落象徵堆了一地，任人隨意撿拾。甚至由於這些大量的墮落路向的產物，使許多當年沒來得及目睹親歷運動實況的青年一代新作家們，誤解、甚或小覷了原來鄉土文學運動的理想。這不能不說是件十分遺憾的事。

主流文學忽視的作家

吳錦發的作品在整個台灣文壇一直處於一種尷尬、模糊的地位。一直到〈叛國〉獲得吳濁流文學獎正獎之前，吳錦發的作品多次在各項徵文獎賽中獲得佳作、優勝，然而卻從未拔得頭籌，大致可作爲一項象徵。他的作品（尤其是小說）很少登在獨霸台灣傳播的兩大報系相關企業的媒體上。這使得在這個島上基本上依賴兩大報副刊提供文學知名途徑及文學評價的大部分居民，不知道吳錦發究竟是誰。但是吳錦發的作品也不怎麼常刊登在以少數特定對象讀者爲目標的同仁性刊物上。他的作品最常刊登於地方性較爲強烈的日報副刊，而這些副刊正是一般文化、文學人士最少注意到的死角。

此外，他的各篇小說在副刊、雜誌零星發表之後，結集出版時，替他出版的出版社亦非屬幾個較爲知名、發行作得較爲廣泛的專業文學性出版社。其結果是在文壇上，吳錦發固然因著幾篇優秀的小說作品而略爲人所知，但是知道「吳錦發」這個名字的衆人中，眞正能夠流覽、深讀吳錦發作品的人卻極其有限。除非是特別有心去搜尋，否則一般人不容易讀到吳錦發的作品。因此嚴格來說，吳錦發的作品仍未獲得其應有的注意。値得我們留心的是，吳錦發與其好友洪醒夫兩人在這方面的差異。洪醒夫的作品與吳錦發的作品有許多共通之處，不過洪的作品發表、成名都比吳來得早。在洪醒夫死前的那幾年，像洪這樣的作家、作品還可以成功地打入到台灣社會文學主流的行列裡，然而等到吳錦發完全成熟的那段時期，主要的大衆傳播媒體卻已對這樣誠懇、堅持理想的鄉土文學作品關上了大門。從這個比對上，我們也許多少可以獲得一點台灣文壇氣氛轉變的線索吧。

隔代描繪的作品主題

通觀吳錦發的小說以及部分故事性較爲強烈的散文作品，我們可以發現：他處理得最多、往往也最成功的主題時空，大致是以自己爲中心，再上推兩代，亦即是以孫子的角度來探索、描繪祖父的那個時代。這個時間上的隔代性格値得我們特別注意。在吳錦發前期的作品裡，祖父輩的角色通常承載了一些浪漫的反現代化侵逼的素樸觀念，而與父親輩的淡漠、無情，甚至拜金地迎合現代化對舊有土地情感的腐蝕，恰成小說對比力量的來源。到了較晚近的作品中，當吳錦發進一步，不再自滿於表面社會學式的觀察，轉而探求台灣歷史發展軌程中的某些悲劇與弔詭時，父親輩在他的小說中愈來愈沒有分量了，甚至連原先的反派角色都不再出現，這個現象很具體地說明了台灣這三、四十年來政治的氣氛，對一個誠懇回溯、探求己身之所出，並期冀以文學形式表達對土地的關懷的青年，能夠製造多少限制。我們的上一代（他們年輕、壯年期正値五〇、六〇年代白色恐怖時期的那一代）的一切悲喜憂樂，幾乎都籠罩在迷霧裡，無法捕捉。對祖父輩，在日據時代的生存方式，我們還能努力從僅存的文獻與想像去重建、捉取他們生活中的景致，從而凸顯他們在時代變遷中的種種遭遇，至於我們的父親輩（當然這樣的分代是極其籠統、粗糙的），雖然離我們時代較近，但他們生存、掙扎的那種時代氣氛卻嚴重地阻礙我們去接近、描繪那個充滿禁忌的時代，去重建他們在那樣壓抑、扭曲的政治、社會、經濟環境下的深層實況。這絕不只是吳錦發的問題。我們的文學史上根本缺乏對五〇、六〇年代台灣人眞正生活實況加以嚴肅省視的作品，我們只有一些大陸的鄉野傳奇、飄浮在半空中的浪漫戀情、虛假、庸俗的存在主義，這些絕對無法彌補文學史上眞正的缺憾。我們這一代、新生的一代，可不可能在塡補這段空隙的工作上做出比較像樣的貢獻來呢？從吳錦發的例子，我們不難看出眞正的問題，與眞正應當努力的方向所在。

語言的內在的暴力

讓我們接下來站在比較微觀的立場檢視吳錦發在小說寫作技巧上的一些問題。首先，吳錦發的小說寫到目前，我們可以強烈感覺到他不斷想追求突破的苦心，但同時我們也強烈感覺到他卡在瓶頸裡的苦惱。我想這個瓶頸遲遲無法突破的一個主要關鍵乃是在於：吳錦發一直過分拘執地謹守著極為笨拙的寫實小說時空原則。吳錦發的敘事風格中最最拘絆他的想像與意圖的，就在他總是要給每一篇小說一個統一的觀點，和一個古典的、合理的時空格局。即使在處理像〈叛國〉這樣歷史向度非常龐大的故事，他寧可創造出一個傳奇性的天才人物，而不肯利用跳脫的敘事角度（不管是時間，還是敘事者）來製造一個更逼近、更生動的歷史視野。這使得他許多歷史探求性質的小說都有揮灑不開的感覺，在這一點上，儘管具有敏銳的歷史眼光，他的小說呈現卻遠不及黃凡。另外，在像〈消失的男性〉、〈黃髮三千丈〉一類幻想性的題材裡，吳錦發依舊不可思議地循著傳統的方式來說一個「變形」的故事，這種時空統一的拘執，使他這類小說的諷刺深度遠比不上想像力奇豐的張大春，更離拉丁美洲的「魔幻寫實」文學流派的跳脫、靈活很遠很遠。這樣的時空困境，應是吳錦發小說未來最大的難局，如何創造出屬於自我風格的時空操縱方式，而不只是被動地依循最簡單的古典短篇小說時空規律，很可能足以決定吳錦發能否寫出眞正足以輝映台灣文學史的作品。

另外一個決定性的因素，可能是吳錦發小說所使用的語言的問題。如果我們今天想要眞正嚴肅地檢討文學作品歸返本土、忠實而同情地描述本土經驗的問題的話，文學，尤其是小說所使用的語言，無疑地是一個我們已經逃避太久，絕對不容許再逃避下去的問題了。長久以來，台灣人民眞實生活中所使用的語言與小說語言兩者間的差異，亦是使得「擬眞」、「寫實」的鄉土文學標的，一直無法眞正落實的一個大因素。如果我們都承認，人對現實認知的結構受到他所使用的語言、文字的範限的話，我們就應當發現我們的語言、文字的一些看似無關緊要的分離，事實上在深層結構上對我們這幾十年來的文學史發展卻有著無可比擬的影響。吳錦發使用的語言，基本上並未超脫出前十年鄉土文學作品創造出來的模式，亦即是在描述時採用標準的國語文法，而在對白中夾雜穿插擬聲的閩南語、客家字音。不過其中特別值得注意的是，吳錦發進一步忠實地在小說的對話與象徵裡反映了目前台灣語言裡滿盈的「性暴力」傾向。他不僅只是在對話裡加入類似「幹你娘」一類慣常的口頭禪，足堪驚異的是，他有幾篇小說根本地接觸到了隱含在這樣的「語言暴力」背後的心理傾向，在這裡，我們發現吳錦發小說裡的「性」往往頗類似於這種口頭發洩的表達，尤其是在晚近的作品，吳錦發比其他任何一位作家更精確地捕捉到了台灣社會氣氛裡這種謎一樣的性心理。「性」作爲一個受辱者，或者一個受壓迫者對無法確指、或無法以其他方式反抗的欺壓者的一種阿Q式的發洩。無論是〈消失的男性〉、〈風箏〉、〈囊葩〉等篇，其間「性」的意識都很接近這種隱伏的心理狀態。因此「性」是骯髒的，但「性」同時是侵略性、是報復性，也是喜劇性的無奈發洩。當情形超出個人的能力範圍以外，然而卻又不嚴重得令人無法忍受時，吳錦發像許多台灣人民保有的習慣一樣，訴諸於口頭禪式的「性」的阿

Q發洩，這一點是任何眞心想了解台灣社會現狀、想試圖爲未來的台灣文學慢慢摸索出一條新道路的文化工作者所不應輕易放過的。我們如何跳出表面擬音式的模仿閩南語的口白，進一步去接觸語言所製造的vision，吳錦發這條路應該是比較有發展可能的一條。

相對於鄉土文學「進入體制」和「走出文學」兩個路向，吳錦發可以說是年輕一輩中最爲謹守原初鄉土文學理想的作家。而且他的作品的成功、失敗之處也恰切地具體化了鄉土文學寫實主義的難局。

一九八七年八月

透過張愛玲看人間

——七〇、八〇年代之交台灣小說的浪漫轉向

一、

一九六一年秋天，張愛玲訪問台灣，和《現代文學》的白先勇、王文興、陳若曦、歐陽子等人會面晤談，並在王禎和的帶領導遊下，到花蓮、台東、高雄轉了一圈。不過她的訪問，並未在當時的台灣文壇掀起什麼樣的波浪，「及至她將離台」，才有一位晚報記者「在報紙上寫了一段小小的新聞」。[1]

剛好同一年，夏志清的《中國現代小說史》英文本在美國由耶魯大學出版。書中夏志清對張愛玲推崇備至，不但以專章，且比〈魯迅〉章多出一倍的篇幅介紹張愛玲，篇頭毫不客氣地說：「她的成就堪與英美現代女文豪如曼殊菲爾（Mansfield）、安泡特（Ann Porter）、韋爾蒂（Welty）、麥克勒斯（McCullers）相比，有些地方，她恐怕還要高明一籌。」而且盛讚「《秧歌》在中國小說史已經是本不朽之作。……〈金鎖記〉長達五十頁；據我看來，這是中國從古以來最偉大的中篇小說。」這樣的論點，其實早在一九五七年，就已由夏志清的哥哥夏濟安依初稿譯成中文，刊登在《文學雜誌》上。

1 見王禎和，〈張愛玲在台灣〉，收入鄭樹森編，《張愛玲的世界》，台北：允晨，一九九〇，頁十五—三一。

不過無論是夏志清的書，還是夏濟安的譯文，也都並未立即受到重視、發揮影響。

七〇年代的張愛玲旋風

張愛玲在台灣，眞正捲起旋風、蔚爲「現象」，已經是七〇年代後期的事了。王德威曾經對受張愛玲影響的所謂「張派」作家，進行初步的系譜整理，就中台灣的身分，除了白先勇、施叔青之外，其他被王德威「點名」的，都是七〇年代中後期以降才崛起於台灣文壇的。

張愛玲眞正「介入」台灣文學史，關鍵時期正就在七〇年代後半葉。這個時候，在紛擾的台灣文學界，突然出現了一群深受張愛玲「洗禮」的作家，以女性居多數，她們身具「Reading through 張愛玲」的雙重意義：那就是一方面熟讀張愛玲，另一方面又模仿、學習以「張愛玲式」的眼光來閱讀、呈現人間情感。放在台灣文學史的脈絡裡，我們應該如何去看待、理解這群「Reading through 張愛玲」的作家作品？就是本篇論文最爲核心的課題。

二、

張愛玲在台灣流行的背景原因

張愛玲在台灣「遲來」的介入，可以從幾個不同的角度來解釋。

第一，六〇年代台灣文學的風氣，在《現代文學》帶動下，正飢渴地吸收西方存在主義以及現代主義文學大師典範。與五〇年代「現代派」以降的現代詩運動相比，六〇年代更強調對西方現代文學傳統的有系統引介，相形之下，中國文學的典範意義不斷被削弱、被推擠到邊緣，尤其是被官方刻意禁絕的大陸新文學時期遺產，更是嚴重缺乏社會能見度與閱讀誘因。

七〇年代氣氛丕變。一連串的外交挫折激發了新一波的民族主義情緒。作爲當時文化界主軸主幹的文學，很快就感染到了這種氣氛。這一次的民族主義熱潮，不完全是由官方發動、主導的，更多了民間許多領域自發的推波助瀾，「中／西」的文化論述權力有了明顯的高下消長。於是「五四」、「三〇年代文學」紛紛被挖掘出來，重新認識、重新討論。整個大環境有利於張愛玲隨著魯迅、茅盾、巴金、老舍，被再度「發現」。

第二，這幾年間，夏志清在台灣文壇的地位也大幅上升。夏志清以〈勸學篇〉重擊當時「新批評」派的代表人物顏元叔，讓人印象深刻。一種異於「新批評」的文學分析與文學研究，呼之欲出，而夏志清被看作是這波變動中最具權威的代表性人物。加上一九七五、七六年，《聯合報》、《中國時報》連續以高額獎金創設小說獎、文學獎，「獎」的評審活動提供了夏志清年年儀式性、盛典性地參與律定島內新興文學標準的機會，再加上《中國現代小說史》各章中譯陸續完成、連載到出版，夏志清成爲唯一擁有「完整史觀」的批評權威。

夏志清雖然是個反共態度極其明顯的研究者，西方的書評者談到《中國現代小說史》時，總不免提及「作者某些強烈的偏見」，然而他書中討論的作家，卻幾乎清一色都是台灣國民政府認定的「陷匪作家」，換句話說，他們的作品都在政治控制的禁絕流傳範圍內。張愛玲成了非常突出的特例。

第三，除了夏志清之外，這個時期還有唐文標、水晶、朱西甯、胡蘭成等人，加入了建構「張愛玲現象」的行列裡。不管是朱西甯的「由愛而敬」，堅持稱張愛玲爲「先生」；或唐文標的「由愛而恨」，痛詆張愛玲作品「一步步走入無光的所在」的頹廢敗德，都是以非常強烈的情緒來閱讀張愛玲作品，把張愛玲其人其作放進了聚光燈下，供眾人瞻觀議論。尤其是唐文標才剛涉及與關傑明共同煽風點火引發「現代詩論戰」的遍地烽火，他選擇張愛玲作爲下一個開砲對象，無疑地是將張愛玲這樣一個原本和台灣無甚淵源的作家，捲入了台灣當時正方興未艾的激動討論中。這場長達十年的討論專注在處理「文學與社會的關係」，前爲「現代詩論戰」，後有「鄉土文學論戰」，張愛玲本來和「現代詩」、和「鄉土文學」都扯不上任何關係，可是卻也被捲進來，扮演了一個特殊的「對照組」的角色。

胡蘭成也在那個節骨眼由日本來台，其自傳《今生今世》中，將張愛玲寫成了「民國女子」的傳奇。於是張愛玲不只有作品，又有了作品以外、獨立於作品的作家生命異常故事，可供談說、想像。胡蘭成落拓華崗，被朱西甯接到景美，於是「張愛玲現象」又延燒到由朱西甯精神領導的青年文學行動主義社團——「三三集刊」，「三三」所到之處，「張愛玲風」也就順勢颳到，於是張愛玲的作品又取得了具體的推展廣傳組織力量。

三、

七○年代後期，張愛玲的作品在台灣同時被書寫上了好幾層的意義。

首先是順著夏志清的解釋，張愛玲原本屬「海派文化」、「鴛鴦蝴蝶派」的背景，被洗刷得一乾二淨。夏志清只注意到她「可以不受左派理論的影響」，「她誠然一點也沒有受到中國左派小說的影響，當代西洋小說間所流行的一些寫作技巧，她也無意模仿。」卻完全沒有想到她眞正的傳承乃是來自於鴛鴦蝴蝶派，並不完全是「自己的風格」。

張愛玲與「鴛鴦蝴蝶派」

張愛玲當然有明確明顯的自己的風格，可是她受鴛鴦蝴蝶派的影響，卻也是不可否認的。鴛鴦蝴蝶派給她最大的資源，第一是以女性心思爲主要的取材；第二是用人際關係的齟齬折磨來發展情節的習慣；第三是對環境布景的鉅細靡遺寫實刻畫。

鴛鴦蝴蝶派的言情小說，以「哀情」爲主，表面上寫的是「男女主角火熾專注的愛情，在傳統禮教的桎梏下，只得深埋心底，不敢大膽暴露，最後必然導致雙雙殉情的哀慟結局。」[2]然而實質上，「這些『愛情』故事經常發生在女主人公的鍾愛對象缺席的情況下……男主人公大多不是脆弱、多病、死亡、遠離，就是不受儒家文化薰陶的外國人……結果，被遺留下來獨自掙扎的婦女便構成劇情的主要內容。對她們來說，『愛情』並不是賦予『完整』生命意義的、抱有希望的狀態，而是降臨在她們身上的災難。」[3]

所以鴛鴦蝴蝶派小說的巨匠，從徐枕亞、李涵秋到周瘦鵑、張恨水，雖然都是男性，可是他們筆下眞正的主角卻都是女人。鴛鴦蝴蝶派小說和「閨怨詩」如出一轍，都是中國男人想像女性經驗，越俎代庖書寫女性經驗的集體論述。

2 魏紹昌，《我看鴛鴦蝴蝶派》，台北：台灣商務，一九九二，頁一六二。

3 周蕾，《婦女與中國現代性》，台北：麥田，一九九五，頁一〇三。

不過也正因爲這樣，鴛鴦蝴蝶派替以女人爲中心的文學題材，奠定了合法存在基礎。而且這裡的「女人」，是在家戶裡、在傳統裡感應種種複雜人際，被種種封閉空間關鎖的女人，而不是五四「新文學」裡熱中處理的革命新女性、都會公共領域裡的女性、或用受過佛洛伊德理論洗禮後的眼光看出去，充滿各種壓抑與「情結」的女性。

張愛玲延續鴛鴦蝴蝶派的傳統，卻將想像出發的主體代換爲女性。女性爲主題的地位不變，然而女性經驗不必再轉手男性來想像、捏造，進而原本在鴛鴦蝴蝶派裡爲了強調女性世界的「不變」、「靜止」（相對於男性的「變動」、「流轉」）而發展出的細節描述技法，也在張愛玲筆下取得了女性主觀的色彩，充分挖掘出其禁錮女性、消耗女性生命的殘酷一面。張愛玲更是襲用鴛鴦蝴蝶派那種刻意充滿各種情緒的敘述修辭（相較於「新文學」裡講究「寫實」、「自然」的客觀、冷靜腔調），把它改造爲一種大量借用明喻隱喻來發抒刻薄評論的特殊描寫風格，對禁錮、消耗女性的環境大加反擊。

這些特質特色，在夏志清的分析中都未見提及。事實上，夏志清完全從「新文學」的角度來揣測張愛玲、衡量張愛玲，把張愛玲編納進「新文學」系譜的同時，意外地讓張愛玲作品中深濃的鴛鴦蝴蝶女性色彩、女性中心的發言樣態，也一併在台灣取得了前所未有的合法性地位。

四、

其次，七〇年代文學領域空前熱鬧，在政治、社會領域被嚴格監視的情況下，文化，尤其是文學成了難得的理念沖激辯駁的主要戰場。由「現代詩論戰」而「鄉土文學論戰」，本來錯綜複雜的政治社會經濟討論，逐漸縮小到文學內部，變成兩個典範的對話對決。一邊是講究哲學化、講究藝術美學獨立於社會以外的自主位置的「現代派」，另一邊則是講究行動原則，講究文學介入社會、實踐正義理想的「鄉土派」。

這兩組典範的互相攻擊，到後來演變爲惡言相向、不留情面的風格，再加上許多非文學的力量夾雜其中，一個最大、最普遍的效果其實是讓這兩派兩敗俱傷，兩種美學都無法眞正建立起讓人接受的權威。「現代派」在「鄉土派」的攻擊下遍體鱗傷，不得不接受所謂「與社會脫節」的指控，雖援引政治威權力量介入，亦無從挽救走下坡的命運。「鄉土派」則一方面飽受「陰謀論」的醜化，另一方面和政治上的反對運動日趨接近，終於在一九七九年年底的「美麗島事件」後，和「黨外」一起受到無情的鎮壓與積極的收編。

游移在這兩組對峙的文學典範間，從七〇年代後期起，就有不少人努力想要找出其他的出路來。其中「三三」就是最積極、最有組織的代表。「三三」從民族主義出發，反對「現代派」那種「橫的移植」的存在焦慮美學，也反對他們對個人主義的耽溺，失去了社會視野，更缺乏行動原則與行動能力。「三三」和「鄉土派」一樣強調文學的行動意義，可是卻反對「鄉土派」的悲觀、抗議色彩，更對「鄉土派」以土地、農村爲凝視對象的美學缺乏同情。

張愛玲成了「三三」的另類出路

在胡蘭成的影響下，張愛玲儼然成了「三三」尋找的另類出路（alternative）的提供者。「三三」在張愛玲的作品裡讀到的是一套「中國修辭」，精刮聰明的「都會智慧」，以及人際複雜的集體運作。

更重要的，張愛玲營塑的浪漫氣氛，眞正可以脫開「現代派」、「鄉土派」的正經八百嚴肅意味的糾纏，走出另一條不一樣的「行動之路」。

我們當然可以歷歷指證說，這些其實是「三三」對張愛玲的誤讀。不過在異時空裡的誤導，並不會因爲它偏離了作者的原意，而削減其影響力。

「美麗島事件」後，「現代派」、「鄉土派」雙雙破產，繼而「三三」的右派行動主義也遭到打壓，在這樣的典範眞空狀態裡，延續「三三」對張愛玲的讀法，但減去「行動主義」意味的一批作家與作品，倏忽興起，蔚爲一股不可忽視的風潮。

五、

從七〇年代末到八〇年代前期，陸續在文壇嶄露頭角的女作家，論密度和作品的能見度，都遠高於戰後台灣文學史上其他任何一個時期。這批女作家包括了朱天心、朱天文、蔣曉雲、鍾曉陽、袁瓊瓊、蕭麗紅、蘇偉貞、蕭颯、鄭寶娟、廖輝英等人。

檢視她們的背景，再對照她們的作品風格，我們發現她們大多和張愛玲有密切的關係。朱天文、朱天心姊妹是朱西甯的女兒，更是「三三集刊」的核心健將。蔣曉雲極受朱西甯喜愛，她崛起於第一屆聯合報小說獎，朱西甯就是大力提拔她的評審。後來朱西甯又在另一本選集裡替她寫了評介，文中就直接提到蔣曉雲作品與張愛玲相似之處。[4]

蕭麗紅的《桂花巷》裡面的女主角，明顯是以〈金鎖記〉、《怨女》的七巧、銀娣作原型的，只是將背景移到傳統台灣社會來。《千江有水千江月》更是看得出胡蘭成的強烈影響。鍾曉陽更直接，她的作品在「三三集刊」初試啼聲，後來在聯合報小說獎獲得大獎，再由「三三出版社」輯印成書。鍾曉陽不僅是風格酷似張愛玲，連小說取材都刻意遵循張愛玲的前例，避開現實現代，去經營一個似古非古的曖昧時空。

袁瓊瓊和「三三」諸人本來就過從甚密，她後來寫的第一本長篇小說《今生緣》，不管是書名或文字敘述習慣，都極為類似張愛玲的《半生緣》。蘇偉貞的成名作〈陪他一段〉，寫都市街景的繁華與蒼涼並存辯證的段落，也像極了張愛玲筆下的上海。蕭颯、鄭寶娟、廖輝英也許比較沒有那麼清楚的「張愛玲關係」，然而她們在這個時代所創作的作品，不管主題或觀念，都是與以上介紹的其他幾位女作家，緊密呼應、熱切唱和的，因此似乎也可以把她們看作至少間接地在「張愛玲陰影」的籠罩範圍內。

為什麼在這個時期，「追隨」張愛玲而冒出了這麼多女作家與風格獨特的作品？

第一個解釋是簡單的社會發展論，歸因於「女性就業及受教育的機會大幅度地增加了。……到一九八三年，台灣女性二十至二十四歲人口已平均受到十年的教育，男性則為十・六五年教育，二者相差無幾。台灣女性的就業率也由一九六五年的百分之三十三增加為一九八三年的百分之四十二。」[5]

4 見符兆祥編，《一九八〇》，台北：文豪，一九七九。

5 黃重添等，《台灣新文學概觀》，台北：稻禾，一九九二，頁五九五。

女性取得了較多爲自己發言的「本錢」。

第二個解釋是因爲文學的「大敘述」，與人生意義、國家民族前途、公正正義有關的路徑，暫時疲軟、發展停滯，於是而有空隙讓所謂的「閨秀文學」乘虛而入，用婆婆媽媽的瑣碎關懷取代了原本男性化陽剛的普遍眞理姿態。

女性從「作者焦慮」中解放出來

這兩種解釋都自有其一部分的道理，也都指向一個共同的前提，那就是這個時候，有一個比較良好的環境，讓女性從過去的「作者焦慮」（anxiety of authorship）中解放出來。女性、女作家過去受到壓抑、傾向沉默，有一個重要原因就在對自己的書寫沒有自信。整個文學傳統是以成年男性的生活意識爲主流，甚至把這種「部分」的意識內容誇張成爲文學的「全部」。於是女性要走進文學的領域裡，就得要去學習模仿男性的聲音、揣摩男性世界，再把這些模仿、揣摩的成果交給男性去評斷，看這樣夠不夠格當一個「作者」。

「作者」的定義變得和男性經驗密切重疊，難怪女性會長期懷疑自己成爲一個「作者」、作爲一個「作者」的能力和資格。是之謂「作者焦慮」。

「作者焦慮」的降低、解消，不可能光靠女性教育、就業程度的提高，或是男性文學論述的暫時性空檔。女性寫作和男性很大的不同，在於男性對同爲男性的前輩作家，具有一種類似「伊底帕斯情結」的感覺，努力想要擺脫影響，伸張自我。女性必須處理男性對她「作者性」、「作者資格」的輕蔑與質疑，於是她們在面對同性的前輩女作家時，所感受的就不是「怕受影響的焦慮」（anxiety of influence），而是一種積極投靠的求助心情。她們需要一個前輩典範，替她們擺脫男性文學傳統的意識獨裁，建立她們「自我書寫」女性生活經驗的合法性。

顯然，對七〇年代末、八〇年代初在台灣新出的這群女作家而言，張愛玲就是她們的「典範前輩」。經過雙重的折射，張愛玲「意外」地在七〇年代後期的台灣文學論述裡站穩了權威的地位，因而鼓勵了其他女性以她的觀點、她的風格、她的筆法為掩護，建立了前所未有的「作者信心」。

從性別意識的角度看，張愛玲作品經歷的兩次折射，分別是：第一次，以女性身分、女性經驗潛入鴛鴦蝴蝶派的傳統裡，堂而皇之地取代了本來的男性揑造、男性想像，將鴛鴦蝴蝶派裡著重描寫女性的權力，從男作家手裡成功搶來。第二次則是在夏志清的「誤解」下，被擺放進了「新文學」的「正統」論述裡，於是顛覆了原本關心「大敘述」、看輕「瑣碎細節」的「新文學」美學標準，給女性細膩經驗「入侵」「新文學」領域，開放了一個入口。

沒有張愛玲，沒有張愛玲作品這兩重的折射「意外」，大概就不會有這些台灣女作家集體性的「作家現象」。

六、

在此之前，台灣當然不是沒有女作家、不是沒有女作家寫的作品。不過在受張愛玲影響之前的台灣女作家，她們的自我、作品與女性特質，這三者之間，處處存在著被男性「超我」所穿透、控制的痕跡。

首先是以「純文學／通俗文學」、「文化／消費」對比的高低位階，一方面定義女性的文學傾向爲浪漫想像，另一方面歧視浪漫經驗與浪漫小說。因而虛構的、對女性情愛世界的探索，被認爲一定要含雜大量不切實際、脫離現實的浪漫成分，並且由於它是浪漫的、非眞實（unreal）、缺乏本質（inessential）的，所以無法提供高一層的普遍教訓與普遍眞理，不適合男性的「正常」閱讀，只能是女性私下的短暫性消費，無法也不應該留下深刻、長久的效果。

瓊瑤是最女性的，因爲她的作品裡充滿了浪漫的修辭，以及可以被男性權威視爲背離現實的幻夢情節。在這種情形下，她在虛構中吉光片羽地收集了的眞實女性經驗也就順道被否定、甚至被看待成只是消費構造中的一部分。擺明地給了既有男性社會可以明確予以邊緣化定位的理由，瓊瑤的小說再怎麼暢銷，她所營塑的女性浪漫世界觀不具任何現實合法性，也就無論如何不會威脅到既有的眞理秩序。

再者，比較不浪漫的女性作者，就必須戴上男性化了的眼鏡，回過頭來看女性自我（feminine self）。在女作家筆下的女性角色、女性經驗，通常仍然是「天使／怪物」（angel/monster）的兩極化投射。郭良蕙的《心鎖》中每個女人都病態地好，或病態地壞。於梨華寫男人多過寫女性，女性一般都是拿來陪襯、凸顯男人在異國異境痛苦經驗的影子罷了。

早年的陳若曦和歐陽子筆下的女性，則是被佛洛伊德理論徹底洗禮過的「精神分析化」樣板。她們的性壓抑、她們的戀父情結、她們對兒子的占有與迷戀，無一不是刻板化地顯現出作者對理論的擁抱，切割、改造眞實女性經驗以就佛洛伊德的鑿痕，斑斑可考。

第三，這些文學裡沒有眞正的女性私生活。有的只是在公領域裡被認定應該扮演的角色。其中最重要的當然是母親。所以在琦君、徐鍾佩等人的散文裡，以母親口吻發言記錄、或懷念母親、描寫母親的篇章最是大宗。至於私領域則化身為種種刻板化的扮演，而且一定善惡分明。像潘人木的《漣漪表妹》，或孟瑤的小說都是代表。

最大最重要的例外，一是李昂，另外一個是三毛。不過早期的李昂寫得最精采的畢竟是情慾成長，對人際的世故細節還不夠留意；而三毛又充滿了流浪異國情調，女性閱歷經轉寫後變成可遠觀不可褻玩狎近的傳奇故事。

七、

勇敢自信地將女性戲劇化

張愛玲文學給予新一代女作家最大的影響在於一種浪漫化、主觀化的敘事腔調；在於對女性世界大膽的侵略態度，在於勇敢自信地將女性戲劇化（self-dramatization）。

張愛玲的敘述裡，永遠都帶著自己強烈的意見，她筆下的世界沒有客觀中立存在的物事，樣樣都有意義，而這些意義是作者毫不猶豫賦予的。像她寫老太太的房間裡有文件高櫃、冰箱、電話等東西，卻一定要說：「可是在那陰陰的，不開窗的空氣裡，依然覺得是個老太太的房間。」（〈留情〉）她形容嬌蕊和佟振保的關係，嬌蕊跟振保說：「你放心，我一定會好好的。」振保明明感動了，可是張愛玲卻又跳出來說：「她的話使他下淚，然而眼淚也還是身外物。」（〈紅玫瑰與白玫瑰〉）她形容煙鸝的一雙繡花鞋是「微帶八字式，一隻前些，一隻後些，像有一個不敢現形的鬼怯怯向他走過來，央求著。」（〈紅玫瑰與白玫瑰〉）她形容晴天是「中午的太陽煌煌地照著，天卻是金屬品的冷冷的白色，像刀子一般割痛了眼睛。」（〈沉香屑——第一爐香〉）木槿樹在張愛玲筆下成了「枝枝葉葉，不多的空隙裡，生著各種的草花，都是毒辣的黃色、紫色、深粉紅——火山的涎沫。」（〈沉香屑——第二爐香〉）

類似例子俯拾即是，舉不勝舉。在作品的世界裡，張愛玲看似寫實，其實卻表現出最強悍的暴君獨裁姿態，她不讓「事物自己說話」，所有的意義在她控制下，所有的情緒由她來給。

這是最極端、最自信的「作者權威」。一方面保留了女性纖細敏感所帶來的主觀領受，另一方面卻又逆轉了女性必須去揣測男性中心文學世界意義成規的情況，替新一代的女性作家灌注了許多自信的力量。

張愛玲從來不憚於表露人，尤其是女人，眞正私生活裡曲曲折折、不敢曝光、不願曝光、不能曝光的種種算計與機巧。「人的靈魂通常都是給虛榮心和慾望支撐著的，把支撐拿走以後，人變成了甚麼樣子——這是張愛玲的題材。張愛玲說她不願意遵照古典的悲劇原則來寫小說，因爲人在獸慾與習俗雙重壓力之下，不可能再像古典悲劇人物那樣的有持續的崇高情感或熱情的盡量發揮。」[6]

這種對人崇高情感或熱情的悲觀，使得張愛玲沒有太多同情、也沒有什麼幻想。揭露一向被掩藏被美化的女性內在時，她毫不手軟、更不心軟，因爲這樣，女性在文學裡，反而第一次能夠擺脫東挪西湊借來的煙霧化妝，誠實表現自己、凝視自己，讓自己和幫忙製造煙霧化妝的男人，都嚇了一大跳。

張愛玲筆下的女人，不是被男人對象化、靜靜接受男人注目的物件，她們是充滿「表演自覺」

的，她們擅長在自己的生命裡製造各種戲劇化場面，因爲她們知道，只有在自己製造的戲劇化起伏裡，才有一點點希望擺脫不平等、不公平的既有命運。「自我戲劇化」是女性取得主動權的少數手段之一。

〈傾城之戀〉裡的流蘇是最突出的典型。開頭有一段，四爺拉著胡琴的聲音傳到陽台上來，其實四爺拉的當然是男性世界「忠孝節義的故事」，可是「依著那抑揚頓挫的調子，流蘇不由得偏著頭，微微飛了個眼風，做了個手勢。她對鏡子這一表演，那胡琴聽上去便不是胡琴，而是笙簫琴瑟奏著幽沉的廟堂舞曲。她向左走了幾步，又向右走了幾步，她走一步路都彷彿是合著失了傳的古代音樂的節拍。她忽然笑了——陰陰的，不懷好意的一笑。」

這裡不管男性世界的背景音樂是什麼，堅持上演自己戲碼的「表演」主題，替白流蘇爭取來了范柳原的注意。她和寶絡最大的差別，就在寶絡是任人安排的，她卻隨時有她的戲劇性表演準備。〈金鎖記〉裡的曹七巧也是自我戲劇性極濃的人，只可惜千鑽萬找，逢不到一個可以發揮的舞台，本來想演給三少爺季澤看的，季澤以更戲劇性的方式逃避之後，七巧的戲只能壓抑了改在自己的兒女世舫和長安身上變形演出。

戲劇化了的幸與不幸。戲劇化了的女性身世。從舊有的「男人參與時代，女人苦守傳統」、「變／不變」的主調裡脫出來，指示了女人不亞於時代變遷的大起大落大變動。甚至有時時代的變遷只成了

---

6 夏志清，《中國現代小說史》，台北：傳記文學，一九七九，頁四〇五。

哪個女人生命戲劇的背景陪襯。

八、

通讀張愛玲、透過張愛玲來看人間的這群台灣女作家，她們正讀歪讀誤讀張愛玲，形成了一股強大的文學次文化。在這個次文化裡，她們找到了自己的戲劇。一方面她們不再需要去正面挑戰男性給她們分配（assign）的浪漫位置，然而另一方面這份浪漫卻是「經歷了張愛玲」的浪漫，有足夠合法性地位的浪漫、複雜的浪漫。

她們共同的特色是寫一種非常女性的文字，最浪漫的是她們的敘述風格。她們的文字不講求推動情節的功能，而在於鋪陳一種主觀的氣氛，情緒高下起伏甚大，違反了冷靜的古典律與理性原則。

愛情成為搬演各種主題的舞台

她們的取材則大量集中在男女情愛上，編寫了一則又一則的悲歡離合故事。可是她們的男女情愛不再是最主要的戲，毋寧成了戲搬演的舞台，藉著這個舞台，把男性論述裡的許多現有主題，例如國族想像、成長教育經驗、暴力恐嚇、社會規範等等，進行一次又一次的女性改寫。

透過她們的參與，這一時期的台灣文學經歷了一次「浪漫化」的轉向，影響所及，連男作家也紛紛拋棄過去的生冷晦澀哲學性語言，以及挖掘人在苦難或生命終極情境下省思的主題，改而將注意焦點放在浪漫情愛上。

受過張愛玲洗禮的浪漫轉向，只是表面的浪漫，骨子裡卻順勢顛覆了「浪漫／女性」互相定義的整套成規運作，藉著看似浪漫的語言與題材，寫出了女性生命中的種種驚怵與不堪。

一九九六年五月

在惘惘的威脅中
——張愛玲與上海殖民都會

張愛玲在《傳奇》的〈再版自序〉裡有一段名言是這樣寫的：

「個人即使等得及，時代是倉卒的已經在破壞中，還有更大的破壞要來。有一天我們的文明，不論是昇華還是浮華，都要成爲過去。如果我最常用的字是『荒涼』，都是因爲思想背景裡有這惘惘的威脅。」

在時代中的張愛玲與她的「荒涼美學」

這段話被引用過許許多多次，的確是了解張愛玲作品很重要的一條主軸線索。她的時代感是敏銳的，敏銳得甚至覺得時代會比個人的生命更短促，而且時代的主調就是破壞、後面跟著更大的破壞。在破壞中等待更大的破壞，難怪這種景致必然要是荒涼的。

張愛玲擅長、習於表達的「荒涼」，絕對不是外界物質景觀上的。事實上，至少在《傳奇》（後來的《張愛玲短篇小說集》）裡，她所描述的物質樣態，是豐富而完整的，比當時其他任何作家所能掌握的更精確、更複雜。

所以她建立的「荒涼美學」眞正的核心是人際的、人情的。尤其是女性角色，彷彿都被某種趨力迫趕著，慌慌張張地在當下生活裡找不出可以依賴可以定著的理由，只好急急忙忙地草率解決現實，想要早一點到下一站去。然而誰也不明白到下一站能夠盼著什麼、能夠解決怎樣的問題。這樣的「惘惘的威脅」。

我們可以清楚地從張愛玲作品裡讀出「荒涼」、讀出「惘惘的威脅」，不過若是要進一步追問這「思想背景」的來由，恐怕就不是那麼簡單、那麼直截了當了。

最常見的偷懶方法，就是拒絕考慮張愛玲作品及其產生時代之間的關係，大剌剌地說張愛玲的作品本來就是超越現實（或從反面講就是「與現實脫節」的），所以現實也干預不到她作品的意義詮釋。另一種常見的想當然耳說法，則是將張愛玲的「思想背景」匯流納入國家民族的「大歷史敘述」中，認爲那份荒荒忽忽的不安，正就是日本侵略、連年戰禍所帶來的一般感受。

對於這兩種態度，我們實在都不能滿意。因爲張愛玲的「思想背景」遠比這類「水清無魚，不必費心多打撈」的講法來得複雜、深邃，而且充滿了耐人尋味的歷史弔詭。

先說張愛玲自身絕對不是一個不明白時代與文學互相指涉、互相穿透關係的人。她在〈國語本《海上花》譯後記〉中，就純粹用歷史社會學的眼光來解讀《海上花》的劇情重點。一反一般現代人認爲男人到妓院去必定爲了解決「性」需求的刻板印象，張愛玲提醒我們，在《海上花》那個時代，社會上通行早婚，而且男人還可以買妾納婢，性根本不是問題。他們到妓院去眞正的更基本的需要，反而是在婚姻及買妾中得不到的——愛情。愛情中那種起起落落的情緒，才是堂子裡眞正能提供的。

張愛玲更以北伐後婚姻自主、戀愛婚姻流行的現象，來說明爲什麼寫妓院的小說忽然過了時，這顯然是以現實的外在因素作文學史的斷代研究了。

張愛玲對《海上花》之所以流行，之所以沒落，其間與社會風格的關係看得那麼透徹，難道不會對自己的作品之所以興，之所以廢，也有同等敏銳的思量？

回到最前面引的那段話，柯靈在〈遙寄張愛玲〉裡給了我們兩個非常重要的線索與提示。第一是說：「《流言》裡附刊的相片……題詞：『有一天我們的文明，不論是昇華還是浮華，都要成爲過去。然而現在還是清如水明如鏡的秋天，我應當是快樂的。』和〈再版自序〉的引文相比，顯然在虛無、莫奈何中多加了一份強自打起精神的期許。」

第二點更重要的是，柯靈很感慨地說：「我扳著指頭算來算去，偌大的文壇，哪個階段都安不下一個張愛玲，上海淪陷，才給了她機會。日本侵略者和汪精衛政權把新文學傳統一刀切斷了……這就給張愛玲提供了大顯身手的舞台。」張愛玲的荒涼、悲哀，恐怕正在於她透透徹徹地明白，因爲有這麼大的毀壞時代，這麼無常變幻的局勢，所以才有她立足發揮的空間。她的文學，以及她藉由文學所得來的名聲，其實正是建立在這樣一個毀壞時代的眞空狀態上。她會比其他任何人更清楚感受到這種眞空狀態不可能久存，更不應該久存，可是偏偏和她性情、天分、出身最相稱最適合的就是敗壞的局面。

角色、故事好像存在得不夠理直氣壯

所以在張愛玲的作品裡，存在著一份強烈的「合法性危機」張力。她的角色，她的故事明明是寫出來、存在了，可是卻又總好像存在得不夠理直氣壯，她總是要設計出許許多多語詞把它們推到某種價值的曖昧極限邊緣，讓它們在被踢落、被遺棄的懸崖邊緣搖擺。

她是虛無的，可是卻又必須勉強打起精神來強迫自己去「快樂的」記錄虛無，因為以虛無襯底才浮顯出來的某種東西，是只有她能寫的，也是她眞正能夠傲於世人的本事。而她是驕傲的。

張愛玲的作品能從敗壞的時代裡掙扎出來，流傳到其他的環境，夏志清教授無疑是最大的功臣。夏志清在《中國現代小說史》裡以專章加上比〈魯迅〉多一倍的篇幅介紹張愛玲，而且還在篇頭不客氣地說：「她的成就堪與英美現代女文豪如曼殊菲爾、安泡特、韋爾蒂、麥克勒斯相比，有些地方，她恐怕還要高明一籌。」把張愛玲從被遺忘的邊緣解救回來，之後再加上朱西甯、唐文標、水晶、胡蘭成等推波助瀾，張愛玲於是站穩了在中國近代文學史上的地位。

然而張愛玲站上文學史，付出的代價就是她的人和她的作品從此以後，就被劃歸入以魯迅、巴金、茅盾為起點宗師的「新文學」陣營裡。這樣做，事實上是使得張愛玲其人其作被迫放進「新文學」的脈絡裡來閱讀、評價，而丟棄了她眞正自所從來的「鴛鴦蝴蝶派」傳統，更是把她從上海近代殖民都會的文化發展史中割離，硬生生地縫進了取得政治霸權（hegemony）的知識分子論述結構裡去了。

「鴛鴦蝴蝶派」應該被認眞當作一個文學流派來處理、研究，而不應該草草打成「寫壞」的新文學或「舊文學餘孽」，這樣的觀點最近在大陸學者魏紹昌等人的努力下，呈現出其初步的歷史信度（validity）以及學術活力（viability）。依照魏紹昌的看法，鴛鴦蝴蝶派起自清末民初，由徐枕亞的《玉梨魂》、李涵秋的《廣陵潮》開其端緒，中間經歷包天笑、周瘦鵑、張恨水等人的努力，蔚然成風，最後則在三〇年代末尾走向沒落。

「鴛鴦蝴蝶派」「不是新文學中的一個流派，它是和新文學相峙並立的一個大流派……它同新文學，在現代文學史中有井水與河水之別。」（魏紹昌《我看鴛鴦蝴蝶派》）「鴛鴦蝴蝶派」以上海、蘇州爲大本營基地，因此在性格上明顯地承襲了「海派文化」的特色，具有強烈的都市消費傾向。

獨特的「海派文化」

在中國各地域中，上海人的文化自主意識是相當強烈的。所謂「海派文化」的兩個重要源頭，一個就是與西方的接觸，「擺西方派頭」，另一個則是近代商業化大衆品味的講求。「海派」兩字最早用於指稱趙之謙、任伯年、虛谷等人的繪畫，他們的畫不以傳統作標準，而是以討好市場爲尺度。剛開始「海派」稱呼其實是一種貶詞，因爲他們畫裡除了清逸的山水文人之外，還有洋樓有美女，有一般生活裡的浮世畫風。雅者斥之爲俗，然而卻引起了許多從來不理會文人畫的新興都會居民，熱烈搶購收藏。

「海派文化」被正統縉紳、舊貴族所看不起，然而回過頭來，「海派」的人也格外看不起封建舊枷鎖。到後來，自稱「海派」的意義就有兩個重點，第一是講求創新、講求中西混雜；第二是講求俗民生活裡的細節呈露，揚棄固定儀式性的刻板。這第二個重點再一轉，就成了一種特意營造的實際態度，任何與生活直接行爲利害有一點距離的，都被摒除在一般文化表現之外，不只是不要舊文人的迂腐的八股文章，也不要新文人高蹈的國家民族意識形態。

張愛玲和上海及「鴛鴦蝴蝶派」之間的關係，自從她取得新文學史上的地位之後，就不斷被撇清及嫁接。其實平心而論，有太多證據證明，我們還是應該還她一個「鴛鴦蝴蝶派殿軍大師」的歷史地位，方稱公允。

張愛玲的小說和殖民都會始終相隨。三〇年代，新文學及「鴛鴦蝴蝶派」同在上海蓬勃發展，然而新文學只是「寄寓」在上海租界，他們的作品關心的是大國家、寫的是全中國，鴛鴦蝴蝶派的愛情悲喜劇都是實實在在以上海爲不必明言的當然背景，寫上海市民的種種瑣事。

張愛玲一生經歷過兩次「大淪落」，一次是香港被日軍攻陷，另一次則是上海被日軍完全占領。在張愛玲的小說裡，香港的淪落成就了白流蘇的愛情；在現實裡，上海的易手則意外地成就了張愛玲的文學空間。

上海控制在日本人及汪精衛政權手裡，最大的影響就是新文學的絕跡。而「鴛鴦蝴蝶派」卻又在過去幾年新文學的猛烈攻擊下，出現了人才上的青黃不接，於是四〇年代的上海，成了張愛玲獨領風騷的局面。

從女性主義的角度來看的話，我們可以說，正因爲殖民者的政治主張與新文學的民族立場互相牴觸抵消，男人的意識形態戰爭用實際的武力分出勝負之後，反而才有了表現女性情愛與生活細節的空間，張愛玲正是這個空間最優秀的開發者。只有女性的情愛與生活細節，是殖民者最不覺得具有威脅、最不願費力氣去管的，所以在戰爭與殖民的夾縫裡，男人的廝殺吶喊沒有留下來，反而是女人的悲歡種種留下來了。

張愛玲的作品，放進新文學傳統裡很突出、很獨特，其中有一部分理由是她根本不屬於那個傳統，帶進「鴛鴦蝴蝶派」的脈絡之後，我們會發現許多現象變得容易解釋多了。

例如夏志清特別提到「她喜歡用『道』字代替『說』字」，這當然可以看作是「舊小說的痕跡」，不過恐怕更是「鴛鴦蝴蝶派」小說的慣例吧。

又例如張愛玲的小說許多都被改編爲舞台劇、電影，她自己戰後還一度投身電影編劇事業中，這其實也是「鴛鴦蝴蝶派」的文類慣例。小說只是「鴛鴦蝴蝶派」的主要表現形式，而各種形式間的互換交流被視爲是理所當然的。張恨水的《啼笑因緣》、向愷然的《江湖奇俠傳》、顧明道的《荒江女俠》是最轟動的先例，小說暢銷之後，又被搬上銀幕、舞台，還製成評彈、說唱在電台播送。

再例如學者周蕾（Rey Chow）指出：張愛玲筆下的「荒涼的世界其實就是充滿細節的世界，一些與想像中架構完整的體系脫離的部分」，這又何嘗不是和「海派文化」歷來的傳統相呼應？上海作爲一個殖民都會，它在所謂「想像中架構完整的體系」中的地位向來就是很不穩定、很可疑的，這也造成了上海人傾向於撿拾體系外瑣碎細節來建構生活意識的習慣。張愛玲又依據其女性身分及格外與「體系」脫節的時代背景，所以能把這種「與體系脫節的細節性」發揮得淋漓盡致。

必須再強調的是，張愛玲與舊小說的關係固然密切，然而舊小說並不能解釋她的思想背景。她對舊小說整體的評價是「太貧乏了點」，而且認爲其中最缺少的就是「通常的人生的回聲」。更明顯的是她多次詳評《紅樓夢》，多次強調原著八十回之所以比後四十回好，是「原著八十回中沒有一件大事……前八十回只提供了細密眞切的生活質地。」

細密眞切的生活質地

「通常的人生的回聲」、「細密眞切的生活質地」，才是張愛玲眞正要在小說裡披露的，在這點上她一方面和西洋文學傳統搭上線，另一方面其實仍然和「鴛鴦蝴蝶派」有精神可以相通之處。

一九四四年三月十六日，張愛玲參加上海雜誌社召開的女作家聚談會，後來又寫了〈讀書與消遣〉一篇小文，提到了她愛讀《海上花列傳》、《歇浦潮》、小報、張恨水、「從前的電影、現在的櫥窗」，這是她自剖與上海都會文化之間的關係。不過值得注意的是，除了這些之外，她也熟讀老舍的《二馬》、曹禺的《日出》，也喜歡看近代西洋戲劇和唐詩。張愛玲當然是個雜食者，她把雜食的養分帶進對生活實地細節的追求裡，因此而能成其大家風範。

張愛玲在戰爭結束後，甚至到共軍解放後，願意委屈自己一直在上海待到一九五二年，正是因爲她和上海實在是密不可分的。理解上海，由上海的文化脈絡來解讀張愛玲，應該是條合理的路徑。重新把張愛玲和「鴛鴦蝴蝶派」聯絡上關係，只是往這條路徑上走去的第一步準備動作罷了。

以前許多人努力替張愛玲撇清她和「鴛鴦蝴蝶派」的關係，那是因爲我們都中了太深的「新文學」的毒，用「新文學」的標準來衡量、進而鄙夷「鴛鴦蝴蝶派」，這其實是一種沒有必要的偏見。把張愛玲還給「鴛鴦蝴蝶派」，並不會減損她的文學地位，反而可以提醒我們用新的眼光重新檢視「鴛鴦蝴蝶派」。「鴛鴦蝴蝶派」在上海，到張愛玲之後大概就結束了，事實上連殖民政權還有都會發展到了一九四九年也一併結束了，這些張愛玲賴以立命的價值、傳統與環境果然一一傾頹敗壞，我們能說張愛玲所感受的那種「惘惘的威脅」沒有現實對應依據嗎？

一九九五年八月

時間殘酷物語
——重讀張愛玲的《半生緣》

十四年已是半生

《半生緣》原本的書名叫《十八春》，因爲寫的是世鈞與曼楨前後十八年間發生的種種。不過到定本爲《半生緣》時，開頭是：「他和曼楨認識，已經是多年前的事，算起來倒已經有十四年了」，從十八年減到十四年，表面上看少了四年，然而改寫後的十四年，卻被安了感覺上更漫長的「半生」。是了，重點不再是那「十四年」，而是張愛玲在全書開頭第一段接下去寫的：「日子過得眞快，尤其是對於中年以後的人，十年八年都好像是指顧間的事。可是對於年輕人，三年五載就可以是一生一世，他和曼楨從認識到分手，不過幾年的工夫，這幾年裡卻經過這麼許多事情，彷彿把生老病死一切的哀樂都經歷到了。」

十四年就已經是「半生」，甚至超過了「半生」了。整本《半生緣》講的就是時間、時間感、時間殘酷地改造人的感受感覺，年輕時期的強烈，中年以後的無奈甚至冷漠。

《半生緣》結尾處，在那十四年的半生的終點，隔絕多年的世鈞與曼楨終於重逢了，讀者印象最深刻的，必定是這段：

曼楨說：「世鈞。」她的聲音也在顫抖，世鈞沒作聲，等著她說下去，自己根本哽住了沒法開口。曼楨半晌方道：「世鈞，我們回不去了。」他知道這是眞話，聽見了也還是一樣震動。她的頭已經在他的肩膀上。他抱著她。

「世鈞，我們回不去了。」張愛玲借曼禎之口，勇敢說出了一般羅曼史故事裡想方設法要逃避的人生現實，時間線性直走，不留給人回頭重來的機會。

中國傳統才子佳人小說，後來的鴛鴦蝴蝶小說，喜歡在結尾安上一個「大團圓」。最厭惡俗套的魯迅寫《阿Q正傳》，故意將小說最後一段標題就取做〈大團圓〉，然而阿Q的結局哪是什麼「大團圓」！阿Q莫名其妙被抓了，莫名其妙在書狀上畫了一個大圓圈（因為他不識字不會簽名），就莫名其妙被送去砍頭了。這裡既無團圓、更無喜劇的滿足，可是魯迅硬要安派「大團圓」，當然帶著尖刻的諷刺意味，顯現出他對中國小說那種老是要抹煞過程悲苦折磨，強迫快樂收場的習慣，何等不耐。

破除傳統小說「大團圓」成規

「大團圓」就是漠視時間的威力，「大團圓」就是擺出寬大、讓人安心的姿勢，對著小說裡的角色，也對著讀者說：「別難過、沒關係，那些誤會澄清了、那些痛苦咬牙撐過了，我們大家可以回去，回到誤會與痛苦起點之前，重新來過，用對的、幸福的方式重新來過。」

從小說內部意義上看，「大團圓」帶著一種詭異的自我取消毀滅衝動。如果到最後，一切誤會與折磨都可以不算數，到最後終點亦即是回到起點，那麼幹嘛白走小說敘述這一遭呢？小說寫的、讀書讀的，不正是那些誤會、折磨，愛的天路歷程上所有與幸福背反的東西？如果寫作小說、閱讀小說最終得到的是「回到起點」式的「大團圓」，那麼所寫所讀不都只是無意義的浮花浪蕊，總歸要被取消否定的過程而已嗎？

內在看來是這樣自我矛盾、自我取消沒錯，不過這卻無礙於才子佳子、鴛鴦蝴蝶繼續依循舊例「大團圓」，因爲從外部看，「大團圓」帶給讀者一種比較性的虛幻滿足，讓他們遺忘，或暫時躲避現實裡的不團圓與不能團圓。小說虛構的大團圓不管如何牽強，都讓讀者安心假想：「啊，連這麼大的災難，都可以有朝一日退潮消失，總能跳過我們不要不愛的從頭來過，那我自己所受的小小挫折有什麼道理不會過去、不能在挫折過去後正確且幸福地重來一次呢？」如此思考中，小說增加了讀者對現實不愉快惡事的忍受程度，難怪他們樂於接受了。從這個角度看，小說的自我取消是必要的，取消小說所敘述的，等同於幫讀者取消了現實不如意的實存意義。從這個角度看，小說虛構的大團圓愈牽強，說不定反而會有愈大的安慰力量，牽強荒謬的團圓似乎在對讀者喊話：「啊，人家這種分離、撕毀、仇恨最終都能團圓了，你還能不對自己的現實生命抱持希望嗎？」

大團圓是自欺，是極爲有力的自欺，曼楨那麼勇敢（也那麼殘酷），說出了不能說不該說的事實，「我們回不去了」，這事實如此清楚如此簡單，清楚簡單到世鈞的第一反應只能「知道這是眞話」，可是世鈞畢竟不像曼楨那麼勇敢，他在聽過曼楨說完他原本並不知道的中間曲折後，「他在桌子上握著她的手，默然片刻，才微笑道：『好在現在見著你了，別的什麼都好辦。我下了決心了，沒有不可挽回的事。你讓我去想辦法。』」想什麼辦法呢？不就是要想辦法再跟曼楨團圓嗎？

曼楨卻死抓了「回不去」的事實。「曼楨不等他說完，已經像受不了痛苦似的，低聲叫道：『你別說這話行不行？今天能見一面，已經是……心裡不知多痛快！』」見一面已是最大痛快，因爲比見一面更大的痛與快，著著實實就是不存在的。那更大的痛與快，通通已經被時間洗刷得難以辨認了。

無情的時間洪流

曼楨經歷過大痛。被姊姊算計、被姊夫強暴，被姊姊姊夫聯手幽禁懷孕生子。在最痛的時節，「一直想著有朝一日見到世鈞，要怎樣告訴他，也曾經屢次在夢中告訴他過。做到那樣的夢，每回都是哭醒了的。」可是眞的見著了眞的講起了，又是怎樣的光景？「現在眞在那兒講給他聽了，卻是用最平淡的口吻，因爲已經是那麼些年前的事了。」

時間使得曼楨無法自欺。她明明白白再痛再想念再強烈的情緒，那麼些年之後都淡了，再也激動不起來。就連世鈞，他又能在假裝還能團圓的自欺裡，待得了多久呢？沒有多久，曼楨講完話，世鈞也被時間的無情給喚醒了。世鈞「現在才明白爲什麼今天老是那麼迷惘，他是跟時間在掙扎。從前最後一次見面，至少是突如其來的，沒有訣別。今天從這裡走出去，卻是永別了，淸淸楚楚，就跟死了的一樣。」

世鈞跟時間掙扎，只掙扎了一下，就認輸了。然而誰又眞的鬥得贏那看似無形、看似無力的時間呢？

北歐冰島神話裡有雷神托爾（Thor）去探訪巨人之鄉的故事。托爾神力驚人，尤其手上大槌能槌出毀滅性的雷電來，何等威風。可是他到了巨人之鄉遇見巨人斯克利默（Skrymir），第一槌擊在斯克利默臉上，斯克利默以爲是樹上葉子掉下來；第二槌，斯克利默以爲是風中的砂吹來；托爾用盡力氣的第三槌，也只讓斯克利默摸摸臉自言自語說：「樹上一定有頑皮的麻雀，牠們又弄掉東西了。」

後來斯克利默帶托爾去參加巨人們的聚會遊戲。巨人遞給托爾一隻大杯，要他一口將杯中的酒喝完。托爾勇猛地喝了不只三口，杯中的酒卻看來一點也沒減少。巨人又叫托爾去把躺在角落的貓抱起來，然而托爾使出吃奶力氣都無法讓貓稍稍移動一下，更別說抱起來了。最後，巨人中一位看來最瘦弱的老婦人找托爾摔角，托爾抓住了老婦人，卻無論如何沒辦法摔倒她。

托爾要離開巨人之鄉時，巨人首領好心送行，對托爾說：「你被擊敗了。但不要覺得羞辱。給你的酒杯其實是海洋，你已經使得海洋退潮了，誰又能眞正喝乾無底深海呢？你試圖抱起的貓，其實是頭尾相銜圍繞整個世界的大蛇，他如果移位了，世界就要毀滅。至於那個老婦人，她是『時間』，有什麼力量能把時間摶倒呢？」

沒有，即使勇壯強悍如雷神，都無法摶倒時間，世鈞、曼楨、曼璐……這些《半生緣》裡的角色，只能在時間之前節節敗退。

小說裡直接造成世鈞與曼楨悲劇，最可惡的惡人是祝鴻才。然而藏在祝鴻才猙獰慾望背後的，何嘗不是曼璐對時間流逝的莫可奈何。

悲劇的預示，出現在曼璐第一次跟世鈞打照面。張愛玲如此描寫：

……曼璐現在力爭上游，爲了配合她的身分地位，已經放棄了她的舞台化妝，假睫毛，眼黑，太紅的胭脂，一概不用了。她不知道她這樣正是自動地繳了械。時間是殘酷的，在她這個年齡，濃妝艷抹固然更顯憔悴，但是突然打扮成一個中年婦人的模樣，也只有更像一個中年婦人。

爲了不繳械，爲了與時間最終一鬥，曼璐畢竟犧牲了曼楨。世鈞、曼楨、曼璐很慘，陪襯在旁邊的叔惠與翠芝也沒好到哪裡去，不，甚至更慘。

小說寫到世鈞與曼楨重逢又離開，寫到世鈞覺得「今天從這裡走出去，卻是永別了，清清楚楚，就跟死了的一樣。」這一對飽受折磨的男女情緣就眞的完盡了，「半生」之緣走到了終點，小說理應在這裡結束，正好呼應開頭世鈞的那句話，以世鈞的感慨起、以世鈞的感慨收尾，在結構上不正完足？

然而張愛玲卻偏偏多寫了一段，交代叔惠與翠芝的「難捨難分」。叔惠對已經嫁給了世鈞的翠芝「最有知己之感，也憧憬得最久」，然而兩人到底不能如何，只是換了時空一次又一次地錯過。錯過愛情、錯過生活，兩人「這時候燈下相對，晚風吹著米黃色厚呢窗簾，像個女人的裙子在風中鼓盪著，亭亭地，姍姍地，像要進來又沒進來。窗外的夜色漆黑。那幅長裙老在半空中徘徊著，彷彿隨時就要走了，而過門不入，兩人看著都若有所失，有此生虛度之感。」

張愛玲是個硬心狠心的作者，尤其在傳遞時間的殘酷本質上。她不讓小說終結在世鈞與曼楨的「永別」那一點，因爲這樣時間就停了，她要提醒我們，就連「永別」都無法阻止時間的流淌、時間的惡作劇、時間的折磨。

永無止境的虛空折磨

或許可以這樣說，那驚覺永別的世鈞，與承認「回不去了」的曼楨，還算是幸運的。至少他們無從結果的戀情有了終點，相較下，叔惠與翠芝卻還在時間的巨掌裡被拋擲來拋擲去，盡情地玩弄著。

兩人沒開始的愛情，也就無法結束。兩人未來還要見面、還要想念、還要受誘惑、還要繼續一次次「若有所失」，一次次生發「此生虛度之感」。

張愛玲不輕易用小說的結束，放過她筆下的角色。小說寫完了，張愛玲卻堅持讓角色留在沒完沒了的故事情境中。

〈金鎖記〉文末最後一句話是：「三十年前的月亮早已沉下去，三十年前的人也死了，然而三十年前的故事還沒完——完不了。」

還有更戲劇性的是〈茉莉香片〉的結尾。傳慶突然爆發了所有對丹朱的恨意，向丹朱動粗，兩人在石階上跌跤滾了下來，「傳慶爬起身來，抬腿就向地下的人一陣子踢。……第一腳踢下去，她低低的噯了一聲，從此就沒有聲音了。他不能不再狠狠的踢兩腳，怕她還活著，可是，繼續踢下去，他也怕。」在雙重恐怖衝突下，傳慶跑走了。可是，「丹朱沒有死。隔兩天開學了，他還得在學校裡見到她。他跑不了。」小說戛然終止於此。傳慶跑不了，事實上，硬心狠心的張愛玲在提醒她的讀者：「你們跑不了。」人生沒有乾淨俐落收場這回事，人生就是拖拖拉拉，不斷在時間裡綿延下去。

這就牽涉小說內的時間與現實時間的對應關係了。小說，或說敘述的時間，一定是對現實時間的種種扭曲與變形，讓長的變短或要短的變長。

短篇小說寫作上講究「靈光乍現的瞬間」（epiphany），就是將瞬間予以延長、凝定。Epiphany原意是耶穌基督死後復活，向門徒顯現，擴大引伸爲神蹟展示；再擴大引伸爲文學上那特殊的一刻，生命以最好或最壞、最美妙或最醜惡的形式，向人揭發其內在的某種祕密。Epiphany存在的前提爲：時間是不等價不等值的，存在所經歷的時間，一段段切開來，這一日與那一日、這一小時與那一小時，甚至這一秒與那一秒，是不一樣的，帶著不同的分量與意義。

耶穌復活顯現的那一瞬間，一切都改變了。這一瞬間使得在此之前的時間、在此之後的時間，都有了不同意義。因此需要把這個事件這段經驗這個瞬間標示出來，藉由標示、命名與敘述，讓這瞬間從時間之流裡脫離出來，單獨昂立，自身燦爛發散永恆之光。

把瞬間改造成永恆，或說混淆長短時間的物理意義，是文學敘述操弄時間的基本模式。莎士比亞的《羅密歐與茱麗葉》，十幾歲的少年與少女，兩人從相見、相識、祕會、到誤會中雙雙殉死，物理時間上只過了短短幾天而已，可是讀者不會記得那快速消逝的幾個日子，讓他們目瞪口呆的是近乎永恆、在時間中發生卻又彷彿超越了時間的偉大愛情，愛情之所以偉大，不正因爲克服了時間嗎？

不相信中國式大團圓的張愛玲，顯然也不相信西方式的瞬間即永恆。她的筆下有著一份世故的憊懶，不管表面敘述如何轟轟烈烈，總不忘冷冷地接一句：「那然後呢？」

本來文學，尤其浪漫愛情文學這支，就是要讓人在目眩神移之際，忘掉了去問：「那然後呢？」的，張愛玲從鴛鴦蝴蝶派陣中崛起，可是在這點上她卻最不鴛鴦蝴蝶，反而預示了一種世紀末頹廢犬儒看盡一切的態度。一種都會男女玩盡愛情遊戲後無從興奮的悲涼。

上個世紀末，全球影史上最暢銷的電影《鐵達尼號》，賣的除了沉船災難聲光效果之外，還是傑克與蘿絲「剎那即永恆」式的浪漫愛情。《鐵達尼號》的「剎那」至少有兩層意義，一層是傑克與蘿絲從相識到分離，中間只有不到兩天的時間，這麼短，卻如此刻骨銘心。另一層是兩人共遇災難，尤其是落入冰海的那短暫時刻，刺激出的強烈情緒，勇氣與選擇、高貴的愛情與神聖的責任，不只超越了他們自己的現實時空，還超越電影所架設的虛構時空。

然而在世紀末的氣氛中，走出戲院的人群裡，不只一個人開始討論：還好傑克死了，這愛情才會偉大。如果傑克也活了，他們兩人就會發現彼此的階級差異那麼大，日復一日的相處不再有新鮮感，卻充滿了衝突與緊張，最後連衝突、緊張都會被更龐大更黑暗的麻木給取代……，這種人，這種思考，不正是張愛玲式的慵懶嗎？一個主觀的作者，卻在她所創造的小說世界裡，不允許一廂情願主觀時間的存在與作用。一切都可以虛構，唯獨現實時間，唯獨現實時間的巨大殺傷力，在任何狀況下，不能被排除在小說之外，總是插進來持續折磨張愛玲的角色們。這是張愛玲小說最特殊的地方。

讀《半生緣》很容易生出一種感慨，覺得「人生不要有那麼多誤會就好了！」或者：「人如果勇敢些就好了！」如果沒有那些誤會，如果早一點碰上面，如果不要拘執家庭、社會地位什麼的，那麼世鈞與曼楨、叔惠與翠芝不就都能有情人終成眷屬了嗎？

這樣的感慨，對也不對。有各種原因使這幾個人最後都嫁錯人娶錯人，然而我總覺得在所有現實因素的背後，藏著張愛玲更大更深的悲哀——一旦要天長地久、日夜廝守，那對的也會變成錯了。時間在那裡作祟作怪著，誰也捉摸不著它，正因爲捉摸不著，誰都逃躲不開。

只存在於文字裡的詮釋者

張愛玲是個極度主觀的作者，主觀到會在客觀的聲音中讓她的角色聽到別人聽不見的意義。

《半生緣》中有一段，世鈞伴著曼楨遇見了當時還是未婚夫妻的一鵬與翠芝。「翠芝笑道：『顧小姐來了幾天了？』曼楨笑道：『我們才到沒有一會。』翠芝道：『這兩天剛巧碰見天氣這樣冷。』曼楨笑道：『是呀。』」兩人一來一往，這對話再平常再自然不過，可是張愛玲接著這對話後面寫的卻是：

「世鈞每次看見兩個初次見面的女人客客氣氣斯斯文文談著話，他就有點寒凜凜的，覺得害怕。也不知道爲什麼。他自問也並不是一個膽小如鼠的人。」

別人不會在這種稀鬆對話中聽出值得害怕的東西，張愛玲逼著世鈞聽到了，於是讀者無可避免也對這段對話留下特殊印象。

我們很可以想像，一個正常的、敏銳的讀者讀進了這段話，在腦中重演了「兩個初見面的女人客客氣氣斯斯文文談著話」的模樣，令人莞爾。我們也不難想像，帶著這樣記憶，這個讀者會錯覺以爲，原來曼楨與翠芝的對話裡，本質上就帶著些什麼可以讓人不寒而慄的因素。

這是張愛玲小說最容易讓人掉落的陷阱，讓人錯覺她寫的對話既自然又富含深意，只要忠實精確地轉化爲影像與聲音，就必定帶著力量，戲劇的力量。所以自來那麼多人改編張愛玲作品，幾乎都以一種敬畏態度看待她寫下的對話，一種「只刪不改」，只能刪不敢改的敬畏態度。

然而這層敬畏，卻正保證了改編作品，不管電視電影或舞台劇，無法成功。原原本本將翠芝跟曼楨的話搬上去，不管再好的演員演了講了，誰能從那裡面聽出讓人「寒凜凜的」意味來呢？

再好的演員，在實景裡對著另一個演員說：「世鈞，我們回不去了。」話一出口，氣氛就錯了。這其實不是眞能化成影音的語言，這語言只能活在張愛玲塑造給它的複雜、神奇脈絡氛圍下，去掉了下面那段描述：「他知道這是眞話，聽見了也還是一樣震動。」曼楨的話只會讓人覺得矯情。換句話說，這些對話只活在書中角色彼此的耳中，才有那種感觸與情緒，它們無法，也不該被搬出來，外面的旁觀者光靠具體、客觀聲音，沒有張愛玲的鋪陳詮釋，是聽不到同樣感觸同樣情緒的。

是的，小說家張愛玲不是個記錄者，而是個殷勤犀利的詮釋者。她一直用主觀在詮釋，小說中沒有離開了詮釋還能原樣站立的客觀。

《半生緣》中順手拈來的例子：

> 這時離過年還遠呢，……（沈太太）已經在那裡計畫著，今年要大過年，又拿出錢來給所有的佣人都做上新藍布褂子。世鈞從來沒看見她這樣高興過。他差不多有生以來，就看見母親是一副悒鬱的面容。她無論如何痛哭流涕，他看慣了，已經可以無動於衷了，倒反而是她現在這種快樂到極點的神氣，他看著覺得很悽慘。

> ……（曼楨）不知道窮人在危難中互相照顧是不算什麼的，他們永遠生活在風雨飄搖中，所以對於遭難的人特別能夠同情，而他們的同情心也不像有錢的人一樣地爲種種顧忌所箝制著。……當時她只是私自慶幸，剛巧被她碰見霖生和金芳這一對特別義氣的夫妻。

連才氣縱橫的許鞍華，配上演技出神入化的周潤發、繆騫人，都還是把《傾城之戀》拍成了一部枯燥無聊的電影，因爲他們還是只能拍張愛玲寫的客觀景致、對話，無論如何觸不到、拍不出張愛玲的詮釋。

只存在文字裡的詮釋者張愛玲的魂靈。

二〇〇四年七月

浪漫滅絕的轉折

——評朱天心的《我記得……》

對於一個不了解朱天心寫作來龍去脈的讀者，單純從生辰年代資料判斷，很可能會將朱天心劃歸入八〇年代才出現的小說作者裡，來觀察、解讀她的作品。的確，以她的年紀很難讓人想像，她曾經積極參與七〇年代末期各種面貌歧異的文學活動，並與那個年代的作家們一起經歷台灣社會的變化，一路寫進八〇年代。

見證台灣社會巨變的小說家

這一小群持續從七〇年代活躍到八〇年代的台灣小說作者，可能會是將來小說史家最感興趣的研究焦點。不但因爲他們的作品呈現了各種不同的風格，而且每個人在這十幾年間差不多都經歷了激烈的價值理念改異。價值的信持、棄守鑿痕累累地割穿過他們的作品，成爲台灣社會岩層巨變的化石見證。

也因此，對待朱天心過去的作品，便不能不從「三三現象」談起。

新一輩的文學讀者也許多少都對七〇年代中期以後熱鬧過一陣的鄉土文學論戰有些基本認識，然而對同時期也發展過一陣的「三三現象」、「神州現象」恐怕就比較陌生。即使今天有人再去拾起「三三集刊」來讀其中的文學作品，他們可能主要捕捉到一股濃得化不開的少年浪漫情懷，因而將「三三」的文學風格與八〇年代後期的「小說族」類比看待。

不管從今天的角度來看，「三三」與「小說族」在處理男女情事上有多少相似的地方，但從歷史的觀點出發，我們必須說這兩種文學從根本上是兩個完全不同文學理念下的產物，它們在對待文學的社會角色這一前提上，有著天壤之別。

「三三現象」背後呈露的文學理念，毋寧是與鄉土文學比較接近的。「三三現象」與「鄉土文學」雖然各自架構了一套想法，然而在它們那個時代，有一個潮流是兩者共同騎弄的。

那就是希望打破六〇年代以降，文學在現代主義主導下，個人化、盡量縮小社會角色的傾向。很粗略籠統地說，七〇年代中期以後到八〇年代中期，這十年是台灣文學行動原則（activism）當道的時代。

這種行動原則基本上相信文學不應該錮鎖在個人經驗的描述上。同時希望以文學為中心，塑建、傳達一套社會哲學，或者說一套行動改革的意識形態。

今天我們固然很難絕對地劃定此間的因果關聯，不過我想這樣一個看法大致是可以站得住腳的：七〇年代台灣社會在長期蟄伏後，開始有了本土化的改革思潮；這種思潮因缺乏政治、經濟乃至學院的管道，便轉以文學的形式，接續上不絕如縷的本土文學傳統出現。在其他領域因強控制體制不見鬆動而沒有太多改革希望的情況下，文學成了僅有的戰場。以是而有凸顯文學地位的新行動原則。

這股行動原則在文學界燎原開來後，參與其間的作家紛紛感到尋找自己作品背後社會意識結構的必要，而「三三」基本上可以看成是對應鄉土文學，企圖創造一個以大中國文化為中心的行動原則的努力。

十餘年後回頭檢視「三三」一直沒有穩定成形的意識建構，我們必須說，其實那股「尋找」的熱情才是「三三」最大的特色。而弔詭地，正因爲他們尋找得那麼急切，想望中的最終答案根本就不可能獲及。因爲在這種熱情行動主義下，「三三」納進了太多沒有希望在論理層上加以統合的思想因子，急於以作戰心情迎擊「鄉土文學＋反對運動」的意識理念，更使得三三諸人沒有工夫仔細研磨變混各因子間的矛盾處，以至於終究只能以浪漫的文字、浪漫的情緒渾裹歧差，走到最後，反智、追求直覺的論法逐漸斲喪了「三三」向外溝通的能力，而等到塵埃落定，「三三」核心諸人的分道揚鑣，也就無可避免了。

在「三三」鼎盛時期的理論建構中，大致包括了幾個不同來源的想法。

一、最根柢處是王昇式政戰系統觀念的擴大。這中間包括宣揚中華文化的博大精深、強調國民黨與國民政府的革命理基不容動搖、反對社會主義、批評「西方式」的民主等等。

二、在這之上，加了胡蘭成自成一套的哲學思想。胡蘭成的哲學簡而言有兩大礎石：(一)是由湯川秀樹的粒子宇宙論，一轉而申言「大自然是有意志與息」的，類近於一種神話世界泛靈論，並從此衍生出強調直觀、互感的反科學態度；(二)是在歷史解釋上，劈分東方文化與西方文化，從禪式的領域境界批判西方文明基於基督原罪、客觀實證的種種「無明」。

然而爲了與政戰意識形態配合，「三三」對胡蘭成的哲學進行了若干修正。最重要的是將胡蘭成大部分得自日本禪宗的想法接枝到中國文化中心論上。東、西方文化的二分轉而變成「中／西」文化差別。同時將胡蘭成的直觀法運用在對民國史事解讀上，一方面用革命浪漫地呼應大自然意志的論法，進一步撐持國民黨政權的理基；另一方面環繞汪精衛政權使用一些「天意」之類的修辭煙霧，以抵拒如胡秋原等民族主義者對胡蘭成的「漢奸」指控。

三、更有趣的是在這中間，「三三」又不得不插入朱西甯信持已久的基督教信仰。長期以來，軍中政戰系統基本上不敢輕易對基督教發表議論，基督教信仰在蔣介石、蔣宋美齡的帶領示範下，在高層政軍界有相當的流行。不過大部分的人都是以此作爲官階晉陞不可或缺的儀式而已，在這點上，朱西甯確實是個異數。他長期思索如何在中國文化與基督信仰上聯絡起明白乾淨的橋梁，於是胡蘭成的哲學裡，直覺領悟的大自然法則成了他最終解釋基督教如何墮落成西方文明，及中國文化如何反而更能契合基督教理的答案來源。

與鄉土文學抗衡的姿態

「三三」的行動主義大致就這樣無法深究地混摶起來了。從胡蘭成那裡，他們更學習了一套禪式、拒絕邏輯檢證的語言。這一切落到文學的「三三現象」時，我們看到的是對作品中浪漫情愛的執著。正如同自然現象最後會化約到意志與息的感應，社會時代的問題也必須化約到個人情愛的感應上。任何超於個人情感以外的關懷，在這個浪漫意識評判下，都是虛矯、僵化，乃至被標爲西方式的。

「三三現象」以此吸引了一批年輕敏感心靈的參與。這些年輕人正在懷有浪漫戀情夢幻的年紀，不能也不願忍受社會既成規約制度裡對愛情的束限，他們嚮往「三三」作品裡對清教徒男女禁忌不激烈反抗、卻故作無知天眞的不予理會態度；他們對社會的種種現象沒有深入了解的機會，然而卻被可以這樣簡單批判社會的現成語言所吸引；在一九七七、七八年的時候，「三三現象」及「神州現象」加起來，在台北都會區還頗有與「鄉土文學」抗衡的姿態，而在那段鼎盛時期，朱天心的小說作品，正是「三三」文學觀的最高層發言。

從歷史「事後先見之明」的角度來看，我們可以說朱天心這十幾年來的作品，先是淋漓地體現了「三三」式文學觀所可能展示的魅力，繼而則暴露了在社會變動軋擠下，這套文學觀的脆弱之處，終至顯示了整個理想意念逐步崩解的焦惶過程。

收在《昨日當我年輕時》這個集子裡的小說，是朱天心「三三」文學觀信持下的典型產物。朱天心有足夠敏銳的心感受到對於人間各種苦難折磨的同情，以及希望捕捉、表達人在紛紜現象間被拖扯得無可奈何的好意。然而在「三三」式文學觀的主導下，朱天心只能以純然情緒摹寫的直觀方式來接近這些人物及他們的問題。一種天眞的樂觀在「大自然有意志與息」的哲學前提下，阻卻了在作品中分開個人／社會領域的可能。社會並沒有作爲個人敵體存在的空間，社會只能是某個個人意識投射捕捉內化的零碎片段。在這些作品裡，即使朱天心採用第三人稱來推動敘述，然而這種第三人稱卻絕不能被看成是「全知觀點」。因爲故事總只從特定一個人的心情變動裡看出去，所有的發生化約到最後只是某一個角色的心理流轉。而故事的結尾、問題的解決，也就可以用那個角色的情緒逆變瞬間露出樂觀的光明。最好的例子是在〈愛情〉最後的段落，原本悼傷著越南僑生仇劍戎被認同的失落折磨無奈運命的敘述，突然因「她」的一念興起，變成了這一切都可以用「她」的心情代換幻想來加以圓滿解決。這是朱天心作品眞正浪漫所在。也是最迷人處。

然而這種浪漫對作者本身卻可以產生嚴重的挑戰。尤其當朱天心自己從大學裡畢業，開始感受到人生眞實挫折不完全是主觀信念頓悟可以解決時，這種浪漫便成了一股負擔。

浪漫信念的消蝕

「三三」諸人集體投入參與電視劇《守著陽光守著你》的編製，是迫使朱天心反省、改變的一個重要關口。涉身社會眞實運作體系內的經驗，（尤其當這個體系是表裡差距最大的電視傳播媒體）無可避免地把外界的逼壓宰制機制與個人意志、情緒能控制的領域清楚劃分開來。

從《時移事往》（原名《台大學生關琳的日記》）這個集子裡，我們可以清楚看到朱天心的惶疑。原來在「三三」諸人圈圈及年輕朋友間可以充分溝通的情緒，卻不見得能被在社會上打滾多年的人所尊重。這種溝通絕斷的困境在朱天心這時期的作品裡產生了兩個改道的變遷：

一是社會的集體存在成了無法由個人心情左右、消融的夢魘。如果沒有眞正跨出去溝通傳遞的行動，個人只會被社會改造，而不能用心靈力量繼續保有信仰大自然美好意志的樂觀。「畢竟社會是一個無聲無息吃人不吐骨頭的大黑洞」（〈台大學生關琳的日記〉），要不要投入，要如何投入，現在成了朱天心必須去思考的問題。這和以前作品裡，純粹情緒描寫的取徑自然是大不相同。我們甚至可以說「三三」原來只限於文學觀上的行動原則，現在被迫必須擴大到眞實社會改造的行動策略摸索。

第二個變遷是在溝通受挫後，原來對人與人間普遍感應的情愛的強調也不再說得那麼穩固了。過去朱天心作品中的時間因子往往只是拿來陪襯一些永恆感情而已，歷史的變其實只是益發顯示人類文明恆常共同因子的一場戲劇。然而進入這個時期，時間流程中產生的變化開始取得了獨立的價值，以是才有《未了》、《時移事往》這樣仔細追模台灣眷村情境的作品出現。

順著這兩條變遷的路走下來，原來「三三」時代執守的信念，到了《我記得……》集中諸篇寫作的八〇年代後期，已經被消蝕得辨認不出原貌來了。

《我記得……》集中，可能除了〈淡水最後列車〉，各篇處理的題材，都是原來「三三現象」的理念所不能想像的。

〈鶴妻〉與〈去年在馬倫巴〉，是對原先堅持應該描寫「情理之正」的框限的一個反叛。在原來的「三三」理念中，中國文學總是被刻畫成溫柔敦厚的風雅教化，對照於西洋文學「病態」地追求極端。然而在〈鶴妻〉中，外表上看來最平凡、順服的妻子，內心中卻有著詭異難解的嗜物癖狂。而〈去年在馬倫巴〉的租書店老闆則做著最違反人情的事——引誘褻玩女童。這都是人間多樣性中的特例，詭奇失衡的情緒，然而朱天心寫來卻充滿同情。這樣心胸氣度的開拓，不能不視之爲一項成就。

〈我記得……〉、〈十日談〉則是進一步延續了《未了》、《時移事往》記錄歷史變化的企圖，而在觸角的幅度上有重要的突破。過去在「三三」大中國主義的籠罩之下，朱天心小說一直是以未明說的外省社群經驗爲理所當然對象的。台灣社會的實景描繪，對「三三」來說，乃是誤信「現象」而忽略了深層「中國本質」的罪行。然而朱天心先是在《未了》裡自覺到有一個眷村經驗以外的台灣社會存在，雖然她在《未了》中對本省人的刻畫依然是成見頗深，令鍾肇政先生表示不能接受。不過肯定眷村經驗不是所有台灣住民共同的普遍經驗合理代表，這本身就有相當重要的意義。

在〈我記得……〉、〈十日談〉裡，朱天心進而試圖錄寫台灣人的反對運動經驗與政治情緒。儘管詹宏志在書的序言裡稱讚「這一組小說……成了『某一個時期台灣的社會心態史』」，我們仍應小心不要把朱天心的寫法就當作是公平的事實呈露。在人物處理的倚輕倚重上，其實仍然表現出她一貫對反對運動的偏見。不過從朱天心寫作歷史貫串上看，這個努力倒也不容抹殺。

憂鬱與失落

到了時序進入解嚴之後所寫的〈新黨十九日〉及〈佛滅〉，我們清楚看到朱天心完全棄絕原來「三三」式的浪漫理念後，無可免疫的一股憂鬱。過去的舊價值已經被與社會的實存接觸打得爛碎，然而新的價值卻迄未從廢墟裡冉昇。在〈新黨十九日〉裡，朱天心不甘心地接受了八〇年代後期的政治事實上是由許多最平凡、最普通的人在參與、引導的。這與「三三」原來的政治菁英、知識分子的驕傲自然大相逕庭。同時對於那個時節的股票狂飆將許多婦女從家事裡釋放出來，造成原有家庭權力結構大幅變動的現象，她也還沒拿定主意要怎樣評斷。「三三」理念強調女人的「位分」的習慣依舊魘擾著她。

〈佛滅〉裡，朱天心將政治與性巧妙地透過一個影射的角色結合在一起，其結果是真正精確比賦了中國主義者在本土化、民主化浪潮的心情。面對過去神話的拆解崩潰，朱天心只能用一種melancholy的沉重來看待新時代，就像剛剛射完精的男性回看身邊性伴侶的感覺吧。神話、英雄的不再，政治的庸俗化，本來就是一件melancholy的事。可能只有眞正對這個社會的付出與參與，才是擺脫melancholy的唯一方法。

我們等待九〇年代，朱天心進一步遠離「三三」的陰影，找到自己的陽光。

一九九〇年九月

兩尾逡巡洄游的魚

——我所知道的朱天心

我所知道的朱天心是三月生的，屬雙魚座。星相書裡說雙魚座的人個性裡具備有相反的兩種傾向，像兩尾朝不同方向游去的魚。雙魚座的人有極其浪漫、衝動的一面，同時又有極其嚴肅、認眞的一面。

雙魚座型的個性，反映在朱天心其人其作上，便是她常常會在浪漫、衝動的情緒下對某些人、某些事做出直接反應，然後又會很在意自己說過、做過的一切，很認眞地希望在這些其實明明是特定時空環境觸動下冒湧出來的東西中，抽繹出一個貫徹、嚴肅的意義。

有信仰的人

從這個角度看，我所知道的朱天心是個有信仰的人，或者應該說，她一直處於找尋信仰的過程裡。她個性中有一種東西是相當「反現代」的，那就是她本能地排斥讓生命經驗分化、碎裂（fragmented），她堅持想像這紛紜的一切背後該有一個統一的大原則、大意義。她沒有辦法遊走在時間前前後後浮出的吉光片羽間作種種扮演。她一直在給自己擬遊戲規則，可是許多時候，浪漫、衝動的那條魚會把她帶離自己定的規則，於是她必須一再尋找新的規則。

我最初認識朱天心時，她才是個大二的學生，卻已經出版了《擊壤歌——北一女三年記》及《方舟上的日子》兩本集子，而且和朱天文、馬叔禮、謝材俊、丁亞民等人合辦「三三集刊」，辦得有聲有色。

那是朱天心最爲意氣風發、自信滿滿的年代。她自己在《方舟上的日子》的〈序〉裡提到投稿給當時最熱門的文學園地〈人間副刊〉，等一個星期不見刊登，就打電話去催主編高信疆。她和「三三」諸人在各大專院校巡迴串連、演講，成爲校園裡最年輕的明星。鄭學稼先生在回憶錄裡提到，有一年參加「國軍文藝大會」，會上有一位小女孩發言，講得義正辭嚴，隱約有殺伐之氣，聽得他心頭暗暗吃驚。那個小女孩就是朱天心。

七〇年代末葉，正是「鄉土文學論戰」方興未艾、台灣初次出現大型意識形態論爭的騷動時刻。在其他管道被威權堵塞不通的情況下，文學成爲這些騷動發洩的焦點。大家在文學上面附加各種意義，使得這個時期的文學一方面被賦予無限地擴大解釋，從三民主義到工農兵，文學成了政治、經濟理念、現象的縮影；另一方面文學則緊緊扣上了行動主義的理念，作爲對六〇年代「爲文學而文學」退縮態度的反彈，七〇年代文學成了喚醒意識、擘劃改革的手段，文學寫作本身就具備了社會行動的特性。

在行動主義這一面，朱天心其實和鄉土派作家非常接近。文學當然不是孤立的個人創作行爲，文學後面牽連著許多大敘述（Grand Narratives），而且文學要在社會上形成影響，推動特定目標。所不同的是，朱天心的文學行動主義依恃的哲學、理論基礎不是寫實主義或左派社會公平意念，而是由胡蘭成發明的一套「中國文明論」。朱天心的文學行動目標不是貧富、城鄉差距的縮小，社會正義的伸張，而是一種以「情」為中心的禮樂烏托邦的來臨。

用政治、社會問題編織愛情故事

「三三」鼎盛時期，自信滿滿的朱天心寫的小說，一般都有非常動人的浪漫愛情故事作敘述主線，然後透過主角的特殊身分來提點社會問題，而最後通常都會以某種形式的愛情昇華曖昧地提出作為問題的解決。最成功的作品如〈愛情〉、〈采薇歌〉。〈愛情〉藉著一個越南僑生寫人在異地失根的荒涼潦落、〈采薇歌〉則觸及了吧女和異國文化差距等問題。這些小說乍看下都含夾濃厚的感傷通俗劇成分，其原因並不是朱天心寫作技巧稚嫩、失控，相反地，是整套「三三」式行動主義原則要求下的有機部分。

「三三」式的文學行動主義希望將國家、文化等大題目，以及政治意識形態等爭議，包納在一個「情」、「愛」的修辭裡予以解決；或者應該說：反對用抽象的方式對這些議題進行辯爭，而要把這些東西「還原」到生活裡，「還原」到人際間的溫情美意裡來獲得解決。和通俗愛情故事不同的是，朱天心這些作品非但不避諱政治、社會問題，還更進一步把政治、社會問題拿來用作編織愛情故事的助力、佐料，在一個個流暢易讀的愛情事件裡讓政治、社會成分化為與愛情無法切割、分化的連續有機體。

朱天心其實一直沒有放棄七〇年代末期文學行動主義時代建立的信念。她的作品之所以經常引起爭議、之所以散放著「焦慮」意味，核心關鍵就在她無法放輕鬆下來，把文學創造看成是一種個人表演，演完就算了。她每一個時期的作品都和她認為台灣社會應該如何改革的想法脫離不了關係。文學不只是她的社會舞台而已，文學更是她介入社會的形式，這一點她始終堅持。

我所知道的朱天心是個閱讀興趣非常廣泛的人。她對現實知識有一種甚具競爭性的強烈野心。她想要盡可能知道、了解所有的事。她的「焦慮」還包括擔心社會上有太多東西脫離了她關心注意的觸角範圍之外。因此她保持有博覽各類雜誌、書籍的「雜食」習慣。這些大量吸收來的資訊進入她的小說到處散放，製造了一種非常特殊的「蒙太奇」式拼貼並列效果，提供了張大春所謂的「用典」的文本厚度與閱讀趣味。

在〈我的朋友阿里薩〉中，朱天心借小說敘述者之口，講出了一種悲涼、年老的感覺，那就是「再也不用知道外面世界在流行什麼」。同樣的概念，她又在替駱以軍的小說集《我們自夜闇的酒館離開》寫的〈序〉裡，現身說法又講了一次。小說裡的聲音我們還可以說可能帶有反諷的味道，然而在替人家寫的序裡，我們眞切感覺到朱天心對了解流行符號概念的認眞程度。

「變節故事」

這麼在意「外面世界在流行什麼」、大量吸收資訊，而且還抱持「以文學介入社會」的理念，我們可以猜測朱天心對台灣社會的看法、想法在解嚴前後巨變的這幾年內，一定會有頗大幅度的調整。事實上，我們也明明在作品裡讀到朱天心的改變。立場、觀點受到外在大環境翻天覆地影響而改變，這在八〇、九〇年代的台灣文壇，已經是個常態，而非特例了。我們看到一位位作家觀前想後，告訴了我們一個個「今是昨非」的「變節故事」（conversion story），對自己過去的論點、作品進行了反省檢討或重新詮釋，在這樣的氣氛裡，朱天心的「變」一點也不顯得突兀，是她處理「變」的方式特別引起許多人的注意。

回到一開頭講的兩條魚的故事。朱天心個性裡的一條魚努力地在捕捉時代脈動，隨著政治勢力、經濟局面的改易而化身爲千百不同面貌；然而另一條魚卻永遠不放棄要把所有的變化講成一個不變、一致的故事。所以朱天心一直拒絕講一個「變節故事」，認眞、嚴肅、固執的那條魚禁止她站出來說：「啊，現在看看，以前講過的什麼什麼其實是錯的。我不再認同過去的那個自己。」正因爲要把過去的那個朱天心和現在的朱天心緊緊貫串爲沒有斷裂的統一主體，朱天心必須時時刻刻背負自己所有的過去；也因爲如此，她過去的任何一點遭到質疑時，現在的她都必須提出辯護，這是弄得她如此「焦慮」的一個關鍵。

其實我清楚記得自己決定離開「三三」的感覺。我發現我自己的生活撕裂成爲三個，甚至多個無法交涉、對話的部分。一部分是閱讀黨外雜誌到美麗島事件衝擊下的政治反對意念、一部分是大學校園裡按學院派行規教授的中國歷史、一部分是「三三」特別的哲學、文學世界……

「當下現實」與「多重時間」

在一次「兩岸三邊華文小說會議」中，陳傳興在評論葉石濤先生時曾提出了「當下現實」（Actualité, Actuality）與「多重時間」的歷史分析概念。陳傳興認爲從一九四九年之後，台灣社會失去了以「當下現實」爲基礎的正常運作，「當下現實」在意識、價值裡不再占有先行性（Priority），反而被疊架上了種種虛構、不統一的時間感、時間架構。這種多重時間的錯亂是一九四九年以後台灣歷史的眞實面貌。

我現在可以借用陳傳興的分析概念，來陳述當年我感覺到橫亙在我與「三三」之間的鴻溝。我所知道的朱天心，在八〇年代剛開始時，是活在單純的一元時間架構裡。她比較不會懷疑「當下現實」和表面構架的時間意識中有什麼齟齬、脫節的地方。她的「當下現實」成功地覆壓、包納在一種時間意識裡，沒有露出什麼稜角、尾巴。我的生活卻完全不是這麼回事。我不可能忽視家裡父母認眞一字一句細讀美麗島軍法大審紀錄的反常模樣。我不可能不感受到我素所敬重的長輩在遙遠的另一個空間裡講著他們的故事，過著他們以日語爲中介的另一套時間。我惶惶地傾聽自己體內突然多出了幾個不同的鬧鐘的滴答聲，它們拒絕被調成同步速度。

這是我的「變節故事」的開端。往後的四、五年內，就是如何檢查一個個鬧鐘，找出究竟哪一個才眞正是「當下現實」衡量的過程。我選擇自命爲一個「本土派」，正是基於希望擺脫多重時間干擾，歸返「當下現實」的念頭。

用我自己的「變節故事」經驗，大膽揣摩、猜測朱天心，我想她一定也經歷過類似從一個鐘換用另一個鐘的跳躍，然而這種跳躍帶給她最強烈的感受卻是不安與恐慌。那隻追求一致的魚似乎不斷地在追問她：「這樣跳一次就否定掉前面的立場、信念，可以嗎？妳知道什麼時候又得要再跳一下、再否定一次嗎？伊於胡底？無窮的跳躍、變節？」

我想這裡有一個關鍵是「現實當下」與「虛構時間」間的差別。過去多重虛構時間的干擾模糊、迷惑了我們。有朝一日我們累積不信任的感覺終至推倒了虛構時間的層層魔障，我們很容易就誤以爲原來所有的時間、所有的道理都是虛構的、方便的。我們無法完全不靠時間、道理過活，所以丟棄了從前的那套，換了一套新的。可是沒有人知道什麼時候還會有一套更新的要來取代新的。

這種一次又一次變節、背叛的想像，嚴重冒犯了朱天心追求一致的堅持。她不願意破這個例、開這個頭，因此儘管她生命中浪漫善感的那條魚游到了另一個領域裡去了，有一條魚卻堅持著這一切變化不是眞正的變化，堅持過去到現在的種種，沒有什麼好後悔、好變節的。

「本土」知識先行地位的價值

我所知道的朱天心可能沒有意識到我們其實是有一個「現實當下」可以歸返的。台灣八〇、九〇年代的吵擾，不只是由一套虛構時間換成另一套虛構時間，一種意識形態換成另一種而已。我覺得更重要的是我們重新拾回與「現實當下」間的聯絡，重新承認「現實當下」應該比虛構時間更具有眞理意義。由虛構時間回歸「現實當下」的過程是不會無窮反覆的，一旦回歸了，「現實當下」會主導我們，而不必一直擔心下一波的什麼變化，我們會再度被迫或自願變心變節。這是之所以我始終堅持「本土」知識先行地位的價值基礎。因爲怕不知什麼時候要再「變節」一次，最近幾年的朱天心就選擇了不對任何事物充分認同、投入的態度。我所知道的朱天心其實很早就不再熱情擁護國民黨，也拋掉了統治者的種種修辭，可是她卻不曾因此投身反對陣營，而是汲汲於尋找第三勢力。選擇第三勢力事實上是選擇永遠不要再和統治者站同一邊，免得每次政權更替就有可能必須要痛苦抉擇「變節」一次。對於她與社民黨、新黨的關係，許多人會用省籍的角度來理解，不過我想眞正更深層的原因，恐怕還在她內心那一條堅持不能接受「變節故事」的魚。她擔心如果擁抱了反對黨、反對勢力，首先必須否定自己的一些故事，更可怕的，萬一哪天這個反對黨當權腐化了，是不是又得再背叛一次？

有這樣先入爲主的擔心，使得朱天心對反對運動中陰暗的一面特別敏感，從〈我記得……〉到

〈佛滅〉，朱天心憂心忡忡地披露反對勢力中含藏的腐敗因子。這些小說一方面惹來了部分人士的憤怒，懷疑朱天心事實上扮演了「體制打手」抹黑反對者的角色；另一方面，卻剛好暗合台灣當前社會一種奇特的疏離、雅痞氣氛。

我所謂的「雅痞氣氛」，指的是大家都知道現有政權、既有體制的嚴重缺陷，認同、支持統治者變成一件不太光榮、不太上道的事，所以人人都會在口頭上批評、指責，然而這些怨言卻很少眞的能夠化爲改變社會的力量。大家說歸說，卻誰也不願意眞正投身反對陣營去做實際的改造工作。爲了要合理化這種抽離、疏離，很多人找到的理由是：不是我們不參加，是反對黨、反對陣營實在太臭、太爛！誰也不願髒了自己的手進入運動中，愈是躲得遠的，就愈是要把反對黨、反對文化形容得很臭、很爛，而愈臭、愈爛，當然也就越發不會有人願意進去了，如是循環。

我當然能夠理解朱天心說應該檢討反對陣營內部問題的道理，可是在那樣的時機檢討，卻無可避免成了「雅痞」、「潔癖」大氣候底下推波助瀾的風頭了。像這種問題我們很難追究作家本身應負多少責任，然而社會普遍現象間的聲氣暗通，卻是不容否認的現象描述。

時間是作品意義的一部分

朱天心最近提到了寫作自由空間及時間表的問題。這樣的提法基本上忽略了時間是作品意義一部分的事實。過去的作品已經進入過去的時間，成爲當時的「現實當下」，我們不能說那是「早到」的作品，硬要把它抽離當時時空脈絡，往後面的時間裡擺。那個作品的意義已經與那個時空密不可分了。同樣的，我們也不能用未來的期待來取代現下的發生。現下的發生當然可以被記錄、解釋，不過我們不要忘了，現下的缺席，沒有發生（absense）也有可能被討論，被賦予意義，這些完全不在作家創作的自由範圍內呢。

最後再回到兩條魚的故事。我所知道的朱天心其實沒有那麼強的爭議性。她的小說作品大部分都保留了頗大的詮釋空間與文本厚度，可以讓不同立場的讀者欣賞。眞正製造了爭議性的是那條浪漫、衝動的魚，不時會在某些場合小題大作，挑釁地把話講絕，而偏偏人家拿這些很挑釁的話頭來質疑時，另外一條固執的魚又無論如何不願放鬆立場。常常這樣打了又不跑，難怪要成爲爭議中心；要不斷把許多歧出的話頭連綴成一致的立場、道理，也難怪會有那麼多焦慮。更讓人覺得可惜的是：正面向各類意識形態喊話的動作，一不小心就掩蓋了作品的意義，《想我眷村的兄弟們》就是最壯烈的例子。收有〈我的朋友阿里薩〉、〈從前從前有個浦島太郎〉、〈袋鼠族物語〉等優秀作品的書，竟然被集中當作族群論述來評首論足，其實是相當可惜、不幸的。

我所知道的朱天心被兩條相反方向的魚拖拉著，它們會繼續角力把她拉向何處，那就不是我現在所能知道的了。

一九九四年一月

衰敗與頹廢

——舞鶴的文學世界

一九七八年，在鄉土文學論戰的熱潮裡，舞鶴發表了〈微細的一線香〉，受到相當的注意，次年從不同角度、依不同美學標準編選的《六十七年度短篇小說選》及《一九七八年台灣小說選》，同時將〈微細的一線香〉選爲代表傑作。

在那樣的氣氛裡，很多人習慣性地把〈微〉視爲「鄉土小說」，把舞鶴歸類爲「鄉土新銳」，因而忽略了舞鶴眞實文學性格裡，與當時「鄉土文學」大異其趣的地方。舞鶴一方面缺乏鄉土文學的那種革命行動主義熱情，另一方面更飽含了鄉土文學所強烈反對的現代主義式的孤絕、內省。他的題材也許是鄉土的，可是他的文字、他的小說敘述模式，卻充滿了現代主義美學的前衛與菁英色彩。

鄉土與鄉土的衰敗

重讀〈微細的一線香〉，我們發現這篇小說寫的其實不是鄉土，而是鄉土的衰敗。它眞正的價值在於：用戲劇性的手法寫出了隱含在鄉土概念裡陰鬱的一面。鄉土文學要求回歸土地，而最常見的回歸手段就是強調保存過去的東西，古厝、牛車、田埂、廟會等等，成了鄉土的象徵，同時也就成了不可侵犯的絕對價值代表。用復古來進行改造，是鄉土文學運動中強烈的情緒呼喚。

然而復古有兩個陷阱。第一個陷阱是時間感的消失，變成一種與現實脫節、不顧現實的自我耽溺。第二個陷阱是：要復的「古」，眞的有我們想像的那麼純粹純潔嗎？我們厭惡當代厭惡醜劣的現實，可是過去眞的就一定是可以熱情擁抱的美好理想嗎？

〈微細的一線香〉在衆多的鄉土小說中獨樹一幟，寫出了近乎病態的復古耽留，而且也觸及了台灣人過去被殖民時游移妥協的眞實記憶。

一九七八年之後，舞鶴在台灣文壇整整失蹤了十四年，一直到一九九二年才復出，連續發表了令人震駭的〈逃兵二哥〉和〈調查：敘述〉。之後，他維持一年一篇的速度，又寫成了三篇中篇〈拾骨〉、〈悲傷〉以及〈思索阿邦・卡露斯〉。這幾篇小說再加上他大學時代的處女作〈牡丹秋〉，組成了舞鶴的第一本小說集《拾骨》。

復出之後的舞鶴，依然保有十分個人化的敘述習慣，每一篇小說毫無例外都是以第一人稱自述，配合上獨特敏銳的文字，繁複堆疊的長句，營造出清楚的閱讀印象：讀者讀的不是透過敘述者轉述的一個客觀故事，而是從頭到尾敘述者自己主觀的觀察、想法。敘述者中介隔絕在讀者與事實之間，我們無論如何到達不了事實，小說只允許我們在敘述者的腦袋裡徘徊打轉。

復出後的舞鶴，比以前更多加了一種瘋狂、錯亂的執著。他不只是要寫個人的故事，還要讓讀者感受到這個敘述者的思想、遭遇不斷扭曲、掙扎，他不安於依照世俗的邏輯來看待世界，可是他更自由更自我的經驗卻又一直遭到社會機制的穿透、挫折。

舞鶴最大的本事，在於描寫、傳遞衰敗與頹廢（decay and decadence）的情緒，在這點上他比所有高喊「世紀末」的任何台灣作家，更接近十九世紀歐洲的「世紀末」氣氛。而他的衰敗與頹廢裡又有著一種自閉、反抗文明理性安排的神經質，在這點上他又比一切的文學理論家更接近傅柯在《瘋顛與文明》裡所揭櫫的精神。

瘋狂、錯亂的執著

〈逃兵二哥〉、〈調查：敘述〉表面上看起來，都像是典型的抗議文學。〈逃兵二哥〉寫的是不合理的軍隊生活、〈調查：敘述〉則寫「二二八」。然而這樣的抗議主題，在舞鶴筆下很容易就失去了抗議的主題或抗議的目的，只留下虛無的莫可奈何。〈逃兵二哥〉中的二哥已經把「逃兵」的行爲目的化了，「逃兵」不是爲了換取什麼自由美好生活的手段，「逃兵」本身就是目的，因爲只有在逃離與被捕的過程中，生命的無意義與腐爛才更能凸顯出來。而且小說中逃的，也不只是二哥，還包括用頹廢麻木來象徵性地與世界疏離（detach）的敘述者「我」。

到了〈拾骨〉、〈悲傷〉中，這種以瘋狂爲意義，用荒謬執念（obsession）取代生命本身的哲學式實驗，就更清楚了。甚至連抗議性的表面主題也不見了，單純就是瘋狂意識、頹廢生活的寫實紀錄。〈拾骨〉一開頭就點明：「在連年激烈的妄想性精神病後，我多半痿在床上……」；〈悲傷〉裡則用「努力做個無用的人」來形容敘述者的特性。〈拾骨〉裡寫的是擺脫掉科學客觀姿態之後，「死亡」作爲一種意念與一份儀式，怎樣成了活人生活中創造出種種事件、意義的強烈觸媒。〈悲傷〉裡的執念則換作是「性」，舞鶴用接近「魔幻寫實」的筆法誇大寫「性」的種種影像，完全打破了一般禮教社會的清明架構。

E. M. Foster的名言：「死亡毀掉一個人；但死亡的念頭卻救了他。」舞鶴的小說裡到處充斥著死亡、毀滅與頹廢腐敗的陰影，徘徊盤旋在這些念頭間，舞鶴非但沒有消蝕掉，反而成就了台灣少見的世紀末異質文學風格。

從文學史的角度，很難替舞鶴歸類。就像他不參與文壇活動，他的書很難在市面上找到一樣，他的作品也是文學上孤絕的異類。勉強一定要給他一個位置的話，大概只能用錯亂混雜的時間感來描寫吧：他用六〇年代現代主義式的內省式文字，挪來七〇年代鄉土文學的民俗村鎮背景，寫九〇年代末世感強烈的小說，眞實而毫不做作地表現出了台灣文學史上少見的瘋狂主題。

一九九六年四月

「本土現代主義」的展現
——閱讀舞鶴

舞鶴的小說難讀，那種閱讀上的艱難考驗，本來就是他文學的一部分，也是他文學價值裡不可動搖的堅持。對這樣蓄意寫得難懂難讀，強迫讀者不能對內容枝節輕易囫圇吞下的作品，我們除了努力培養耐心之外，其實也別無什麼攻開意義城堡大門的絕招或捷徑。

「橫征暴斂」的美學傳承

讀舞鶴的小說，不論是刻意拉長轉折的句法結構，或是讓編輯、打字行傷透腦筋的錯落怪字，都讓我們不免想起王文興在〈《家變》新版序〉裡的一段名言：

「理想的讀者應該像一個理想的古典樂聽眾，不放過每一個音符（文字），甚至休止符（標點符號）。任何文學作品的讀者，理想的速度應該在每小時一千字上下。一天不超過二小時。作者可能都是世界上最屬『橫征暴斂』的人，比情人還更『橫征暴斂』。不過，往往他們比情人還可靠。」

不管舞鶴對王文興或《家變》的意見如何，這段話我想他基本是認同的。對於這樣施予讀者「橫征暴斂」的作者，我們別無選擇，要嘛就棄書不讀，要不然就必須付出作者所要求的專注程度，一字一句地讀下去。

我想不出有別種方法可以幫忙大家輕鬆容易地讀舞鶴。

不過我們如果稍微追究一下，舞鶴這種「橫征暴斂」的美學傳承，以及他的文學關懷糾結來源，也許可以讓我們在付出同等專注辛苦心力之際，也從舞鶴的文本裡擠榨出更多層、更豐富的意義來吧。

舞鶴的文學之路

依照舞鶴自己的年代紀錄，他的少年文學啓蒙始於巴斯特納克的《齊瓦哥醫生》，以及七等生的《僵局》。他提過成長期間對他有影響的作家作品包括黃春明、王禎和、張愛玲、白先勇、杜斯妥也夫斯基的《卡拉馬助夫兄弟們》、湯瑪斯曼的《魔山》等等。

大學及研究所時代，他發表了〈牡丹秋〉及〈微細的一線香〉，受到了相當的注意。〈牡〉文獲得成功大學鳳凰樹文學獎，〈微〉文則入選了當年度的《年度小說選》。

三十歲時，他退伍隱居淡水，決心寫一部「家族史」，「大量搜集、閱讀台灣史料，包括大台南這個地區的地方史，同時……讀史學、哲學方面的書。」

不過「家族史」只寫了一些片段，他轉而參禪，於是「對寫作產生懷疑，甚至認爲『寫作這個動作是何等虛妄』。」他「失去了發表作品的慾望，寫作……也可有可無。」十年之後，年過四十，他才重新發表文學作品。以風格獨特的〈逃兵二哥〉、〈調查：敘述〉等文復出，這些小說後來結集成他的第一本小說集《拾骨》。

舞鶴離開台灣文壇，前後差不多十五年的時間。他去當兵、再到淡水隱居的那個時候，正是七〇、八〇年代之交，也是台灣鄉土文學走到最巔峰的時期。

重讀〈牡丹秋〉和〈微細的一線香〉，我們可以清楚看出當時舞鶴作品的重大價值。在他的作品裡，巧妙地融合了鄉土文學的題材，以及現代主義式的美學風格。

「鄉土文學」與「現代主義」的融合

讓我們回顧一下文學史，六〇年代末期，王禎和其實就已經運用了他在外文系課堂及與師友琢磨習得的現代主義技巧，施用在描寫村鎮鄉土題材了。那時「鄉土文學」尚未成爲一個陣營，一套意識形態價值，還沒有「鄉土文學」和「現代主義」間的衝突，王禎和式的「鄉土文學」尚大剌剌地與「現代主義」明白掛鉤。

然而經歷了一九七二、七三年的「現代詩論戰」，再到後來更複雜的「鄉土文學論戰」，「鄉土文學」不再只是「以鄉土爲題材的文學」了，「鄉土文學」變成一套論述，有其眞理信仰，有其價値前提，也有了它的敵我認知。「鄉土文學」除了是鄉土的之外，還應該是現實的、寫實的，而且強調平民性、大衆性，必須優先處理廣大群衆所面臨的普遍物質困境，因而視早先「現代主義」的個人性、菁英性以及從自我出發的荒涼悲劇感，爲必欲除之而後快的敵人。

差不多整整十年的時間，「現代主義」與「鄉土文學」壁壘分明。「鄉土文學」發展出了一套新的修辭、新的慣習，小心翼翼地不再取法「現代主義」。原本「現代主義」派的作家，部分因爲身分、成長經驗的限制，部分因爲根深柢固的文學價值堅持，也悍然地拒絕了「鄉土」。我們很難找到眞正橫跨過兩個陣營的人。像王禎和或陳映眞，雖然一方面依然擁有一身「現代主義」式的文學武功，一方面也認同「鄉土文學」的寫實號召，然而他們這個時期所寫的，基本上卻都是以都市爲主題的，算不上「純正的」「鄉土」。

舞鶴在文學上當然深受「現代主義」的影響。杜斯妥也夫斯基、湯瑪斯曼都是西方現代主義大師。七等生更是六〇年代台灣現代主義小說的健將。在那樣的歷史環境下，舞鶴大膽地（自覺或不自覺地）用「現代主義」的技法，挪移來書寫鄉土情境，因而在當時文壇引起了小小騷動。

可惜只有兩篇作品，畢竟不足以動搖任何大局。舞鶴離開文壇進入隱居生活，對台灣文壇來說，是使得「現代主義」和「鄉土文學」之間的恩怨齟齬，失去了一個認眞對話交流的機會；對舞鶴本人來說，則是把這樣一個龐大的文學議題凝結冰凍起來，持續思索持續困惑。

舞鶴缺席的那十五年間，台灣社會、台灣文學翻天覆地一場巨變。在快速變動中，無論是「鄉土文學」或「現代主義」，都很快就成了歷史陳跡，大家忙於追逐新的風潮、急於建構新的文學標準，率爾遺棄了和「鄉土」、「現代」有關的任何殘餘議題。

與台灣文壇若即若離的關係

隱居的舞鶴和這樣一個台灣、台灣文壇保持著若即若離的曖昧關係。若即的部分是他依然感受了變化後所開放出的空間，尤其是種種舊禁忌被破除之後的新意義領域；至於若離的部分是他未曾感受到任何實質的壓力逼迫他放棄過去的文學理念與文學關懷。

所以九〇年代看到舞鶴復出的新作，對許多人來說都是一種異質經驗。充滿了熟悉與陌生的反覆辯證。他用他在七〇年代末期思考、發展出來的一套美學，來轉寫九〇年代的熱門經驗。這套美學在精神上是繼承「現代主義」的，然而卻又攙雜了大量的鄉土語彙、徹底而成熟的鄉土象徵，一種眞正的「本土現代主義」，而且是屬於「現代主義」中最爲頹廢，卻也最爲挑釁的一支。

我們甚至可以這樣說，舞鶴復出之後的書寫，雖然一方面恣意地利用了「後現代」情境所開拓出來的空間——尤其是政治與性方面的空間——然而他的態度卻依然保留著強烈的現代主義特色，而且他的思路也一直都未離開過「現代—鄉土」這個明確主軸。

所有二十世紀初期西方現代主義文學的主要特色，都可以在舞鶴的作品裡找到。強烈的個人色彩。自我中心的主觀凌駕於任何客觀現實。個人的慾望永遠與社會的訓令規約處於緊張對峙的局面。生命的意義被不斷地切割成爲碎片，找不到什麼連貫的依據。感官的霎時刺激成爲生命唯一可以掌握的東西，並不是因爲感官如此可信，而是因爲除感官以外，其他都更虛空。慾望注定不斷地被挫折，挫折的痛苦進而讓人懷疑慾望的眞實性。

這些都是舞鶴文學內在與「現代主義」一致的精神。

《十七歲的海》是舞鶴式「本土現代主義」進一步的試驗之作。和《拾骨》一樣，《十七歲的海》依然是本土的。所有的人物、場景，乃至若干情節（如〈祖母之死〉、〈十五歲那年的春天〉）刻意地強調其本土的特殊性。也和《拾骨》一樣，《十七歲的海》藉著褻瀆集體秩序，掙扎尋找個體意義。不過在《拾骨》裡，被褻瀆的是政治體制、是家庭倫常，褻瀆的工具是刻意的瘋狂錯亂意識；在《十七歲的海》裡，被褻瀆的則是社會上一切對於性的「正常」安排，褻瀆的工具則是無所不在、似乎永遠不會耗竭的性慾望。

《十七歲的海》所收的諸篇小說裡，充滿了由性慾所發動的激情。然而正如斯坦達爾對所謂「頹廢、墮落的人」（decadent person）所下的定義：「將自己獻身於熱情之下，然而卻是爲了自己其實根本不曾擁有的熱情獻身。」（quelqu'un qui se sacrifie à ses passions, mais à des passions qui'l ná pas.）這些激情事實上都是空的，或是這些角色是根本無法掌握的。這些角色是眞正的頹廢，不管表面誇張的描述怎樣鋪陳那種荒謬的快感，骨子裡的頹廢才是眞正的戲劇性所在，眞正的悲劇。

激情的空洞與不可掌握

浪漫主義善於描寫激情如何吞噬人的世俗生命。激情的境界與世俗形成強烈對比。然而在頹廢派的現代主義裡，卻記錄著尋求被激情淹沒而不得的挫敗。浪漫主義那個偉大、整體的激情已然頹萎消亡了，剩下來的只有種種片段、虛僞、贗假的慾望了。因爲找不到超越的、神聖的激情，再也沒有機會擺脫俗世進入激情，於是只好格外地強調每一個慾望瞬間的重要性，強要在瑣碎的經驗裡讀出潛藏的意義來。既然不可能是神聖、高尙的意義，那至少也要是深淵式的、墮落的、恐怖的神祕意義吧。

如果說《十七歲的海》像是台灣本土版的《惡之華》的話，那麼舞鶴寫《思索阿邦・卡露斯》最有可能的野心就是成就爲台灣本土版的杜斯妥也夫斯基。

舞鶴自己曾經明白地讚歎杜氏的「藝術技巧令他敢直接談思想，在一個長篇小說中，他敢直接寫思想，而且可讀性非常高，讓你肯讀下去。可是台灣的長篇小說家，當他們寫到思想時，你會覺得讀不下去，他們脫離了整個有機結構本身，跳脫出來談思想。……《附魔者》寫盡了他當代的思想潮流，雖然他是站在保皇黨的立場，但是他把當時反對運動的種種潮流、思想，寫得多麼好。」

透過敘述者「我」和阿邦・卡露斯，舞鶴的確也大膽地在《思》書中放進了許多九〇年代的台灣

「當代思潮潮流」，我們甚至可以說這整本書眞正的主角其實是這些「思想潮流」，人物、情節只是舞鶴設計來表達他對這些「思想潮流」意見的附屬品罷了。

這樣的小說，在台灣文學傳統裡的確非常少見。不過如果說在《附魔者》裡，杜斯妥也夫斯基是以一個保皇黨的立場發言的話，那麼在《思索阿邦．卡露斯》中，我們也可以清楚找到「本土論」對舞鶴的束縛。

兩條脈絡貫串了《思索阿邦．卡露斯》。一條是對於「眞實本土」的尋找。舞鶴顯然不滿意於既有的主流本土思潮，那種「對台灣的了解都局限在西海岸，特別是西海岸的幾個大城市」的情況。所以他要「深入台灣本土的內在」，要「朝中央山脈走走看」，去「發覺一些……從未發現的風土人文之美」。

在這點上，舞鶴的思考模式仍然是「鄉土文學」式的，顯然跳過了後來「多元論」的衝激。亦即是，在他搜尋的過程中，依然念茲在茲要去分辨什麼是「眞本土」、什麼是「假本土」。不過他的「眞本土」已經退到了山區、退到了原住民的處境裡了。

嘲諷、近乎犬儒的態度

可是即使是山區、原住民的生活實景裡，其實並不眞就是「風土人文之美」。弔詭地，弱勢的山區原住民環境裡，反而留下更多國家與都會文明宰制的痕跡。傷痕更深而且更明顯。於是而有了舞鶴寫作上的第二條脈絡，那就是在無法全心歌頌純正「風土人文之美」的時候，轉而用嘲諷、近乎犬儒的態度，記錄所有他認爲虛僞、不堪的東西。

《思索阿邦・卡露斯》起於追尋「眞本土」最後卻止於如百科全書般搜集了所有的「假本土」，以及不厭其煩地反覆舞鶴本身對這些「假本土」的不滿與睥睨。問題是，正因爲那個虛懸假擬的「眞本土」究竟爲何，從頭到尾都不曾確立，「假本土」之「假」相形也就喪失了說服力了。於是指責、嘲諷都變成作者個人的冥想筆記，這點又回到了「現代主義」自閉挖掘的老路子上了。

再用《附魔者》作比對吧。《附魔者》中，杜斯妥也夫斯基以他自己的保皇價值，平等而認眞地與其他思潮進行一場假想的角力，汗水淋漓斑斑可見。然而在《思索阿邦・卡露斯》中，舞鶴卻允許自己的「眞本土」隱身在雲霧裡，從雲端高高在上地俯視平板變形的對手，恣意嘲弄一番。這裡沒有眞正公平的近身肉搏，更沒有眞正反覆折衝的「思索」。

舞鶴是孤絕的。孤絕的作者能夠不顧外界的變動流派，十幾年專注在自己的「意義之網」裡，成就一套遲到了十幾年的美學融合。不過也正因此，孤絕的作者透過自己的孤絕之鏡來看外界現實，則終不免把現實也都反射成爲自己身影的扭曲部分。成就了自我、委屈了現實。

在舞鶴的作品裡，我們同時看到了「孤絕文學」的最好與最壞。

一九九七年六月

「廢人」存有論
——讀童偉格的《無傷時代》

其實，我們還是可以察知童偉格與前行代曾經轟轟烈烈過的「鄉土文學」之間的關係，一種逆轉、顚倒了的系譜關係。

與鄉土文學間逆轉的系譜關係

從《王考》到《無傷時代》，童偉格一貫選擇海濱的荒村作爲故事進行（或停滯）的背景，跳來跳去的敘述述說的也都是荒村裡成長（或拒絕成長）的小人物們。他的小說裡，使用大量鄉土形象，反覆召喚鄉土記憶與祭儀、信仰；而且他的小說裡，城市幾乎總是毫無例外，以陌生的、敵對的、飄浮混亂的性質出現。這些特色，無疑是傳襲來自「鄉土文學」的。

不只如此浮面、表層的相似而已，從《王考》到《無傷時代》，童偉格小說裡出現的人物，在性格上，也都和「鄉土文學」裡的典型角色高度親和。他們都活在自己建構、想像的世界裡。他們無能理解、更無法詮釋，生活小世界以外快速翻攪變動中的外面社會。黃春明、王禎和筆下的人物，都努力、掙扎著，用自己有限的知識、更有限的能力，去和龐大的社會變化力量周旋。〈嫁粧一牛車〉或〈鑼〉的喜劇氣氛，來自於他們如此笨拙、自以爲是地企圖掌握自己的生活遭遇；而〈嫁粧一牛車〉

或〈鑼〉的悲劇性，也來自於他們永遠對操縱命運的外界力量，無能為力。

童偉格小說的角色，也是如此。然而在《王考》和《無傷時代》裡，藉由這樣無知無能而封閉在狹小荒村環境裡的人，童偉格卻寫出了完全異於王禎和與黃春明，既非喜劇亦無強烈悲劇性的情境。

閱讀童偉格的小說，讓人一方面接近「鄉土文學」，一方面卻又快速遠離。最關鍵的差別，在於童偉格既不像王禎和那樣無情地嘲弄這些小人物，也不像黃春明那樣多情地為這些小人物悲嘆、義憤。悲嘆與義憤，是「鄉土文學」最核心的價值，寫這些小人物的慌張、焦慮、茫然、抓瞎、像無頭蒼蠅般胡竄亂撞，為了要控訴害他們如此適應不良的那個時代變遷巨輪，也為了要喚起大家同情他們、幫助他們。王禎和常常寫一寫，過度著迷於這些鄉人無知舉措所製造的荒謬場景，忍不住跨越了悲嘆與義憤的道德界線走到了戲謔作弄的那一邊，其實是「鄉土文學」的異數，也因而讓他的傑作，如〈小林在台北〉、《玫瑰玫瑰我愛妳》長期被忽略或被誤讀。

然而不管是黃春明或王禎和，以及二十多年前熱情投入「鄉土文學」書寫的衆多作家們看待「鄉土」的眼光，畢竟是有著認識論上的絕對距離的。不管要同情、或要嘲諷，都必須預設著一個立場：作者比他筆下的鄉土角色掌握更多的、不同的知識，所以作者才能回頭用同情或嘲諷的態度，看這些在小圈圈、小籠子或甚至小黏蠅紙上奮力手忙腳亂的角色。

像是人與捕蠅紙上被黏住的蒼蠅之間的關係。蒼蠅感受到自己的危險處境，卻感受不到危險處境的來龍去脈，更感受不到自己掙扎的徒勞。只有掌握了整個狀況的人，才能選擇或淚或笑的表情，來看待蒼蠅。

童偉格卻選擇和他筆下的這些人物，一起活在無知與無能的手忙腳亂裡。在只有一條柏油馬路，只有不斷脫班遲到的一路公車的海濱荒村裡，人們不只沒有辦法與現代社會一起發展演化，他們甚至沒有辦法分辨眞與假、生與死、貧與富、過去與現在等最基本的區別。他們的無知與無能，使得他們接受不到現代生活理性的感染，進而使得他們超越了眞與假、生與死、貧與富、過去與現在的界限。

他們的存在，一場糊塗。他們被荒村鄉土的條件，隔絕在整理存在秩序所需的現代知識與現代概念之外。因而他們弔詭地取得了一種自由，活在一場糊塗，超越眞假、生死、貧富、過去與現在界限的存在中的自由。

是了，童偉格最特殊的文學視野，就是把「鄉土文學」當中應該被同情、被嘲諷、被解救的封閉、荒謬的「鄉人存在」，逆轉改寫成了自由。在那個理性滲透不到的空間裡，人們大剌剌地，既無奈又驕傲地活在既眞又假、生死無別，完全可以無視於時間存在、無視於時間線性淌流的世界裡。

以小說建構「廢人」的邏輯與倫理學

《無傷時代》書寫的，正就是荒村荒人「無傷」的自由。從現代理性角度看，小說裡的每一個角色，都過著虛無敗壞的生活，整本小說簡直就是對於種種敗壞（decay）的執迷探索。村子在敗壞、人在敗壞、記憶在敗壞。祖母的故事是敗壞的故事、大母親的故事是敗壞的故事，整個家族每一個人的故事，都環繞著同樣的敗壞主題。

乍看下，童偉格似乎是用那座海濱荒村當作絕對敗壞的象徵，然後恣意地實驗、嘗試書寫生命的種種敗壞可能。從物質的敗壞到肉體的敗壞到行爲的敗壞到記憶的敗壞到想像的敗壞，而貫串其間的，又是一種意義的敗壞，敗壞的高度傳染性甚至如癌細胞般自體反噬敗壞掉敗壞的意義。

如果敗壞全然不帶任何意義，那童偉格爲什麼要堆砌、開發那麼多敗壞的情節？讓整本小說成爲某種「敗壞的壯觀展示」呢？藏在背後的，我們懷疑，是作者的耽溺，還是作者扭曲的炫耀？是童偉格無法自拔於反覆書寫種種可能的敗壞、種種敗壞的可能；還是童偉格沾沾自喜地彷彿在說：「看，你們還有誰能夠想像、書寫這麼多敗壞情節呢？」

還好童偉格的書名，以及出現「無傷」的那一段話：「那一刻，他明白自己已經成功說服母親了——在她眼裡，他已經是個無傷無礙的廢人了。他已經被原諒了。」提供了我們不一樣的線索。原來，童偉格透過小說建構的，是一種「廢人」的邏輯、一種「廢人」的倫理學。就像駱以軍到目前爲止所有作品，都在摸索著一套「人渣倫理學」或「人渣存有論」一般，童偉格也以「廢人倫理學」、「廢人存有論」作爲統合小說敘述的根本策略。駱以軍的「人渣存有論」低調卻堅持地要說服讀者，一種永遠無法融入社會主流，只能遠遠欣羨嫉妒、詛咒社會主流，並且在每次與社會主流相遇時就倒楣帶衰的「人渣」，有他們自己的「人渣觀點」，而「人渣觀點」其實飽含著自創一個光怪陸離世界的巨大能量。相對地，童偉格的「廢人存有論」，用滾滾滔滔的「敗壞描寫」，鋪陳著一套價值——「廢人」是「無傷無礙」的，「廢人」不可能對這個世界有什麼傷害、什麼妨礙，因爲他們根本不活在這個世界裡。他們的「廢人」身分，是以在自我想像世界裡的自由決定的。「廢人」活在循環的敗壞裡，他們的敗壞甚至不帶一點頹廢（decadence），單純只是敗壞，敗壞到底，連頹廢或虛無那樣文明的範疇都消失時，「廢人」就自由了，他們不再需要在意眞假、生死、時間、空間，那是一種空洞卻新鮮的自由，唯有透過「廢人」、穿越敗壞，我們才能看到、呼吸到空洞卻新鮮的自由。童偉格放棄了對於鄉土人物的關懷、同情，如實地接受他們作爲與現實脫節的「廢人」存在，如實地接受「廢人」存在的一切荒謬無常，他打破了「鄉土文學」的核心人道立場，從這點上看，他無疑是「鄉土文學」的叛徒。然而背叛「鄉土文學」的人道溫情，走自己的「廢人」路線，童偉格讓作為敘述者的自我也一併「廢人化」，彌合了「鄉土文學」中作者與角色的知識論落差，最終卻賦予了這些荒村鄉人們，一種史無前例的自由。他們的生老病死，他們漫長的等車與怪誕的雜貨店，於是超脫了可憐可鄙的地位，成為獨立獨特的、自由的存在。從這個角度看，童偉格似乎又回到了「鄉土文學」的路子上，繞了路給予鄉土與鄉土人物，更高的尊嚴與尊重，他不再像其他鄉土作家般，希冀透過文學來為鄉土爭取「社會正義」（social justice），他直截了當地，就在文學裡，只在文學裡，給了鄉土「詩學正義」（poetic justice）。

二〇〇五年二月

從「鄉土寫實」到「超越寫實」

——八〇年代的台灣小說

一、

在一片肅殺的氣氛中，台灣走完了激情的七〇年代，進入八〇年代。斷開這兩個年代的分水嶺是一九七九年年底發生在高雄的「美麗島事件」。

一九八〇年的「軍法大審」中，被告名單中赫然有兩位重量級的小說家在列，一位是專寫「工人小說」的楊青矗，另外一位則是「鄉土文學論戰」中，「鄉土派」的先鋒要角王拓。

楊青矗、王拓被捕、判刑，不是單純個人行爲的個案，而是凸顯了七〇年代末期文學與政治、社會改革運動的緊密關聯。而八〇年代文學史上發生的第一個重大變化，就是這條社會與文學在行動意義上的連結，被硬生生切斷。

「文學行動主義」的形成

七〇年代從關傑明、唐文標發難的「現代詩論戰」，到引起整個社會騷動的「鄉土文學論戰」一脈相承的發展方向是文學的意義不斷被擴大解釋，也一再被附加愈來愈多的行動性格，可以稱之爲「文學行動主義」的逐步形成。

「文學行動主義」的重要背景，當然是威權結構裡對言論的箝制。正面討論政治經濟，檢討社會病徵的文章，無法在公共論壇上取得安全發表的管道，於是改革改造的鬱積熱情，只能想辦法以不同的面貌「化裝出場」。

相應地，七〇年代報業結構裡出現了「強勢副刊」，隨而副刊上的文學也就成了文化領域中能見度最高、最搶手的類別。兩項條件湊泊下，七〇年代末期，「鄉土文學論戰」就成了一場以文學爲名，以政治經濟立場分判爲實的衝突。

在這種情形下，文學和政治經濟的糾結當然非常之深。「鄉土文學論戰」中不論正反方，其實有著共同的對文學性質的理解。他們之中沒有任何人覺得文學「沒啥小路用」；他們之中沒有任何人主張文學只是政治經濟的附庸；他們之中沒有人反對文學對社會具有主動介入與引導的能力。他們的爭議是在於：一、文學所要介入、引導的這個社會到底是個什麼樣的社會？「鄉土派」認爲這是一個被帝國主義變相侵略、被錯誤政策犧牲，以至於許多人在底層流離受苦的社會，所以文學應該去描寫這些人，替他們發言控訴。「反鄉土派」則堅持台灣是個進步方向正確的社會，從傳統走到現代，難免有些後遺症，這些「少數黑暗面案例」不應該被誇大，文學要協助國家民族強大，而不是分化其力量。二、文學要把國家社會帶到什麼地步去？「鄉土派」要的是一個政治經濟上擺脫依賴，內部力求分配公平的社會；「反鄉土派」則強調文化上的民族主義，以意識上「團結」爲首要目的。

「鄉土派」發展成帶左翼色彩的文學行動主義。他們的理念在小說上表達得最清楚。小說寫作的大原則是「鄉土寫實」，爲什麼是「鄉土」？一方面因爲「鄉土」保存了未受西方現代發展「污染」的素樸傳統，可以對治六〇年代「現代小說」移植自西方的「虛矯」情緒；另一方面因爲「鄉土」正是戰後政經發展中的落後者、被犧牲者與被剝削者，在農、漁、工等下層作業環境所構成的「鄉土」裡，有著被官方意識宣傳所刻意抹殺、忽略的血淚悲哀。

我們不能忽略，和「鄉土派」針鋒相對的，另外興起了一股右翼的文學行動主義熱潮。右翼文學行動主義的代表性團體是「三三集刊」與「神州詩社」，他們的集體特性是非常年輕，他們的集團理念是「以文學救國」。在行動上，他們熱情地串聯各地大學，堅決反對「鄉土派」，高舉文化民族主義的大旗；在文學，尤其是小說的創作上，他們特別強調回歸到愛情上來化解抽象概念上對立所產生的齟齬衝突。

美麗島事件爆發的前夕，在小說界我們可以清楚看見，左翼文學行動主義雖然經官方宣傳系統打壓，卻逐漸取得美學上的合法性；同時，右翼文學行動主義與官方保持若即若離的關係，也獲得了校園青年群的熱烈支持，方興未艾。

如果用當年最受矚目的兩大報文學獎作「主流」指標的話，我們可以找到不少在一九七八、七九年間紛紛得獎、甚具「行動主義」意義的作品。最突出的如黃凡的〈賴索〉首開小說刺探政治曖昧地位的先例，追訴了海外台獨運動及其幻滅；又如宋澤萊的〈打牛湳村〉直指農村產銷結構上的重大弊病，洪醒夫的〈吾土〉刻畫農村困窮的悲慘、〈散戲〉同情消逝中的歌仔戲班。這些作品都是「寫實」的，而且都是寫社會病態、不愉快之實，對既有體制秩序表達了濃厚的不滿與遺憾情緒。

二、

美麗島事件引起政治氣氛丕變，在文學與政治緊密相繫的特殊背景下，政治上自由度的縮減，很快就感染到文學的創作與判斷標準上。八〇年代的前幾年，明顯出現的變化就是行動主義遭到打壓，鄉土、寫實等原本充滿改革味道的原則、概念則被馴化、收編。

八〇年年初「軍法大審」剛結束，如響斯應，同年的聯合報小說獎選了蕭麗紅的《千江有水千江月》頒給長篇小說獎，送出了兩大報文學獎的最高額獎金。

我們大概很難再在文學史裡找到像《千江有水千江月》這麼適合拿來作斷代指標的作品了。在《千》書得獎之前，聯合報小說獎徵選過一次長篇小說，獎額訂在三十萬元，不過卻是以「從缺」收場。所以《千》書是聯合報選出得獎的第一部長篇小說，受到注意的程度自不在話下，作為主流文學標準反映的代表地位，亦毋庸置疑。

《千江有水千江月》的作者蕭麗紅前期作品《冷金箋》、《桂花巷》即以精確摹寫台灣傳統家庭的人情事物，彰顯其特色，「本土性」與「鄉土性」甚濃。更值得注意的，是她和「三三」亦過從甚密，《千江有水千江月》的文字與《桂花巷》相比，除了更加大膽地直接套襲《紅樓夢》之外，還加上了許多胡蘭成式的感嘆。在寫作《千》書的過程中，蕭麗紅多次與在日本的胡蘭成通信討論，胡蘭成過世前一天，還發了一封私函給蕭麗紅。

七〇年代兩大流派的總結合

這樣的背景，使得蕭麗紅對七〇年代兩大流派的文學詞彙都極其熟悉，而在《千江有水千江月》裡，將這兩段來源、用心都很不相同的風格作了一次總結合。

舉例來說，《千》書中有一段寫到大信到貞觀的故鄉鹿港過中元節，過程中蕭麗紅仔細地鋪排了鹿港民俗的細節，對照大信所居的台北的荒涼無聊，其主題主調和「鄉土派」若合符節。然後有了這麼一段：

一個小腳阿婆，正在門前燒紙錢，紙錢即將化過的一瞬間，伊手上拿起一小杯水酒，沿著冥紙焚化的金鼎外圍，圓圓灑下……

大信見伊嘴上唸唸有詞，便問：

「妳知道伊唸什麼？」

「怎麼不知道……」

貞觀眨眼笑道：「我母親和外婆，也是這樣唸的——沿得圓，才會大賺錢！」

大信讚歎道：

「做中國人，眞是興奮事！她原來連一個極小動作，都帶有這樣無盡意思；沿得圓，大賺錢——賺錢原本只是個平常不過的心願——」

「可是有她這一說，就被說活了！」

「甚至是——不能再好，她像是說說即過，卻又極認眞，普天之下，大概只有我們才能有這種恰到好處！」

燒冥紙，「沿得圓、大賺錢」，這是「鄉土寫實」，尤其阿婆念的那句話，必須要用河洛話方言念出才能押韻，這又和「鄉土小說」裡夾雜方言的寫法是一致的。可是繼而大信、貞觀一來一往的感嘆評論，牽扯中國人的美與「恰到好處」，卻十足是「三三」的餘緒。

左右兩翼文學行動主義裡的重要元素，我們都可以在《千江有水千江月》隨處俯拾，然而這部小說本身卻完全沒有任何一點點批判或改造的行動主義色彩在裡面。

在原本的行動主義理念裡，「鄉土」和「中國文化」都是用來對照現存既有主流秩序的。「鄉土」對照批判主流脫離現實、忽視公理與正義；右翼的「中國文化論」也同樣對照凸顯了主流崇洋媚外、重西方輕中國的心理。這樣的批判理念在《千江有水千江月》裡都消失得無影無蹤。鄉土也好、中國文化也好，都只是烘托、成就大信與貞觀私人浪漫愛情故事的背景資料罷了

《千江有水千江月》得獎，標示著對七〇年代左右翼文學的收編。表面上看來「鄉土」還在，本質式的民族主義也還在，可是它們對現有威權的威脅卻完全被拔除了，成爲體制內安全的一環。

三、

另外一篇具代表性的小說是履彊的〈楊桃樹〉。〈楊桃樹〉比《千江有水千江月》晚一年獲得聯合報小說獎，發表之後，陸續被各種選集、報刊、雜誌選載十一次之多，一九九一年更被選入國中課本第六冊。從這個成績來看，說〈楊桃樹〉被視爲是「鄉土小說」重要的代表，應不爲過。

〈楊桃樹〉寫的是一個到城市裡討賺的中年人，放假時回返鄉下，同時回返童年記憶的故事。小說中特別著墨的是都市裡的俗鄙與農村裡保留下來的純樸人情味，構成強烈對比。如果把〈楊桃樹〉拿來和七〇年代末期的「鄉土名作」，如洪醒夫的〈吾土〉，還是更早王禎和的「鄉土經典」〈嫁粧一

牛車〉相比較的話，我們可以清楚察覺「農村」的意義，在小說裡有了一百八十度的大轉變。

農村成為文明的避風港

七〇年代小說裡的農村，是殘破的、是汙穢的、是因貧窮而不斷扭曲人性、製造悲劇的。〈嫁粧一牛車〉裡貧窮逼得人必須去嫁掉自己的老婆，〈吾土〉裡兒子必須賣地來維持重病雙親的生命，然而兩老知道土地喪失，卻寧可選擇自殺。更不要說宋澤萊的《蓬萊誌異》裡，所「誌」的「異」，正就是農村、小鎮各種荒謬、可笑的「怪現狀」。

農村到了〈楊桃樹〉，則變成了文明的避風港，變成是都市人尋求休憩與救贖的地方了。重點不再是應該如何解救農村、同情在農村裡飽受剝削的人，而成了是要教都市人學習、了解農村舊事舊俗、舊情舊義的可貴。

「鄉土」的概念，到這個地步就完全被收編了。八〇年代前期，兩大報文學獎繼續選出以農村爲背景、對話中「幹你娘」等方言粗口不時冒現的作品，乍看之下，似乎和七〇年代末期標榜的「鄉土寫實」前後相銜，沒有斷裂，然而細繹其內容則南轅北轍，七〇年代的「鄉土」是以農村爲據點、抨擊都市，所以義憤塡膺；八〇年代的「鄉土主流」變成是以都市爲中央視角，反過來向農村求取精神充電的資源。

八〇年代前期「鄉土主流」的作者甚多，然而眞正値得傳流的相對則甚少，大致以古蒙仁、廖蕾夫等人較具代表性。

四、

一九八一年，右翼的文學行動主義也遭到了嚴重打擊。警總突然之間宣布「神州詩社」涉嫌「為匪宣傳」，「神州」的主要負責人溫瑞安、方娥眞被捕下獄，社內許多大馬留華僑生受到波及，退學的退學、遣送出境的遣送出境，「神州」自然是解散消失了。

「神州案」發生之後沒多久，「三三集刊」也在出完二十六輯之後，悄悄地停止運作了。

右翼文學行動主義，標榜愛國、頌揚民族文化，看起來似乎不像「鄉土派」那樣直接與官方對立，甚至在許多場合，「三三」、「神州」的人還會在最前線與「鄉土派」對峙，為官方辯護。然而由「神州案」的內容我們可以看出來，民族主義作為一種口號式的意識形態標籤，是官方所要的；但是眞正激情、帶實踐意義的民族主義，還是會擾亂現實的既成秩序。

這裡的關鍵就在於：如何在民族主義的大帽子底下，安排中共、中國大陸。溫瑞安、方娥眞被控的證據，就是他們「聽匪歌」、「唱匪歌」、「私帶匪製幻燈片」，愛中國、愛中國文化，很難不帶上認同對岸的情緒反應，而偏偏對岸的一切，在台灣的官方價值裡，都應該視為敵人、異物。

所以要用文學來宣揚民族主義，讓民族主義介入改造社會，這也不是官方所願意樂見的。美麗島事件未發生前，右翼文學還有平衡、抵抗鄉土派的價值，到了八〇年代政治空氣肅殺，鄉土派已無眞正的「作亂」空間，這個時候最安全的作法，當然是一併把右翼文學行動主義打壓下去。

五、「文學反映人生」的理念

八〇年代前期，台灣小說的主流是經過收編、改造，拔去爪牙的「鄉土寫實」，而透過「鄉土寫實」所要傳達的主流美學哲學價值則是所謂的「人生文學」。

「人生文學」的口號是「文學反映人生」，其背後有非常強大的「普遍性」（universalistic）傾向。「人生文學」將寫實降爲工具，寫實的目的是要反映人生的普遍價值，尤其是人生光明美好一面的力量。小說寫實中一定有特殊的角色、場景、劇情演變，然而「人生文學」認爲這些特殊的東西只是手段，本身並不具備有充足自主性。讀者閱讀寫實小說，重點不是要記得小說裡的哪個人物哪件事，而是要「讀穿」（read through）文字，領略到超越性的人生意義。

如果說人生意義、人生教訓才是最重要的，那爲什麼還得辛辛苦苦營造角色、場景、劇情？「人生文學」的回答是，只有眞實、寫實的細節營造，才能應對人生意義的多采多姿，這是小說所能提供，勝於抽象說理的重要部分。

「人生文學」的理論標竿，非夏志清先生莫屬，不過抱持著相同想法的「文壇大老」當然不只他一個人。我們可以翻開那幾年兩大報文學獎小說類的評審紀錄，在每一場評審會議的開端，都「照例」會要求決審委員表白一下「文學理念」與「評審標準」，「人生文學」式的想法顯然是絕大多數評審所共同尊重、遵從的。包括齊邦媛、劉紹銘、司馬中原、朱西甯、尼洛、彭歌等海內外決審常客到本土性甚爲強烈的葉石濤、鄭清文，在這個時期都發表過「人生文學」式的宣告。

「人生文學」理念盛行，事實上是否定了七〇年代「鄉土寫實」的用心用意。七〇年代的「鄉土寫實」正是希望建立台灣鄉土作爲文學關懷對象的優先地位。「鄉土派」對「現代派」發出的批評中，最嚴厲的就是現代派搞不清楚「什麼時代什麼地方什麼人」（唐文標語）。也就是指責現代派的文學作品裡，只是普遍的現代情境、個人思感，而沒有當下現實的台灣。「鄉土派」要肯定當下現實台灣的先行重要性，這是之所以標榜「寫實」的一大重點。在「鄉土派」的價值裡，寫實才能寫出台灣現實的獨特性，獨特性必須取代「虛矯」、「揑造」的普遍現代性。

「人生文學」製造的另一個問題是：寫實在這個架構裡，並沒有必然性。既然文學主要目的在塑建人生教訓，那麼只要能夠達成彰揚人生意義的文學手法，都應該被一視同仁、予以肯定，寫實沒有必然性、鄉土更沒有什麼思想上的特殊位置，「鄉土寫實」作品雖然大行其道，可是其選材與手法變成是上一個時代的殘餘，而無法積累，更不能形成傳統，注定在幾年之內就迅速地被淘汰遺忘。

現在我們談起「鄉土文學」、談起「寫實小說」，最可能會提及的代表作，幾乎都是七〇年代的作品，生產最多「鄉土寫實」作品的八〇年代前期，反而徹底被忽略了，就是這個道理。

六、

八〇年代前期小說的弔詭在，「鄉土寫實」作爲主流，然而在主流裡卻找不到眞正的創作活力。被收編後的「鄉土寫實」小說，其「文類惰性」（generic inertia）愈來愈明顯，許多大量生產出來的作品只是套襲同樣的模式，以金水、阿土、阿英等「鄉土人物」爲主角，講兩句「哪會阿呢？」式的閩南語，再對比營造鄉下人進城或城裡人返鄉的情境喜劇或悲劇，便完成了一篇篇的小說。

主流以外的傑出成績

所以我們只能在主流之外尋訪小說創作的特殊成績，一些繼承「寫實」形式，而在內容上更能貼合「寫實主義」凸顯本土獨特性的精神，因此開展出小說新視野的作品。

第一類作品，是清楚地要以「寫實」來傳達強烈的批判意念，在改革社會的意圖上繼續上追七〇年代「鄉土文學」的作品。這類作品從「人生文學」的評判標準上看，是「技術犯規」的，因爲它們不是把人生意義、教訓藏在小說敘述裡，相反地，它們「意念先行」，先決定了「意念」，才去挖掘、拼湊小說裡需要的內容。

這類作品最有名的當然是陳映眞的《華盛頓大樓》系列。該系列最後，也是最長的兩篇〈雲〉和〈萬商帝君〉就是在八〇年代完成的。一九八〇年發表的〈雲〉，出現了台灣小說史中獨一無二的集體罷工抗爭場面。一九八二年的〈萬商帝君〉則深入刻畫了跨國商業系統對人性的扭曲力量。

這兩篇小說在敘事上中規中矩地「寫實」，然而〈雲〉裡最後一幕黃顏色罷工場面，刻意營造了一種浪漫夢幻般的氣氛；〈萬商帝君〉則是拉進了狂人與狂信的顛顛倒倒，將最爲理性的現代辦公室與最混亂的民俗儀式夾雜交錯，頗有一種時空跳躍的魔幻之感。

另一位重要的小說作者是林雙不。林雙不本名黃燕德，原本以碧竹的筆名寫作，三十歲那年改筆名爲林雙不，並且一改風格，專寫農村與教育的黑暗面。他在八〇年代的代表作有一系列短篇小說《筍農林金樹》，短篇小說集《大學女生莊南安》，以及長篇小說《決戰星期五》。

林雙不的「寫實」比七〇年代「鄉土派」作品更直接、更素樸，也表現出更大的不耐煩。他的「意念先行」很多時候是靠放棄文學性，不去經營角色、情節，直接讓道理躍上紙面來達成的。例如「控訴不義是人類的天職」就是他小說裡主角直接「握拳吶喊」出的名言。林雙不以及宋澤萊部分作品標示的是：在「鄉土」被體制收編之後，繼續抱持鄉土改革信念的人，對於「文學」作爲一種行動力量的預期幻滅，於是憤而走出文學，想要以更直接的表白、宣告來刺激社會。

七、

第二類值得特加注意的作品，是以「寫實」原則探向過去，試圖重構歷史的小說。這類小說是從另外一個方向受到「鄉土文學」的啓發與影響。那就是「鄉土文學論戰」中對台灣發展的討論，衆說紛紜，而「本土」被凸顯之後，大家才赫然發現，我們對「本土」來龍去脈的了解如此貧乏。

追索「本土」的來龍去脈

八〇年代早期出現了最重要的台灣歷史小說——李喬的《寒夜三部曲》。《寒夜三部曲》的形式與內容都不算創新，與鍾肇政的《台灣人三部曲》有許多雷同之處。不過在情緒上，李喬在「鄉土文學論戰」前後動筆撰寫的《寒夜三部曲》，自然要比鍾肇政在七〇年代早期寫的《台灣人三部曲》要來得激動，而且使命感更加強烈。

《台灣人三部曲》寫陸家的興衰，故事主線是以陸家兄弟爲核心，時代背景爲輔助，所以其歷史敘述並不完整，呈現斷斷續續的現象。例如戰爭時期，小說故事轉到陸志驤所躲藏的山區，結果是完全忽略了這一時期台灣史的重大事件。

相形之下，《寒夜三部曲》就更明白地不只要寫一部小說，而且還要讓這部小說成爲在台灣史最貧弱空白的時代，大家可以輕易閱讀的歷史課本。在這種用心下，小說不只要講主軸的情節故事，還得概括介紹當時民情細節，更需解釋社會上大事的來龍去脈。尤其是大事硬擠入小說裡，常常將小說的敘述語氣切割得支離破碎，甚而小說角色變成爲了引出大事而設計的工具。完全從美學觀點來衡量，這樣的寫法充滿了缺陷，然而也正因爲如此不統一、不完美，《寒夜三部曲》才能在戒嚴時代對抗主流，教育了一整代新醒覺的本土主義者。

以「寫實」溯史，不能不提陳映眞的〈山路〉、〈鈴鐺花〉。這兩篇描寫五〇年代白色恐怖的小說分別發表於一九八二、八三年。〈山路〉的故事原型脫胎於黑澤明的電影《無悔的青春》，然而這並無損於小說中成功營造出的左派高貴情操。無論是〈山路〉或〈鈴鐺花〉其實並沒有交代任何實際的歷史事件，它們的成就毋寧是在以歷史的架構引介了一種台灣社會甚爲陌生的政治情操以及爲理想而犧牲者非但不是罪人，反而具有高貴道德位階的信念，逆轉了官方主流的歷史是非善惡評定。

八、女作家們的「細節寫實」

第三類「非主流」寫實小說，是由一群新崛起的女性作家寫出的。這些八〇年代嶄露頭角的女作家包括蕭颯、袁瓊瓊、蘇偉貞及廖輝英等人。她們最大的特色是拿日益成熟的寫實技法去刻繪女性獨特的身世遭遇與愛情曲折歷程。蕭颯的〈我兒漢生〉、〈死了一位國中女生之後〉、袁瓊瓊的〈自己的天空〉、廖輝英的〈油麻菜籽〉、《不歸路》等小說，在八〇年代前期先後獲得了兩大報文學獎，一時之間頗爲引人側目。

這些女性小說，在形貌上符合寫實標準，也講出了社會裡的人生意涵，所以可以一舉打進「主流」文學圈裡。不過她們透過小說所傳播的「人生意義」，其實是非常不同於「鄉土寫實」的，如果一定要給她們的風格訂一個名稱的話，也許可以考慮稱其爲「細節寫實」（realism of details）。

女作家小說的興起，曾被主流批評者譏爲「閨秀文學」，主要就是因爲她們所堆砌處理的繁複家戶內的兩性情感細節，讓這些男人覺得婆婆媽媽。「細節寫實」挑戰原有的寫實主義敘事單位，把本來寫實裡一筆交代過的「小」事件拿來解剖、顯微觀察，這樣看出來的人生道理很多時候錯亂了一般眾人以爲是天經地義的兩性權力分配。

所以她們雖然被文學獎接受爲「主流」的一部分，然而這些作品實際的效果卻在挑戰「主流」寫實小說賴以建構的固定人生想像。

最後可以稍加討論的特殊寫實作品，是黃凡、東年暗藏嬉笑怒罵與嘲諷意味的小說。黃凡的《反對者》、《傷心城》，東年的《超級國民》，看似「寫實」，然而在寫實中夾著一份呼之欲出的「作者聲音」。「作者聲音」一邊說著小說裡的故事，一邊卻又不斷流露出不信任故事、譏諷小說角色的態度，結果是使得寫實的效果大打折扣，建構寫實的同時已經在質疑寫實。

九、

黃凡既是八〇年代前期的寫實大將，同時卻又是八〇年代中期以降，質疑寫實、顛覆寫實，進而想要超越寫實的先鋒。

由於寫實在「人生文學」的典範裡地位不穩，八〇年代中期起，陸續發生的幾項衝擊，很快地衝得「寫實」搖搖欲墜了。

「人生文學」所受到的衝擊

第一份衝擊力量來自於「後設」、「後現代」概念的引進。蔡源煌扮演了理論導師的角色，黃凡則是帶頭實踐的作者，而《如何測量水溝的寬度》這本小說集則是最具代表性的里程碑。

第二份衝擊力量則是大陸文學的引進。大陸當代文學中，固然有像阿城那樣回歸淺白語文的傳奇性故事，也更有韓少功、莫言一類天馬行空的想像力特技表演。這對讀慣了中規中矩寫實作品的台灣讀者及作者，產生了極大的陌生震撼和高度的競爭壓力。

除了大陸作家之外，賈西亞·馬奎斯榮獲諾貝爾文學獎，《百年孤寂》譯本問世，也帶來了另一股風潮。大家開始認識到「魔幻寫實」的魅力，進而悟及「寫實」其實是個人造的框架，離開「寫實」寫小說，非但不是不可能，甚至還提供了更多作者可以發揮自我個性的廣闊空間。

當然，最具關鍵性的衝擊，還是政治大環境的解嚴，威權受到空前未有的嚴重質疑。所有過去立下的「陳規」，在解嚴的氣候中，都成了被檢討、被打倒的對象。誰也沒有權力再教誰小說一定要怎樣寫。更重要的是，在小說範圍裡進行打倒權威的工作，打到最後，發現作者假裝是「客觀」、「寫實」的眞理位置，是最大最壞的權威。要如何打倒這個權威，唯有「超越寫實」、「超越客觀」、「超越人生文學」了！

這波發展中，最具代表性的人物，當然是張大春。我們如果一定要替八〇年代找一個斷代的終點，我想一九八九年年底，張大春的《大說謊家》堂皇出版，應該是個可以考慮的選擇。《大說謊家》同時終結了「寫實」以及「人生文學」這兩個主宰八〇年代小說寫作的大典範。自《大說謊家》起，台灣小說正式進入了一邊逐步沒落，一邊卻更形混亂多元的九〇年代。

一九九五年十二月

第三輯

本輯自「後鄉土」的脈絡觀照九〇年代的多元現象，尤其專注看待文學技法與美學上對於「寫實」的反動反抗，以及對於整體文學空間產生的衝擊。

歷史的糾結纏繞

——評張大春的《時間軸》

一、

創作者與其作品間的關係相當複雜。作品固然總是依照作者的意念、企圖、構想而逐漸成形的，但是在創作過程中，作品往往會生出一種內在的邏輯理路，反過來逼迫作者修改其原有的計畫（就是小說家常說的：「人物自己說話」）。因此完成後的作品可能與作者開始創作時的預想大相逕庭。尤有甚者，作品公諸於世之後，更將取得其藝術詮釋上的獨立，脫離作者原有一切意念、企圖、構想的囿限，而成爲讀者、批評家附麗各種衍生意義的「公器」了。

加添了太多成人意念的少年幻想

張大春原是想把《時間軸》寫成一本少年小說的。他想像著他寫作的對象是《幼獅少年》的「小讀者」，認爲《時間軸》是「純粹爲滿足自己的少年幻想而寫的小品」，是「寫給孩子讀者的試驗」。但是我們通讀完成後的小說，卻不能不說，就少年小說而言，《時間軸》實在不算成功。不成功的原因倒不在張大春自己擔心的「既無教育使命，又缺乏娛樂效果」，而在這個少年幻想本身固然有趣，然而張大春在敘述這個幻想的過程中卻不自覺地加添了太多成人世界的意念，超出了一般少年理解的範圍。

張大春有一顆太過於複雜的心。我們只要比較一下《時間軸》與故事架構相類似的電影《回到未來》（*Back to the Future*），就可以清楚看出：張大春最缺乏的，是一顆簡單、無猜忌、好熱鬧的童心。固然教育的意義總得帶給受教者新的觀念、新的經驗，但這些新事物至少得符合受教者原有生活意識的邏輯架構才能發揮作用，而《時間軸》主要的用心卻與眼下接受課本式歷史教育的少年頗有一段距離。

爲了寫一本「少年小說」，張大春處理《時間軸》時，自覺或不自覺地受到了許多限制。從壞（當然，這好壞評斷完全是筆者主觀的，理由詳後）的一面來看，張大春爲此犧牲了繁麗的技巧、精準的字詞修飾，更重要的，放棄了許多大可探深故事的細節（例如四個沒有清晰面目、缺乏明確個性的小光球的淵源，故事中呼之欲出的中、法、越三民族的文化衝突等等），不過從好的一面來看，倒也讓張大春收斂了平素對人性尖刻的嘲諷、作弄，以及對社會人際抱持的悲觀虛無。

二、

《時間軸》不能算是科幻小說。不管從科學或幻想上來探尋《時間軸》的意義，毋寧都選錯了路。在科學（或科技）方面，《時間軸》幾乎沒有可談之處。《時間軸》的故事中，原是有許多可供製造科技噱頭來吸引現代都市少年的地方。電影《回到未來》裡就有魔車及需要高壓電能的轉換器，風靡了多少青少年。可是張大春在此全無發揮，他只是讓王端等人隨同四個小光球輕輕鬆鬆地飄升到空中，就進入時間軸了。他沒有仔細描繪時間軸的原理、構造，沒有運用大量的科學（技）術語來解釋時間變化如何可能，及變化的過程。在這方面，《時間軸》甚至還比不上「時間隧道」一類的老套故事。固然我們考慮到張大春中文系出身的背景，但比較他後來的其他作品（例如連載小說《病變》），我們毋寧相信張大春是不爲而非不能。

文化時空變異的「極限情境」

至於說到幻想，這也應該是很能吸引少年讀者的一個因素了，但在《時間軸》裡，張大春的幻想卻也極其含蓄，表面上看來，這整個故事確實是幻想的、非寫實的，但骨子裡，這樣一個故事架構底下的每個環節、每個人物，其實都還是深浸在寫實的原則裡。超於物理實際之外的人，張大春一概存而不論，而他所悉心摹寫的，根本都是如實人情。

《時間軸》裡的人物是重回到百年以前的舊式中國社會，而不是進入一個虛構的、疏離的、充滿物質、機械危機悲觀地淹沒了人性的未來。張大春的心思基本上越過了文化時空的衝突，而落在文化時空變異的「極限情境」下，人與人之間相處、溝通，共同參與創造歷史時，所可能遭遇到的種種問題；更進而沿循這些問題追索問題背後透顯的終極意義。這種終極意義的追求，正是我們最期望於張大春的，也是他從〈雞翎圖〉以降，逐步鮮明的努力，然而卻在出版《公寓導遊》之後，漸次爲蓄意超脫寫實主義困囿的種種技法變化所掩蓋，因而深深引人替他擔心。

三、

也許我們將《時間軸》跟電影《回到未來》作個比較，可以更明瞭張大春心目中眞正想傳達給少年讀者的理想。

《時間軸》與《回到未來》處理的都是具有二十世紀八〇年代經驗、知識的人物，通過時間的轉化，進入了過去的環境，因而產生的種種情形。《時間軸》與《回到未來》的主角同樣面臨一個主要的問題：他們進入了已經確知其發展結果的歷史事件（不管是一般定義下的歷史，或是個人生命的歷史）中，介入了歷史而成爲新的、外來的、無常的（因不在原有的歷史脈絡中）的變因後，要如何避免改變歷史？

《回到未來》的主角所介入的歷史事件，是他自己父母的戀愛過程。他介入這事件後隱含的危機（電影中明白表現出來的）是若他的父母在六〇年代未曾相戀、結合，那自然不會有八〇年代的他了。張大春則讓他的四個主角倒回一百年，進入了超脫個人經驗之外，且循正規歷史紀錄途徑有跡可尋的大事件——清光緒年間的中法越南之役——裡。更進一步，張大春賦予這四個莫名其來歷的小光球具有近乎萬能的本事，如此一來，《時間軸》的故事勢必要逼到一個《回到未來》裡輕輕放過、未加探討的大問題——歷史因果嚴整性的問題。

在看《回到未來》時，我們只想到（或說史蒂芬史匹柏只希望我們想到）主角介入過去事件後，勢必會改變他一己、一家往後的命運。可是讀《時間軸》，面對一件史有所載的「大事」、一些史有所載的「大人物」，卻逼得讀者不能不進一步考慮——在整個歷史事件中，任何一個小環節的更動，其影響絕不僅止於王端等人不能再回到二十世紀裡來而已，而是勢必要造成中國近代歷史自一八八三年以降的大變動。我們平常所習得的歷史知識或歷史的因果解釋中，通常只以大事來解釋大事，大事間的細節則往往置而不論（當然亦是無從論起），但事實上時間與空間是如此緊緊密合的連續體，任何一個小環節的改變，都可能影響歷史的整體發展。

時間軸必然歪曲

按照故事本身的邏輯推論，我們可以得出這樣的結果：若是眞有時間軸的存在，可供個體（不管是人或小光球）在時間軸上自由運動進入不同的時空，那麼只要一有個體選擇退回到過去，這條時間軸勢必就不可能再保持正直了。王端等人或許沒有影響到整個中法戰局，但他們曾經介入的事實，卻一定在那個時空中製造過一些改變（例如故事最後唐景崧深信有天神下凡，這就影響了他對這世界原有的價值、信念），而誰也沒辦法預測這種看似微小的改變是否會逐漸傳遞、擴大，而致干涉歷史主要潮流的流向。時間軸必然歪曲。

張大春因著寫少年小說的想法，最後從這個結論逃開，退回滿足於「課本歷史」未遭改變便能保持時間軸的正直，平白放棄一個深入探究歷史因果弔詭的大好機會，實在可惜。

由此，我們再回過來看《回到未來》，便可發現其實史蒂芬史匹柏已比張大春更接近到這個弔詭的邊緣，只是他很單純地用喜劇化了的映像把問題輕輕推藏到銀幕背後罷了。《回到未來》片中的主角介入父母年輕時代的三角戀情後，其結果是導致父親性格上飛躍式的改變。是以當主角再重回到八〇年代的「現實」時，赫然發現身處一個全然不同的家庭裡。很明顯地，這二十年來的家庭史必然是隨著父親性格的變化而改觀了。我們姑且不論這樣的改變會不會再傳染到其周圍環境的其他事物，只想想，這二十年來家庭的變異對遊歷過六〇年代歸來的主角而言，根本是完全陌生的！他對被他改變了的歷史軌跡一無所知，他原有的成長經驗也與這個「新」的家庭格格不入。想想，從這裡出發，一個歷史因果嚴整性所逼出的幻想悲劇歷歷如在目前：一個八〇年代的少年回到六〇年代後，再進入八〇年代時，卻發現自己周遭完全改變了，他成了一個與所有時空都無法契合的眞正疏離者！

四、

除了探討歷史因果的嚴整性外，《時間軸》的故事架構還產生了另一種反省的透視——反省歷史事實與歷史紀錄間的微妙關係。

歷史事實與歷史紀錄

從《時間軸》中我們可以看出，張大春在歷史的考證上頗下了一番工夫。據筆者初步的對照，《時間軸》中所提及的時間、地點、方位，大體皆與史載無異。不過《時間軸》絕不是一本歷史小說。歷史小說主要是根據有限的歷史紀錄去想像、構建其間的細節、過程，《時間軸》裡固然也免不了這種細節、過程的描寫，但其眞正的重點卻是假設熟知歷史記載的人（在小說中主要是田大媽）面對歷史事實的反應。

歷史紀錄與歷史事實之間，除了粗疏、詳密之外，還存在著其他差異。歷史紀錄中一定或多或少、或有意或無意地摻雜了記錄者本身的價值判斷。我們在閱讀歷史紀錄時，很少、也很難去反省、抗拒原來記錄者的觀點對我們的影響。我們往往把這些觀點視同歷史內在的一部分加以接收了。但若是眞有一天，我們能夠自己進入過去，目睹身受歷史事件的發生，那麼我們就難免會用本身所抱持的「現代」觀念來評判發生在眼前的一切，因而與原先歷史記錄者的價值產生隔閡，甚至衝突，並由此衍生荒謬的感覺。

在帶有強烈民族主義色彩的歷史紀錄裡所描述的正義之戰，活生生地呈現在一個成長環境中民族主義已褪色成爲口號的青年眼前，原本的善惡、是非顯得如此混亂。一個在原有歷史紀錄中大書特書的生命理念，當化爲實際生活親身體驗時，對習於工商社會、都市生態價值的現代人而言，更顯得可笑。就是在這些對比的地方，我們如實地感受到歷史解釋的單元化心態是如何的幼稚。每個時代需要按自身時代的精神追尋、創造新的歷史意義，而我們這個時代呢？

此外，《時間軸》同時具象化了一個歷史、人文知識上的抽象難題。歷史——或擴大而言，人文知識——能成爲一門科學嗎？我們並不打算詳細討論這問題的細節，只把注意放在一個重點上：歷史因果的歸納能夠達到自然科學般準確預測未來的程度嗎？

相對十九世紀八〇年代的人來說，這些來自二十世紀八〇年代的人們，根本就是能夠預知未來的先知。田大媽幾乎能預知她遇到的每個人的未來命運。可是她的存在，或說她對未來的知識卻不離這個發展中的歷史裡。她有能力可以改變預見的歷史發展，但若是參與了這種改變的工作，同時她對未來的預識也就失效了。田大媽若是心腸一軟救了紀一澤、陸九洲，或是將斬首的官員，那她對此後歷史的發展就完全沒有辦法掌握了。但若是她什麼都不做，那麼這種未來的預測等於完全不存在。此中有一個弔詭存在。

我們不禁由此想起馬克思，和他那個被稱爲「自我毀滅」的歷史預斷。

五、

在《回到未來》裡，史蒂芬史匹柏選擇了幾樣八〇年代中特具代表性的生活物象，讓主角帶進六〇年代，誇張地描述了表面的驚愕，及由此導出的源源笑料。但是基本上，他停留在這個表面差異的層次，沒有任何進一步反省的企圖。他沒有反省在文化價值、生活習慣衝突的情況下，人被迫剝除了日常生活的stereotype後，要如何面對一個更實際——往往令人手足無措——的自我。還有反省在這樣缺少共同溝通模式的人類間，能建立起怎樣的關係。前者是在探視人生命試煉下的實存選擇（existential choice），後者則是追索文化與自然臨近點的人類學命題。

張大春的《時間軸》剛剛開端時，似乎也頗有意要製造些輕鬆場面，故在阿陳的身上著墨甚多。然而隨著故事的進展，張大春一點一點地漏出他對前面所提兩個反省層面不容自已的考慮了。故事重心也隨著轉移到徐香香經由對紀一澤的感情而引發的感慨，思前顧後，蒼茫之感油然而生；以及田大媽的知性解釋事件的意義了。

在冷清無助與強悍霸道間掙扎

在此，張大春精采地表現了他之爲近十年來最優秀小說家的潛力。儘管在簡單的技巧、樸實的文字限制下，他還是能不聲不響、毫不突兀地從故事中段開始殺出一條明確的路來。在他設計的雙重「極限情境」誘導下，相去一百年的環境差異逐漸退隱至故事的背景、底層，而凸顯出在不同文化因子覆蓋下可能蘊涵的共同人性。

那四個來自二十世紀八〇年代的「侵入者」固然無法再使用他們原有經驗中固定、儀式化了的關係模式來掌握這個過去世界，同樣地，這些生活在十九世紀八〇年代的「原住民」，卻也在面臨戰爭、民族主義、正義理想等多重煎熬下，被迫露出自我生命的底蘊，創造地來面對周遭的事件。他們都共同面臨著原來執守的信念崩解的危機。

張大春在他另一篇小說〈姜婆鬥鬼〉的結尾這樣寫著：「人總得相信點兒什麼，才好離開自己的爹娘，離開自己的家，而不覺得冷清又無助。也直到那個時候兒，我才發覺：姜婆之所以那麼強悍霸道，不外是她比什麼人都冷清無助而已。」（收入《公寓導遊》中）。對《時間軸》裡的人物而言（尤其以紀一澤爲代表），他們正是在如何既不冷清無助又不至於強悍霸道間努力掙扎。

張大春從反英雄（「一個學究型的老太太、有過竊盜前科的小販、愛幻想而不見得美麗的老小姐、一個喜歡惹事生非的記者，還有四個沒有容貌的小光球。看來一點兒也不刺激」）的人物造型出發，經過雙重「極限情境」的考驗，在行雲流水般的故事推展中，含藏了一個結論——愛，或說人與人之間的同情，設身處地的感覺代換，畢竟是人類剝除一切後唯一最可靠的憑藉。這看起來似乎是極其陳腐、老套的結論。但是對衷心期待張大春的人來說，這種老套卻是能夠平衡張大春小說裡，最近逐漸濃厚了的虛無主義色彩的最後利器了。我們總還是希望在熟練了第三世界文學裡的嘲諷，在試驗了自我突破不斷創新的種種技法之餘，張大春能夠回過頭來感受一下，他自己在《時間軸》裡曾捕捉過的那份溫厚。

那麼也許我們就更有希望可以等待到一個眞切體會馬奎斯《百年孤寂》或《獨裁者的黃昏》裡透顯的人文無奈，不只是片面嘲諷作弄，能進而自創風範的小說大師。

一九八七年一月

誰在說謊？為何說謊？如何說謊？

——評張大春的《大說謊家》

一、

在《大說謊家》結尾的部分，張大春這樣寫著：這部小說裡「輕微的、沉重的、喜謔的、悲傷的謊言，它們曾經和一九八八年十二月到一九八九年六月間成千上百條的新聞一起編織成既不可歌、也不可泣的歷史。這部歷史將在二十一世紀末成為人類研究前一個世紀末『台灣騙局風格』的重要引證。」

在事隔一年（而非一世紀）後的今天，重讀《大說謊家》，的確開始給我們一點歷史感。時間的流逝給了我們和這部作品間的距離，我們對於編雜在小說（或謊言）間的新聞及其背後的故事，已經不復能完整地記憶了，於是似乎一些不可能抹掉的灰塵開始在我們和《大說謊家》之間累積。

我很懷疑下一個世紀末的讀者，在層層的蛛網塵煙籠罩下，將還能在《大說謊家》裡讀出多少騙局的訊息。

小說情節、新聞和社會脈絡三者的互文關係

事實上，《大說謊家》所採取的形式、所運用來逗引閱讀興趣的策略，基本上就是反歷史的。《大說謊家》是爲當下（指一九八八—八九年）的台灣讀者所寫的，張大春雖然不時仍會陳套一些舊有的修辭說說歷史什麼的，然而證諸這整部作品的風格，我們只能把這些看作諷刺（parody）。

整本將近二十萬字的小說，如果抽離了那些日常新聞，實在沒剩什麼。而且這些日常新聞並不是以一種平板的面貌進入小說，而是被放在台灣社會如何看待、接收這些新聞的豐富脈絡裡。眞正引發趣味的是小說情節、新聞和這個社會脈絡三者的互文關係。對於不在這個社會脈絡裡的人而言，其他兩者充其量只是沒有電池的電機組件，起不了閱讀反應的效果。

從這個意義上看，我們可以把《大說謊家》看作台灣小說近來強烈本土化走向的一個極端表現。《大說謊家》是一個新的文學論述對舊有論述霸權的徹底決裂與激進挑戰。

我所謂本土化的潮流當然包括七〇年代以來的鄉土文學，然而不僅止於此。文學（或縮小講小說）本土化的論述基本上是對過去跳脫社會化的所謂「人生文學」霸權論述的反動。

「人生文學」論述，簡單地說，就是強調文學應該反映人生，應該透過描寫人生來彰顯人類永恆的價值。伴隨著「人生文學」論述而產生了一套美學的評斷標準。最好的文學應該是超越時空、表達超國界、超文化、「超越」的感情的。文學依其所反映的人生的普遍程度而分出等級高下。光是傳達一時一地特定經驗，不能由此而輝照某些放諸四海皆準人性光明黑暗面的，再好，也只能是二流的。

這個論述及其隨伴的美學準則在台灣文壇曾經引領風騷達三十年之久。從一個粗糙的社會史觀點來看，這個論述一方面有效地阻擋了政治意識形態對文學領域的全面支配，多少爲文學爭得了些半自主的活動空間；另一方面又幫忙解消了撤退來台的國民黨政權對文學介入社會事務的煽動力的過敏，斷絕了文學作爲一種社會參與管道的機會，因而在特殊的歷史條件下，得以享有霸權地位，實不足爲奇。

這個霸權論述，在三十年的時間裡，建立了自己的媒體、自己的世系承傳、也擁有了一套不斷再製論述模式的機制，這三十年的台灣文學史，最醒目的現象就是由這套論述的擴張、盤據而製造出的各種聲音。關於這些，應有另文討論，在此只能這樣點到爲止。

本土化浪潮

要在此指出的是，這個論述的霸權地位，在最近幾年，開始受到了一些攻擊而頗有動搖的衰相。這些攻擊大致來自兩個方向，一是從它的「反映」論下手。許多非寫實、看似與現實人生無大關係的作品紛紛出現，開始混淆了「反映論」所執持的簡單衡量尺度。這些在過去被中心論述以「實驗」、「不夠成熟」等修辭運用放逐到邊緣去的作品，現在成了一股強大的風潮。

另外一個方向的攻擊便是我講的本土化浪潮。這是針對原有論述的「永恆」宣示進行正面攻擊。本土化的理論與作品強調文學與其生產的社會有不可分離的關聯。從對諾貝爾文學獎的討論、到走出五四陰影的呼聲、再到以五二〇爲中心湧起的一批與社會運動密切相連的文學作品，我們看到一個深具本土自信的新美學萌芽了。

這個新的美學要求作品應定位在特定的時空中。作品的直接讀者——即與作者處於同一時空、社會裡的讀者——應該取代抽象、放諸四海皆準的原則、理論，成爲主要的訴求對象。

落實在作品上的表現，就是作者們不再那麼關心作品是否有「世界級」水準，或足以引起「國際文壇」的注意了。他們大方放手地寫離開了台灣近幾年變動劇烈的大環境、翻譯成別種語言，就不再有太大意義的作品。

再細部影響到作品的寫實風格，我們就發現一些新的修辭策略在醞釀中。這些修辭策略中的一項就是更充分、更大膽地運用台灣社會的特殊現象關聯，在作品中穿插「社會性的典故」，亦即是用三言兩語誘導讀者引進某個意義豐富的社會事件作爲閱讀的互文參考。

向前行代小說理念全面宣戰

從這個脈絡上看，《大說謊家》無疑地是這個新興論述到目前爲止的頂峰之作，更是對前行代小說理念的全面宣戰。舊論述強調「永恆」，《大說謊家》偏要講求「立即」；舊論述要求反映人生，《大說謊家》則記錄沒有現實對應的謊言；舊論述讚美態度嚴肅的「純文學」，《大說謊家》卻是嘻皮笑臉、戲謔謬雜的大鬧劇；舊論述講究秩序、結構，《大說謊家》硬要搞成一團混亂……

同時《大說謊家》也是新論述進一步成形的先鋒，因爲在逆反顛覆了所有舊論述的陳規之後，它竟然還能以「極可能是本年度最好看、最過癮的一部小說」作爲號召，而且那些信守舊典範的批評家至今似乎還未湊集出一個比較正式的應付之方。

小心了，文學霸權舊典範！

二、

正因爲《大說謊家》這種對原有小說範疇所採取的叛逆態度，我們很難通過對小說這個文類的承傳影響研究，來汲取太多挖掘《大說謊家》的工具。

毋寧我們暫時放棄把《大說謊家》分類爲小說的這個固定觀念，反而可以看見多一些光透進來。

首先，如果不把《大說謊家》當作小說看，那麼我們會發覺，其實張大春一再告訴我們書裡寫的都是謊言、騙局，都還嫌太正經八百了。我們何妨把《大說謊家》轉個身，放到笑話的那個文類裡去，從那個文類所建立的特殊邏輯中，《大說謊家》一些悖亂的情節突然之間就有了新的意義。

笑話書《大說謊家》

再者，如果我們能接受：把《大說謊家》當作小說，其實只是我們的分類觀念先入爲主的運作，那麼我們就可以進一步問，在我們所經驗的現實裡，有什麼是本質地存在，而沒有經過我們的分類觀念中介的？甚至眞實／謊言這樣的二分結構，不也是某種分類底下的產物？

這兩者相加在一起，提供了我們一個接近《大說謊家》的路徑。事實上笑話這個文類的作品中，有很大一部分是利用跨越、交雜不同的分類領域來製造笑料的。薄伽丘的《十日談》是一個最好的例子。在西方中古的社會裡，不同職業、不同性別、不同社會地位的人各有其固定的形像，這其中尤其是神職人員，因爲宗教的理由，而有最明顯的行爲準則。薄伽丘最擅長的就是敘說某種人逾越了自己的社會分類際限的故事來引發笑意，特別強調地諷刺神職人員。

以《十日談》作參考，我們可以說：《大說謊家》中，張大春最基本的情節建構原則，就是讓讀者在沒有想像、預期到的地方遇見熟悉的東西。這個原則最大的運用當然就是讓你在小說裡看到新聞。小說與新聞原來在我們的分類概念裡，是屬於兩個彼此不能跨越的領域裡運作的東西。因爲它們牽涉到「事實／虛構」這組不能並存的二律背反。即使是像「報導文學」這樣走在兩者中間的文學形式，基本上對於什麼是事實、什麼是虛構，都有清楚的界劃交代。《大說謊家》硬是把新聞事件和新聞人物寫進小說裡，而且用「謊言」的觀念不斷干擾讀者想去分出「事實／虛構」的努力。

而且與《十日談》類似的，張大春以我們這個社會曝光率最高的公衆人物——政治活動者，作爲嘲諷的中心。這種嘲諷接著又玩起「表面／內幕」的遊戲。這尤其影射市議員周伯倫的一段最爲明顯。這種「表面／內幕」的分類，可以被看作是「虛構／事實」的一個表現。亦即存在於大衆心理有一個假定，覺得這些公衆人物們在公開場合的行徑，其實是一種表演，亦即含有濃厚的「虛構」成分。而你若是想知道這個人「眞正」的面貌，你必須去看私底下，去看內幕。然而這一套對應的「表面／內幕」與「虛構／事實」分類，又被張大春給混淆了。他把「內幕」的那一面又寫進了「虛構」的小說裡。因而當你看到他寫市議員在牢中對吳寶林談案子的「眞相」時，你已經被纏捲在好幾層的「眞／假」分類裡暈頭轉向了。這種暈眩正是張大春透過《大說謊家》製造出的最奇特的閱讀經驗。

再者，分類觀念不是平面孤立地一個一個併排。在每一個分類範疇中都黏附了許多符號。長期習慣性地使用，讓我們看到一個符號，就對應到它背後的分類範疇，這樣把日常出現無以數計的信號歸類領受，以此建立我們可以處理的現實世界。笑話喜歡挑戰這種僵化的「符號—意義」關係，張大春也喜歡。

顛覆既有的分類架構

在這方面，張大春做得最成功的是「影射」。把一些習慣上屬於某個人的符號先加以排列，讓你以為百分之百，他就是在影射那個人。例如陳江美齡，例如俞總，例如首長。然後當你固定地往那個方向聯想時，他卻開始上下其手把另外一些一般無論如何不會（或說不應該）跟這些人擺在一起的東西紛紛投上去，於是利用讀者在「是／不是」的猜疑搖擺，再次製造了暈眩的效果。

另外一個顛覆既有分類架構的技巧，笑話裡用得很多，張大春也用得很巧的是：在舊有的形式裡填塞完全不同的內容。中國古代笑話中最典型的方式就是利用對於《論語》或其他經書的誤讀來製造笑料。一個極端的例子是將《論語》〈陽貨第十七〉的頭一句抽離出來擺著：「陽貨欲見孔子，孔子不見。」這個本身就形成一個笑話。這笑話是利用抽離來導引讀者將「陽貨」、「孔子」想像成男女性器的隱語，然後再把它放回《論語》的神聖形像裡，在神聖與褻瀆的對比下刺激出笑點。

同樣地，張大春在《大說謊家》裡模仿、襲用了我們這個社會裡一些固定的文字形式，來充塞其他的內容。最明顯的就是每天一則穿插在小說間的「箴言」。這種套用「箴言」語調的短文，卻傳達與「箴言」式勸世真理完全不能相容的訊息；又例如他套用學術論文作註的形式，自己創造虛構來源出處；例如他自編字典給習見的字詞新的解釋；例如他故作正經地引用所謂「外交部《我有話不要說專案》」等等。張大春對於各種不同的社會範疇的攪和能力，的確到了爐火純青的地步。

整本《大說謊家》，從這樣的解讀策略來看，其實是一本大笑話書。而這個笑語書之所以可能，回到我們上一部分說的，其實和台灣社會近年來的脈動變化，畢竟還是息息相關的。

如果容許我們這樣粗糙地替文學作品與社會發展牽線的話，我們可以說：《大說謊家》的笑話策略之所以可以這樣靈活地運用，除了張大春的才氣之外，很重要的一個因素是過去台灣社會實在充斥了太多固定僵化、被教育體制強硬灌輸的分類概念。什麼東西應該屬於什麼地方，誰是好人、誰是壞人，都有清楚不容質疑的分配安排。而《大說謊家》的出現，亦正與台灣社會試圖衝破這些幾十年的牢籠限制，所呈現的崩解狀態若合符節。

我不願意猜測張大春是不是有意把這種社會範疇的扭曲當作一種抗議的策略，然而光就《大說謊家》作品本身所呈現的來說，我相信它對瓦解台灣政治霸權數十年來苦心經營的那套象徵符號控制系統，已經發揮了頗爲可觀的作用。

三、

暈眩的閱讀洗禮

對任何人而言，看著自己原來信守的分類領域這樣無情地被挑戰，無疑多少會產生一種站立不穩的失重恐懼，以及被隨後而來的暈眩肆意襲擊。我想這是閱讀《大說謊家》很難避免的一種感覺。

有時我們能夠享受這種暈眩。可是偶爾我們也要懷疑，難道暈眩就是此後這個世界永恆的狀態了嗎？

在全書前面百分之九十以上的部分，張大春的嘲諷戲謔態度控制了一切。我們在他尖銳刺剖我們看不慣的事時，替他擊節鼓掌。然而很難擺脫地，我們又不免覺得他嘲諷的對象似乎把所有的人都掃進去了，包括我們自己……

眞正失重的感覺來自於我們看不到張大春同情、認同於任何理想、價値。一種尼采式的氣魄掩蓋了一切……

然後在最後突然出現了大逆轉。《大說謊家》的作者竟然搖身一變而爲一個因爲天安門事件而沮喪得不想再寫作的人。而且他告訴我們：「我不認爲値此國殤期間刊登它還有什麼意義。」

令我們不解的是：比天安門事件更慘烈，死傷人數更龐大、驚人的事件，不是也都在那半年內發生過了嗎？不也都被輕鬆不加太多註解的寫記到陳江美齡的國際恐怖活動大帳簿上去了嗎？爲什麼唯獨天安門事件例外地把大說謊家逼出來破壞了說謊的氣氛，凝重地使用了表達「眞心話」的「作者聲明」？難道這意謂著民族主義是唯一不准被謊言作弄的眞理？

或者是（我寧可這樣相信）張大春連那份「作者聲明」都是要打破固定分類觀念的策略運用？可能必須等到讀了張大春的下一本書，我才能弄清楚這是怎麼回事。

一九九〇年七月

多重文本的滲透、對話

——評張大春的《少年大頭春的生活週記》

《少年大頭春的生活週記》正式在報端連載前兩個多月，張大春寫了一篇題為〈一切都是創作〉的評論文章，文中透過對眞實／虛構、新聞／小說的辯證拆解，鋪陳了他自創「新聞小說」此一文類的理念：

「所謂『新聞小說』……其實只是一種試圖以『虛構』來編織『現實』、同時也用『現實』來營造『虛構』的記憶處理方式。」

順著這個理路看下來，「新聞小說」最佳的例證當然是張大春自己一九八九年出版的《大說謊家》，現實與虛構用非常戲劇性、誇張的敘述被編織在一起，顚覆了過去一向被視為天經地義的文學律則。

不過如果考慮〈一〉文的寫作時間，我懷疑該文中許多想法，恐怕不全然針對既成的《大說謊家》而發的，毋寧比較接近是張大春在創作《少年大頭春的生活週記》前的策略思索。亦即，在相當程度上，〈一〉文可以作為張大春自己如何看待《大頭春》一書的重要參考。

「新聞小說」的記憶處理方式

同爲交織虛構、現實的「新聞小說」，《大頭春》在形式上要比《大說謊家》來得簡單得多。《大說謊家》擺明列出炫目繁複的文類交雜，刻意將作品意義持續控制在多歧、不穩定的狀態。當日的新聞、明顯含具影射意味的角色、襲自通俗劇的荒謬劇情、再加上故作深奧、玄妙姿態的箴言等等，逼迫讀者不得不提高警覺，設法找尋相應的理解策略。

《大頭春》則不然。從表面上看就只有一個簡單的噱頭：套用一般國中高中生週記作業模式，由一個知名的成人作家模仿少年心態塡充一些或可笑或可玩味的內容。這種形式簡單到讓《大頭春》可以拿去擺在統一超商連鎖店，當作暑期學生消閒讀物來賣，與種種「快報」分食同一塊市場大餅。這種形式也簡單到讓不少文學文化界的讀者皺起眉來理直氣壯地指責張大春遊戲、偷懶。

讀完《大頭春》，我們再回頭看前面提到的〈一切都是創作〉，我們會驚訝地發現其實張大春對這表面的簡單可能引來的種種反應已經先替自己留好了答辯的空間。那就是他反覆提到的「記憶」。他說：「讀新聞的人和讀小說的人都在由種種記憶激發出來的問題中與作品對話著，這些記憶和對話不停地彼此衝撞。」把這話譯入《大頭春》的實際閱讀脈絡裡，那大概就是張大春認爲那些把《大頭春》看得如此簡單的人，應該先檢閱一下自己究竟累積了些怎樣的記憶，由這些記憶而向《大頭春》叩問了怎樣的問題。

把尋找意義的責任推回給讀者的作法，當然不是什麼新招了。不過就《大頭春》而言，張大春的這種預作辯答，倒是可以提醒我們注意藏在簡單形式下，其實涵義複雜分歧的底層。這些複雜意義主要是來自「生活週記」此一教育性而非文學性文類本身。這個文類當然不是張大春發明的，然而由於他的借用，卻提供了我們一個整理環繞這個文類種種弔詭社會記憶的機會。

藉著小說化的內容對照，第一個浮上來的辯證弔詭就是生活週記裡的應然與實然。在僵化的教育意識形態中，週記基本上是一種將規範、紀律內化的工具。表面上要學生誠實書寫自己生活裡的「眞相」、眞心檢討，然而骨子裡卻是週記唯一的讀者——導師，可以利用體制賦予的權力滲透、控制、乃至矯正學生的生活「實然」，進而訓練學生內化紀律「應然」爲生活「實然」。

在一般運作上，這套意識形態框架設計，卻顯然不是那麼有效。學生自然發展的抗拒機制中，最重要的一部分正是虛應故事，亦即用虛構或抄襲來的內容，代替體制要求的自我暴露、自我檢查。在這種侵逼與抵抗之間，隨著不同師生人際關係，形成了極其複雜、多樣的文本結構。

週記中的應然與實然

這當然是一個推演「虛構／眞實」辯證關係的理想場域。週記這樣看似單一的文類形式，事實上已經負載了《大說謊家》中多重文本混淆、碎裂固定範疇的功能。從原來約定俗成的小說美學來評斷，《大頭春》這部作品當然是潦草、雜亂、失敗的；然而如果改從張大春自己試驗「新聞小說」的創作脈絡上看，那麼我們不得不承認，《大頭春》利用簡潔形式承載「眞實／虛構」的複雜辯證，是一項值得注意的成就。

除了週記文類本身的複雜性外，張大春這樣一個成人作家的介入創造，又給《大頭春》帶進一層新的文本顚覆。整本週記的敘事游移在成人和少年兩個世界裡，使得主人翁「我」的聲音完全缺乏一般作品中的「作者／敘述者權威」（The authority of author）。張大春把自己放在一個兩難的地位上，打消了我們認眞想連結「眞實／虛構」的任何既定策略。一方面，如果週記裡記的就是「少年大頭春」的意見，我們實在沒有什麼理由嚴肅對待一個少年錯別字夾雜的不成熟思考；另一方面，如果週記裡確實是「成人作家張大春」在說話，那麼我們又怎能信任他對少年心靈的揣測呢？接近這樣受有多層干擾的文章，留給我們的去路，恐怕就只有重新反省自己對「成人／少年」世界分法的既定概念了。

張大春還在《大頭春》裡設計了寒暑假的週記。這更是進一步顚覆原有週記作者／讀者權力安排的神來之筆。寒暑假的週記與平時最大的不同就在：交去之後，老師不會眞正批閱。亦即是形式上週記仍然是以老師爲讀者對象，然而實際上這讀者並不閱讀，也不像平常一樣批寫評語。於是週記轉而變成一份格式詭異的少年獨白。

設計家的傑作、作家卻缺席了

類似這樣的文本交錯、意義混雜，在《大頭春》中到處可見。總結來說，《大頭春》是一部必須放在張式「新聞小說」理念脈絡下才能充分見其精采的作品。小說（或週記）精采處往往不在故事、不在意見、更不在人物刻畫，而在其遊走於文類間隙的設計活力。誇張一點說，這是一部設計家的作品，而非作家的作品。作爲一個設計家，張大春的鬼才在《大頭春》裡發揮得淋漓盡致；然而反過來看，作爲作家的張大春就相對地未能充分展現了。在完成這樣文本交錯、虛實對話的架構之餘，張大春並未認眞實驗、探索這個架構的所有可能潛力。一篇篇週記平順地在既成架構中反覆，抽去了設計用心，各篇內容顯然缺乏張派作品慣有的詭奇突出之處。

我想我們還是該給「設計家張大春」一些他應得的掌聲，不過我同時想我們畢竟還是會期盼在《大頭春》的續篇裡，「作家張大春」能夠有更積極的參與，讓下部作品在脫離了「新聞小說」設計框架外，還能給一般不太了解張大春創作脈絡的讀者，一些驚歎、震撼或者傷傷腦筋的機會。

一九九二年九月

百科拼貼

——評《張大春的文學意見》

「文學體制革命」

八〇年代中期以降，隨著政治、社會的大幅變動，台灣的文學界也相應地經歷了一場至今尚未塵埃落定的個性轉化。從硬體的出版、印刷、行銷，到軟體的作家身分、作品風格，甚至連「文學」這個概念範疇本身，在這幾年內都以一夕數變的速度更易著與以往大不相同的面貌。稱之爲一場方興未艾的「文學體制革命」恐亦不爲過。

而不管我們從什麼角度、採擷哪個重點來觀察、討論這場「文學體制革命」，張大春其人其作無疑都會浮現在我們的視野裡；也不管我們站在怎樣的價值評判立場，張大春其人其作參與、象徵、甚至主導這場「文學體制革命」中若干重要環節，是個不容否認的事物。

關於在小說創作上，張大春如何破壞、顚覆舊有的文學、美學邏輯，前後帶領出魔幻寫實、「新聞小說」等熱潮，已經有許多評者反覆論列，毋需我在此重述；値得注意的是，除了寫出極富原創性（因此也特具爭議性）的作品外，張大春還在這「革命期」中展現了一種異於過往、新形態的寫作者身分。

長期以來，台灣的文學是不折不扣的「副業」。這種「副」的地位，有時候不完全是由眞實報酬的高低來決定的，而毋寧是社會認知所造就的。我們的概念裡，一個人通常得先具有某種其他、更重要的職業身分，保障了生活所需後，有餘裕才寫寫東西當一個「作家」。不管實際上情況如何，這種位階關係牢不可破，沒有編輯、教授（教員）、甚至軍人身分予以支撐的作家頭銜，往往還意謂著權威性的不足。多位專業女性作家在文學領域裡所受到的一貫評價，便是明證。

張大春當然也幹過編輯、撰述委員及大學講師等等，然而一般賦予他的第一序身分認同，卻是一位小說家，一位寫作者。這種寫作與其他職業位階的順序排法，過去通常只會出現在家居（顯然家管被認為是比寫作更邊緣、更「副」的工作）的「通俗」女作家身上。在這個意義上，張大春及同輩一些其他作家（如林燿德），是台灣文學創作走向專業化的重要見證。

新形態寫作者的出現

張大春的「新形態寫作者」還表現在「寫作」這樣一個社會行為的擴大解釋。雖然在許多場合，人家還是會很自然地拿「小說家」的標籤掛在張大春名下，不過看一下張大春這幾年的作品及一些受訪夫子自道的內容，我們可以知道，張大春的寫作，第一不受既有的文類分劃所拘限，再者反抗框架、成規養成的讀者閱讀惰性，第三甚至千方百計想要在實踐與理論上取消「眞實／虛構」這一雙創作上的基本對立。

沿著這條脈絡看下來，我們可以從張大春的作品裡讀出台灣「文學體制革命」裡兩項重要的訊息。一是過去的文學媒體，尤其是副刊，漸漸地不耐煩於文學。這當然是個弔詭，文學媒體並沒有徹底放棄文學，副刊並沒有從台灣的報紙裡消失，然而多元化的社會趣味，使得舊日的「純文學」失去了吸引讀者的支點，於是文學媒體開始進行多種試驗，帶動著文學也穿梭於各種去疆界化、再疆界化的領域間。這過程中，繼續執守舊文學的作家萎縮了，而能掌握大量訊息、支應媒體廣泛層面探索的新形態寫作專業分子，才能繼續保有發言的機會。

第二是「媒體／作家」的一種新專業環境出現了。一方面，自由投稿的純文學創作者空間進一步縮小，媒體編輯追蹤社會品味的壓力更大，無法再用鬆散無連貫主題的外稿來撐起版面；然而另一方面，編輯又在時間、時機的壓力下，無法像七〇年代「企畫副刊」剛出現那樣掌有企畫的無上權力。九〇年代的編輯在相當程度上必須依賴有辦法在限定時間內處理多種題材的專業作家，才能推動各種專輯；因此反過來，這些專業型作家也就擁有建議、乃至左右編輯走向的不等程度權力。

我們可以說，《張大春的文學意見》正是這種新形態寫作者的典型成品。《張》書所收的文章，有很大一部分是配合報社或出版社的企畫而寫的，因此其取材極其廣泛，從太宰治到以撒・辛格、從新人類小說到龍應台，而且除了都多多少少和「文學」這樣廣義概念有關外，全書並無一個明確、貫通的思考意念。

這種廣幅的觸角大張（別忘了，張大春還有其他同時期的「文學意見」文章沒有收進來），展現了張大春作爲台灣多元分化後新媒體寫作健將的實力，然而卻也在收爲單行本之後，成爲讀者閱讀的負擔。最重要的問題在，各篇之間除極少數例外，都沒有辦法在論點深化或觀察細微上彼此支援、補充，而該書的安排編列方式更加強了這種單篇原子式存在的印象。

當然，細心的讀者或許可以從張大春選的代序文章〈一切都是創作——新聞・小說・新聞小說〉裡讀出一點組織、整理的暗示。簡單地說，對一切文本的閱讀都有賴讀者自身擁有的種種記憶與之刺激、對話。在這個意義下，張大春這些不同題材、不同觀點的文章，當然都有助於讀者建立更豐富的記憶，以便能更主動地在對話中向作品叩問出更多的意義來。

我們不能否認這個目的確足以貫穿全書。不過這種貫穿、組合顯然是遵循著百科全書式的邏輯的。我們當然明瞭百科全書有其成書存在的價值，裡面的每一條訊息都可以幫助我們多了解一點這個世界。

事實上，儘管從篇幅、頁數上看不出來，《張大春的文學意見》這本書反映的，就是張大春自己對百科全書的熱切喜好。張大春曾在報端介紹過讀百科全書、掌握各種看似不相干知識的方法，而且也有媒體曾以「全向度知識分子」這樣的口號稱呼他。這些內、外證據都指向一個重點：張大春在台灣「文學體制革命」裡扮演的另一個深具影響的角色，就是打破文學、敘述的統合性、目的性，代之以拼貼、百科全書式的邏輯。

不過就像所有參與革命的分子一樣，張大春的作品固然是反叛前行代，卻又和後革命的極端激進派保持相當距離。他的拼貼、無統一議論只限於《張大春的文學意見》一書整體安排，至於個別文章，倒是篇篇都遵循了古典議論文章有頭有尾有中腰的明確結構，不至於淪入碎裂啞謎般的「後現代」風格。如果先有心理準備，以接近一本百科全書的態度來閱讀《張》書，讀者不但可以享受單篇文章的論點，而且還可以自行將書中各章按自己選擇的方式予以重組、分類，說不定能因此讀出許多新的意義，達到「參與式閱讀」的一層驚喜呢！

一九九二年十月

青春的哀愁是怎麼一回事？

——評張大春的《我妹妹》

一、

首先要弄清楚一件事：雖然同樣由大頭春掛名，以第一人稱敘寫，《我妹妹》卻絕對不是《少年大頭春的生活週記》的續集。如果帶著閱讀《生活週記》續集的期待，乍然進入《我妹妹》的世界，你不但會驚訝地發現：故事的敘述者「我」怎麼從一個計畫逃學去迌迌流浪的國中生，搖身變爲年滿二十七歲的作家；更重要的，你還一定會在缺乏充分準備的情況下，被《我妹妹》書裡大量滲冒出來的憂鬱哀愁氣氛深深凍傷。

青少年期在破碎環境裡成長的經驗

《我妹妹》在一點上算是和《生活週記》前後一致，那就是兩本書的故事主題都是青少年期在破碎環境裡成長的經驗。然而在處理這個共同題材時，《生活週記》和《我妹妹》所採取的策略、方式，卻顯然大相逕庭。

《生活週記》裡，大頭春將自己化身爲青少年，用週記的形式當下代言，呈現青少年的生活、社會、世界視野，並且利用週記這種特殊文體在「應然／實然」間的模糊、弔詭性質（被設計爲學生向老師「交心」的管道，然而又充滿了最僵硬、最固定的形式），發洩青少年在重重權威制約下的不滿與叛逆。這樣一種寫作方式，好處是可以直接、立即代替青少年向成人世界發言抗議；然而其壞處則在：作者的成人身分與角色的青少年經驗難免仍有扞格齟齬，不時引來青少年讀者：「大頭春能代表我們嗎？」的質疑。

相較於《生活週記》這種直接的代言形態，《我妹妹》裡的敘述風格顯然就複雜多了。《生活週記》按週定期書寫現實、記錄現在，《我妹妹》卻不斷追索過往、召喚記憶，並且在反覆嘮叨從前中，總是帶著或濃或淡的懺悔意味。

西方文學傳統裡的懺悔錄（Confession），一般表現爲兩種主要的形式。一種是聖・奧古斯丁式的：終於望見眞理之光、掌握了神聖終極意義之後，回過頭來細繹自己在悟道前的生活何其荒唐、何其虛擲；另一種則是盧梭式的：冠冕堂皇地活過一生，臨近死亡時醒悟到，其實世人從表面上看到、知道的我，並不是眞正的我，那只是一個化妝過的空空軀殼，確確實實躍動過的生命根本不在那裡，於是奮而執筆記錄，保留不被社會道德觀念包裝、檢查的種種事跡。

《我妹妹》的懺悔意味，介於這兩種形式之間。一方面是敘述者拋開社會陳規，暴露自己及家人扭結、反常的執念，戳破表象的風平浪靜，細看底下的波濤洶湧；另一方面貫串全書一次次回到過往情境的記事，有一股若隱若現的伏流，不斷嘗試要賦予這些零星、片段經驗一個完整的意義聯結，有頭有尾的因果串連。一次又一次，相同的事件出現在不同的敘述脈絡裡，一次又一次，敘述者「我」努力地想解釋這背後到底有什麼超然、絕對的意義鎖鏈。

努力解讀行為背後的訊息

然而不同於聖．奧古斯丁的是，《我妹妹》書中追求的這個完整意義，卻始終沒有清楚呈現。應該說，書裡記錄的其實是一次次想解釋記憶往事，卻一次次失敗的嘗試。這種搜尋不得的焦慮、悵惘，更加深了書裡凝重、憂傷的色調。

除了回憶自己少年、青少年往事之外，敘事者另外一個未曾間斷的努力，則是解讀妹妹種種行為表象背後終究的訊息。在這點上，敘事者「我」更是個徹徹底底的失敗者。從妹妹出生前，「我」便開始猜測，一直猜到書末最後一段，卻還是無法肯定知道什麼，必須高高掛上一個問號。

《生活週記》明白、肯定地告訴我們一個國中男生如何生活、如何思考；《我妹妹》卻給了我們兩個青少年成長的謎團。敘事者「我」二十七歲時，用作家的敏感想像回溯童年往事，卻一而再地陷入無法肯定其意義的猶疑裡；至於「我妹妹」則更像是一個吊在樹頂的蛹，我們只能盡可能地觀察其外表的層層質地、紋路，卻無從測探內裡所包藏的動物究竟有著怎樣的結構、怎樣的生命形態。

和《生活週記》相比，《我妹妹》裡的大頭春顯然是相當謙虛的。他不再自信滿滿地說青少年的話，他只拿出不斷試圖了解成長是怎麼回事的迷離。

二、

《少年大頭春的生活週記》在短短一年多的時間內，狂飆賣掉十萬本，所明白標點的社會意義正是：不論青少年自己、或成人家長們，對青少年成長的過程都充滿了焦慮不安，而我們的大環境裡可供發洩、紓解這種焦慮的工具、管道，卻明顯匱乏不足。

《生活週記》所表現的是青少年面對種種權威模塑時的叛逆衝動，以及伴隨叛逆意識而來的不在乎、裝酷。這類情緒想必在青少年群裡有其代表性，不過也當然不是青少年文化的唯一模式。《生活週記》捕捉、反映的情緒，在性別上絕對是以男生為中心，而嚴重忽略女生觀點的。為了凸顯叛逆拒斥的表達，《生活週記》裡更是漏失了青少年意義世界裡另一項重要的反應——寂寞孤僻及莫名的憂鬱感傷。

青少年的憂鬱感傷

叛逆反抗與憂鬱感傷可以說是青少年期最典型的兩種情緒。許多青少年次文化的現象，都能用以這兩種情緒為兩極所鋪陳的光譜來分析。不過分析並不就代表理解，只是幫助我們建立一套趨近去描述青少年經驗的修辭罷了。

《我妹妹》在這點上修補了《生活週記》中對青少年世界的偏頗呈現，認眞而努力地試圖建立起光譜另一端的極點。《生活週記》裡的叛逆意識是以接近吶喊的姿態向成人世界發散，然而《我妹妹》的憂鬱哀愁則是靜默、孤絕的，我們反而只有透過一些最熱鬧、戲劇性的場合才能對比感受到這份抽離冷漠。

在《我妹妹》裡，大頭春一次又一次挖掘生活中的悲喜情境，生老病死以及爭吵、背叛、戀愛、瘋狂，描述參與其中的成人們的種種乖張行為，而襯底的背景卻總是「我」及「我妹妹」的窺看、冷眼旁觀。那種態度彷彿是不明瞭，其實更接近不屑。

因此而營塑起的孤絕、憂鬱氣氛讓人讀了哀傷不忍。在這點上，《我妹妹》的確是走到了青少年世界的另一個端點。《生活週記》和《我妹妹》併讀，我們就有了青少年世界的兩端，而且更重要的，我們會開始反省過去習慣看待青少年成長經驗的方式。

西方文化傳統中，對「人」的認識到了文藝復興時代，有一個翻天覆地的大變革。首先是發現了人其實比神更複雜、更值得研究；繼而更發現了人是有成長階段的，兒童不只是小型的大人。後者影響所及，在文藝復興時代的畫像裡，開始出現了寫實寫眞的兒童。過去在中古時代，教堂彩繪玻璃上的小孩都只是形體上縮小，可是其五官表情、肢體比例卻完完全全抄襲成人。一直要到文藝復興時代，人們才訝然察覺，其實除了尺寸大小之外，兒童還自有其截然不同於成人的身體形貌。

大頭春的《生活週記》及《我妹妹》，從一個角度看，似乎也正足以提醒我們，青少年的意義世界恐怕不只是大人以爲的那樣無聊騷動，更不只是過了就算了的。

不管是叛逆或憂鬱，青少年往往都會有一段經營自己的意義世界的過程。青少年的成長，其實就是不斷被別人訂好的遊戲規則侵逼，然後不斷讓步的慘痛經驗。面對外來的規範，每一個人或多或少總會試圖保有一點「自我」。「自我」的範圍究竟應該劃在哪裡，應該保護多少、暴露多少，這是青少年世界核心的關懷。

環繞著這個核心而發展了一套青少年獨特的文化。在與制式既成的社會面面相覷時，這套文化不應該被看成是成人世界的小型複製，而毋寧比較接近瘋狂。青少年和被歸類爲瘋子的人，其實都是不願或無法照人家定的規則玩遊戲，因而格格不入的。從這個角度切入，我們會驚心發現，《我妹妹》裡面幾個與瘋狂如此接近的人，其實都是一種漠視個人空間的權力宰制下的犧牲者，他們是一顆顆被粗糙、無趣的父權架構扭曲後封閉糾絞的心靈。

三、

最後讓我們回到文學的脈絡上來，至少回到大頭春（張大春）寫作的發展脈絡上。

張大春在八〇年代台灣文壇的發跡成名，最主要的關鍵點就在他對舊有敘事形式的強烈不滿，導引出一系列實驗新敘事的優秀作品，替台灣小說文類打出一個過去不曾存在的新的自由、活潑空間。

從《公寓導遊》開始，張大春就不曾掩飾過他對老式敘事陳規的不耐煩。他反對以前敘述者應受的陳規限制，更質疑敘述者、作者獨享的眞理權威。

《公寓導遊》以後一連串的作品，其背後的問題意識，往往都集中在：敘事是可靠的嗎？虛構與眞實如何切劃分辨？如果敘事根本就不可靠，那爲什麼還要「訴說」？爲什麼「訴說」還是具有逼迫別人「傾聽」的權力地位？這樣的問題追問下去，最極端處就問出了一部希冀徹底混淆現實與虛構的新聞小說《大說謊家》。

「打倒一切敍述」？

張大春利用小說來梳理的這套問題，正好是解嚴前後台灣社會共同的疑惑。過去強勢意識領導（hegemony）塑建了許許多多的大敘述，用不容置疑的語氣灌入民衆耳中腦裡，要人家相信那就是事實、就是眞理。威權崩潰後，這些事實、眞理也隨而陷入一團混亂裡，什麼話是「眞」的？誰的話可以相信？在台灣成了幾乎無解的難題。

張大春在文壇興風作浪，和這波威權崩潰的迷離互爲因果、彼此加強，到《大說謊家》而臻至幾乎要「打倒一切敘述」的極點。

然而這樣「打倒一切敘述」其實不能徹底解決問題。至少有個尾巴會一直回來魅惑作者：如果說的都是謊言，爲什麼還要說？如果一切都是謊言，那「怎麼說」是不是就不再值得注意、也無從評價？

由作品上大膽猜測，我們可以說《大說謊家》完成後，這個尾巴就緊緊纏繞住了張大春。在一些場合裡他開始對敘事陳規打破後冒出頭的光怪陸離顯現出相當程度的焦躁不安。他也開始在文學獎評審會議上支持敘事手法平實的作品，並且力斥某篇實驗性極強的小說爲「不知伊於胡底的任意書寫」。「伊於胡底？」這不但是張大春對該篇最終還是獲獎的作品的質疑，恐怕也是他對整個敘事問題最急切的反省。

在這個時期內出現的「探子王」系列、《少年大頭春的生活週記》、開了頭沒有繼續下去的「尋人啓事」系列，都可以讓人感覺到：對這一套敘事問題，張大春似乎要在「打倒一切敘述」、「一切皆說謊」之外，尋找新的答案。

問問題的新角度

這個新的答案，終於在《我妹妹》書裡露出明顯的端倪。認眞講，《我妹妹》提供的也許不是新答案，反而是問問題的新的角度。對陳腔濫調舊修辭的不耐煩當然還是張大春的招牌，不過這次他似乎反省到這種不耐煩眞正更深層的原因。不耐煩並不是像以前想的，因爲敘事就一定裝腔作勢、一定說謊扯白。換個觀點反省，舊修辭之所以令人難耐，其實是因爲無從負載生命中日日在發生、日日在折磨人的殘酷現實。舊敘事、舊修辭的陳腔濫調痲木了我們的感官，反而成爲我們逃避面對日常經驗的港灣，掩飾了我們的怯懦。

《我妹妹》在修辭上，因而不再承襲張大春慣常的譏嘲顚覆，卻表現出一種少見的沉重。張大春不再像在《大說謊家》裡那樣大手筆地推翻、改造舊詞語的意義，戲謔恣意玩弄。《我妹妹》的調子是遲疑反覆的，許多過去會被張大春拿來製造反諷笑話的詞語，在《我妹妹》裡總是先認認眞眞地提出來，例如生命、死亡、愛情、性以及權力關係，張大春耐心地在其上附加自己新穎不同流俗的解釋，然後再在另一段裡拆穿自己的說詞，讓意義回復到不穩固、不確定的狀態。

沉重的大字眼充斥，細細碎碎的肯定、否定往往復復，這是《我妹妹》非常不像張大春其他作品的特色。而如此細膩經營的結果是：我們會發現生命中的無常冷酷眞的超過所有找得到的修辭模式。眞正的哀愁悲傷是無從明白的，跳過修辭、跳過肯定否定，我們才勉強捕捉到生命現實的殘酷光影。

在成人的世界裡，我們往往習於躲在修辭、語言的陳規裡，以爲那就是眞實。徹底反省這些陳規，經歷了「打倒一切敘述」的否定階段，張大春才終於能夠回到青少年未被模塑前的憂鬱狀態，透過《我妹妹》告訴我們面對生命中無窮騷動、焦慮的種種哀愁。

一九九三年十月

浪漫補課

——讀陳義芝詩集《我年輕的戀人》

迥異於前輩詩人的現實性

兩年前，陳義芝出版了具有總結前此寫詩成績意味的《世紀詩選》。《詩選》收錄的第一首詩，是一九七二年十九歲時寫的〈辦公室內的風景〉。詩是這樣開頭的：

那女人整天抖一條
結滿結的長索子
她舌頭面對的任何方向
都是游魚奔竄的河流
男士們的咳嗽總帶著長壽菸
混合玫瑰冷香的氣味……

而詩又是這樣結尾的：

在壁鐘的滴答聲中
或者只是目測窗外游來游去
一雙雙穿著迷你裙的大腿
數完一座座樹林子
回頭批個擬辦
連同簽退簿一塊兒放進抽屜裡。

詩人往往都是早熟的，這並不令人意外。比較特別的是少年陳義芝表現早熟的方向與風格，與比他年紀稍大的前行代詩人，如此不同。

例如說一九四〇年出生的早慧詩人楊牧，十八、九歲時寫的是像這樣的詩：

路上揚起一片哀愁，風之掠過，
走過石橋的人把淚
遺忘在那似海的侯門啦！

他不能僅捏住這沒有S沒有N的地圖啊！
隱藏住金鈴子，隱瞞住滿園秋色，
但隱瞞不住，隱瞞不住，啊！那

風之掠過。

——〈風之掠過〉

或是這樣的詩：

我們用雲做話題已是第九次了，
這傻子卻永遠美麗——
就是石板上的青苔也給坐死了，
煙囪也給數完了
她依然愛笑，依然如此美麗！

——〈消息〉

更早些（一九三二年）出生的鄭愁予，少年時代則是寫這樣的詩句：

百年前英雄繫馬的地方
百年前壯士磨劍的地方
這兒我黯然地卸了鞍
歷史的鎖啊沒有鑰匙

我的行囊也沒有劍
要一個鏗鏘的夢吧
趁月色，我傳下悲戚的「將軍令」
自琴絃……

陳義芝和鄭愁予、楊牧最大的不同，在於詩題的現實性，也在於腔調的世故僊遲。鄭愁予、楊牧他們運用文字與意義的能力，或許遠超過讀過更多書、寫過更多作文的成年人，但他們運用這份能力去創建的世界，與現實差距遙遠。甚至不能用「遙遠」這樣量化的形容，毋寧說更接近一種質的跳躍，藉著詩的語言文字閃避現實，想像著一個非現實的自我空間。

十九歲的楊牧詩裡，還帶著濃厚的超現實意味。文字如夢如潛意識，運用現實材料卻絕對不遵守現實的次序，在錯亂扭曲中睥睨提供素材卻不能提供超升力量的現實世界。而超現實主義正是六〇年代台灣現代詩賴以成立，最清楚的主調。

鄭愁予沒有那麼「超現實」，可是他那些看似古典的詩行，訴說的還是一種外於現實、高於現實、比現實來得淒愴悲壯的情緒，與現實之間保持了永遠不容跨越的鴻溝距離。詩的意義，正在浪漫與現實間不斷的劃清界線上。

對比對照下，陳義芝的確屬於一種在七〇年代才成長出現的新品種。雖然他無可避免受到五〇、六〇年代現代詩運動的影響，仿襲了一些語氣與腔調，在詩中穿插一些明顯向前輩詩人致意的句子，但在精神上在詩的實存層次上，陳義芝卻奇異地最少受到超現實主義與浪漫主義洗禮影響。

陳義芝早期的詩，展現出最清楚的兩大特色，就是現實性與敘事性，這兩點都是五〇、六〇年代台灣現代詩所沒有、甚至極力避免的。

除了〈辦公室內的風景〉，一九七六年陳義芝還有一首直接描述戰爭苦難的〈焚寄一九四九〉。詩的中段幾行，

倚著人斜斜的身影
望過去
河扭曲的脖頸
淌滿了淚
風雨鞭打著野田梨樹
一大片淒白
這是黑髮驚惶的季節
童齡扶著杖人
人間叫賣
桃花

其現實性與寫實性，對照瘂弦名詩，同樣觸及戰爭主題的〈鹽〉，再清楚不過。瘂弦刻畫的是超現實的夢魘荒景：

> 一九一一年黨人們到了武昌。而二嬸嬸卻從吊在榆樹上的裹腳帶上，走進了野狗的呼吸中，禿鷲的翅膀裡；且很多聲音傷逝在風中，鹽呀，鹽呀，給我一把鹽呀！那年豌豆差不多完全開了白花。退斯妥也夫斯基壓根兒也沒見過二嬸嬸。

同樣在一九七六年，陳義芝還就新聞事件寫了〈啊，以色列〉，他的敘事風格更形確立。這樣的風格延續貫串了此後的幾本詩集《青衫》、《新婚別》乃至《不能遺忘的遠方》。

敘事性的核心，一則在於明確分裂出觀察者與被觀察事物的主客。這正是笛卡兒「我思故我在」開出來的西方理性思路。所有現象、事件皆可思考、皆可懷疑，唯獨「我在思考」一事，是不能再思考、不能再懷疑的。因爲這是主體之所在，也是主體賴以成立的大前提。「我思故我在」清楚而徹底地分裂了主體與客體、觀者與受觀者，也從此開發出了一種特殊的、清醒清晰的現代敘事聲音，完全從觀者角度，充滿自信的聲音。

浪漫主義之興，有一部分原因便在：對於這種主客分裂的不安與不耐。人與自然的分裂、自我與他人的分裂、理性與感情的分裂，浪漫主義試圖回返「我思故我在」確立之前的迷離恍惚，求之不得以後，轉而效力於新創一種以客體入侵主體，消融主體與客觀世界間的新語言新經驗。

五〇、六〇年代台灣詩壇的浪漫主義傾向

浪漫主義厭惡敘事性，厭惡站著明白主體位置的發言，這種厭惡延續感染了後起的現代主義，尤其是現代主義下的現代詩。現代主義比傳統浪漫主義更多增添了許多武器工具，其中最重要的一是都

市生活的繁亂與不連續感受；二是佛洛伊德的潛意識心理學，於是現代主義泱泱大方地否定起世俗的現實，更反對用來描寫世俗現實的那套條理語言，從某個意義上，也就是反對既有語言內部約定俗成的敘事性。

戰後台灣現代詩的運動，當紀弦高喊「繼承波特萊爾以降的西方詩派」時，就已經表明了與西方浪漫主義、現代主義間的密切親和關係。我曾多次提出文學史的證據，試圖說明：浪漫主義與現代主義美學，在那個奇特的五〇、六〇年代環境下，意外弔詭地符合於現代詩人們的實存困境。浪漫主義、現代主義讓他們得以輕蔑現實同時又逃避被政治力嚴格監管的現實；另一方面浪漫主義、現代主義的概念、語言幫助他們表達了經歷戰爭、逃難、流離的最深刻的不安、恐懼與疑沮。那本來就不是可以用理性觀察、分析，更不可能疏離獨立為客體的一種特殊且無奈的生命情調。主體被吸捲進無法自由控制的歷史事件漩渦裡，暈眩而無助，不知道將被帶到哪裡去，也不知道下一刻什麼樣的偶然力量會陡起撲來吞噬相形下如此渺小的自我。

與現實相比，自我如此空虛浮動，難怪需要一種空虛浮動的美學、語言才能表達。換句話說，五〇、六〇年代台灣現代詩如謎般的晦澀、頹廢、閃避，是有其現實基礎的。五〇年代台灣現代詩最重要的象徵就是楊喚。不完全因為楊喚的詩寫得特別好，而是楊喚的悲劇且荒唐命運遭遇——逃過了戰火，逃來台灣卻在趕赴星期日免費早場電影的路上，因為腳被夾卡在鐵軌間，慘遭火車撞死——那麼鮮明地觸動了所有詩人內在的脆弱，生命的脆弱、現實的殘酷不講理，以及一切理性文字——包括政府文告與官方新聞——的不可信賴。

然而這樣一種荒荒忽忽的生命危機，無法說出的懼怕，到了七〇年代卻既必然又偶然地被推翻了。必然的部分是冷戰結構下海峽兩岸隔絕情況穩定確立，戰爭威脅與戰爭記憶雙雙遠颺的結果，建立在龐大、壓抑的恐懼不安上的詩學立場，當然要隨而改變。不過在改變的軌跡上，卻又有其十分偶然的因素攙夾影響。

偶然之一在民族主義思潮湧動時，關傑明、唐文標等人選擇了現代詩作爲「非民族」、甚至「反民族」的標靶。偶然之二在「現代詩論戰」裡，藉著高昂的情緒，將五〇、六〇年代現代詩定性定位爲逃避現實的、無聊遊戲的。「現代詩論戰」打下來，現代詩內在的某種自閉的、幻聽的、囈語的集體心理或病理意義，被改寫成了倫理、道德上的缺憾。

七〇年代詩壇典範大挪移

而且從此定調。於是七〇年代詩壇掀起一股風潮，不只是尋找符合那個時代新價值的新美學新語言，而且表現出與五〇、六〇年代詩與詩人劃清界限的態度。

陳義芝正是這種七〇年代氣氛下誕生的詩人。雖然他似乎不曾熱心參與詩社、論戰，然而他的詩的視野、詩的手法，卻不可能自外於這段時代典範大挪移的影響。

典範挪移的動向，一者是由「橫的移植」推往「縱的繼承」。「現代詩」不再能夠抽象、普遍地成立，而必須認眞思考「中國現代詩」。什麼是「中國現代詩」？其「中國性」何在？「中國現代詩」與中國文學傳統之間的關係爲何？這些問題構成了七〇年代詩人意識的主幹之一。於是大量的中國古典意象復活，古詞古詩逐漸滲透運用進現代詩裡，詩的抒情性，也由現代主義式的斷裂荒涼轉爲溫婉優雅。

典範挪移還有另外一個動向。率先提供版面，點燃「現代詩論戰」戰火的《中國時報》「人間副刊」在「文學獎」裡設了現代詩的項目，然而卻刻意標舉「敘事詩」爲其獎勵對象，並且明白徵求「兩百行到四百行」的巨帙長篇。

「人間副刊」這樣的大動作，意義非凡。明白是以七〇年代的新價值新意識，向「前朝」詩風宣戰。反對五〇、六〇年代浪漫主義、現代主義潮流的意味，既清楚又明確。而且「人間副刊」以強勢媒體、重金誘惑，要在台灣的文學土地上硬是灌漑出一片敘事詩的花園來，其霸氣也十足。

中國味和敘事手法，在陳義芝前期的詩裡，也就都扮演了重要角色。楊牧說：「我讀陳義芝的詩，特別爲他之能肯定古典傳統並且面對現代社會，爲他出入從容，不徐不疾的筆路情感而覺得感動。」（〈雪滿前川——讀陳義芝詩集〉）余光中也說：「陳義芝詩藝的兩大支柱，是鄉土與古典。」（〈從嫘祖到媽祖——讀陳義芝詩集《新婚別》〉）他們都清楚看到了陳義芝詩風裡「古典」的一面，而這種古典，當然是與陳義芝國文系出身背景關係密切的中國古典。

敘事風格的牽絆與擺脫

不過在所有評論陳義芝詩情詩藝的文章裡，較少被討論的是其敘事性。楊牧上引那段文字的後面，立刻接著寫：「他到目前爲止的大半作品，總透露出一種嘗試宣說卻又敦厚地或羞澀地想『不如少說』的蘊藉，一種堅實純粹的抒情主義，尤其植根於傳統中國詩的理想。」似乎是將陳義芝的詩歸入了「抒情」一路。然而仔細爬梳陳義芝歷來的詩作，我們卻不難發現，藏在「抒情」表面底下，一股堅持、近乎固執的敘事衝動，反覆踴躍。

從敘事詩，尤其從敘事的主客分離以及敘事的條理邏輯，反而可以讓我們認識清楚陳義芝在《不安的居住》以前的詩的特色，乃至其問題。

陳義芝的詩，即使是最熱情的情詩，一貫有著一個太清醒的敘事者。陳義芝早期的詩，幾乎沒有在一首詩裡用過兩個以上的敘事觀點與敘事聲音。我是我、你是你、他是他，陳義芝的詩裡沒有迷亂，更重要的，沒有你我的錯雜，沒有因爲詩的寫作而帶來詩中主體聲音的動搖。

陳義芝的詩，不管其意象如何夢幻、謀篇如何抒情，整體而言，清醒得驚人。這應該也就是羅智成所觀察到的：「……義芝在詩中想創造或保存的養成經驗，往往是一種對和諧的信仰，對某種生命紀律（如自我的完整性）的信仰。因此作品裡有觀察、少動作；有質疑、少衝突；有感傷、少迷亂；有激越、少誇張。」（〈最美的一種無奈——我看《不安的居住》〉）

然而浪漫抒情的基底，不正就是衝突與迷亂嗎？羅智成繼續說：「這一方面是性格使然，一方面也是詩人創作理念已清楚地告訴他在詩作當中要追求什麼。」「性格」的部分，我對陳義芝的了解不夠，沒有資格多說；至於「創作理念」，我倒是覺得和陳義芝選擇的作品內在形式，應當有著密切的辯證關係。

在《不安的居住》之前，陳義芝似乎只有在敘事性的基本架構下，才能安心地創作。他習慣說著別人的故事，或者應該說，每當講起自己的故事時，他就分外彆扭不安。說自己的心情與故事時，他就大量套襲既有的文字意象，讓詩的情緒與敘事者保持距離。

前面提過〈啊，以色列〉，除此之外還有幾首重要的代表作如〈出川前紀〉、〈破爛的家譜〉，甚至題名感覺上如此私我親密的〈新婚別〉，全都是擺明寫別人的。至於另外一首代表作〈蒹葭〉，最成功的地方並不在於創造了任何關於情愛思念的自我表達，而是改寫了《詩經》的古典美感經驗。

總是疼惜著伊人
疼惜今生未了的情緣
當苔滏而又迷茫的路如秋意長
我感覺不論白露未已或已
恍惚的身影都成了夢裡的蓮花
那比七世更早以前
就注定要使人痛苦的人啊

這樣的詩句，其實依然是非常冷靜的。
陳義芝還有一首多次收入各種詩選的〈蓮霧〉：

在園中
我看到果子垂掛
如晶瑩的顆淚
許多年前
一位心愛的女孩

一張仰起的臉也曾如此
後來
她輕輕地合眼
走了
像花開花又謝
留未了的心事給我
一輩子也解不開的謎

這首詩出現了「謎」的主題，也最接近浪漫主義裡一個困惑懷疑而非自信觀察的「我」。然而這首詩，偏偏在浪漫主義的大門外就停住了。因爲詩裡完全沒有「我」被這個謎痛苦折磨、失神忘我的追記，「謎」就是「謎」，詩裡的那個「我」根本沒有興趣也沒有衝動，要去追索謎底。

什麼樣的詩才眞能接觸到浪漫主義的謎與迷亂呢？應該是像這樣的詩：

在一千炷香欲燃的薰衣草花田
有一女子徘徊在紫光中徘徊
她留下的影子化作一襲憂鬱的紫色衣服

如天邊的夢繚繞紫衣飄揚
一千炷香點燃的薰衣草花田
在地是溫柔的靠枕在天是蒼茫的眉眼

仍在述說我們的北海道啊她昨夜的體香
絲絲滲入我撤防的肌膚毛孔
炙燒無辜的精油她教我安心。」

——〈憂鬱的北海道〉

應該是像這樣的詩：

我走進她傘裡她請我坐下
我用她閃動的目光畫像
她用香蔥的手指勾勒一張瘦削的臉頰
疲憊的陌生人啊
在阿爾巴特街的夜裡
陌生的人逗留在陌生的城市

異國的眼神流轉在異國的街頭
恍惚間阿爾巴特的畫像就泛了潮
無重的時間也因慌亂
一時走了樣

——〈阿爾巴特街之夜〉

應該是像這樣的詩：

我的顫慄超越北極光
在黑夜我埋葬了我的愛
像在雪原鑽了洞做了窩
收捲起驚惶的目光

我的顫慄超越了北極光
天亮妳就看不見我了
但在風雪的腳步聲裡聽到
一聲遠去的撕碎的嚎叫

——〈雪地記事〉

我前面兩度提到《不安的居住》，因爲我衷心相信，那本詩集在陳義芝詩風詩藝的發展上，有著斷代分水嶺的特殊意義。《不安的居住》裡第一次出現一些眞正騷動不安的跡象，在慣常安穩和平的陳義芝作品裡，閃爍著浪漫主義的星光。〈住在衣服裡的女人〉、〈雅座七○年代〉、〈觀音〉等幾首詩，不只是因爲題材觸及身體與性，而在陳義芝的作品裡顯得凸出突兀，更重要的是裡面含藏的一股找尋不到答案的無奈與自棄，是過去很難在陳義芝高度清醒理性創作自覺裡被釋放解放的。

是的，釋放解放。容我這樣說這樣整理：在此之前，陳義芝活在一個禁錮的創作世界裡。他學習撿拾了大量抒情的語彙與文法，然而他根本的生命情態卻是敘事的。他以敘事的客觀與敘事的距離，不斷寫著理應最爲狂亂貼己的抒情詩。他的詩有抒情，卻沒有浪漫，對抗理性、對抗主客分離的那種浪漫主義式的浪漫。陳義芝是個小心翼翼的抒情詩人，小心翼翼地不敢承受不敢揭露浪漫會帶來的烈火折磨。他是個奇怪的，身上沒有斑斑疤痕的清潔清淨的抒情詩人。

一直到他釋放解放自己的熱情。開端、試驗於《不安的居住》裡的幾首詩，而在最新的這本詩集《我年輕的戀人》交出了清楚成績。換句話說，在我看來《我年輕的戀人》是陳義芝擺脫敘事風格牽絆之後的重要改變證據，詩集裡隱隱然看到一個浪漫的抒情詩人掙扎著要從原先「古典」與「鄉土」的束縛裡跳脫出來。

《我年輕的戀人》比四年前的《不安的居住》，更加不安。而且是全面而非片面的不安。在《不安的居住》裡，大部分作品其實依然安全而安穩。到了《我年輕的戀人》，倒過來除了少數幾首詩以外，到處充斥的都是不安的情緒，沒有答案的問題，空飄飄不知從何而來又往哪裡去的意象，以及分不清是人或是我的錯雜景致。

《我年輕的戀人》裡的不安，還侵擾進陳義芝的文字語言中，出現了許多在敘事性上沒有意義，因而過去陳義芝很少用甚至不敢用的聲音、句法。例如：

在電話裡妳無緣無故地哭
無緣無故地傷心
我無緣無故聽妳哭
無緣無故陪妳傷心

在夢裡妳無緣無故地說夢話
無緣無故地詰問我
我無緣無故和妳對話
無緣無故說許多話

明明睡了又醒了
無緣無故醒到天亮醒到天黑
無緣無故地哭無緣無故地不哭
無緣無故地哄無緣無故地被哄

——〈一刻〉

這種反覆調皮的音聲，裡面所透露的幼稚愚蠢與無賴，是過去陳義芝詩中沒有，也不可能有的。

又例如：

眉飛過來月在呼吸
眼飛過來星在呼吸
唇吻飛過來溪谷在呼吸
胸乳撞過來大山在呼吸

腰肢召喚滾地的風
臀圍召喚當頭的火
花苞與花梗同聲召喚青焰
那像打鐵的喘息

——〈喘息〉

這樣沒頭沒腦的並列意象，非縱列而是平行蜂擁而來的寫法，也是過去陳義芝詩中沒有，也不可能有的。

聽來也許奇怪，不過我的確在陳義芝即將五十歲時出版的詩集裡，讀到一種他過去的詩中沒有，也不可能有的少年徬徨，一種浪漫的青澀與清苦，一種玩耍與遊戲，伴隨著對於遊戲玩耍的緊張不安，這些構成了詩集最大的特色，閱讀的主要樂趣。

早早就進入抒情領域裡的陳義芝，因爲受著敘事性習慣的牽執，一直不曾眞正進入浪漫主義的殿堂。到這一刻，他終於放下了七〇年代給他的敘事影響，認眞進行浪漫的補課，才有了《我年輕的戀人》，遲來的戀人與遲來的浪漫，加倍的甜蜜與加倍的折磨，陳義芝終於在詩裡嘗到了，也宣洩了。

二〇〇二年十月

抑鬱與悲情的無窮變奏

——讀初安民詩集《往南方的路》

慘絕人寰的「八掌溪事件」

二〇〇〇年七月，溽暑炎夏中，發生了「八掌溪事件」。四名在嘉義八掌溪中進行河床鞏固工程的工人，被突如其來升高的洪水困在其中，整整兩個小時的時間內，數百萬雙眼睛盯著電視，看著他們與洶洶湯湯的大水相抗，憑藉著只有區區肉身相擁相扣的微弱力量，等不到任何的救援，終於被沖走了，最後成爲四具令人不忍目睹的屍身。

這是起天大地大的新聞事件。因爲這是個遠超過一起新聞事件，直接衝擊到更深層的生命價値、聯繫上人類永恆悲劇意義的無可說且又不能不說的故事。

老實說，面對這樣的事情，在新聞工作上，我眞的不知道該如何是好。在以這起事件爲封面主題的那一期《新新聞》雜誌上，我匆匆寫下了這樣的文字：

「……（事件）眞正的主軸到底什麼？是我們被這在八掌溪的滔滔洪流裡看到了自己靈魂的倒影，我們看到了自己靈魂不知何時被蝕了的模樣。我們一直都知道『良心』、『靈魂』這些東西在離我們遠去；我們也一直都知道『良心』、『靈魂』逐漸被遺忘，可是四個人在溪水中相擁的鏡頭提醒了我們眞正沒有良心、眞正靈魂殘缺的恐怖長相。」

「我們被自己嚇到了，這是『八掌溪事件』眞正的作用。我們的靈魂中有一大塊恐慌，亟需尋找安定……」

我知道寫下這些是不夠的。我也知道再怎麼從新聞的角度去追查各個救難環節出了的問題，也都不足以發揮任何「爲台灣安魂」的效果。

在驚嚇與困窘中，有人想到了詩，想到了詩看似無用，卻在這種驚嚇與困窘情況下，可以發揮的力量。於是我拿起電話，撥的第一個號碼，就是初安民的號碼。

安民爽快地答應了參與這樣一個「以詩爲台灣安魂」的工作。可是等啊等，等到截稿時間，安民傳進來的詩稿，竟然只有短短的八行。

不是行數多寡的問題，而是那八行怎麼讀都像是個開頭，而不是一首完整的詩，更重要的，那八行詩裡面，雖然有「鄙陋的身世長不到二千五百公尺／祇能以八片手掌緊緊抱住八掌溪」這樣展現清楚初安民風格的句子，但是整體來看，抑鬱與悲情的張力遠遠未及安民一般作品的那種氣勢。

好不容易在電話裡找到安民，那頭的他用帶點抱歉帶點疲憊也帶點耍賴姿態的口氣說：「就這樣吧。只有這八行了。」我立刻強硬地表示了絕對不能接受的立場。用哄的用罵的用勸的用威脅的，我無論如何必定要安民承諾，寫出一首完整的詩來，眞正的完整的詩，我可以等我願意再等。

初安民可以敷衍、唬弄其他任何一位編輯，那短短八行配上短短四句「公欲渡何，公竟渡何，渡何而死，其奈公何」引詩，的確也可以構成一篇短小精悍的感嘆詩作，不過他知道他瞞不過我，不只是他的口氣瞞不過我，更重要的是，他的詩，詩風與詩義，關懷與抒發，瞞不過我。

感時傷懷的詩人

我知道對於八掌溪他不會、不可能只有這麼一小段感觸。因爲安民是我認識的朋友裡，對於苦難與悲憤最敏感的人，他也是我認識的朋友中，社會觀察面最廣、涉入感情最深的一個。

安民總是知道很多很多的事，記得很多很多的事。他常常自嘲一肚子都是「垃圾知識」。隨時知道中華民國擁有多少個邦交國，每個國家在哪裡、有什麼特色。記得哪年哪月轟動一時的凶殺命案、死者姓啥名啥、幹什麼的。負責調查的警察又是怎樣一個人。記得文壇上誰用什麼樣的語言罵了誰，誰用怎樣的手法欺負了誰。記得黨外雜誌上，誰寫了一篇怎樣的文章主張了什麼、反對了什麼。

這些東西之所以爲「垃圾」，是因爲事過境遷後，再也沒人在意了，除了初安民。不過跟安民結交之後才會了解，他記得這些事情，並不像大部分自嘆記性太好的人，主要拿來作今昔對照、感嘆時間磨人、事物轉眼景象全變。安民記得這些，是因爲這些其他人看來瑣碎、片段的事情裡，都藏著曾經感動過他，甚至撼動過他的因素。

我常常喜歡和安民擺龍門陣胡聊些過往的人事是非，其他朋友很少記得那麼多，只有安民，幾乎是有響必應。不過很快我就發現，我會去挖出來的舊人舊事，往往不脫與現實比較對映的考量，最常見模式是講起誰誰二十年前曾經怎樣扮演忠貞國民黨員，二十年後卻翻身成了民進黨最激進的擁護者；換句話說，我的欷噓感慨，差不多毫無例外來自人的善變多變與不得不變。過去、記憶，是爲了成就這種欷嘘感慨，才被召喚回魂的。

安民雖然都可以跟我聊得頭緒緊貼，可是他處理、對待這些記憶、往事的心情，其實跟我不同路數。他會記得，是因爲他在這些雜沓紛紜的事件與人物中，看到一個共通的情緒、貫串的主題。那就是某種超越性、難以明說言喻的力量，一直在跟我們認定的人間正義條件搗蛋對抗，使得應有的公平道理總是落空，總是有不對的人在不對的時空下付著不應該是他們要付、也是他們付不起的代價。總有不對的人在不對的時空下受著不應該他們忍受的折磨。

安民記得所有這些付代價、受折磨的人與事，因爲他覺得自己和他們有直接、眞實的感情呼應。他也會記得在這種不公平不正義的對等關係下，得了便宜害了人的那一方。他如此組構、維持、擴展、純化自己的記憶，那些被他戲稱爲「垃圾」的記憶與知識，當然不是「垃圾」，垃圾最大的特色除了被人棄置不用之外，更要緊的垃圾是完全沒有次序、完全沒有結構與主軸的，如果用聲音來作比擬的話，垃圾是混成的噪音，不會有任何主旋律，可是安民的知識與記憶，我發現，其實是有主旋律的。抑鬱與悲情就是他的主旋律。

以抑鬱與悲情為主旋律的知識與記憶

從表面上看來，安民有許多矛盾的價值與矛盾的選擇，然而如果掌握了這份抑鬱與悲情的主旋律，在矛盾中我們就能夠輕易找出統一統合的意義。例如他對中華民國的強烈認同，但卻又和許多政治立場上否認、反對中華民國的本土派、獨派文壇人士，保持非常密切親近的關係。這看起來矛盾，但如果理解，初安民看待中華民國的方式，總是在計較計算這個國家受了多少委屈受了多少不公平的待遇，愈是在意這些委屈與不公平，就愈是不可能移動他的國家認同。也因爲中華民國在外交上受過最多最深刻的委屈與不公平，在安民的知識系統裡，對中華民國外交史記得最清楚，可以如數家珍的細細道來。也因爲中華民國的委屈與不幸來自多少政壇的勾心鬥角衝突齟齬，所以安民對於這方面的掌故也格外博聞強記，必要時簡直可以拿來當百科全書查索利用。

他的這種路數，當然和我、和其他本土派獨派人士看待台灣史的方式非常不一樣。然而對這塊土地上曾經發生過的不幸與難過，初安民卻可以有非常直接與誠摯的感應。這點是使得這些本土派獨派無法反對他、無法拒絕他的最主要因素。他可以不必透過共同的語言、共同的政治立場、共同的歷史修辭，他可以跳越這一切，感應本土派獨派內在的抑鬱與悲情。

不過如果只是抑鬱與悲情，那麼初安民其人其詩，很可能會走上抗議、吶喊與憤憤不平的路數。當然不是這樣的。在安民的人與詩深層內部，還有一項強烈的信念，或者應該說更強悍，強悍到無法動搖的懷疑。

我清楚記得，有很長一段時期，不管談到國事家事或文學雜誌與出版，安民口中常常不經意就溜出一句：「唉，你不知道我的哀愁是怎麼一回事。」這個襲自林燿德詩題的句子，後來成了初安民的口頭禪。

你不知道我的哀愁是怎麼一回事。很多時候，即使在對話當中講了那麼多，我自覺對他的處境與困擾再明瞭再理解不過，安民還是會慎重其事地冒出這句話，堅持其實「你不知道我的哀愁究竟是怎麼一回事」。

詩人內在最深沉的悲哀與無奈

安民和早逝的林燿德也曾是親近的朋友。不過不管作人或作詩的態度上，他們兩人很不一樣。「你不知道我的哀愁是怎麼一回事」，對燿德來說，是非常精巧而響亮的愛情訴說的開頭，然而對從燿德那裡借來這句話的安民而言，卻是根深蒂固存在本源的一種宿命慨嘆。

相交愈久，我愈來愈明白，安民是眞的認爲：人的內在總會有一塊最深沉的悲哀與無奈，那是無論用任何方法、用任何技巧、用最多的言詞表情與動作，都不可能傳達出來讓別人領受的。正因爲沒有辦法掏得出來，這份無奈與悲哀，眞正屬於自己，比所有的其他財產，包括人格個性上的一切成分，更獨特更唯一。無奈與悲哀成了一個人眞正最終無法被異化被奪走的本體價值，與那終極的無奈悲哀相比，其他的一切都只是浮花浪蕊，都只是過眼雲煙。

換句話說，能夠被訴說、能夠被知道的悲哀，便不是終極決定一個人的存在與命運的那份悲哀。再換句話說，透過訴說解釋傳遞出來的悲哀感受，進入到另一個人的心中胸中，就必然被扭曲被誤解。人永遠活在自己的悲哀與無奈裡，不可能解脫也不可能被別人知道。

所以安民其人其詩，絕對不會是抗議吶喊的。抗議吶喊，違背了安民內在的悲觀存在哲學。他和許多本土派文人共同活在悲情的氣氛，然而當別人吶喊發洩悲情時，安民的悲情卻永遠只能是抑鬱低沉的。

安民不只不相信抗議吶喊能夠傳遞悲情，而且他的終極哲學使他相信，抗議與吶喊只會讓人失去眞正聆聽、貼近悲哀無奈所需要的敏感多情。

就像所有的悲觀主義者一樣，安民的悲哀無奈哲學當然是不徹底的。眞正徹底相信沒有人會知道我的悲哀是怎麼一回事的話，那就完全不必陳述敘說了。徹底悲觀帶來絕對沉默，那就不會有詩也不會有哲學，不會有悲情詩人或悲觀哲學家了。

初安民是個詩人。詩這個文類幾千年發展下來形成的規範，和終極的無奈悲哀對他有同等的強大影響與無上命令力量。詩之所以存在，不是爲了遊戲，不是爲了交際應酬，不是爲了自我滿足，而是爲了訴說那最根源的、最重要的、最難訴說、無法用其他方式訴說的。詩實驗開發有限語言的無限邊界，一次又一次強迫有限的語言去趨近那人類無限的經驗與感受。

可以想見，對初安民來說，詩唯一眞實合理的書寫對象，就是那最深層的，確立與保證人的存在意義的無奈與悲哀。這個主題太核心太重要也太龐大。詩不能不面對、不能不處理。在詩的介入與無奈與悲哀的閃爍逃避間，就產生了張力、產生了戲劇。

安民的詩，反覆不斷呈顯「昏黃的燈影下／我陷入了自憐的愁緒裡／憤怒這個充滿缺陷底世界與人生」（〈困頓者的日記〉）的主調。自憐不是來自強說愁，而是來自無能爲力的疲憊，也來自強烈感受到陌生恐慌的疲憊。一種永遠無法定著，無法安穩的宿命。

哀愁，彷若走進這片淒絕色底高原
一個人
在聲音的雪花中
呑沒
而身處亞熱帶島嶼底我
四周是潮溼與燠熱
不見楓紅
不見霜白

卻猶
白髮

這是非常典型初安民的聲音、初安民式的邏輯。詩句努力要去捕捉那份哀愁，細膩經營了一個比喻，然而突如其來下一行的翻轉，詩人又自己推翻了哀愁與雪、高原與雪間的隱喻關係，殘酷地剝奪了這個精巧意象的有效性，告訴我們其實沒有高原沒有雪花，甚至也沒有楓紅與霜白，有的只是潮溼與燠熱。

而最後的「卻猶／白髮」，留下的是自棄的餘音，一種被斬斷被刪節被棄置的絕望，詩的結束於是成了不忍再凝望、發展絕望的不得不然。

又例如：

常常逼近憂傷的時刻
時而蹣跚
時而怔忡
時而掩泣
無論春夏或秋冬
緣於我愛戀，是以憂傷緊追不捨
皸裂的傷口必須開出懇摯底藥方

癒合傷口讓傷口不再作痛，渴盼
屋裡多有溫暖多有情侶多有遺忘
我寧可一個人在風雪中兀自獨步
淒然微笑噙含淚水望盡人間煙火
願漂萍的流浪只是一己宿命遭遇
之外，我情願是一名失職的藥師

——〈冬想三章〉

或者是：

我的淚水
常常在故事情節裡流淌
常常掛在別人的臉頰上
我是脆弱而殘酷的無情男人
向來不准
有任何委屈的淚水
滴落濺濕自己的青衫
……

我的淚水
是我沉默的聲音
是我聲帶被撕裂的殘印
是我半夜點亮時一盞微明
淚水過後，顯然
發現愛恨的一生一世
卻是始終不曾澆熄底一章
（淚水常爲愛恨而流，無法爲愛恨而存在）
——〈淚水三章〉

這些詩，以及其他更多篇章，有著一樣的結構與程序。先是追摹描述悲哀。初安民的詩裡從來不解釋，不分析悲哀的原因，悲哀往往是詩開始時就已經存在、不容分辯的前提條件，他只選擇適當的意象與象徵來傳遞悲哀的氣氛。然後這些意象與象徵進一步發展，可是到了最後，卻一定有一股莫名的衝動，如狂風從令人無法防備的隙縫角落凶猛來襲，瞬間吹熄以意象與象徵辛勤點亮的燭光，否定掉前面所經營的意義與情緒脈絡。

爲什麼會這樣？因爲悲哀非說不可，然而只有靠精巧的意象與象徵，才能盡量捕捉那恆常存在卻又刻刻變貌的悲哀；弔詭的是，愈是精巧愈是成功的意象與象徵，到後來就愈是會取得自我衍生的獨立聲音，也就反而背叛了出發時的那份本體性悲哀。

「背叛／否認／斬斷」的過程

本體被自己產生、爲了闡釋自己的語言與意義背叛了。於是只好斬斷這衍生的語言與意義，才能回頭保有本體不受扭曲。然而在「背叛／否認／斬斷」的過程裡，原來已經充滿悲哀的本體又更增添了新的無奈與悲哀，將無奈與悲哀推向絕望的懸崖。

初安民的詩幾乎都以悲哀開始，幾乎都以不忍承認絕望結尾。因而使他的詩的結束，承擔除了一般作品終結、區隔之外，另一層哲學上的暗示。詩寫到這樣不能不停止了，因爲再不停止，詩與詩人就會走進到絕望的深淵絕地裡了。在不忍也不能逼視絕望的情況下，詩只能歇止停步。

這就是爲什麼初安民的詩，在苦澀與哀傷中，有一種奇特的溫情餘蘊。他一再將讀者帶到絕望的崖邊，然而又一次一次心軟拒斥了黑暗的深淵的魔的呼喚，他與他的詩隨著難以訴說卻又不能不說的悲哀打轉，卻總沒有以縱身一躍投入絕對黑暗的姿勢，驚嚇跟隨詩人與詩的情緒的讀者。

初安民的詩，從悲哀出發，一直不斷地走向絕望，卻又在絕望崖頭勒馬不前。他甚至也不對絕望深淵底下的惡水探頭探腦，詩戛然而止。下一次再寫一首詩，就再回悲哀的原點，再走一次同樣方向卻不同迂迴的路。

初安民幾乎沒有寫過歡樂的詩，以詩與本體性的悲哀長期周旋，使得他的詩境滄桑蒼涼抑鬱不快。早在十幾年前，算算年紀應該才跨過三十而立的關口，初安民就寫了〈中年〉，感覺到自己：「……如置身於玻璃缸裡的金魚／亮麗優雅的身段之外／前途清明。」更早一年，他就寫了〈滄桑〉，感慨：「故事已老／記憶已老／……／轟然發現世界中底自己／已然頹敗／已然禽獸。」

〈滄桑〉的尾段這樣推進：

有沒有一座城
肯收留我蒼涼底背影
有沒有一條路
肯鋪排我蹣跚底腳步
有沒有一齣戲
肯編織我滄桑底身世
在故事已老記憶已死
而時間仍還年輕的生涯裡

對於追撫逝去時光的頹悔，捕捉得多麼準確！然而我們如果考慮在寫這首詩時，初安民只有三十歲，我們驀然領悟，安民的滄桑與蒼涼，雖然有時透過詩的慣習，表現爲年歲的折磨，但是其眞正的來源，畢竟還是在撐持頑抗著自我的正義信念，對正義永恆被欺負被折磨的地位，不停感嘆下的疲憊吧。

可是再疲憊，還是無法跳離這本能的憤慨與悲哀。於是詩的歷程，就成了不斷重走那條從悲哀到絕望的路，走到

這裡
只能到這裡
再下去便是萬劫不復底深淵沉淪
再下去便是覆水難收底結局懊悔
……
回頭無岸
前瞻無涯
風雨的傘外
恁傲嘯
風雨落盡雙肩

——〈風雨書〉

的地方。於是詩也就成了抑鬱與悲情的無窮變奏。

我們讀初安民的詩，不是爲了讀到怎樣炫惑多彩的技巧，什麼多元奇特的主題表演，讀初安民的詩，因爲他用各式各樣的方式反覆深挖他自己的悲哀，觸動了我們對自己的悲情抑鬱永遠不夠充分的好奇。

回到八掌溪事件，「爲台灣安魂」的詩作，在我的堅持下，終於等到了一首三十二行的〈回家〉，等到了這樣的句子：

我們祇是想繼續卑微的活著
吃頓晚餐，看到明天升起的太陽
這算什麼奢侈的想像要求
我們獨獨行不通
我們一直在流淚，你們看不到
因爲我們在水中
因爲我們在水中
因爲我們在水中

最卑微的生命慾望，往往含藏著人類最基本也是最高貴的、不可侵犯的原則。然而不可侵犯的原則卻總是被侵犯，久了才讓我們遺忘，那些慾望的根本高貴性，總以爲它們是卑微的。

在高貴卻又卑微的慾望被無情破壞所帶來的悲哀裡，還好有初安民替我們訴說。

二〇〇二年三月

華麗而高貴的偏見
——讀董橋的散文

一、

董橋的散文讀起來很特別，因爲他眞的很不一樣。

邊緣卻獨特的文學地位

雖然寫的是中文，不過董橋文章的文類傳承，是英語文學世界裡的essay。董橋的文章和五四以降白話文學裡的散文主流，始終保持了相當的距離。雖然大體用的也是現代白話文，可是董橋行文中刻意保留了大量的古文結構、古文字詞，還添加了許多老式老派的英文穿插其間。

這兩項因素，使得讀一般散文的讀者，乍遇董橋時不容易習慣。這兩項因素，從另一個角度看，也奠定了董橋在文學史上，邊緣卻獨特的位置。

二、

Essay這個字，甚至沒有個固定、專屬的中文翻譯。不管作「評論」、「短文」、「小品」，感覺上都是借來敷衍著用的。光是這點，我們就可理解雖然在西方文學傳統裡如此重要、曾經大放異彩，essay這個文類，在中文世界裡多麼陌生、多麼格格不入。

難以定義的「隨筆」

稍稍比較準確些的對應，大概是《蒙田隨筆》的「隨筆」吧。而蒙田（Michel de Montaigne）確實也是這個文類最重要的奠基者。Essay之所以成立，西方讀者對這種形式的基本概念、印象，最常溯至蒙田。

《蒙田隨筆》最大的特色，一是親切親密的語氣，二是不拘形式的自由，三是高度主觀的判斷，四是熱鬧活潑上天下地的知識內容。要定義「隨筆」是什麼，很難。如果改用負面表列消去法，也許比較容易可以勾勒出「隨筆」的文類輪廓出來。

「隨筆」不是有明確主旨、目的的論文。「隨筆」不是客觀忠實的報導。「隨筆」也不是正經八百的文告或傷心悲慟的〈與妻訣別書〉。

不過「隨筆」也不是可以撰造角色、想像情節的小說。「隨筆」通常也不會有太多傷春悲秋或憶故懷舊的充沛感情。「隨筆」一般不多議論，不擺出非要說服別人、非要別人接受相信的強硬態度。

「隨筆」可以說是西方個人主義興起中的時代產物。「隨筆」同時也是西方知識開始大爆炸時期的一種對應形式。因爲「隨筆」的基本精神，就是「個人化的主觀知識」。

從蒙田到二十世紀，「隨筆」當然經歷了很多變化，然而不變的是「隨筆」作者的強烈自信與高度好奇心。「隨筆」處理的是知識而不是情感，或者應該說，即使在處理情感時，「隨筆」的基本態度也是將情感知識化。直接發抒自己的情緒與感觸的，就不是「隨筆」。然而探討爲什麼會有這樣的情緒與感觸，古往今來其他人在同樣境遇中會有什麼樣的情緒、感觸，才是標準的「隨筆」體裁。

「隨筆」用一種隨性的方式，接近知識、挖掘知識及呈現知識。「隨筆」寫的是「對這件事，我知道了什麼」，而不是「對這件事，我應該知道什麼」。「隨筆」不會有野心去窮究關係這個主題的文獻資料；「隨筆」也不會有耐心去比對校勘訊息資料的代表性與正確性。所以「隨筆」作者，一定得是個高度自信，甚至高度自我中心的人。在落筆前，他已經先預想預設了：「我所知道的，值得一記值得一讀」。

因爲隨性，「隨筆」裡處理的知識，很容易會有錯誤。不過錯誤不必然損及「隨筆」的價值，比較重要的是錯的方法。愚蠢的錯誤、偶然的錯誤，與刻意的錯誤、精心設計的錯誤、反覆同樣風格的錯誤，在「隨筆」文類中，有著非常不一樣的價值。

因爲隨性，所以「隨筆」才有辦法去因應許多不同學科不同來歷的知識，將這些在別的地方涇渭分明、不隨便往來的東西，興味盎然地雜混在一起。

從歷史發展的程序看，也許因果要倒過來。近代初期，突然之間在生活裡多了那麼多稀奇古怪的知識，看得人目眩神移，於是迫切需要一種文體，幫助自己幫助別人解除這種知識爆炸帶來的陌生與焦慮。「隨筆」的一大功能，的確就是把看來很奇怪、聽來很恐怖的事物，經過巧妙轉化，變得跟我們那麼親切，跟我們原本熟悉的事物，東拉西扯全帶上了關係。

悠遊知識之海的最佳工具

再換個角度看，「隨筆」出現在理性知識開始擴張，然而學科壁壘尙未充分建立的特殊交錯過渡時期。在此之前，沒有那麼多理性去挖出來的學問，供人探頭探腦東問西問；在此之後，理性霸權建立，知識慢慢客體化，慢慢遠離了人，自成不容侵犯狎玩的系統。只有在那個過渡時期，如此多元的知識可能性對人開放，允許東看看西望望，這裡涉獵一些那裡沾惹一些。

現代語言中留下了「文藝復興人」（Renaissance Man）這樣的說法。「文藝復興人」形容的是廣博多聞，跨越學科壁壘，可以進出好幾門學問的人。爲什麼這樣的人被稱爲「文藝復興人」？藏在這個用法背後的，其實正是文藝復興那個時代的特色特性。在理性的協助下，人對世界的好奇心大大增加了，由觀察而分析而記錄而猜測而建立解釋，這過程中步步是驚奇、步步是精采，人可以悠遊其間、穿梭來回，不受後來才發展出的知識門類界限所拘執。

「隨筆」是文藝復興時代的文類，「隨筆」也是「文藝復興人」用以進行其知識悠遊與呈示其好奇結果的最佳工具。

三、

明瞭了「隨筆」在西方的這份特殊歷史、社會性格，我們進一步可以理解：爲什麼這樣一種文類在近代中國白話文學的歷程裡，相對地只有低度發展？

「隨筆」在近代中國白話文學的發展

楊牧編《中國近代散文選》（洪範版）時，在前言裡如此替近代散文分類：

「二十世紀初葉的散文家轉折崛起，波瀾壯闊，爲近代散文建立了不可顛撲的典型品類。所謂散文，歸納起來，不過以下七類：一曰小品，周作人奠定其基礎；二曰記述，以夏丏尊爲前驅；三曰寓言，許地山最稱淋漓盡致；四曰抒情，徐志摩爲之宣洩無遺；五曰議論，趣味多得之於林語堂；六曰說理，胡適文體影響至深；七曰雜文，魯迅揔其體例語氣及神情。」

楊牧分的類別，在散文史上的表現，其實有著清楚的勢力強弱、中心邊陲、主流偏支的差異。七類中影響最大、運用最廣的，首推胡適式的說理文章；其次當然就是以徐志摩爲前鋒的抒情一派了。這兩類，約莫該當是通俗二元論中「理性／感性」的代表風格。

胡適式的理性書寫，求其流暢、清晰，說服力是最主要的訴求目標。這類文字符合「啓蒙」精神之所需，帶有強烈的教化、宣傳使命感，大力地將現代種種知識態度，引介進中國。

至於徐志摩式的抒情文，則搭上中國近代「自我發現、自我表達」沛然難禦的思想、性格解放運動，而大放異彩、成績卓然。

「五四運動」的一個重要價值力量，來自於打倒傳統的束縛。打倒傳統，除了要代之以現代之外，更深層的渴望是要以自由取代原本的僵化拘執，要以自我的淋漓個性取代舊式蒼白單調的集體面孔。徐志摩之所以重要，在他開創了一種大剌剌、理直氣壯以「我」爲中心、以「我」爲對象，自戀地挖掘、發洩「我」的情感意念的語言腔調。這種腔調一出，全國披靡，大家於是紛紛跟著徐志摩的路子去尋找自我、表達自我。

事實上，有這種徐志摩式的自戀腔調，才讓許多人理解到、意識到可以有這樣的「自我」。流風所及，進而就變成了：建立自我最時髦最摩登又最快速的方式，就是學會那套抒情腔調，以抒情來肯證自我，以抒情來標誌自我。

浪漫主義式的抒情文，成為散文中的另一支主流，一點都不意外。相對於說理文、抒情文，其他散文次類，就被推擠到比較邊緣的位置上去了。

其中遭遇最是委屈的，當屬楊牧文中稱的「小品」，也是最接近西方「隨筆」的一類。這類文章，在周作人優秀作品的帶頭示範下，發展得很早。也編過《周作人文選》的楊牧形容周作人，「其人號稱『雜學』博通，中外學識掌故知之最詳，下筆閑散，餘味無窮」。換句話說，周作人剛好符合「文藝復興人」那種對於各類知識，淵博好奇的特性。

周作人達至的「隨筆」顛峰

在周作人筆下，「小品」或「隨筆」立刻發展出了一個高潮。周作人涉獵的知識之廣博，在那個時代幾乎難以找到足可匹敵者。他的廣博，在於跨好幾個不同的文明傳統，尤其是古典希臘羅馬歷史、以及日本的異俗故事，讓當時的人看得嘖嘖稱奇。他的廣博還表現在不忌小大、不分精麤，可以非常生活化、更不避諱寫極其瑣碎的事物。東拉西扯、上天下地，構成獨特的、無法模仿也無法取代的趣味。

周作人在「小品」、「隨筆」上的表現，當然刺激、引來了許多追隨者、仿效者。然而看周作人寫來如此喃喃叨叨、輕輕鬆鬆的文章，眞正要模仿起來，哪有那麼簡單！

就像金庸在武俠小說上的驚人成就，阻卻了之後武俠小說的發展，周作人很快就成了「隨筆」這個文類裡，擋在路上跨不過去也繞不過去的一座高山。也像魯迅以一人之力幾幾乎窮究了雜文的變化可能一樣，周作人也以一人之力，走遍了「隨筆」的有限版圖。

這使得後來的人要模仿，格外困難。

再抄一段楊牧對周作人的評斷：

「模仿周作人的散文的，半世紀以來前仆後繼。有人學到他的苦澀，竟失去了清純的風味；有人學到他的淡漠，卻少了一份熾熱參與社會和關懷人生的心腸；有人學到了他的沉靜，殊不知他安祥中還有一份湧動的知識慾望；有人學到他雜學豐富，唯不免掉錯書袋之譏；有人學到他以文字語法委婉突兀所企及的幽默，卻誤會了那幽默背後的無奈和嘲諷，反而以戲謔取勝，更因爲看到周作人所獨具的京華風采，乃將那種可貴的雍容文雅隨手惡化，以爲順口的俗套歇後語之類，只要帶上北京和北京城郊的腔調，便可湊效——其實五十年來許多嘻皮笑臉言不及義的雜文都因此而產生。」

有周作人這座高峰擋在前面，堵住了小品文發展所需的陽光，讓人東學西學總學不像樣，這已是災難；然而更大的災難還在周作人這座山後來因爲政治、意識形態的因素，轟然崩倒。

周作人與日本占領軍過從甚密，成了他一生中最大的汙點，爲此他六十高齡時還鋃鐺下獄，坐了三年的牢。爲此付出更高的代價是他的文章從此蒙上了陰影，不只是「以人廢言」，甚至是「以人罪言」。

在救國、啓蒙兩股主要力量的推擠下，周作人的小品文、隨筆被視爲他「叛國」的思想來源。這種文體一則閑散清淡，表現不出高度民族主義激情；二則游移自由、無可無不可，沒有明確大是大非的中心思想；三則對各式各樣文明知識一般好奇，不作評斷；這三項特色加在一起，就構成了周作人的罪狀。他的文筆證明了他是個沒有民族信念、沒有中心思想的人，與啓蒙、救國兩不相涉，難怪後來會成了漢奸——最強悍、最尖刻的批評者如此論道周作人。

這種說法，當然不公平。最不公平的地方，在於這些人完全不了解、也完全不能領會小品文、隨筆的內在文類精神。隨筆對人類文明最大的貢獻，其實正在其開闊的態度，無可無不可的普遍好奇心，用隨筆的隨心隨散，打破了許多文明戒律堆砌出的壁壘。

不公平的說法，很不幸的，卻成了最流行的說法。從此，周作人躲進了文學史的牆角裡，小品文隨筆也被迫和他一起躲藏。

四、

追溯這段隨筆沿革史，以便讓大家更能捕捉董橋之所以突出不同的意義。換句話說，依我看來，董橋的不同，不只是一種個人創意創造力不同於流俗的發揮而已，更重要的，他的不同是建立在小品文隨筆在近代中文傳統的委屈與隱晦上的。

董橋的不同，第一是他刻意地耕耘開發「隨筆」這個文類傳統。十幾年前，董橋在台灣陸續出版的散文集《這一代的事》、《跟中國的夢賽跑》和《辯證法的黃昏》，他的文章還猶豫在「隨筆」與「知識散文」之間。學院的訓練顯然對他還有相當強大的拘束力量，雖然已經發展出一套深具個人風格的文字，用那套帶著「溫婉的犬儒態度」的文字來處理各式各樣的知識主題，不過他對筆下觸及的哲學文學歷史知識的系統框架，還保留了高度敬意（甚至是畏懼），以至於許多文章中規中矩依循著學科知識內的理路，不敢太出格、不敢太放肆，只是用自己的語言自己的多姿方式轉述改寫。

以「知識散文」別闢蹊徑

那樣的「知識散文」已經非常迷人了，那樣的「知識散文」已經大體突破了中文散文強大的「浪漫自我中心」主流，別闢蹊徑，令人視野大開。

董橋的散文知識多感觸少，寫到知識時講究用文字的整理省約凸顯風格重點，寫到感觸時，多下價值判斷、少談空泛喜怒哀樂，因而展示出高度理性化與高度風格化，以理性建構風格、以風格推動理性的獨到魅力。

這種獨到魅力主體不變，然而晚近幾年外在客觀環境的條件，卻讓原本介於「隨筆」與「知識散文」間的董式風格，更朝「隨筆」傾斜。

那就是董橋接任了《蘋果日報》的副社長、社長職務，開始固定在報紙上每天寫只有一千字左右的專欄。字數限制使得董橋不可能再中規中矩、也使得董橋不可能周全照顧，他必須有不同的策略來對付這一千字，既守住自己的原則，又給予讀者足夠的閱讀內容。

這一千字的篇幅設計，是很「香港」的輕薄短小。然而背負沉重中西知識傳統，「文人氣」很深很醇很厚的董橋，其實是輕不來也薄不來的。於是他半自覺半強迫地，走上了「隨筆」、「小品文」的路子，大量向西方的 essay 傳統，以及中國到周作人戛然中止的小品文寫作，汲取養分。

幾年寫下來，董橋式的新隨筆體，悄悄地誕生了，而且悄悄地卓然昂立。我們追索這幾年內的董橋散文，可以發現一些變化衍繹的脈絡。例如剛開始時，董橋比較小心比較謹愼，守著用小篇幅談小題目的原則，而且優先選擇自己涵養其中，深潤熟悉的題材。所以我們會看到他講古今中外文人的掌故、講他自己的收藏品，以及講中文該怎麼寫、英文又該怎麼寫得漂亮。

這裡透顯出來的，是一種極有意思的東方化了的snobbishness。snob、snobbish在中文裡很難翻，因爲這字背後含藏的貴族品味意義很難用三言兩語表達清楚。snob當然很驕傲、也表現出高傲，可是他的驕傲單純來自他的品味判斷與抉擇。他懂得你不能懂得的某種事物內在的美學或哲學或文化上的品級高下差異。他因爲掌握了這種神祕評判標準，所以才驕傲。勉強用中文說，snob表現了一份「我識貨你卻不識貨」的差別心，以「我識貨而你不識貨」的態度鄙視、睥睨其他人。

所以西方，尤其是英國式的snobs、snobbishness，最吸引人的地方在其內在的強烈矛盾。他們那麼臭屁那麼趾高氣昂，讓人看了就討厭；可是他們之所以臭屁之所以趾高氣昂，背後的文明理由、知識品味，卻又讓人不敢否認、不能拒絕。一邊是強大的拉力、一邊是同樣的強大推力，一拉一推之間，藏著這種文化的雙重樂趣。

董橋的散文，尤其是觸及品味的部分，顯然深得英式snob的精髓。不過他有意地對之進行了東方轉化，磨掉了很多英國貴族紳士的尖酸稜角，補上了中國士人的溫雅保留。他不把話說盡說滿，事實上一千字的空間也不夠他把話說滿說盡，於是在文章中，他雖然還是對自己的品味自信十足，但批評起不懂品味的異類時，卻是溫溫吞吞地欲言又止，才言已止。

更晚近的董橋專欄，慢慢地視野擴大了，董橋的筆也漸漸放肆起來了。最大的變化，就是董橋開始不避忌地讓時事政經乃至影藝消息進入文章裡。時事政經、影藝娛樂相關資訊愈來愈多，不過始終董橋寫的就不是新聞評論。這些消息只是他拿來逗引、聯絡出其他掌故知識、故人舊時代的動機而已。然而時事與掌故的差別，前瞻與懷舊的雜混，卻給了這個時期的董橋作品，意外寬闊的格局。

也使得董橋散文，更接近文藝復興時代的隨筆，更接近周作人的小品文。靠著董橋的筆，長期陌生乾涸的隨筆文類之流，終於灌注入了新的水源；而也靠著隨筆這種文類的包容庇護，董橋得以盡情的開發、涵養他那既華麗而又高貴的偏見，不至於淪爲固執尖刻。

隨筆與董橋，相遇相合而相得益彰。

二〇〇二年二月

連環翻案的樂趣

——讀平路的小說《何日君再來——大明星之死？》

《何日君再來——大明星之死？》具備了所有平路式的文學特質。

一、

平路喜愛、並擅長寫眞正存在過、活過的歷史性公衆人物。公衆人物提供了現成的生平資料、鮮明印象，留在讀者心目中，所以小說可以不必花精神費力氣去鋪陳主角的基本個性、大事梗概，而能夠集中焦點在瑣碎細節上。

除了這種小說敘述經濟學考量外，平路寫「大人物」顯然還有另一層目的。那就是以小說虛構探入「大人物」的私生活，尤其是比八卦雜誌更不受限制地探入精神、思想、主觀感受的領域裡，平路一方面帶讀者進入一個終極的「偷窺」境地，另一方面弔詭地推翻、否定了「偷窺」與事實之間的聯繫。

寫歷史性的公衆人物時，平路玩著面具外表與眞實內在的典型現代主義遊戲，樂此不疲。現代主義基本上對人的行爲、表面的動作、公開言說，抱持著絕對的懷疑態度。「人必然不只這樣。」這是現代主義最固執的信條。文學、尤其小說的任務，就是去挖掘、甚至去創造出「人不只這樣」的內在深層意義。

公衆人物有最清晰的外在「這樣」輪廓。平路挑選他們，然後拆穿他們的面具、裝扮，暴露他們頭腦裡或心靈中，最和「這樣」衝突、矛盾、格格不入的地方。

在寫作中，平路獲得了、也傳遞了「翻案」的樂趣。這裡面必然帶著一種頑皮、狡獪與不馴。「你們相信他們是如此如此這般這般的人嗎？你們都錯了。」這是躲藏在小說後面，平路的表情。

擅長描寫女性公衆人物扭曲的情慾

平路尤其喜歡、擅長的翻案對象，是社會凝視下消失了或變形扭曲了的女性情慾。在這一點上，平路的確始終是個立場明確的女性主義者。女性受到社會層層的監管，女性情慾尤其是監管的重點。女性受到的最大折磨、最不公平待遇，就是情慾的不自主。有時候情慾被羞恥所掩蓋，其存在被高度汙名化了。有時候情慾被異化物化，成爲可供取用交換消費的東西。

即使是擁有權力——政治的或財富的或群衆的權力——的女性，也無法擺脫情慾的監管。或者應該說，男性獲取權力的報償、同時也是具備權力的證明，可能是情慾的自由發洩。然而反過來，權力女性卻必須以更壓抑更扭曲的情慾作爲其權力的代價。

女性公衆人物的基本形象裡，幾乎毫無例外都有深沉抑壓、扭曲情慾的部分。平路對這部分格外敏感，逢遇情慾的抑壓與扭曲題材時，就像嗅到血腥的鯊魚一般，立刻逼近，瞬間翻攪起一片波濤。

二、

平路還喜歡玩間諜與偵探的遊戲。偵探不斷設問解謎，不斷試圖剝開表面的障眼阻礙，暴露出核心的事實，其工作精神本來就類似小說寫作。偵探面對凶案、面對有眞有假、合理又不合理、連貫又錯亂的線索，清之理之，最後找到兇手重建事實。間諜則是多了複雜目的的變形偵探。間諜的目標，通常也是掩蔽遮藏的眞相——敵國的戰略、敵國的部署以及敵國的行動時刻表。可是一來間諜用來取得眞相的方法，不是調查，而是更多更高明的掩蔽遮藏。間諜在接近事實的同時，製造了更多的謊言與迷霧。二來間諜不以揭露眞相爲唯一目的，間諜不會也無法像偵探一樣，大剌剌地在解謎之後站到台前來，把來龍去脈說清楚講明白，接受衆人的掌聲。間諜默默偷偷取得眞相，往往只是爲了去製造更多更好的假相，而且間諜永遠活在陰暗的、森冷的社會角落裡。一旦站到陽光下，不管是變成烈士或變成英雄，他都不再是間諜，也就失去了以謊言掩護去趨近眞實的能力與機會。

間諜試圖揭露欺瞞，然而他用以揭露欺瞞的工具，不像偵探用的理性、邏輯、科學，是更多更複雜的謊言。

間諜——欺瞞與謊言

間諜還有另外一層深義，尤其符合平路一貫的關切。間諜與國家權力、國家體制，永遠牽扯不清。沒有人比間諜與國家更纏雜、也沒有人比間諜與國家間的關係更疏離。

間諜，不管是帝國主義時代，或是冷戰結構下，無可避免要背叛一個國家，去造福另一個國家。冷戰時期最迷人、最不可解的間諜故事，首推英國的「劍橋五人組」。Philby、Blunt、Burgess、Maclean、Cairncross這五個人都是劍橋大學畢業的菁英秀異分子，都在英國的外交情報系統裡得到重要的位子，然而他們卻長年將大量英美機密，包括美國研製氫彈的消息，源源不絕透露給蘇聯。

「劍橋五人組」的故事，至今傳頌不絕、議論不斷。去年還有Miranda Carter寫的Anthony Blunt傳記，堂皇問世，在大西洋兩岸都引起不小的騷動。爲什麼大家對「劍橋五人組」這麼有興趣？因爲他們背叛了自己的國家，背叛行爲成了有待解答的謎，幾十年來大家拚命想要解謎，又覺得解來解去，迄今沒有找到可以滿意的答案。

或許不是答案不夠好，而是問題本身就擺出拒絕被回答的姿態吧。國家意識太強烈、太深刻地印蝕在大部分人之心靈圖版上，背叛國家變成了一樁不只是不應該、而且不可思議的事，不同於其他犯罪，不可思議的行爲內在就是不可思議的，於是再怎麼說明再怎麼解釋，都無法驅逐那不可思議的終極之魔，愈問愈答愈不可思議。

許多間諜行爲都必然帶著不可思議的色彩，除非我們打破對於國家、對於國家體制的一些根本信念。平路當然不是個無政府主義者，不過她長期以來樂於用各種不同的直接間接方式，去刺探國家意識的盲點弱點、去質疑國家體制擺出來的高度合理姿態。

多年以前，平路就曾經在《捕諜人》裡試過用間諜題材與國家周旋，藉金無怠這個現實的間諜角色，討論中國民族主義與國家認同。可惜的是，《捕諜人》由平路和張系國交錯合寫，兩人風格、價值理念、寫作目標根本南轅北轍，只憑金無怠一個共同角色，不可能綜合組串成一部完整作品。於是錯亂的後設遊戲終究掩蔽了平路在書寫時的嚴肅用心。

三、

《何日君再來》中，又見間諜。整本書的核心敘述者，就是一位過氣、近乎自我放逐的台灣間諜。他千里迢迢跑到泰國清邁去調查大明星的死因。雖然全書從頭到尾沒有出現大明星的名字，但平路留了夠多夠明確的線索，讓所有讀者都知道大明星就是鄧麗君。

層層翻案、互相質疑的多重敘述與矛盾事實

在搜查鄧麗君死因的過程中，我們的間諜碰觸到了一連串奇特的可能性。可能鄧麗君是被謀殺的，而不是如一般相信是因氣喘痼疾發作而死的。更爆炸性的是：鄧麗君可能是被台灣情治單位謀殺的。因為當時鄧麗君透過日本經紀人的安排，積極熱中想要到北京天安門前去辦一場空前盛大的演唱會。如果過去被視為台灣國軍精神的支柱、「勞軍女神」的鄧麗君到了對岸去開演唱會，台灣方面情何以堪！

間諜採訪至此，已經墜入層層詭譎危險的迷霧裡了。如果大明星之死真的牽涉到國共敵對鬥爭，那孜孜矻矻想要找到眞相、甚至揭露眞相的間諜，不是成了自己國家的背叛者嗎？他的身分是什麼？他的角色又是什麼？

且慢，間諜不只採訪到這些。採訪死因，進一步無可避免採訪到了大明星生前活著的種種。尤其是不為外人知，私密的生活細節。光鮮亮麗大明星外表底下藏著悲苦、無奈、憤怒、掙扎，與驅之逐之不得脫身的記憶夢魘。平路化身間諜，借力虛構，揭示出大明星的內在身世。

身世一塊塊拼湊起來，死前事跡一點點訴說，驀然浮顯出一項更加驚人的可能：大明星鄧麗君其實根本沒死。她只是太聰明地借力使力，讓自己從明星的身世身分與角色裡遁逃走了。她駕著小船離開了最後的清邁，開啓另外一段身世……

究竟什麼才是大明星「眞正」的結局呢？了解平路小說風格的人應該可以預期：人物、角色不會有「眞正」的結局，因爲小說裡建構的多重敘述、矛盾事實，它們彼此間的關係，是層層翻案、互相質疑，是彼此詰問卻又共架謊言。《何日君再來》小說的樂趣，不在揭示、不在解謎，而在連環翻案，在間諜對事實與謊言的無盡操弄。

二〇〇二年八月

自虐的救贖之書

——讀蘇偉貞的《時光隊伍》

「死亡不是人類經驗。」

倖存是項艱難的經驗

儘管有那麼多「死亡書寫」，書寫的，從來不是死亡自身。「死亡書寫」寫兩種內容，一種是對於死亡的想像，一種是倖存者對於死亡的感慨。

「倖存者」，就是英文中的survivor。自己從死亡邊緣走過一遭，幸而不死，是「倖存者」；身邊親人走了，自己獨留在生的這邊，也是「倖存者」。中文裡講的「未亡人」，英文中就是叫survivor。

死亡不是人類經驗，眞的與死亡最接近的人類經驗，是「倖存」。死的是別人，然而改變的，卻是未死的人的生命。

正因爲我們沒死，沒有資格談論死亡本身，然而死亡作爲絕對消逝這件事，卻又不容許我們忽視不管。死亡從我們身旁走過，使我們無法再欺瞞下去。對時間的欺瞞，不，對自我的欺瞞。

「樹欲停而風不止，子欲養而親不在」。這句話最大的落差，就在「欲」與事實中間。只要親還在，「欲」就能成立。我們可以告訴自己，我想要如何如何，我們活在自己編織的「欲」裡，不必管這「欲」有多少事實根據，我們藉以安慰自己，藉以接受不圓滿的生命現實。然而，死亡摧毀了這樣的自我安慰。死亡最可怕的，就是時間的終止，沒有明天，沒有後天，更沒有明年。

不能再說：「明天我會……」我會給你一座玫瑰花園。我會告訴你所有的祕密。我會花一整天的時間陪你。沒有了。死亡同時帶走我們每一個「明天我會……」的想法，逼我們看，逼我們承認，就是這樣了。

倖存者得承認，就是這樣了，到此爲止，所有的帳，欠的與被欠的，都不會變了。欠的，沒有機會再還了。被欠的，也沒有可能再討了。結算，就只能到此爲止結算。

倖存是項艱難的經驗，因爲很少有人算下來的帳，剛好是不欠又沒被欠的。平常我們活在一種虛幻卻又眞實的平衡假象裡，欠的我會還，被欠的我會討回來，所以沒關係，欠或被欠，都在延宕的平衡想像中，變輕了，變得容易接受。

死亡讓這些沉重。欠的要永遠欠下去，被欠的永遠沒處討了。最沉重的，是我們要面對「永遠」，一個人永遠消失的事實。

倖存是項艱難的經驗，還因爲，不可逆的死亡，卻總是看來沒有那麼絕對。爲什麼就是在這一刻，而不是下一刻，而不是明天，不是下星期，不是明年呢？

死亡成爲定局，在遺憾中，我們無可避免去想，如果不是這樣走，如果走的是另一條路呢？會不會就躲開了死亡，至少，就不會在這樣一個時點上死亡？在哪一點上，眞正決定了我們的親人，會在這點上用這種方式死去？從死亡的那一點回溯，怎麼走上死亡之路的？那路途上，有什麼其他岔路？有什麼隱蔽著的出口沒有看到嗎？

死亡終點像一堵牆，將倖存者的生命硬生生擋住，彈回去，掉回死亡來到前的分分秒秒，以死亡倒數，用與死亡之間的關係，重新認知感受一次那段時光，仔細、近乎自虐地檢視每一件事、每一個決定。

倖存者的救贖

倖存者特有的自虐，藉由虐待自己的記憶與情緒，才能從倖存的感受中得到救贖。

所有與死亡相關的儀式，幾乎都是針對倖存者而來的，與死者無涉。還有所有與死亡相關的種種猜測，其實也無非是安慰倖存者而產生的。喪禮到葬禮到年年歲歲的祭拜，真正的作用，是拖長死者離開我們的過程。從生到死，存有到消滅，本來只是一瞬間的變化，有就是有，下一秒鐘，沒有就是沒有了。然而這種麻利的過程，讓人難以接受，更難調適。所以，很自然地發展出一個又一個步驟，製造假象，假裝死亡不是那麼絕對的，假裝死者會慢慢離開，倖存者只需準備接受下一步就好。

儀式還有一個作用，讓倖存者分神。小殮大殮誦經摺紙蓮花，無一不是讓倖存者得以不必分分秒秒咀嚼死亡這樁事實，以及這事實帶來的痛苦。

當然，和所有儀式相接相應的，最根本的安慰，是相信死亡不是像表面看來得如此絕然終止，絕然不可逆。倖存者寧願相信，死者還會回來，還會在意自己的喪禮葬禮，還會看到倖存者的痛苦。倖存者寧願相信，死者不過是換了一種方式生存，雖然他無法和我們溝通那種生存的訊息，不過我們就是相信，就是堅持，另一種生存的存在。

所有這一切，其實就是要將倖存者的救贖，從原本必然的自虐中移轉開來。移給別人，或移到別的事情上去。死亡，必須要有一部分由死者與教士來承擔，另外一部分由死後的世界想像來承擔，那樣，倖存者才不會被壓得喘不過氣來。

然而，就是有一種人，他們不相信，無法相信那些用來引開死亡壓力的說法與作法，他們知道，他們只知道，死了，就沒有了。這種人，平常在生活上，甚至在面對自己的死亡上，可以非常豁達。對他們而言，時間裡沒有藏什麼別的詭異詭計，時間過了就是過了，我們只能「縱浪大化中」，哪有那麼多好算計的？死了就死了，走了就走了，還幹什麼安排任何身後儀式，沒有意識的軀體，值得多做什麼？

這種人，豁達的現實主義者，鐵齒不相信任何超驗存在的人，偏偏最不適合當一個倖存者，面對自己生命中曾經愛過、重要過的人永遠離去。

死亡書寫，現代愈來愈多，愈來愈流行。其中一個因素，應該就是不相信、不能相信死後時間存在的人，愈來愈多了吧。西方科學在摧毀上帝、天堂，以及六道輪迴的想像上，還是效果卓著的。沒有了上帝、天堂，也沒有了六道輪迴，人就回到只剩下記憶與情緒，可資用來扮演倖存者角色的狀態了。

回到自虐的狀態。必須回憶那僅存的時光，賦予時光意義，進而感受奇特沉重的責任——那死去的人，不可能有天堂、輪迴可去的靈魂，現在只能活在倖存者的記憶當中。你記得他是什麼，他的生命就依附在那上面，薄薄輕輕地留存。

《時光隊伍》，就是這樣的倖存者書寫，自虐地整理記憶與情緒，並意圖透過記憶，讓那死去的人，死去生命的意義，找到唯一僅有可以延續的場域。

蘇偉貞記得的張德模，她選擇要存留治療死亡傷痛的形象，是一個「流亡者」。這個選擇，乍看下如此理所當然，理所當然到缺乏創意空間。張德模那一代的人，出生在戰爭中，被戰爭從家鄉逼出來，走上了永遠回不了頭的流亡之路。從中國大陸流亡到台灣，等到兩岸不再隔絕，他們再度從台灣流亡回大陸，然後被迫清醒地發現，不管哪一岸，都只能是他們的流亡地。

這樣的故事，我們還不熟悉嗎？我們聽過幾百次了，就算我們掩起聽故事的耳朵，故事依然固執地在我們生活周遭上演。

三項傑出的洞見

三項小說家的洞見，以及多年磨練的小說技藝，使得《時光隊伍》沒有掉入那缺乏創意的黑暗空間，變成「另一個」流亡故事而已。

第一是，蘇偉貞咬緊牙關，一定要將張德模寫成一個「流亡原型」，而不只是一個「流亡分子」。爲了達到這樣的目的，她不惜犧牲了許多張德模生命的關節，兩人相處最重要的片段，不讓記憶細節破壞、干擾「流亡」主題。小說中完全沒有交代張德模原本的婚姻，只提了婚姻留下來的兒子。小說中更完全沒有碰觸張德模與「妳」的愛情過程，從記憶角度看，應該最鮮明最重要的，在時空流亡中被排除在外了。

蘇偉貞將篇幅讓出，寫了當年故宮國寶輾轉遷徙的過程，記錄、揣想那些護送國寶的人的經驗、感受。故宮國寶的旅程，奇妙地在書中建構了一個核心隱喻，既烘托又對比出，對待活的生命，生命的流徙，渾黯曖昧的態度。人不如物嗎？不完全是，比較接近——人原本爲了某個超越的理由流亡，然而走久了，流亡變動成了生命的一部分，甚至是定義生命最重要的部分，於是再也分不清，流亡是目的還是手段了。

蘇偉貞的第二項傑出洞見，在於將張德模生前最後幾年在中國大陸的旅行，平行寫入了流亡記憶中。《時光隊伍》書中有書，內含了一本詭異的旅行之書，流亡者像患了強迫症般不斷上路的經驗。他們在號稱「自己的國土」的陌生環境中，周而復始地一再「境內流亡」，樂此不疲，或，苦此不疲。那是流亡經驗的重返，更是流亡習性的反覆再臨。

蘇偉貞還展現了一項了不起的小說家技藝本色，那就是冷靜逼視張德模死亡過程，按照死亡結果，倒數重整陪伴張德模走向死亡的每一段時光。兩種情緒交錯著，對於死亡過程的厭惡與尊敬，不得不有的厭惡到了極端，就成尊敬。倒過來，不得不有的尊敬，到了極端，也就只能是厭惡了。

那白描的事件，加上誠實的感受，穿插在「流亡原型」中，進而產生了一層新的隱喻——死亡作爲終極流亡。死亡是流亡的延續，而不是流亡的終止。自虐地面對死亡過程，小說家找到了私心的救贖，她說服自己、說服讀者，不是用宗教之心，而是以小說之心相信，張德模繼續活在時空隊伍的流亡中。流亡不止，人類流亡經驗還有意義，那麼，不去天堂也不去地獄的張德模，就還活著。

二〇〇六年九月

第四輯

本輯除了對半世紀的台灣「大眾文學」筆記式的鳥瞰紀錄外，也以不同的文類、作者，進行了個案研究，讓文學與社會的互動有更多的切入分析點。

四十年台灣大眾文學小史

一、

破題開宗明義，先得費一番唇舌解釋。「四十年台灣大衆文學小史」這個題目裡每個字眼都是可以用一本書的篇幅爭議、討論的概念。

戰後台灣的大眾文學缺乏傳統

爲什麼追源溯古的斷代定爲「四十年」？四十年的時間約莫就是台灣戰後史，或者更精確的，是國府遷台後的歷史。一九四五—四九年是台灣歷史的大斷裂、大轉折。日據時期，以日語作工具，台灣曾經出現過大衆文化的雛型。其中心應該是二〇年代延續至三〇年代初，從西方轉手日本傳入的電影，以及電影周邊的流行歌曲。一來文學在當時尚未眞正普及到堪稱「大衆」的地步，再者三〇年代後期，「皇民化運動」一起，橫掃了所有的傳播媒體，政治性、宣傳性的主題排擠掉了其他較具庶民性、娛樂性的內容，一直到戰爭結束，台灣本土的大衆文學面目模糊、性格不彰。

民國時代，大陸的大衆文學自有傳承。遠自清末「新小說」之出現，中國的大衆文學產銷中心一直在上海淞滬地區。「禮拜六」、「鴛鴦蝴蝶派」盛極一時。然而中日戰爭開始後，上海最早變成「淪陷區」。繼而一直在日本軍方扶植的傀儡政權控制下。這個時期大衆通俗文學雖續有發展，然而從國府的立場上看，這些作品都被烙上了「商女猶唱後庭花」式的「亡國文學」印痕。日本軍方及汪政權治下的淪陷區，一直是國府官方歷史敘述中很難安排的尷尬，其處理的主要方式就是壓抑、忽略，最好假裝一切都沒發生過。

一九四九年國府倉皇東渡，初到台灣時帶著極爲強烈的危急存亡憂患意識。這種情況下當然格外避諱「亡國文學」的「污染」。加上本土舊有日據殖民型文化中的種種質素都被排斥在注意、討論範圍之外，官方語言的更替使得台灣本土人士在公開場合徹底失去口語及文字的表達機會，其結果是在「大衆文學」的這個領域上呈現一片空白。

說戰後台灣的大衆文學缺乏傳統，應該是公平的。事實上，五〇年代前期，戰爭尙屬風聲鶴唳階段，台灣社會處於一種徹底的集權動員形態下，根本談不上有什麼大衆文學的存在。當時的文化是政治文化、當時的文學是宣傳文學，幾乎不容許有例外的空間。

整個五〇年代，台灣的大衆文化、大衆文學在低抑、不良的環境裡磨著、掙扎著，慢慢露出一點頭緒，一點還不是很捉摸得清發展方向的芽苗。從這樣的萌芽期起算，迄今差不多正是四十年。

這四十年裡長養的大衆文學，在政治因素左右下，失去了與大陸上海時代的聯繫。因此「中國性」絕非其特點。五〇年代正好是冷戰結構形成，美國的霸主地位日益穩固，以好萊塢電影爲中心的美國文化工業，趁勢向各地大量輸出其成品。台灣的大衆文化、大衆文學在這種潮流下成形，無可避免地沾染上濃重的美式舶來色彩。

一直要到六〇年代，瓊瑤的崛起才算稍稍扭轉了大衆文學中強烈倒向美國、西方的傾向，至少把文學故事裡的場景拉回到台灣來。從此以降，大衆文學中雖然出現不少以古老鄉野、傳奇中國爲題材的作品，然而畢竟在意識形態的掌控中，跟現實中國沒有什麼干係。這段大衆文學所展現的主要個性，其實是將現實、當下美國社會的流行因子以及過去、想像的中國傳統文化兩種異質成分，進行轉化接枝，聯絡起台灣社會的發展，進而成爲台灣社會發展的一部分。

「大衆文學」是普遍消費性文學的集合總稱

那麼「大衆文學」到底是什麼？我不相信我們可能給「大衆文學」一個非常周延、精密的定義。如果要從正面規定的話，我們只能粗泛地說：「大衆文學」是一種普遍消費性文學的集合總稱。這些文學是以「大衆」而非特定少數專業人士爲假想讀者。從這個角度看，暢銷與否是檢驗「大衆文學」作品的一項關鍵性標準。不過我們也必須小心，暢銷不一定就表示作品影響到「大衆」。事實上，跨越性別、階級、年齡等種種範疇的「大衆」根本不曾眞正存在。「大衆」這個概念本身只是個鬆散的統稱，如果認眞看實看死了，就變成一個神話、「迷思」（Myth）。

尤其在對待文學上，我們更不應該把「大衆」想像得太全面。以文字爲傳遞媒介的文學，其讀者群的擴大本來就必須依賴識字率作基礎。「大衆文學」能夠出現，要靠社會整體教育水準的提高，然而不論再怎麼暢銷的文學作品，其消費者還是固定的閱讀人口，不可能普及到所有人。

在台灣情形更複雜。台灣不只有教育程度的問題，還有語言更替的特殊狀況。日治後期顯著提高的教育水準，是以日語識字率、閱讀能力爲準的，戰後一下子換成中文，當然嚴重影響閱讀人口的基礎。

再者，具有同等教育程度的人，卻可以有非常不一樣的閱讀習慣。即使是暢銷如瓊瑤，她的作品閱讀者其實還是嚴重局限在特定性別（女性）、特定年齡層（中學到三十歲）上，沒有眞正普及「大衆」。換句話說，暢銷往往反映的是「分衆」而非「大衆」的品味。

「分衆」才是社會的現實，然而我們因爲無法一一細究「分衆」各群體的分布光譜以及其間的互動拉鋸，姑且沿用「大衆」這樣一個比較籠統的概念，先畫出一張小比例尺的略圖，供作未來描繪詳圖的參考。

書寫歷史談何容易。寫歷史本來就是記憶與遺忘間一種弔詭的拮抗。將原本龐雜蕪亂的紛紜現象予以整理，選擇一部分作爲記憶、存留的對象，同時也就意謂著對未選取的其他部分的無情遺忘。我們無法記憶一切，未經整理的史料素材根本無法進入我們的意識裡。於是當我們開始要記憶時，我們就必須選取，也就必須遺忘。

「小史」是記憶的最底限，其本身並不是歷史，只是歷史的提示紀要。也就是說，希望這樣一份整理不是讓我們忘掉沒有被收進來的，只是讓我們開始在腦中有個可以安排更多資料的架構。至於眞正的歷史，還有待書寫。

二、

放在實際歷史脈絡下來看，「大衆文學」在台灣，除了正面性的規定之外，還可以由反面的對照來凸顯其特質。

第一個重要對照是「大衆文學」中薄弱的政治性。到解嚴以前，台灣的政治性論述一直在官方的嚴密監管之下，很難有逾越設定窄軌的作品出現。而但凡是中規中矩在窄軌內慢行的作品，都無可避免地淪爲歌功頌德的宣傳品。這種宣傳品在社會上很早就失去了自發性的市場需求。當然不是說宣傳品就一定不暢銷。相反地，宣傳品會透過制度性管道廣爲發行、大銷特銷。我們甚至也不能說宣傳型作品就沒有讀者，事實是，教育、公務體制裡有成套的儀式，威脅利誘大家來看這些作品。

大眾文學中政治性薄弱

暢銷、有影響力，可是這些作品卻無論如何不能算「大衆文學」。蔣經國的《守父靈一月記》、《梅台思親》曾經是全國中小學生必讀的課外讀物，但它們絕對不算「大衆文學」。因爲沒有人能夠模仿這種文體、題材大量複製，而且對這種作品的閱讀反應只能有一種，缺乏製造流行所需的爭議、激盪可能。

所以解嚴前眞正暢銷的文學作品，內容幾乎都不涉及政治。流風所及，台灣固定的觀念裡，認爲大衆文學就是浪漫風花雪月故事的鋪陳，大衆文學作爲政治性論壇的潛力遲遲未被開發。

不過換個角度看，這樣未嘗不是替權威時代泛政治空氣底下的台灣，保留了一塊價值中立的邊緣土壤。最具象徵意義的就是台灣大衆文學重鎭《皇冠雜誌》出刊於一九七五年五月的第二五五期。前一個月蔣中正逝世，台灣所有的黨政宣傳機制陷入空前的歇斯底里狀態，從電視、報紙到所有的雜誌都以蔣中正之死作爲唯一的題材，強迫製造了一種偉人崩殂、天地爲之停頓的氣氛。然而《皇冠》卻只在最前面插載了一幅蔣中正的黑白照片，五月號全期所有專欄、小說維持舊樣。回頭重讀《皇冠》，會讓人忘記台灣曾經掀起過一次規模如是龐大、持續這麼久的偉人崇拜集體儀式。這或許可以算作是大眾文學長期非政治化的一個意外的反抗、出軌焦點吧。

三、

第二個重要對照則是「大眾文學」與「純文學」的分野。

「純文學」的純，是和其「小眾性」密不可分的。用比較學院的說法，就是其論述的密度較高。「純文學」的作者、讀者比較有限，發表的園地、形式通常也比較固定、持續。而且圍繞著「純文學」作品另外有一群批評、解讀的評論者，不斷地對「純文學」作品進行文學史的整理。每一次整理就刪汰掉一大部分作品，凸顯其中少數幾部的「經典」地位，並且由這些「經典」串接起一個主流文學傳統，後來的「純文學」作品必須與這個傳統對話，最終也要接受這個傳統的檢驗、定位。

對「文學」這個形式沒有本質性的堅持

相較之下，「大眾文學」承傳的論述約束力很小，「大眾文學」的寫作者不需要先了解從前的人寫過了些什麼才動筆，他們直接關懷、呼應的是現下社會的價值、集體情緒，這樣的情況下，「大眾文學」作品的重複性自然遠高於「純文學」作品。在「純文學」的領域裡，「創新」是一項衡量作品高下的重要標準，新的作品如果與過去的「經典」有太高的同質性的話，一般是很難出頭的。「大眾文學」比較少有這種壓力，我們會看見一代接一代的作者寫著情節、結局都很類似的愛情故事，或是恩怨、善惡固定的江湖武俠傳奇，我們也可以看見「大衆文學」作者一本接一本地寫同樣文類的作品卻沒有枯竭的困境，他們可以理直氣壯地不斷重複自己、抄襲自己過去的作品，這種在「純文學」領域裡足以斲喪文學生命的作法，在「大衆文學」領域裡卻往往可以得到市場的支持。這也部分地點出了「大衆文學」作者的創作、生產時間遠長於「純文學」作者的現象。以瓊瑤爲例，從《窗外》到現在經歷了三十年、五十本長篇愛情小說，她依然繼續在寫作，可是環顧一下，與她同期出道的「純文學」作家們，而今安在哉？大概不是被遺忘在時間之流裡，就是被奉入文學史中供人膜拜吧。不管幸與不幸，他們都無法像瓊瑤一樣持續寫作三十年。而在「大衆文學」的範圍裡，像瓊瑤這樣長期寫作不輟的所在多有。

「大衆文學」和「純文學」的另一個差別在對「文學」這個形式，沒有什麼本質性的堅持。「大衆文學」就是一種「雜」的文學，其邊界地帶格外廣闊、模糊。「大衆文學」和社會上其他傳播媒體之間，保持著異常密切的關係。尤其在威權統治時代，教育體制、學校系統擁有強大的力量，左右文字書寫刊物的傳播廣度。中國時報「開卷」版曾經作過一次調查，列出一九四九年以來最具影響力的書籍。檢查那份書單，我們會發現有將近一半是和學校訓導系統的推薦、指定脫不了干係。任何文學書籍，一旦被課本編纂者或訓導工作主事者認定具有教育、宣導功能，立刻會成爲廣大青少年學生的共同讀物，而且在朗讀、記誦、考試、書寫讀後心得等一連串的強化方式下，這些作品的影響力自然是強大而持久。像梁實秋的《雅舍小品》、陳之藩或思果的散文、王鼎鈞的《人生三書》、鄭豐喜的《汪洋中的一條船》等等，都曾經透過正規教育管道，而成爲大衆的共同文學常識。

與其他媒體進行種種合縱連橫

另外，「大眾文學」作品常常跨越文學的界限，與聲音、影像媒體進行種種合縱連橫。最早，「大眾文學」普及最大的助力是廣播電台，瓊瑤的《窗外》就曾經在電台用國、台語分別製播過好幾次；三浦綾子的《冰點》在《聯合報》、《徵信新聞報》搶譯鬧成新聞之後，也立即成了電台趕錄的搶手貨。「廣播小說」是當時許多家庭夜晚休閒的一部分。

電視開播後，連續劇的震撼作用更大。文學作品一經錄製成為電視劇，立刻就取得了家喻戶曉的通俗性、大眾性。發展到後來，電視與文學間有了複雜、多重的相互穿透性。例如夏美華的《秋水長天》等劇本，經黃以功錄拍後，大獲好評，跨越到「純文學」領域裡被認定為是深具「文學價值」的藝術佳作。朱天文、朱天心、丁亞民等人與朱朱合作拍攝《守著陽光守著你》，後來促成了朱天文投身進入電影界，與侯孝賢合作愉快，侯孝賢能一步步晉階躋身世界級導演之林，朱天文別具一格的劇本實功不可沒。還有丁亞民則放棄了建築專業及小說寫作的嗜好，專職投入電視編劇工作中。另外一位小說家袁瓊瓊的得獎小說〈自己的天空〉改編為單元劇，讓香港來的潘迎紫一炮而紅，也讓袁瓊瓊轉入電視界當了好一陣子的編劇。

瓊瑤和影像媒體的關係最為密切、長遠。早在六〇年代，《皇冠》雜誌就曾從義大利引進「紙上電影」的概念，改編瓊瑤的短篇小說。所謂「紙上電影」就是利用一連串的照片影像及簡短的文字旁白來敘說一個故事。《皇冠》當時刻意找來當紅的電視、電影明星做主角，讓「紙上電影」裡的連環照片看起來像一張張電影劇照。進入七〇年代，瓊瑤的小說更是一部部改編成為電影，帶領當時「三廳」浪漫愛情片的風潮。在這段時間，瓊瑤還曾經把歌星高凌風的愛情故事改寫成為小說，小說再拍成高凌風自己主演的電影。八〇年代之後，瓊瑤更深入電視界，擔任製作人，全面掌控自己小說改編爲連續劇的製播流程，在收視、廣告上連番開出紅盤，將她的文學生涯順勢推上一個新的階段。

除此之外，八〇年代後期開始流行「明星書」，電視上的明星提筆寫作，名字高高掛上文學類銷售排行榜。在商業考量及整體企畫概念主導下，接著又出現了由電影或電視劇所改編的小說。《牯嶺街少年殺人事件》不只是一部電影，也是一本小說書名；《英雄少年》不只是一部古裝連續劇，也是一本小說書名；更誇張的還有《暗戀桃花源》，是一齣戲、一部電影以及一本小說；比較特別一點的則有曾淑美的《青春殘酷物語》，是搭配電影《少年吔，安啦》而出版的報導文學作品。

「大衆文學」之「不純」，其來有自，而愈晚近愈複雜、多樣。

四、

台灣「大衆文學」的社會影響力，有著明顯的性別及年齡層偏向。在性別方面，「大衆文學」的女性讀者普遍多於男性讀者；在年齡層方面，十幾歲到二十歲仍然在學校裡就讀的青少年，是「大衆文學」最堅實的讀者群。

台灣過去長期就存有一種根深柢固的「陽剛／陰柔」界劃，先入爲主的把「文學」規定爲一種比較陰柔、比較女性化的活動。大學聯考更制度性地加強了這種偏見，「理工」被凸顯和「文科」對立，前者是男生想當然耳「應該」優先選擇的志願；後者相對的則是小女生培養氣質的所在。

女性在受教育過程中不斷被灌輸應該安安靜靜接受文學陶冶的價值觀，因此就有較多的機會接觸文學作品，從而也就有較多的機會自己嘗試文學的創作活動。

文學是女性的專利？

這種環境底下，「大衆文學」不但在相當程度上必須投合女性讀者的口味，才能獲得市場基礎，而且更進一步在作品裡再製了社會中的兩性刻板印象。粗略來說，台灣四十年來「大衆文學」中，有幾個領域對女性的自我認知、自我期許影響深遠。第一個歷久不衰的大動脈當然就是愛情羅曼史。羅曼史小說的特點是其寫作敘述上非常強調投入（engage）式閱讀導向，亦即是讓讀者和小說裡的角色認同，感同身受地跟隨著那個角色經歷小說情節裡安排的悲歡離合。羅曼史小說的敘事聲音其實是很權威、很獨斷的，盡可能將讀者的全副心思都吸納進一個故事框架中，在閱讀的瞬間，恍惚以爲整個世界就在那個框架裡，不會跳出來對故事的眞假、合理與否或道德教訓等等有所反省、質疑。不同的作品會用不同的形式來吸引讀者投入、認同，有的是編織比現實稍微完美些的美夢、有的是鋪陳比現實來得坎坷艱難些的苦情、有的甚至就是身邊周遭的現實。羅曼史小說其實不必然一定脫離現實，眞正重要的判斷標準應該是那種投入、認同式的寫法，用這種寫法，即使寫的是你我鄰居的眞實故事，我們讀來仍然會爲之入迷神眩，那就該算是羅曼史式作品。而愛情又甜又酸又苦的複雜面向，正是人生中最足以引人介入、認同的元素。

不過不管用的是什麼形式，傾聽久了那種權威聲音，還是多少會讓人喪失一點質疑、獨立判斷的能力，很容易不假思索地接受別人的任何發言（utterance）。這一點又強化了社會上認爲女性耳根軟、易被影響、渴望被命令、被帶領的偏見，凸顯了男性作爲當然決策者的不平等地位。

羅曼史式愛情小說在女性圈大爲風靡，變成台灣女性成長的重要共同經驗，可是相對地對男性卻幾乎毫無影響，讀愛情小說不只被視爲是浪費時間的無聊舉動，還隱含了娘娘腔、女性化等等價值貶抑恥辱。結果是兩性對愛情、對異性的看法期待截然相左、嚴重缺乏交集。男性成長過程中幾乎沒有任何素材開發其感性（sentiments）的豐富潛力，造就了一堆粗糙無文，靠本能、暴力過活的台灣男人；另一方面女性卻多半有著一顆太過易感多愁的心，用被浪漫小說情節、傳奇愛情信仰洗禮過的眼睛，去看待現實周遭的男性以及更普遍的異性人際關係，這中間想像與現實的落差太大，很難不以幻滅收場。

羅曼史與勵志勸善

「大衆文學」中還有勵志勸善的一支，也對女性起著龐大的作用。這一點上，我們又可以看出既定價值裡的荒謬對比，那就是把男性本質定義爲殘暴的、充滿競爭野心的、弱肉強食的；基於互補原則，女性就是溫柔、退讓、充滿同情愛心的。「大衆文學」裡一直就有一種格言體作品，勸人家退讓、知足，用種種小故事來闡明人生的大道理。這類作品有些會和宗教互通、連結，鼓勵人家爲善。八〇年代末期，證嚴法師的《靜思語》堪稱是這類作品的顚峰代表作，書裡教人同情、幫助在社會底層掙扎的人，從抑制自我中心私心，爲人奉獻中獲取實際的心情安寧與愉悅。這些道理也許是老生常談，但在證嚴法師主持的「慈濟功德會」推動下，這些道理動員了驚人的人力，投入做了許多應該由國家社會福利部門來做的事，展現了理論與實踐間如鏡互映、如響斯應的緊密關係。其中投身最深、信仰最虔的，以婦女占絕大多數。

至於「大眾文學」對青少年的模塑力量，其實對比看出的是我們社會教育長期的無力、失敗。這麼多年來，我們的正規教育水準甚高，然而卻從未能在國民心中植下持續努力受教、吸收知識的習慣。「教育」與「學校」在台灣幾乎是劃上等號的。尤其在讀書、由書本中求取知識一事上，看得格外清楚。讀書就是學生的事，從學校畢業以後，即使是再輕鬆的文字資料，都很難吸引一個成人捧起來閱讀。每個人心中只容得下最切身、與利益直接相關的事，連曾任行政院長的連戰都能講得出「小說是假的，所以我不看」這樣的話，正可見這種偏差之嚴重程度。

只有學生才有可能去買書、讀書，使得「大眾文學」必須長期停留在青少年型的邏輯裡打轉，這也是台灣「大眾文學」的重要特色。

五、

「大眾文學」的大眾性與市場息息相關，因而「大眾文學」的流傳，絕對不能忽略了銷售通路——書店。

台灣四十年來的書店發展，有幾件事與「大眾文學」有直接關係。第一是在書店各自林立，重慶南路勉強算是一個中心，可是卻沒有明顯主導力量的時代，出版商是「大眾文學」產銷的強勢者。尤其著名的是「皇冠」出版社，它掌握了暢銷的文學作家作品，以「不退書」的高姿態席捲全省書店。書店基於市場考量不得不進「皇冠」的書，然而批進之後就面臨了「不能退」的銷售壓力，所以都會優先把「皇冠」的書擺在最醒目、最有利於促銷的位置，又進一步打高了「皇冠」的知名度與重要性。在這種優勢下，「皇冠」得以將倉儲壓力減至最低、精估每本書的成本，從而降低售價、造福讀者，並進一步推廣其旗下的書籍。這種作法在相當程度上開拓了台灣「大眾文學」的疆域。

第二是七〇年代開始出現的「書展」景觀。在台北，「國際學舍」幾乎成了固定的「書展」專用地。原本用作體育館的空間，擺放了上百家出版商、書店的攤位。「書展」的出現，在相當程度上打擊了書店的正常銷售成績，因爲出版社可以租用攤位越過經銷店面，直接把書賣給讀者。另外，那樣一個集體空間，創造了一般書店所沒有的趕集、儀式氣氛，在前後差不多十年間，吸引了大批的青少年學生。這種氣氛，比一般的書店更容易醞釀出流行風潮，在直接的翻閱、購買行爲中，相互影響、相互觀摩，集中地將若干本書哄抬爲必購必讀的流行商品。

書店與出版社的權力消長

第三是八〇年代中期開始坐大的連鎖書店及按期公布的「暢銷書排行榜」。這類公布排行榜的大書店中當然以「金石堂」最具代表性。「金石堂」崛起後，吞噬了許多社區小書店的生存空間，進而逆轉了出版與銷售間的權力關係。尤其是「排行榜」制度化之後，書籍潮流的主控權就由出版商手中轉入書店。

「排行榜」是八〇年代後期以降，大眾讀物的指標。「排行榜」不只反映讀者的品味，同時也決定了讀者的品味。愈來愈多人依賴「排行榜」作購書指南，養成只購買業經「排行榜」題點的書籍的習慣。任何書籍一旦上了「排行榜」就會引來更多的讀者，進入一個層層累積加強的銷售循環裡。

與「排行榜」相關的是作者與作品間的關係也有了相當程度的改變。「大眾文學」作品既然免不了「以量取勝」，其作者的知名度當然會隨著作品的暢銷而水漲船高。而且「大衆文學」裡作品的重複性一般較高，作者的名字往往同時就是一個商標，標示著作品的性質與品質。因此「大衆文學」讀者常常會有認作者購書看書的習慣，使得「大衆文學」作者有機會可以脫離作品而成名。

「排行榜」風行後，更加強了這種傾向。部分作者經歷了「明星化」的過程，被置放在鎂光燈下包裝、展示。由另一頭來的發展則是一些已經成名了的影視明星也紛紛著書立作，多了一個作家身分。九〇年代以後出現了幾個如《女人女人》這樣的談話性節目，如苦苓、李昂、侯文詠等人常被邀請在螢幕前亮相，再加上涉足電視界甚早的劉墉，整體的效果就是暢銷作家和影視紅星在外表包裝上愈來愈接近。

不過弔詭的是，九〇年代相對地也出現了一堆幾乎找不到作者明確身影的暢銷「大衆文學」作品。這些作品大部分屬以少女為主打對象的愛情小說，自出版伊始便擺明了不走「排行榜」路線。每一本書的情節、場景其實都大同小異，單一作品絕對賣不到能登上「排行榜」的數量，然而出版商以迅速、大量出書的策略，每一本賣個幾千本打了就跑，加加乘乘算起來的總數其實也是頗為驚人的。

這類作品講究「量產」，所以很難留給讀者獨特的單一印象，作者是誰也就不那麼重要了。出版商除了培養一些價碼不高的年輕作家外，也常直接取材外國通俗小說，改改地名人名以譯代著拼湊成書，那更是無從找作者了。很多時候印在封面的作者姓名只是一個代號，同樣的代號後面可能有許多不同的寫手、譯手，這種浪漫小說「作者無名」現象的風行，也值得我們特別注意。

六、

雖然分開地談「大衆文學」、「純文學」，不過這並不代表說「大衆文學」和「純文學」就是涇渭分明、絕不交雜的。事實上，我們大概可以用「排行榜」制度的確立作分水嶺，在這之前台灣「大衆文學」中許多重要作品，是由「純文學」領域中受肯定的作家所寫的，「大衆文學」與「純文學」間交流活絡，共同編織出了複雜的交涉網紋。

在一般分類概念裡，「純文學」的三大文類——小說、詩、散文（也許再加上戲劇），以詩和「大衆文學」的關係算是最淺的。戰後台灣詩壇一直是以「現代派」爲主流大宗，其美學追求種種形式的超越，菁英主義色調甚濃，一般而言鄙視常識、鄙視日常語言。所以現代詩向來自矜其小衆特性，以少數具有高度文字敏銳性及長期美學訓練的讀者作爲對象，當然難免與「大衆文學」扞格難合。

純文學與大衆文學的互動

不過即使是這樣，倒也還是出了一些堪稱異數的詩作，跨足進入「大衆文學」的領域。最早有余光中的《蓮的聯想》、鄭愁予的《鄭愁予詩選集》，後來有席幕蓉的《無怨的青春》。余光中因爲有詩收入國中課本，知名度比一般詩人都高，鄭愁予有不少容易可以朗朗上口如「我達達的馬蹄，是個美麗的錯誤／我不是歸人，是個過客」等名句，而席慕蓉則善於細工針筆畫，以詩配畫，營造出雙重的浪漫情調。值得一提的是，這三本詩集都是以愛情戀慕爲核心，很適合青少年、青年引用來描述、傳達自己初綻的愛情悸動，這恐怕是其能普遍受到青睞的主因。非情詩而能暢銷，勉強能數的只有劉克裏的《漂鳥的故鄉》，以淺白、挑釁的文字寫政治詩，解嚴前的幾年內，曾在相當程度上發洩了當時年輕人的苦悶心情，在大學生間風行一時。

小說方面穿梭進出「純文學」、「大衆文學」兩領域的則以張愛玲最具代表性。張愛玲最主要的作品寫成於四〇年代的上海及香港，一九四九年以後本來在台灣並沒有太大的名氣，受美國新聞處委託寫了《赤地之戀》、《秧歌》兩本「反共小說」，先講明了是「反共」的，又是人家委託寫的，難免背著沉重宣傳包袱，作品好壞都還談不上，就被歸類定位了。

後來是夏志清教授在撰寫《中國現代小說史》時，「偶遇」張愛玲作品，驚爲天人，給予相當高的評價，才在「純文學」的領域裡「復活」了張愛玲。接著又經由「皇冠」的出書推薦，張愛玲開始和已經熟悉瓊瑤式浪漫風味的「大衆文學」讀者覿面相見。張愛玲小說裡那種特殊纖細、近乎神經質的敏感，寫男女情愛的荒涼、無奈，很快地征服了許多女性讀者，繼而引來了種種學習、模仿的作品，一時蔚爲風潮，甚至自成傳統。「張愛玲風」最盛時是在七〇年代末期，台灣文壇上一方面是鄉土文學論戰的意識形態熾熱殺伐，另一方面卻浮現許多以張愛玲式筆調寫的愛情小說，一剛一柔，一個以雄性聲音張揚國族、階級論述；一個以女性書寫深挖情愛內蘊細節，給那個時代塗染了令人久久難以忘懷的豐富面貌。

進入八〇年代之後，鍾曉陽崛起，成爲「張愛玲風」在台灣的壓軸殿軍。鍾曉陽的《停車暫借問》不管在筆法、情趣、內容上都像極了張愛玲，而且也和張愛玲的作品一樣，在「純文學」領域引起騷動（獲得聯合報中篇小說獎），在市場上亦頗有斬獲。

與《停車暫借問》差不多同時期，還有一本更具象徵意義的長篇小說，那就是蕭麗紅的《千江有水千江月》。這本小說在調子上有一點張愛玲式的浪漫、細緻，而卻又把故事背景拉到過去的台灣鹿港，小說中大量出現對「老台灣」的鄉土描寫。這樣的安排很明顯地結合了七〇年代末期的鄉土文學主題與浪漫女性書寫習慣，難怪一舉拿下八〇年的聯合報小說獎，準確地標示了七〇年代的結束。

鍾曉陽與蕭麗紅之後，台灣「大眾文學」領域裡的「張愛玲成分」就開始稀薄，新的富裕社會塑造的新人類，對舊式男女情愛間的那種慢動作探索感到不耐，於是新的、快節奏的、強調感官歡愛的文體興起，將張愛玲逼擠到懷舊的邊緣去了。

「排行榜」時代的來臨

講到散文，跨「純文學」、「大眾文學」兩領域的作者大概以林清玄成就最高。林清玄寫作出道甚早，正趕上七〇年代的報導文學熱，以《長在手上的刀》聞名文壇，又報導烏腳病問題與社會版新聞同步披露。八〇年代早期，林清玄致力於散文寫作，曾經連續幾年獲得時報文學獎。那個時節誰都預料不到他會在幾年後改寫帶佛理意境的小品文，一躍而為「大眾文學」裡最明顯的地標之一。林清玄的散文和證嚴、聖嚴兩位法師的開示語錄，再加上鄭石岩、陳秋松等人的書，在台灣暢銷的時機和解嚴的威權崩潰若合符節，似乎正說明了舊的集體、全面政治權威的消逝，在人心上空出一塊不知如何安排的境地，許多人因此亟亟於尋找新的秩序能夠賴以建立的基礎，轉向佛學、或更廣義地說轉向宗教，是這整體「求序」現象中在散文裡表現得最清楚的一環。

「排行榜」的確立，中止了「純文學」及「大眾文學」的重疊、交流。許多作品一旦列上「排行榜」就不再被「純文學」領域接納、認可；反過來看，「純文學」領域裡種種形式的肯定，往往也就預知了作品在市場上的失利。隨著這種分劃的出現，作家也就被明顯地歸類爲「純文學家」和「大眾文學家」兩大陣營，各擁城池、往來稀疏。苦苓曾經開玩笑說：台灣的讀者其實是很挑剔、很有眼光的，凡是花了心血認眞去寫的作品，就一定不暢銷，毫無例外。這個笑話畫龍點睛地提示了九〇年代市場與純文學品味徹底分離的走向。

「排行榜」橫掃、制約出版界的時代，唯一一個還能鑽走於「純文學」、「大眾文學」間的例外應數張大春。他以《公寓導遊》、《四喜憂國》震撼「純文學」界，評論家甚至爲之發出「等待大師」的呼聲。一九九二年他出版帶有濃厚遊戲意味的作品《少年大頭春的生活週記》，竟然一舉登上排行榜榜首，比誰都熱門、暢銷。而就在「純文學」界打算以「江郎才盡」將張大春蓋棺論定，同時就此除名時，他卻又寫了一本《我妹妹》，在市場上挾《少》書餘威，連賣幾萬本，而其內容又讓「純文學」的評論者、讀者不能不承認其中濃厚的文學、美學創造性意義，「純文學」與「大眾文學」勉強在「排行榜時代」找到一個小小交集。

七、

五〇年代，在「反共復國」的意識領導之下，「大眾文學」發展的空間很有限。當時勉強能夠不受政治宣傳左右的大眾文化主題，大概都帶有濃厚的舶來色彩。尤其重要的是美國文化的影響。

五〇年代台灣還談不上有什麼自產的「大眾文學」作品。物質缺乏的背景也限制了書籍大量流通的程度。在這種情形下，文學作品大概只有兩種出版機會：要不就是帶有濃厚政治宣傳意味，由官方預算補助出版；如果不要有政治意味的，就非得是翻譯的不可。不過即使是翻譯美國的暢銷書，一般也不太受重視，畢竟文化背景相去太遠。

五〇年代眞正具影響力的文化形式是電影，尤其是美國好萊塢的電影。電影提供了多層次的解放解脫功能。坐在電影院裡固然可以享受聲光之娛，暫時忘卻周遭現實：對於比較有求知渴望的青年來說，電影還提供了一扇開向西方、開向新時代物質文明可能性的窗口，讓他們羨慕、讓他們想像。不只如此，即使是不進電影院的人，往往也能從別的管道得到好處。五〇年代末期，台灣的雜誌界曾經颳過一陣「黃風」，惹來新聞管理單位風聲鶴唳的氣氛。其實所謂「黃風」不過是有幾本雜誌大幅刊用好萊塢電影的女星劇照。其中當然不乏有些取材自因尺度不符而被台灣官方禁演的影片。不過再怎麼大膽開放頂多也就是香肩、酥胸半露，再不然就是連身式的泳裝照罷了，在那個時代軍事管理的「清教徒」氣氛中，光是這樣幾張照片就已經足以替許多人抒散一點肅殺緊張壓力了。

五〇年代末期，一度出現幾本以抗戰作爲背景的小說，當時以畢珍的《古樹下》最爲轟動；不過長期來看，則是鹿橋的《未央歌》、徐訏的《風蕭蕭》、王藍的《藍與黑》成就較高。這一類的小說可以說是找到了當時政治管制下的一個縫隙鑽冒出來的。把背景選定在抗戰時期，當然免不了要鋪陳對民族、國家的忠愛捨身等主題，可以通得過政治意識形態的檢查。而在抗戰烽火場景裡眞正上演的其實是少男少女曲曲折折的愛戀情仇，這個又能夠抓得住讀者的注意力，不至於像一般「政治掛帥」作品那樣冷冰冰、死硬硬。

抗戰愛情小說流行了一陣子之後，政治氣氛稍開，愛國的定義不再死扣扣非放在現實面上理解時，就又裂開了一個新的縫隙，讓另一批作品鑽冒出來。那就是歷史小說的出現。

歷史小說的多種面貌

不可否認的，把小說故事時空移離現實台灣（現實中國大陸已成了「匪區」，更不可以有什麼故事了），一方面保障了作者的身家安全，比較不容易被誤讀、扣帽子，另一方面也可以爭取到較大的創作自由度，倒也不失是非常時期的非常策略。台灣的歷史小說四十年來成績挺可觀的，自成一個渾厚的寫作傳統。其中的重要作家可略舉南宮博、高陽爲代表。

南宮博的歷史小說走的是艷情路線。他特別喜歡挑歷史上著名的宮廷愛情故事，在歷史的骨幹裡添加上大量的現代式衝突、曲折。《貂蟬》、《洛神》等都堪稱佳作。他作品的影響力主要是透過報紙連載，有一陣子南宮博小說加配海虹等插畫家的圖畫，是台灣報端最多采多姿的角落。南宮博寫男女情愛往往攙夾大量含蓄然而明確的性的暗示，在當時也堪稱一絕。南宮博的小說其實是以情愛爲主、歷史只是個借代的幌子。例如他曾寫過一段司馬遷即將受宮刑（閹割）前與妻子訣別纏綿的故事，這在歷史上絕對找不到隻紙片字的史料，然而在南宮博筆下寫得動人心弦，情與性之間的張力令人讀來面紅心悸。

高陽則完全不同，他的歷史小說和他的歷史考據癖互爲表裡。高陽的作品歷史是表，故事、情節是輔。所以他的小說常常寫得很長，故事發展不太找得到重心，講一講就偏離出去「跑野馬」，牽扯出一大堆典章掌故來，所以讀高陽小說很少會讀得很投入、很激動，反而是比較類似乘船順歷史之河逆流而遊的感覺，看到處處風光、種種歷史社會的人情世故陸陸續續展現眼前。

歷史小說在六〇年代又受到來自電視新媒體的推波助瀾而高潮迭起。連續劇《清宮殘夢》使得江明、李璇大紅特紅，同時也引發了台灣社會普遍對清朝宮廷內幕的好奇、興趣。高陽的扛鼎之作《慈禧全傳》則是對這種好奇、興趣的一次總滿足。後來又有一部捧紅了夏玲玲的連續劇《金玉盟》，同時把章君穀和他的歷史小說拱上「大衆文學」舞台。

和電視劇關係密切的還有張谷的《大刀王五》。大部分的人大概只會記得吳桓演的《大刀王五》，而不記得寫這部小說的張谷。《大刀王五》這種類型的小說，取材自稗官野史，與南宮博、高陽又不同，已經很接近鄉野傳聞了。張谷的名聲不揚，一個理由是這類型的獷野江湖漢子、古代黑社會恩怨小說雖受讀者青睞，他的作品質、量卻不如另一位作家朱羽。朱羽的小說架構類似武俠小說，卻又沒有誇張的神奇武功描述，有點像是歷史小說與武俠小說的折衷，倒也足以別樹一幟。

另外一面在「大衆文學」領域飄揚的旗幟，則是以司馬中原為中心的「鄉野小說」。司馬中原也屬於我們前面所提那種跨越「純文學」與「大衆文學」兩界的人物，早年他曾經寫過像《猛加拉之墓》、《十音鑼》一類非常現代、前衛的小說，後來卻以《狂風沙》這部鄉野小說而聲名大噪。《狂風沙》寫活了一個在江湖打滾的剛性男子關八，讓人印象深刻。後來也曾改編成電視劇，陸廣浩所飾演的關八爺最後被陷害身亡時，多少觀衆在螢幕前同聲一哭。

司馬中原還創作了一連串的「鄉野傳聞」故事，也在「大衆文學」中占有相當地位。這些傳聞當然免不了有些怪力亂神的成分，在六〇、七〇年代是被拿來當作懷鄉、想像建構過去大陸山河而閱讀的，在八〇年代沉寂過一陣子，誰知道到「新人類」出現後，「鄉野傳聞」竟然換了一個面貌復活了。這次「傳聞」中扮神弄鬼嚇人的部分被突出了，和由「號角出版社」炒熱的一系列「鬼故事」書放在一起，吸引了一群新人類年輕讀者。司馬中原也搖身一變成了最擅長講鬼故事的老伯伯了。

歷史小說在台灣還有一段小插曲。七〇年代末期，「文化頑童」李敖復出江湖，曾經和遠流出版社合作，出了一套「中國歷史演義全集」，獲得市場和媒體的熱烈反應。這套「演義全集」，攤開來看除了幾本古典名著如《東周列國演義》、《三國演義》，其他斷代演義大體是民初蔡東帆的創作。蔡東帆寫的數百萬字演義，取材極其狹窄，不脫正史、《通鑑》範圍，而且文筆不佳、想像力亦滿貧弱的，各朝的故事多所重複，可以預料大部分的消費者買回家後不會有耐心去讀完這套大「演義」的。其眞正意義不在「大衆文學」領域，而在反映了當時台灣奇特的「套書熱」，想要用表面的「書櫃換酒櫃」來追求文化化妝的虛矯、浮誇風氣。

八、

和歷史小說略有重疊的另一種「大衆文學」文類，是以人物爲主的「傳記文學」。

在台灣一講「傳記文學」，大家會想到的不只是一種文類，更是一本雜誌的名字。劉紹唐創辦、主編的《傳記文學》，一辦辦了三十多年，替劉紹唐贏得「野史館館長」的綽號。《傳記文學》的歷久不衰，對應的倒不是台灣的傳記、歷史研究非常發達、熱鬧，反而是近現代史研究上的貧血乏弱。近現代史因素牽涉到政權的合法性等敏感問題，四十年來在台灣包裹了層層禁忌。官方課本從小學到大學千篇一律抄來抄去，根本無法滿足大衆的好奇。「傳記文學」這個文類形式把歷史敘述的視野縮到最小，有利於躲開大範圍論斷可能會觸犯的禁網，同時又能夠隱隱約約在個人回憶裡營塑過去景貌、甚至偷渡對近現代史的一些看法、判斷。

從「傳記文學」到「內幕文學」

戰後台灣最早引起普遍議論的傳記作品，倒不是在《傳記文學》上發表的，而是一九六五年開始在《皇冠》連載的《蔣碧薇回憶錄》。蔣碧薇原來和徐悲鴻結爲夫妻，到台灣之後則又與張道藩發生過一段婚外戀情。徐、張二人，一個是民國史上數一數二的大畫家，一個是院長級的國府高官，他們的私生活當然引起人們的好奇。更難能可貴的是蔣碧薇撰寫回憶錄的態度格外坦蕩蕩，絲毫不見扭捏做作，大膽、忠實而且鉅細靡遺地記敘了她與徐悲鴻、張道藩之間的感情。在許多段落，她甚至直接披露當時的來往書信，給讀者「第一手」參與感。徐悲鴻和張道藩兩人個性截然相異，對愛情的處理方法自然也就大不相同，又給了這本回憶錄豐富如小說般的情節變化，更加上徐悲鴻的潦倒不遇、張道藩面臨社會道德裁判的壓力，整本《回憶錄》成了難得的人生悲喜鏡鑑。

由《傳記文學》刊載、出版的作品，一般而言都有固定數量的讀者，蔣廷黻、楊步偉、沈亦雲等人的回憶錄流傳都頗廣。比較特別的有唐德剛寫的《胡適雜憶》。這本書原先是唐德剛寫《胡適口述自傳》所寫的「序」，結果「序」一寫就欲罷不能，寫得比書的本文還要長了，只好單獨成書出版。唐德剛的文字甚是老辣、活潑，又很會營造戲劇效果，加上當時離胡適去世不久，許多人對這位中國近代史上的奇人究竟該如何定論依然吵嚷不休，所以使得《胡適雜憶》備受注意。其後還引發了一連串對唐德剛的記憶是否屬實、可靠的爭辯。

另一本特別的作品是由章君穀寫的《杜月笙傳》，把當年上海黑社會老大寫成傳奇神明。杜月笙與蔣介石之間的關係，久爲人所知，然而如何看待這段關係卻不容易掌握。章君穀以小說筆法誇張杜月笙「非凡」的一面，同時淡化處理杜、蔣關係，算是討巧得恰到好處。

此外還有幾本「半地下」流傳的傳記文學作品，也曾對台灣大眾產生相當影響，值得一記。這些作品包括胡蘭成的自傳《今生今世》、張國燾的《我的一生》，以及金雄白的《汪政權的開場與收場》等。胡蘭成翻轉自禪宗語錄的語法具有特殊魅力，而且寫張愛玲那段〈民國女子〉可說是「張迷」的最愛。張國燾寫早期中共發展、金雄白寫抗戰中汪精衛的南京政權，這都是現代史關鍵大題，卻被官方歷史敘述強行消音抹殺的。

「傳記文學」這個文類到了八〇年代解嚴後，有了新的進階發展，然而弔詭的是《傳記文學》這個雜誌卻反而漸顯疲態。解嚴後百無禁忌的環境裡，過去政治人物的生平傳記紛紛出籠。蔣介石、蔣經國、李登輝乃至對岸的毛澤東、周恩來、鄧小平，都成為傳記寫作的中心，各自帶領過一、兩波風潮。繼而目前檯面上的政治人物也出版傳記，為自己打知名度、造勢，傳記儼然成為政治角力的另一片戰場。周玉蔻的《蔣經國與章亞若》率先挖掘政治偉人不欲人知的私生活面，接著又有陳潔如的回憶錄翻譯出版，出土蔣介石早年的感情、婚姻實況，再加上周玉蔻另外一本《李登輝的一千天》以現實政治鬥爭為主題，於是熱熱鬧鬧地捨棄了《傳記文學》雜誌過去那種走向，把「傳記文學」改頭換面帶進「內幕文學」的軌道裡了。

九、

六〇年代台灣「大眾文學」最耀眼的明星，非瓊瑤莫屬。從量和影響力上看，在「愛情論述」裡，很難找到能夠和瓊瑤相提並論的作家。

瓊瑤與「愛情的天路歷程」

瓊瑤的作品一言以蔽之，寫的是「愛情的天路歷程」（Pilgrimage of Love）。「天路歷程」也就是朝聖的過程，而這聖地聖靈聖潔經驗當然就是愛情。在奔向愛情、趨近愛情的過程裡，瓊瑤的男女角色必須接受種種的試驗，這些試驗是由環境制約所構成的層層關卡，有人在關卡前跌倒了再也爬不起來，然而終究有那種眞正的「堅信者」咬牙走完全程。

瓊瑤小說眞正動人之處，當然不在這種「愛情的天路歷史」的主題設計，而在如何編織那一層層試煉愛情、打擊愛情的魔鬼力量，以及如何描繪處在這種折磨裡的心境。《窗外》裡的師生身分隔絕、《心有千千結》裡的貧富懸殊、《一簾幽夢》裡妹妹愛上姐姐的情人……，太多太多的例子證明了瓊瑤在設計這些愛情制約時的聰明之處。這些制約往往都是嚴重到令人幾乎要瘋狂、要自殺了，然而又一定可以峰迴路轉找到一線天光。閱讀瓊瑤最重要的感受就是隨著主角走到絕望的谷底，然後再翻身找到爬上新世界、甚至天堂的路。

値得注意的是，在六〇年代瓊瑤剛開始寫作時，她筆下的這種種悲劇制約其實有許多是社會現實的寫照。威權的籠罩，加上僵硬的道德禮教概念，的的確確在年輕的愛情上加了許多道枷鎖，把自由、浪漫的衝動壓得喘不過氣來。當時很多人在瓊瑤小說裡讀到和自己一樣、或自己也可能會有的遭遇。瓊瑤小說與現實有距離的是反抗制約、甚至戰勝制約的這部分。這部分給了讀者迷幻的滿足，卻也惹來了批評家的大大不滿。

九〇年代再讀瓊瑤的小說，情況就大大不同了。社會、時代潮流的改變，已然沖走了過去對愛情的種種舊觀念。這時候不切實際的反而是那些製造悲劇的力量了。六〇年代時，我們可能會覺得現實中哪會有像瓊瑤筆下寫的那麼多喜劇收場；九〇年代的新人類讀者卻反而覺得現實裡哪來那麼多悲劇過程。這種逆轉，可能就是使得瓊瑤近作總是得把故事推回到過去舊社會去發生的原因之一吧。只有在一個想像的父權霸道社會，才會留有悲劇的可能，才賺得出讀者、觀眾的同情熱淚。

瓊瑤當然不是唯一一個寫愛情浪漫大眾小說的作家。與瓊瑤同樣在《皇冠》起家，出道甚至比瓊瑤還早的有雲菁，代表作有《旅途》等。另外以《小說創作》雜誌為基地勤寫不輟的有嚴沁。而華嚴的《七色橋》、《智慧的燈》也算得上是「大眾文學」領域裡的經典之作。

留學悲喜劇

五〇年代引進美國流行文化，到了六〇年代，台灣開始經歷第一波的留學熱。跟隨著留學熱而有了「留學生文學」。六〇年代的「留學生文學」剛開始的基調走的是苦情路線。「純文學」方面，白先勇〈謫仙記〉裡跳樓的李彤可算是代表性角色。而把「留學生文學」寫成「大眾文學」，在市場上揚名立萬的，卻必須數於梨華。於梨華最早是以懷舊、帶點鄉野氣氛的《夢回青河》成名，剛開始被認為與寫《失去的金鈴子》的聶華苓是同一派。後來於梨華轉而集中寫以留學生生活為題材的小說，《雪地上的星星》、《又見棕櫚．又見棕櫚》等書都曾轟動一時、膾炙人口。於梨華的小說調子非常沉緩低抑，與留學生在外地適應不良、文化衝突的心境結合得恰到好處。更重要的，她這種寫法正好觸到了台灣社會當時對留學一事的矛盾心情。一方面覺得小島台灣生存在集權統治及戰爭陰影下，實在非可久居之處，因此格外嚮往外面的世界；然而另一方面卻又嚴重缺乏國際視野，患有一定程度的「空曠地恐慌症」，十分害怕那片「洋鬼子」所居住的異文明「鬼域」。於梨華的小說披露了美國生活的一些新奇面向，同時卻又歷歷描繪了居人屋簷下事事不遂的窘境，怎不教人讀來油生「心有戚戚焉」之感。

比於梨華稍遲，同樣寫留學生適應不良的有二殘（劉紹銘）的《二殘遊記》。《二殘遊記》在形式上仿《老殘遊記》，故意套一個古典章回小說的框架，甚至連對偶的回目都學得像模像樣，不過講給「看倌」聽的故事卻充滿了現代美國文明裡的奇技淫巧。《二殘遊記》裡的故事，基本上還是一連串的「出糗」、「失敗」，凸顯在異地生活的困難，不過在語氣上倒是要比於梨華的作品來得輕佻，開始有了些自我解嘲的幽默。

這種幽默再往前走一步，就出現了趙茶房（趙寧）嬉笑怒罵的作品。趙寧留學期間寫的專欄取名叫「自說自畫集」，那是因爲他比一般作家多了兩種本事：一是畫漫畫、二是寫打油詩。不論是漫畫或打油詩，都不怎麼適合講正經八百的事，可想而知趙寧的留美經驗談當然是徹底擺脫了於梨華他們那種沉痛鄉愁意味，純然把人在異國所見、所聞、所經驗的光怪陸離，全寫成了博君一粲的笑話橋段了。前面配上漫畫、後面夾雜打油詩，紓解了焦慮、也滿足了民族自尊心。趙寧後來步入電視媒體，倒也是替「大眾文學」的娛樂性質，下了另一個註腳。

由留學的苦情到幽默地處理文化差異，這中間還迸出過一個怪人。這個人最怪在他的出身國籍和我們提過的每一位作家都不一樣。他是個美國人，然而卻能以流利的中文寫作，還能出入中文英文創造出獨特的幽默、喜劇效果。他的名字叫何瑞元。何瑞元的美國身分，讓他所轉介、描述的西方社會風光，有一種不容置疑的權威性，而他筆下也的確觸及到不少異文化出身留學生平常很難體會、理解的細節。

如果說六〇年代是瓊瑤的時代，那麼七〇年代應該稱之爲三毛的時代。撇開早期寫的青澀小說不看，三毛的崛起，是和趙寧、何瑞元所創造的那個幽默「異國情趣」互相呼應的。

十、

傳奇的三毛、三毛的傳奇

三毛最早引起注意的是《撒哈拉的故事》系列散文，她以第一人稱、直接而親暱的語氣寫在西屬撒哈拉與丈夫荷西共同生活的點滴瑣事。光是有一個台灣女子跑到那麼遠、幾乎在我們意識裡文明世界之外的地方，這件事就足以逗引得讀者心裡癢癢的。而且她把她自己的經驗寫得如此有趣，給讀者一種「安全冒險」的弔詭感受。三毛所活的那個世界好像隨時隨地充滿了冒險的機會與樂趣，可是又不可怕、不具威脅性。突然之間，三毛與荷西進入了台灣廣大讀者心中，成了我們異國渴望情緒飛得最遠的一隻精靈。

三毛說她只會寫「眞實」的事，她呈現、暴露來取悅讀者的，其實是她自己的生命，而不是想像編織的傳奇故事。顯然她的生命遭遇比許多虛構故事還要更傳奇。從撒哈拉到西屬的小島到她和荷西的戀愛婚姻到荷西從事的潛水夫工作到荷西的意外身亡，這一切每一步每一環節，三毛的經歷都和台灣其他人大不相同。讀者熱情、甚至近乎飢渴地透過三毛來咀嚼、想像異質時空，三毛像是我們派去到荒野邊區的特使，不斷傳回來我們常識範圍以外的新鮮、歷練。開發完了異文化空間，我們轉而消費三毛的傷痛，再下來更進一步消費三毛的靈異之旅經驗。三毛講求寫眞實、寫自己的習慣，使她成爲我們這一代最最透明的人。她周遭發生的一切、她有過最深刻到最瑣碎的情緒，都一一化爲文字、化爲作品，變成大衆的公共財產。到那種地步，三毛幾乎沒有什麼不爲讀者所知的「私人」一面了。我想三毛一定是疲於繼續扮演這種透明人、這種大衆傳奇經驗的代理人角色，於是她選擇了一個奇怪的方式結束了自己的生命，去到一個眞正最遙遠、最荒怪的國度，留給我們一個永遠找不到答案的謎，並且再也不回來和讀者分享她的探險、旅遊經驗了。

三毛這種以生命眞我去創造傳奇，再撰寫傳奇經歷的模式，確實是獨一無二的。勉強要找比較接近的其他「大衆文學」類型，大概就只是遊記。在這個部門，眞正表現突出的作品不多。早年有鍾梅音的《海天遊蹤》，寫成於開放觀光旅遊之前。那個近乎「鎖國」的時代，出一趟國是件多麼不容易的事，更何況要周遊列國。鍾梅音因爲有外交官夫人的身分，才得以閒散有暇地在世界各地寫下心得。《海天遊蹤》在台灣暢銷，讀者的心情其實是滿複雜的。當然藉著鍾梅音之筆得以大開如井底蛙般的小小眼界是主因，但其間也不乏夾有羨慕旅遊作爲一種地位、財富象徵的心理。在觀光旅遊普及之前，作者高人一等的炫示心態，流露在大部分的遊記裡，妨礙了眞正第一流遊記文學的出現。等到旅遊觀光成爲國民正常休閒一部分時，眞正暢銷的書就變成旅遊指南一類的了，大家有閒有錢就自己去，誰稀罕讀什麼別人寫的遊記。

大陸懷舊的空想

早年台灣還流行過一種懷舊想像大陸河山的作品，其中最有名的應該推梅濟民寫東北的《長白山夜話》。這類作品產生的背景當然是兩岸的長期隔絕，而正式教育體制裡又把對岸的山河說成是「我們的」。一部分人回憶、想念過去出生、長大的地方，另一部分人則好奇揣測。被說成是「我們的」地方到底有多壯麗、多秀美，都只能求之於梅濟民、林藜等人的「回憶山水」。

另外與「回憶山水」有異曲同工之妙的，還有以唐魯孫最為大師的「回憶吃食」。這類作品一樣是緬懷、追憶逝去、隔絕時空裡的大陸經驗，而以描述美食的成就最著。唐魯孫的《東西吃》、《南北看》等書，用典雅帶古味的文字，幾乎神化了過去大陸上的生活享受。這些食物、這些享受，如今隔了道海峽，又隔了多少年無法倒流的時光，可能還隔了個帝制貴族制的崩塌，已經愈來愈遙遠了。愈是逝去不可追的東西，似乎就愈完美，於是這種「回憶吃食」類的文章，從自身經驗出發，然而愈寫卻愈接近想像傳奇了。

這些回憶到了八〇年代後期開放探親，就很快地被大衆遺忘了。短暫曇花一現地曾經湧冒過一陣所謂的「探親文學」，先行進入大陸的人迫不及待地寫出自己的感動。等到去的人多了，「探親文學」在量上膨脹到一個地步，其影響力也就開始直線下降。和出國旅遊的情況一樣，大家都把注意力及消費力轉到旅遊、住宿、進餐的實際指南導遊書上去了。

十一、

台灣和香港的關係說近不近、說遠不遠；說親不親、說疏不疏。在「大衆文學」的領域上表現出來的也是如此這般的不穩定。兩地之間並沒有固定、等量的交流存在，而是在若干時候會有突起的密集影響炫人眼目。

六〇年代下半葉，台灣的「大眾文學」進入一段黑暗期，不管在質或量上都明顯有衰退跡象，而且好幾年沒有出現像樣的新秀新作，幾乎全靠已成名的幾位作家如瓊瑤等在苦撐局面。造成這種情況的一個「罪魁禍首」，就是當時從香港引進、立刻捲起銷售旋風的中文版《讀者文摘》。

不論在編排、印刷或文字上，《讀者文摘》所展現的風貌對台灣的「大眾文學」界都產生了震撼效果。波濤作用立刻就反映在市場上，包括《皇冠》、《拾穗》、《綜合月刊》在內的幾本雜誌，銷路立刻受到打擊，而且還一時手忙腳亂，找不出非常有效的對策來應付這樣一本挾有龐大跨國資本威勢的通俗雜誌。

香港震撼

這算是第一次的「香港震撼」。到了七〇年代末、八〇年代初，第二波的「香港震撼」又突然到來，而且這次的級數比上回還要高、還要厲害。

第二波「香港震撼」的中心人物有兩個，一是寫武俠小說的金庸，二是寫科幻小說的倪匡。這兩位作家的作品在那個時節大賣特賣，把代理經銷他們作品的遠景出版社，抬上了台灣出版界的龍頭位置，勢不可當。

金庸寫作武俠小說多年，事實上他的作品正式解禁在台灣發行時，他早已經寫完壓軸之作《鹿鼎記》，封筆不寫、專心辦報了。金庸的小說之所以那麼晚才登陸台灣，主要原因是他向來不避諱在作品中放進自己個人的政治關懷。一邊辦報寫社論、一邊觀察大陸政情變化、一邊寫武俠小說，寫一寫就把對世勢時局的種種憂憤情緒全都假借武俠人物、江湖恩怨來發洩了，他的小說因此常常不乏有可以拿中共高層鬥爭來比照「對號入座」的場景出現。像這樣具高度政治性的作品，當然會引來台灣當局的「另眼相看」，加上他還引用毛澤東的詩句當作書名，不禁何待？

在未解禁時，「半地下」管道其實一直有香港版本流傳著，到了解禁前幾年，更出現改書名換作者的盜印版本，其流通數量恐怕還不算小。這種本子印刷比香港本好，像《鹿鼎記》就被改名變成《小白龍》，作者也改掛另一位武俠名家司馬翎之名。

古龍與楚原改寫武俠歷史

那個時代，台灣書商之所以敢冒被發現、被沒收的危險盜印起金庸作品，有一個背景是台灣的武俠小說市場產銷嚴重的不平衡狀態。武俠小說是台灣「大衆文學」中另一個源遠流長的大支流，很長一段時間報紙的副刊上是絕對少不了武俠小說連載的。臥龍生、東方玉、司馬翎等人都是個中好手。台灣的武俠小說之於三、四〇年代大陸作品有承傳、也有創新。承傳的是對武功招數神乎其神的描述，絕對不走寫實一拳一肉的路子；創新的則是揚棄了還珠樓主式的道家道教玄怪魔幻，自有其比較理性、原則的底限。另外這些作家的武俠小說對男女情愛有比較多的筆墨鋪陳，例如東方玉的小說裡，男主角一定是俊秀少年，而且最後一定是合情合理地娶納多位貌美少女爲妻爲妾。

七〇年代中後期，台灣「武林」上最重要兩件大事是古龍崛起和楚原新武俠電影風靡一時。古龍的小說完全拋棄了舊武俠的窠臼，發展出一種以人物爲中心的寫法，塑造了「楚留香」、「蕭十一郎」、「小李飛刀」、「江小魚」等一連串介於英雄與反英雄之間的新型主角。武俠的故事環繞著這些主角的個性特色發展，格外突出了主角的形象，印在腦海中久久不會磨滅。而且每一個角色自有其生命：風流倜儻、自信滿滿的楚留香當然不同於急功莽撞的胡鐵花，也不同於具一身絕藝卻逃避不了肺病折磨的悲劇英雄李尋歡，更不同於帶點小丑個性的小魚兒。古龍的小說一本是一本的分量，比較之下，臥龍生、東方玉他們的作品好像都是同一本底稿複寫的多重模糊影子而已。

楚原的電影則是以快得讓人喘不過氣來的打鬥場面，賦予了武俠新的視覺、美學意義。小說裡玄之又玄的招術，在楚原的鏡頭裡成爲介於舞蹈與特技間的美感經驗，創造了一個似幻還眞的新世界。

古龍與楚原的影響所及，是大衆對武俠小說的需求漲到最高點，然而偏偏供給面卻面臨嚴重的枯水乾涸。古龍一個人再怎麼拚命量產，也無法滿足讀者的渴慾，而被養刁了胃口的讀者又不願回頭去讀老式的武俠作品，臥龍生等人根本救不了急、使不上力，就是在這種環境下，金庸進來了，那種暢銷熱門的景況不敢說絕後，但恐怕是空前的。

金庸來了！

金庸小說迷人之處在於留有很大的空間供讀者討論、解釋。用比較學院的話說就是「文本厚度」很夠。過去台灣的武俠小說最大的問題就是作者主觀意志操控了一切，角色人物只是平面的道具、工具。所以讀來雖然一樣可以入迷，但讀完就是讀完了，我們不會覺得有什麼值得去想的。金庸的人物在性格上往往都有點偏執，從楊過到喬峰到韋小寶，這些角色在書中對人對事會有固定的反應模式，然後金庸設計種種場景、情境，把他們投在裡面去活、去掙扎。他們的行爲因而很難表現爲全對全錯、全黑全白，而可以由讀者來討論，並根據讀者自己的性向來喜歡、來討厭。所以金庸的小說會讓人迷，還會讓人想研究、想一遍遍回頭去看。

而且金庸的國學、歷史底子打得極紮實，一五一十都反映在作品裡。他筆下的江湖社會有歷史的細節可以滿足我們對異時空生活的好奇，他的武功描述能在詩詞文字意境裡不斷創新，他甚至可以開開歷史的玩笑，惹得我們哈哈大笑。最最奇險的特技表演就是《鹿鼎記》，金庸把韋小寶這樣一個「反英雄」放到清初政治史的核心裡去，在不改動清初重要史事的前提下，編了一連串的故事，告訴我們：從殺鰲拜到簽訂中俄尼布楚條約，其實都是韋小寶的功勞，只是陰錯陽差史冊上都漏記了韋小寶這個人。歷史中多一個人少一個人到底有沒有差別？金庸似乎是挑釁地向讀者問著這樣一個大問題呢！

與金庸的解禁差不多同時，倪匡的科幻小說也由香港流行到台灣來。在倪匡之前，台灣不是沒有科幻小說。屬「純文學」領域有張系國一直對科幻主題孜孜不倦地創作。張系國的科幻概念大多轉手自美國，然而也許是太過執著於科學知識一面的正確性吧，張系國自己的作品一直是板著臉孔的，沒有能夠達到美國式科幻的大眾、暢銷程度。

香港文化界奇人倪匡

倪匡是香港文化界的奇人，反應奇快、下筆如飛。據說他一小時可以完成六千字的文稿，筆跡必須由專人辨認。他雖然以寫科幻最知名，不過，武俠小說也寫了不少，每年更是大量替香港的武俠電影工業生產劇本。楚原最轟動的幾部電影，如《流星・蝴蝶・劍》、《天涯・明月・刀》等，劇本都出自倪匡之手。

倪匡的科幻深受武俠小說影響。科學對他來說只是解放想像力的一列快速火車，讓他能夠擺脫所有的時間空間條規去編故事。因此他的小說裡常有詭奇到違反一般科學預設的情節。例如他不接受科學家們認爲必須要有什麼特定環境才能存在生物，因而寫出各式各樣與地球生物截然不同的外太空生物。他也不同意其他生物必須長得「人模人樣」、駕太空船什麼什麼的，所以比電影《異形》更早寫出蟲一般形式的「高等文明」生物。

倪匡最爲膾炙人口的科幻作品，還是原振俠和衛斯理兩大探險系列。這兩個人其實差不多可以視爲同一個人，是搬到科幻時空裡去了的武俠大俠。超脫了時空預設，他們的冒險故事當然要比武俠小說來得多樣化些。不過不管故事怎樣變化，不變的卻是倪匡所塑造的人物個性，他們完全缺乏心理深度，這是倪匡作品之所以易讀的原因之一，同時卻也是使得他的作品無法達致金庸武俠一般文學地位的包袱。

倪匡一共出版過三百多種小說，這個數量在中文世界裡簡直找不到對手。可能只有香港的言情小說大家亦舒勉強可以和他分庭抗禮。巧的是，這位亦舒小姐竟然就是倪匡的妹妹。這樣一家人幾乎包辦了別人三、五十位作家一輩子產量的總合，也値得一記。八〇年代以後，亦舒的作品也陸續引進台灣，以一部周潤發、張曼玉主演的《玫瑰的故事》打先鋒，配合台北慢慢發展爲國際性都會的社會背景，亦舒那種以城市場景爲主、男女情慾流蕩穿梭其間的小說，也獲得了不少回響。

金庸、倪匡在武俠、科幻上各創高峰，然而卻同樣後繼乏人。金庸、古龍之後，武俠小說在台灣就走下坡了，八〇年代溫瑞安提倡「現代派武俠」，到底未被大衆普遍接受；應天魚寫出比較不落俗套的兩部作品，也沒有獲得什麼市場肯定。後來引進的梁羽生作品稍有討論。梁羽生若在金庸前進來，肯定可以紅一陣子，不過既已落在金庸後面，台灣讀者「曾經滄海難爲水」，也就很難再回頭擁抱梁羽生那種武俠了。

科幻方面情況更慘，倪匡成了四十年來「大衆文學」領域裡唯一値得一提的科幻作家。黃易等人雖然也寫得很通俗、很多，卻未曾吸引、凝聚足夠的人氣。

十二、

七〇年代還有一個特色是校園的活動力特別強，並且由校園滿溢到社會上來。從「保釣」開始，中間經歷「百萬小時奉獻」，再到「山服」、「社服」概念行動的出現，校園參與社會是七〇年代的一個共識。所以後來會有「校園民歌」這樣的東西緊緊和商業管道連接，在社會上大大流行。

校園參與社會的熱潮

這樣的潮流裡，「校園電影」、「校園文學」同時也就成爲大衆文化裡的重要類型。前者有林清介的電影作代表，後者則可以略舉小野、阿圖。

小野在七〇年代以《蛹之生》一書成名。這本書其實無論在技巧、內容上都很平庸，不過卻成功地結合了勵志說教與浪漫青年愛情兩種元素，符合教育體制的健康形象，所以透過訓導系統推薦、學生口耳相傳，一躍成爲暢銷書。這種形式的小說，到了八〇年代則有張曼娟的《海水正藍》後繼接班。

阿圖的代表作是《鐘聲21響》，取徑就與《蛹之生》大不相同。《鐘聲21響》基本是神化、傳奇化了台大的校園生活，蒐集同時編織了一連串大學生異於常人的生活故事，抬高大學生的自我形象，同時挑起外界對台大的進一步好奇，因此而找到相當規模的讀者群。

七〇年代的校園文學另外還有一個異數，那就是不以大學生生活爲主題，而是娓娓道來高中女生早熟思緒的《擊壤歌——北一女三年記》。作者朱天心出身文學家庭，寫這本書時才只有十七歲。《擊壤歌》也吸引了一批從青少年到大學階段的讀者，堪稱是作者年紀最輕的「大衆文學」奇葩。

校園、文化界的社會介入意識，在七〇年代還產生了「報導文學熱」。由高信疆主編的〈人間副刊〉率先提倡，報導文學昂昂然崛起。許多年輕文學工作者深入鄉間寫下了親身經歷的第一手報導。報導文學在媒體的支持下，幾度就要躍居文學主流地位，然而卻遲遲沒有出現被市場熱情接納的代表性作家與作品。沒有多久，《時報周刊》創刊，提供了一個混雜的報導園地，報導文學慢慢地就轉入八開本的新形態雜誌裡而喪失了原有的文學精神。降至八〇年代，《時報周刊》帶領，《美華》、《獨家報導》等跟進，八開本雜誌向香港的「八卦雜誌」靠攏，成了專寫影劇、社會內幕的煽情、娛樂性質，報導文學從此一蹶不振。

十三、

四十年來「大衆文學」領域裡還有一些自成傳統的東西，無法在這樣的「小史」札記體裡認眞處理，必須另闢篇章仔細討論。

例如漫畫。從最早的葉宏甲、劉興欽、牛哥，到晚近的敖幼祥、蔡志忠、老瓊、朱德庸以至新人類的大批連環漫畫作者，構成堅強的台灣本土陣容，一脈相傳在嬉笑怒罵中記錄社會衆生相。除此之外還有香港來的「老夫子」也曾盛極一時。美國的四格漫畫在報紙迻譯歷久不衰，「白朗黛」、「小亨利」、「淘氣阿丹」一直到「加菲貓」，都是大家耳聞能詳的名字。三毛譯自西班牙文的阿根廷漫畫《娃娃看天下》也具有類經典的地位。八〇年代以後傳入的日本連環漫畫，其數量更是驚人。

這只是一個開端

又例如從外文翻譯引介的「大衆文學」作品。《冰點》、《彭莊新娘》、《天地一沙鷗》、《一位陌生女子的來信》等等，又是另一個閱讀世界。八〇年代後還有持續發揮影響力的推理小說。「推理」在日本是最熱門的大衆小說形式之一，在台灣也有相當多的愛好者。然而台灣本身卻一直沒有出現固定的創作環境，於是就形成了大量依賴、消費日本作品的習慣。這其中複雜的社會、文化價值交錯，很值得認眞研究。

還有太多太多的「大衆文學」現象，在我觸角張伸的範圍之外，或者躲在記憶的角落裡。這樣一篇「小史」只是一個開端，預告著：我們將認眞面對過去這塊土地上長養過的文化花草，不管在什麼標準下判作是好是壞、是良是莠甚至是毒，我們願意開始用嚴肅的態度整理這些眞正屬於我們的歷史經驗。

一九九四年一月

系譜的建立與破壞

——論古龍的武林與江湖

「現代武俠之父」平江不肖生

人稱「現代武俠之父」的平江不肖生（向愷然）出生於一八九〇年，長沙楚怡工業學校畢業後，赴日留學入華僑中學，一度返回中國，後來計畫二度前往日本，卻苦於旅費無著，還好有同鄉編劇家宋癡萍介紹，將手寫之《拳術講義》賣給《長沙日報》，得以成行。

二度留學後，從日本回到上海，向愷然將在日本的見聞裁減拼湊，寫成《留東外史》，沒想到大受歡迎。接著連續又寫《留東外史補》、《留東新史》、《留東豔史》等相關小說。

葉洪生〈近代武壇第一『推手』〉（收在葉氏著《武俠小說談藝錄》中）描述：

> 「當《留東》四部曲陸續在上海出版時，因文中頗涉武功技擊，眞實有據，乃引起行家注意；加以向氏生性詼諧，健談好客，遂與往來滬上的奇人異士、武林名手如杜心南（南俠）、劉百川（北俠）、佟忠義（山東響馬）、吳鑑泉（太極拳家）、黃雲標（通臂拳王）及柳惕怡、顧如章、鄭曼青等結交爲好友，切磋武學。上海灘青紅幫首腦杜月笙、黃金榮、虞洽卿等亦爲座上客，時相過從。由是見聞益廣，對於江湖規矩、門檻無不知曉。」

自己通達武術拳法，能寫吸引讀者好奇的通俗小說，再加上與現實幫派分子密接過從，這三項條件，成就了平江不肖生「現代武俠」之父的地位。

可是「現代武俠」到底是什麼？平江不肖生究竟開創了什麼前人未及發掘想像的武俠成分呢？

平江不肖生最具代表性的作品，公推《江湖奇俠傳》、《近代俠義英雄傳》。這兩部小說，皆以「傳」名，而且細繹其形式，明顯是中國文學「紀傳體」與章回小說的奇妙結合。

「紀傳體」與章回小說的奇妙結合

《江湖奇俠傳》和《近代俠義英雄傳》，所傳者皆非一人一俠。雖然電影推波助瀾，使得《江》書中的「紅姑」聲名大噪，不過紅姑及「火燒紅蓮寺」故事，在原書中一直到八十回左右才登場，前面大肆鋪寫的，是「爭水陸碼頭」的來龍去脈。「火燒紅蓮寺」之後，小說又熱火火地拉出另一條張汶祥「刺馬」的軸線來。《近代俠義英雄傳》以霍元甲貫穿其間，然而讀者卻不可能不對一開頭就出場的大刀王五，或後來的羅大鶴、孫福全等人留下深刻印象。

《江》、《近》二書，都是「群傳」、「群俠傳」。平江不肖生大量援用了史家的「傳」體，給予每位出場的英雄豪傑，清楚的身世來歷。

這種筆法，在敘「爭水路碼頭」時最爲明白，甚至有時引起讀者閱讀上的困擾。第四回中，平江不肖生先敘述了平江、瀏陽兩地「爭水路碼頭」的事件梗概，繼而說：「祇是平、瀏兩縣農人的事，和笑道人、甘瘤子一般劍客，有什麼相干呢？這裡面的緣故，我應了做小說的一句套語，所謂說來話長了！待在下一一從頭敘來。」

這一敘，先敘了楊天池的一大段來歷，中間連帶介紹楊繼新出身，作爲後文伏筆。楊天池拜師練藝，回到義父義母家剛好遇上「爭水路碼頭」，平江不肖生藉事件轉圜，改而追蹤怪叫化常德慶的來歷。常德慶的師父是甘瘤子，於是又得費一番唇舌講甘瘤子，再由甘瘤子牽出桂武來。繞了一大圈，講了五、六人的曲折生平，好不容易回頭寫了一段常德慶與楊天池「爭水路碼頭」的交涉，不料筆一轉，平江不肖生又寫起向樂山來！向樂山的事從第十二回寫起，一路寫到了第十九回，故事還是沒回到常德慶、楊天池身上，卻從向樂山再牽出朱復、萬清和……

這種寫法，一方面有章回小說如《儒林外史》的影子，一個角色牽出另一個角色，如撞球般一個撞一個，不過另一方面換個角度看，這些角色的每一段詳細刻畫，事實上就等於一篇「奇俠傳」，事件只是敘述的引子、幌子，眞正重要的，是留下這些「奇俠」一一身世來歷，與奇行奇遇吧！

給每一位奇俠一個來歷，就是給他一個身分、一份眞實性。這種眞實性倒不必然如施濟群評注中說：「向君言此書取材，大率湘湖事實，非盡向壁虛構者也。」是否事實，我們無須查考，不過一個角色有了那麼詳盡的生平故事，就顯見他不是作者單純爲了情節推進方便而去捏造出來的，這角色、這些角色，作者不斷喻示著，有小說情節以外的豐富生命經驗可供取汲。是這種「非功能性的敘傳細節」，給了這些角色「眞實性」。

用張大春的話說：「俠不是憑空從天而下的『機械降神』（dues ex machina）裝置……，俠必須像常人一樣有他的血緣、親族、師承、交友或其他社會關係上的位置。」

張大春還解釋：「在《江湖奇俠傳》問世之前，身懷絕技的俠客之所以離奇非徒恃其絕技而已，還有的是他們都沒有一個可供察考探溯的身世、來歷，也就是辨識座標。俠客的出現本身就是一個絕頂離奇的遭遇、一個無法解釋的巧合。」然而在平江不肖生手裡，衆多奇俠不只個個有來歷有身世，而且彼此關係交錯，組成了一套人際系譜。（見張大春的《小說稗類》）

人際系譜把俠組成了「江湖」、「武林」，也就是衆多奇俠組構成一個異類世界。人間系譜一面讓奇俠不再只是出現在一般凡人間的「奇觀」，有了他們自己的生活、自己的交往；人際系譜另一面也讓奇俠世界平行於「平凡世界」，兩者關係交動，有了空前巨大改變。

以前的俠，個個依其絕技存在，像是點綴在巨大夜空中的點點亮星。《江湖奇俠傳》後，俠與俠組成的武林、江湖，自成一片空間，或「反空間」，與夜空同時存在，而且還偶爾透過「蟲洞」交錯穿越。

武俠小說中的「隱世界」

從這點上看，平江不肖生以降的武俠之所以足可開創新時代新局面，關鍵正在其「系譜」，與「系譜」織造出的異類世界。江湖或武林，從平江不肖生的小說裡透顯出來，成了一個藏在日常生活中，一般人卻看不見聽不到摸不著的隱形世界。江湖、武林與現實，不即不離，亦即亦離。

從此之後，江湖、武林成了底層的另類中國。事實上，平江不肖生的小說會流行起來，作爲一種文類，「武俠小說」會有那麼旺盛且長久的生命力，吸引了一代代的作者與讀者，其中一項歷史原由，應該就來自在中國主流大傳統歷經挫折崩潰之後，人們可以藉由「武俠」的中介，想像一個充滿義氣英雄的「底層中國」、「小傳統中國」。

十九世紀以降，中國迭遭打擊，終至使得一切舊有秩序都失去了合法性，當然也失去了效力。科舉瓦解了、朝廷瓦解了、鄉約宗祠瓦解了，進而連政府官家權威也瓦解了。在這種惡劣悲觀的現實下，人們還能依賴什麼？

依據像上海杜月笙那樣的仲裁者。杜月笙及青洪（前為青紅）幫的傳說在民初廣泛流傳，甚至被誇張放大為傳奇，正反映那個時代的「秩序渴望」。除了「秩序渴望」之外，還有「尊嚴渴望」，渴望對著西方勢力不斷挫敗的中國，還可以有些值得肯定、值得驕傲的地方。

平江不肖生在《近代俠義英雄傳》中，大寫霍元甲「三打外國大力士」，先後打敗了俄國人、非洲黑人和英國人，洗刷了人家對中國「東亞病夫」的歧視輕侮，最清楚反映出武俠小說在對治「尊嚴渴望」上的重大功效。

武俠小說創造的武林、江湖，裡面藏著各式各樣的中國英雄。他們神武、英雋、智慧，而且充滿美德。中國文化的美好、中國社會得以戰勝西洋的，不在朝廷、士大夫或富商大賈的那個「顯世界」，而在武林、江湖所形成的「隱世界」裡。「顯世界」雖已被證明不堪一擊、破敗狼狽，沒關係，還有「隱世界」的存在。

這種想像，靠想像來維持尊嚴的路數，不是很像相信靠神符鬼咒就能「扶清滅洋」的義和團嗎？老實說，是滿像的。平江不肖生必然也自覺到霍元甲「三打外國大力士」故事精神裡，有太多「義和團成分」在，才刻意在《近》書中，安排讓霍元甲不只反義和團，而且還入義和團陣中，誅殺義和團首領。

不過，霍元甲殺了義和團首領，殺不斷武俠小說在社會意識功能上與義和團的相近關係。武俠小說，是那個悲苦年代的逃避，同時也是安慰。從不堪的現實逃入一個想像的世界，而且這想像，因為有著完整的系譜與身世，看來如此具體立體。平江不肖生以降，武俠小說提供的最大閱讀安慰，就在似眞地告訴讀者，在你們身邊周遭，卻仔細躲藏沒被你們識破，存在著另一個中國，一個保留了俠義精神高貴特質的中國，一個具有足以擊敗外國勢力能量的中國。這個有英雄有狗熊的江湖，不是任何人爲了說故事、爲了寫小說，而去捏造出來的（不是「機械降神」），平江不肖生這種寫小說的人，是因爲得了機緣之助，得以識破那世界一小角的偷窺者，將那個世界的樣貌，轉述傳達給我們知道。

虛構的小說作者，卻想方設法排除附著在自己敘述身分上的虛構，假裝那敘事聲音來自一個記錄者。《江湖奇俠傳》裡長段的向樂山故事，是怎麼開頭的？平江不肖生寫道：「清虛道人收向樂山的一回故事，凡是年紀在七十以上的平江人，十有八九能知道這事的。在下且趁這當兒，交代一番，再寫以下爭水路碼頭的事，方有著落。」

這是平江不肖生的重要寫作策略，也是他開創「武俠史」的主要貢獻之一。用這種方式開啓了讀者及未來作者們心中虛實互動、現實與江湖兩世界彼此穿梭互通的無窮可能性。

幫派系譜開創新局

平江不肖生對「武俠史」做出的另一大貢獻是他創造的幫派系譜。不只讓群俠各歸其位、各有所屬，俠與俠之間有了千絲萬縷的恩怨情仇，這套系譜還具備了不斷創新擴張的彈性，誘引著後來的武俠作者跟隨他的腳步，投入在這塊「想像武林」的創造中。

當年的「南向北趙」，爲什麼是向愷然而不是趙煥亭成了「現代武俠小說之父」？爲什麼趙煥亭的《奇俠精忠傳》，其知名度與地位遠不及向愷然的《江湖奇俠傳》？除了小說本身的因素外，我們不能忽視文類傳承上所造成的選擇效果。也就是後來寫作武俠小說的人，受到平江不肖生暗示，跟隨平江不肖生的例子，將他們的故事附麗在平江不肖生關係上的那個武林、江湖圖像上，這些後來者成就了平江不肖生，他們選擇寫一種「平江不肖生式」的武林，而不是「趙煥亭式」的，眞正注定了「南向北趙」中誰會成爲「正統」。

同樣情況，我們也可以在平江不肖生與還珠樓主之間看到。《蜀山劍俠傳》氣魄不爲不大、成就不爲不高，然而《蜀》書的氣魄、成就，尤其是巨大的篇幅，反而阻止了後來者仿襲。《蜀山劍俠傳》如一座孤峰，凸出傲立；《江湖奇俠傳》的文學風景，卻是一片連綿不斷的山脈。

再抄一段張大春的論斷：「系譜這個結構裝置畢竟爲日後的武俠小說家接收起來，他甚至可以作爲武俠小說這個類型之所以有別於中國古典公案、俠義小說的執照。一套系譜有時不只出現在一部小說之中。他也可以同時出現在一個作家好幾部作品之中。比方說：在寫了八十八部武俠小說的鄭證因筆下，《天南逸叟》、《子母離魂圈》、《五鳳朝陽》、《淮上風雲》等多部都和作者的成名鉅製共有同一套系譜。而一套系譜也不只爲一位作家所獨占，比方說：金庸就曾經在多部武俠小說中讓他的俠客進駐崑崙、崆峒、丐幫等不肖生的系譜，驅逐了金羅漢、董祿堂、紅姑、甘瘤子，還爲這個系譜平添上族祖的名諱。」

事實上，後來的武俠小說幾乎一脈相承沿襲了同一套系譜，不同作者不同作品會有不同主角，但是這個（或這些）主角賴以活躍的舞台背景，卻如此相似。

由不同作者撰寫的武俠小說，卻出現同樣的少林、武當、崆峒、崑崙以及丐幫，後來又擴及四川唐門、慕容家等必備的武林門派。而且不同作品裡萬變不離其宗，少林就得要有少林的樣子、武當得要有武當的精神、丐幫要有丐幫掛布袋的固定方式。那個江湖、武林貫串武俠小說，又隨著衆多武俠小說的陸續問世而逐步擴張。

如此就構成了文學史上少見的一組空前龐大的「互文關係」（intertextuality）。每一本武俠小說都是所有其他武俠小說的「互文」，透過那共同的江湖、武俠想像，每一部武俠小說都指涉向其他所有的武俠小說，他們彼此依賴，又彼此緊密對話。

龐大的互文組構，落到閱讀經驗上，製造出來的第一層效果是：讀任何一本武俠小說，都等於在爲讀其他武俠小說作準備。從這本武俠小說裡得到的少林印象，會在另一本武俠小說裡獲得印證加強；從這本武俠小說裡讀來的崑崙形象，會在另一本小說裡獲得補充發展。武俠小說的主角換來換去，讀者可能會忘掉、可能會搞混，然而那背景的江湖世界，反覆出現，再鮮明、再清楚不過。

即使是讀武俠小說的老手，恐怕都很難明確指出以下這幾位大俠，各出自哪幾部小說，幹過什麼樣轟轟烈烈的偉大事蹟吧？張丹楓、袁振武、上官雲彤、江小鶴、俞劍英……，可是就算初涉武俠的讀者看到少林、武當、崑崙、崆峒，會不曉得其間差異與武功個性嗎？

龐大且緊密的互文結構，製造出第二層閱讀效果，那就是武俠小說是一種文類閱讀，武俠的作者，不容易凸顯其寫作上的辨識度。不是說這些前仆後繼的作者們，才情不夠沒有創意。而是在這種互文結構陰影下，作者只能在前人已經鋪好了的「共同舞台」上搬演其絕世武功與英雄氣概，每一部小說先天上就有了太多類似、共同的地方，讀者又對這片類似、共同的江湖武林最熟悉、最容易領受，哪還能留下多少空間讓個別作者塑造風格、爭取認同？

金庸、古龍脫穎而出

一直到金庸崛起之前，很少有武俠小說讀者，只讀一家作品。戰後台灣「武俠潮」裡，多少報紙版面造就了多少武俠小說作者，臥龍生、東方玉、司馬翎、諸葛青雲、高庸、上官鼎……，但熱愛武俠的一般讀者，眞分得清誰是誰、哪部作品是哪位的傑作嗎？

不容易。他們同活在一個江湖上，他們的英雄同闖蕩在一個武林裡。

一直到今天，金庸、古龍仍然是武俠小說中辨識度最高、最具特色的兩位作家。他們憑什麼在衆家寫手中脫穎而出？

這個問題，被問過太多次，也得到過各式各樣答案。讓我們試著從江湖系譜的角度，也來找出可能答案。

面對龐大的江湖系譜，金庸和古龍的態度策略，大不相同。金庸的策略是將歷史人物寫入江湖系譜裡，讓歷史世界與武俠世界產生直接聯繫，藉歷史來擴大系譜，又藉系譜來收編歷史。金庸「……向《水滸傳》裡討來一位賽仁貴郭盛，向《岳傳》裡討來一位楊再興，權充郭靖、楊康的先人，至於《書劍恩仇錄》裡的乾隆、兆惠，《碧血劍》裡的袁崇煥，《射雕英雄傳》裡的鐵木眞父子和丘處機，《倚天屠龍記》裡的張三丰，《天龍八部》的鳩摩智……以迄於《鹿鼎記》中的康熙，無一不是擴大這系譜領域的棋子。」（張大春語）

最精彩的例證，當然是《鹿鼎記》。金庸創造一個「反英雄」韋小寶，讓他穿梭遊走在虛構的武林與眞實的歷史事件中，最終達到以假亂眞的效果，讓讀者相信清史上的大事，從殺鰲拜、平三藩到簽中俄尼布楚條約，原來都是韋小寶的功勞。如此一來，不只是歷史給予原來被翻寫無數多次、彈性痲痺的江湖武林新的活力，而且還巧妙援引了一般人所受的歷史教育，所吸收的歷史知識，用來協助創造武俠小說的意義。換句話說，金庸讓原本的江湖武林「互文」範圍，超脫了武俠小說的界線，一攬一拉，將歷史納了進去。

這種擴大系譜的本事，別人學不來，成了金庸的招牌。金庸還有另一番創意，那就是是詳細改寫重寫江湖一幫一派的來歷。表面上依循舊有江湖系譜，然而實際上都是留其軀殼、重注精神。靠著這些創意路數，金庸昂揚地取得了清晰的「作者」身分，和其他混在「大江湖」裡的人，分別開來。

拆解江湖系譜的古龍小說

那古龍呢？古龍卻是大開大闔索性拋開了那套傳統江湖系譜，來寫作他主要的武俠傑作。

古龍的武俠小說是以性格突出到近乎畸形，卻又讓人不得不愛的人物角色為中心的。讀古龍小說，讀者記得的「座標」，顯然是楚留香、李尋歡、蕭十一郎、江小魚、傅紅雪……這些俠客。可是讓我們考驗自己記憶，試問一下：這幾個人，都是何門何派？這幾部小說的情節是以何門何派的恩怨情仇為主題的？

如此一問一尋索，我們只能得到一個結論：古龍的武俠小說，是不怎麼理會原來的那些江湖武林系譜的。古龍武俠小說中，俠的個人與個性，明顯超越了江湖。

古龍小說裡，當然還是有門派、有幫派，可是那些門派、幫派，往往都是原本大系譜中的邊緣角色，或者乾脆是古龍自己編派、發明的。像「天星幫」屬於系譜邊緣面目模糊的部分。「伊賀忍術」是從日本劍道小說裡借用來，別的武俠小說裡不曾見到的。還有像在《絕代雙驕》中占據中心位置的

「移花宮」，那不折不扣是古龍自己的發明。

換句話說，古龍的門派幫派，都是傳統武俠小說讀者不會有清楚印象、固定概念的。熟讀以前的武俠小說，無助於我們理解「天星幫」、「伊賀忍術」或「移花宮」。古龍將他的武俠事件，從原先的那個大舞台移走了，讓他們在別人不那麼熟悉習慣的另類舞台上搬演。

古龍的「新派武俠」之所以「新」，很多評者論者集中注意其獨特的文字風格，不過除了文字風格以外，古龍的「新」還有一部分在於他「拆解江湖系譜」的作法。

自覺或不自覺地，古龍跳脫了前面指述的那個「大互文結構」。自覺或不自覺地，古龍走離開了平江不肖生開創下來的那套江湖系譜，自己想像一個江湖，或一個「非江湖」。

爲什麼說是「非江湖」？因爲原本「江湖」的浮現，是根基於「群俠」之上的，「群俠」的彼此人際關係，才構成了「江湖」。可是到了古龍筆下，總是單一角色壓蓋過了「群俠」。武俠小說原本的「群性」，被古龍以個性，以個性化的個人英雄主義取代了，於是「群俠」的關係不再重要，江湖也就不再重要了。

古龍武俠小說的「個性」（相對於其他武俠小說的「群性」），在《絕代雙驕》裡面表現得最徹底。這部小說的情節，原本明白指向「雙主角」——從小失散的雙胞胎兄弟江小魚和花無缺。可是古龍一寫寫活了那鬼靈精怪、惡作劇不斷，卻又心地善良近乎軟弱的江小魚，在「小魚兒」的對照映襯下，連花無缺都只能黯然退位成配角了。管它書名叫《絕代「雙」驕》，讀者讀到的，毋寧比較接近「江小魚及其兄弟的故事」。

從這裡我們也就探測到古龍「新派」眞正的祕訣。不是沒有別人（尤其是新手）試著寫過不在

「江湖系譜」裡的武俠故事，然而這種嘗試往往都得不到讀者的青睞，因爲讀者已經先預期了要在武俠類型小說裡讀到「類型」，也就是讀到他們熟悉的東西。江湖系譜正是他們賴以辨識武俠小說此一文類的基本元素，找不到這系譜，或發現系譜被改得面目全非，讀者不會因而欣賞作品的「創意」、「突破」，而是忿忿地評斷：「這不是武俠小說！」掉頭而去。

吾友張大春寫《城邦暴力團》，自己覺得是「新武俠」，可是長年研究武俠小說的林保淳教授卻認爲《城邦暴力團》不是武俠小說。作者與論者看法之異，多少正反映了這種「辨識習慣」的影響。

古龍的成就，正在拆掉了人家熟悉的江湖，卻能補以鮮活清楚的俠與「俠情」，讓習於江湖系譜的人，轉而在俠與俠情中，得到滿足與慰藉。

古龍之「新」，正在於他破壞了那套傳統江湖系譜。古龍在武俠歷史上最重要的地位應在作爲一個敢於拆解江湖系譜，竟然還能吸引讀者閱讀眼光的傑出作者。

武俠小說的快速沒落

不過換個角度看，或許我們也就從這裡看出晚近武俠小說快速沒落的一點端倪。讓我們別忘了，遭古龍挑戰破壞的這套江湖系譜，原本正是衆多武俠小說彼此聯繫的根本。藉著江湖系譜，這本可以達到那本，這位作者連到那位，讀一本就爲讀下一本練了功打了底，武俠小說全部互文來互文去，逃不開「江湖關係」，讀者自然能在那江湖系譜的熟悉反覆中，得到基本的閱讀快樂。

如果沒有了系譜、沒有了互文，那麼每一本武俠小說就得孤零零地存在，靠自己的力量去爭取讀者、吸引讀者。讀者閱讀武俠小說，就不再是批發式的類型經驗，轉而成了零售式的精挑細選了。類型小說失去了類型基礎，就會變成得要靠個別作者的個別本事來面對讀者。

金庸有那麼大才氣、古龍有那麼多奇想，他們作品可以獨立存在、獨立吸引讀者。然而其他作者作品？破壞掉了江湖系譜，等於拆掉了他們小說主舞台，使得他們筆下那些精采不足的人物、情節，顯得如此單調貧乏。

並不是要把武俠小說沒落和責任，歸咎於金庸和古龍這兩位傑出的作者，而是要點出平江不肖生以降的那套江湖系譜，在武俠小說的創作與閱讀上曾經發揮過多大的作用。這套江湖系譜固然拘限了武俠創作者的想像自由，使得大批武俠小說都面目相似，也讓部分作者得以快速複製大量作品，不過這套江湖系譜卻也保證了讀者的基本興趣與最低滿足標準。

金庸以其他人無法模仿的方式擴大了系譜，古龍則索性以恣意天分破壞了系譜，系譜不再，武俠也就走完了其輝煌的類型階段，變成作品才分表演與個性釋放的另一種文學載體。其消長變化，至微又至巨啊！

二〇〇六年二月

跨越時代的愛情

——台灣通俗羅曼史小說中的變與不變

一、

「羅曼史」（romance）小說是一種社會現象，而不是單純的文學文本。什麼是什麼不是羅曼史小說，不能從小說的題材、內容，甚至作者的身分來加以判定。而是要看讀者如何閱讀、如何認定的態度。

羅曼史與性別意識

「羅曼史」小說最核心的基礎是「性別化的閱讀」（gendered reading）。其意義至少有兩層：第一層是認爲這些小說不是一般大衆都應該讀、都適合讀的。因爲這個「大衆」是由男性自男性中心角度出發認定的，於是就等於是把這些小說分派給「另一性」——女性來閱讀。第二層則是明顯意識到這類小說主要描寫、傳遞的是關於性別特性的訊息。講述與女性對比下，男人是怎樣的人。與男人對比，女性又是怎樣的性格與命運。當然更重要的，男人與女人在「性別化的空間」（engendered space）裡如何互動的可能。

這兩層意義，其實就已經逼擠出「羅曼史」一個非常特別的社會偏見功能。只有女人才需要了解性別互動，只有女人才需要學習性別差異，以及處理性別差異的種種經驗與技巧。男人當然也活在別的男人與女人之間，不過他的社會權力位置，讓他可以用「單性」的立場處理所有的事。女性對他而言，不是個必須去了解、探索的「問題」（problematique）。

另外也由此而鎖定了「羅曼史」的閱讀世代。「羅曼史」既然基本是女性的情感教育，那麼等女性長大，眞正涉足世俗情感世界，穩定了情感建構，她們也就不再需要「羅曼史」。

相應地，在一般的社會概念裡，給了「羅曼史」另外兩個負面的描述或「容忍」。羅曼史因爲是寫給女人看的，所以可以不必太「現實」。一方面反正女人不在男人建構的「重要現實」裡，所以可以馬馬虎虎迷糊一點、疏離一點。另一方面很多羅曼史小說也都是女性作家寫的，「本來」就不可能對現實有太深入的了解與反映。

第二個「容忍」是，羅曼史小說可以、而且應該寫瑣碎的個別故事（或個別幻夢），不必像其他文學文類那樣負擔追求普遍眞理的任務。莎士比亞的《羅密歐與茱麗葉》，雖然也是可生可死的愛情故事，但因爲被賦予了許多關於人性、關於仇讎等普遍意義，當然就不是羅曼史。

二、閱讀羅曼史與女性讀者群

要從「性別化的閱讀」裡產生羅曼史小說，先決條件是必須有相當數量的女性（尤其是少女）讀者群。並不是有女性讀者群，就必然有羅曼史小說。像在日本，大正時期就有比較明確的女性文學群眾出現，然而她們閱讀的主流卻是「自然主義」派「私小說」裡的男性悲苦故事。「私小說」習慣描寫在社會裡受挫、打滾，物質上得救卻必然靈魂被折磨的年輕男性成長歷程。這種經驗，多多少少可以讓女性同感共鳴，又攙雜英雄崇拜的色彩，風靡了日本新興女性，也使得羅曼史小說的發展向後推遲。

日據時代台灣，則連這樣比較明確的女性讀者群都尚未見蹤影。傳統根深柢固的概念、加上殖民統治的性別偏好，都使得女子教育，尤其是性別意識萌芽甚晚。少數女性知識分子往往投身入普遍性的反抗運動裡，無暇發展任何羅曼史故事。

戰後初期，五〇年代的反共意識形態，造就了一個清教徒式的禁慾環境。要求「一切爲戰鬥、一切爲反共」，要求以軍事紀律來整肅社會，當然就不只是漠視，甚至仇視男女浪漫情愛。不過這種戰鬥氣氛，到底無法徹底執行。漏洞一，是必須看美國老大哥的臉色，不時作作民主自由的門面，表現出親西方的姿態。於是標榜「橫的移植」的「現代詩」，儘管既不戰鬥也不反共，還是冒出異彩來。漏洞二，是當時把三〇年代以降的左翼文學徹底禁絕，又禁了許多未能隨國民政府離亂來台的作家作品，於是具有行動、運動、集體意義的文學，都在掃除之列，眞空中反而凸顯了留下來少數能讀的文學的權威性。而這些留下來的都是些什麼文學呢？至少有很強大的一支是以徐志摩、朱自清爲代表的中國現代浪漫主義！

浪漫主義在台灣文學傳承上意外地獨大稱霸，到六〇年代影響就非常清楚。號稱「存在」、「虛無」的一代新文學，他們的許多概念固然有來自西方「叛逆世代」的部分，然而他們表現這些概念的文字，卻無可避免也大量襲用前代浪漫主義式的感傷修辭，蔚爲一種特殊文學風情。

五〇年代的「戰鬥」與「浪漫」

在五〇年代，則是由「戰鬥」與「浪漫」詭異結合，而產生了一批特殊的「抗戰羅曼史」，允爲台灣羅曼史小說的先聲。這些「抗戰羅曼史」中，代表作包括了徐訏的《風蕭蕭》、王藍的《藍與黑》、徐速的《星星、月亮、太陽》；更不能遺漏掉鹿橋稍早寫的《未央歌》，五〇年代又在台灣出版暢銷。

這些小說的共同特色是小說背景都是抗戰中的愛國民族主義，然而眞正著墨搬演的，卻是複雜的男女情愛。《風蕭蕭》一直到兩百頁以後才切入抗戰諜報的「主題」，前面其實都是華服紳士貴婦們的社交調情，不厭其煩的詳細描述。《藍與黑》是一男二女的愛情經驗，《星星、月亮、太陽》索性擴大到一男三女。而且都不約而同地標榜這些女性的特殊個性、特殊的魄力。《未央歌》的抗戰苦難更是被整合變成了年輕人們談戀愛的一個重要成分，與其說是藉兒女情長寫家國戰爭，還不如說是在慶幸因爲家國戰爭才成全成就了一段段的兒女情長。

這些小說，由男性作者書寫，幾乎也都未脫開男性中心的敘事觀點，習慣性地把女性寫作視爲加進到生活裡來的「變數」，是被凝視觀看以及猜測的對象。不過卻已經開始吸引了部分女性讀者的注意。尤其是這些作品裡呈現的幾種男性形象，後來就被套用成爲眞正羅曼史小說的諸典型。例如瀟灑而充滿祕密的浪子、例如純眞好思辯的大學生、例如飽受家國命運撕扯的滄桑中年男子，都是台灣羅曼史中固定一再出現的男主角類型。

三、

六〇年代無疑是台灣羅曼史小說，最重要的奠基期與發展期。

羅曼史與大眾文學的出現

六〇年代台灣首次出現了比較清楚的女性讀者群，瓊瑤的小說是使這些讀者成形現身的重要觸媒。不過從另一方面看，羅曼史小說的寫作產製，卻還停留在個體戶手工業階段，沒有到達大規模流行的程度，反而使得這時期的羅曼史小說，格外具有文學史探討上的趣味。

第一項值得注意的是，羅曼史小說仍然未和純文學完全分家。《現代文學》、《文學季刊》等小眾純文學刊物，刊登的作品以具有前衛實驗性格的短篇為主。然而同樣這批作家，寫起長篇小說來時，就往往在《皇冠》上與瓊瑤、徐薏藍等人平起平坐。

第二項是以《皇冠》為重鎮的大眾文學領域，這個時代還沒有單獨劃分羅曼史壁壘的作法。瓊瑤的小說和司馬中原的鄉野小說、於梨華的留學生小說、朱羽的盜匪黑幫小說，交錯出現。

正因為羅曼史還未大量出產，小說雖然開始暢銷，可是其內容、風格就還留有強烈的個人印記。又受到純文學價值理念的影響，講求創造性、突破性的壓力依然存在，所以即使是同一個作者的不同作品間，會有比較大的差異，比較緊張的「互文關係」。也因為大眾文學的籠統性，這些羅曼史小說，「認同性」的讀者雖然以女性為主，不過卻也吸引了其他不同性質的讀者注意。羅曼史還不是一個封閉的閱讀論述空間，不時有其他的力量會穿透進來，試圖壟斷其詮釋、改變其社會位置。

所以六〇年代，瓊瑤的小說首當其衝，引來了許多批評，也相對地看到一些辯護。批評與辯護意見，很有趣的都是以男性為多，援引了從純文學小說原理到家庭組織道德的各式各樣概念。於是在這個時期，羅曼史小說因其曖昧性、不確定性，而意外提供了一個變動期相異社會建構意向的角力場。

四、

瓊瑤的浮現，其歷史意義不容低估。

瓊瑤不能算是「鴛鴦蝴蝶派」的再生產，這點很重要。最大的差別在：第一，正如林芳玫指出的：瓊瑤的羅曼史小說，處理的不是單純現代式、西方式浪漫愛情舶來品，在一個傳統守舊社會所獲得的曲折待遇。瓊瑤的小說當然反覆對家戶內的世代衝突再三致意，不過這裡的上一代，往往自己是「五四」自由戀愛浪潮中受過洗禮的，他們所了解的愛情已有過一層轉折。這時候橫亙在下一代的戀愛追求前的阻礙，與其說是傳統禮教，毋寧是現實考量來得更貼切。而這現實，當然是被用「功利」意識形態刻板折射過的印象，正是以「功利」的相反對照，才反襯出愛情的浪漫與不凡。

第二點更重要的，舊的「鴛鴦蝴蝶派」小說，幾乎都是出自男作家之手。他們無所不用其極地揣摩想像女子在戀愛中的種種喜悅與悲苦，畢竟還是有相當隔閡。反觀瓊瑤，卻是以帶有自傳傳奇性色彩的小說《窗外》崛起，其作與其人之間認同關係緊密，進而也同時拉近了讀者對書中角色江雁容以及瓊瑤本人的認同。

閱讀瓊瑤與團結的女性意識

所以在閱讀瓊瑤小說時，女性讀者的經歷裡，多了一層「女性團結意識」（female solidarity）。在舊社會組織裡，女性是沒有集體生活的。比起男性，家庭內的角色劃分對女人的切割、約束尤其嚴重。女人不只是一個個被隔離在不同的家戶裡，很難彼此認同，彼此援助；甚至在同一個家戶內部，婆媳、妯娌等等幾個主要對立組，又進一步拒斥女性彼此間的接觸。

現代經驗裡，學校，尤其是女子學校的日益普遍，是「女性團結意識」的重要培養溫床。女性在學校的共同課程、共同生活裡找到了不以其他男人為參考座標的共同節奏。《窗外》以女校為背景，不是純粹偶然。

六〇年代，正是台灣女子中學開始普及的時代。愈來愈多女性透過女校經驗，意識到自己與別的女生之間的經驗連鎖、經驗呼應。而且受到相當教育的女生，可以在口傳轉述之外，利用文字作為這種經驗連鎖的媒介。

瓊瑤小說在這種新興氣氛裡崛起，進而瓊瑤小說又變成女校共同生活裡的團結傳讀、談說堅振儀式，互為表裡、互相強化。

五、

六〇年代的羅曼史小說，雖然開始了女性意識的串連，不過包裹在其外的，畢竟還是一般社會極度父權的制度。因此而形成矛盾、弔詭。

愛情、家庭與女性特質建構

一個矛盾在：羅曼史小說讓更多女性意識到別的女人的存在，羅曼史小說給了女性一種新的、以「愛情」爲核心的「女人特質建構」（construction of womanhood），可是整個建構過程的場所（site），卻還是只能限制在家戶的狹窄空間裡。更有甚者，一個女人的愛情自我的實踐完成，必須歷練的折磨，往往被刻畫爲主要來自其他女性。男人在這過程中，當然也存在，化身爲終極權威的大家長，可是實際執行大家長意志的，往往是其他女人。如此反而強化了舊有家族內部的女性彼此分化、仇視力量。

在這裡我們就可以看出羅曼史的矛盾兩面性。它一方面讓許多女性讀者感覺到自己不是孤單的，自己的遭遇其實在這個世界上，每一扇每一扇關起來的門後面，都在反覆上演，因此而逐步袪除絕望、無力與罪咎的感覺。不過在將許多陌生女性拉攏在一起，形成隱性的團結意識的同時，它卻也在散布著訊息，教導女性讀者不要信任身邊、家戶內的其他女性。可是到底要怎麼樣才能走出這個充滿敵意、競爭的家庭？羅曼史所提供的答案，還是男人所給予的愛情。女性的共同命運，畢竟還是要靠男人的中介與助成。

另外一個特點是，這個時期的羅曼史小說，男女之間的愛情，幾乎毫無例外牽扯到兩個家庭，甚至小說中眞正的故事，其實是在男女主角的家庭，而不在他們本身。男女主角彼此的愛情內部，基本上不存在問題。常常可以用相遇的幾個浪漫場景，便予以交代過去。沒有太多的遲疑，沒有太多的選擇困難，也沒有太多兩人中間的「傲慢與偏見」，甚至不存在「背叛」的問題。兩人通常都是死心塌地，通常都是認定清楚。

是外部的家庭成爲困擾的來源。各式各樣的家庭因素不斷冒湧，不只驚嚇小說裡的男女主角，也驚嚇了讀者。可能是家庭的階級、財富狀況不相稱；可能是家庭裡其他分子造成的包袱（比較致命的有先天性智障兒、慢性病，比較戲劇性的則有貪汙爸爸或流氓兄弟等等）；更有可能是家庭在過去某個時代隱藏的一個祕密或罪惡。

羅曼史裡的愛的歷程與轉折

愛情的「天路歷程」，就是這兩個主角必須先是努力地隱藏、掩飾這些家庭內破壞力量，繼而經歷誤會、淚水、悲劇後，再轉而挖掘、原諒、彌補這些人世欠缺，最終以愛情的光輝力量，不只成就男女主角的新家庭，而且解決舊家庭裡的舊歷史。

這樣的羅曼史小說裡，其實在傳遞兩個愛情以外的訊息。一個是延續著「五四」以降對家庭，尤其是大家庭的批判。一種「反家庭」的氣氛呼之欲出，然而男女主角克服家庭障礙之後呢？他們愛情最終的歸宿，畢竟還是新的家庭。正因爲前面的「反家庭」氣氛，使得羅曼史小說越發不能去描寫「新家庭」，故事總是得終結於「有情人終成眷屬」。

第二個訊息是：過去——尤其是家戶內部、私人領域的過去——是不堪聞問的。愛情帶有一種激烈的力量，推動著愛人們努力想去了解對方的一切，也想剝開自己的一切給對方看，因而侵犯了一個平常被小心翼翼關鎖看守的「魔的空間」放出了一堆恐怖的力量，製造許多痛苦，最終還是得靠愛情的幫助，才有辦法予以拔除。

「反家庭」、對過去的驚怵，不正也是六〇年代台灣現代主義純文學裡的重要主題嗎？不也正是扭曲的歷史遭遇下，那個時代台灣社會相當普遍的心理壓力嗎？羅曼史小說無法自外於這樣的時代環境之外，只不過是把愛情拿來作爲對治時代傷口的萬靈丹，在這點上表現了其他作品、其他作家所無緣擁有的樂觀與信心罷了。

六、

除了瓊瑤之外，六〇年代新興的羅曼史小說家，至少還有郭良蕙、華嚴、徐薏藍等人值得一記。郭良蕙的《心鎖》、華嚴的《七色橋》，對於家庭內部藏汙納垢、過去的不堪聞問，有比瓊瑤更殘酷的披露。

台灣羅曼史傳統的形成

整體來看，她們成功地創建了一個羅曼史小說的傳統，到了七〇年代，台灣羅曼史小說基本上就依循著她們所訂定下來的一些習慣、規矩，擴大發展。

這些形成傳統、約定俗成的性質，包括了：

第一，羅曼史小說中，強烈的都會個性，以及更引人注目的，集中性地描寫外省籍族群經驗。

第二，羅曼史小說中，財富、社會地位的誇張描述，成爲不可或缺的內容。

縱觀戰後至今的台灣羅曼史小說，我們沒有辦法找到一個本省籍的羅曼史小說作家，幾十年來前前後後出現的羅曼史主要名字，都是外省籍的。而且裡面所描寫的居住、飲食、生活經驗，毫無例外都是外省的、中上階級的。

我們有足夠的社會史證據，證明羅曼史小說的消費不只限於外省籍、中上階級家庭的女姓。相反地，從消費層來看，羅曼史小說的讀者分布是非常廣泛而普遍的，從城到鄉，從外省到本省，從有錢人到工廠女工。

消費與生產的社會屬性之間如此龐大的落差，提醒了我們一件重要的事：羅曼史要以愛情來解決現實中某些焦慮，它所呈現的愛情，也就不會是中立客觀的愛情。爲了讓這份提供樂觀來源的愛情力量具有可信度，羅曼史小說會毫不猶豫地借助社會上最粗糙的價值偏見，來塑造夢幻效果。

所以閱讀羅曼史小說，會比閱讀其他作品更容易看出這個社會的普遍偏見，尤其是這個社會努力要人去羨慕的東西。

愛情論述與文化位置、社會價值系統

羅曼史清清楚楚告訴我們：那個時代裡外省文化的優越位置。不只是在正式教育系統裡有語言與族群文化象徵的明確歧視，就是在大衆文化工業的產製品裡，也有「愛情論述」裡的族群排除原則。愛情被建構爲一種與外省族群語言、文化記憶，再加上中上層物質享受，關係緊密的精神運作。於是少女們在認同愛情的同時，也就一併認同附加在愛情之上的一切偏見。

當陽明山是全台灣財富聚集的代表時，羅曼史小說就幾乎毫無例外本本出現陽明山。當外國經驗成爲重要身分指標時，羅曼史小說就充斥著歸國學人角色，《一簾幽夢》裡也出現了費雲帆帶著紫菱大遊歐洲的關鍵劇情。當電腦科技成爲台灣最熱門尖端的符號時，羅曼史裡就少不了各式各樣的軟體硬體工程師。

這是羅曼史最最現實勢利的部分。它們不只複製主流價值與偏見，還誇大宣稱這些具有特殊性的身分或物質享受，可以靠愛情來超越。然而這些偏見固然抬高了愛情的崇高地位，卻也在閱讀過程當中，再三展現了其作爲可欲求的夢幻一部分的強大誘惑力。

這裡我們看到羅曼史的另一個弔詭。表面上激烈地用愛情來否定這些現實勢力因素，然而作者與讀者卻偷偷摸摸地沉溺在對這些「世俗」享受的歷歷描繪裡，得到愛情之外的滿足。

七、

羅曼史與台灣大眾文化的建制

七〇年代，羅曼史小說進一步「建制化」。所謂「建制化」就是它取得了獨特專屬的論述空間，有了獨特的產製機制，也有了自己的消費管道。

林芳玫分析的文學生產階層組織，其中最低一層的「租書業」，在台灣固然存在歷史悠久，然而開始出現專門在租書店裡流傳的羅曼史小說，其實應該是七〇年代的事。在此之前，租書店的主要顧客對象，集中在看漫畫書的兒童，以及看武俠小說的青、成年男性。

女性讀者成熟到進入租書店，成爲新興消費力量，本來就發展較遲。而且租書店的社會形象與社會位置，一直就不利於女性的光顧。所以租書系統有清楚的地理區隔，加工出口業工廠附近，青少女期的女工，是租書類羅曼史的主要消費者。

羅曼史小說開始量產，在文學史上的「能見度」卻反而下降。因為和純文學的交流互動大幅減少，因為作品的預期壽命也大幅縮短。甚至在書籍形式上，這種新興羅曼史都和一般市面書店銷售的，差別甚大。幾乎每個火車站都有極度便宜，薄薄只有五十頁左右的通俗羅曼史書籍。出版這些書籍的出版社沒有正式登記，更沒有人專門收藏，資料的流失異常快速而徹底。

幸好在那個時代，雜誌市場也開始分化。出現了一些專門以這些羅曼史消費族為對象的雜誌，《小說創作》，或香港進口的《姊妹》，多多少少留下了一些可供覆按的遺跡。

在這些小說裡，我們前面提到的幾種元素，大體不變。變的是隨著女性經驗的擴大，羅曼史的女主角身分開始多元複雜起來。在角色的界定與描寫上，除了過去的容貌、氣質部分之外，多增加了她們的職業面。這些職業多半與小說的閱讀主人口相應。有趣的是，女性角色「職業化」之後，她們遇見男人的方法增加了許多種，可是她們會遇見的男人，卻保存著傳承下來的特色。因而使得這個時期的羅曼史小說有了更清楚的「灰姑娘」式故事主題。愛情不只替女性帶來狹義的幸福滿足，而且還替她們改變社會身分，成為「上升移動」（upward mobility）最快速的管道。

八、

羅曼史與弔詭的愛慾關係

羅曼史小說更進一步的變化，接著就出現在對待慾望與肉體愉悅的態度上。舊的羅曼史小說裡，慾望占有非常曖昧的地位。一方面整個羅曼史就是在記錄男女情愛，甚至可以說是把女人、女性特質

（womanhood）中對男性愛戀的渴望來加以化約；可是另一方面，慾望的表露卻又常常被使用來作爲刻畫樣板「壞女人」的基本手段。因此情感教育的主軸，就變成了如何追索慾望對象，卻又不表現出慾望來。在慾望浮露的時刻，便運用種種象徵、隱喻來加以掩蓋。愛情的經過，也就是掩飾愛情的經過。

這樣的愛慾態度，當然是矯僞的。爲了平衡這一貫的矯僞，於是在小說裡必須設計若干「眞情流露」的片段。而合理化「眞情」，「眞情」之所以不同於「壞女人們」的「撒野」，通常就要利用受折磨的經驗。只有在受盡折磨之後，在折磨的原因被消除之後，男女戀人才能鬆懈下來讓慾望自身面面相覷。

八〇年代以降，台灣的羅曼史小說才開始擺脫這種模式，出現了一些把肉體感官也算進「幸福」裡的嘗試。肉體的交歡開始被視爲是愛情有機的部分，然而這種歡娛卻同時也是愛情的贋品。愛情的試煉於是多了幾項：女性在什麼時候應該要獻身？男人對性的慾求和愛是可分或不可分？什麼時候性會取代了愛、混淆了愛？

當家庭、傳統道德對於愛情的介入宰制日趨薄弱時，羅曼史小說的「外在導向」也就隨而減弱。愛情的內在，尤其是肉體的部分，分量相應愈來愈重。對於感官的描述獲得初步的解放，可是所能援引借用的文句辭語，卻還是舊式充滿罪咎、汙穢聯想的，於是而讓這個時期的羅曼史小說，有著特殊文本內在的衝突疏離。

九、

八〇年代後期，台灣的羅曼史文化工業更趨巨大。出現了類似西方「禾林」（Harlequin）式的經營手法與經營規模，也就隨而出現了九〇年代的混亂局面。

九〇年代的羅曼史與後現代

在大量的需求下，九〇年代的羅曼史小說打破了過去的單線傳承發展模式，有了併置、拼貼等等的後現代雜混面貌。幾乎過去曾經流行過的羅曼史主題手法（motif），都被飢渴地抄來塡放。更有意思的是，在出版社的策略下，這些完全不同的寫法，在銷售上並沒有明顯的差異，要整理歸納出主流，變得格外困難。

勉強可以一提的，大概有下列幾樣：

第一是與電視、電影、漫畫的跨媒介呼應更加清楚。影像、場景的構畫，取代了傳統式的文字文學暗示（allusion），成爲愛情的主要內容。

第二是出現了許多異時空的想像。包括科幻、電腦、電玩多元時空的影響歷歷可見，同時也有了強大的潮流，把一些非現實的羅曼史成規（conventions），搬到過去的粗糙舞台上去複寫演出。

第三是愛情內部的情節更進一步加強了。性的作用與意義，有了驚人的擴張；而另一方面，隨著星象學、占星術的流行，男女角色的個性異同，也慢慢成爲羅曼史不可或缺的情節推動主力。

第四是性別角色的倒裝。羅曼史小說依舊是保守的，依舊在塑建固定的「強／弱」對比式性別角色。只是開始有了一些試驗，讓「強／弱」不就等同於「男／女」。「女／男」、「男／男」與「女／女」的變裝探索，去除掉對社會比較挑釁的部分，也慢慢成爲羅曼史小說的點綴、調味。

一九九七年十二月

歷史小說與歷史民族誌

——論高陽小說

一、

翻開戰後台灣文學史，我們可以清楚地看到，自五〇、六〇年代的反共主題、現代主義，到進入七〇年代的鄉土寫實，歷史、歷史意識、歷史敘事，一直都未在純文學主流領域扮演重要的角色。強烈的當即現實性是這段文學史的共同基調。

主流純文學對歷史的漠視

反共文學在意識形態掛帥領導下，必須訴諸於一些簡單的是非善惡概念，宣傳昂奮、樂觀的戰鬥精神，因而對於充滿複雜轉折、悲情挫敗的過去基本上是能躲則躲。現代主義表現為一種移植的苦悶、背叛，其文學寫作背後的動力乃是以個人存在的種種困局為主，標榜「現代」的同時亦代表宣告與「過去」的斷裂，歷史在這樣的作品中付諸闕如亦是可以自然推知的事實。鄉土寫實一方面固然對現代主義式的自我中心耽溺大加撻伐，然而其所提出的對治策略畢竟是以刻畫、呈現台灣當下社會現實為中心的，歷史來龍去脈的追索、歷史情境的重構捕捉，一直並未成為關懷重點。

不管這些原因如何分歧，也不管所指涉的究竟是中國意識或台灣意識底下的歷史源流，主流文學作品中普遍缺乏建構、想像「過去」的現象卻是不爭的事實。

相對於主流純文學這種對歷史的漠視，我們必須把眼光向邊緣地帶掃描，才能找到一些歷史之聲。這些與主流純文學保持若即若離關係的歷史作品，大致可分作兩大支，一支是以鍾肇政、李喬為代表的台灣本土大河小說，探索台灣在清治、日據底下的社會面貌；[1]另一支則是以金庸、高陽成就最著的大衆小說系列。

金庸在台灣固然是以武俠聞名，然而他在武俠中穿錯、扭曲、實驗各種歷史敘述可能性的努力及其成就，實在不容忽視。一般公認為他壓軸傑作的《鹿鼎記》，徹頭徹尾就是對傳統歷史敘事慣習的一場「嘲戲」（parody）。他把一個純粹虛構的反英雄韋小寶插進清初康熙朝的歷史發展中，他的巧思充分表現在保留正統史書上所敘述的政治大事，如順治出家、殺鰲拜乃至簽訂中俄尼布楚條約等等，卻能將這些大事改寫為經由韋小寶胡鬧介入才獲致其結果，藉由韋小寶放大、擴充了歷史偶然性在決定人事走向上的重要，鬆動了只看、只敘述表面力量作用的線性歷史解釋自以為是的論述霸權。

如果說金庸透過《鹿鼎記》像魔法師般，將歷史把玩在手中演出一場令人嘆為觀止的特技的話，那麼細繹高陽卷帙繁重，上下古今的歷史小說著作，我們必須說，高陽在這點上比較接近一個孜孜不倦的實驗者，一直沒有放棄在各部作品裡放進一些新的歷史敘述試劑。總體看來，他所引發的歷史意識重整更為深重，蘊涵的研探可能性也更多層、更複雜。

要充分理解高陽小說中的歷史敘事，我們首先得把高陽其人其作放回到形塑他文學、歷史意念的背景中，亦即是從近代中國思想史的脈絡進行一番考察。

二、

高陽的歷史考證癖

高陽當然不是唯一一個寫歷史小說的人，而更重要的，他一生筆耕的成績，除歷史小說外，還有許多同樣值得注意的其他類型作品。事實上，我們若是眞要追究：和同儕其他歷史小說家相比，高陽的作品到底有什麼格外突出的地方？這個問題的答案恐怕還要在高陽其他非歷史小說的文字中尋找。

歷史小說的撰寫，其先決條件當然是對歷史資料的充分掌握與嫻熟運用。不讀史、不考據歷史而想要寫歷史小說，畢竟是件不可思議的事。不過顯然其他以寫歷史小說聞名的現代作家，如畢珍、南宮博，乃至新近的李碧華等等，都沒有一個人沾染有高陽那樣濃厚的考據癖與窮究史實的熱忱。

在這點上，高陽無疑地是晚近三百年來中國學術史上異軍突起的考證傳統的嫡裔傳人。而且在某種意義上，高陽的考證方向正反映了這派傳統內在理路演化的最新、可能也是最後一個階段。

中國近代的考據傳統，由解經內部歧異爭執引發「回歸原典原義」的呼聲，加以滿清異族政權建

1 本土大河小說中牽涉的歷史建構、歷史敘事問題，請參考本書一四二—一五六頁。

立，迫使許多士人失去經世一面的切入點，[2]內外因素相推助下，形成了一套包括中心意識形態、成規術語乃至眞理權力分配模式的完整論述，[3]在思想界獨霸近百年。後來即使受到其他潮流，尤其是西學的衝擊，依然能夠綿延相承不絕如縷。[4]

當然，任何一個論述都不可能眞正長期維持原貌沒有改變。考據傳統在性格上最明顯的改異方向，就在這套考據的意識形態與方法運用的範圍不斷地擴大。一開始作爲經學、諸經討論內部解決爭端的手段，接著透過引諸子書來試圖決定諸經「眞義」的過程，進而變成將諸子文本、義理探索也納入了考據的範圍內，[5]而當考據方法被視爲一種普遍性工具（胡適甚至稱之爲科學的雛型[6]）之後，其施用範圍就不可能再局限於經、子了，歷史乃至文學文本也就逐步地被統納進來，成爲考據方法練功試劍的對象了。[7]

在這一脈發展中，高陽代表的重要意義乃是將考據的對象更進一步開拓到一些過去不認爲值得一考的題目上。

考證傳統的末代傳人

從考據的對象上看，高陽及其同輩的考證者將眼光跨過了「事件」、「經過」而進入與事件因果沒有直接關係的生活細節。在意識結構上，過去的考證者最早要考的是一字一句的「原義」，之後的歷史考據則要追究到底在什麼時間、什麼人發生了什麼事。而高陽他們這些後來者卻開始注意在某個歷史時空，人們到底怎樣吃、怎樣穿、怎樣玩一場賭博遊戲。在考察「事件」時，這些細節是隱藏在歷史敘述後面毋須現身的，是不參與事件動態發展的靜態背景存在，是舊式歷史敘事中不屑一顧的「瑣事」。而高陽大部分最執著、可能也是最精采的考據，正是在挖掘、澄清這些「瑣事」。[8]

這樣的態度，固然是從考證作爲一個普遍性方法論述所導引出的自然結果，卻也因此侵蝕了舊式正統政治史的眞理獨占性，表現出來的面貌，倒比較接近西方晚近流行的社會史，或者是「年鑑學派」所稱的「第二層時間」取徑。[9]

---

2 關於考證學興起的內在理路問題，見余英時論清代思想史諸篇論文，收在余氏著《歷史與思想》（一九六七年，聯經）一書中。外在環境變動影響方面論者甚多，可參考錢穆《中國近三百年學術史》（一九八〇年，台灣商務）。

3 這裡所說的「論述」（Discourse）乃是取其作爲「知識／權力」叢結的意義。詳細的討論見Colin Gordon,ed., *Power/Knowledge: Selected Interviews and Other Writing 1972-1977 by Michel Foucault* (1980, New York: Pantheon), Michel Foucault, *The Order of Things: An Archaeology of the Human Sciences* (1970, New York: Vintage)。

4 例證可見傅樂詩等著，《保守主義》（一九八〇年，時報）。

5 梁啓超，《清代學術概論》（一九六六年，台灣商務）。

6 胡適，《治學的方法與教材》（一九八六年，遠流，胡適作品集第十一）。

7 參見王汎森，《古史辨運動的興起——一個思想史的分析》（一九八七年，允晨）書中的討論。

8 高陽這方面作品成就較著的包括有《文史覓趣》（一九六九年，驚聲）、《明朝的皇帝》（一九七一年，學生書局）、《古今食事》（一九八三年，皇冠）等書。

9 關於社會史方法論的新近趨向，參見Lynn Hunt, ed., *The New Cultural History* (1989, Berkeley: University of California Press)；「年鑑學派」的主張可見Fernand Braudel, *The Structure of Everyday Life* (1981, New York: Harper & Row)。

另外從考據所取材的資料上看，高陽和前人也有很大的區別。高陽在他的考證文章裡，慣常大量引用明清乃至民國時代的筆記、札記。這當然和他對社會史式的生活細節感到強烈興趣是密不可分的。這些細節上的描述，過去的歷史中既然予以忽略，要有所了解的話當然只能乞靈於邊緣性、遊戲性甚高的筆記文類了。

將考證方法用於筆記資料上，這從中國近代史看來，意義深遠。在中國的文人文化中，筆記小說自成一個傳統，和考證學不僅是絕對涇渭分明的，甚至還有許多地方是基於完全相反的原則運作的。[10]晚清之前，不少士人同時撰寫考證正經文章和近乎怪力亂神的筆記小說。然而即使是同一個人寫的，這兩種文章都一定各自循其文類成規，不會有跨界影響的情形出現。筆記的寫作原則及其之所以迷人之處，正在所記敘的人事時地物都是道聽塗說性質的，因此筆記的內容追求的總是超乎常理「應然」的一些古怪軼聞。這些文字不但是被流放於正統論述之外的，而且事實上他們的作者往往就是依賴於這種文類不受考證干擾、監督的特質，得以發洩其被禁抑的想像力或一些被禮法束縛不敢直接說出的牢騷。

筆記小說文類到了晚清更進行了一次專業化的變革，形成了一個更獨特、頗具自主性的文學、思想傳統。官場小說、譴責小說，在形式上固然有承襲自古典小說者，可是我們也千萬不能忽略在內容上，其與筆記之間的親密聯繫。零星的段落、追求異常荒謬（extravagance）的品味，在在都說明了這些小說內在的筆記性質。[11]

筆記傳統後來更在鴛鴦蝴蝶派的作品中獲得發揚光大。「鴛鴦蝴蝶派」其實是個很容易引起誤解的統稱，包括在其中的小說並不都是寫情、寫男女愛戀的，[12]若將該派作品包納而總觀之，我們實在無法否認其範圍與過去筆記文類間大部重疊的事實。

明瞭筆記文類的一些簡要發展之後，我們事實上掌握開啟高陽作品迷人要訣的一把鑰匙。從高陽的考證文章中，我們可以清楚地看出他對筆記文學的嗜好。以往歷史大敘述的主流總是把這些軼聞當作兒戲，容忍讓筆記與正統歷史並存不悖，而高陽卻用對待正統歷史論述的嚴肅態度來看待筆記裡所提供之種種資料，進而將它們整理後帶入原本屬於正史的人物事件裡，故得以編織出一幅非常特殊的圖像。[13]

以《慈禧全傳》爲主的一批歷史小說，高陽就是利用這兩種論述不同性質的元素成分予以雜混，製造出特別的閱讀效果。在一方面，清中葉以下宮廷的人事糾葛、政策走向等等是我們在正統歷史知識中已經耳聞能詳的部分；然而在這個骨架上，高陽卻替我們包裹了一層層皇族高官生活細節的血肉，這些瑣碎而精確的描述，帶給我們的卻是異時代、始料難及的陌生激刺。

更深一層說，高陽早中期的歷史小說，在取材、組織上都和鴛鴦蝴蝶派中的「宮闈」一類作品頗有神似之處[14]，所不同的主要是高陽絕對不讓一些炫奇獨異的故事破壞他嚴格遵守正統史述的主軸。

10 吳金等，《筆記小說研究》（一九九一年，武漢大學）。
11 阿英，《晚清小說史》（一九三四年，上海商務）。
12 魏紹昌，《我看鴛鴦蝴蝶派》（一九九二年，台灣商務）。
13 高陽用筆記資料考證正史內容的最佳示範，可見其《同光大老》（一九八〇年，皇冠）。
14 吳金等，《筆記小說研究》（一九九一年，武漢大學），論「宮闈小說」一章。

他有取於筆記者乃在於歷史細節的理解上，至於那些專門鋪陳壯麗荒謬（spectacular absurdity）的詭譎傳聞，他還是以考證派的理性成規加以判斷，予以擯斥。

多個傳統的匯聚集成

經過以上的鋪陳，我想應該可以這樣說：高陽的歷史小說之所以出類拔萃，正因爲他的寫作資源特別豐富。他不但不斷向傳統取汲，更重要的從思想史層面上說，他自身就是兩個傳統——考證與筆記——的匯聚集成之處。

其實也應該一提的是，高陽的小說生涯並不是自其伊始便走上歷史小說這條路。若光是從數量上看，高陽早年寫的那些現代小說，也已經夠讓人稱他爲現代小說家了，只是這個面向後來被他在歷史小說上的驚人成就給掩蓋了。

高陽由現代小說轉向歷史小說的這個經驗其實也頗爲難得。如我前面提過的，歷史小說這個文類向來其實一直比較接近鴛鴦蝴蝶派、大衆文學，而該流派在近代文學史上和新文學、現代文學互相交流、互相影響的前例少得可憐。[15]在這點上，高陽又是一個「跨界」者。

純粹從表面上看，我們可以批評高陽終其一生都在中國的文學、歷史傳統裡打轉，沒有太多和西洋、東洋或其他異文化接觸的經驗；不過深入一些看，我們應該公平地承認在中國的大論述底下，高陽是不死守、不拘泥的。他的活力來自在這個大論述裡穿梭遊走於幾個次論述間，這種「跨界」的取徑，讓他得以在小說中幫我們刻畫、描繪非常複雜的中國圖像。

三、

回到前面提過的一個問題切入點：把高陽的歷史小說和其他作家的歷史小說併排比較的話，我們可以尋出哪些專屬高陽的特色？

由於高陽有遊走於考證、筆記兩大傳統間培養出來的功力，寫歷史小說時顯而易見最重要的長處之一，便在避免讓作者的「現代性」加諸於歷史異時空上。

處當今之世而要述古代之事，要想完全「忠於歷史事實」是絕對不可能的。姑且不論物質、意識環境上的變動，光是選擇如何替歷史小說裡古人說話的語言問題，都可以是個難以突破的障礙。事實上，從一個角度來看，不管是歷史家或歷史小說家，都必須扮演一個類似翻譯者的角色，要將過去異時空發生的事，翻譯轉化成現代人能夠明瞭的文本。

既然具有類似翻譯功能的需要，歷史小說的問題就不是要把「原文」、「原本」照樣呈現給讀者，而毋寧應該是如何既忠實原著，又能不與現代脫節。

如果繼續襲用翻譯的類比，我們似乎可以說：像李碧華的小說就是非常不忠於原著的自由翻譯。她通常的作法只是把一個現代人、現代社會的故事搬到古代去演。歷史性只限於一些通俗歷史常識刻板印象名詞的堆砌，古代社會與現代間的異質性，與故事發展演進全無干係。[16]

15 吳金等，《筆記小說研究》（一九九一年，武漢大學）。

16 參見李碧華諸作。一九八九年改編爲電影的《潘金蓮的前世今生》可以說是這種以現代強行披掛歷史外衣、強行相對地，畢珍的歷史小說則比較接近原著摘譯。故事大綱、基本情節的確是按照歷史的若干特性予以呈現，可是文本中和譯者生活經驗比較有距離的一些細節描述，就因爲無法充分理解而予以刪節了。

「求異」的文學

在這樣的對照下，高陽的歷史小說毋寧要來得豐富許多。他避免現代性錯置到歷史情境上的一個重要作法，就是在小說中大量穿插與現代人經驗相去甚遠的歷史生活描述。高陽的故事必須要在這樣處處提醒讀者的歷史異時空氛圍底下讀來才格外有趣。如果硬要把文學分成「求異」與「求同」的兩種大趨向的話，高陽無疑屬於前者。例如《瀛台泣血》裡，如果抽掉那些關於清宮禮儀、家居舉止的描寫，光緒與珍妃之間的情愛恐怕就只剩電視連續劇的深度了。對高陽的小說而言，鋪在故事底下的文化、社會襯墊（matrix），是歷史小說敘述的有機部分。

從這個角度我們也可以清楚看出高陽前後期各作品間的高下好壞。我想大膽地提供兩條評判高陽歷史小說的準則：一是後期的一般總比前期的好；二是寫清朝的比寫其他時期的都好。統合這兩條準則的就是高陽對小說中故事發生的那個社會微末細節了解到什麼程度。

對於他曾經多方搜羅筆記、方志資料鋪好了文化、社會襯墊的作品，如關於曹雪芹的系列小說，或者同光朝政治內幕小說，整部小說的敘事有如行雲流水，由一個事件扣一些細節插曲再扣到另一個事件，中間絕少有冷場；反之像是早期寫漢朝、唐朝的幾本作品，最大的缺陷都在故事流動節奏不一，時而倉促時而停滯，若和後期成熟諸作相比，顯而易見問題出在缺乏社會史式的資料作爲調劑、緩衝。

四、

以「求異」、記錄異於現代的文化社會細節的用心上看，我們可以說高陽的歷史小說到後期愈來愈接近「歷史民族誌」（historical ethnography）。

「歷史民族誌」的取徑

「歷史民族誌」顧名思義就是借用人類學民族誌式的記錄、研究法於歷史上。民族誌方法、方法論可以說是社會人類學的核心，其起源乃在想解決如何接近、理解一個異質社會、文化的問題，而其最重要的原則，統而言之，就在所謂的「參與式觀察」（participatory observation）。[17]

由馬凌諾斯基開其端倪，而經若干代社會人類學家的實踐與反省，「參與式觀察」此一概念現已具備非常複雜的多重辨證內容，[18]不過其起點畢竟還是在要求人類學者親身進駐到所要研究的社會、

與古代牽連，最明顯的例證。

17 James Clifford and George E. Marcus, eds., *Writing Culture: The Poetics and Politics of Ethnography* (1986, Berkeley: University of California Press).

18 見前註所引書，及Roger Sanjek, ed., *Fieldnotes: The Making of Anthropology* (1990, Ithaca: Cornell University Press) 及

文化環境裡，學習當地的語言，融入成爲該社會日常互動行爲中的一分子，然後一方面仔細觀察社會上鉅細靡遺的種種面向，另一方面記錄當地人對這些行爲所賦予的意義。「參與式觀察」因此隨時存在著記錄者（人類學家）自身文化背景，和他所要記錄的文化間的歧異緊張。記錄者必須一方面壓抑自己用習以爲常的文化預設來隨便猜臆解釋奇風異俗的惰性，另外一方面卻也不能對被記錄者提供的解釋觀點照單全收，必須不斷跳出被記錄者的文化本位立場，以便挖掘出連該社會中行爲者自身可能都無從察覺的深刻意義。在己文化與異文化立場上反覆擺盪，其結果是加深人類學家對詮釋眞理權力的戒愼恐懼態度，作爲更普遍一層各異文化間交流的基礎。[19]

這套環繞著「參與式觀察」組構起的方法論，在近年對史學界產生了強烈的衝擊。隨著傳播、運輸工具的改良、發達，我們過去的「在地觀」（localism）及其自我中心的態度逐漸被瓦解，取而代之的是一種普遍性的「旅行意識」（Traveling Discourses），主張我們的生存其實是一連串移動、旅行到異質環境間的陌生經驗。[20]「旅行意識」擴大來看，便很容易讓我們察覺到，其實任何的歷史研究，何嘗不是一連串在意識時間上的移位經驗？如果說「參與式觀察」方法可以幫助我們搭連空間上斷裂的社會文化理解，那麼應該也可以同樣幫助我們進行時間上的旅行，不要再停留在走馬看花、記記報紙政經大標題的膚淺層面。

在這波方興未艾的歷史研究領域開拓過程中，有些歷史學家開始想像將自己化身爲試圖進入一個古代社會的人類學家。我們當然不可能眞正回到過去進行參與觀察，然而我們可以學習人類學家的精神，用更細膩、小心的眼光來看待史料。更重要的是在歷史研究問題意識上進行一番修正，我們不再只是要問一個過去事件如何發生、如何解釋，我們要努力去刻畫一個社群、一個文化，想盡辦法呈顯出一幅立體多角的歷史面貌，而不被事件拖引以致忽略了其他靜態、潛藏的文化異質風景。[21]

歷史民族誌和過去的歷史研究相比，在基本心態上可以用去到異文化地域的人類學家和特派記者間的差異作比擬。記者到了別的國度主要關心的是「發生了什麼事」，而人類學家卻慢慢觀察「存在著什麼」。

正是在這個基本心態上，我們可以說高陽後期的一些壓軸之作，如《水龍吟》、《再生香》或《蘇州格格》已經慢慢由「歷史小說」走入「歷史民族誌」的境地。這幾本小說中，線性發展的情節在重要性上逐漸淡出，取而代之眞正的主角是故事所發生的社會環境。

細節的呈露、生活肌理內容的重建

歷史細節的堆砌、生活中肌理內容的重建，成了高陽後期作品最重要的執著。而有意思的是，透過高陽這樣一個眞正藉資料與想像能夠進入清代社會的導遊，我們所看到、接觸的過去的中國，反而

George E. Marcus and Michael M. J. Fischer, *Anthropology as Cultural Critique: An Experimental Moment in the Human Sciences* (1986, Chicago: The Uuiversity of Chicago Press)。

19 Michael Taussig, *The Nervous System* (1992, London: Routledge).

20 見James Clifford, "Traveling Cultures," in Lawrence Grossberg et al. eds., *Cultural Studies* (1992, New York: Routledge), pp.96-116。

21 參見Jacques Le Goff, *Medieval Imagination* (1988, Chicago: The University of Chicago Press)。

失去了刻板印象中的那種單調、熟悉，呈現出頗爲接近異國情調的感受。例如在《水龍吟》裡，高陽用平淡直捷的語氣描述清朝官吏遠遊時不方便攜帶女眷，便帶個皮膚緻白長相清秀的男童隨行，以解決性慾上的需要，這恐怕不是我們一般印象中可以接觸、了解到的中國。

細節的呈露正是刻板印象最直接的破壞者。高陽歷史民族誌式的小說，也許在用意動機上多少是要幫助我們了解過去，尤其是清中葉以降的中國，然而弔詭地，其所產生最深遠的影響卻應該是一再地刺激、提醒我們：不管過去的刻板印象、教育體制灌輸的意識形態怎麼說，我們其實不了解過去的中國，不了解藏在一個個事件標題後面有血有肉、眞正日復一日跳動進行的歷史文化、社會氛圍。

五、

本文的最後一部分，我想拿高陽的一部歷史小說——描寫汪精衛政權始末的《粉墨春秋》——爲中心，一方面分析、舉證我前面所講的高陽小說特性所在；另一方面則試圖透過對高陽小說「敘事政治學」（politics of narrative）的討論，管窺高陽一生著作的長處與限制。

中期作品《粉墨春秋》

爲什麼在數十部的歷史小說中挑出《粉墨春秋》，主要理由有三：第一，這本小說在各方面都頗爲接近高陽著作整體的中間數。不像《慈禧全傳》那樣膾炙人口，卻也不至於如《陳光甫外傳》般冷門。而且高陽對汪政權的細節投注遠不及其他寫同光、晚清的小說，可是又比寫漢唐他朝強得多。

即使從時間上看，《粉墨春秋》也很安全地屬中期作品。作爲看像高陽這樣產量豐富的大家的一面透視，「中間數」型的作品往往能提供我們最多、最普遍的分析空間。

第二，《粉墨春秋》涉及中國現代史上最爲迷濛、暗晦的一段經歷，在台灣制式的歷史敘事裡，這段過程充滿了禁忌、隱藏，高陽在重重限制下，不得不透露出其歷史、政治判斷的明白軌跡。

第三，和其他高陽的重要傑作相比，《粉墨春秋》的史料由來比較容易掌握。從像《慈禧全傳》那樣的作品裡，我們很難明確說哪一段資料出自何處，從而判斷高陽對之做了怎樣的修改。可是高陽寫作《粉墨春秋》時，一些重要的史料都尚未出土重見天日（例如完整的《周佛海日記》、陳春圃的《蔣介石、汪精衛爭奪「兒皇帝」的內幕和汪精衛傀儡戲班子的拼湊與滅亡》、羅君強的《僞廷幽影錄——汪僞情況的回憶紀實》等等），因此除了關於大戰中重慶、東京決策的部分外，眞正直接牽涉到汪政權內幕的，高陽顯然大量地依賴、引用了金雄白的《汪政權的開場與收場》。[22]《粉墨春秋》全書基本上以金雄白作串場聯絡，高陽甚至還替金雄白虛構、創造了一段東北豔遇，理由就在資料所限，所能寫進小說的故事多半都是金雄白親歷而予以回憶記錄的。我們今天對照比讀《粉墨春秋》和《汪政權的開場與收場》，就可以找出高陽自身在由史料到小說的建構過程中的思考徑路。

從內容上看，《粉墨春秋》除了善用小說虛構的特權，將金雄白以回憶敘事語氣描述的事件改寫爲現場立即記錄，從中創造對話、凸顯人物角色間的個性、關係以外，最重要的還是在高陽替金雄白的歷史文本添加了許多政治檯面底下較難用理性因果論述解釋的東西。

---

22 朱子家（金雄白），《汪政權的開場與收場》（一九六一—六六年，香港春秋雜誌社，共五卷），卷四。

《粉墨春秋》一開場是以「河內汪案」製造戲劇效果，接著跳過「和平運動」醞釀、籌組的過程，馬上寫到高宗武、陶希聖叛汪投蔣的一幕，再由此帶出金雄白不曾著墨細寫的劉德銘。劉德銘上場之後，高陽立刻發揮起他「歷史民族誌」式的魅力，開始大寫特寫上海戰時文化的種種怪相。

寫上海的賭，高陽就將從進入賭場起的種種行話、規矩一一介紹，一直到細寫場內不同賭局賭法，乃至莊家賭客所採取的策略。劉德銘這個角色在汪政權中根本就是題外插曲（高陽後來索性讓這號人物在小說中消失不再提起，便是明證），而賭場這一景甚至跟劉德銘都沒有直接關係。從純文學的小說美學標準來看，在題外的題外枝節浪費篇幅，簡直是不可原諒的技術犯規，然而改由「歷史民族誌」的角度切入，這些資料卻正是高陽能夠接近大衆、吸引普遍好奇心的重點所在。

高陽的故事敘述緊隨劉德銘由賭場再轉入軍閥老將家中的怪力亂神，仔細地把乩童占句定卜的過程講了個栩栩如生。這段故事在金雄白書中只是一連串政治合縱連橫中幾句話便交代過去的插曲，然而到了高陽筆下卻成了帶入上海小傳統文化細節的難得機會。

歷史悲劇真正的複雜情境

事實上我們發現高陽在《粉墨春秋》全書中作最多補充、寫得最詳細的內容，大致不離兩個主題：一是一般在政治史上被視爲難登大雅之堂的小傳統社會成分；二是民國建立後一路綿延、帶點「病態美」的遺老文化。

這類主題在高陽其他歷史小說及他的考據學裡也都占有相當重的分量，組構成他歷史敘事中對傳統史述最具顚覆效果的部分。過去的歷史紀錄成規裡，總把政治變動一類的「大事」和實際操縱影響這些變動的人予以分開，因此我們讀到的往往是些非人化、「客觀」的過程。高陽歷史小說有意思的地方就在改以人、而非事爲中心，把形塑、影響人的種種力量還原回歷史圖像上。這樣一來，原本被寫成有清楚、理性因果來龍去脈的歷史發展，就被不同的聲音不斷干擾、模糊化，並顯露出其屬於混亂隨機決定的一面，以致拆解了我們一般從大傳統角度觀察的立場。《粉墨春秋》是如此，同光朝的幾部小說又何嘗不如此，我們在刻板印象裡以爲有清楚遊戲規則、認眞攻詰辯難的政治決策過程，當高陽替我們把細節血肉塡上後，怎麼看都愈看愈像一場荒謬鬧劇。

也正因爲了解細節，高陽小說中的道德裁判通常很少落入黑白分明的簡化模式。即使在處理像《粉墨春秋》這樣敏感的題材，高陽都能利用細節來營造出一個理解、而非裁斷式的敘事立場。一方面，高陽不得不在一些地方採納若干台灣官方的評斷修辭，把汪精衛、周佛海直接說成是性格上有所缺陷的漢奸，然而另一方面他又不斷讓我們看到這些人眞正面臨的局勢內幕，磨掉了官方說法的銳利稜角，逼迫讀者不時身歷其境去體會這一場歷史悲劇眞正的複雜情境。

而且儘管採用金雄白的材料，高陽也是在補上這些細節之後，對金雄白爲周佛海大力辯護的基調有所修正。這些都不是作者高陽自己跑出來講的，他只是在畫布上塗滿太多的顏色，讓再武斷的讀者都無法用簡單的黑白語言來歸納自以爲是的歷史眞理。

《粉墨春秋》中，高陽眞正從頭到尾以負面形象刻畫的可能只有汪精衛的妻子陳璧君。我們甚至可以在字面上字面下感覺到；高陽認爲陳璧君應該爲汪精衛錯誤行事負絕對責任的態度。在這一點上，高陽竟然完全不採納金雄白在《汪政權的開場與收場》中長期替陳璧君辯護的內容，一意要給陳璧君一個全書中最重的罪名。這樣的強硬態度的確和高陽處理其他人物的方式形成對比、矛盾，乍看下令人難以理解。不過如果把這點也放回「歷史民族誌」的脈絡裡來分析的話，我們也許可以說：這正反映了高陽歷史文化理解上的重要盲點。他可以在許多方面將自己投射到歷史情境去爲歷史人物設身處地著想，可是這種投射畢竟都是透過男性立場遂行的。他之所以如此敵視陳璧君，正如官方論述中仇視汪政權有同樣的原因——不了解環繞在陳璧君周圍，屬於女性一面的歷史細節。

高陽的成功與盲點，事實上告訴我們的是同一個敘事道德上的教訓：深入了解、設身處地想像異時空下的細節，是擺脫偏執、偏見最有效的途徑。

一九九三年四月

懷念連載時代

——《大愛》新版序

一、

報紙副刊與武俠小說連載

翻讀舊雜誌，一九七五年九月出刊的《書評書目》上，有一篇題目為〈文學之死〉的文章，裡面凶悍地批判：

「朱羽的崛起，正好說明了各報副刊的墮落。朱羽的小說取材於民初的江湖人物，恩怨加上仇殺，完全是武俠小說的翻版，無新思，更談不上境界，但他能投編者（或者說是報館老闆）所好，在每日刊出字數的末了，一定製造一個『扣子』，引誘你明天再看……他的小說……一篇接一篇的在《中國時報》、《聯合報》、《中華日報》和《大華晚報》連載，而真正作家的文學作品，卻乏人問津！」

曾經擔任過聯副主編的平鑫濤，在回憶錄《逆流而上》，則是提到了他剛接編副刊時，對連載的武俠小說非常感冒，一直想把它停掉，可是卻遭到業務部門強烈反對，認為不登武俠小說會影響報份。平鑫濤後來還是不動聲色地腰斬了連載，等下一回開會，業務部門報告最近業務如何蒸蒸日上時，平鑫濤突然發言表示：「這證明了停刊武俠小說對報紙銷售沒有負面影響。」業務經理當場目瞪口呆，因為他甚至沒留意武俠小說已經不在版面上了！

嗯，那個逝去的時代，那個每家報紙都有副刊，每份副刊上面天經地義一定要有武俠小說連載的時代，那個金庸在香港靠著每天在自家報紙上寫武俠小說，創造了「明報傳奇」的時代。那個文學中人，對連載小說又愛又恨的時代。

我去翻出了在那個時代，曾經比朱羽還要風光十倍的古龍的代表作《絕代雙驕》，除了重溫那有名的簡短文句、古怪對話外，還發現了一個祕密，古龍小說的情節，是靠連綿不斷的意外轉折來推動的，這裡突然出現了一個人、那裡突然飛來兩枚暗器、應該死掉的人卻復活了、被點了穴道應該不能動的人卻動了……，這些無窮無盡的意外轉折，其實都是前面引文裡講的「扣子」。在每天連載字數結尾，擺上一個出人意表的神祕現象，於是就達成了「欲知後事，請看明天」的效果。換句話說，那些都是吊讀者胃口的小把戲，因為必須不斷吊讀者胃口，結果小說中就非得不斷有意料之外與奇妙巧合了。

古龍這種筆法，和朱羽一樣，能迎合報館賣報紙的業務要求。不過依照衆家友人對古龍個性與生活習慣的記錄、描述，我一邊讀《絕代雙驕》，一邊彷彿看見已經喝得微醺的古大俠，看看報館來取稿的時間到了，攤開稿紙隨意寫寫，寫到後來時間愈是緊迫，說不定報館的人都已經佇立門口了，於是匆匆草草編了讓一個聲音、一個人影、一樣武器憑空竄出，於是只要故弄玄虛形容形容那聲音那人影那武器，就能填滿字數交差了事了！

至於那聲音那人影那武器，究竟是什麼？交完稿回頭喝酒的古大俠，應該就沒興致再去想了吧！等明天再說。等明天又要交稿時，再來傷腦筋解釋。沒到下筆那刻，古龍自己也不知道究竟天外飛來的是人是鬼、是刀是箭。

這是那個年代連載小說最大的特色，應該也是連載小說最被詬病的地方吧——連作者都不知道小說再下來要寫什麼，更不知道小說要發展到哪裡去。

二、

旁枝歧出的高陽歷史小說

不寫武俠小說，但在連載時代跟朱羽、古龍一樣紅透半邊天的高陽，有他自己的方式對付門外等稿子的人。高陽寫歷史小說，照理講故事前因後果、來龍去脈都已經先被史實給卡緊了，不可能像武俠小說有那麼大，可以任想像隨意揮灑的空間；歷史小說得靠眞實的歷史人物來承載敘述，也不可能像寫武俠小說那樣在中間穿插編造那麼多神奇意外。沒關係，跟古龍一樣才氣縱橫、跟古龍一樣任俠好酒的高陽，自有他「跑野馬」的絕招來應付連載所需。

高陽式的「跑野馬」就是在歷史故事的主線中，挑出一項零星瑣事，岔出去開始滔滔不絕地累積相關的掌故資料。例如說要寫汪精衛南京僞政權前後始末，一個歷史名人都還沒出場前，高陽先大寫特寫抗戰前後南京的賭場，設在哪、玩什麼、怎樣規矩、如何一夕致富或一夕破產的軼事，接連而來，令人目不暇接。

讀高陽小說，我也似乎看到了微醺中的高陽懶得費心編派情節，順手捻來就寫自己記得的、正好讀到的掌故材料，從這條牽到那條、由這椿聯想及那椿，野馬一跑隨心所欲想到哪裡寫到哪裡，自然就可以快快交稿，回頭再去赴宴續攤了。

這種歷史小說，表面看似乎有一定的框架，實則中間可以無窮無盡旁枝歧出，也就近乎可以無窮無盡連載下去。換個角度看，寫連載歷史小說的高陽，跟寫連載武俠小說的古龍一樣，都不可能預先設想自己寫出的小說會有怎樣的結構，不可能預先規畫排比小說將具備的完整面貌。每寫一天，小說就展現一種新的可能，沒到連載結束，作者也不曉得結局是什麼。

三、連載小說與現代文學品味標準間的落差

這種寫法違背了小說作爲嚴肅藝術的標準。藝術應該灌注了作者一種追求完美的精神，多一字不可，減一字不可，謀篇有伏筆有呼應、有比例有策略，而且最好數易其稿刪刪增增、左挪右移，才會達到精緻典範的程度。連載小說完全反其道而行，大段大段「跑野馬」的部分跟主文間沒什麼必然、有機關係，寫到後面忘了前面，以至於自我矛盾衝突是常有的現象，甚至整部小說看來就是由衆多複雜部分，雜混拼湊起來的。

難怪帶著嚴肅現代小說品味的讀者，會那麼不滿意於朱羽、古龍，乃至高陽了！不過說老實話，連載小說與現代文學品味標準間的齟齬，並非起自朱羽、古龍，而有更遠的淵源。

看看晚清如雨後春筍大量出現的小說吧，這些小說有文言有白話，內容上有社會寫實、有未來預言還有科技奇幻，不過有意思的是，不管其語言爲何、其精神主旨爲何，這批小說在形式上最大最特殊的共通點竟是——絕大部分都沒有寫完。

光是號稱「清末四大小說」的，其中只吳趼人的《二十年目睹之怪現狀》，算有正式結局；其他劉鶚的《老殘遊記》、曾樸的《孽海花》及李伯元的《官場現形記》全都沒完。吳趼人後來又幫《二十年目睹之怪現狀》寫了續篇，實質上打破了原本小說的結束狀態，句點也成了逗點。

五四新文學開路先鋒胡適之，在〈建設的文學革命論〉裡不客氣地說：

「我以爲現在國內新起的一班『文人』，受病最深的所在，……在沒有高明的文學方法，我且舉小說一門爲例。現在的小說（單指中國人自己著的）看來看去只有兩派。一派最下流的，是那些學《聊齋誌異》的劄記小說。篇篇都是『某生，某處人，生有異稟，下筆千言，……一日於某地遇一女郎……好事多磨……，遂爲情死』；或是『某地某生，遊某地，眷某妓，情好甚篤，遂訂白頭之約，……而大婦妒甚，不能相容，女抑鬱而死，……生撫屍一慟幾絕』；此類文字，只可抹桌子，固不值一駁。還有那第二派是那些學《儒林外史》或是學《官場現形記》的白話小說。上等的如《廣陵潮》，下等的如《九尾龜》。這一派小說，只學了《儒林外史》的壞處，卻不曾學得他的好處。《儒林外史》的壞處在於體裁結構太不厚嚴，全篇是雜湊起來的。……分出來，可成無數劄記小說；接下去，可長至無窮無極。《官場現形記》便是這樣。如今的章回小說，大都犯這個沒有結構，沒有布局的懶病。……所以我說，現在的『新小說』，全是不懂得文學方法的；既不知布局，又不知結構，又不知描寫人物，只做成了許多又長又臭的文字；只配與報紙的第二張充篇幅，卻不配在新文學上占一個位置。」

對晚清小說做過最全面整理研究的王德威則說：

「……晚清小說即使以中國的標準視之，其形制也都大有問題。晚清小說情節之蕪蔓無序、資料之僞飾堆砌、主題之無聊炫耀，以及角色之光怪陸離，組成了一種龐雜的敘事類型（或反敘事類型），每每威脅作品的統一性與我們對其結構的感知。……晚清作家太急於說故事，根本沒時間好好地發展一個角色或一幕場景。在敘事正當中他們會轉向不相干的事；他們會彼此剽竊或重複；等而下之的是，他們連作品完成與否都不放在心上。」（見《被壓抑的現代性》，第一章）

晚清小說這種明顯的缺點，有一大部分何嘗不是來自當時盛行的「連載風氣」的制約？正因爲這些小說逐日逐期連載，「與報紙的第二張充篇幅」，所以作者也就逐日逐期地寫，再加上報紙雜誌提供的稿費驚人優渥，於是作者也就想方設法把小說寫得長些，最好可以永永遠遠連載下去，都不必面臨連載下檔上檔的閱讀與酬勞風險。這跟有收視率的連續劇總會拖慢步調、總會橫生枝節愈演愈長，是完全一樣的道理。

雖然胡適說得輕蔑，「只配與報紙的第二張充篇幅」，晚清連載小說的這項社會功能，非同小可。在新聞事業剛剛起步，社會上對於種種光怪陸離已經萌生了大好奇，可是相應記者這行、採訪報導這門功夫，卻還未能成熟到位，眞能滿足好奇、引誘大衆掏錢買報的，主力其實反而在這「報紙的第二張」。

關係報社存亡的「報紙的第二張」

「報紙的第二張」關係報社存亡榮枯，大意不得。眞能日復一日製造滿足好奇心的作者，並不太多，於是他們就在那個時代的商業競爭下，成了搶手貨，這裡開個連載、那裡又開個連載，忙得不亦樂乎，同時日進斗金、快速致富。

也別小看這些連載小說作者的本事。對照一下，今天的《壹週刊》得用多大的人力編制，才能蒐羅排比那麼多社會的光怪陸離，每週滿足一下讀者的好奇。晚清小說作者，通常得「一人抵一社」，一個人一枝孤筆寫出來的內容抵得上今天一本《壹週刊》。

正因爲買報看「第二張報紙」的人，要看的是社會的光怪陸離、奇情異聞，晚清小說自然就長成了「社會大雜燴」的面貌。這些作者日日寫日日交稿，常常還要一心多用寫幾個連載，也自然只能東抓西抓、東抄西偷，怎麼顧得到什麼結構與統一性呢？

那個時代連載小說之結束，往往也不是由作者從創作意念上予以控制的。最普遍的理由，是連載寫到讀者膩了煩了，至少是報館主事者膩了煩了，下令結束。還有同樣普遍的理由，是連載小說的報紙或雜誌，經營不善不得不改組，甚至關門大吉。還有我們現在很難想像的重要原因，小說作者突然遭逢變故，或是大病一場，交不出稿了連載被迫中斷，等事過病好了，反正讀者都忘了跑了，再接舊連載就一點意義都沒有了，乾脆另起爐灶再開新篇章。

想想這些現實因素，晚清小說會寫不完，也就不足爲奇了。寫作的人心中固然沒有現代文學那種對於作品整全度與完成度的尊重，社會條件上也沒鼓勵、更沒逼迫他們寫完作品的條件。

四、西方的連載小說現象

我們如果把眼光再往上看，還會發現這種小說又臭又長而且有頭沒尾的現象，倒也不是中國晚清一代的專利。十九世紀的歐洲，尤其是法國跟英國，不也產生過一堆轟動社會的大衆小說，而且也幾乎都是一部比一部長。

例如說大仲馬的名著《基督山恩仇記》，是一八四五年八月二十八日起，開始在巴黎的《辯論報》連載的。小說一出，讀者如響斯應。爲了知道故事發展，讀者不只搶買新印好的報紙，竟然還有人到印刷廠去買通印刷工人，只求能「先睹爲快」。

《基督山恩仇記》的故事原型，來自於從巴黎警署退休的檔案保管員寫的回憶錄，講到了一樁眞實的案件。拿破崙時代，巴黎一家咖啡館的老闆盧比昂和三個鄰居，對隔壁剛訂了婚的鞋匠皮科開了個惡意的玩笑。他們跑去誣告皮科是英國間諜，導致皮科被捕下獄。

皮科在獄中待了七年，偶遇同遭囚禁的一位義大利人，結成好友，義大利人臨終前竟然留遺囑將龐大遺產全都送給皮科。七年後，皮科出獄，不但自由而且有錢，可是卻遭受更深的打擊——發現當年的未婚妻早就嫁給了陷害他的盧比昂。

皮科因此誓願復仇。他喬裝化名到盧比昂的咖啡館服務，藉機殺死了同謀鄰居當中的兩位。而且耐心地花了十年時間，一定要讓盧比昂嘗到家破人亡的痛苦。不過他最後要下手殺盧比昂時，卻反而當場被那倖存的第三位鄰居給殺了。

在這奇情社會檔案上面，大仲馬將之增飾附麗而爲一部超過百萬字的小說。讀者除了被基督山伯爵復仇計畫深深吸引之外，一定也會記得卡德魯斯撬鎖夜盜那段，記得貝爾圖喬講邁貝內代托身世的趣味，記得羅馬強盜榨乾了唐格拉爾財產的精采過程……

喔，且慢，前面那個「一定」，下得武斷了一點、快了一點。我應該講得周全些：「如果讀完全本

《基督山恩仇記》的讀者，一定也會記得……」不過事實是，絕大部分中文讀者讀的，都是節譯本，而我剛剛列舉的那幾個段落，在通行節譯本中，不一定找得到蹤影。

為什麼要用節譯本代替全譯本？不只是全譯本工程浩大、印製成本昂貴，而且因為完整版冗長囉唆，違背了現代小說結構規範，被視為冗長囉唆、必去之而後快的，正是那些跟主軸主線似乎沒什麼必然關係的插曲，哈，大仲馬也愛「跑野馬」。

刪掉了那些「枝節」，還真不影響我們理解基督山恩仇的來龍去脈，然而老天，那些「枝節」讀來多麼過癮！

五、

連載小說的邏輯與美學

連載是項奇特的制度，連載打破小說獨立自主的時間意識。小說時間與現實生活時間平行流淌著，而且不斷地互相指涉。現實生活無窮無盡日復一日地走下去，於是小說似乎也就會同樣地無窮無盡日復一日連載下去。連載小說因而沒有了具體的頭中尾的分配，不只是結構鬆散的問題，而是永遠隱伏著一個呼之欲出的「然後呢？」

有頭有尾有中腰的文學作品，講究的是選擇好一段具特殊意義的時間，把它從長流中切截開來，封閉成一個完整、有機的單位。有頭有尾有中腰的文學美學，在意講究小說應該有個「絕對」的開頭、「絕對」的結尾。小說內在要展現出一種意義一種姿態，「行於所當行，止於所當止」，就是在這裡，小說完結了、多說一句都是累贅、都會破壞作品的完整性。

連載小說不吃這套。或者說，連載的條件使得這種小說不可能如此講究。同樣都叫「小說」，邊寫邊登的連載小說其實是獨樹一格的文體，具備了專屬的風格，因而也就刺激誕生了不一樣的寫作與閱讀經驗。

我們看到連載小說的種種毛病，其實是因爲透過有頭有尾有中腰的美學，而不是連載小說自身的邏輯來進行評斷的。

連載小說有自己的邏輯、自己的美學嗎？我認爲有的。連載小說能提供別的小說不能提供的樂趣，就在其豐富的內在多元性，以及其層出不窮的意外轉折。講白一點，連載小說之可貴，就在那些「跑野馬」的內容，就在那些爲了吸引讀者讀下去而刻意穿插的花招。內在多元性與意外轉折，除了來自考慮「勾住」讀者的因素外，還受到作者寫作過程的強烈影響。

連載作者幾乎無可避免，都會把在漫長寫作年月中的所遇所感所讀所思，帶進作品裡。連載每天交稿、每天要找題材寫下去，當然逼著作者東抓西捕，拉進什麼是什麼了。連載小說跟隨著作者呼吸、跟隨著作者生活、跟隨著作者成長或老化。好的連載小說，就是作者能夠善用這些生活變化，順帶將小說寫得多采多姿，絕無冷場。

大家都說金庸小說好看，很多人讀到金庸小說裡有當時現實政治的影子，這兩件事其實二而一、一而二。爲什麼金庸小說比別的武俠小說好看？因爲別的作者用固定方式炮製武俠故事，金庸卻一邊寫武俠一邊辦報寫政論，報業興衰榮枯、政治是非得失，全在他眼中、全在他心上，也就全到了他的筆下。所以他的武俠隨日子而變，隨政經情勢而走，就不會落套，不會無聊重複了。

六、

台灣報紙副刊有一段奇異的轉折歷程。在報業競爭中，副刊扮演過重要角色，副刊走向企畫編輯、支持以文學介入社會甚至改造社會的行動主義理念，在那種氣氛下，臥龍生、東方玉的武俠小說愈來愈顯得不搭調、跟不上時代。於是武俠小說，乃至南宮博式的插圖歷史小說，慢慢淡出副刊版面，可是刊登連載小說的習慣卻沒那麼快隨而停止。於是副刊上開始出現非歷史非武俠的連載現代小說。這是將兩種不同傳統的東西、兩套相異美學的條件，混雜在一起了。結果竟然還混出不錯的結果。

依照當時的現實狀況，如果沒有副刊連載，台灣的小說家們大概很難寫出長篇小說來吧。嚴肅小說的出版市場胃納有限，單靠出版版稅，不足以支持小說家苦捱幾月幾年來寫長篇。副刊連載稿費撐住了作家的生活，每天見報也給了作家足夠的動機壓力。

現代小說、嚴肅小說也能邊寫邊登連載嗎？能。連載形式帶來的性格，就滲入了那個時代的長篇小說裡。在沒有辦法一氣寫完、也沒有辦法大幅刪修整編的情況下，那個時代的長篇小說展現了清楚的駁雜與多元。也比一般完整作品更容易看出作家生活與情緒的波動。

《大愛》的書寫歷程

我是個讀連載小說長大的人，開始寫作時又剛好趕上連載制度在台灣消逝前最後的尾聲。《大愛》這部小說，就是從一九八九年起在《自立晚報．本土副刊》連載的。那是我第一次嘗試寫長篇小說，寫的是一個時空交織錯亂的故事，而我人在美國，進入史學博士班研究課程的第二年，卻又保持了和島內風起雲湧社會騷動，密切觀察的關係。那種生活，也是時空交織錯亂的。

坦白承認，如果沒有連載的刺激與壓力，《大愛》絕不可能完成。那個時候，不像後來寫《暗巷迷夜》，寫《吹薩克斯風的革命者》，已經養成了基本的寫作紀律，可以安靜孤獨按照既定的大綱表，把意念一步步化成爲文字。

《大愛》不是沒有事先規畫擬定的大綱表。可是後來寫出來的，不到大綱規畫預定要寫的一半。這當然意謂著寫進了很多當初沒打算要寫、沒料到會寫的東西。

我還記得那時的生活，主要是以不同性質的閱讀來劃分的。一早起來，閱讀美國報紙《*Boston Globe*》和《*New York Times*》，也讀自由派雜誌《*New Yorker*》和左派雜誌《*The Nation*》。看人家如何報導新聞、如何評論批判政治社會事件，逐漸形成我對新聞行業，尤其是自由派新聞價值的認識與信仰。

北溫帶的陽光暖起來之後，我就開始穿梭課堂與圖書館之間，從上午到下午，接觸閱讀的就大部分是專業學術書籍。中國思想史、西洋近代思想史、中西經典古籍，再加上人類學、社會學的書籍，因爲修的課很雜很散，需要讀的書也就很雜很散了。

晚餐過後，時間幾乎都留來翻閱家人朋友從台灣寄來的報紙雜誌。哈佛燕京圖書館藏了四十五萬冊中文書，裡面有很多珍貴的舊日台灣出版品，還有整套台灣銀行經濟研究室編纂的史料叢刊，更有助於滿足我對台灣歷史沿革變化的好奇。常常一整個晚上穿梭逡巡，從十七世紀海洋台灣以降至李登輝執政初期的黨內鬥爭，上追清末大小租界社會經濟慣習，再到日據時代帝國殖民政策的種種演變，時而憂心、時而焦躁，時而又因在字裡行間讀出特殊歷史變化消息，而為之撫掌擊節、激動不已。

到了週末，常有各方同學好友齊聚家中。最多的是在哈佛或周圍波士頓其他學校就讀的台灣同學。跟我一樣學歷史的很少，卻有學文學、宗教、人類學、心理學、教育，乃至數學、生化、公共衛生的。也有其他美國同學或宿舍裡的鄰居。反正一定是一夕高談闊論，天南地北，聊到東方將白才盡興散去。

那眞是我生命中不可思議的資訊、知識大爆炸時期。每天接收那麼多書面或口頭的新鮮東西，等到坐在桌前要寫《大愛》續稿時，再怎樣努力都不可能將這些所讀所聞所思完全排除在小說之外吧？

這些資訊與知識，日日改變著我對現實的認知、對歷史的評價，也就必然日日滲透衝擊著小說裡那個虛構時空的意義，甚至進一步直接影響了時空虛構形式。就這樣，現實與小說一路彼此相攙相助、相抗相鬥，兩股都很繁複的時間之河灘湍流急地沖刷激盪，終至兩者都不可能繼續維持在原本的河床上，終至許多地方兩者互動混同，似乎再也分不清哪個是「作者」，哪個是「敘述者」；哪個是發生在台灣的《大愛》情節，哪個是我遠在太平洋彼岸的生活了。

七、

與時代核心精神相呼應

二十四萬字的《大愛》，塞進了比本來就很長了的篇幅，更多更雜的內容。而那蕪雜正是讓書寫《大愛》的過程那麼值得珍惜與懷念，最重要的原因。連載結束，我也不能再把這部小說刪修增補成嚴格縝密有頭有尾有中腰的作品，只改掉了明顯前後矛盾的部分，保留了多元龐雜、旁枝繁複的面貌。

對了，就是那種連載時代產生的連載小說的面貌。誤打誤撞、多元龐雜、旁枝繁複，剛好也是《大愛》要記錄的那個解嚴威權乍放時代的核心精神，內容與形式、書寫者的思想狀態與閱讀者的情感關懷，竟然就呼應勾搭了。

《大愛》舊版在一九九一年夏天，由遠流出版公司印行，收在當時由陳雨航主持的【小說館】系列中。在那之後，沒幾年間，連載小說就從台灣的副刊逐步撤退，以迄消失於無形了。不只這樣，副刊也從報紙逐步撤退，由中心而邊緣，由邊緣而至掙扎求存。不只這樣，報紙也在電視與網路的競爭逼擠下，漸次改變了其社會位置。

懷念連載時代，有多重的情緒。懷念誕生《大愛》這本舊作的外在氛圍。懷念一種被遺忘的閱讀享受，懷念因爲這種閱讀方式消失而被湮沒埋葬了的衆多奇異小說。懷念一個文字仍能「扣住」讀者，讓讀者日日追讀連載小說的時代。

懷念自己年輕時期，對於各種異質現象、知識、思想、價值，仍然充滿激動好奇與認眞，那種積極的力量。

二〇〇五年十月

第五輯

本輯是一個文學批評研究者，對於自己這一門工作的史的整理，文學批評與文學史研究也不能自外於歷史，批評的歷史也是文學史的一部分。

啟蒙的驚怵與傷痕

——當代台灣成長小說中的悲劇傾向

一、

「成長小說」的概念來自西方，傳統中國裡沒有，五四以降的中國新文學，或日據時代的台灣新文學，在這方面的表現也都相當薄弱。

事實上，中國傳統的父權文化，爲了凸顯父親的權威，建立父親壟斷式的無所不在形象，付出的一個嚴重代價，就是對兒童、少年少女的忽視。文學的主流，是成人男性世界極度自戀的代現（representations），雖然明明在眞實生活裡，還有成年男性以外的人存在，可是在文化的代現系統裡，「部分」被誇張、擴大爲「全部」，只留了一點點的空間給少數女性「閨怨文學」，不過連這邊緣的「閨怨文學」也往往不是由女性自己執筆，男作家男詩人們熱中地越俎代庖，想像代言。

「發現兒童」與啟蒙的生命歷程

兒童、少年更是沒有地位。五四以來的新文學，雖然高舉「啓蒙」的大纛，不過這種「啓蒙」概念是國族式集體論述的一部分，而不是針對青少年來的。五四時期、三〇年代的新文學，講究的是大衆、全民族的「啓蒙」，兒童、少年還是被忽略的。差堪告慰的是至少出現了像凌叔華這樣的作家，雖然不是寫少年的成長啓蒙，不過畢竟寫了一些以兒童爲對象的小說。兒童成了注意凝視的中心，不再是陪襯背景。我們可以在淩叔華的小說裡看到一種前所未有的「發現兒童」的訝異與喜悅，原來兒童不是大人的縮小、具體而微，兒童和大人是非常不同的，應該用不同的眼光、不同的態度予以對待。

日據時期的台灣新文學，從一開始就具有高度的行動喻意。文學的使命是要批判、教化進而鼓吹行動，因而針對的隱含讀者（implied readers）基本上都是具有改革改造潛力的成年人，自然無暇去細繹追索少年成長的經驗過程。新文學早期最重要的作品之一——賴和的〈鬥鬧熱〉——一開頭就出現小孩爭奪吵架的場景，可是這終究只是爲了鋪陳大人間非理性爭勝浪費，此一批判主題而安排的引子罷了，小孩行爲本身並未惹起注意。

二、

回到西方文學傳統裡來看「成長小說」，其最早的起源應該是十八世紀出現在德國的「教育小說」或「教化小說」（Bildungsroman）。「教育小說」受到早先的盧梭哲學很大的影響，尤其是盧梭高舉「高貴野蠻人」（noble savage）概念的代表作《愛彌兒》。

從歌德的《偉罕・邁斯特的學徒生涯》（*Wilhelm Meisters Lehrjahre*）以降，一系列的小說包括諾瓦利斯（Novalis）的《海因利・封・歐福特丁根》（*Heinrich von Ofterdingen*）、艾亨朵夫（Joseph von Eichendorff）的《預感與現時》（*Ahnung and Gegenwart*），史蒂夫特（Adalbert Stifter）的《夏末》

（*Der Nachsommer*），集中地記錄了少年（幾乎都是男的，少有少女角色）成長受形塑的過程，並且藉著情節的推演探討怎樣的教育才是「最好的教育」。

Bildungsroman的興起與流變

傳統的中古經院教育，甚至文藝復興時代的人文教育信念，都在盧梭猛烈的攻擊下搖搖欲墜了，一概被視爲是引導兒童遠離高貴自然，墮入虛僞文明陷阱而不自知的舉動，於是教育的目的、教育的手段，都要經過一次徹底的檢討反省，尤其要認眞釐清：教育到底要讓人遠離本性，還是應該讓人回歸本性，這一組兩難的弔詭論題。

這是Bildungsroman興起的思想背景。剛開始的Bildungsroman企圖心很大，作者也多半充滿信心。他們要藉小說建構一套理想的、創新的、放諸四海皆準的教育原則，小說裡的主角則是理想化原則的典型典範。可是「啓蒙時代」過去了，「法國大革命」過去了，世界依舊擾攘不安，這股信心慢慢瓦解，Bildungsroman的傳統也就出現了幾股分化的支流。

一個支流是保留了成長過程中，對舊有規約的反叛、不安，可是卻少掉了正面「成長」的結果結論。於是小說忠實、甚至熱情地表達少年的困惑、憤怒、迷惘與沮喪，可是卻提不出一個超越這一切，「完成成長」的答案或結論。

杜斯妥也夫斯基的《少年》、屠格涅夫的《父與子》是這條線上十九世紀出現的歐陸沉思型代表作。至於大家熟悉的《頑童歷險記》（馬克吐溫）、《麥田捕手》（沙林傑）則是在美國成熟的行動型經典。

第二重變形是將Bildungsroman的規模大幅縮小，不再講求完整的教育過程，不必交代少年經驗的起點與終點，也不必隱含一套了不起的文明論在小說背後，而是擷取少年成長中若干特殊的事件，靈光乍現地給予少年深遠開悟啓示，或讓他突然領會到成人世界一些或神聖或汙穢，因太神聖或太汙穢而無法明言明說的事物。

這類小說往往與「意義瞬間」（epiphany）的美學追求並肩發展，喬伊斯的《都柏林人》和安德森（Sherwood Anderson）的《小城畸人》（*Winesburg, Ohio*）這兩部短篇小說經典中，有著許多這類的精采作品。

第三大類型則是將教育、啓蒙的經驗，予以範限，不再是談所有人的教育、成長，而是專注地挖掘藝術家的少年經歷，用藝術家特殊的早熟敏感，來閱讀僵化、荒謬、庸俗的成人社會環境。

這類小說就是藝術家小說（Kunstlerroman），最重要的代表作例如蒂克（Ludwig Tieck）的《史騰堡的漫遊》（*Franz Sternbalds Wanderungen*）及喬伊斯的《一個年輕藝術家的畫像》。

三、

戰後台灣的創作環境，其實並不利於「成長小說」的成長。負面限制遠多過正面的推動力量。限制之一是前面提過的缺乏傳承先驅。中國新文學或台灣新文學中並沒有這方面的強大累積，更何況中國新文學傳統在一九四九年之後因爲政治因素被禁絕了；台灣新文學更是早在一九四五年就因語言因素而被遺忘了，絕無僅有的一點點經驗更是無從傳遞。

限制之二是威權政治下，教育被律定爲國策宣傳的機制之一，教育該怎麼教、該教些什麼，都是由上而下給現成的答案，不准質疑，更不能打折扣。教育的理念無法討論，成長的經驗也就缺乏合法性。僵化的教育體制下，恨不得所有的人都是按照同樣的模子成長。白天依學校的課表作息，晚上做總也做不完的作業，然後就上床睡覺，起床又是第二天。這中間頂多允許再加上「準制度化」的補習、聯考、K書熬夜。除此之外，其他的情緒、活動、思想，都被訓導單位視爲異端的洪水猛獸，想辦法圍堵壓制，並將之醜化爲「壞學生」的行爲，徹底剝奪表達的權利。

限制之三是文學表達與少年成長過程的脫節。這又和保守的制式教育偏見離不開關係。教育理念中不認爲少年除了學習、吸收、服從之外，還有向外傾訴、表達、發洩的需要。所以教來教去都是教怎樣了解大人講的話，或如何學大人講話、講大人熟悉的話，有國文、有作文，中間卻沒有可以貼近少年心靈的文學。

於是正在經歷種種領悟變化的少年，完全地讓成長意義從身上流逝，留不下紀錄來。等到大學、青年（young adult）時代，總算接觸到文學了，又有青年切身的種種有待書寫，很難回頭忠實、認眞看待成長的原原本本過程。

台灣文學中的成長經驗

在這樣重重限制下，眞的能夠稱得上「成長小說」的作品並不算多，集體來看，它們表現了以下幾項特質。

第一是少年經驗的意義，往往必須和一個「大時代」的大論述結合，才能取得充分合法性。鍾肇政的《濁流三部曲》是這種「歷史大敘述下的少年」模式中的傑作。在小說裡，鍾肇政以驚人的耐心咀嚼回味高度自傳性的材料，編織一層層的細節，還原日據時代末期一個少年成長中最大的苦悶——認同的徬徨。外在時代所附加的「日本人／中國人」抉擇壓力，一直深入滲透到少年的家庭、愛戀、職業以及友朋往來。在大時代的錯置裡，少年艱苦地成長。

第二是這些「成長小說」所記錄的成長經驗，跟西方同類作品相比，是遲來的（belated）。關鍵性的成長折磨與收成，不是在少年時代出現，而集中在青年，尤其是大學階段。而且這種成長中夾雜了許多大學生活裡有心或無意地吸收了西方哲學命題，形成了眞實生命與普遍主義內涵間的反覆對話。林懷民的〈蟬〉讓幾個角色在短短的一個夏天裡，經歷了關於叛逆、關於同性異性情愛、關於存在議論的大風暴，風暴過去後，有人犧牲了、有人茫然失措、有人則似乎領會到某種哲學抽象的眞理。

第三是「成長」的意義常常是負面的。更精確些說：那些値得費心去細繹思考的成長，都帶有不被社會認可、接受的濃重成分。在制式的保守想法裡，「成長」不應該變成問題，「成長」有一定的「正常軌道」，在這條軌道上走得好好的人，大家都一樣；那些會有什麼不一樣經驗的，一定就是擅自離開軌道的「壞分子」。

這種概念，從反共的《蓮漪表妹》一直貫穿到描寫同性戀世界的《孽子》。潘人木筆下的表姊表妹兩人，正是一組明確對照。表姊的成長過程平平安安，所以也就沒有什麼故事可講。不管用表姊的觀點還是表妹的自述告白，講的其實都是表妹如何自以爲是地選擇了一條離經叛道的成長之路，終至左傾去了延安，由延安再回到北京。成長就是一連串的幻滅、一連串的悲痛否定。

白先勇《孽子》裡的成長是由「放逐」開其端的，整本小說描寫的就是由「異常晴朗的天氣」被趕到「最深最深的黑夜」裡的陰鬱經驗。而所謂的成長，就是在七個月內，小青由一個被「正常世界」放逐的對象，在小說結局處變成在新公園撿拾收留剛剛才被放逐出來的新人羅平。在那麼深的黑夜，成長的希望只有這麼一點點角色調換罷了。

四、

綜合來看，戰後台灣的「成長小說」帶有異常濃厚的悲劇性，和所處理的少年青年年齡極不相稱。在這些「成長小說」裡，成長中沒有太多天真自然本性可以被保留的餘裕，也沒有太多發現眞理或接近自我實踐、自身潛能抒發的喜悅快樂。

成長與幻滅的悲劇性文學

成長意味著看破大人世界的虛僞，窺視被隱伏在表面禮法底下的罪惡陰影。朱西甯的〈狼〉和聶華苓的《失去的金鈴子》，都是從少年或少女的眼光，涉入一件家族內部的姦情，以及環繞著姦情而來的欺瞞與陷害。《失去的金鈴子》尤其令人驚心的是，「苓子」最後之所以會比初到三星寨時懂事多了，成熟多了，被媽媽稱讚爲：「長大了，眞的長大了！」是因爲她不只目睹了尹之和巧巧的姦情，還參與了對他們的無情栽贓迫害。透過襲用成人的惡心惡意，苓子成了大人世界中合格的一員。

王文興是少數對「成長」主題有所偏好的小說家，有多篇小說都可納入「成長小說」的討論範圍。〈欠缺〉帶有濃厚的《都柏林人》寫實風味，而且最不苦澀。然而故事的主線畢竟還是順著「幻滅」

走的，十一歲的「我」一生中「最初一次的戀情」愛上隔鄰裁縫店的少婦，覺得她是最完美的，沒料到這名少婦原來是個倒人家會錢的騙子。於是「我」「新曉得了生活中攙雜有『欠缺』這麼回事。」

同樣以「黃開華」爲主角的〈日曆〉、〈寒流〉，和另外一篇〈命運的跡線〉，小說裡的啓蒙經驗就添加了一點黑色、淒厲的色彩。〈日曆〉與〈命運的跡線〉同樣強調小孩對死亡、死滅的想像與恐慌，〈寒流〉則是被迫去面對自己逐漸浮現的性慾。而不管是〈命運的跡線〉裡用刀片割劃手掌以便延長生命線，或〈寒流〉裡藉著凍寒來壓抑慾望的作法，都充滿了血腥與痛楚。成長的血腥與痛楚。

不過最淒厲的還是要數《家變》。小說裡歷歷記載范曄從小如何由崇拜父親，進而對父親失望，終至厭惡父親，在權威逆轉顚倒的情況下，對父親橫施口頭及肉體上的暴力。這種「成長」如是可恥可惡，然而在王文興筆下卻又如是眞實。

瓊瑤的《窗外》則是利用羅曼史中男女相愛不得相聚的古老主調（motif），挪來寫一名少女的成長艱辛。從成長的角度上看，江雁容眞正的挫折悲劇，不只來自於與老師康南的愛情當然得不到家庭與社會的諒解接受，還有結局處康南竟然以老朽不堪的形象再度出現在她眼前。兩人相愛時，康南警告過她，年齡歲月可怕的破壞力量，江雁容當時完全不信、完全不在乎，而長大似乎就意味著，不但要放棄淒美的愛情信念，還要眞正接受時間可以毀滅一切的宿命。

五、

戰後半世紀的文學經驗裡以六〇年代現代主義籠罩下，「成長」的主題最有發展。七〇年代的鄉土文學或八〇年代的都會、多元情調裡，相形下在這方面就貧乏得多了。

現代主義與成長小說

一個可能的解釋就是現代主義，尤其是存在主義影響下的文學傾向於內省，而且習於將整個外在環境看作無形的枷鎖，強制規定著個人的本質。然而要了解、體認自我眞實的存在，就必須先解除對這些規則的信任與依賴。這整套意念，剛好可以和成長的追求相配合。

帶有現代主義、存在討論風的「成長小說」最突出的當數七等生的《削瘦的靈魂》。這本小說顯然帶有自傳性的成分，記述了主角在師範學校最後一年的種種遭遇。特別值得注意的，第一是在敘述形式上，七等生採用了罕見的第一第二人稱交雜混用，而且是在同一個句子裡完全不經交代，把主詞在「你」、「我」之間換來換去。乍讀下當然讓人覺得不習慣，可是卻也成功地經營出一種特殊錯亂的風格，以及自言自語、內在分裂對話的自閉效果。

第二，在《削瘦的靈魂》裡，成長的意義一方面是將自己與學校這個環境隔絕開來，看不起學校、嘲笑老師校長的種種行爲，而支持他建構自我完足世界的，就是對藝術的自矜自傲。小說扉頁就引朗介納斯（Dionysius Cassius Longinus）的話：「只有藝術才能告訴我們，有一些表達方式是完全本於自然的。」不過另一方面，成長又逼得人必須離開學校，走向學校以外那個可能更險惡，離藝術更遠的社會。所以小說的終結就是主角走出校門，醒悟到：「不論三七二十一你都得走自己路了。」在內縮與外放間龐大的張力，就是成長中最爲令人提心吊膽的過程。

七等生這種對於學校制度的反叛、不屑，在吳祥輝的《拒絕聯考的小子》中，表現得更戲劇性。

七等生的成長至少還有藝術作為標的、風梔,吳祥輝則是把成長賭在一個否定的命題上:「念建中,有能力可以在聯考中取勝,卻放棄參加聯考,主動拒絕聯考。」這當然是對慣常只有依順聯考暴政、或被聯考淘汰拒絕的成長慣例,最大的挑釁。可是拒絕聯考之後,要以什麼代替聯考、代替大學作成長的核心,《拒絕聯考的小子》一開始就在思考,小說結束時還在思考。

正面處理聯考對少年心靈的挫折的還有孫瑋芒的《龍門之前》。至於朱天心的《擊壤歌——北一女三年記》,則是極少數用浪漫情調去包裹高中生活起起落落,始終保持恬喜安適心情的例外。《擊壤歌》裡雖然也有對教育規條的不滿與反叛,不過連這些不滿、反叛都用「喜孜孜」的語氣表出,算是一個大例外。這本書雖然是散文形式,不過因為在處理聯考與成長上,有特殊意義,順便附筆於此。

朱天心另外有一篇小說〈愛情〉,是值得一提的成長小說。這篇小說對「成長」的廣度企圖心,是非常少見的。在短短一萬多字的篇幅裡,細膩描寫了少女情懷、民族主義情結,以及生死的別離考驗。讓讀者以喘不過氣來的節奏見證了一位剛考上大學,二十歲左右的少女如何蛻變為一顆純然悟道後晶瑩靈透的心的肉體化身。

回到七等生的存在主義主題來。和他的文字、思想最接近的成長小說,有廖偉峻(宋澤萊)的《惡靈》、《紅樓舊事》。廖偉峻的這兩本小說耽溺於對自我內在邪惡犯罪力量的凝視陳述,不斷反覆地表達成長中的自我理解,事實上是通往更痛苦深淵的悲觀想法。成長就是一步步離開天眞,步向墮落與毀敗,讀來令人觸目驚心。

陳映眞在六〇年代寫的〈我的弟弟康雄〉,則是寫一個不願墮落為成人、卻無出路可尋的生命,終於早夭的故事。內中的悲觀色彩,尤其是用康雄的姊姊柔性傷痛的口吻表出,格外讓人感受到畸形環境下，成長的苦痛與悲哀，與宋澤萊作品有可以互相比對映照之處。

八〇年代之後，陳映眞又寫了〈鈴鐺花〉和〈趙南棟〉兩篇與成長有關的故事。悲觀依舊、無助依舊。〈鈴鐺花〉裡的小孩目睹自己的老師逃亡藏在山中被捕，直接面對了恐怖整肅的威嚇；〈趙南棟〉則是在沒有理想的情況下長大的虛無空洞男孩，被拿來和老一輩的熱血感情作對比。我們在小說裡看到一個生命怎樣被掏空成爲虛無、浮誇，可是卻看不到理想如何灌注入成長的歷程裡。表面上是要表彰老一輩的理想熱力，實際上卻寫成了對理想將隨老者死去而滅絕的一闋輓歌。

勉強找到較具正面意義的成長小說，大概只有吳錦發的《春秋茶室》。百無聊賴的少年，因爲認識了茶室中的女子，因爲愛情進而認識到社會的不公不義，在這樣的啓蒙中尋找到結合戀情與普遍眞理的生命大方向。這種既寫實又光明的調子，放在一片陰晦黑暗的傳統裡，的確讓人眼睛一亮。

六、

成長小說當然還有其他作品，不過基本上的驚怵、傷痕面貌，應該是一致的。這讓我們對台灣戰後這半世紀來的發展，有了不一樣的問題意識：會產生這麼多悲劇成長故事的社會，是一個怎樣的社會？

我們不忍心問，可是我們非問不可。

一九九六年五月

文化的交會與交錯

——台灣的原住民文學與人類學研究

一、

原住民與原住民文化議題的出現

原住民、原住民文化存在於台灣，至少已經有兩千年以上的歷史。然而原住民、原住民文化成為我們意識理解上的「議題」（problematique），卻是最近的事。

環繞著原住民、原住民文化，有許多明顯的矛盾衝突。當然這些矛盾衝突是對照於我們一般的價值假定上而出現的。原住民族群在台灣的時間最久，但是現實裡所擁有的資源、權力卻最少。原住民文化是台灣最古老的文化，現在卻成了比中國文化、日本文化、美國文化都還令人陌生的異質存在。原住民文化最大的敵人是漢語與漢文化，可是現在為了保持文化的傳承，卻又必須大幅度地依賴漢字、漢語，來轉錄轉寫原住民經驗。原住民傳統文化的核心是「泛靈信仰」，本來和「一神論」的基督教格格不入，然而現在基督教的各派教會，卻往往成為維繫原住民部落生活、甚至護衛原住民傳統文化的最重要力量。

這一連串的矛盾衝突，使得如何描寫、如何理解原住民文化，變成一個極其複雜的課題。不只是非原住民身分的人，會在這個課題面前絆跤，就是原住民本身，也糾纏在「異／己」的混亂意識中，往往顧此失彼。

這篇論文並沒有想要解決如此龐大問題的野心。論文的目的只是希望打破常識裡對原住民、原住民文化所具有的簡單刻板印象，釐清這個問題背後可能牽扯的概念錯雜，進而選擇由哲學的角度，對這個問題作初步的分析。

論文第一部分將先羅列使得原住民文化在呈現中失焦的重要背景，尤其專注在兩個重點上進行討論，一是原住民文化發言人資格的層層錯亂；二是原住民文化傳遞過程中無法兩全的困境。

第二部分進而對目前「代現」（represent）台灣原住民文化最重要的兩種文類——一是人類學研究、民族誌記錄；另一則是晚近新興的「原住民文學」——進行詮釋學式的分析。分別指出他們在面對充滿歧異、錯亂的原住民文化時，所採取的認識論態度，及其作品在詮釋學架構（hermeneutic schema）上截然不同的位置。

第三部分則回到主問題——理解原住民文化如何可能？——提出一些初步的建議，並進而衍繹詮釋學的部分概念，尤其是將原本充滿個人性、以個人的自我認知理解爲前提的詮釋學，向集體式社會的方向挪移，探索一個社會、一種文化或一個民族（不管這些集團定義有多模糊）透過接觸、理解、詮釋另一個社會、另一種文化或另一個民族，轉而增加對自身在實存世界裡（being-in-the-world）處境掌握的可能性。

原住民文化和原住民的現實及歷史遭遇緊密相接。從歷史上看，原住民從十七世紀開始，便被迫和各種不同的主流勢力共存在島嶼上。不論是荷蘭、明鄭、清朝、日本或國民政府，從原住民的角度來看，他們有著不變的兩項共通點：一是在權力技術上超過原住民，可以一直占有在他們自己選擇的有利地點上控制原住民的優越地位。他們雖然不見得有能力和原住民在山地裡一爭長短，可是他們有足夠的理由、也有足夠的力量，至少可以選擇不需要進到山裡，就把原住民實際監禁在山林裡。第二項共通點是他們的文化價值，都與原住民相去甚遠。對山居的恐懼歧視、相信高度分化的複雜權力組織、擁有商品經濟能力、以書寫作爲文化的優勢工具等等。

因此，不論哪一種人、哪裡來的統治者，都和原住民處於基本價值衝突的緊張狀態下。這種緊張狀態，只有兩種方式可能加以和緩。一種是雙方必須各自對既有的價值做出調整讓步，放大文化內部的異己寬容邊界，讓彼此可以交集共存的部分繼續擴張。這種方式通常適用於實力均衡的情況下。如果實力相去懸殊，那比較可能的方式，就會變成是強勢價值威迫利誘並具，逐步改造弱勢者的信仰信念。

二、傳統文化的「去合法化」

在台灣實際發生的當然是後面一種情況。尤其是日本總督府發動「撫蕃」以來的七、八十年，經由教育體制的滲透，山地原住民村落發生最大的變化，就是傳統文化的「去合法化」（delegitimization），早在傳統價值死滅前，它已先在原住民文化圈內人的心目中，失去了合法性，進而自我質疑、汙名化（stigmatize）原住民族群認同。

與此同時發展的是基督教會成了政府體制以外，唯一的選擇、唯一的依恃。政府體制與官方教育——無論是日據時期或戰後——具有明顯的外來強制性，被「去合法化」之後的傳統價值無法與之對抗，然而卻也一時無法吸收這麼明顯的強制性內容爲自己生活中的有機部分，於是轉而援引另外一股進入部落時間更久的強勢文化力量——教會，作爲排斥政府體制的助力。

除了教會以外，弱勢原住民面對強勢政經逼迫，就只能進行「日常形式的反抗」（daily forms of resistence）。在合作的表面底下，利用怠惰、逃脫、觸犯輕微法條，來杯葛他們不認同的系統運作。

這樣交織成了晚近數十年，山地原住民生活的社會質地（social texture），也製造了今日要呈現、解釋原住民文化的困境。在官方文化及基督教會的雙重勢力下，傳統文化或僅存的自主文化部分只能在夾縫裡變形存在著。要嘛就是長期摻雜了太多官方或基督教文化語彙，失去舊有的特色；不然就是被當作藝術品、紀念品予以凸顯保存，可是切斷了文化符號原有的生產關係，同時也切斷了原本更豐富的符號聯想。

再者屬於「日常形式反抗」的部分，也被強勢社會、經濟體系予以收編。懶惰、酗酒成爲原住民的固定形容，如此使得被拖進商品經濟系統裡的原住民，價格不斷貶值。不但是他們原先自給自足價值裡所種植的小米、番薯、花生等作物，在漢人主導的市場上賣不到高價，就連原住民本身所提供的勞動力，也都被順理成章地訂出遠低於平均的售價。

在這種情形下，原住民社會不僅在物質層面貧窮破產，在精神價值層面也一樣貧窮破產。

三、

我們必須面對的現實就是：如何呈顯在現狀下確實是貧窮破產的原住民文化？由誰用什麼觀點來呈現原住民文化？所呈顯出來的原住民文化其內在是否有一致的邏輯？甚至，是否應該有一致的邏輯？對具有原住民血統的「自己人」所應該強調的文化面貌，和對「外人」解釋說明的，是否一樣？最後，卻可能是最重要的：誰有資格來呈顯原住民文化？取得這個資格的條件是什麼？判斷標準又是什麼？

這一連串的問題，綜合起來，可以從下面幾個非常實際的「角色思考」，看出其尷尬、難回答的程度。

首先是原住民自身文字付諸闕如的事實。語言與文字之間的差異、書寫的重要性，在詮釋學裡，已經有很豐富的討論。甚至像翻譯的問題，也是語言哲學裡的重要議題。不過原住民所面臨的，往往不是翻譯，而是自體內在兩種位階不等的語言並存的問題。

這兩種語言，一個是「母語」，一個是由教育系統或社會性主流霸權所灌輸的官方通用語。不過連這樣描述，都是「理想狀態」。因爲「母語」在弱勢低階的情況下，不可能一直保持「純粹」。「官語」語彙會不斷地滲透進「母語」裡，甚至「母語」的文法結構也都將隨而變化，而且是愈新的東西就愈依賴「官語」的加入補充。事實上目前各族的「母語」都夾含著比例不等的日語遺留，換句話說，前朝的部分「官語」在新的「官語」形成後，自動被接納升級爲「母語」。

兩種語言之間的不平等關係

兩種語言之間的不平等關係，在由語言化爲書寫的剎那，呈現出最大的差距。任何一個將母語經驗轉寫成爲官方文字的行動，事實上都在加強官方語言不可動搖的權威，而且不論在個人或集體層次上，都象徵了對母語的進一步遺忘。不只是用「官語」寫作的剎那，必然把母語放在較低的位置，而且用「官語」記錄的內容，注定就會比無法直接書寫的母語思想或對話流傳久遠。

換句話說，爲了保留、傳遞原住民文化經驗，每一個書寫的動作卻又弔詭地對母語進行了一次「去合法化」的謀殺。

若再推進一步說，這些有能力用「官語」記錄、表達原住民文化的人，他們往往已經自願或被動地取消了參與者的角色，轉而變成觀察者。原住民社群殘破貧窮的現實，使得大部分的原住民沒有意願或沒有能力或沒有資格用「官語」向外界傳遞消息。那些同時擁有意願、能力、資格的人，是極少數菁英，不過是外界教育標準下的菁英，未必然是部落文化標準下的菁英。

更諷刺的是，這些人之所以成爲菁英，往往正因爲他們全盤接受教育體制的價值，要不然至少內化了官方語言中所帶的價值暗示。他們其實與部落生活——不管是頭目巫師所代表的傳統生活，或者都市鷹架上娼寮裡的現代生活——保持了很遠的距離。他們只比「外人」近，是一個介於外人與自己人之間的角色，很弔詭地，和族人在一起時，他們部落外的身分被凸顯強調了；和非漢人在一起時，他的原住民部落身分反而拾回來了。

除此之外，事實上原住民文化在台灣社會的集體意識裡，也正是處在這種「不內不外」的「門口情境」。「不內」是因爲不是我們熟悉的文化，具有高度的異質性。更關鍵的是這樣的異質文化，竟然還背負著落後的形象，也就絕對成不了學習的對象。不過無論如何異質、陌生，這個文化又有其絕對不可否定的存在事實，就存在在這塊島嶼上，而且從島嶼上至今依然根深柢固的「歷史偏好」——時間愈久，有愈明確古遠歷史證據的，其合法性就愈高——來看，原住民文化又自有不能不被承認的現實地位。

「不內不外」的「門口情境」，產生兩種反應。一種是浪漫化的親切感，想把「門口」的向裡拉，可是卻又沒有準備眞正要與之長期相處。所以只是短暫而且選擇性地與原住民部分文化認同，除掉能夠激發浪漫想像以外的部分，反而正因爲那份自以爲是的親切感，而可以毫無罪咎感地將之永遠放逐在意識的門檻之外。

另一種反應是恨不得把門口的拚命往外推，推到想像中不再看得見的地方，於是採取了讓原住民文化「在亦不在」（exist, but not present）的態度。

不管是哪種反應，又都被政治上的「山地管制」措施予以強化了。沒有人眞正感覺到原住民，其人及其文化，眞眞切切在生活裡、環境周遭的經驗。於是不管是要浪漫化還是要予以忽視，相對地都變得方便得很。

換句話說，不管哪種反應模式，絕大多數非原住民的漢人，在一般環境下都沒有能力、也沒有資格去重現原住民文化的整體脈絡。

四、

在時間意識方面，原住民文化同樣遭遇到重重的困難。

好幾個因素同時造成了原住民文化似乎沒有變動，缺乏時間縱深的錯覺。

沒有一般意義底下的「歷史」

首先沒有累積的文化紀錄的社會，也就沒有一般意義底下的「歷史」。在原住民的社會裡，歷史與記憶完全合一，部落過去發生的一切，都儲存在人的記憶裡。部落裡會有專門負責記憶的人，部落裡通常也有一些協助保留記憶的機制——例如用音樂存留大事梗概、用儀式複製重演神話事件——不過這些都無法抵抗人的自然生理法則對過去的改造。

那就是記憶內容會被記憶主體依照他自己的有限經驗加以統一。他無法記憶不在經驗範圍內的東西。不在經驗範圍內的內容，即使告訴他，他也一定必須用「鄰近」、「比喻」的方式把它轉成其他的熟悉物件、熟悉情節或熟悉道理。一個從來沒有見過大象的人，不可能記得大象；一個篤信平等分配制度的人，也不可能記得過去集權集財的大頭目。這是一樣的道理。

書寫的歷史因爲是不同時期所遺留的紀錄，必然挑戰一代代不同的信念。記憶沒有這種挑戰性，所以由記憶整體講述出來的過去，整個想像圖像，不管回憶、溯述的時程多遙遠，總是和現實現在非常接近。

再者，一個弱勢、邊緣的團體，在變動的過程中，是沒有機會扮演主角的。隨著邊緣化程度的深淺，而輪流擔任「被動跟隨者」，或者更糟的「變動結果接收者」。

「被動跟隨者」至少還能追逐到變動的剩餘好處，因此有機會接受變動爲正面、有利的價值；然而「變動結果接收者」則注定要接收變動的負面副作用，或者是承擔「相對被剝奪感」（relative deprivation），於是難免就會厭惡變動、詛咒變動，乃至美化過去、耽溺過去、將過去視爲不變的黃金時代。

不幸的是，原住民社會長期以來幾乎都是處於最底層，只受變動之害，未蒙變動之利。變動的結果就是造成原住民部落的貧窮破產。誰願意仔細地去記錄、推敲這些毀壞的、頹敗的、無望的現實？如果以這種現實作爲原住民文化來呈顯，能給自己、給人家什麼樣的意義？

於是原住民文化的描繪，長期就存在著「應該／實然」的張力。而「應然／實然」也就很容易轉成「永恆／現實」的對立。隱約似乎主張著有「應然」、「永恆」的原住民文化「原型」或「理想型」，這才是最值得表彰的；至於「實然」、「現實」的原住民生活，卻只是「原型」不幸的模糊投影罷了。

五、

因爲這些錯綜複雜的因素，使得關於原住民的知識隨而在性質上錯綜複雜。我們不能用簡單的「符號／意義」對應概念，來理解這些材料。

所以援引詮釋學進來協助解讀既有的原住民文化文本，便有了迫切的必要性。詮釋學，依照呂格爾（Paul Ricoeur）所下的最簡單工作定義，就是「一套關於知識、理解行爲如何運作的理論，而尤其注意留意對文本的詮釋。」

從許萊爾馬赫（Friedrich Schleiermacher）到狄爾泰（Wilhelm Dilthey）、海德格（Martin Heidegger）、加德瑪（Hans-Georg Gadamer）到呂格爾，這一脈相承的詮釋學傳統，尤其是在其發展中，一步一步將文本的詮釋與異己、人我關係作了非常細密的思考，更有助於我們釐清這個時代脈絡下，非異非己、既人又我的原住民文化與台灣社會間的種種糾葛。

兩種文本特別值得我們拿來進行詮釋學式分析，或者是借用詮釋學的部分概念，來試圖定性這兩種文本所建立的原住民文化性質。這兩種文本，一是人類學的研究，另外則是最近漸成風氣的「原住民文學」書寫。這兩種文本，各有其文類傳承、慣習，當然可以分別進行文類研究與解讀，然而放在詮釋學的架構底下並排，我們會發現這兩種文本共同透顯出一些其他的意義來。

文本、事件與故事

詮釋學提醒我們，文本形成的過程，基本上是組合「事件」（events）來構造「故事」（story）。「事件」是多元的、雜亂的，然而「故事」卻展現爲一個整體（totality）。詮釋便是要尋找由雜亂異質組合成整體，這中間的運作痕跡，換句話說，就是文本內在的「情節」（plot）或「情節構成」（emplotment）。沒有一個文本所包含的因素，天生就是同質一致的，我們之所以會得到「整體」的感覺，是因爲有「情節構成」給了「事件」一個秩序、一個架構安排。

從這個角度看，人類學以及原住民文學，是用類似的「事件」，組成出的兩組非常不同的原住民文化「故事」。在一點上，兩者是一致的，那就是都努力要將散亂在各處的原住民生活裡凌亂瑣碎的「事件」，組合出一個整體來，不過他們採取的「情節構成」卻大異其趣。

人類學是用一個普遍研究異文化的「客觀」架構來安排、轉寫原住民生活經驗。這個「情節構成」不是特別爲了台灣原住民的「事件」而設計的，它的來源是西方人類學的傳統慣習，其價值標準也同時抄襲了西方版本。

這樣所構成的知識，第一個凸顯在我們眼前的是對原住民文化的疏離（distanciation）所造成的客體化（objectify）效果。在這個知識文類裡，研究者的主體與被研究的對象之間，盡量保持最長的知識與情感距離。換句話說，主體與客體的對立關係，從一開始就固定，而且終其「故事」過程，維持不動。

不管其所能達成的知識精確程度多高，這種主客體位置，就已經符合了狄爾泰對科學知識的定義。台灣人類學對原住民文化的姿態，基本上是科學的，把原住民文化材料看作是可以客觀採集、排比、分類的，於是其所進行的知識性質，也就多半相當於狄爾泰定義的「解釋」（explanation）而非「理解」（understanding）。

「解釋」就是在既給的事實資料上，說明爲什麼會有這樣的現象或這樣的因果關係。對於「事實資料」的取得，科學知識裡是不予討論的。也就是說，假定了不管誰去蒐集、取得這些資料，其主觀的介入不會影響「事實資料」的具體意義。

這樣的一種態度，是保守科學主義的遺留，在最近歐美的人類學界飽受批評。然而在台灣的人類學研究，尤其是原住民研究上，卻依然是未被挑戰的典範。

如此產生的人類學報告裡，最令人驚訝的是對於「告知者」（informant）幾乎不曾有所記錄、討論。負責將部落生活轉介翻譯給人類學家的「告知者」，被當作是實驗室裡的顯微鏡一般，假設其具有固定、不變、機械的功能。

然而事實顯非如此。「告知者」是人，一定有其主觀的價值偏好，更重要的，依照我們前面的分析，在現實結構底下，這種以官方語言述說部落事務的人，其角色充滿了曖昧矛盾的性質。這種曖昧矛盾，到了人類學家的報告裡，自然就消失了蹤影。

人類學報告另外一個特性，就是累積、抽離原住民文化內部的規律，而忽略忽視任何實際發生的事件。不論是對於親屬稱謂、宗族組織、社會階層、宗教結構或土地制度（這些範疇、題目本身就是馬凌諾斯基[Bronislaw Malinowski]、伊凡普里查[Edward Evan-Pritchard]等結構功能派大師半世紀前律定下來的）的研究，其最終的目的都是要萃取出在紛紜現象背後的「文法」。

這樣製造出來的知識，從詮釋學的分類來看，是對「語言」（langue）而非「說話」（parole）的研究；是「文法的詮釋」（"grammatical" interpretation）而非「專題的詮釋」（"technical" interpretation）；是「語言文法」（linguistics of language）而非「言談文法」（linguistics of discourse）。

情境脈絡的重要性

詮釋學裡警告我們，「語言文法」的出發點，就是去掉說話當下的情境脈絡。「語言文法」研究的野心很大，是整個語言的意義系統，然而其研究單位卻甚小，是任何一個音聲或語義上的單元。「語言文法」的基本研究架構，內含了一個無從調和的矛盾，想要由最基本單位的組合規律上，捕捉語言創造、溝通意義的整體。而忘記了，「語言」落實成了眞正的「言談」時，外在於語言規則的不定變數，才是決定我們對任一「言談」詮釋正誤的關鍵。

人類學研究的問題也就在這裡。尋繹出了原住民文化與普遍規則，卻無力去記錄、解釋眞實生活與普遍規則之間的差異。客體化的普遍規則又在研究中以一種「類科學」的形式出現，於是又給人不變的「應然」印象，這其實是與原住民在變動中不斷掙扎的眞實文化情境，相去甚遠。

六、

過去對原住民的理解裡，人類學研究向來占有極高的地位，主要原因是除了人類學研究之外，其他的文類情況更糟。人類學研究已經是所有非原住民身分者，寫出來的最嚴謹的文本了。

詮釋學又提醒我們，每一種敘述，多多少少都有「譬喻運作」（metaphorical operation）的意味在。講一個故事、寫一段紀錄，都是一套「譬喻」。把一個或一些材料抽離了它原本屬於的位置，放到別的東西中間，於是新的環境變成它或它們的譬喻，而給予了新的意義。

人類學研究的作用是把原住民文化，「譬喻」成爲科學資料。至於其他的，則是把原住民文化「譬喻」成爲觀光奇景，或者「譬喻」成爲罪惡淵藪，或者「譬喻」成爲蠻荒異境。

之所以造成這種粗暴的異置及譬喻效果，是因爲這些記錄、書寫原住民文化的人，他們自身帶著另外一個文化的價值習慣，他們只能把原住民異文化挪來擱置在既定的意義結構裡，在不改動舊意義結構的前提下，把原住民資料擠進去，於是在多寡輕重完全不均等的情況下，原住民文化沒有辦法變成一個自主的意義系統，只能是被「譬喻」的對象。

原住民作者用漢語寫原住民事物

一直到這幾年，才算出現了在詮釋學架構上，眞正可以和人類學研究對蹠的新文本。這種文本我們暫且從俗稱其爲「原住民文學」。其最重要的特色，當然是作者的身分都是原住民，描寫的也是原住民事物，然而使用的語言卻是漢語。

到目前爲止，「原住民文學」的作品，大致分爲兩種不同性質，一種是用漢語改寫各族各部落的傳說與傳統智慧；另一種則表現爲經歷官方教育與都市生活後，對部落生活的回歸與省思。前者是比較單純的翻譯，而翻譯者的角色也比較清楚，基本上是以一個無知而求知的殷切身分，把他在與傳統疏離後，終於能夠重新學習的成果，順便傳遞給比他更遠離部落的外人們。

值得多費些力氣進行分析的其實是後者。這類作品以孫大川的《久久酒一次》開啓其端，到瓦歷斯・諾幹與夏曼・藍波安分別出版了《戴墨鏡的飛鼠》與《冷海情深》，算是一個小高潮。

瓦歷斯・諾幹與夏曼・藍波安的共同特點是，他們都曾經強烈認同主流漢文化，在漢人的教育體制裡取得了一定程度的成就，而且在漢語漢字的運用上，有意識地沉浸入漢語文學傳統裡。他們都曾經在漢人環境裡待過很長的時候，然後帶著都市的知識與創傷，回到部落定居。

他們的作品，和孫大川的一樣，其實是把原住民文化的材料，轉寫在漢人現代文學的結構裡，他們所運用的「情節構成」，是文學式的。被他們模仿的這些漢語現代散文架構裡，特別突出的性格，第一是其私人化、主觀式的獨白語調；第二是雖然文章以獨白表現，然而在獨白的脈絡（context）

裡，已經預設了一個雖在現實裡沉默，但卻持續傾聽，而且在想像空間裡可能插嘴質疑、補充、反駁的對話對象。

這樣的形式，讓我們想起海德格對「說」（reden）與「講」（sprechen）的區分。「講」是世俗實際的說話行爲，「說」則是造成「講」的存在條件。「說」是「講」的動機。然而，「說」眞正的意涵，往往其實是「聽」，從「聆聽」當中明瞭了存在的狀態，才會有「說」。

「原住民文學」正表現了這種「說」與「講」的辯證。更重要的，其辯證關係還是雙重的。一方面整理自身的存在條件，而「說」而「講」，另一方面，他們所說所講，也將形成想像中那位聽者、對話者的存在條件的一部分。

所以這一類的原住民文學，剛好跟人類學研究相反，它們正在一點一滴建立著「言談文法」。「言談文法」要究明的對象是每一個實際脈絡下實際的發言，其分析的單位不是字詞、單音，而是句式（sentence），在句式裡面包含了非語言文法的其他變數。

另外，這種原住民文學的作者，對自己的身分具有一種老輩部落中人不會有的焦慮與自覺。他們擔心、詢問著：光是血緣能夠讓他們想當然耳具備部落的身分嗎？他們也對自己所受過的「都市（或漢族）污染」十分愧疚自慚。然而他們向部落回歸、追尋部落認同、掃除都市殘餘的一舉一動，最後卻又用漢語說給想像中的漢人們聽。

流動不安的意義空間

在這樣實際的「言談」，而非抽象「語言」中，瓦歷斯・諾幹與夏曼・藍波安製造了流動不安的意義空間。在這個空間，他們了解自身部落文化的方式，不是去肯定現存任何固定不變的東西，反而是帶進漢語主流文化作爲對照，拉開自己和部落文化的距離（distanciate），從而反而能更清楚找到詮釋部落文化的進路。另外，在這個大空間裡，瓦歷斯．諾幹與夏曼．藍波安允許自己具備不明確的身分，他們沒有隱瞞面對部落文化時的猶豫與尷尬，如此一來，他們本身就代表了原住民文化的變動，那個「應然」、「恆常」的原住民文化虛像，自然崩解了。

七、

在海德格的哲學裡，詮釋之所以重要，是因爲我們的生命被太多符號、系統穿透，甚至是除去這些中介的符號、系統，我們根本無從找到自己的生命實景。所以我們必須繞一個大彎，尋找到解釋所有符號、系統的普遍詮釋立場，我們才能了解自己。

人類學研究把原住民文化當成是外在的客體，與記錄者研究者本身無涉，結果是只找到了原住民文化的符號、系統，卻接觸不到後面的生命。雖然名爲異文化的探索，事實上卻只是兩種文化的相錯而過；「原住民文學」則因爲無法也不願把漢文化的符號、系統，草率地排斥在外，反而繞過漢文化的遠路後，找到眞正尋回自我部落的路。相對的，也在「說」、「講」之後，讓部落文化的符號、系統，也開闢爲其他漢人想要追尋自我生命可以借鏡繞道的空間，如是而有了眞實的文化交會吧！

一九九七年六月

重新看見他者的方式

——讀王德威、黃錦樹編的《原鄉人》

王爾德（Oscar Wilde）的名言：「在惠斯勒的畫出現前，倫敦沒有霧。」王爾德當然不是狂妄到要否認倫敦經常起霧的自然現象與歷史事實，他要強調的是，通過惠斯勒的繪畫呈現，人們才眞正「看到」了倫敦的霧。活在多霧的倫敦，和看到霧裡倫敦，可以是兩回事。用同樣邏輯，我們可以明確地說，台灣作爲一個多族群共居的社會，是個再實在不過的事實，然而長久以來，大部分居住在這個島嶼上的人，卻不見得「看到」多元族群。

「看到」多元族群，首先得要自覺地感受到除了自己這種人的這種生活方式以外，還有別種生活方式的可能，進而承認，有別種同樣値得尊重的生活方式存在的事實。

那麼久的時間裡，阻隔族群彼此「看見」，最大的力量，就是文化與生活上的歧視。歧視者看不見他所歧視的對象，一來因爲他認爲那是不値得去看，甚至抱持著「看到了會污染、敗壞我」的負面反感；二來因爲他認爲那反正就是劣等、較差、還沒有進步進化的，也就無從理解別人與自己眞正的差異。渡海來開墾的漢人，當然知道有「蕃人」的存在，但「蕃人」最大的意義，畢竟只是應該被隔絕在隘勇線[1]以外的低等人類而已，「眼不見爲淨」也就是「眼不見爲安」。

1 台灣日治時期台灣總督府專門圍堵台灣北部原住民的防衛線制度。

即使漢人之間，也彼此採取「眼不見爲安」的互相歧視。閩南人歧視客家人，客家人看不慣閩南人；外省人來了以後，看不慣閩南人也看不慣客家人。

外省優越感與反歧視情緒

戰後的歷史變化，更加深了族群之間的心理隔閡。從本省人眼中看去的外省人，是帶軍隊上岸濫殺無辜、製造了「二二八事件」的惡魔；換從外省人眼裡看去，本省人講的是日本話、穿的是日本裝，儼然是八年抗戰敵人的化身。

一九四九年左右來到台灣的新住民們，絕大多數跟「二二八」扯不上一點關係，他們甚至大部分不知道有「二二八」這麼回事；可是本省人對「二二八」的餘悸猶存、遺恨難消，所造成的結果就是本省人對外省人高度仇視，外省人無法與既有的本省社會有效互動交流，活在同樣的現實空間裡，彼此的文化、心理距離卻再遠不過。

另外兩項因素更惡化了隔閡情況。一是國民黨宣揚的「正統觀」，以及相應產生的中國文化與外省生活優越感。台灣原來的文化事物，被視爲日本「污染」的產品，被視爲次等、落後、土裡土氣的。相應於這種「外省優越感」，本省人間也就私下流傳一股強悍、素樸的「反歧視」情緒，懷念、美化日治時期的文明秩序，以此對照顯露外省、中國的鄙陋粗糙。

通過政治稜鏡看見彼此

另一項因素是快速工業化的過程中，大量農業人口進入工業部門，移居到新興都會裡，本省人口

「大挪移」、「大流離」的同時，外省人口仍然緊緊依附在國家體制裡，大部分在工業貿易部門中缺席了，於是連現代經濟經驗，都沒有密切交流的機會。

台灣族群之間眞正彼此「看見」，其實是通過政治上的稜鏡。先是工業化帶來經濟資源的重分配，取得較多經濟資源擺脫國家壟斷狀況的本省（尤其是閩南）族群，開始要求更多的政治權力，而民主化過程也就無可避免帶來了外省文化的下降，以及本土文化的上升。

在權力交替陵夷的政治發展中，從前高度歧視結構下所累積的怨恨，一口氣爆發，匯集成族群間的緊張衝突局面。

一九八〇年代以降台灣的族群緊張，沿著兩條經常混淆交疊的路線進行。一條是追求族群平等，原來被歧視被壓抑的族群，要求自己的語言、自己的生活方式、自己的社會價值，應該與原先高高在上的「主流」、「優勢」文化平起平坐。不過另外還有一條，卻是執意要翻轉過去的結構，要以人數衆多、勢力龐大的「本土文化」取代過去的「中國文化」，樹立其主流、優勢地位。

重新發現對方的缺點

這兩條路線，經常既聯合又鬥爭。舊霸權的外省中國文化，在面對新霸權本土文化的逼擠時，經常刻意拉攏客家、原住民來批判、阻擋「河洛沙文主義」。另一邊，本土文化究竟和客家文化、原住民文化之間存在著怎樣的關係，十幾年來吵吵嚷嚷，從來沒有明白釐清過。

這段族群彼此「重新發現」的時期，不幸地也正是台灣政治大騷動、年年選舉翻天覆地的時期。於是族群之間的「看見」，就總也擺脫不掉政治的色彩、政治的干擾。

「重新發現」不是個愉快、順利的經驗。「重新發現」異質族群成分，帶來的不是尊重、好奇、理解、學習，而是挑剔、謾罵、指控與醜詆。表面和諧一統的虛假台灣面貌被揭開了，底下是糾結扭打成一團的大混仗。

黃錦樹在《原鄉人》編者序裡，引用了許銘義的一段話，讓人讀來依舊心驚：

「（許銘義）說他有一回主持call-in節目，提出『你對其他族群的看法』——『……結果第一通電話是位外省老伯，指責陳定南於省長選舉挑起族群意識；第二通是位福佬，指控大多客家人皆是心懷鬼胎；第三通則是反擊，閩南人才奸詐；第四通是原住民青年，說自己族群長期被漢人打壓；第五通聽眾則說：原住民許多地方已受到特別保障，哪裡弱勢？』

『隔周我換了更明確的題目：「談談其他族群的優點與長處」，結果兩個小時過去，沒有一通電話打進來。』」

老實說，這樣的「族群的故事」，真有點不堪聞問。

另一種看見彼此的方式

在這種「不堪聞問」的景況下，我們體會兩位編者的用心。這本《原鄉人》沒有提出任何族群關係上的重大主張，而是實質提供了一條族群彼此「看見」的不同管道。不透過政治、選票，不透過社會一般分類刻板印象，不透過日常生活的有限抽樣經驗，而是透過小說作者的觀照、整理與虛構再現。

沒錯，不同代不同族群的小說作者，又何嘗不是歷史、政治、社會的產物？他們又怎麼可能完全擺脫歷史、政治、社會帶給他們的種種偏見呢?他們不能。不過文學內在的要求,文學形式的鋪陳,卻顯然逼著小說作者必須在一定程度上超脫現實,走向典型的追求。

從賴和、鍾理和、陳映眞、李渝到田雅各、李永平,這些跨時代多族群的典型追求,不見得能夠讓我們如實看見台灣族群文化的本來面貌,卻提示了族群彼此對待的許多不同可能。而小說家筆下的「可能」,往往正是政治人物進行權力操弄時,最快予以敗壞、取消了的。

二〇〇四年十一月

台灣文學批評小史（一九四五—一九九五）

一、

台灣史研究在台灣長期被忽略，到目前爲止依然在「可見潛力、未知成就」的階段。台灣文學史的研究在台灣史領域內更屬偏門旁支，在文史分家的大學科系安排下，歷史學者不知如何分析作品脈絡，文學工作者則又對時間縱深的遞變不感興趣。所以迄今可談可論的台灣文學史著作，絕對可以用雙手十指數得完。

「台灣文學批評無史」

而值得注意的，目前兩本最完整的文學史著作——葉石濤的《台灣文學史綱》及彭瑞金的《台灣新文學運動四十年》——都沒有處理文學批評。唯一可以找到列出專章記錄戰後文學批評作者與作品的，大概只有中國廈門大學黃重添等人合著的《台灣新文學概觀》。不過黃重添等人的書中對文學批評的概述只有短短兩段，然後就進入個別評者的討論，很難看出有什麼「史」的時間流變意義。

所以說「台灣文學批評無史」，應該不算太過分。吳潛誠在〈八〇年代台灣文學批評的衍變趨勢〉一文中，用觀點和作法，標點出了文學批評之所以無史的困境。吳潛誠在文中提到文學批評在台灣老是被擺在邊陲位置，被看作是作品的附庸，缺乏獨立自主的合法性。而且流行的批評策略忠實地反映西方的種種現象。

這樣子講完了之後，吳潛誠在這篇從題目上判斷應該屬於「史」的範圍的論文裡，卻完全撇開八〇年代台灣眞正經歷過的文學爭端，曾經出產過的批評作品不論，專注地大談西方文學批評的流派與術語，於是「台灣文學的衍變趨勢」變成了「西方文學批評的衍變趨勢」的代名詞！這樣粗暴的態度，固然能夠讓台灣的文學批評脫離作品，卻給了另一種更沒有獨立性、自主性的附庸身分，而且也輕輕鬆鬆解除了研究者需要留心、精讀台灣文學批評作品的義務，難怪台灣的文學批評無史可論！

台灣的文學批評長期處於邊陲，這是事實。但並不因此台灣的文學批評就不值得記錄。事實上，要讓文學批評擺脫附庸地位，最直接的作法就是用心去記錄、去研究它過去曾有過的貢獻、成就。

二、

文學批評到底能不能、應不應該獨立於作品存在？這樣的問題，回歸到歷史上，也許可以提供很不一樣的解答方式。

文學批評和作品之間的關係，在不同時代會有所不同。戰後初期，文學批評，或說文學性質的討論，是整個文壇注意力焦點所在，很多人都相信，沒有解決這個問題，作品根本無從寫起。很多作家也都熱心且帶些焦慮地投入論爭中，寫作品與作批評的基本上是同一群人。

文學批評與作品的不同關係

到了一九四九年之後，反共戰鬥的意識形態籠罩全台，這時候文學創作與文學批評同樣都附屬於政治權力之下。文學創作必須迎合「戰鬥文藝」的需要，而文學批評的任務則是檢查作品與政治作戰要求之間的符合程度。

進入六〇年代，現代主義式的作品取得了獨立於政治以外的小空間，他們的指導者與養分提供者是外國作品的翻譯介紹，加上此時流行的批評基本上屬於強調作品完整性、強調作品內在邏輯不受「外力」干擾的「新批評」學派，在這種情況下，無疑地作者取得了遠比評者高的自主地位。

到了七〇年代，由「現代詩論戰」開始，要求作品的社會性的呼聲此起彼落，進而演變成各方政治、經濟力量複雜輻輳的「鄉土文學論戰」，作品慢慢地一步步被從藝術的神殿上拉下來，進行種種非藝術性的解剖。這種環境底下，批評、論戰的方向當然要影響作品，甚至政治意識形態也再次介入，模塑出它所需要的文學作品。

八〇年代以後，批評界最醒目的發展就是「學院派」的崛起，以及批評的日漸專業化、術語化。不過「學院派」興起的時機，正當台灣社會多元轉型，學院的舊權威在社會上日漸沒落，作者不再感受到知識位階差距所帶來的自卑與焦慮，所以讀到「不爽」的批評時，不免就跳出來痛罵「別把作者當白癡！」「學院派」雖然權威不再，不過「夾槓」倒是不至於離身，再加上這些「夾槓」、概念都直接借自外國的批評論述，而不是從本土自身作品裡量身、琢磨出來的，直接造成的結果往往就是批評與作品之間的脫節，作者根本讀不懂學院派批評家在寫些什麼，兩者之間有機的對話很難建立起來，形成二元各自發展的景況。

甚至說「二元」都有點勉強。因為批評家與批評家之間、作者與作者之間，也往往缺乏焦點。每個人都埋頭作自己與外國大師之間的聯繫工作，而懶得左顧右盼一下看周圍的「自己人」在做些什麼、寫些什麼。於是就算要有論戰，也都和作品牽扯不上關係，只能表現為基本立場的喊話，這眞是「各自為政」的分化時代。

三、

當然，批評與作品之間除了時代的不同，還有文類上的差異。原則上，愈是講究淺白易懂，直接訴諸群衆的文類，批評就愈使不上力。通俗小說少有批評家願意用力，瓊瑤在一九六三年出版第一本小說，到七〇年代才看到曾心儀在《書評書目》上寫了一篇〈試評瓊瑤的《月朦朧鳥朦朧》〉，評文前面還要先解釋一番為什麼要寫這樣一篇文章，再過十多年，才又等到齊隆壬的一篇評論和林芳玫的一本文學社會學博士論文，而當然，文前的解釋也都還在。我們也不可能預期，曾心儀、齊隆壬、林芳玫的批評，會對瓊瑤作品的生產、流傳、消費有什麼樣的改變影響。

批評與不同的文類

相反的一個極端，則是台灣的現代詩傳統。自從五〇年代紀弦登高一呼之後，現代詩的美學一直刻意與生活邏輯保持距離。詩的閱讀在這套美學裡，本來就被設定應該要經過「中介」（mediation）的。你就是不可能直接讀詩就了解詩。

這種中介有很多種形式。一種是時間的中介，詩自成一套語言，讀者必須受到訓練慢慢了解、熟悉這套語言。另一種則是文本的中介，用詩以外不同形式的說明，來讓讀者「進入詩的世界」。所以詩評與詩緊密結合，幾乎所有的詩人也都同時寫詩評，而且幾乎所有重要的詩都有龐雜的詩評爲其附錄。詩人能夠寫詩，就代表他具有解釋的能力，所以也就能替別人的詩寫評。從另一方面看，詩號稱是「濃縮的文類」，然而像五〇、六〇年代那樣「濃縮」過度時，就需要詩評來作稀釋劑。到後來甚至有某些詩根本無法獨立存在，必須連詩評加在一起，才眞正成爲一篇作品。

七〇年代以降，詩的「超現實主義風」慢慢淡出，淺白易懂的文字成爲新主流，同時我們也就觀察到詩的批評在量上面減產的相應現象。詩風愈晦澀的詩人則愈擅長寫詩評，相反地，詩風明朗如吳晟、劉克襄，幾乎從來不曾涉及批評，又是這兩者關係的明證。

散文的批評在歷來都未成氣候，大概只有鄭明娳交出比較夠分量的成績，恐怕也是與其文類特殊性不足息息相關。散文往往是用排除了小說、詩、戲劇之後剩下的東西來定義的，這樣的文類無法和一般人從小在課本裡、在作文課上讀的、寫的文字區隔，難免覺得散文的閱讀與理解，不需要什麼額外的助力了。

四、

台灣戰後文學批評史，應該從一九四七年八月一日創刊的《新生報・橋副刊》說起。《橋》在歌雷（史習枚）的主持下，大量地刊登了討論「台灣新文學」的文章，還辦了好幾場座談會談「如何建立台灣新文學」。

這一波關於台灣文學性質的討論，參與的人相當不少，不過除了葉石濤、楊逵、林曙光、錢歌川等少數幾人之外，其他的人後來都沒有繼續在台灣文壇行走活躍。値得注意的是，這次討論根本就是在一個嚴重的誤解下產生的，那就是許多新近從大陸來台的文人作家以爲台灣沒有新文學，以爲大家都是站在空白的原點上來商量如何創造出一樣新東西來。

到底有沒有「台灣新文學」？

可是對楊逵、葉石濤等人而言，「台灣新文學」是早就存在的東西，而且已經有了它自己的個性與傳承。他們努力申辯「台灣新文學」已然成立的種種理由，大陸作家則不斷予以否認。在這過程中，大陸作家根本認爲台灣文學就是「眞空」，當然不會提出任何作品來討論，於是講來講去大家就只能籠統地在「文藝精神」、「創作心理」一類範疇裡自說自話。

這是一場有批評、卻沒有文學的空洞論戰。不過其反對「台灣新文學」傳統的基調，卻爲後來的許多文學批評者所承繼，終歸引來另一批本土作家的反感，隱隱伏下未來台灣文學南、北分派，形成「兩個世界」的前因。另外，歌雷用「邊疆文學」來定位台灣文學，也是未來文學批評界的一個重要爭議主題。「邊疆文學論」在五〇、六〇年代，被政治上的「正統論」強加壓抑下去，台灣既然在政治上要代表全中國，那麼台灣的文學自然也非得是中國文學的中心不可，這是這套理論的核心論辯。

然而歷經七〇年代「回歸鄉土」的呼聲，尤其是葉石濤與陳映眞的論戰，讓人怵然驚覺到「台灣鄉土」究竟是「中國傳統」或「台灣本土性」的代表，原來是那麼難回答的一個問題。於是台灣定位再度游離、動搖，到了一九八一年就有詹宏志再度提出「邊疆文學」的問題。詹宏志想必沒有讀過歌雷的意見，然而這一前一後的「邊疆論」卻共同點出了在討論文學性質時，台灣作家、批評家心頭的重大陰影。

五、

一九四九後，文學批評界最重要的主角當數張道藩。張道藩不是作家、也算不上批評家，不過他是五〇年代台灣文藝政策最主要的掌門人。

五〇年代的台灣文學批評

張道藩的文藝政策有兩大來源，一是他自己在大陸抗戰中提出的「戰鬥文藝論」，第二則是《三民主義育樂兩篇補述》。不過不管是哪一個，都對文學文藝的宣傳、教化、激勵民心功能多所強調，以此作爲評斷作品好壞的依據。

我們可以從張道藩所提出的「六不」及「五要」原則，看出五〇年代文學批評的性質。所謂「六不」是：「一、不專寫社會的黑暗；二、不挑撥階級的仇恨；三、不帶悲觀的色彩；四、不表現浪漫的情調；五、不寫無意義的作品；六、不表現不正確的意識。」所謂「五要」是：「一、要創造我們的民族文藝；二、要爲最痛苦的平民而寫作；三、要以民族立場而寫作；四、要從理智裡產生作品；五、要用現實的形式。」

這套標準有自相矛盾的地方，例如既不准「專寫黑暗」又不准「帶悲觀情調」，那要如何「為最痛苦的平民而寫作」？更糟的是這套標準故意留了模稜兩可有待解釋的地方，什麼叫「表示浪漫的情調」？什麼叫「無意義的作品」？什麼叫「不正確的意識」？到最後難道不是由檢查人自由心證嗎？

在張道藩領軍下，五〇年代的文學批評基本上淪為思想檢查，重點在表揚哪些作品符合哪些原則，哪些作品又違反了什麼標準。以到了九〇年代重新為王德威、齊邦媛所肯定的《蓮漪表妹》為例，當年初出版時所見的兩篇書評，一律是以「新反共精神」、「昂揚的正確筆法」來予以肯定的，根本隻字未提角色、情節或結構等文學因素。

正因為文學批評就是思想檢查，所以寫文評的人，重要在其單位及發表的刊物，而不是他是誰。五〇年代的文學批評最大特色就是出現了一大堆零星作者，而沒有什麼專業知名人士。勉強要數，大概只能數出王集叢、司徒衛、王聿均幾個人而已。王聿均的〈詩人紀弦的道路〉，直批紀弦的任性、反覆，並且嘲諷他「投身戰鬥行列」之後所寫的吶喊詩，在當時便極轟動，今日讀來也還有重要的史料價值。

六、

一九五七年，夏濟安創辦《文學雜誌》，五〇年代政治掛帥的獨裁局面才算打破。夏濟安可以算是這個時期唯一的批評大師。他對文學（尤其是小說）有非常清楚的一套好壞標準，與官方「戰鬥文藝」以作品宣揚與理念為重點剛剛好相反，夏濟安的標準純由文字描述的準確度及象徵的運用等等

「技術」層面的關懷出發。

《現代文學》與台灣文學的六〇年代

夏濟安的文學批評，在實踐上，文章的形式還在次要，眞正發揮重大影響力的，是他對後進作者的私人指導、叮嚀，還有對刊登在《文學雜誌》上作品的大幅修改。在那個還沒有清楚著作權觀念的時代，編者擁有的刪改權本來就很大，夏濟安充分地利用這份刪改權，把作品中他認爲不妥的部分大加「斧正」，甚至有刊登後作者不認識自己作品的極端情況。

後來在《現代文學》裡崛起的一群「現代派」作家，如白先勇、王文興、歐陽子等，幾乎都被夏濟安「以修代評」教過。夏濟安表現爲文字的〈評彭歌《落月》兼談現代小說〉，內中所含的「導師」意味就極強烈，不但大談特談彭歌應該如何善用月亮作爲小說主要象徵，順便指引青年不要輕易走上自然主義的文學風格道路上。

受夏濟安的影響，那幾年內文學批評常常被寫得像是老師改學生作文所給的評語、意見。《現代文學》創刊後，參與其中的幾位年輕人很熱情地譯介卡夫卡、湯瑪斯曼、沙特等西洋文學大師，也很認眞地進行種種創作實驗，然而唯獨在批評方面少見涉獵，大概就是因爲有那種「導師」意識在其中作祟吧。又例如一九六三年左右徐訏發表了一系列的評論文章，其中有一篇是評於梨華的新書《夢回青河》的，徐訏不斷地用「假如我是作者會如何如何」的語句，表現出恨不得能替於梨華修改小說結局的氣急敗壞。

不過這個時代，眞正最熱鬧的批評你來我往，倒是和小說關係不大，而是在詩壇上進行的。最早有覃子豪與蘇雪林的論戰，焦點集中在「詩應不應該讓人看得懂」上。這個問題後來還是一再被提起，從來不曾眞正塵埃落定。不過「覃蘇論戰」中，詩人們進行了第一次具規模的集結，迅速起而衛護覃子豪，使蘇雪林顯得勢單力孤。論戰結束後，「現代詩人」培養出了初步的團結意識（solidarity），也對詩的認定有了基本共識，還把覃子豪推上了詩壇領導的地位。

《現代詩》、《創世紀》、《藍星》等詩刊相繼出現後，詩人兼寫詩評與詩理論的情況非常普遍，其中余光中、瘂弦、張默、羅門、葉維廉算是用力最勤的幾位。洛夫原本對批評的興趣不是那麼大，然而在余光中完成了長達七百多行的巨型詩《天狼星》之後，他深受刺激，寫了一篇長文〈論《天狼星》〉，竟意外地引發了另一場論戰。

〈論《天狼星》〉論點的基本前提是：詩應該要走「超現實主義」（surrealism）的路，必須與生活現實保持一定的距離。依這個原則，洛夫嚴厲地批評《天狼星》太顯太白，只能算是倉卒寫就的敗筆之作。〈論《天狼星》〉立刻引來了余光中〈再見，虛無〉的反駁。余光中主張詩與生活的距離正是詩要反省生活的藝術策略，如果把它看死定死了只能導致虛無。

這場論戰有兩道重要的餘波，第一是掀起台灣詩壇認眞探究「超現實主義」的熱潮；第二則是余光中「反虛無」的宣告，導致他進一步研究民歌、搖滾樂，形成他下一期《敲打樂》、《在冷戰的年代》的新詩風，並且爲七〇年代對「晦澀詩」的批判埋下伏筆。

七、

一九六三年，顏元叔自美國取得博士學位後返台，在台大外文系任教。夏濟安過世後，顏元叔以其傲人的學位、鋒利的文筆，很快竄升上來，成爲批評界的新盟主。

顏元叔這個名字和「新批評」是分不開的。「新批評」（New Criticism）起源於戰前的英國，大盛於五〇年代的美國學界。「新批評」認定作品是一個獨立統一的整體，因此批評必須以作品爲中心，擺脫作家個性、社會環境、時代風氣等「不必要因素」的干擾。

「新批評」對台灣文學批評的影響

「新批評」傳入台灣，立刻滿足了文學界兩大需要。一是對外國尤其是歐美最新知識的飢渴與崇拜；二是掙脫陳腐政治意識形態與道德解釋，爲文學創作找到屬於自己的自由空間。

顏元叔不只引介「新批評」，他更是大膽地以這套理論工具到處解讀作品。他不甘限於外文系的英美文學作品藩籬內，還更廣泛地分析台灣當代小說、電影、詩，甚至大膽進入中國古典文學領域裡，向中文系的老舊傳統挑釁挑戰。

經顏元叔如此大張旗鼓之後，文學批評在社會上取得空前的能見度（visibility），很快地「批評」離開了原先思想檢查、改作文的軌道，脫胎換骨成了一門新的學問。批評和閱讀感想由原先的二而一分家了，能閱讀作品跟能批評作品是兩回事。批評必須有一套分析工具，換句話說就是一套術語，要有基本的理論訓練，最好還要有一個比較的架構。顏元叔、「新批評」之後，這些條件在台灣的批評界慢慢建立起來。

五〇年代文學創作的主力在軍中作家，六〇年代《現代文學》發行之後，外文系異軍突起成了一股新勢力。顏元叔的「新批評風」進一步確立了外文系系統在文學這個領域的獨特地位。

從顏元叔以後，中文系式的文學閱讀方式，在台灣逐步破產，根本不可能拿來和以西方文學理論爲號召的外文系系統平起平坐，共爭當代文學的解釋權。

流風所及，第一是「比較文學」成爲批評界的主流顯學。除顏元叔本人之外，袁鶴翔、張漢良、葉維廉、楊牧都是關鍵人物。第二是要想進入批評這一行的人，不管原本所受的訓練爲何，都必須先展現其掌握西方理論的能力。這使得後來許多中文系出身的學者，只要是以當代文學作研究範圍的，一定至少要在論文裡列一些西方理論書籍作標榜，與治古典文學的純然閉關自守又大不相同。

不過這種以西方理論作基礎要求的批評論述規矩，也有其流弊。最大的問題是將不同流派、不同背景的理論湊在一起抓來就用。尤其有些批評家只能依賴少數翻譯書籍及有限的外語能力，硬要充理論的場面，難免破綻百出。更糟的是往往誤導讀者與學生。例如曾讀到一位批評家，完全不了解晚近文化理論裡談的「自主性」是譯自autonomy，竟然抓著戰後初期談creativity（「原創性」）的東西大發議論。而且這位批評家還自作主張，把「眾聲喧譁」（heteroglossia）和「嘉年華式的」（carnivalesque）送作堆當成同一個字，然後再來怪人家怎麼翻譯翻得標新立異，沒有統一。諸如此類的笑話，在外文系主導下的台灣批評界一直是層出不窮的。

回到顏元叔。顏元叔引進「新批評」，不過他自己其實不算「新批評」眞正的忠實信徒。他把「新批評」當工具，卻揭櫫與「新批評」精神很不同的「民族文學」作理想。而且他在宣言式的文章〈朝向一個文學理論的建立〉中，明言在他心目中「文學是哲學的戲劇化」、「文學批評生命」，並強調喬治・艾略特（George Eliot）的《米多馬齊》（*Middlemarch*）在價值上高於珍・奧斯汀（Jane Austine）的《傲慢與偏見》（*Pride and Prejudice*），理由是前者寫出了一個時代，後者則是個人的小故事。

我們必須說，顏元叔並不想停留在「新批評」的層次。在精神上，他其實毋寧是比較接近歷史學派的，然而在實踐上，他卻嚴重缺乏歷史學派所需的豐富社會知識。他分析杜甫的詩，只能用「新批評」的方式，因爲他完全不懂杜甫所處的唐代中國，他甚至不了解那個時代的一些習慣用語。他評當代台灣作品，可是卻也無法帶進台灣的歷史經驗來作註釋資源，他的「新批評」傾向，毋寧是一種欠缺而不是眞正的選擇。

正因如此，夏志清能夠從「勸學」的角度對顏元叔提出強烈的批評，指責他忽略了批評應當具備的深厚學術修養及廣博的閱讀感受。夏志清的〈勸學篇——敬覆顏元叔教授〉一出，顏元叔的權威垮台了，換成人在美國的夏志清來指引批評的新方向。

八、

不過眞正能爲顏元叔式「新批評」對症下藥的，其實不是夏志清，而是遠離台北，蟄居南部的另一位批評要角——葉石濤。

當「新批評」遇上台灣本土文學傳統

葉石濤早在日據時代末期就追隨西川滿出現在台灣文壇，然而戰後受到語言轉換的衝擊、加上莫名其妙被捲入一場政治牢獄，中斷了文學的活動。一直到一九六五年才重新提筆復出。

葉石濤復出的第一篇評論文章是〈論吳濁流〈幕後的支配者〉〉，第二篇就是〈台灣的鄉土文學〉。這兩篇評論在當時並未受到很大的重視，然而事實上卻扮演了替台灣文學批評界開創新路的重要角色。

不管是〈論〉或〈台〉文，最大的特色就是努力想要尋找出一個文學傳統，再將作品放進傳統裡來討論。而這個文學傳統的存在，不是孤立、不是懸空的，是必須從種種社會、政治、經濟的因素裡去看出來的。

葉石濤加入文學批評的行列，帶來了兩項活力。第一是對過去日據時代的「台灣新文學」的認識，第二則是他轉手日文書刊所獲得的左派政經理念。這兩樣都是原來台灣批評界嚴重欠缺，以至於只能在「新批評」框架裡打轉的東西。

〈台灣的鄉土文學〉首次以「鄉土」來定性台灣文學。提出來之際，根本沒有人注意，可是後來這種說法，卻日漸孳長成爲一套完整、複雜的論述。而從〈論吳濁流〉一文開始，葉石濤成爲最勤於寫作家個論的批評者。他寫的作家專論有兩大特色，第一是集中寫「省籍作家」，第二是把作品和人的經歷寫在一起。事實上這兩項特色是緊密扣連的。葉石濤不相信作品可以離開作者單獨來談，所以他會優先選擇評那些他能夠同情理解他們身世遭遇、所經時代、寫作困境的人，作爲評論的對象。

這種寫作家專論的風格，與台北流行的寫法大相逕庭。「新批評」要求的是以作品作主體細讀細解（close reading），一篇小說細讀起來已經能寫若干倍字數的評文了。如何總論一個作家？歐陽子評白先勇《台北人》的《王謝堂前的燕子》可說是這種寫法的代表作，然而即使像歐陽子用一本書的篇幅，內中還是完全找不到關於白先勇文學傳承、或大陸易手的現代史指涉。寫法相異、關懷對象又有特定，台灣的文學從葉石濤之後，就不再只有一塊領域，而是分裂爲南北兩派，各自有其認定的批評遊戲規則，也有可供發揮的刊物。「鄉土文學論戰」中，這兩派曾經短暫地有過聯合交集，共同匯流在「民族鄉土」的旗幟下，不過沒有多久就又再度分道揚鑣。

「民族鄉土」的概念，後來拆開成爲中華民族主義和鄉土蛻變成的「本土」，雙方愈走愈遠。而台北的文學主流依然處於忽略日據以來「台灣新文學」傳統的狀況下，發展以「五四」爲源頭的「中國新文學」，這樣南、北分立的局面，到八〇年代甚至勞動遠在美國的陳若曦憂心忡忡地趕回來試圖調和，而未有任何結果，隨後劉春城寫出了三萬多字的長文〈台灣文學的兩個世界〉，證明這種派別分野依然無從泯滅。這是理解七〇、八〇年代台灣文學批評發展，不能不特別留心的一條線索。

九、

七〇年代批評界的大事，前有「現代詩論戰」，後有「鄉土文學論戰」。

「現代詩」與「鄉土文學」的七〇年代

早在一九七一年，詩壇其實已經有「告別晦澀」的呼聲。「龍族」、「主流」、「大地」三個詩社相繼成立，與「創世紀」等舊詩社拉開一段行代的距離。

新生代詩人多半出生於戰後，對於戰爭所帶來的那種離亂感已然陌生，也就不像前行代詩人那樣懼怕面對現實、凝視現實。

新生代詩人強烈地感覺到與大衆徹底隔絕的詩，出現了發展瓶頸。一九七〇年於是成了大家普遍認爲的「詩壇最黯淡的一年」。一九七一年，《笠》詩刊首先由年輕詩人傅敏（李敏勇）發難，以〈招魂祭〉點名批判洛夫以狹窄的眼光排斥非超寫實主義的詩人詩作。隨後傅敏又和陳鴻森聯名寫了批評葉珊的文章。

接著台灣退出聯合國，現實的危機感層層高疊。一九七二年，關傑明一口氣轟出三大砲——〈所謂中國現代詩的困難〉、〈中國現代詩的幻境〉及〈再談中國「現代詩」〉。關傑明的後面還跟著一個更凶更潑辣的唐文標，趁詩壇還來不及站穩腳步回答關傑明之前，又狠狠地補上了三拳——〈什麼時候什麼地方什麼人〉、〈詩的沒落〉及〈僵斃的現代詩〉。

這場論戰於是由最大的日報一直打到最小的詩刊，顏元叔以〈唐文標事件〉爲題，陽護現代詩，實則暗地附和唐文標。陳慧樺也以新進詩人的身分，寫了〈現代詩裡的時代與社會意識〉，表示與前行代劃清界線。

這場論戰的輸贏從一開始就非常清楚。在那樣的時代氣氛下，詩人們除了批評關傑明、唐文標自己不懂詩亂講話之外，就只能挑剔他們講話罵人的態度太壞。可是等到新生代最有潛力的詩人，以《龍族》、《主流》、《大地》爲基地，表達同意關、唐立場時，第一項反駁理由又喪失了，難怪論戰到後來，往往只能在寫文章的語氣上互抓辮子了。

詩應該反映時代、更應該接近現實。在這個新原則下，陳芳明、陳慧樺、古添洪、李弦、羅青、掌杉等成了批評界的後起之秀。其中陳芳明和羅青尤其受到重視。陳芳明當時還在念大學，就能夠援引所受的歷史學訓練，從詩史的角度來解詩。他的詩評講求創見，而下筆卻又快又利，在他完成研究所學業赴美前，已經寫完了《鏡子和影子》及《詩和現實》兩本重要的詩評集了。羅青則是深浸於中國文人傳統，將傳統的詩話、畫論帶入詩的理解中，另闢蹊徑、自成一格。

既然連詩都無可懷疑必須與現實發生關係，接下來的大問題自然就是：「那麼文學要反映的，到底是個什麼樣的現實、什麼樣的社會？」

這正是「鄉土文學論戰」刀光劍影你來我往，想要提出不同說法的主要問題。

十、

「鄉土文學論戰」其實是一場關於台灣政治經濟發展性質的論戰，文學只是被借用來的一塊招牌。為什麼要借文學這塊招牌？第一個理由當然是因為嚴格的威權體制下，談論政治具有高度的危險性。如果直接談台灣的政策錯誤，導致農村破產，這樣的文章在當時的檢查系統監視下，會立刻被交到警備總部去處理。於是只好迂迴一下：先說文學應該寫實、應該回歸鄉土、應該為社會底層的貧弱人民發言講話，然後才導出台灣確實有人過得不那麼「幸福美滿」，進而檢討為什麼會有農家、工人的種種悲劇，如此一來，負責檢查的主管單位就會由警備總部轉為國民黨文工會。文工會處理的手腕顯然會比警總「斯文」一些，甚至我們可以大膽斷言，如果由警總介入，事實上根本就不會有「論戰」產生，未戰就先被消音了。

「鄉土文學論戰」與台灣文學批評的黃金年代

「論戰」以文學形式出現，另一個不可忽視的背景原因是七〇年代文學批評的普遍化傾向。從一九七二年專業的批評雜誌《書評書目》創刊，一直到八〇年「美麗島大審」徹底鎮壓了與「鄉土文學」相近的政治反對意識形態，這七、八年間，是台灣文學批評的「黃金年代」。

「黃金年代」有幾個重要的現象：第一是，文學與文學批評緊密結合，創作者身兼批評者，談論自己的作品並且關心別人的作品。「鄉土文學論戰」中的雙方要角：王拓、陳映眞、銀正雄等人都在七〇年代中期就邊創作邊評論。除此之外，像李喬、洪醒夫、黃春明、李昂、楊牧、羅青、隱地、林煥彰等創作健將也都同時有夠分量的評論文章持續問世，文學界互相對話、探問的「圈圈」（coteries）味道十足濃厚。

第二個現象是文學在社會上的能見度與重要性居高不下。這現象和高信疆、瘂弦在兩大報分別創造了「強勢副刊」互別苗頭的狀況，直接相關。在報禁的年代，各報除了少數假日出「特刊」之外，一律都是三大張十二個版面。再加上禁忌當頭，大部分的新聞版面大家處理起來又都只能大同小異，於是占有一整版的「副刊」就成了報業競爭的焦點。副刊承襲過往傳統，「文學」還是最主要的內容，副刊強勢，連帶著文學也跟著強勢，成為那個時代一般人生活當中躲都躲不掉的有機部分。

第三個現象是文學批評有充分的園地可以發揮。除了一脈相承的詩刊繼續刊登詩論之外，幾份軍方的文藝雜誌如《中華文藝》、《新文藝》以及穆中南的《文壇》，在不觸及意識形態的範圍內，也都願意刊用與政治宣傳無關、純文學性質的評論文章。更重要的是洪建全基金會所辦的《書評書目》，儼然成爲批評界的龍頭。

《書評書目》雖然是一份綜合性的讀書雜誌，不過在當時的出版環境下，最爲強勢的文化性書籍非文學書莫屬，因此《書評書目》內容上最突出的，除了獨一無二、曇花一現的「譯評」之外，畢竟還是文學評論。

《書評書目》初創刊時爲雙月刊，一年後改爲月刊，固定二十五開、一百五十頁左右的篇幅，使得批評家可以連綴長文、暢所欲言。早期陳芳明評余光中的〈燃燈人〉、評巨流版《中國現代文學大系》「詩部分」的長文，以及專題製作的「副刊評論」都是引起廣大回響、膾炙人口的作品。上面提到歐陽子評《台北人》的系列長文，也是先在《書評書目》上連載發表的。後期的《書評書目》則有詹宏志加入，他將「年度小說」的評選過程，化成按月撰寫的各報刊優秀小說選評，連載了一整年。詹宏志當時年輕氣盛，以非文學系科班身分得以縱橫文壇，靠的就是他將許多「異門類」學問牽來詮釋文學作品、或衍發作品意義的本事，從經濟、法律、哲學到物理科學，無不在他「博取」的範圍內，自然又和「新批評」講究成套術語、分析模式的風格大異其趣。

最常與《書評書目》在評論上對話、唱和的，還有《中外文學》。《中外》的文學人脈大致有兩大支，一支是《現代文學》後期的遺緒，另一支則是以顏元叔爲首的中文外文系「新批評」新世代。《書評書目》和兩大報副刊間也是交流頻密，除了製作「副刊評論」之外，一九七四—七五年間，《中國時報》「人間副刊」推出大型專輯「當代中國小說大展」，陳克環就在《書評書目》按月發表針對「大展」中每一篇小說所作的細評，整個系列評下來，總字數達到四、五萬字之譜。同樣在一九七五年間，《聯合報》副刊舉辦了第一屆「小說獎」，轟轟烈烈地在短時間之內收到千餘篇作品參賽，評審結果首獎從缺，剛從建中畢業的野民（丁亞民）則以〈冬祭〉一文贏得次獎，同時得獎的還有蔣曉雲、朱天文、朱天心、小赫、蔣家語等一批年齡同在二十歲上下的後起之秀。在文學能見度如此之高的時代，再加上以當時物價水準算來甚爲驚人的獎金，這個獎引起的討論當然也是前所未見的。而其中篇幅最長、觀點最清晰一致、批評性也最強的討論文章，出自另一位「青年作家」洪醒夫之手，這篇擲地有聲的批評，當然也是刊登在《書評書目》上。

《書評書目》上刊登的文學批評，談不上有什麼統一的觀點，和同時期的《文季》標榜社會關懷、後來的《仙人掌》從知識分子、文化前途著眼都不相同。《書評書目》文評的特色，毋寧是在創造了一個「自己人」的氣氛，批評者與創作者在這裡平起平坐，而且不管是朋友或敵人，往往都是私交成分夾雜在批評作品裡，這種「氣氛」使得《書評書目》上的批評嚴格來說不夠專業，然而卻也因此帶有後來逐步專業化的文評中所缺乏的激動與人情。

文學獎與「公開評審」制度

一九七五年開辦的「聯合報小說獎」，兩年後《中國時報》跟進辦了規模更大、類別更多的「時報文學獎」，也都對文學批評的盛況發揮了推波助瀾的效果。兩大報的文學獎建立起「公開評審」的新慣習，打破了過去其他獎項黑箱作業的制度，不但是決審中的逐篇討論紀錄照登，而且決審委員還會撰寫長文細品得獎與遺珠的作品。

這其中以夏志清的動作最大、表現得最熱心、認眞。兩大報文學獎一揭曉，夏志清必定同時交出上萬字的評審報告書。以夏志清對英美及中國現代小說的熟悉程度，肯耐心細讀細評多數出自文壇新人手筆的文學獎參獎作品，對創作者的鼓勵刺激自然不在話下。夏志清的批評自有其盲點，例如他因長年客居紐約，和台灣日益成形的本土化、「鄉土風」難以契合，所以普遍對鄉土作品表示看不出個所以然來。又例如他文學造詣甚深，可是對文學以外事物多不感興趣，所以碰到小野以少棒比賽為題材的〈封殺〉時，他就真的「有看沒有懂」了，只能在評文裡承認自己向來買報紙時一定先把厚厚的體育版丟進垃圾筒裡去，看都不看的。

夏志清習於以文學的普遍理念標準，並且不憚於用指導的口吻明說作品怎樣寫好怎樣寫不可取，因而成為七〇年代「人生文學」理念形成的功臣大將。所謂「人生文學」的批評標準，就是認定好的文學要反映人生的普遍價值，特殊性的東西只是手段，本身不具完足自主性，角色、場景、故事情節最終目的不是要讓讀者記取任何單獨的成分元素，而是要打動讀者去體認這些元素組合之後所凸顯的人生超越性意義。這是夏志清的文學信念，也是七〇年代一直延續到八〇年代中期，台灣文壇小說界、批評界的思想主流。

小說獎影響所致，對單一作品的短評在報紙副刊也曾領過一陣風騷。「聯合副刊」上推出了每月小說評論，將該月份刊登過的所有小說毫無遺漏地清理整評一番。南部的《民眾日報》副刊，也在鍾肇政的主持之下，大量刊登小說作品，然後再由鍾肇政與彭瑞金兩人聯手以對談形式進行分篇評論，對談紀錄也是按月在「民眾副刊」發表。值得注意的是，透過這一連串的「批評野戰」，彭瑞金取得了文學批評「南派」中的穩固地位。他的批評理念上承葉石濤，講究寫實技巧、講究本土關懷、講究作品與過去台灣文學傳統間的關係，在這些方面，都和以顏元叔、夏志清為主角的「北派」大相逕庭。

十一、

戰後台灣文學批評，眞正醒目的成績，當然不在那些按月按篇無章法可言、亦無從結集存留的文字。要追索文學批評的流變，我們不能不把眼光放在幾個最具分量的評論重點上。

台灣文學批評的流變與爭議

現代詩部分，洛夫可以算是最具爭議性的，尤其是他的超現實組詩《石室之死亡》更是焦點中的焦點。台灣詩壇出產的超現實詩數量當然不少，不過像《石室之死亡》這樣氣魄龐大，隱約有主題、有呼之欲出的意象成規，卻又讓人無法句句得解、段段成意的，卻不容易找。例如像洛夫自己很欣賞的另一位超現實詩人碧果，他的詩就破碎過度，嚴重缺乏「意義暗示」，容易被詩評家以「文字遊戲」一語棄之。《石室之死亡》則一直挑戰著批評者的想像力，再加上洛夫自身在詩壇呼風喚雨的特異行徑，使得詩壇對其人其詩明顯有強烈好惡兩極的分野，而不論好者惡者都必定會選擇《石》詩作表達好惡的中心依據，因此使《石》詩的評論歷年來大豐收。

另一位經常引起討論爭議的詩人是余光中，不過與洛夫不同的是，對余光中的評論，在文學之上，常常附加了許多政治態度的成分。《天狼星》中連呼「降五四的半旗」顯然牽涉到中西文化上的選擇，到了《在冷戰的年代》、《敲打樂》裡，余光中以「患了梅毒的母親」來形容中國，當然就引起了更多的情緒反應了。在對余光中的批評、研究中，黃維樑最是一往情深，編過兩大本評余光中詩文的全集，不過他卻很少正面評論余光中的意識形態問題。對余光中最是迴護，而且頗能自圓其說的是陳芳明早年的系列作品。相反地，對余光中攻擊最力、措辭最不客氣，大概也是最轟動的則推陳鼓應的《這樣的詩人余光中》。《這樣的詩人余光中》寫成於「鄉土文學論戰」的高峰期，正是論戰雙方情緒最為激動憤懣不平的時刻，陳鼓應以鄉土派代言人的立場，痛斥余光中的詩中充滿「色情」、「頹廢」與「崇洋買辦」的心態。

在小說方面，王文興與七等生兩位作者，無疑是文學批評中最重要的焦點對象。王文興與七等生共通的特點在於他們作品的內容直接挑戰一般人的日常道德意念，同時在文字上也有別出心裁獨特的地方。

戰後台灣批評史上，單一作品被評過最多次的，恐怕非王文興的《家變》莫屬。《家變》中描寫父親被兒子「奪權」，終而淒然離家的過程，其出現的時機，正好是台灣現代化轉型最劇烈的階段，年長者的絕對權威在新的社會結構底下逐步崩潰，老人由傳統家戶中無可懷疑的家長，轉變而為迅速變動環境下的落伍者、包袱累贅；再加上一九四九年遷台來的外省第一代，在這個時候也普遍到達將屆退休的年紀。在這雙重社會條件的襯托下，《家變》的題材自然格外令人感到觸目驚心。

在文字上，王文興仿襲他最心儀崇拜的現代派大師喬伊斯，在小說中大量使用注音符號，以及自然獨創的新字，這種作法又和當時強調中國文字純粹性、不可更動性（主要用來批判中共簡體字改革）的意識形態正面衝突。《家變》自從在《中外文學》連載開始，就引來了數以十計的批評文章，其中由《中外文學》主辦的一座座談會，更是邀集了各方人馬齊聚一堂，並且由作者王文興當場與評家對談、答問，盛況空前。

七等生的〈我愛黑眼珠〉在道德的爭議性上，不下於《家變》。七等生的路數比王文興更不寫實，更趨近於存在主義式的哲學討論。他一向都在小說裡經營魔幻式的小鎮，在缺乏現實對應的虛空裡上演著純粹的人情事件。〈我愛黑眼珠〉裡遭遇大洪水的李龍第，捨棄妻子晴子，全心救護生病的妓女，這樣的情節，震撼了當時依然相當保守的台灣閱讀界。於是起而攻之指責七等生混淆道德是非者有之，用存在主義哲學爲七等生辯護者亦相對結成陣營，另外還有人從宗教的角度解讀七等生的思想，或以藝術的自虐傾向來分析七等生，衆說紛紜，熱鬧非凡。

七等生的作品當然不只有〈我愛黑眼珠〉一篇，其他《僵局》、《沙河悲歌》、〈憧憬船〉到後期的《老婦人》、《譚郎的書信》等，都是評論家偏愛的對象。而他獨成一格的文字，非寫實的簡短對話、奇異的文體，更提供了許多批評意見得以發揮的空間。劉紹銘曾經刻薄地用「小兒痲痺」這樣的字眼來形容七等生的文體，又引起了軒然大波，許多人在劉紹銘的批評之上更提批評意見，形成台灣難得一見的「批評的批評」第二序檢討省思活動。張恆豪把一部分的言論文章蒐編成《火獄的自焚——七等生小說評論》一書，也是台灣少見以作家爲對象的批評專書。

王文興、七等生之後，則有陳映眞、黃凡、張大春等人成爲批評界的新寵。陳映眞作品裡強烈的「意念先行」傾向，明白的社會主義呼籲，以及潛藏在小說細微處與社會主義理想相左相反的情緒，對批評家產生莫大的誘惑。黃凡、張大春都屬才氣縱橫、作品形式變幻多端的小說作者，黃凡尤其在八〇年代前期「後美麗島」的低迷壓抑氣氛裡，敢於航行入政治運作是非的黑色海域而引人注意。至於張大春則是以作品不斷質疑、打破過去批評界認定的小說藝術天經地義規條，逼得文評家不得不起而解釋他的種種突破性敘事實驗。

另外在戲劇方面，七〇年代的張曉風最是叱吒文壇。她連續發表的《第五牆》、《武陵人》、《自烹》、《和氏璧》、《第三害》、《嚴子與妻》及《位子》，幾乎每一本劇本都會附隨有批評界的騷動，提出種種意見。相對之下，散文界算是和文學批評比較疏遠的，特別受到青睞，讓批評界覺得有大幅介入之必要與衝動的，勉強大概只能舉出早年楊牧怪誕的散文集《年輪》，以及後期高張都市文學大纛的林燿德的《一座城市的身世》了。

十二、

「鄉土文學論戰」是一項複雜的社會現象，在「文學」的旗幟下，台灣社會進行了一次劇烈的意識動員，許多人或自願或被動地留心注意到應該如何來定位、解釋台灣發展的問題。

牽扯入「鄉土文學論戰」的媒體刊物，除了兩大報副刊（尤其以「聯合副刊」牽扯最深）、負有官方宣傳責任的《中央日報》、《青年戰士報》副刊之外，還有民間較為小眾性的雜誌如《仙人掌》、《少年中國》，到了後期更有初初萌芽的「黨外雜誌」如《八十年代》、《美麗島》，以及新形態文學雜誌如《三三集刊》、《神州詩刊》的投入。至於外圍受到波及、刊登過零星討論文字的，簡直不計其數。

回歸鄉土？回歸台灣社會現實？

「鄉土文學論戰」的核心是文學的規範性價值的討論，換句話說就是對「文學應該寫什麼？」的討論。首先發難的「鄉土派」一方，以葉石濤、王拓、陳映眞、尉天驄等人最為大將，另外當時主持《雄獅美術》編務的蔣勳由美術界跨來，以政論、中國思想史研究名噪一時的徐復觀以及胡秋原所辦的《中華雜誌》也從學術的角度插手聲援。

「鄉土派」基本的主張第一是文學應該擺脫追隨、模仿西方的習氣，堅定民族的認同，因此面對六〇年代「現代派」的作品，尤其是與社會現實脫節最嚴重的現代詩大加撻伐。「鄉土派」的第二項主張是文學除了應該回歸土地之外，文學還應該作社會的良心，應該去同情、報導那些在經濟發展過程中被傷害被犧牲的農村底層人士。「鄉土文學」的價值一方面是「鄉土」代表民族文化未受西方都市化現代化污染破壞的純潔力量；另一方面，「鄉土」也是對照批判政策錯誤，在上位者、在都市者貪婪面貌的明亮鏡子。

「鄉土派」的主張，引來了官方的緊張反應，短時間內發動了強烈的圍剿攻勢。反撲「鄉土派」的這一邊陣營，以余光中的〈狼來了〉傷害力最強，直接指名「鄉土文學」就是左翼的「工農兵文學」的翻版，而且說「鄉土派」的思想與毛澤東〈在延安文藝座談會上的講話〉精神一致。除此之外，何欣、彭歌、王文興等人也都或提筆或演講對「鄉土文學」表示了期期以為不可的態度，還有台大歷史系的教授張忠棟也連寫數篇長文痛斥「鄉土派」的別有用心。

「鄉土派」的確別有用心，想要透過文學來反省社會、反省當代歷史發展。所以一場大論戰打下來，雙方都大談文學是什麼、文學應該怎麼寫，可是論戰中實際上對作品的分析批評，成績卻十分有限。論戰打下來，「鄉土文學」雖然建立起一定程度的合法性，文學應該描寫現實中的生活——尤其是農村生活——的原則，也日益受到尊重，然而諷刺的是，現在被認定為是「鄉土文學」經典性的作品，如黃春明的《鑼》及王禎和的《嫁粧一牛車》，事實上都是論戰前寫的。論戰中及論戰後逐漸形成的「鄉土風」，一大堆在作品裡夾雜大量方言的小說作品，反而少有能夠流傳下來的。

「鄉土文學論戰」中爲弱勢者發言請命的立場，隨著本土性政治反對運動在「美麗島事件」中嚴重受挫，而飽受壓抑。到了八〇年代初期，「鄉土文學」的概念就被窄化、短化爲以寫農村場景爲流行，可是農村不再是被犧牲被迫害的了，反而變成是一種浪漫懷舊情緒的虛構投射中心。

十三、

「美麗島事件」發生後，台灣進入了八〇年代。八〇年代前期，文學批評相對地低迷。「鄉土文學論戰」激情過後，普遍瀰漫的是茫然的氣氛。兩大報文學獎繼續在辦，可是「每月小說評論」卻在副刊上消失了，更嚴重的打擊還有《書評書目》的停刊。

低迷的景況一直到一九八四年年底，大型的專業性文學雜誌《聯合文學》創刊，看到一點轉機。不過初期的《聯文》走綜合路線，評論並未特別受到重視。文學批評的下一個高潮必須要等到《新書月刊》創刊，龍應台與王德威崛起，才能算是眞正形成。

《新書月刊》是由資深出版人周浩正（周寧）主持，創刊伊始就抱有承續《書評書目》十年批評功績的強烈使命感，不過說來難免令人慨嘆的，《新書月刊》中出現最搶眼的作品，竟然是出自一位對台灣過去文學批評來龍去脈全無了解，更是從來不知《書評書目》爲何物的作者之手。

「龍應台」現象與「新批評」的復辟

這位密集在《新書月刊》發表小說評論的作者就是龍應台。她的小說評論後來結集交給《書評書目》早年的主編隱地創設的「爾雅出版社」出書，這本《龍應台評小說》可能是戰後文學批評史上最暢銷的評論集。

《龍應台評小說》如此受歡迎，和龍應台在社會批評領域掀起的「野火現象」脫不了關係。龍應台的專欄「野火集」敢言敢批，切中了台灣社會長期只敢冷聲抱怨、不敢熱情批判的抑鬱不滿心態，一時成為衆人爭睹的重要社會文件，也開啓了八〇年代後期台灣社會的批判論述風潮。

有「野火集」的潑辣、直言形象建立在先，高知名度也就帶動了讀者對《龍應台評小說》的好奇。在評小說時，龍應台開宗明言「台灣沒有文學批評」，認為台灣有的只是朋友應酬或阿諛奉承，以此來凸顯、標榜自己立場的客觀、高超。以她在「野火集」的表現，讀者沒有理由懷疑龍應台的小說評論眞的是「不講情面」的。

「不講情面」的批評，就用非常權威的口氣，告訴讀者哪一本小說哪裡好、哪裡不好；哪個地方成功了、哪個角色過度平板缺乏生命；哪個情節安排錯誤、哪裡的思想帶有矛盾。批評變作是指導的同義字，龍應台大剌剌地擺出了一副作文老師批改作文的面孔。

龍應台自認為在做台灣以前沒人做過的事，這當然是純屬誤解。細繹她的批評觀念，大概有幾樣內容：以評者的主觀量尺來測驗作品與量尺的相合程度，而不在乎作者本身的企圖或「終極關懷」，此其一。認為批評是打分數、指出優缺點，而不是挖掘作品的意義，或帶進不同的文化資源與作品撞擊、製造新詮釋。她對批評活動所作的定義、示範是極其狹隘的，此其二。批評時只針對單一作品，既不參考同一作者前後期作品的脈絡，也不細究作者寫作的時空身世背景，更不處理文學文類內部思想、形式傳承問題，此其三。

從這三項原則來看，龍應台所作的批評，非但不是什麼新鮮事，甚至還正就是重複了六〇年代台灣批評史上最氾濫的老式老招。因爲龍應台不看前輩人士的舊作舊文，她以爲自己就是起點。因爲文學批評無史，讀者不了解也不在乎過去的批評長什麼樣子，反正寫批評的從來沒有人像龍應台知名度那麼高，「誠實」形象那麼好，也就相信他們在讀的是某種太陽底下的新奇玩意了。

龍應台成功地吸引了許多讀者接觸、認識了一些台灣文學史上重要的作家作品，不過若是就文學批評論文學批評，王德威持續的努力顯然才是更有發展性與累積價值的。

從文學史的脈絡觀照作品

王德威也是在一九八五、八六年左右嶄露頭角，他和龍應台最大的不同，在於他從一開始就有敏銳的「文學史自覺」。王德威對於作品與作品聯繫而形成的「傳統」格外留心。他最早的作品正就是以挖掘老舍所引領的「戲謔傳統」爲核心的。他認爲戲謔傳統長期以來被魯迅式的寫實傳統「憂國憂民」給壓伏在底下，使得許多人誤以爲中國近代小說就只有「涕淚飄零」的單一傳統，而棄「嘻笑怒罵」的一面於不顧。

由老舍出發，王德威引介了「嘉年華式」（Carnivalesque）的概念形容這個「戲謔傳統」，繼而上溯劉鶚找尋「戲謔」源頭，再者下追王禎和看到「戲謔」的流風所及。王德威的「傳統癖」——不是固守傳統不知變通的那種「傳統癖」，而是老是想在文學史錯綜複雜的作品中看出一個傳承、「傳統」的習慣——提供了台灣文學界兩樣非常重要的東西。第一是提醒了文學中的時間縱深問題，作品可以因被放入較爲深廣的時間縱軸裡，而讀出許多更豐富的意義來；第二是打破了文學必須正經八百替人生提供教訓的刻板印象，文學自有其趣味與嬉鬧、荒謬、儀式性虛無的一面。

王德威在批評界獨樹一幟時，小說界也正受到馬奎斯獲頒諾貝爾獎，《百年孤寂》中譯本引起廣大騷動的影響，以張大春爲主要人物，開始掙扎著要擺脫寫實形式與「人生文學」意識形態的束縛，這兩股力量由平行而至合流，最明顯的成果就是詹宏志編選的《七十九年年度小說選》，在序言裡詹宏志明言他的編選標準深受王德威影響，因而格外重視「小說的趣味」。

不過王德威的「傳統癖」也給他自己帶來了一些理論上的小麻煩。他利用批評所建構的傳統，是基於小說風格、技巧上的類似性湊合的，其中沒有聯絡上「眞實」的作者交往、閱讀、討論、影響等「社會性」因素，如此情況下，什麼樣條件可以形成一個「傳統」就顯得非常主觀。

另外，王德威寫博士論文的研究領域以中國三〇年代作品爲主，回到台灣來又馬上接上八〇、九〇年代的台灣小說，以及八〇年代以來大陸開放以後流傳出來的新中國小說，這幾個時空互隔環境產生出來的文學，到底應該看作幾個傳統？從三〇年代跳到八〇、九〇年代，這中間的幾十年該如何處理？

王德威顯然遠比龍應台具備高度的理論自覺。他明白地看到了這些棘手的「空白」，於是進入九〇年代之後，他把全副精神投注於聯絡起整個「傳統觀」的大企圖計畫裡，遠的直溯到清末中國小說，中期的則耐心檢讀台灣、大陸五〇年代的反共、擁共小說，近的則繼續追溯台灣與大陸「即時」的小說發展。

十四、

王德威與龍應台之間有一個明確的交集，那就是王德威以略帶嘲諷卻又委婉認眞的語氣，寫了一篇〈考蒂莉亞公主傳奇〉，細評《龍應台評小說》，這篇文章很可以拿來當作文學批評史上的分水嶺事件，〈考蒂莉亞公主傳奇〉之後，龍應台在批評舞台上缺席了，王德威卻更積極地發表或長或短的批評研究，兩人的影響力明確一消一長。

更重要的，消長的不止龍、王兩人而已，而是兩人所代表的批評風格。〈考蒂莉亞公主傳奇〉之後，台灣的文學批評開始往兩個相反的方向凸顯出新性格，而在這兩個方向都看得見王德威的積極參與。

台灣文學批評的「學院化」與「速食資訊化」發展

一個方向是「學院化」。解除戒嚴之後，「本土化」取得了前所未有的合法性與原動力，有愈來愈高的聲浪要求擺脫舊教育建制裡的「大中國情結」，也就是愈來愈大的壓力要求學院「正視台灣文學」。於是除了原有的張漢良、鄭樹森、葉維廉等人之外，有了新一輩的學院人士積極投入對台灣文學的批評與研究行列。其中比較突出的包括有吳潛誠、廖炳惠、陳傳興、廖咸浩、邱貴芬、何春蕤、陳萬益、施淑女、張頌聖等人。學院內大小型的台灣文學座談會、研究會也就慢慢由特例轉爲常態了。

學院的研究明顯地偏重將作品理論化及將作品文學史化。許多研究的成果，也許並不是直接與文學批評相關的，不過我們卻不能否認這種潮流正在將新的理論與歷史的視野帶進文學批評的活動裡，而且也帶起了文學批評自身的內在第二序自我批判。例如從前的文學批評會去指出文學作品的敘事聲音、敘事策略，可是卻渾然不覺文學批評本身也是有不一樣的聲音與策略的。理論意識的提高，相對地使批評的聲音多元化了、立場也多元化了，於是出現女性主義、後現代主義、對話派、解構派等林林總總方興未艾的新批評分界。歷史意識的提醒，也使得批評中的「脈絡考慮」受到前所未有的重視，文學不能無史，甚至文學批評也不能無史，正是這種「脈絡考慮」下的當然產物。

九〇年代文學批評在學院裡走的是嚴肅、厚重路線，然而在媒體上卻是相反地必須輕薄短小。這就是孟樊稱之爲「輕批評」大潮流的文學面影響。過去動輒上萬字的評論，再也找不到發表的空間了。《書評書目》、《新書月刊》不再，八〇年代有一陣子，文學評論重鎭轉由《文訊》雜誌來擔任，然而《文訊》長期與官方合作的色彩在解嚴威權崩潰的過程中，受傷甚重，況且《文訊》後來也還是不得不因應市場潮流改版，篇幅巨大的文學評論自然又是首當其衝優先被革掉的。

新時代的副刊也大幅轉型。文學在社會上的重要性年年跌停板，副刊自然也不能再老是依賴文學作其內容主軸。副刊日益擴大爲思想性、文化性、甚至時事性的綜合版面，文學評論也就愈擠愈邊緣了。文學評論的新空間轉到了出版、讀書的版面，例如《聯合報》「讀書人」版及《中國時報》的「開卷周報」，還有就是副刊上的書評專欄。這些新空間共同的特色都是只希望提供讀者快而易消化的訊息，這種特性自然限制了評論者往深度與長度發展的企圖。

在「學院化」與「速食資訊化」的兩大力量夾擠下，文學批評會再走出怎樣的新風貌?這是戰後第一個五十年留給我們的大問題，可能要等下一個五十年才能提出明確的「史的答案」了。

一九九五年十一月

附錄

附錄一

《文學、社會與歷史想像》自序

一、

以爲夜已經夠深了。整條中山北路暢通無阻，妖冶炫麗的店招霓虹熄滅後，樟樹棵棵相纏、葉葉廝磨的暗影成了景緻的主角。偶爾一兩輛轎車疾馳而過，車頭大燈迅速排撻照亮兩邊密實粗厚凸顯年齡的樹幹，看著流光轟然向前闖撞，突突然給人一種身處幽窈隧穴的錯覺，繁華的中山北路似乎關閉了，把自己關成一座看不見盡頭的隧道，神祕的氣息在空中飄散。

騎樓下僅存的燈光是從麥當勞店裡露出來的。這個時刻當然聽不見孩童們喧噪要漢堡要可樂要薯條要玩具贈品的耍賴撒嬌了，只有最末一班工讀生推車進貨以及盡職刷洗地板的聲音。打烊的聲音，疲憊中帶點不甘心、悵惘的聲音。

以爲這就是夜的終點，接下來的要交給黑暗與睡眠統治。過了麥當勞再走五十公尺，就到了農安街口，在街口右轉，卻又再度看見了光。不只是光，而且是多色的光。不只是多色的光，還有多色的光映射下浮游來往的人影。

在雙城街上。台北最是不夜的一小片天空。在雙城街上沒有星星，也沒有人仰頭探望星星。這片天空上飄著的是從黃昏以後就一直膩野著的人工燈火，從十三巷的公園開始，跨過農安街竄散到德惠街口。

這裡沒有一般夜市的擁擠，卻多了一分屬於拖鞋步伐的慵懶遲緩。而且與最最傳統的吃食小攤、打香腸吆喝並置共生的，卻是彷彿直接從美國的小鎮上移植來的Pub、以及接近六條通風味的台菜餐廳、清酒小店。

凌晨兩點鐘來到雙城街。可能有些人會過敏地嗅到一些墮落敗德的味道，有更多人第一次來時會有點緊張、有點害怕、有點厭惡，想早早走離。凌晨兩點鐘，我的朋友不明白爲什麼要到這種鬼地方來，我有點想跟他翻臉，不懂得欣賞、享受雙城街上的人還能稱作朋友嗎？我終究沒有翻臉，因爲心情太好發不起脾氣來。

因爲有一種回家的感覺而心情愉悅。這裡是我長大、度過童年的地方。經過這麼多年，環境、建築物當然都變了，除了十七巷口那家蚵仔麵線之外，所有的攤子也都顯得陌生，然而這個所在深濃的市井氛圍以及異國成份的莫名雜混，卻似乎始終保留著。

我是在這樣的地方長大的。美軍顧問團、酒吧酒女、晴光市場的委託行。在紅星黑星流入台灣之前很久很久，我們就曾在夜的深淵裡被槍聲吵醒，然後在過兩天的晨報上看到街那頭靠近雙城公園的一家酒吧的名字。把那份報紙帶到班上去流傳，大家看了都發出「哇！」的驚歎，而且忍抑不住胸中湧起的興奮。好了不起，報上竟然有我們隔壁不遠處發生的事。

那是一個抗拒所有刻板印象定型的環境。連對日夜的感覺都和別人不一樣。小孩當然還是得早早上床早早起床趕上早自習。可是我們很明白這只是小孩的時間，不是天經地義。長大以後我們可以選擇自己要的時間模式，決定要活在太陽光下還是街燈下。

課本、學校教育裡講的東西和這個地方完全格格不入。課本沒有教我們，那些漂亮的大女生們爲什麼那麼漂亮；課本也沒有告訴我們，夜裡在我們窗前唱歌吆喝的美國人、日本人到底是哪裡來的。

我們比誰都早知道越戰，而且對戰況推展瞭若指掌。電視上播報新聞時，大人們的反應是極有趣也極明顯的。當記者滔滔地講述「國內新聞」時，很少有人會特別注意哪個大官又發表了怎樣的文告；反而是播「國外新聞」時，大家才把接收的觸角、天線努力張開。「國內新聞」其實是不相干的，「國外」的越戰情勢卻可以直接決定雙城街的未來榮枯，這是我們得到的印象。

從小就處在這種「內／外」的錯置、錯亂裡。事實上是處在無窮的錯置、錯亂裡。向前看，看到學校裡的國旗、課本以及「青年守則」；向後看，看到肉圓筒仔米糕和電線桿下用日語聊天的鄰居；向左看，看到霓虹燈上閃爍不認識的英文字母、不認識的漂亮大女生以及她身邊不認識的黃髮大兵；向右看，看到隔壁誰誰他大哥他叔叔帶回一把掃刀三把小扁鑽，他們商量晚上在公園裡拜見艋舺上來的老大。

流盪、拼貼的感覺。市井的感覺，活動的範圍內接觸得到的都是勤勤懇懇工作賺食的市井人，沒有高官，也沒有什麼知識分子。甚至連醫生都只有一個。早稻田醫學博士，可是卻因堅決的政治立場而迭遭打擊，失去了一般醫生所擁有的高階威望。

這種雙城街的市井性深深地浸漬了我的內在。使我一貫對高下太明顯的場合敏感不適。使我不能忍耐空洞的知識討論。使我對權威缺乏足夠的尊敬，更使我長期不信任某些別人奉爲眞理的刻板印象。

例如說許多人相信大衆是沒有品味的。例如說許多人認爲純粹的藝術形式比具娛樂性的作品更高貴。例如說許多人堅持文學、文化是少數人的特權，是貴族、菁英的享受。例如說許多人崇奉普遍眞理一定高於周遭的實用常識。……這些我都無法信其爲眞。

市井性使我心中充滿了許多成見。我討厭和生活無法直接建立關係的東西。我討厭被賦加太多地位象徵意義的東西。所以我總是先入爲主地要問：這樣一件事、一個想法在生活上的意義到底是什麼？所以我總是像一個小資產店舖老闆般不太能理解爲什麼要花那麼多錢買名牌衣服、名牌汽車，有得穿、能夠代步不就好了嗎？

二、

這麼多年後反省起來，我與文學之間的淵源竟然也脫離不了雙城街所模塑我的市井性。儘管從文學內部的脈絡來看，六〇年代受現代主義影響的作品是和本土脫節的，鄉土文學後來批判這些作品蒼白、頹廢、逃避，當然不是無的放矢。但是如果把脈絡擴大爲台灣整個社會，我們對現代主義作品可能會有不太一樣的相對性評價。

我自己小時候的經驗是：那個時代社會上意義層面根本沒有什麼與生活有關的東西。學校教育裡連「生活與倫理」中都沒有生活，只有教條與硬生強加的倫理訓誡。電視上除了「晶晶」這種現代連續劇中有些吉光片羽以外，新聞、歌唱、古裝劇中也沒有可供作生活思考的資源。學生的課外讀物呢？我記得很清楚，當年最重要的兒童讀物出版者「東方出版社」有好幾個系列的注音讀本，其中有福爾摩斯、有亞森羅蘋、有世界文學名著、有中國古典名著……就是沒有和現下台灣生活扯得上關係的。

事實上，現代主義小說之所以吸引我，正是因爲其中的現實性、本土描述。這話乍聽起來似乎很荒謬、很矛盾，然而卻是我小時候眞實的經驗。我們迷失在一個茫然意義大海裡。拚命搜尋、拚命閱讀，這片海域始終找不到通向生活港口靠岸的方向。迷失在我們永遠遇不到的角色、似乎永遠去不了的場景裡，是在這種被「中國古典」和「西洋名著」夾擠的陌生感襯托下，現代主義作品（尤其是小說）再怎麼「移植」、「脫節」，畢竟還是有比較強烈、抹滅不掉的台灣社會影像伏鋪其中。

中國或西洋的「經典名著」從來沒有眞正讓我迷戀過。它們對我的吸引力永遠少那麼一點點，少了幾萬瓦刺激不出意亂情迷的光電火熱出來。我會很自覺地曉得在讀一本很重要、很好的書，不管是讀《卡拉馬助夫兄弟們》或是《紅樓夢》，或許因爲這個理性的考慮而強迫自己去分析、領悟其中的絕妙好處；有時則或許因此而叛逆地棄書不讀。

只有當代的台灣文學讓我廢寢忘食、忽忽如狂。而且愈是與生活貼近的，愈發令人無法抗拒。即便是王尙義在〈大悲咒〉裡的慨嘆：「畢竟我們是沒有什麼信仰的。」反映的還是我們這一代的頹廢、無聊，至少比《卡拉馬助夫兄弟們》接近我們。即便是奚淞《封神榜裡的哪吒》面對嚴父李靖而剔骨還肉的掙扎吶喊，還是打動了我們現實的代溝情結，至少比《紅樓夢》貴族制下的吟詩飲酒更能與我們的現實生活互指互涉。

我們一方面說文學不可能離開社會，什麼樣的社會就會產生什麼樣的文學。可是另一方面我們卻又說五〇、六〇年代的台灣文學是脫離社會的虛矯產物，那段時間裡的文學中找不到社會。這兩種講法終極訴求的邏輯則顯然是牴觸、矛盾的。

我想問題出在：第一、文學或文學創作在不同社會可以有非常不同的份量輕重。「文學不可能離開社會」這個命題其實還是成立的，只不過「離開」有許多種形式。和政治意識形態、教育訓導體制相比較，文學畢竟還是與周遭生活比較密切往來呼應的。只不過在呼應中無可避免也呼應、反映出了社會主流價值傾向逃避、欺瞞的聲音。然而文學的形式及其美學成規，到底無法容忍作品完全教條化、空洞化，只要有要求在空洞支架上塡補實質感情、意念的標準存在，文學就不可能眞正背向社會、外於社會獨立。

第二、「社會」這樣一個名稱的使用，主要是方便我們對周遭的種種關係、互動能有宏觀、整體的掌握，可是我們卻不應該執著於字眼的運用而誤以爲有一個同質性的「社會」存在。「社會」只是錯綜複雜的關係、互動的總稱，「社會」不能代替，更不可以化約這些關係、互動。

所以當我們凝視社會、思考社會的時候，社會就不只是一個，或者說，社會不只有一個簡單的面貌。文學與社會的關係更不可能只有一種。文學文本中的層層反映、互文、組構，再搭上社會的複雜網路、脈絡，其間可以牽掛出的交涉折衝模式，何只千千萬萬。

文學一定會對現實社會作出反映。可是任何時代的文學都不可能反映全部的社會，文學作品、文學典範會選擇性地與社會中的某些面向產生親和、鄰近（affinity）模式。文學一方面作爲這些社會面向的換喻（metonymy）、一方面則作爲其隱喻（metaphor）。反過來看，文學作品、文學體制本身又是社會組構元素的一部分。

文學與社會間的隱喻關係，是我們一般比較熟悉的。文學的表現、文學的世界平行於社會進行著，類似卻不等同於社會生活的現實。因而文學可以被看作是社會的一個類比、一個譬喻，透過文學建構的對照、譬喻，我們更能挖掘、領略社會生存的幽遠意義；汲引社會的現實感受，我們也才更能理解文學想像的巧妙之處。

早年台灣文學跟社會之間的換喻關係，和隱喻關係同等重要，甚至有過之而無不及。換喻基本上是一種空間的想像、位置的親和。隱喻的成立是找來兩樣東西、類比對照凸顯兩者共同擁有的某個性質、某種意義；換喻卻是不直接說主題，而以相鄰近的東西代替之。最簡單的例子就是英國人習慣用「王冠」（The Crown）代替「國王」（King）來作主詞。避諱直接稱呼「王」，改而稱其頭上的物件，用「王冠」來代替、代表「王」。

文學與社會也常常建立這種換喻關係，尤其是在威權、壓抑的時代裡。意識形態的「應然」壓過了社會現實的「實然」，結果是我們生活中許許多多的事物被禁抑不准宣揚、討論，這與避諱直呼「王」在性質上自有其相似之處。於是這些不得直接談說（utter）、指名（name）的東西，只有在文學、藝術裡能夠找到一些鄰近周遭事物的描寫，勉強提醒我們其存在的重要訊息。

文學成爲社會的一個換喻。要談說社會必須假道文學。同時文學也就只能繞著社會的外環打轉。在那種時代、那種氣氛底下，我在當代的台灣文學裡嗅到一些現實的換喻、在沒有辦法切入核心去叩問社會的情況下，這種若隱若顯的代換已經遠比其他東西更具挑逗性了。

雙城街的市井性格讓我不可能忽視生活異質空間的存在，我總是認眞試圖去究明這些市井存在事務的來龍去脈。可是學校教育、報紙新聞裡眞的找不到解答。日復一日，我走穿過一張張酒吧的招牌，與美國大兵擦肩走在小小的巷弄裡，日語以及種種髒話詛咒不時貫耳。可是卻沒有人告訴我這一切到底是怎麼一回事，爲什麼生活的實然與課本、週會上講的應然相距這麼遠？

只有在文學裡，我找到一些浮光掠影。所以文學之於我，從一開始就意謂著一扇開向社會的小窗。我先在文學裡讀到社會的換喻，然後才知道文學有些什麼什麼超然、普遍的眞理、抽象的人生哲學。我沒有辦法驟爾擺脫那個社會換喻的強烈印象，所以講文學的超越、普遍的各式各樣說法，一直都沒有眞正說服我。

三、

就像大學、大學的科系一直都沒有眞正改造過我。進入正式的高等教育體制，最深刻的影響是讓我清楚知道自己心目中的文學不是什麼。文學不是外文系教的那些經典系譜以及分析技巧。到現在還有人相信學會一些術語就可以拿來解讀所有的文學作品，到現在還有人大言標榜自己從來不讀台灣的文學作品，只讀「世界名著」。對我而言，這樣的態度其實才是最狹隘、最閉塞的，他們喪失了領略文學跳躍活潑與社會、歷史對話的樂趣。也完完全全浪費了自己對所生所在社會長期積累的了解、認識。不知道這些可能是隱伏、不自覺的資源可以藉文學的換喻無窮開發。

我還知道了文學不是中文系教的那種古典癖。還知道了文學不是活動中心那些自命菁英的社團分子口中的炫耀背誦。還知道了文學不只是談戀愛騙女孩子的工具。還知道了文學不是自戀的水仙崇拜投射。

文學眞正有意義之處，正在於其想像的主體、主角不是自己、而是別人。進入文學就是進入一個許許多多以別人爲主體發音的衆聲世界。文學給我們一個機會去傾聽別人、傾聽異聲、更重要的是還讓我們去傾聽過去、傾聽歧異多樣的現下社會、傾聽無法歸類的形形色色未來想望。

回到雙城街的市井喧噪裡，我思索著文學史的迷人變貌。還記得在我成長的過程中，熱切關心過兩場重要的論戰。早先一場當然是鄉土文學論戰，後來則有王作榮與蔣碩傑的經濟論戰。兩場論戰的表面名目天差地別，骨子裡卻有一個共同的嚴肅基調：那就是對政治、社會、經濟的整體現狀作出定性描述，據此提出未來走向的預期圖像。論戰中不同陣營建構了自圓其說的邏輯來支持價值的選擇、評斷，而且都大量援引過去的經驗作爲最重要的佐證。

我一直記得閱讀這些論戰文章時的困擾迷惑。單獨看哪篇文章，好像都言之成理，可是綜合起來，不同的作者卻堅持不同、矛盾、不能併存併立的結論。這到底是怎麼一回事？我們要依賴怎樣的座標來避免自己迷失在宣言、解釋、意義的大海中？

兩次論戰給了我同樣的教訓。那就是最終評斷是非的關鍵恐怕存在於過去、記憶與歷史。對於我們共同的舊日時光，分處陣仗兩端的人有完全不一樣的說法。這是眞正的各說各話，與邏輯、推理的圓滿、正確與否毫不相干。純粹是紀錄、記憶找不到焦點的一團混亂。

台灣社會在論理的運作層次上嚴重失焦。常常吵來吵去找不到可以對話、甚至對罵的交點。因爲歷史與記憶脫節。或許說：各人的分歧錯亂記憶找不到歷史論述架構所提供的參考點。所以一牽涉到過去來時路的坎坎坷坷，我們就發暈發狂變得極度情緒化。

歷史的整理、探索絕對是建立「後威權」台灣社會認同中，不可或缺的大工程。而文學作爲一代代社會的換喻，可以在這個探索過程中扮演好幾個角色。我們應該注意每一代文學如何接近社會或疏離社會的動線分布。我們應該尋覓文學中社會再現圖像改變的軌跡。我們應該看文學中的社會、再看社會中的文學，再看時間縱深裡文學、社會互爲因果的牽制、影響。我們應該透過文學去想像逝去了的社會，我們應該串連這些想像來補充紀錄的不足，並追問紀錄中無法充分回答的生活細節演變。我們應該把文學與社會放進歷史的架構裡，還給它們流轉的動態原貌，而不只是靜態的塊狀存在。

無法磨滅的市井性格，使我絕對不能接受菁英式的文學讀法。我不接受文學只屬於少數人的說法，或者大多數人能欣賞的文學不是文學的說法。我也從來不認爲暢銷的東西就代表大衆的口味。

我們常常把大衆想像是一堆陌生人，所以歧視、輕視他們。其實我們自己、家人、朋友都是大衆。我認識的這個社會上的人，不管他們職業爲何、受教育程度多高，他們都具備有一些令人歎服的判斷本能。我從來不知道這個社會上有誰是完全無條件、無異議地接受粗糙、拙劣的電視劇、電視新聞的。有人習慣以電視劇的收視率來斷言社會大衆的低俗無文，殊不知絕大多數的人都看得出來這般水準的東西的可笑、無聊。

現代資本社會存在著長期被忽視的一個現象，那就是：絕大部分的人被迫去消費、接受遠低於自己智力水準以下的文化商品。用這些文化商品去衡量大衆的判斷力其實是錯誤的。那麼爲什麼這麼多聰明的人會繼續容忍愚蠢的文化工業呢？這顯然是結構、關係的問題，而不是大衆口味的問題。

所以文學的社會性的讀法，首先不能不正視大衆文化、大衆文學。第二是不能先入爲主把大衆文化商品等同於大衆消費者，重點應該是暴露產製大衆文學、強迫大衆無所選擇、或無法意識到眞正選擇權的種種機制。

我們必須正視大衆品味遠高於他們消費的一般通俗文學文化商品的事實。我們不必幻想一個社會每個人都熱情擁抱充滿實驗、創新精神的純文學作品，但我們應該承認，在現有的大眾文學水準和眞正的大眾品味、判斷力之間，存在著一大片可供耕耘努力的荒蕪地帶。

當然，荒蕪地帶並不是眞的就寸草不生。有些人已經在這裡墾植出綠草豔花，才提醒我們這塊空間的存在及其等待開發的無窮可能性。

從市井的角度、用文學的社會性讀法，我很高興找到幾個我能夠眞心崇拜的大師大家。其中在我心目中評價最高的是日本的松本清張。此外還有高陽、金庸。不管是松本清張或高陽、金庸，他們的作品裡都不曾輕視、低估讀者大衆的智力，也絕不自傲炫耀他們與大衆間的距離，這分寸拿捏所需的智慧、才氣，絕對不亞於創作純文學精品的要求。

四、

收在這本評論集子裡的諸篇文章，大致都是我的文學社會性讀法下的產物，清楚地曝顯了我在閱讀、評價文學時所抱持的多樣偏見。其形式雖然是寫作時間各異的論文匯編，然而我希望基本上能夠表達出我對戰後文學史的看法梗概。

〈四十年台灣大衆文學小史〉初步整理了戰後通俗、暢銷文學作品的發展，並嘗試找出研究台灣大衆文學的幾條路徑及幾個主要問題點（problematiques）。此文寫作過程較爲倉促，所以只能以隨筆性質表出，結構上還不遑追求更嚴謹、完整的形式。不過對大衆文學史的探討在台灣只能勉強算是起步階段，這樣一篇東西對於我們想像過去集體心靈與消費模式間的互文內容，應該還可以有一些作用。

〈歷史小說與歷史民族誌〉及〈歷史大河中的悲情〉二文，則正視歷史題材、歷史意識在台灣文學傳統中孱弱不振的事實，進而嘗試從中國及台灣各自的社會思想脈絡裡究明文學美學發想開展的歷程。戰後台灣文學並非同一個傳統、論述下的產物，這是我們必須予以承認、尊重的歷史事實，不能被任何意識形態的口號堅持所抹殺。進一步，我希望透過對高陽的研究，呈顯出一幅更複雜、多樣的面貌，徹底將「中國文學」這個分類概念下的本質、單一、平面幻象打破，所有的傳統內部都有許多分歧部門，無法簡單用三言兩語規定、帶過。如果繼續用舊的本質性（essentialistic）觀念、霸道的化約簡化去看中國傳統、中國歷史，那我們會永遠無法理解高陽歷史小說之所從來，以及其風靡流傳的眞正魅力。

人類社會的活動、人類歷史的累積明明白白就是多元複雜的，這些人群的產物逼我們必須開放自己的想像力。太多太多的意識型態粗糙價值，是經不起複雜社會事實考驗的。因此所有意識形態的訓導、灌注（indoctrination），總是必須伴隨著一些盲化的教條。它會強迫你接受一個單調、是非分明、黑白無華的社會圖像，要你相信眞正的社會就是這樣，利用這張虛構圖像來阻卻人們想要凝視社會、了解周遭的自然衝動。我們已經在這樣的盲化教條下活了很久了，到會很小氣、很無聊地先入爲主去爭議什麼才是「我們的」文學，先抱持排斥、摒擋的態度來看待實際在台灣發生、流傳過的作品，結果是對歷史、社會的討論愈多，我們手頭上擁有的歷史、社會想像卻愈來愈貧乏。這正是蔣勳所說的「減法法則」，每一代都急著要把上一代的經驗減去些什麼，讓它看起來乾淨、整齊些。

對我而言，高陽的歷史小說和鍾肇政、李喬的大河小說，都是台灣戰後文學史中不能缺席的要角，同時也是對抗盲化教條、刺激歷史想像的重要社會資產，更是充滿文學史、社會史詮釋挑戰的豐富作品。

從〈神話的文學．文學的神話〉以下，諸篇大致按所處理題材的時間先後安排。〈神話的文學．文學的神話〉及〈末世情緒下的多重時間〉綜論五〇、六〇年代文學，對「反共文學——現代文學」這樣一條發展主軸提出了一些修正的意見。〈鄉土文學的宿命困境〉進而處理七〇年代後半葉「鄉土文學運動」、「鄉土文學論戰」中的直接與「文學」相關的議題。不過這次運動、論戰事實上不完全是文學的，關於其他面向上的複雜糾結，還煩請讀者參看我的另一篇論文〈惡化的歷史失憶症——「鄉土」重訪〉（收在評論集《流離觀點》中）。

最後面的「朱天心論」、「張大春論」諸文，主角雖然是朱天心、張大春，不過我眞正最在乎想要闡明的，事實上是從「鄉土文學論戰」以降到九〇年代初，台灣文學價值的流變。因此對這兩位作家的描述、討論，也就著重在他們的作品、文學觀、社會參與經驗與主流典範間對話、折衝的部份。透過朱天心，我努力呈現、解析七〇年代末，與鄉土文學同期的右翼文學行動主義。這段歷史後來經種種轉折而遭到嚴重忽視，我只是試著從思想史的角度給予它一個比較宏觀的解釋。我承認這個解釋也許沒有辦法很「客觀」，因爲畢竟中間牽涉到我自己個人文學、社會理想啓蒙、轉變的過程。雖然這十幾年中，我已經遠離右翼保守想法，可是文學行動主義的熱情卻始終未曾冷卻，而且我至今也依舊很感激、珍惜接觸「三三」而能夠找到一條異於體制的思考新路的年少經驗。「張大春論」則著重於凸顯八〇年代中期以後，政治社會解嚴大變動，對文學所產生的衝擊，而張大春無疑是這波「文學體制革命」最積極的參與者、最具代表性的作者。

這些文字創作時間跨距甚大。從最早的一九八七年秋天到七年後的一九九四年中，儘管如此，各篇觀點雖有發展演化之跡，基本應尙呈一致，可以自圓其說。

七年當中，絕大部分時間我人不在台灣，可是卻不曾因此而中斷過閱讀台灣小說的習慣。前後寫過長長短短的書評，加起來篇數大約有半百左右，這些針對特定作品的特定意見，一樣都是社會性閱讀原則下的產物，也是文學史眞正的血肉質地。更重要的，一篇篇書評證明我對台灣文學的熱切關心程度。我一直相信：對一個寫作者最殘酷的待遇就是忽視、冷漠，完全得不到任何反應回響，最容易挫折作者的創作野心。寫書評有很多時候只是爲了發出一個微弱的訊號，告訴作者說：嘿，有人在這裡用功讀你的書呢！我自己也寫小說，不過常常我會覺得把時間花在認眞讀別人的作品、告訴別人眞誠的意見，從而對維持別人的創作衝動有小小的助益，恐怕比鞭策自己拼命寫出更多小說還要有意義吧。畢竟自己再怎麼化身、扮演，會玩的把戲樣式有限，多人創作至少保障了多樣發揮的可能性。

這些散篇書評希望在短期內可以結集問世，一方面把這幾年台灣文學的熱鬧面貌作比較完整、公平的描述，另一方面也可以用種種實例來塡補我在這本書裡敷衍的文學史骨架上應有的肌理血膚。

這篇序言兼導論已經寫得太長了，最後不能免俗必須申說：感謝在愛好台灣文學一事上與我相伴併行的前輩、朋友們。感謝那些寫出作品使得文學史成爲可能的作者們。

書名《文學、社會與歷史想像》是秀貞替我想的，編輯、出版事務則有勞初安民、江一鯉。另外有劉克襄、顧秀賢、許悔之、莫昭平多位好友扮演過提醒我台灣文學動態最新發展的重要角色，一併趁機致謝。

當然，書的內容有任何錯誤、疏漏，都是我自己的，這可賴不得別人。

一九九四年七月

附錄二

《夢與灰燼》自序

離開哈佛回台北，竟然已經四年多了。最不能忘懷的到底還是在查爾斯河畔散步的感覺。台北有的是蓊翠多姿的山。事實上，有幾條山路，一直和我的生活緊密相隨。外雙溪過故宮之後，沿至善路到雙溪橋，右轉可以上中社路。或者不轉彎，直走經過明德樂園，右邊岔路翻過山頭，下來就到內湖金龍路。選擇左邊岔路的話，一路盤桓上山，過了平等里，可以走永公路或菁山路接仰德大道。可以再去冷水坑，或上陽金公路去竹子湖。要不然走大屯山國家公園那條路，下坡後左邊去關渡北投，右邊去三芝淡水。

自強隧道塞車的時候，就從內湖路改走劍南路。本來只知道這條路上常有攜家帶眷去鄭成功廟的車，往往對山路不熟，開得小心翼翼、其慢無比，讓人極度不耐。後來卻在報端赫然讀到：劍南路還是「車床族」的最佳選擇之一，因而吸引一堆蒼蠅般的「偷窺族」。至於仰德大道塞車的話，選擇就更多了。從天母東路、中山北路七段都有路可以接凱旋路和湖底路。還可以走沿路溫泉餐廳不斷的行義路。

夜裡繞行山路，成了我最大的紓解。覺得自己在層層的隔離保護中。只有篩截蔭掩過的月光與路燈的山林，組成了一個獨立的空間。獨立於平地都會的空間。低沉的引擎聲和厚實的鋼板，又在山林裡再包圍起一個孤絕的空間。透過車窗玻璃，我同時在亦不在山林的環境裡。車快速動著，靈巧爬過一個個坡度與弧度不等的轉彎處，永遠有些景物有些地點有些情緒有些煙塵被拋在車後，無情地。

不過我還是會一再想起多年前的查爾斯河畔。尤其是剛到哈佛的那兩年，幾乎每天黃昏時都會到河邊去。河上悠悠地閃著彷彿象徵著永恆的夕照金黃陽光，這裡那裡有人在騎車、在曬太陽、在讀書在聊天，在吃冰淇淋在擲飛盤。

還是會一再想起查爾斯河畔，慨嘆著台北缺乏一條那樣從容不迫、無可無不可的河流。一再地會忍不住想：如果台北也有一條這樣的河，如果也能在河邊散步，會不會就撿回了多年以前那種心情？會不會重新覺得：對於人間社會，沒有什麼好逃避的？會不會重新拾起當時的熱情，想要尋找一條最適切的道路，去介入社會、介入歷史？

一九八七年九月，開始認識查爾斯河。一個秋風颯颯的日子，我從著名的「革命書屋」買了盧卡奇的《歷史與階級意識》，穿過豪華的觀光大旅館，來到河邊。坐在木質古拙的椅子上，讀了不到十頁的書，老實說，盧卡奇複雜的論證我還無暇整理領悟，只能竭力地圈畫一些看來拗口、重要的名詞或片語，然而突然地，盧卡奇對歷史目的的討論，刺激我想通了「鄉土文學論戰」中，理論與作品落差之所以產生，之所以無從彌縫的原因。我匆匆離開了河畔，快步趕回狹窄的宿舍小室，一氣呵成寫了對「鄉土文學」的萬言檢討。

類似的經驗還有許多。讀馬克思《資本論》的第一章，翻來覆去讀不懂、讀不開竅。甚至逃避地改找了比較簡單、輕鬆，關於馬克思的傳記來讀。讀到他一生依附於工業資產階級小開恩格斯的無賴行狀，讀到他和情人之間的生硬關係，還無聊地生出阿Q的精神勝利心情，哈，你腦袋想得出複雜難倒我的東西，不過顯然在別的地方，我比你強得多了，馬克思先生。例如自力更生的本事，例如對浪漫情愛的理會。

也是在查爾斯河畔散步時，痛感自己的無聊。西斜的陽光刺射進眼睛裡，旁邊紀念公路（Memorial Drive）的車輛依序幾乎按照固定間隔駛近了，又離去了，我突然明白了什麼是「商品」（commodity），什麼是「物品崇拜」（fetishism）。回到宿舍之後，我翻出了陳映眞的小說，連夜通讀一次。

我沒有後悔花了很大的力氣，把自己大學時代大部分的藏書都帶到美國去，又帶回來，始終跟著我。記得那一大木箱書寄到時，幾乎動員了整個樓層的人幫忙，才從卡車上搬進我房裡。堆到房裡連轉身的空間都沒有。連一向熱心的同樓研究生，都有人免不了嘲諷抱怨，說我幹嘛把十年都讀不完的書千里越洋運來。

因爲只有這樣，我才能帶著智識上新悟及的激動，一回到宿舍立刻找出陳映眞的小說。我才能隨心所欲地游走於新的思索與舊的關懷間，讓這兩者彼此衝擊，震盪出一些我此生迄今最爲珍惜的經驗。

在查爾斯河畔，讀的常常是西方左派哲學，可是想的卻常常是台灣當代的文學。奇異的化學組合。原本抽象、遙遠的左派理論，往往必須經過台灣當代文學的中介、對譯，才能眞正進入我的生命裡，爲我所信、爲我所用。

雖然在隔了半個地球的一條緩緩流著的查爾斯河畔，我卻以讓自己驚訝不已的速度，持續在接近我生命的根源——台灣。一方面透過反芻咀嚼這些我已經一讀再讀的文學作品，另一方面則藉由左派優良傳統的協助梳理，我在每天每天落下去的夕暉裡，看到一個愈來愈清楚的台灣社會圖像。

多年之後，我深深慶幸自己的這段河畔歲月。不斷的交雜對話，使我沒有辦法眞正學好任何一家一派的理論。我對理論的吸收，永遠攙雜了現實的偏見干擾。而且還是一種經過文學變形、改造過的現實意識。文學化了的現實意識，比其他種的現實認知來得戲劇化些、情緒化些、可能也理想化些。

這樣的過程，讓我不至於變成「蛋頭左派」。不至於把人家製造的左派理論教條化、咒語化，行禮如儀地照搬照唸，渾然忘卻了左派之所以興，其精神畢竟是來自於馬克思的那句名言：「哲學解釋世界，不過眞正重要的是如何改變世界。」

這樣的過程，讓我不至於變成「挫折左派」。不至於在與惡劣的現實面面相覷後，因失望挫敗而犬儒化。畢竟，我曾經在文學裡看到過那些値得終身存留記取的戲劇化、情緒化與理想化的人間光影。

台灣文學、台灣社會以及普遍正義原則的交錯織錦，這是我當年在查爾斯河畔所看到的一片美麗景致，也是我相信自己應該窮一生之力帶給更多人可以看到、可以欣賞的寶藏。

十年歷歷。我已經離查爾斯河畔很遠很遠了。就算再回麻州劍橋，那種年少心境也已不再了。不過當時河畔靈光所帶來的力量，竟然如奇蹟般尙未耗盡。每當最混亂最沮喪最無力的時刻，每當必須在深黑夜裡驅車繞行在山路間的時刻，我重新尋找心裡的查爾斯河，重新回到書架前翻找那些過去嗜讀的作品，再熬一夜寫出一篇介乎文學史與社會史之間的論文，我就又再度找回可以繼續奮鬥奮戰下去的力氣。

一九九八年二月

附錄三

戰後台灣文學史大事年表

麥田編輯部整理

年代	大事記
一九四五年	二次世界大戰結束，日本投降。
一九四六年	台灣省國語推行委員會成立。
一九四七年	二二八事件。《自立晚報》創刊。
一九四八年	《國語日報》創刊。 葉石濤在《新生報》發表〈一九四一年以後的台灣文學〉。
一九四九年	實施「三七五減租」。警備總部發布戒嚴令。中央政府遷台。 古寧頭戰役。《自由中國》創刊。
一九五〇年	《徵信新聞》（《中國時報》前身）創刊。《民衆日報》創刊。 「中華文藝獎金委員會」成立。韓戰爆發。呂赫若失蹤。
一九五一年	葉石濤入獄。《聯合版》（《聯合報》前身）創刊。

一九五二年	中國青年反共救國團成立。
一九五三年	實施「耕者有其田」。現代詩社成立，《現代詩》創刊。
一九五四年	《皇冠》創刊。藍星詩社成立。 洛夫等人成立創世紀詩社，《創世紀》創刊。《幼獅文藝》創刊。
一九五五年	「戰鬥文藝」開始提倡。張愛玲赴美定居。
一九五六年	《文學雜誌》創刊。
一九五七年	《文星》雜誌創刊。
一九五八年	八二三砲戰。王藍《藍與黑》出版。
一九五九年	八七水災。《筆滙》月刊創刊。
一九六〇年	雷震發起「中國民主黨」組黨運動，之後被逮捕。 《現代文學》創刊。鍾理和去世。林海音《城南舊事》出版。
一九六一年	《筆滙》月刊停刊。張愛玲造訪台灣。鍾肇政在《聯合報》發表〈魯冰花〉。
一九六二年	《傳記文學》創刊。
一九六三年	楊牧詩集《花季》出版。瓊瑤小說《窗外》出版。
一九六四年	《台灣文藝》創刊。笠詩社成立，《笠》詩刊創刊。 吳濁流《亞細亞的孤兒》中文版出版。

年代	大事記
一九六五年	葉石濤復出文壇。
一九六六年	《文學》季刊創刊。
一九六七年	《純文學》創刊。鹿橋《未央歌》出版。
一九六八年	《中國時報》創刊。《大學雜誌》月刊創刊。 張愛玲《半生緣》開始在《皇冠》雜誌連載。
一九六九年	中國電視公司開播。王禎和《嫁粧一牛車》出版。林懷民《蟬》出版。
一九七〇年	吳濁流《無花果》出版。《中國時報》人間副刊開闢「海外專欄」。
一九七一年	旅美學生於聯合國總部外舉行保釣示威。白先勇《台北人》出版。 中華民國退出聯合國。
一九七二年	關傑明發表〈中國現代詩人的困境〉一文，隨後引起現代詩論戰。 《中外文學》、《書評書目》創刊。
一九七三年	《文學季刊》創刊。《現代文學》停刊。王文興《家變》出版。 高信疆擔任《中國時報》人間副刊主編。
一九七四年	陳若曦發表〈尹縣長〉。 黃春明《鑼》與《莎喲娜啦再見》出版（遠景）。

一九七五年	蔣介石去世。《台灣政論》、《中國論壇》創刊。 陳映真出版《第一件差事》與《將軍族》。 于墨（吳國棟）《靠在冷牆上》（《解雇日》舊書名）出版（爾雅）。 小野《蛹之生》出版。
一九七六年	周恩來、毛澤東去世。聯合報文學獎成立。《夏潮》創刊。 陳若曦《尹縣長》出版。三毛《撒哈拉的故事》出版。
一九七七年	《三三集刊》創刊。神州詩社成立。鄉土文學論戰開始。 瘂弦擔任《聯合報》副刊主編。
一九七八年	蔣經國就任總統。中國時報文學獎成立。高陽《慈禧全傳》出版。 高信疆再度擔任《中國時報》人間副刊主編。
一九七九年	中華民國與美國斷交。美國制定《台灣關係法》。 《美麗島》創刊。高雄美麗島事件。夏志清《中國現代小說史》出版。 朱西甯《八二三注》出版（三三書坊）。
一九八〇年	《自由日報》創刊。李喬開始寫作《寒夜三部曲》。 蕭麗紅以〈千江有水千江月〉獲得聯合報長篇小說獎。
一九八一年	《書評書目》停刊。蕭麗紅《千江有水千江月》出版（聯經）。 《天下雜誌》創刊。

年代	大事記
一九八二年	《文學界》創刊。鍾曉陽《停車暫借問》出版。
一九八三年	《文訊》月刊創刊。《新書月刊》創刊。 李昂以〈殺夫〉獲得聯合報中篇小說獎。 李昂《殺夫》出版（聯經）。
一九八四年	《聯合文學》創刊。《聯合文學》開辦「全國巡迴文藝營」。
一九八五年	《人間》創刊。古龍去世。張曼娟《海水正藍》出版（希代）。 龍應台《龍應台評小說》（爾雅）、《野火集》（圓神）出版。
一九八六年	《當代》創刊。《南方》創刊。民主進步黨成立。 張大春《時間軸》出版（時報）。
一九八七年	解除戒嚴令。「台灣筆會」成立。《講義》雜誌創刊。 《自由日報》更名爲《自由時報》。 梁實秋逝世。葉石濤《台灣文學史綱》出版。
一九八八年	解除報禁。《小說族》創刊。吳三連逝世。
一九八九年	北京天安門民主運動。 張大春《大說謊家》、朱天心《我記得……》出版（遠流）。

一九九〇年	《新地文學》創刊。王禎和去世。野百合三月學運。
一九九一年	《文學台灣》季刊創刊。三毛逝世。《誠品閱讀》雙月刊創刊。 楊照長篇小說《大愛》出版（遠流）。
一九九二年	立法院全面改選。《中國時報》設立「時報百萬小說獎」。 《台灣詩學季刊》創刊。《書評》雙月刊創刊。高陽去逝。 張大春出版《張大春的文學意見》（遠流）、《少年大頭春的生活週記》（聯合文學）。
一九九三年	張大春《我妹妹》出版（聯合文學）。
一九九四年	朱天文的《荒人手記》獲第一屆時報百萬小說獎。
一九九五年	邱妙津自縊去世。舞鶴《拾骨》出版（春暉）。張愛玲去世。
一九九六年	首次總統直接民選，由李登輝當選。
一九九七年	皇冠出版社展出張愛玲遺物。《當代》月刊復刊。 楊澤《人生不值得活的》出版（元尊）。
一九九八年	朱西甯去世。
一九九九年	葉石濤獲成功大學文學院頒贈榮譽文學博士學位。九二一大地震。
二〇〇〇年	《誠品好讀》創刊。

年代	大事記
二〇〇一年	葉石濤獲行政院文化獎、國家文藝獎文學類獎。林海音去世。 《海翁臺語文學》雙月刊創刊。 初安民《往南方的路》出版。
二〇〇二年	鹿橋、何凡去世。《現在詩》詩刊創刊。 張惠菁《楊牧》出版（聯合文學）。 陳義芝詩集《我年輕的戀人》出版（聯合文學）。 平路《何日君再來——大明星之死？》出版（印刻）。
二〇〇三年	《INK印刻文學生活誌》、《野葡萄文學誌》月刊創刊。 臺灣文學發展基金會成立，維持《文訊》雜誌社繼續運作。 國立台灣文學館成立。吳國棟《解雇日》出版（商周）。 林泠《在植物與幽靈之間》出版（洪範）。 朱西甯《八二三注》新版出版（印刻）。《蘋果日報》在台發行。
二〇〇四年	王德威、黃錦樹主編《原鄉人：族群的故事》出版（麥田）。
二〇〇五年	《鹽分地帶文學》創刊。童偉格《無傷時代》出版（印刻）。 楊照《大愛》新版出版（印刻）。
二〇〇六年	琦君去世。《野葡萄文學誌》、《民生報》停刊。 蘇偉貞《時光隊伍》出版（印刻）。

二〇〇七年	香港文學雜誌《字花》在台發行。
二〇〇八年	張大春《我妹妹》新版出版（印刻）。
二〇〇九年	張愛玲自傳性質的小說《小團圓》出版（皇冠）。 王鼎鈞回憶錄《文學江湖》出版（爾雅）。

國家圖書館出版品預行編目資料

霧與畫：戰後臺灣文學史散論 = Essays on Taiwanese Literary History Since 1945 / 楊照著. -- 初版. -- 臺北市：麥田, 城邦文化出版：家庭傳媒城邦分公司發行, 2010.08
面； 公分. --（楊照作品集：4）
ISBN 978-957-708-935-9（平裝）

1. 臺灣文學史 2. 文學評論

863.09 99011423

Essays on Taiwanese Literary History Since 1945
Copyright©2010 by Ming-chun Lee
All rights reserved.

楊照作品集 4

霧與畫：戰後台灣文學史散論

Essays on Taiwanese Literary History Since 1945

作　　者 楊照
責任編輯 關惜玉　官子程　林俶萍
封面設計 蔡南昇
編輯總監 劉麗眞

總 經 理 陳逸瑛
發 行 人 凃玉雲
出　　版 麥田出版
城邦文化事業股份有限公司
台北市民生東路二段141號5樓
電話：02-2500-7696　傳眞：02-2500-1966
發　　行 英屬蓋曼群島商家庭傳媒股份有限公司城邦分公司
台北市民生東路二段141號2樓
客服服務專線：02-2500-7718　02-2500-7719
服務時間：週一至週五 9:30~12:00；13:30~17:00
24小時傳眞服務：02-2500-1990　02-2500-1991
讀者服務信箱：service@readingclub.com.tw
郵撥帳號：19863813　戶名：書虫股份有限公司
麥田部落格 http://blog.pixnet.net/ryefield
香港發行所 城邦（香港）出版集團有限公司
香港灣仔駱克道193號東超商業中心1樓
電話：(852) 2508-6231　傳眞：(852) 2578-9337
E-mail：hkcite@biznetvigator.com
馬新發行所 城邦（馬新）出版集團 Cité（M）Sdn. Bhd.（458372U）
11, Jalan 30D/146, Desa Tasik, Sungai Besi,
57000 Kuala Lumpur, Malaysia
電話：（603）90563833　傳眞：（603）90562833
印　　刷 前進彩藝股份有限公司
初版一刷 2010年8月

定價：480元
ISBN：978-957-708-935-9

城邦讀書花園
www.cite.com.tw

版權所有・翻印必究（Printed in Taiwan）
本書如有缺頁、破損、裝訂錯誤，請寄回更換

cité 城邦 麥田出版
Rye Field Publications
A division of Cité Publishing Ltd.

廣	告	回	函
北區郵政管理局登記證			
台北廣字第000791號			
免	貼	郵	票

英屬蓋曼群島商
家庭傳媒股份有限公司城邦分公司
104 台北市民生東路二段141號2樓

▼
請沿虛線折下裝訂，謝謝！

文學・歷史・人文・軍事・生活

麥田出版
Rye Field Publications

編號：RH9204　書名：霧與畫

讀者回函卡

謝謝您購買我們出版的書。請將讀者回函卡填好寄回，我們將不定期寄上城邦集團最新的出版資訊。

姓名：__________________ 電子信箱：__________________

聯絡地址：□□□ ____________________________

電話：（公）____________ 分機 ____（宅）____________

身分證字號：________________________（此即您的讀者編號）

生日：____年____月____日 性別：□男 □女

職業：□軍警 □公教 □學生 □傳播業 □製造業 □金融業 □資訊業 □銷售業 □其他 ____________________

教育程度：□碩士及以上 □大學 □專科 □高中 □國中及以下

購買方式：□書店 □郵購 □其他 __________________

喜歡閱讀的種類：（可複選）

□文學 □商業 □軍事 □歷史 □旅遊 □藝術 □科學 □推理 □傳記

□生活、勵志 □教育、心理 □其他 __________________

您從何處得知本書的消息？（可複選）

□書店 □報章雜誌 □廣播 □電視 □書訊 □親友 □其他 __________

本書優點：（可複選）

□內容符合期待 □文筆流暢 □具實用性 □版面、圖片、字體安排適當

□其他 ____________________________

本書缺點：（可複選）

□內容不符合期待 □文筆欠佳 □內容保守 □版面、圖片、字體安排不易閱讀

□價格偏高 □其他 ________________________

您對我們的建議：____________________________